[法]
格扎维埃·达尔科
——
著

张兆龙
——
译

Histoire
de
la
Littérature
française

Xavier
Darcos

法国文学史

中央编译出版社
Central Compilation & Translation Press

Originally published under the title Histoire de la Littérature française
by Xavier Darcos
ⓒ 2013 Hachette Livre S. A.
Simplified Chinese edition ⓒ 2019 Central Compilation & Translation Press
All rights reserved.

图书在版编目（CIP）数据

法国文学史／（法）格扎维埃·达尔科著；张兆龙译． —北京：中央编译出版社，2019.11
ISBN 978-7-5117-3684-0

Ⅰ．①法… Ⅱ．①格… ②张… Ⅲ．①文学史－法国 Ⅳ．①I565.09

中国版本图书馆 CIP 数据核字（2019）第 210854 号

法国文学史

出 版 人：	葛海彦
出版统筹：	贾宇琰
责任编辑：	景淑娥
责任印制：	刘　慧
出版发行：	中央编译出版社
地　　址：	北京西城区车公庄大街乙 5 号鸿儒大厦 B 座（100044）
电　　话：	（010）52612345（总编室）　　（010）52612341（编辑室）
	（010）52612316（发行部）　　（010）52612346（馆配部）
传　　真：	（010）66515838
经　　销：	全国新华书店
印　　刷：	北京文昌阁彩色印刷有限责任公司
开　　本：	710 毫米×1000 毫米　1/16
字　　数：	675 千字
印　　张：	48
版　　次：	2019 年 11 月第 1 版
印　　次：	2019 年 11 月第 1 次印刷
定　　价：	178.00 元

网　　址：www.cctphome.com　　　　邮　　箱：cctp@cctphome.com
新浪微博：@中央编译出版社　　　　微　　信：中央编译出版社（ID: cctphome）
淘宝店铺：中央编译出版社直销店（http://shop108367160.taobao.com）
　　　　　（010）55626985

本社常年法律顾问：北京市吴栾赵阎律师事务所律师　　闫军　梁勤
凡有印装质量问题，本社负责调换，电话：（010）55626985

目录

前言
·
001

中世纪
·
001

16 世纪
·
065

17 世纪
·
135

18 世纪
·
225

19 世纪
·
307

20 世纪

·

401

20 世纪至 21 世纪的过渡期（1990—2012）

·

511

生平表

·

589

概览图

·

665

索引

·

667

前言

自公元1000年至今，法国文学历经千年，单凭一部书籍呈现其历史概况，实为胆大之举。唯有精细的研究方式才能促成此举，因而，本书的研究详及作家的主要生活经历及作品介绍。历史和社会背景的探究亦不容忽视：利用图表概括，内容更易掌握。同时，每段历史时期的背景介绍详述影响文学样式或流派发展的文化和经济环境。最后，重要作家①的生平以传记表的形式呈现，更加一目了然。

这部浓缩精华的著作贯彻上述研究思路，其统一性显而易见。然而，撰写中，数段历史时期及某些文学流派的介绍值得以独有方式呈现：或介绍文学样式的形成和演变历程（如中世纪或者所谓的"巴洛克"时期），或详述某一意义重大的文学流派（16世纪和19世纪的诗歌流派或者超现实主义），或围绕某一中心作家（拉辛、普鲁斯特或科尔代斯）及某种多产的文学理论（"新小说"或"自我虚构"）展开叙述。简明并不意味刻板，语言力求简洁却不失细腻。现有文学读物为数众多，却未能提及近25年间丰富的文学作品，因而，本书另辟新章节对其详细介绍。

本书是一部微缩的百科全书，功能多样。中小学生或大学生（以及急补文学知识的业余爱好者）均可从中快速获取某一具体方面（作品、流派、作者、时期）的知识。索引（基本概念、作品名称和作家姓名）及列表方便

---

① 以"·"标记的作家生平另见后附生平表。

查找，且涵盖新近历史时期，因而弥足珍贵。至于其余更富耐心的读者，本书则是引领您徜徉文学世界的伙伴（应确切称为"指南"）：可将它视作文化普及读物或是小说来翻阅。

  本书虽用途百般，但其终极目标却是希望诸位读者阅后能够合书掩卷，自行游弋于文学海洋。因为体味文本和发现阅读乐趣的实现无法假借第三者。

格扎维埃·达尔科

中世纪

总年表	006	*8*

主要作家生卒年表 018

政治和文学大事年表 019

创作背景 021
  长期动荡 021
  封建主义：社会结构与意识形态 022
  从拉丁语到古法语：最初的文学文本 022
  主要文学样式 023
  文学的传播 023
  文学的演变与压力 024

武功歌（12世纪） 026
  一种起源不确定的文学样式 026
  史诗的文学技巧 026
  英雄史诗的主题及其意识形态 027
  《罗兰之歌》 028
  武功歌的繁盛时期 029

风雅文学 　　　　　　　　　　　　　　　　　　　031
　　新的审美趣味　　　　　　　　　　　　　　　031
　　从宫廷到典雅爱情　　　　　　　　　　　　　031
　　风雅传奇故事　　　　　　　　　　　　　　　032
　　典雅爱情　　　　　　　　　　　　　　　　　033
　　一种风雅文学形式："小诗"　　　　　　　　033
　　风雅文学里的重要传说：《特里斯当和伊瑟》　034
　　典雅爱情时期的小说家：克雷蒂安·德·特鲁瓦　035

仿讽文学与节日 　　　　　　　　　　　　　　037
　　《列那狐故事诗》　　　　　　　　　　　　　037
　　去神秘化的动物形象　　　　　　　　　　　　038
　　韵文讽刺小故事　　　　　　　　　　　　　　039
　　喜剧和大众节日　　　　　　　　　　　　　　040

9　中世纪的历史文学 　　　　　　　　　　　　041
　　中世纪早期的拉丁文"年鉴"　　　　　　　　041
　　十字军东征回忆录作家：维尔阿杜安、儒安维尔　041
　　记述百年战争的作家：付华萨　　　　　　　　042
　　直面现实的历史学家：科米纳　　　　　　　　043

中世纪喜剧   044
    起源和发展   044
    亚当·德·拉阿勒的开创作用（13 世纪末期）   044
    闹剧   045
    愚人剧   046
    大众艺术？   047

中世纪宗教戏剧   048
    从仪式剧到神秘剧   048
    新发展：神秘剧（15 世纪）   049
    神秘剧的特点和结局   050
    两位神秘剧作家：格雷邦和米歇尔   051

中世纪抒情诗   053
    南方的奥克语吟唱诗人和爱情期待（12 世纪）   053
    第一代诗人   054
    奥克语地区的后继诗人   055
    奥依语抒情诗歌的诞生（12 世纪末和 13 世纪）   056
    大众类别   057
    贵族文学的延续   057

最著名的奥依语作品：《玫瑰传奇》	058
反叛的伟大诗人：吕特伯夫	059
修辞学家（14 和 15 世纪）	060
弗朗索瓦·维永	062
"大修辞学家"	063

总年表[①]

时间	政治事件	社会背景
778 年	郎塞瓦尔峡谷之战	诺曼底人、阿拉伯人、匈牙利人入侵，但西欧大部分地区统一，建立帝国
800 年	查理曼称帝	
814 年	查理曼逝世	
843 年	签订《凡尔登条约》：瓜分帝国	封建制和附庸制形成
910 年	克吕尼修道院建成	宗教秩序开始形成：教会拥有强大权力；垦荒和种植面积扩大
950 年	罗马日耳曼教皇时期	
987 年	于格·加佩即位	
1005—1006 年	大饥饿时期	频繁的农民反抗和农民起义爆发
1054 年	东西教会分裂	"十字军"意识形成，驱逐异教

[①] 本书每章前附"总年表""主要作家生卒年表""政治和文学大事年表"三份表格，其题目为译者拟定。——译者注

法国文学	外国文学	艺术	时间
第一本古法语文献：《凡尔登条约》签订期间宣读的《斯特拉斯堡誓言》		首次出现彩色字母装饰的书籍和文稿	约840年
一些具有文学创作倾向的宗教文本出现（圣人列传、《圣女欧拉丽赞歌》、受难曲诗歌等）		首次发明钟锤动力时钟	880年
一些礼拜仪式文献体现世俗社会的影响（修辞风格或写作模式；通俗用词）		建有双耳堂和交叉式圆屋顶的教堂出现	1020年
通俗语言文学和英雄史诗（武功歌）大量涌现 封建主题滋养文学创作和想象（《罗兰之歌》等）		欧玛尔·海亚姆（波斯诗人）：《诗歌集》	1050年

时间	政治事件	社会背景
1060 年	诺曼底人征战西西里岛	
1073 年	格列高利七世成为教皇	格列高利改革；宗教复苏迹象明显：改革和征战精神
1078 年	土耳其人攻占耶路撒冷	
1084 年	圣布鲁诺建造查尔特勒修道院	
1095 年	教皇乌尔班二世宣讲十字军东征	屠杀犹太人，并开始十字军东征
1099 年	十字军攻占耶路撒冷	军事扩张（西班牙、西西里岛的诺曼底地区、巴勒斯坦）
1115 年	圣贝尔纳修建明谷修道院	
1137 年	法兰西国王路易七世娶阿利埃诺尔·德·阿基坦为妻	交流频繁
1145 年	圣贝尔纳宣讲十字军东征	组织编写教会法
1152 年	离婚后的阿利埃诺尔嫁给亨利二世·普朗达日奈，后者于1154年即位英国国王	创建巴黎大学

法国文学	外国文学	艺术	时间
英雄史诗由口头形式传唱，形式刻板（便于在提纲基础上的记诵和即兴创作）			1060 年
		建造威尼斯圣马可教堂 巴约挂毯	1077 年
文学领域，典雅爱情取代封建主义的主题：奥克语地区的王室宫廷或贵族私邸（普瓦提埃、图卢兹、佩里戈尔德和利穆赞、普罗旺斯等地）首先成为南方行吟诗人歌唱爱情的场所	成书于坎特伯雷的《圣诗集》 阿拉伯文学作品的拉丁语译本		1100 年
首次出现奥依语抒情诗歌：纺织歌；十字军东征诗歌、牧羊女之歌等			1150 年

时间	政治事件	社会背景
1165年	查理大帝封圣	
1170年	托马·贝凯遇刺	教会频繁组织教义活动
1180年	菲利普·奥古斯都成为法兰西国王	人口激增；技术进步：牲口拖套技术、磨坊
1187年	萨拉丁占领耶路撒冷	
1191年	攻占圣约翰阿卡城	
1199年	狮心王理查逝世	法英战争爆发
1200年	菲利普·奥古斯都与无地王约翰和解	西方基督教教会的扩张达到顶峰
1204年	十字军占领君士坦丁堡	
1208年	十字军东征讨伐清洁派的阿尔比教徒	托钵修会壮大（圣方济各亚西西）

(续表)

法国文学	外国文学	艺术	时间
首次出现仿讽作品：滑稽剧、杂拼诗……	阿威罗伊：《亚里士多德评论》	兴建巴黎圣母院	1163 年
传奇故事（韵文体）创作出现：《特里斯当》的故事 讽刺性传奇故事：《列那狐传奇》初始诗节 克雷蒂安·德·特鲁瓦的作品 首次出现保存完好、书面撰写的半礼拜仪式戏剧（《亚当的故事》……）			1170 年
风雅传奇故事顶峰时期（《特里斯当》系列故事，圣杯的故事） 散文体传奇故事出现		西方指南针	1180 年
真正意义上的戏剧文学出现	《尼伯龙根》（德国）		
历史类文学诞生（维尔阿杜安） 带有宗教色彩的说教类文学占主流 史诗类文学陷入困境，讽刺文学涌现		沙特尔大教堂的哥特式大门 佩罗坦：巴黎圣母院唱诗班领唱者	1200 年
	圣方济各亚西西：《宗教作品》		

中世纪

时间	政治事件	社会背景
1212 年	"童子军"进行十字军东征	
1226 年	路易九世（即未来的圣路易）即位	教堂中禁止各类游戏或节庆活动；强制举办年度圣餐和忏悔仪式；反犹太教徒的迫害运动
1248 年	圣路易率领十字军征战埃及	
1250 年	大批奴隶解放 圣托马斯·阿奎那来到巴黎	教会中关于贫穷的辩论
1257 年	罗贝尔·索邦创建索邦大学	
1270 年	圣路易在突尼斯逝世	
1271 年	南部奥克语地区的归并	
1271—1285 年	马可·波罗出使远东地区	
1282 年	西西里晚祷战争：法国人被逐出西西里岛	佛兰德地区和南方的呢绒商罢工

（续表）

法国文学	外国文学	艺术	时间
	沃尔夫拉姆·冯·埃申巴赫：《帕尔齐伐尔》		
《玫瑰传奇》：让·德·默恩（续写纪尧姆·德·洛里斯的作品）的诗歌和百科全书式文学 吕特伯夫的戏剧作品、抒情诗歌、讽刺诗歌		圣路易写作彩饰字母装饰的圣诗集	1230 年
圣路易禁止行吟诗人踏入他的宫廷 呈现一定的繁荣：文学领域的交流增多，传播更广泛。	亚当·德·拉阿勒的"韵文剧"：戏剧逐渐独立，文学样式形成 有关马可·波罗的书籍	慕尼黑手稿《布兰之歌》	1260 年

时间	政治事件	社会背景
1285 年	美男子菲利普即位法国国王	图卢兹手工业者起义；第一次三级会议召开
1304 年	将犹太人驱逐出法国	
1309 年	教皇教廷迁至阿维尼翁	
1314 年	爱争吵的路易十世继承法兰西国王王位	
1328 年	瓦卢瓦家族的菲利普六世成为法兰西国王	大饥饿爆发。建立统一的基督教王国的理想破灭；基督教国家间的战争频发；王权和教权削弱；占领加莱，黑死病蔓延
1337 年	百年战争爆发	
1350 年	好人约翰成为法兰西国王	
1357 年	普瓦提埃之战；好人约翰被俘	爆发全国范围性的农民起义
1360 年	布雷蒂尼和解：法国国王将西南部地区出让给英国	
1365 年	查理五世成为法兰西国王	依旧动荡不安的时期，但收复多地（阿基坦、普瓦图……）
1366 年	杜·盖克兰远征西班牙	

(续表)

法国文学	外国文学	艺术	时间
出现一些论战性文章（主要有关贫穷）	但丁：《新生》	亚眠教堂的镀金玛利亚雕塑落成	1290 年
编年史作品（儒安维尔）出现，几大文学样式纷纷消亡（武功歌、亚瑟王传奇故事、韵文故事等）			1300 年
		修造阿维尼翁教皇宫	
危机重重和动荡不安的年代："介入"和论战性文学；历史性文学（付华萨）；避世文学（克里斯蒂娜·德·皮桑和纪尧姆·德·马肖）	薄伽丘：《十日谈》		1350 年
	罗马：彼特拉克的作品		1370 年
"人文主义"思想萌芽：回溯古代经典作家的作品（奥威德）；亚里士多德作品的翻译；查理五世针对博学之士的保护政策	乔叟：《坎特伯雷故事集》		

时间	政治事件	社会背景
1380 年	迪盖克兰逝世,查理五世驾崩	教皇教廷迁回罗马,教会开始分裂
1385 年	查理六世迎娶伊萨博·德·巴伐利亚	和平时期初现
1392 年	查理六世疯癫	艺术、文学和文化的扩散
1415 年	阿赞古尔:夏尔·德·奥尔良被俘	
1429 年	圣女贞德解放奥尔良	
1431 年	圣女贞德受火刑	固定剧团出现
1436 年	查理七世进驻巴黎	
1437 年	印刷术发明。夏尔·德·奥尔良回国	
1461 年	查理七世逝世	王国走向统一

(续表)

法国文学	外国文学	艺术	时间
戏剧风靡：囊括《圣经》故事、神话传奇、民间传说、道德说教等的"奇迹剧"大量出现		《贝里公爵的豪华时祷书》	1400年
作家附庸于王公贵族：创作一些歌功颂德、建言献策的文学		意大利美术家多纳泰罗、意大利画家弗拉·安吉利科、荷兰画家凡·艾克	
回忆录作者涌现（科米纳……）。中世纪戏剧的黄金年代，喜剧繁荣			1450年
抒情诗歌的发展：抒发个人情感的诗歌和（或）精湛的诗歌形式（夏尔·德·奥尔良、维永、大修辞学家）		比利时画家凡·德尔·维登	1460年
	列奥纳多·达·芬奇：《达·芬奇笔记》；萨沃纳罗拉：《布道》		

主要作家生卒年表

主要作家生卒年份
纪尧姆·德·阿基坦，1086 年生，1127 年卒
韦斯，1100 年生，1175 年卒
克雷蒂安·德·特鲁瓦，1135 年生，1190 年卒
若弗雷·吕德尔，出生日期不详，1160 年卒
玛丽·德·法兰西，出生日期不详，去世日期不详
贝特朗·德·博尔恩，1140 年生，1215 年卒
南方行吟诗人年代，1100 年至 1220 年
让·博代尔，1150 年生，1220 年卒
维尔阿杜安，1150 年生，1213 年卒
葛斯·布吕莱，1165 年生，去世日期不详
北方行吟诗人时期，1150 年至 1300 年
纪尧姆·德·洛里斯，1210 年生，1250 年卒
儒安维尔，1224 年生，1317 年卒
亚当·德·拉阿勒，1240 年生，1290 年卒
让·德·默恩，1240 年生，1305 年卒
吕特伯夫，出生日期不详，1290 年卒
纪尧姆·德·马肖，1300 年生，1377 年卒
付华萨，1337 年生，1400 年卒
厄斯塔什·德尚，1346 年生，1406 年卒
克里斯蒂娜·德·皮桑，1363 年生，1431 年卒
让·雷尼耶，1392 年生，去世日期不详
夏尔·德·奥尔良，1394 年生，1465 年卒
维永，1431 年生，约 1466 年卒

政治和文学大事年表

日期	政治和文学大事
842 年	《斯特拉斯堡誓言》
约 880 年	《圣女欧拉丽赞歌》
约 900 年	《圣徒列瑞行传》
约 940 年	《约拿斯布道》
987 年	于格·加佩登上王位
约 1040 年	《圣徒阿列克西斯行传》
约 1065 年	《罗兰之歌》
约 1080 年	《纪尧姆之歌》
1095 年	十字军东征开始
1140 年	若弗雷·吕德尔:《诗歌集》
约 1150 年	韦斯:《卢的故事》;《忒拜的故事》
约 1160 年	克雷蒂安·德·特鲁瓦的初期作品;《亚当剧》(作者不详)
1170—1175 年	托马斯:《特里斯当》;克雷蒂安·德·特鲁瓦:《克里赛》
约 1175 年	《列那狐传奇》(初期诗节);玛丽·德·法兰西:《故事诗》;贝特朗·德·博尔恩:《作品集》
约 1180 年	克雷蒂安·德·特鲁瓦:《朗斯洛,或坐囚车的骑士》《伊万,或带狮子的骑士》《圣杯的故事》
1180 年	菲利普·奥古斯都开始统一法国
1192 年	贝鲁尔:《特里斯当》
约 1195 年	让·博代尔:《圣徒尼古拉斯短剧》
约 1200 年	《欧卡辛与妮可莱特》

中世纪

(续表)

日期	政治和文学大事
1207—1213 年	维尔阿杜安：《编年史》
约 1225 年	散文体的《特里斯当》
1226 年	圣路易即位：法国处于强盛顶峰
1234 年	纪尧姆·德·洛里斯：《玫瑰传奇》
1262 年	亚当·德·拉阿勒：《叶棚剧》
1275 年	让·德·默恩：《玫瑰传奇》
1282 年	亚当·德·拉阿勒：《罗班和玛丽蓉的故事》
1304—1309 年	儒安维尔：《圣路易史》
1337—1453 年	英法百年战争
1340 年	纪尧姆·德·马肖：《命运的救药》
1373 年	付华萨：《编年史》（创作初期）
1456 年	维永：《小遗言集》
1461 年	维永：《大遗言集》
1461—1492 年	路易十一完成法兰西王国统一大业

创作背景

长期动荡

自西罗马帝国垮台（476）至土耳其人攻占君士坦丁堡（1453），中世纪长达千年。然而，直至11世纪初期，法语文学才出现并开始取代拉丁语作品。

法国文学诞生之前的欧洲四分五裂。自5世纪起，东部蛮族相继来犯，打破了高卢罗马文明的统一。尽管查理曼（768—814）统治时期曾出现过统一局面，但是基督教世界仍然经历了严重且漫长的衰落期。政治秩序缺失，取而代之的是众多封建小国并存的混乱局面，战事不断。流行疾病、战争和饥荒令百姓苦不堪言。987年，继加洛林王室最后一位国王后，于格·加佩即位，此时的王国国势衰微。

自11世纪起，复苏迹象因人口增长而显现。军事入侵与流行疾病减少，农业与城市发展：新环境有利于生产力、交易和商业的发展。农田开垦（尤其受益于宗教团体）扩大了种植面积。因此，统治更为稳固的基督教王国重拾武力：企图再次征服生活在西班牙的阿拉伯人，以此彰显十字军精神。

十字军东征是数次旨在从"不忠者"穆斯林手中夺回圣地的军事征战行动。第一次十字军东征（1096—1099）集结多位领主（其中有戈弗雷·德·布永和下洛林公爵）；后续东征中，其余领主相继追随，直到1291年，十字军遭遇决定性失败——耶路撒冷战役后，征战方才告终。十字军东征深刻影响当时的意识形态（自然包括文学）：这一系列战争既体现了宗教信仰者的虔诚及其朝圣之旅，又反映了封建制度下军事远征所带来的荣耀和战果的诱惑。

封建主义：社会结构与意识形态

封建主义的主要特征是臣从与采邑制。臣从是"封臣"宣誓效忠于"封建领主"的一种仪式。双方间达成的这种契约意味着封臣应当参加领主所组织的集会（即"议会"），并且辅佐领主的行政、司法、军事行动。作为交换，领主保护封臣并为其分封土地，即"采邑"。而领主本人又可能成为上一级权力更大的领主的封臣。处于这种等级制度顶端的便是法国国王。

这种社会结构反映一种意识形态，其中，文学便是写照之一。封建观念滋养想象事物的创作。颂扬理想信念的武功歌一语双关：既表宗教信仰，也宣忠君誓言。11世纪至12世纪期间，武功歌以口头形式传播，有利于普通民众了解其颂扬的封建典型时期的历史，古代英雄人物的过往及其军功（拉丁文写作 gesta）。

从拉丁语到古法语：最初的文学文本

中世纪文化最重要的特点便是具有宗教色彩。当时，作为文化传播者的文人均为教会人士，即"教士"，因此文化传播的主要作用是广布信仰。文学主题除有关十字军东征外，还涉及圣人行传、圣迹故事和《圣经》评论。拉丁语得以维继的强大生命力就源于教会对知识的垄断。直至9世纪起，一些新语言才开始产生，随之伴生的还有世俗文化。但中世纪由通俗语言创作的文学文本，最初并非具以书面形式。因为其创作初衷是用以吟唱或单调唱、诵，这种用途决定了当时的文学文本是以故事或歌谣的形式进行口头传播。罗曼语（如今称之为"古法语"）写成的早期文本是一些司法文件或圣人行传，如：

创作背景

《斯特拉斯堡誓言》（这次发生于公元842年的宣誓规定了查理大帝之子们的帝国瓜分协议）、《圣女欧拉丽赞歌》（880）、《约拿斯布道》（约940）、《圣徒阿列克西斯行传》（约1040）。

主要文学样式

文学在以书面形式传播后，其类别迅速演变，因为自那时起，文学读者仅限于极少部分识文断字的精英们，即贵族阶层。此外，文学作品以手抄本的形式传播，方便改写，每位手抄者都可随心所欲改动原文或进行汇编。在中世纪，毕竟尚未出现"文学著作权"的概念；一部作品一旦成功，他人便会模仿、抄袭或是进行各式改编。如《特里斯当和伊瑟》的原版由贝鲁尔所著，此版本的部分章节侥幸流传至今，然而，该传说的存世版本却有数个。因作品为匿名，其文本源头往往无从考证。

作家依附于权力者：文学无法对抗当权者。因此，中世纪的文学思想反映的是领主与显贵阶层们的理想。主要有以下三种文学形式：

- 武功歌（歌颂那些秉承荣誉信条的骑士们的战功）；
- 风雅文学（描述骑士追求实现完美品德，以期博得所恋贵妇人的垂爱）；
- 讽刺文学（刻画那些背离骑士道德与宗教要求者的滑稽之处）。

文学的传播

书面文学多由僧侣、"教士"创作。他们均为教会人士，富有学识且受过大学教育。教士无需交纳赋税，身着长袍，行削发礼（以此区别于世俗人员），但可以成婚（神父不准结婚）。教士的酬劳视雇佣方（封建领主、主教、修道院）而定，因而，他们的文学作品（如果是自己亲自创作的）跟普罗大众没有实质关联，所传播的往往是博学或精英文化。

文学作品传播的主要媒介便是行吟诗人。起初，作为公众表演者，行吟诗人常在城堡里、公共广场上或定期举办的集市中登台表演。他们将一些武功歌、韵文讽刺故事或抒情诗歌牢记于心，然后自由表演，随心所欲或根据当时公众的审美趣味进行改编。偶尔，因记忆力所限，他们也会自行加以创造。

在抄誊过程中，抄誊者同行吟诗人一样通过自创或借用民间素材来修改作品纲要。因此，文学作品也会流露抄誊者的个性，尤其是自 13 世纪起，文学朝"作品系"方向发展，抄誊者的个性便更加明显。抄誊者随心所欲地收集一些分散的章节片段，然后寻觅恰当的形式予以调整并整合成文本。

因此，这一时期的文学作品不是单一或个人的创作成果。直到 14 世纪，一些具有署名作者且形式固定的原创文学作品才产生。这与散文（如历史性文本）的飞速发展相关。

文学的演变与压力

自 13 世纪起，教士人数过于庞大，该职业的稳定性难以保障。那些被教会教阶制度忽视或抛弃的教士们很少能寻觅到世俗的庇护者，他们只得逐个城市地游荡，去售卖自己无用的知识。他们被边缘化，居无定所，往往过着放荡不羁的贫苦生活，被称为"放纵派行吟诗人"或"流浪派行吟诗人"。他们指责神职人员、大学运作、教阶制度、教皇权威。自此，一种个性更为明显、反对因循守旧，甚至时而带有反叛精神的文学形式诞生了，吕特伯夫、维永便是此类文学创作者。

还有一些漂泊者是贵族家庭的年幼子女们。长子继承权的存在导致年幼子女无法继承家族财产，他们只得效忠多个领主，以期获得意外收获：等到一位财产丰厚的女继承人并迎娶她。在这段漫长的单身时期，年轻贵族们成为行吟诗人青睐的听众，与此同时，他们也会自己创作抒情作品。

创作背景

最后，在贵族为新的社会阶层出让权力时，文学又经历演变。自12世纪起，商业交易催生了从事批发商业的自由民（尤其是在纺织工厂兴起的北方地区）。公社由自由民中的要人自行治理，并创办一些势力强大的行会。封建文学的主要题旨无法继续迎合这群新听众，因而，戏剧（尤其是喜剧）得以发展。

武功歌（12世纪）

一种起源不确定的文学样式

正如其名，武功歌是一种用以吟唱并详述军功（拉丁文写作 gesta）的诗歌，军功即查理大帝（8世纪）时期的战功。因此，对于12世纪的读者而言，这些历史事件属于遥远的过去。武功歌也因而具有双重作用：（以追忆英雄过往的方式）延续骑士的精神理想，同时，松散的故事情节允许每一位抄誊者或吟唱者自由思考或改编诗歌。

武功歌的起源不确定。一开始认为是口头传诵的诗歌"拼合"，这种集体作品借助众人记忆得以流传。但是，中世纪文学专家约瑟夫·贝迪耶否定了这种观点，他指出武功歌出现于较晚的十字军东征期间（11世纪）。因此，武功歌由神职人员创作，目的是延续"再度征战"的精神并且为民众塑造虔诚勇敢的人物榜样。针对武功歌的起源，众多学者各持己见。但终归，其源头有以下两种可能性：由民众互相传播并且不断修改，从而得以永续流传；由个人创作，以此确保作品的统一性及完整度。

总而言之，此类文学在这三个世纪（自11世纪至14世纪）中经历了重大发展：共计出现80首武功歌，诗歌长度一千至两万诗行不等。

史诗的文学技巧

史诗是一种在公开场合吟唱或单调唱诵的诗歌。其中使用的"且听""请听"这类字眼暗示有听众在场，这也决定了它的口语风格。此外，文本大量运用重复手法，套用一些固定语句或诗节系统，以此用来帮助讲述者、行吟诗人或抄誊者的背诵。每个诗节（称作"史诗小节"）的行数不等，但每行诗句的音节数相同，同一节中每行诗句的准韵脚或韵脚一致。《罗兰之歌》的每一节诗都以一个神秘符号"AOI"结尾，可能是用以标记韵律的变化。

应当将史诗与现代文学的叙事风格（如小说中的叙事）区分开来。因为，史诗不停地使用重叠、回顾或是呼应性话语的形式串联诗歌，并且必须遵循的原则是"奈何有千般变化，主题却始终如一"。在特定时刻（如罗兰离世时），叙述戛然而止；结构相似的诗节循环往复出现。如此这般，武功歌越发繁盛，并且促进了抒情诗的发展。

最后，行吟诗人为了方便记忆，并且使听众能够追随其思路，他们常使用一些现成的套话（总结性话语或是呼应性话语）。这些凑音步的词句，甚至可以成为一成不变的母题。如诗歌的描述技巧往往服从于一些习惯性规范。骑马作战、贴身肉搏、为死者祷告：所有这些场景均可以同一种模式叙述和相继展现。围绕这种老套的形式，武功歌的艺术停留在如何把同样的主题和同样的母题结合起来。叙述者的即兴创作部分在于如何创造性地铺陈这些纲要。

英雄史诗的主题及其意识形态

武功歌是宣扬封建制度主旋律的载体。描写查理大帝同撒拉逊人的战争，正是为了颂扬十字军精神。国王的地位、国王与臣从的关系、封建主义的敌人，武功歌的所有这些主题均为歌颂封建等级制度与忠诚。同时，武功歌中对于战争的叙述，也是用以强调英雄人物的勇敢和骑士精神。史诗一方面展现了一种（对于东方、历险等的）向往，另一方面又构建了一种道德准绳：臣从于一位公正的、强大的国王时，英雄人物们可以超越个人主义及舍弃自身利益，效忠国家，因为此时他们的国家正经历王权试图取消封建分封制和树立中央君主权威的历史时期。在路易七世及菲利普·奥古斯都统治时期，这种中央集权化更为明显。

《罗兰之歌》

《罗兰之歌》是法国武功歌中最为完整且最古老的作品。其手抄本的出现可追溯至1070年，共包含4002行十音节诗句（十音节诗体），分291节。所用语言为盎格鲁-诺曼底方言。

《罗兰之歌》的主要题旨是讲述法国人对不忠者的长途征战，即征服那些自7世纪定居于西班牙国土上的穆斯林。在查理大帝的号召之下，法国军队翻越比利牛斯山脉，围攻萨拉戈萨。但查理大帝急于班师回国。他的外甥罗兰率领的后卫部队负责运送战利品，不料在途中遭遇匪徒袭击，罗兰身亡。这些历史事件被改编成武功歌，将罗兰被袭描述为落入叛徒加奈隆的陷阱之中。而且袭击罗兰所率的法兰克骑士后卫部队之人，不是巴斯克的土匪（基督教信仰者），而是撒拉逊人。最终，查理大帝率军折返，替外甥报仇。

十字军大规模东征时期，需要颂扬战事价值观，而《罗兰之歌》中对军功的理想化处理，正合乎这种意图。

该史诗大致内容如下：

• 第1行至第813行：萨拉戈萨的国王马尔西勒王向已征服几乎整个西班牙的查理大帝求和。罗兰建议任命他的继父加奈隆为国王使者前去招降。此去凶险，为了报复罗兰，加奈隆叛变并建议罗兰统率后卫部队。

• 第814行至第1016行：查理曼率领部队返回法国。撒拉逊人备战，袭击后卫部队。

• 第1017行至第1187行：罗兰不赞成奥利维埃的提议，拒绝吹响呼唤查理大帝折返的号角。

• 第1188行至第1448行：第一次交战，罗兰的军队获胜。

- 第 1449 行至第 1690 行：第二次交战，罗兰一方伤亡惨重。
- 第 1691 行至第 1850 行：不顾奥利维埃的反对，罗兰决心吹响号角。
- 第 1851 行至第 2258 行：敌方全歼剩余法军。奥利维埃及大主教托宾战亡。
- 第 2259 行至第 2396 行：罗兰战死疆场，撒拉逊人撤离。
- 第 2397 行至第 2569 行：查理大帝折返，与马尔西勒王的部队交锋并大获全胜。
- 第 2570 行至第 3674 行：增援马尔西勒国王的埃米尔巴里冈抵达西班牙。查理大帝击溃并杀死巴里冈，以此致敬罗兰及其战友。
- 第 3675 行至第 3733 行：安葬英雄，查理曼返回艾克斯-拉沙佩勒。
- 第 3734 行至第 3974 行：审判加奈隆及其亲属，并判其死刑。
- 第 3975 行至第 4002 行：收场诗。

归根结底，《罗兰之歌》堪称一部典范之作。它的巨大成功不仅影响了其余武功歌，同时也定义了人们对于查理大帝这一历史时期的认识：君王虔诚恭敬、果敢威严、仁慈善良；骑士们英勇无畏、大公无私、仁道至极。

武功歌的繁盛时期

《罗兰之歌》及其后的同类作品推动了武功歌的繁盛。其中一些作品开始讲述爱情故事（《罗兰之歌》中未涉及）并塑造女性角色（如《撒克逊人之歌》、《帕里兹女公爵》）。自 13 世纪起，在盎格鲁-撒克逊传奇——亚瑟王系的影响下，法语英雄史诗也开始呈现传奇色彩（如《于翁·德·波尔多》、《洛吉费尔战役》）。众多作品的主题转而描述揭竿而起的封臣："男爵史诗"这类题材就是讲述叛臣贼子忏悔自己所犯下的一系列罪行，并因此接受惩罚。这就要求作品既能精心处理剧情的残酷结局，又要强调其中传递的道德和宗教教训（如《拉乌尔·德·康布雷》《吉拉尔·德·鲁西永》《列诺·德·蒙托邦》)。甚至可以将有关皈依基督教的巨人的素材，塑造为殉教和神圣显现的故事（《纪尧姆之歌》）。最后，发生于当时的一些新近历史事件也滋养着"现代"武功歌（约13世纪末），特别是其中很多作品的灵感源自十字军东征的历史（《攻占昂蒂奥什》《耶路撒冷之歌》）。但罗兰和查理大帝这段历史的影响仍然占据主流，他们的故事经常出现在各类改编作品中（12世纪末的《吉拉尔·德·维也纳》）。

风雅文学

新的审美趣味

自12世纪初期,加佩王朝的王权削弱,有力促进了某些外省大封建主的发展壮大。与此同时,封建势力间的内部冲突和对抗萌现渐弱的势头。在这一段相对和平的历史时期中,战事主要集中在十字军征战的遥远东方。十字军东征的影响有以下两点:一方面,女性在社会生活中发挥的作用增大,因而一些愈发精细雅致的生活习俗形成;另一方面,从巴勒斯坦归来的男性,依旧迷恋他们在中东地区所见的奢华生活。王公贵族致力于寻求一种新的生活艺术,他们推进了美术的发展。

从宫廷到典雅爱情

宫廷代表了受社会习俗和道德准则约束的一种文化典范。宫廷文学被称作"风雅文学",用以表明贵族精英——"骑士"的准则。理想化的骑士应该遵从如下价值取向:举止风雅、体格健魄、胸怀大度、爱情至上、献身贵妇等。所有这些主题最先在南方省份发展起来。作家既是诗人又是音乐家,他们用奥克语写就一些用以歌唱的诗句。这些创作者被称作"吟唱诗人",分为北方的奥依语吟唱诗人、南方的奥克语吟唱诗人,他们也会把创作的歌曲交给行吟诗人吟唱。后者是游弋四方的艺人,他们往往集多重身份于一身：既是喜剧表演者，又是故事述说人，还是哑剧演员和歌手。就这样，真正的知识文化中心围绕这些奥克语吟唱诗人与行吟诗人逐渐形成，正如阿基坦公爵兼普瓦提埃伯爵——纪尧姆九世（1071—1127）的文化圈的形成亦是如此。

风雅传奇故事

文学创作中，王室的影响起决定性作用，但文学创作所使用的语言并非只是南方显贵的语言。10世纪起，西部地区形成了一种口语——"罗曼语言"，它是晚期拉丁语的分支，混杂源自多种方言的借词。12世纪时，该种语言以书面的形式固定下来。这种被称作"romanz"（罗曼语）的语言为那些不认识拉丁语的人开启了文学宝库的大门。因此，诞生了一种新的文学样式——传奇故事，即以通俗语言写就的长篇文章。滋养风雅传奇故事的素材源头有三种：

- 源自古代的素材（如特洛伊战争、维吉尔的《埃涅阿斯纪》、奥威德的《变形记》）；
- 十字军返回后，带回的一些来自拜占庭和东方的影响；
- 亚瑟王的凯尔特传说系（圆桌骑士、寻找圣杯、帕西瓦尔等）。

最后，由于政治原因，一些来自"不列颠"（当时指爱尔兰、威尔士、康瓦尔等地）的文本和主题也进入法国。比如尽人皆知的政治背景：嫁给路易七世成为法国王后的阿利埃诺尔·德·阿基坦（1122—1204），后又嫁给亨利·普朗塔热内成为英国王后。最初的传奇故事（《忒拜的故事》《埃涅阿斯的故事》、贝鲁尔和托马斯的两部《特里斯当》）和玛丽·德·法兰西的"小诗"都题献给阿利埃诺尔。克雷蒂安·德·特鲁瓦的《坐囚车的骑士》题献给阿利埃诺尔的女儿——香槟伯爵夫人玛丽。

典雅爱情

英雄史诗通常涉及某些具体的军事事件，传奇故事与此不同，它更倾向于描写受爱情困扰的主人公的内心世界。传奇故事描写巫术、魔法，塑造巫师、仙女或令人不安的侏儒等人物，所刻画的文学世界往往是神奇的、非理性的。风雅传奇故事中的骑士常被绝对爱情所折磨，他们迷恋的对象是贵妇人，这种挚爱之情近乎传奇。为了与所爱之人般配，骑士不停地建功立业，锲而不舍地超越自我。因此，传奇故事所讲述的各类历险的主人公正是这些注定要经受各种考验，且痴迷于追求日臻完善的男人。

一种风雅文学形式："小诗"

被称作"小诗"的作品集有四十多部，创作于 12 世纪末和 13 世纪初期，诗歌的行数从 100 到 1000 不等。起初，小诗是一种简短的抒情诗歌，由弹奏凯尔特竖琴的不列颠行吟诗人吟唱。与韵文讽刺故事不同，小诗的写作语言为高雅用语，不含任何通俗字眼。小诗讲述的是源自神话传奇中的一段爱情故事。于是，歌曲转化为一篇短小故事，其中想象的成分居多。小诗《尧奈克》中一名骑士可以变身为鹰隼。小诗《毕斯克拉威》中，一位领主化身为狼人。

多数小诗的作者不详，但它已经发展为接近童话故事且运用类似主题的统一叙事形式。1160 年至 1178 年间，玛丽·德·法兰西创作了一系列小诗。**玛丽·德·法兰西**的生平不详：仅知她常出入英国国王亨利二世的宫廷，其余无从考证。这位女诗人创作时所遵循的叙述传统，正是源自她在不列颠听闻的诗句形式。她希望能"以押韵的形式叙述"一些历险和神话故事。其作品已具备神奇故事的所有特征：穿梭彼世或想象地区、动物和人的变身、预言和神迹等。《金银花》这首小诗选取了《特里斯当》的情节,但玛丽所有的诗歌都围绕情感历险展开,着重强调动人之情和倾慕之恋,甚至忧郁之感。

33 风雅文学里的重要传说:《特里斯当和伊瑟》

致命的爱恋和悲剧爱情自古有之。但是特里斯当的传说定义了西方疯狂且不幸的爱情形象,并经久流传。特里斯当的传说以小诗的形式传入法国。在其编著过程中,贡献最大的当属高卢行吟诗人布勒比,1130年至1150年间他生活在普瓦提埃宫中。整个12世纪,以特里斯当这一人物充当主题的文学作品数量众多,不尽相同。当时,这类文学创作繁盛,尽管如此,流传至今的作品却并不完整或经大量删减,甚至有些仅是零碎片段。

保存相对完整的版本共有两个:一个是写于1192年前后的**贝鲁尔**版本(四千行八音步诗句),另一版本则由阿利埃诺尔门下的食客**托马斯**所作。其余还有称作"伯尔尼"版本的《特里斯当的疯狂》和"牛津"版本的《特里斯当的疯狂》,所有这些可以帮助我们重构这则故事的整体框架。1225年前后,一部散文体写就的《特里斯当》将有关该传说的七零八落的篇章整理汇总为一部故事。

尤值一提的是,通过上述方式重构这段传说的功臣还有20世纪初期的约瑟夫·贝迪耶,他用一篇文章整合故事的所有节段:

"特里斯当是康瓦尔国王马克的外甥。爱尔兰每年都派遣战士莫豪迪向康瓦尔强行索取进贡的青年男女,特里斯当杀死莫豪迪从而解救了康瓦尔。但特里斯当身负重伤,金发伊瑟收留并治愈了他。马克适时成婚:他发誓只娶窗台上小鸟衔来的那丝金发的女主人。这个女人便是伊瑟。特里斯当得知此事后,同意去爱尔兰寻找伊瑟并把她带给马克王。在爱尔兰,特里斯当杀死一头怪物——头长肉冠的巨蛇。在返回康瓦尔的船只上,女仆布朗吉耶保管着伊瑟的母亲为女儿和马克王准备的爱情药酒,但特里斯当和伊瑟误饮了药酒,他们之间从此燃起了永不熄灭的爱情烈火。马克王宫里的男爵们察觉到了两位恋人间的奸情。特里斯当被判流亡阿尔莫里卡。尽管流放他乡,特里斯当依然多次乔装改扮返回康瓦尔。特里斯当迎娶伙伴卡艾尔京的妹妹——玉手伊瑟,然而他们并无婚姻之实。特里斯当在战争中受伤致死,金发伊瑟得知后急速赶来,但为时已晚,伊瑟在情人的灵床前死去。"

《特里斯当和伊瑟》的传奇故事长期影响西方文化,他们认为绝对的爱情总是充满不幸(再如《罗密欧与朱丽叶》)。德尼·德·鲁热蒙在《西方的爱情》中将这则有关爱情和死亡的传说视为建构西方美学观和伦理观的奠基之作。

典雅爱情时期的小说家:克雷蒂安·德·特鲁瓦

克雷蒂安·德·特鲁瓦的作品创作于1160年至1190年间,主要是一些韵文体故事,如《伊万,或带狮子的骑士》《朗斯洛,或坐囚车的骑士》《圣杯的故事》。他的作品——尤其是《圣杯的故事》对整个中世纪都产生了重要影响。尽管如此,我们对克雷蒂安·德·特鲁瓦(约1135—1190)的生平知之甚少,仅知他是一名有学识的教士,可能供职于特鲁瓦大教堂,任议事司铎,是大贵族门下的食客,主要附庸于香槟地区和佛兰德地区的王公贵族。阿利埃诺尔的女儿——香槟伯爵夫人玛丽、佛兰德的伯爵——菲利普·德·阿尔萨斯都是他作品的题献对象。克雷蒂安·德·特鲁瓦被视为法国文学史上第一位准职业化的作家。

克雷蒂安受风雅文学意识形态的熏陶,尤其是亚瑟王系传奇故事对他的创作灵感启发极大。他作品中的爱情一如既往地绝对且疯狂,但爱情的结局并不像《特里斯当》中的那么悲剧。克雷蒂安笔下的情人伴侣没有凄惨的结局,如其作品《艾莱克和艾尼德》中的恋人通过婚姻喜结连理,纵然历经各种艰险但也期望呵护这份亲密无间的爱情。同时,在《克里赛》中,女主人公菲尼斯保全了自己的荣誉和内心的自由。克雷蒂安延续了风雅文学视如珍宝的理想化、排他爱情,但并未设置悲惨不幸的故事情节。

克雷蒂安·德·特鲁瓦的两部骑士故事(《狮子》和《囚车》)①体现了典雅爱情精神的意义和变化。两位骑士伊万和朗斯洛代表皈依后胸怀大度且内心怜悯的男人,他们立志帮助那些弱小者、被社会遗忘者或受压迫者。与此同时,他们心中常驻一份忠贞于某一贵妇人的排他且完美的爱情(即"典雅"爱情),这份堪称疯狂的深度爱恋带有神秘的虔诚和牺牲的色彩。

最后,在未完成的代表作——《圣杯的故事》(约1180)中,克雷蒂安·德·特鲁瓦也塑造了该类骑士形象。亚瑟王的封臣帕西瓦尔爱上了美丽的城堡主夫人布朗舍芙勒。然而,最终他超越对于君主和心爱贵妇人的忠诚,一心一意地献身上帝和寻找"圣杯"——传说这是盛放基督之血的高脚杯,象征神秘的完美。整个13世纪,众多仿写者和后继作家的创作灵感都来源于这则充满神秘色彩的传说,而帕西瓦尔之谜也不断启迪欧洲作家的创作想象:瓦格纳的《帕西瓦尔》,还有创作时间距今较短的托马斯·斯特尔那斯·艾略特(写作《荒原》)和朱利安·格拉克(写作《渔夫国王》)的作品,以及各种电影翻拍作品。这则凯尔特的虚构传说在欧洲文学宝库中不断再现,活力永续。

---

① 作品的完整名字分别为:《伊万,或带狮子的骑士》《朗斯洛,或坐囚车的骑士》。

仿讽文学与节日

《列那狐故事诗》

《列那狐故事诗》是一部"组诗"汇编作品，其中的诗歌独立成篇且来源丰富。这些八音节形式的故事诗，于1175年至1250年间用法语写就，作者不详，应该出自一些有学问的教士之笔。当然，《列那狐故事诗》富含口头传播的民间文学色彩，但是20世纪的科研学者曾指出其中的一些篇章由个人独立撰写，且已明确部分组诗的作者身份，如皮埃尔·德·圣克卢。

这些故事作者的想象来源有三：

- 古代寓言故事。其中最主要的是玛丽·德·法兰西改编为法语的古希腊伊索寓言故事（公元前6世纪）。
- 中世纪诗歌。如1150年前后，根特修道士尼瓦尔用拉丁文写就的《伊桑格兰》，其中已有节段详细描述狐狸和伊桑格兰狼之间的斗争。
- 东方民间文学的影响。尤其是印度故事诗《五卷书》的影响，该书由阿拉伯人、犹太人和十字军战士传入西方。

十万行的《列那狐故事诗》是一部汇编之作，并由参与其中的二十多位作家不断地补充和完善。大量运用趣闻轶事的同时，教士们用仿讽手法改写自己所掌握的文学样式：如对武功歌和风雅文学的仿讽改写，以及对封建社会、司法和宗教的嘲笑讽刺。不过，依然可以观察到前期组诗的情调欢快愉悦，而12世纪中期创作的组诗则带有辛辣尖刻的说教口吻。此外，不应过分夸大《列那狐故事诗》的讽刺意义，也不应随意将其视为一部"大众文学"作品：

这部由社会精英为贵族阶层所编写的作品并未表达百姓的诉求及其复仇思想。"粗俗平民"、农民、下层人民完全绝缘于书面文学。

自中世纪至今，《列那狐故事诗》长盛不衰，这表明仿讽文学形式并不专属于某一个时代。拟人化的动物世界呈现的是各色人等（如寓言故事），而且这些人性的真实性具有普遍意义。《列那狐故事诗》中塑造的众多性格鲜明的动物形象也成为法国文化的典型，如狡猾且缺乏正直的狐狸、蛮横且易受愚弄的伊桑格兰狼、高傲自大的公鸡尚特克勒、精明狡诈的花猫蒂贝尔、呆滞笨拙的狗熊勃伦等。

去神秘化的动物形象

众所周知，在中世纪的文学想象空间中，动物世界占据重要地位。建筑艺术常借用雕刻的动物形象作为装饰图案，既有常见的动物（乌鸦、獾、鹰、鹿等），又偶有异域动物（大象、狮子、骆驼、豹子），甚至是虚构动物（独角兽、鹰头狮身带翼怪兽）。用动物来展现人类世界，仿讽文学因而更简单滑稽，更能把人的动机退化为"动物"本能：食、性或权力的渴望。《列那狐故事诗》中的放荡淫乱并不是无缘无故的猥琐或仅为博人一笑的粗俗，它的出现是为了揭示作品的深层意义，即所有美好理想的事物都值得怀疑。

更应注意的是，随着《列那狐故事诗》的不断扩容和丰富，列那狐狸越来越带有反抗、邪恶的意图，教唆思想昭然若揭，堕落命运逐渐注定。列那狐狸毫无悔恨之意，它既不遵循立下的誓言（封建附庸制下最重要的观念），又无视当权者。其余角色的品行也非真正的端庄道德。因此，追求荣誉至上的行为反而变得可笑。骑士精神的伟大已经不足以继续掩饰人类愚蠢、自私、奸诈及其真正的行为动机。同时，风雅文学奉为至宝的典雅爱情让位于恬不知耻的、亟待抚平的、出于本能的性欲。社会的等级结构及其表面的尊严最终动摇、倾塌。

韵文讽刺小故事

《列那狐故事诗》表达的是，使用计谋可以战胜权势，这不仅是一种价值观的传递，更是文学喜剧性的源头：通过愚弄滑稽的强者，达到引人发笑的效果。中世纪的韵文讽刺小故事也通过这种倒置封建价值观的手法来制造笑料。正如其名，韵文讽刺小故事与今日所谓的"寓言"这一文学体裁有关。它指一种虚构的叙述（所叙内容不取材于任何真实事件，与"历史"不同），由八音节诗行构成（这一点同风雅故事诗或《列那狐故事诗》一样），相对短小：仅限于讲述任一时空下发生的某一件趣事或某一个场景。

韵文讽刺小故事用以在公共场合诵读。因此，其逗笑效果必须立竿见影，不带任何说教意图。当然，有时会附有一段开场白或带说教意味的结束语，但这些仅为让其中的轻佻言语更易于接受和避免政治审查。尽管韵文讽刺小故事的形式短小，但它的主题，还有搞笑的低俗桥段都接近于庙会戏剧。12 世纪末至 14 世纪中期，韵文讽刺小故事最为繁盛。除吕特伯夫和阿拉斯的让·博代尔外，多数作者的身份不详。

韵文讽刺小故事的人物形象中出现了自由民、农民、平民、神职人员，这是一种全新贡献。在某些诸如酒馆之类的混乱场景中，故事叙述者设置一些品行不端的青年男子或是社会边缘者。此类被遗弃之人报复社会的手段便是愚弄某个有权势却令人生厌的人物，剧情诙谐精简。"幕间短剧"往往就简化为一场通奸故事，呈现典型三角关系：丈夫（相对而言富有，但愚笨或可憎）、妻子（淫荡、贪婪、不忠）和情人（无社会地位或精明滑稽的年轻男子）间的关系。至此，骑士精神和典雅道德似乎彻底被摧毁。

14 世纪末，这种描述放荡生活的文学取向还出现在一些更为完整的著作里：意大利薄伽丘（1313—1375）的《十日谈》，英国乔叟（1340—1400）的《坎特伯雷故事集》。

喜剧和大众节日

直至13世纪接近尾声之时，戏剧作品的撰写才真正出现。同样，闹剧的蓬勃发展也直到15世纪才实现。戏剧的源头实为难解之谜，暂且搁置不议。但可知，中世纪已经很重视集体生活和口语交流。封建典礼和宗教仪式类似于舞台表演。尤其是在节庆日，一些团体和个人化妆成各类角色，企图逗笑观众，此类表演在狂欢节上更受追捧。每逢节庆，实现身份反转的机会往往如期而至：富人权贵成为嘲笑的对象，穷人则摇身一变成为领头人。演出穿插于各种节日、庙会或大型集市中，这种环境孕育了世俗戏剧。喜剧中特有的讽刺艺术轻松逗乐了日后世俗戏剧的潜在受众（演员和观众）。而在《列那狐故事诗》或讽刺韵文小故事中，讽刺带来的愉悦感仅供精英们享受。现在，这种乐趣在节日庆典中得以更为迅速、广泛地传播。至此，我们方可谓之为"大众文化"。

中世纪的历史文学

中世纪早期的拉丁文"年鉴"

12世纪之前,历史文学作品为数不多,而且全部用拉丁文撰写。参与其中的编纂者局限在接受过教育的教士中。其中,部分作品属于世界编年史著作,讲述了基督教背景下的世界历史,如格雷古瓦·德·图尔写于6世纪的《法兰克人史》。其余作品仅限于记述某个圣人生平中的典型经历。而且,相较于客观历史而言,这些圣人列传更类似于传奇性故事。

法语撰写的早期历史性文章是对当时已有拉丁语著作的翻译。因而,1155年前后,来自泽西岛的诗人韦斯将《不列颠王朝史》(该书由杰弗里·德·蒙茅斯写于1130年)改编为《布鲁特的传奇故事》:这部宏伟的历史性作品重塑了不列颠的传奇过往;之后,韦斯受年代更为久远的《诺曼底人历史》启发,写就《鲁的故事》。《诺曼底诸公爵纪事》的作者伯努瓦·德·圣摩尔和韦斯均用韵文诗体进行创作。法语的散文体历史性作品直到12世纪时才开始蓬勃发展。

十字军东征回忆录作家:维尔阿杜安、儒安维尔

响应马恩河畔讷依的本堂神甫——讲道者富尔克的呼吁,香槟伯爵提博的封臣若弗鲁瓦·德·维尔阿杜安(约1150—1213)决定加入第四次十字军东

征。第四次十字军东征由教皇英诺森三世策划，目标是从威尼斯出发，走海上路线夺取穆斯林手中的圣地。维尔阿杜安与威尼斯总督恩里科·丹多洛谈判，双方商议租船运送于1202年10月8日起航的海军。然而，商业利益和双方争议导致十字军改变最初的军事目标，转而成为威尼斯人攻打希腊帝国的军事机器，并最终于1203年7月17日攻占君士坦丁堡。因此，十字军此次并未践行当初解放巴勒斯坦的誓言，而是发动了一场屠戮基督教徒（希腊东正教徒）的军事战争。为了回应人们对于这次偏离正途的军事远征的质疑之声，维尔阿杜安于1207年至1213年间撰写了《君士坦丁堡征服记》。显而易见，这部著作是一份遗忘誓言和企图洗白罪名的证词。

香槟的司法总管让·德·儒安维尔（约1224—1317）参加了第七次十字军东征（1248—1257），此次东征由后来被尊为"圣路易"的路易九世（Louis IX）所率领。1270年，攻打突尼斯前夕，路易九世死于瘟疫。此后三十多年间，儒安维尔撰写了一部名为《吾王圣路易圣言德行之书》的著作。美男子腓力四世的妻子，即法国王后让娜·德·纳瓦拉期待此书能用以教育自己的儿子（即未来的路易十世），因此，书籍的道德说教意图明显。出于歌功颂德和塑造理想化人物的需求，所述事件的真实性大打折扣。书中的路易九世俨然一位传奇人物，成为骑士阶层的全部伦理观和宗教价值观的代表。今日看来，与其将儒安维尔划归为编年史作家，不如将他视作回忆录作者或是圣徒传记作家更为贴切。

记述百年战争的作家：付华萨

让·付华萨（约1337—1410）出生于瓦朗谢纳。1361年，他跟随保护人菲利帕·德·埃诺，即爱德华三世的妻子来到英国王室。女保护人过世后（1368年），教士付华萨效忠于罗贝尔·德·那慕尔。在此期间，付华萨开始撰写《史记》的第一卷书，用以描述14世纪上半叶后期的历史。随后，他撰写了讲述佛兰德地区战争的第二卷书，以及记述英国查理二世的统治和西班牙的一些历史事件的第三卷书。付华萨的历史视野逆于历史潮流：他的思想带有明显的骑士精神传统，且严重羁缚于封建价值观，错误地理解了抵制英国占领者的人民反抗运动，对损害封建分封领主特权的中央王权扩张的评判失当。即便在法军骑士战败之际（如1346年失利于克雷西会战、1356年败于普瓦提埃），付华萨依然活在对骑士阶层的辉煌过去和骑士精神的追念之中，然而，这种怀念已与当时的事实格格不入。

直面现实的历史学家：科米纳

菲利普·德·科米纳（1447—1511）是一位勃艮第贵族，任勃艮第公爵大胆查理的侍从长。之后，科米纳离开查理，追随路易十一，任其顾问，路易十一仰仗他出谋划策并提供保护。1483年8月，路易十一去世，其继承者查理八世尚未成年，他的姐姐安娜·德·博热摄政。科米纳加入路易·德·奥尔良发动的抗衡王室的谋反行动，后被判入狱（1487—1489），随后流放至远离王室之地，科米纳开始撰写他的作品《回忆录》。查理八世成年时，科米纳的部分权利被恢复，再次担任使臣和谈判官，尤其是在意大利战争时被重用。

与王室亲近、野心勃勃、善于玩弄阴谋的科米纳几次背弃自己的保护人。他的《回忆录》力证自己的清白无辜，但又满篇内疚之情。他重写历史，本是为减轻自己的叛逆之罪，但实为徒劳之举，这部作品未能洗白他的污点。科米纳强调道德和政治势不两立。封建主义的骑士理想从此消亡。因此，不应该把科米纳与他之前的历史学家比较，而应该将他与同时期的佛罗伦萨史学家马基雅维利进行对比。

中世纪喜剧

起源和发展

中世纪戏剧迟迟（约15世纪中叶）才发展为一种规范的文学体裁并被大家认可，该时期的戏剧带有演出目的，并具备戏剧人物、书面台词、戏剧场景等因素。雏形阶段的戏剧是节庆或庙会中的产物，而且鲜少以书面形式呈现。尽管宗教戏剧逐渐脱离宗教仪式，但其源头和存在理由却与礼拜仪式相关。与此相较，世俗戏剧愈发显得更为重视交流和虚构成分，更像是社会文化的产物。但是，世俗戏剧是否起源于宗教戏剧的争议依然存在。

严格而言，戏剧文学产生于约1450年。此时，英法百年战争后诞生的一代人渴望摆脱过去战争暴力的影响，并且开始逐步恢复经济发展。社会经济的活力促进原创作品激增，共诞生250部作品，主要是一些闹剧或愚人剧，不过，这些作品很快便无法继续迎合观众的审美趣味。此类作品主要取材于12世纪的拉丁喜剧、神秘剧、行吟诗人的传统唱词、讽刺韵文小故事。这些因素的综合影响，加之良好的社会经济环境，共同决定了新戏剧的主题。一如既往，文学是新社会形势的产物，从中可以明显判断出：戏剧的发展同步于城市的壮大和市民阶层自我意识的觉醒。

亚当·德·拉阿勒的开创作用（13世纪末期）

15世纪，戏剧得以充分发展。在此之前，仅有两位著名的世俗戏剧作家，即亚当·德·拉阿勒与北方行吟诗人让·博德尔。亚当·德·拉阿勒被人称作驼背亚当，生活在阿拉斯，是一名音乐家。他是亚多亚伯爵罗贝尔三世的门下食客。后来，亚当陪伴罗贝尔三世来到那不勒斯，之后，他便一直依附于夏尔·德·安茹。1285年前后，亚当逝世，其余生平不详，但可知，当时的阿拉斯城正逐步发展，正处15世纪发达的社会经济条件实现前夕，呢绒和毛织产业、银行业发达，与佛兰德地区和英国的贸易往来频繁，作为商业中心的阿拉斯城欣欣向荣，文化生活丰富多彩。亚当的创作正值十字军精神消亡之际，虽然也继承了中世纪的文化思想，但他在借用各类已有文学形式（歌曲、骑士与牧羊女对话体诗歌、戏剧独白和幕间歌）的基础上，创造了一种新体裁。《罗班和玛丽蓉的故事》的创作或许是供那不勒斯王室消遣而用，但这是一部真正的戏剧，属于一种喜歌剧。戏剧讲述了一位年轻领主企图勾引一个农妇，但最终无果。这种情节的设置标志着农民的胜利，戏剧场景设定在氛围愉悦和生活不羁的乡间环境，颇具消遣性。

早期居住在阿拉斯时，亚当就创作了《叶棚剧》。这部作品的创作大概与行吟诗人社团有关。这部离奇古怪的作品由一系列凌乱场景和画面组成，嘲讽声名远播的阿拉斯人。尽管其中的多数原型人物已无法还原，但可以看出这是一部仿讽作品（仿照亚瑟王系传奇故事）。剧中人物表演自己日常生活中的场景，并为那些有权势的人驱魔除病。戏剧内容毫无逻辑且荒诞不羁，甚至有些即兴创作部分，类似现代的"心理剧"。亚当本人也直接参与戏剧情节：一开始时，作者上场，并宣布自己要离开妻子。之后，一位僧侣和一名医生出场，售卖江湖骗子惯用的药品或圣物；随后，一个狂躁的疯子和三位仙女登台。结尾所传递出的寓意（命运转盘的出现）最终把这部戏剧与大众节庆联系起来，因为在节庆日，一切都可以颠倒反转。

闹剧

今天已知的闹剧共170多部，长度在200行至500诗行不一，剧中人物鲜少超过三五个。其主题依然存活于现今的粗俗喜剧中：夫妻出轨、无赖撒泼、自吹者露馅等。尽管闹剧舞台上的人物众多且来自不同行业领域，但闹剧几乎脱离社会现实。为了塑造固定不变的典型人物，甚至形成创作套路，闹剧与现实相距甚远。确切而言，闹剧所营造的喜剧效果是通过夸张的讽刺手法和戏剧情节的可预见性来实现的。

其中，最著名的一部闹剧是《巴特兰律师》（讲述一名律师要求他的当事人装作只会学羊叫的愚人。最终，律师反而自己也被这个伎俩坑害）。这部闹剧情节完整，尽管创作年代较早（1464 年），但它的整体构想远超当时的其他闹剧。通常，闹剧的场面十分热闹活跃：剧中人物彼此争吵（尤以家庭口角常见）或者设计一些花招拙劣的场景（捉弄法官、权贵或自吹自擂者）。此外，闹剧亦十分重视语言：如那类"爱开别人玩笑的角色"会利用一些人（学生、初入城市的年轻村民、天真单纯者）生疏于某类语言的弱点来制造笑料。这些语言游戏常会导致模棱两可的语义，甚至是色情效果。

闹剧的主要剧情架构依然建立在丈夫/妻子/情人的三角关系中或夫妻相处的场景里。正如《洗衣桶闹剧》中，家庭地位高的妻子强迫她的丈夫在"家务清单"上写明他要完成的家务；但是妻子掉进洗衣桶后，丈夫借口说这不在他的"清单"里，拒绝把她弄出来，直到妻子承认丈夫的家庭领导地位后，丈夫才肯出手相助。尽管如此，闹剧还是强调骗子的世界里言行前后不一且充满禁忌。那类"爱开别人玩笑的角色"（后期莫里哀笔下的司卡班也是这类角色）会揭穿骗子的谎言，极力讽刺一切不端信仰。通过颠倒人物身份的手段制造笑料，这是专属于喜剧的手法，而闹剧将其借为己用，诞生之初本毫无变革精神的闹剧也因此具备了一种揭露真相的真正能力。

42 愚人剧

愚人剧这种文学体裁比闹剧篇幅更长、情节更复杂：其中的对话几近出格；教诲意图十分明显；部分剧情略显混乱。保留至今的共 60 部愚人剧，大部分类似荒唐无稽的故事。剧中人物的扮演者头戴一顶有耳软帽，以便外形更像"傻子"，即"疯癫狂人"，这类人有权利说或做任何事情，而无需冒被追究责任的丝毫风险。

愚人剧极有可能诞生在大学生社团之中，（为了训练）大学生戏谑地模仿一些司法诉讼、陈述辩护词、法庭辩论等环节。因此，跟一些"反语"（即反话正说的颂扬，拉伯雷的作品中"擦屁股纸"的章节里，也使用了这种方式）或大学生的起哄场面很接近。剧中的对话、放纵、假装的疯癫都只有一个目标：撼动一成不变的社会。因此，愚人剧以滑稽的剧情结构为轴线续展，语言或是前后不一的胡言乱语、或是毫无意义的连篇空话。是否应该用严肃的眼光审视愚人剧？其中设置的颠倒反转是否是有意之举？极有可能，愚人剧所关心的并非在于是否有意为之，而在于如何玩弄语言艺术，也就是怎样做到有诗意。

大众艺术？

无论如何，世俗戏剧这种艺术形式展现了中世纪喜剧性作品中节庆般的热闹氛围。当然，还存在一种在特定场所演出的高雅戏剧，专供有修养的市民阶层甚至是贵族阶级（如亚当·德·拉阿勒创作的戏剧）消遣。闹剧或愚人剧的主题与大众节庆（尤其是狂欢日）之间存在共性：都展现出放纵不羁、乔装改扮、颠覆反串、歌舞杂耍、游行巡演等元素。当今文学界承认：中世纪三分之一的世俗戏剧是用以户外演出，而其演出对象正是节庆里欢聚一堂的大众。

中世纪宗教戏剧

从仪式剧到神秘剧

早期的中世纪宗教戏剧独立于古希腊—拉丁戏剧，属于从宗教自身的瞻礼仪式中演化而来的基督教戏剧。演员扮演《圣经》中的一些人物，仅演绎其中的经文故事：牧羊人拜访马槽、三博士来朝拜、受难日的情景、圣迹或显圣等。由此而形成了说教意义明显的"仪式剧"。宗教戏剧将宗教文化融入宗教仪式和戏剧表演中，通过这种方式，修道士和主祭向信徒传播基础的宗教文化。

自 10 世纪初期，仪式剧出现在英国和法国北部的本笃会修道院中。随后，这种"表演式"祭祀很快在整个欧洲传播开来。起初，表演语言使用学术语言——拉丁语，12 世纪才开始使用通俗语言。随着戏剧人物的增加和戏剧故事的扩充，仪式剧的内容迅速丰盈。此时才形成真正意义上的"戏剧"：围绕一个中心主题（圣诞节、复活节、耶稣升天节等），增加各类戏剧场景和情节。戏剧化的《圣经》经文演变成为一种真正的"韵文剧"，变得更为生动，更易于向世人展现和表演。不过，这种戏剧依然受地点（祭台区、教堂）和宗教礼仪（仪式队伍、宗教服装、礼仪和祷告、弥撒祭祀）的限制。任何基督教徒均可来此沉思、祷告。但为防止出现失去自控的集体性过激事件，其余民众的参与受到严格限制。

12 世纪起，戏剧化程度迅速加强，伴生的情感认同也愈发明显。欧洲的思想环境（从圣徒贝尔纳的圣迹中可略见一斑）受耶稣的仁慈所感染。同时，对圣母玛利亚的崇拜兴盛起来,她让人动容的痛苦经历更易于抒情式韵文剧的创造。相比一成不变的《圣诞剧》和《主显节剧》(或称《三王来朝剧》),《受难剧》更受青睐。最后,诸如圣徒尼古拉的圣迹等,此类新故事无法在宗教祭礼中直接表达出来,于是也被编排成戏剧。此时,戏剧的演出搬离教堂,来到教堂的门廊或是教堂前的广场上进行。演出环境的改变使得布景、舞台导演成为必须。12 世纪末,一些教士组成剧团,他们着力通过增添逗趣滑稽的情节来改善演出。戏剧演变中最重要的环节是魔鬼被搬上舞台,之后是地狱的出现,这些都用以代表观众的烦扰。民间传说(小鬼、地狱的大锅)、驱魔祭祀(对死亡和罚入地狱的惧怕)、魔鬼的出现,将韵文剧发展成为多元素的混合体系,引发观众时而欢笑、时而焦虑。因此,1160 年至 1200 年间的作品隐约体现了戏剧的近代功能,比如《亚当的故事》和《耶稣的复活》。

这些戏剧手稿中已经附有一些舞台提示。表演中设置有地狱和天堂这样完全对立的空间。利用被称为"景观站"(演出场地上的"房子")的布景,各个戏剧人物站定在自己的"位置"上。演员要说话时,便走到舞台中央。当时戏剧的表演场地如同现在的马戏场,呈圆形,观众围绕四周,这便于演员和观众的交流,甚至可以吸引观众参与其中。但无论如何,尚无从考证当时是否存在职业演员。一般而言,"剧团"的成员来自于某种行业组织——行会。让·博代尔的《圣徒尼古拉斯短剧》(1199)由阿拉斯市的行吟诗人与自由民行会出演。吕特伯夫为金银匠行会创作过剧本(1270 年前后)。

44

新发展:神秘剧(15 世纪)

百年战争(1337—1453)期间,以书面文本形式留存下来的戏剧微乎其微,形成一种断层。这段时期过后,宗教文学和世俗文学领域的戏剧都开始复兴。中世纪独有的一种宗教剧样式——**神秘剧**的历史时期开启。神秘剧由社会上下合力编排,从筹备、表演到观看,全城百姓参与其中。表演中已经开始使用一些复杂的机械设备和烟花。神秘剧剧本的撰写吸引了当时所有的重要作家，如阿拉斯市的厄斯塔什·梅卡代、勒芒市的格雷邦兄弟、昂热市的让·米歇尔，他们都给世人留下了以耶稣受难日为灵感而创作的神秘剧。

除却社会意义，神秘剧还具备重要的文学意义。它是一种完整的戏剧样式，戏剧文本以书面形式呈现，规模宏大（平均两万诗行，最多可达五万诗行），讲究戏剧舞台艺术。神秘一词本身的含义有待商榷：它果真源自"mystère"一词，意指"神秘地接纳入教"吗？还是取自"mistère"（源于拉丁文中的ministerium），指称规模宏大的"宗教仪式"？我们无从得知。但是神秘剧具备极为重要的社会文化功能：表演宗教仪式、传播《圣经》教义、公开宣讲信条。此外，神秘剧的演出貌似都正值全民性盛大节日之际，吸引周围的民众前来观看：1490年，兰斯有1.6万人参与到神秘剧中！神秘剧还用来凝聚社会力量：戏剧常讲述城市的建造、当地圣徒的行传（梅斯市的圣徒克莱芒、朗格勒市的圣徒迪迪埃……），传递价值观、信仰和道德导向体系。有些神秘剧甚至用以纪念当时新近发生的事件，譬如米绍·塔耶旺的《可怜的民众》用以欢庆阿拉斯和解（1435），《巴塞尔主教会议》（1434）则论及教会大分裂问题。

神秘剧的特点和结局

神秘剧是一种大型化的戏剧表演。几百名演员在"景观站"的布景之下表演一系列动作，景观站代表了故事情节所发生的地点，比如地狱和天堂、棚铺和酒馆。观众并非固定不变，尤其当某些演出持续数日（三至十五天）之时。"指挥员"负责引导演员们的动作，戏剧解说员（通常是"疯癫狂人"担任）负责将各情景间的关系串联或松弛观众的情绪。最后，"巡游"（即神秘剧演出前的演员游行）和各种幕间插剧的设置使得神秘剧俨然一场盛大的节日庆典。

追根究底，神秘剧是一种宗教行为。但它更能说明中世纪末的一种需求，即将世界戏剧化，借助戏剧表演形象地呈现世界的价值观和信仰，以此打消当时萦绕在人们心头的关于世界末日的恐慌。因此，神秘剧并非一种娱乐消遣，也绝非一种乔装后的布道说教，而是一场极富吸引力的盛大活动。全社会齐聚一堂，共同观看渗透着当时社会价值观的演出。观众全神贯注于演出，时间仿佛凝滞。有鉴于此，神秘剧的剧本起初仅具有宗教性质，但它又迅速吸纳了不同的文体和语言风格（悲剧和滑稽剧），戏剧背景也延伸到了与《圣经》无直接关联的历史时期：特洛伊战争、罗马帝国或当时发生的新近历史事件。神秘剧将历史、人类情感、情绪集于一体，意欲无所不谈。此外，从最低级的牧师到教皇、王族甚至于神的司法，剧中人物均有发言权。戏剧角色既有一些人格化的抽象概念（罪恶、美德、善良、邪恶），也有超自然的人物（天使，魔鬼）和凡人（平民、名人）。神秘剧容纳万象，它所传递出的社会意识形态（神圣的事物并未脱离现实世界；历史是由消融和永恒不断的再生构成的）再次打消了人们对于"时代尽头"的忧虑。

神秘剧的广泛成功一直持续到16世纪初。1548年，巴黎最高法院认为神秘剧演出的宗教色彩渐弱，最终颁布法令禁止神秘剧上演。宗教战争（尤以新教一方的战争最甚）的爆发标志着神秘剧宣扬的宗教观念的彻底终结。此后，神秘剧逐渐被视作粗俗的文学样式，加之源自意大利的审美取向（绘画、文化方面的"复兴"等）的影响，最终神秘剧走向衰亡。

两位神秘剧作家：格雷邦和米歇尔

中世纪的宗教戏剧为数众多，其中大部分戏剧的作者不详。当时，"文学著作权"的观念尚未确立，那时的作家往往把某部作品的段落分离，并将其中的一些章节原封不动地用在另一部作品中。神秘剧的篇幅过度庞大（《旧约神秘剧1》含五万行诗句!),因此这样做并无妨碍。流传至今的重要作家有如下两位。

阿尔努·格雷邦(约1420—1470)是勒芒的圣朱利安的议事司铎、巴黎圣母院的管风琴演奏家和唱诗班指挥。他在其兄弟西蒙的帮助下,约于1450年创作了不朽的《受难神秘剧》:共34425行,分四天讲述。第一天描述的是天堂和耶稣诞生日;第二天是耶稣的传记;第三天是耶稣受难像和他所受的苦难;最后一天即第四天是基督复活。这部《受难剧》规模宏大,将各层语级的语言、高深的修辞手法与粗俗的诙谐相混用,堪称不朽的典范之作。

让·米歇尔(1435—1501)是医生和昂热大学的辅导教师,他借用格雷邦的数千行诗句,创作了《受难神秘剧》,被称作《昂热受难剧》。1486年8月,这部共三万诗行的作品在昂热演出,之后又多次在巴黎上演,1488年至1500年间共出版17次。让·米歇尔作品的主题更为紧凑,着重介绍基督降世为人后的生活经历。这部讲述耶稣化身为人的神秘剧,展现了耶稣所经历的悲怆感人的苦难。其余主角也具有人性:一些角色(基督的使徒、庇拉特、抹大拉的玛丽亚)拥有犹豫不决和怀疑的情感。总而言之,在让·米歇尔的戏剧中,以展现真实的人类世界为主,而传递象征意义次之。从这一角度看,16世纪末的耶稣教悲剧也沿承了他这一创作思想,戏剧人物(如不得不将儿子祭献给神的亚伯拉罕)常经历心痛欲裂的情感。

中世纪抒情诗

南方的奥克语吟唱诗人和爱情期待（12世纪）

中世纪的抒情诗宣扬的是封建价值观，这一点与英雄史诗完全相同。但抒情诗重点强调对于心爱女人的颂扬和崇拜。这种诗歌源自南方的奥克语地区，即南方吟唱诗人的漂泊之地——普瓦图至普罗旺斯这片区域。在富裕、自由、宽容且具有文化修养的领主的监管之下，这些南方省份经济繁荣，因而有利于艺术发展和安定风气的形成。毗邻地中海的地域特点方便南方省份的对外交往，它们因而便于中东地区文化与已蔓延至西班牙的阿拉伯文化的传入。

南方吟唱诗人的生活依附于资助者，他们因而成为宫廷诗人，当然，也可能他们本身便是出身贵族的年轻人。两次征战间隙，骑士们随时都会向出身良好的年轻姑娘，甚至大领主的妻子献殷勤。这类诗歌满溢殷勤之情，往往更接近于韵文剧。南方吟唱诗人的诗歌之所以十分类似于韵文剧，最主要的是因为它们颠覆了封建社会的传统价值观：诗歌中的男人（一改往常将男人塑造为统治者和鄙视女人的形象）效忠于贵妇人，并容纳她的一切任性言行，成为她的役使对象。"效忠爱情"为的是获取回报：爱人的拥吻或者更甚的是两情相悦（或称为爱情的欢愉）。

这份狂热的爱恋所追求的对象是某位遥不可及的贵妇人。诗歌文字中，从未具体指明其中的贵妇人到底是谁，而且运用抽象词汇和神秘祝词淡化贵妇人的外貌描写。诗歌主要歌唱：爱情的障碍、不可能的结合、难以满足的深情。使用宗教方面的词汇升华及描述其中的欲望。

47　因此，多数南方吟唱诗人的抒情诗歌属于爱情歌曲。全部诗节结束后是一节结尾词，献给这位身份不明的爱恋对象。

第一代诗人

　　南方吟唱诗歌的出现可追溯至约1100年，它代表一次真正的革新。所有文学评论家都强调这类突然涌现的诗歌的不寻常一面，这一优美且雅致的诗歌艺术让人很快接受了一种新的文学语言，"现代西方的春天提早来到"（达旺松）。南方吟唱诗人用富有韵律感且词汇丰盈的奥克方言创作韵文诗，拉丁语言的衰亡加速。

　　阿利埃诺尔的祖父**纪尧姆·德·阿基坦**（1071—1127）是目前已知的最早的南方吟唱诗人。作为一名好战公爵，他的采邑从卢瓦尔河一直延伸至比利牛斯山。他一生充满争战、历险，且行为放荡荒淫致使他被逐出教会。纪尧姆·德·阿基坦参加过十字军东征，之后，他为自己所爱的沙泰勒罗地区的子爵夫人写作充满热忱和柔情的诗歌：希望通过"殷勤效忠"并且绝对服从于贵妇人，以实现所期待的两情相悦的爱情。因此，纪尧姆·德·阿基坦定义了南方吟唱诗歌中最主要的陈词滥调：遥远的梦中佳人、为爱而死的渴望、恋爱带来的重返青春似的愉悦等。

　　另一位贵族若弗雷·**吕德尔**（生活于12世纪上半叶）是布莱的领主，还是昂古莱姆伯爵的封臣。13世纪，他的传记出版，确切而言，该作品更类似传说故事。他极有可能参加过1148年的十字军东征，因此，他常出入由图卢兹家族建立的的黎波里国，并在那里创作了歌唱伯爵雷蒙二世的女儿玛丽桑达和妻子欧蒂耶娜的作品。尽管存在上述推测，但是保留至今的若弗雷·吕德尔的六首歌曲还是充满神秘感，其主题均围绕"远方的贵妇人"，但自始至终她们均未登场，这种空间距离导致情感满足和肉体满足永远无法实现。诗歌吟咏的是不切实际的爱情，却同时描写了一些自然场景（春天、鸟儿鸣叫……）。

虽然表面看来，诗歌满腹忧郁、多愁善感，但这种反差正是精湛技巧的体现，而其中纯朴的文风实则矫揉造作，全然是为营造优美的旋律和引人浮想联翩。

诗歌高手**阿尔诺·达尼埃尔**的六节诗（六节六行诗组成，押六个韵脚词）继续强化了歌段的矫揉造作之风。

奥克语地区的后继诗人

纪尧姆·德·阿基坦和若弗雷·吕德尔的诗歌为随后一代的诗人树立了典范。1150年至1200年是南方吟唱诗人创作的阶段，众多诗人涌现：马卡布鲁、里戈·德·巴伯济约、吉扬·德·卡贝斯塔尼、迪城伯爵夫人、福克·德·马赛和皮埃尔·维塔尔。诗歌主题并未改变，诗歌形式却更为博大高深。偶尔，人们会觉得其中流露的爱情情感掩盖于一些过于复杂晦涩的叙述文笔和精心雕琢的细腻中。奥克语写作传统的消亡之快亦如其诞生之速：1220年以后，一切销声匿迹。的确，镇压阿尔比教派的十字军东征（1208—1229）使奥克语地区的贵族阶级群龙无首，南方省份的封建体制分崩离析。

12世纪末的主要南方行吟诗人还有**贝尔纳·德·旺塔杜**。其生平不详，但他生前备受欣赏且作品极为丰富。他是否是一位领主？是埃布勒·德·旺塔杜的后人？抑或是纪尧姆·德·阿基坦的朋友？或者，如他的早期传记所述，是一位出身卑微的仆从之子？最后这一传说更是在竭力向世人证明一个才华横溢的人如何白手起家，仅靠才华成为阿利埃诺尔·德·阿基坦的至交。总之，贝尔纳·德·旺塔杜是一位无与伦比的音乐家。他丝毫未改动风雅文学的主题，而是创作新的意象，运用充满新意和富于情感的原创性语言进行写作。

还有一位工于旋律的杰出作曲家是**贝特朗·德·博尔恩**（卒于1210年）：他是奥特福尔（隶属于多尔多涅省）的领主，是一位尚武且爱行游四方的贵族，他运用不同类别的南方行吟诗歌进行创作。他的贵族文学滋养和丰富了气氛更为活跃的说教性讽刺诗歌，以及刻画情人之间虚构对话的抒情诗歌和歌唱悲伤的挽歌。贝特朗·德·博尔恩的作品风格是一种大杂烩：既有忧伤的哀怨悲歌，又有类似战争歌曲的激昂曲调。

总而言之，在评判南方行吟诗人的诗歌时，我们都应该不拘泥于现代的批评习惯（沿袭自浪漫主义）。南方行吟诗人并不是试图抒发真挚的情感，而是尝试重新激活大家本已熟知的主题或是修辞定式（陈词滥调）。作品的乐趣在于为听众制造惊喜，在他们本已熟悉的背景下，出其不意地使用一个全新的表达方式或一节原创诗歌。南方行吟诗人注重诗歌形式，正因如此，在他们遗留后世的 2500 首诗篇中，后人能够编目 885 种不同的诗节模式。南方行吟诗歌得以流传至北方地区（出现了北方行吟诗人）和整个欧洲（葡萄牙、西西里岛、德国），便归功于诗歌形式上的丰富。但丁（1265—1321）同样推崇南方行吟诗歌：他视奥克语为"所有语言中最完美、最柔和的语言"。

奥依语抒情诗歌的诞生（12 世纪末和 13 世纪）

南方奥克语诗歌艺术的发展与风雅文学息息相关，因此与贵族阶级关联密切。自 12 世纪末，新的诗歌形式在法国北部得以发展，其文风更为大众化。甚至，有学者列举出贵族化的奥克语行吟诗歌与大众化的奥依语行吟诗歌间的文风区别①：

贵族文风	大众文风
1. 歌咏典雅爱情	1. 或多或少脱离典雅爱情诗歌
2. 南方吟唱诗歌	2. 行吟诗歌
3. 外民间文学	3. 往往是类民间文学
4. 抒情为主	4. 通常为半抒情半叙事，或是抒情式的唱颂结合伴舞

---

① 引自 1977 年皮卡尔出版社出版的皮埃尔·贝克的《中世纪法国抒情诗歌》（1977）。

(续表)

贵族文风	大众文风
5. 用奥克语创作	5. 用更为严谨的法语创作
6. 署名作品	6. 多数为匿名作品
7. 体裁明确	7. 难以用诗歌传统去划分体裁
8. 诗歌形式与情歌相似	8. 诗歌形式独立于情歌
9. 抒情的主体基本是一名男性	9. 抒情的主体通常是一名女性（女性歌谣）
10. 出现在12和13世纪的文本传统	10. 仅出现在13世纪的文本传统
11. "历史真实性"有限的语调	11. "历史真实性"广泛存在（延续至传统的口头文学）

大众类别

牧羊女之歌：此类抒情诗歌主要在皮卡第地区传播。是一种爱情歌曲，其中，唱段和收尾叠句交替出现，并且模式化的诗歌主线一成不变：诗人与牧羊女相遇、试图引诱对方、美女的反抗。通常认为，牧羊女之歌带有讽刺意味，对典雅爱情微带嘲笑之意。或许，这种文学样式的巨大成功就在于典雅爱情价值观的转变，不过，牧羊女之歌主要是一种活泼的小调，有时附以满篇的色情内容用来调情。这种调情方式也是诗歌的一种魅力。

女性歌谣：专门由女性演唱的歌谣，部分由男性创作。其中，破晓歌是女人在黎明时分离开她的情人时的独白。同样，纺织歌是正在纺线或织布的女人讲述她的不幸爱情遭遇的歌曲。这种文学样式是对典雅爱情歌曲的颠覆：它运用叙述手法；而且诗歌中的女性是普通的年轻女子，而非傲慢的贵妇人；其中的爱情合乎人情，只渴求爱情得以实现。

贵族文学的延续

奥依语的抒情诗歌含有奥克语情歌的特点。部分奥依语抒情诗歌的作者是封建领主，如沙特兰·德·库西或者科农·德·贝蒂讷，甚至是某些王子或国王,如狮心王理查(1157—1199)或蒂博·德·香槟。因此,纵观全局,北方行吟诗人正是南方行吟诗人的直接继承者。

然而,我们依然可以看到其中的一些变化。北方奥依语诗歌的情感表达更简单、更直接,不再晦涩难懂,也绝不矫揉造作。诗歌中的爱情更为羞涩含蓄,狂躁不安的情欲也得以抑制。另一方面,奥依语的抒情诗歌将宗教主题引入爱情歌曲。因此,在"十字军"的歌曲里,骑士表达他在责任(成为十字军战士)和爱情之间的痛苦抉择。这种文学样式在第三次十字军东征(1189—1192)时发展迅速,该次十字军东征由红胡子腓特烈皇帝、菲利浦·奥古斯都、英国国王狮心王理查率领。这种文学形式是介于宗教讲道和抒情怨歌之间的一种类型。

最著名的奥依语作品:《玫瑰传奇》

《玫瑰传奇》的前一部分由纪尧姆·德·洛里斯(约1234)写就,后一部分由让·德·默恩创作,这部长篇诗歌共计2.2万行,用奥依语写就,先后几经修改和再版,是传阅最广的中世纪文学作品。

或许,这部作品的巨大成功在于它囊括了中世纪诗歌的所有重要主题。它讲述了一种爱情艺术:作家描写了一场梦,在梦中他发现了一个果园,典雅、欢乐、爱情、美丽、慷慨、喜悦和坦率正酣舞其中。扮演情人的诗人,被"爱情"的五把箭射中,从此开始追求"玫瑰"(理想女人的化身),并历经种种磨难和阻挠。

《玫瑰传奇》呈现的是一个寓意丰富的世界,用直抒胸臆的方式吐露心声,风雅文学中有关禁忌和欲望的论述从而被推向极致。让·德·默恩所写的第二部分的作品氛围明显改变,他捍卫自然法则:爱情不应该被抑制,发泄欲望和追求自由是一种出自本能的自然冲动,应当顺应之。所以,该著作的前一部分是追求典雅的理想爱情,而后一部分则转变为教诲人们追求性爱的满足。

除此之外，让·德·默恩还利用梦境展现出一个黄金时代，即人们自由、平等、幸福生活的远古时代。这种梦境的展现是用以斥责现实及其审查制度和不良信仰的一种迂回手法，后来的拉伯雷、蒙田、伏尔泰的方法也如出一辙。因此，表面看来气氛愉悦，单纯称颂自然本性，但实则暗藏胆大讽刺，用以对抗圣路易统治时代下的严苛。

可以看出，《玫瑰传奇》由两部分构成，包含两种差异明显的信息：一种发展为理想主义的典雅爱情，另一种则预示乌托邦主义。

反叛的伟大诗人：吕特伯夫

吕特伯夫（13世纪下半叶）的作品标志着南北方行吟诗人歌咏典雅爱情的传统最终结束。自此，诗歌得以脱离永恒不变的爱情主题和典雅爱情的理想，转而反映社会现实及其中的不幸。诚然，吕特伯夫采用了一些既已存在的文学形式，如十字军歌曲或讽刺韵文小故事。而且，他也必须遵循保护人的委托，撰写一些圣人行传。他还是一位剧作家，其中最著名的作品是《戴奥菲尔的奇迹剧》，这是一部只有663行诗句的短篇戏剧，讲述主人公通过与魔鬼签订协约的形式对抗自己的坏运气。不过，最主要的是阐明吕特伯夫要与过去决裂：这部戏剧描写了他的孤独和不幸，以及与社会的格格不入。或许，不应该把这部作品视为一部纯粹自传。不过，作品中传递出的悲观主义和含糊的情感表达预示了从维永到魏尔兰这些受诅咒的诗人运用的全部现代主题。

吕特伯夫的生平不可考。他出身自香槟地区，后来落脚巴黎，极可能是为在那里鬻歌为生。因此，依赖赞助人的施舍，他得以生存下来。他曾附庸国王圣路易及其弟普瓦提埃伯爵阿方斯的门下。然而，从其作品可以看出，他受过良好的教会教育。行吟诗人们四处漂泊，他们眼中的现实世界充满敌意且面目可憎。最终，个别能够寄宿于某个贵族家族的行吟诗人被称为"附庸贵族的行吟诗人"。但其他多数人的命运取决于流浪生活中的运气和某些领主无常的喜好变化。行吟诗人生活在社会边缘，寄人篱下，常感觉自己毫无社会地位且不受喜爱。

归根结底，作品的多样性（戏剧、布道和宗教作品、忏悔或讽刺诗歌）正是不稳定性的一种反映。吕特伯夫经常强调他个人生存中的不确定因素。常被"狂癫"——运气或性情——所控制，吕特伯夫用一个词总结他的状况："困苦"（《吕特伯夫的贫困》《冬天的噩运》《怨诉》）。不仅仅是指经济依赖，而且也指精神上的忧郁状态：在永远无法摆脱的灾星的影响下，生活只不过是"一连串的不幸"。

生活不幸和宿命论纠缠困扰心间，与骑士理想或典雅爱情形成鲜明对比。吕特伯夫给人的印象是：他参与颠覆了封建社会的积极价值观。他反复思考自己在金钱和邪恶控制的世界中所遭遇的"辛酸"。有时，这种辛酸转变为反抗，化身为尖刻的嘲讽。因此，诗人在作品中攻击那些野心膨胀的虚伪僧侣（《巴黎的圣职》《论虚伪故事诗》），或是那些醉心权力和虚荣的国王和主教。然而，同那些毫无用处的冲动一样，这些挑衅迅速败阵。吕特伯夫内心清楚世界已经被颠倒和翻转：到处都是伪善者和篡权者当道。他的作品是为了追思以往十字军的价值观，还是仅仅反映个人的郁郁不得志？现已无从考证。无论如何，吕特伯夫所处的时代，人们淹没于不安中，不清楚自己的希望是否有未来，而他的作品正是这种紧张惶恐情绪的写照。

修辞学家（14 和 15 世纪）

风雅文学的几大诗歌主题在吕特伯夫时期出现转向，14 世纪初期已显陈旧过时。但是，当时的诗人好像难以发现新主题。他们缺乏能力，也毫无意愿革新作品内容，便开始尝试寻求新的作品形式。吕特伯夫就已通过创新表达方式、使用韵脚和运用音节等革新作品形式。他之后的一代作家，秉承先范并发扬光大，致力于精心构思一种更为高明的写作技巧。诗人们借鉴一些形式固定的文学样式（回旋曲诗体、两韵短诗、谣曲等），以修辞手法（语言表述的艺术）的运用为基础进行创作。我们称这些诗人为"修辞学家"。

这批艺术家以诗人和音乐家**纪尧姆·德·马肖**（约1300—1377）为首。他与波希米亚国王约翰·德·卢森堡相熟，先是成为国王的布道神甫，后又担任兰斯的议事司铎。他既是一名音乐家，又是一位固定诗体的诗歌理论家。其作品《真理故事诗》是一部真正的诗歌艺术作品，主要以"故事诗"为主，诗歌中既有叙述，也有抒情式的幕间插曲。**厄斯塔什·德尚**（1346—1406）在作品《诗文之道》（1393）中完善了纪尧姆·德·马肖的理论。厄斯塔什·德尚出生在香槟地区，是奥尔良公爵的门下食客，同时还担任桑利的执行官。这位担任过大使、谈判官的王室官员也是一位多产诗人（共写作了约八万诗行）。

15世纪初期，修辞学家们曾经过度追求的无个性创作趋势开始渐弱。诗人开始回归一种更为私密、更为个人的抒情方式，比如女诗人**克里斯蒂娜·德·皮桑**（1364—1431）的作品。她的父亲是生活在法兰西国王查理五世门下的一位意大利占星家。克里斯蒂娜·德·皮桑的童年时光在宫廷中度过，后来嫁给王室司法文员艾蒂安·德·卡斯特尔。1389年，年轻寡居的克里斯蒂娜·德·皮桑开始文学创作，并以此为生，根据贵族读者们的预定来创作作品。尽管她是一位职业诗人（十分依赖修辞学家们的创作传统），但她使用形式固定的诗歌叠句来向听众表达她个人的情感、孤独和个性。但是，克里斯蒂娜·德·皮桑同样也是法国第一位女权主义作家。她参与由《玫瑰传奇》的结局引发的论战，支持撰写露骨欲望的满足，并用多篇个性强烈的文章进行反驳：《玫瑰的故事》、《致爱情之神信笺》、《淑女之城》。

另一位用形式固定的诗歌来倾吐所思所想的诗人是：**夏尔·德·奥尔良**（1394—1465）。1407年，他的父亲路易·德·奥尔良遇刺身亡。夏尔·德·奥尔良在阿赞库尔战役（1415）中被英国人俘虏。在长达25年的囚禁生涯中，他潜心诗歌创作，将流亡、孤独和痛苦爱情等主题谱写为回旋诗和如泣如诉的简短悲歌。夏尔·德·奥尔良的诗歌既是一种消遣，又是一种慰藉，身处他乡的创作环境让他的作品充满思乡之情。后来，他返回法国并且开始各种政治预谋，尤其在极力恢复自己米兰伯爵身份（最终这个权力旁落）期间，这种怀乡情感逐渐消退。1540年以后，夏尔·德·奥尔良退居布卢瓦，召集起一批艺术家，其中，弗朗索瓦·维永也曾在他门下待过一段时间。

弗朗索瓦·维永

尽管弗朗索瓦·维永（1431—1463年后）是法国中世纪最为著名的诗人，但其生平我们知之甚少。仅知他是一名堕落的社会边缘者和惯犯，不过，冠之以如此名声的证据却并不充分。虽然，这一被诅咒的诗人形象并非是纯粹的传说，但这种形象却掩盖了维永的不同侧面，尤其是他所受的教育及其交往的各个阶层。此外，倘若不考量维永的生活年代，则无法有效评价他，此时正值百年战争末期，巴黎饿殍满地、疾病流行、军队残暴。暴力和无序普遍存在。而维永仅是混乱年代中四处滋事、不服管束的大学生之一。

弗朗索瓦·德·蒙科比耶生于1431年。这名孤儿的养父是议事司铎纪尧姆·德·维永，他是当时的一位杰出神学家和管理拉丁区某一教区教堂的神甫。1452年，学习优异的"可怜学生弗朗索瓦"获得学士学位。但他的监护人好像难以管教这个好动的大学生。维永的名字经常出现在法庭的登记卡和监狱的登记簿里。维永曾被指控谋杀一名神甫（1455）、偷盗金币500埃居（1456），后被奥尔良主教起诉（1461），最终在1462年被判死刑。目睹绞刑架的恐怖后，他在监狱度过一年的监禁期。继而上诉至巴黎最高法院，其死刑判决终被撤销（1463年1月5日），但他被逐出巴黎，十年内不得返还。维永从此消失，杳无音讯。

继吕特伯夫之后，维永也深受中世纪文化影响，但他本人又极力排斥它。一方面，他继承了养父的思想遗产：汲取《圣经》的知识、拥护当时悲观传教者的思想、难忘最后审判的观念。另一方面，他拒绝修辞学家的贵族式传统，塑造一些无知者和坏男孩的形象，刻画一些小酒馆和声名狼藉之地。他的高难度作品因这种双重性而显得博学深奥，却又以粗糙和通俗自居。这种文学的特点是以排斥和冷漠为原则：《小遗言集》（意指"遗赠"）和《大遗言集》一开始便已表明这是发自九泉之下的声音，是不苟活于世因而远离人世司法的诗人的告别。

维永被称为反叛诗人首先是因为他的诗歌主题。他的作品背离风雅文学的传统，因此，他指责理想化爱情的虚幻，代之以放荡不羁（有时甚至是色情下流）或是讽刺挖苦（《双谣曲》、《疯狂爱情谣曲》）。再者，维永作品的歌颂对象仅是穷苦人、生活条件恶劣者、犯人，他们全部是一些被剥夺权利和面临惩罚的人（《绞死者谣曲》）。最后，关于优美语言的争论导致了诗歌语言的转向：诗歌语言中出现各种行话、文字游戏、专有名词的曲解、出人意料的缩合等。语言的突然转变具有颠覆的价值：生命和世界都变得滑稽可笑，严肃的事情冠以滑稽的名字，人类（如同博斯的作品）变成可笑的动物或怪物等。在这些文学手法中，维永将人性的表达混于动物世界中，可以感受到萦绕于他心中的复仇欲望。但是，维永心中不安的因素远比排斥社会的心理强烈：面对变化不定且难以琢磨的社会现实，维永将它们逐一分述。因此，这便影响了他的《反现实谣曲》和以矛盾字眼为基础的谣曲，如1460年，在夏尔·德·奥尔良组织的《布卢瓦诗会之歌》中，维永写到："我渴得要死，虽然身旁有池沼……靠不住的东西对我才最可靠。"

"大修辞学家"

1460年至16世纪初期之间，出现了一些诗歌作品，他们的作者（约四十余位诗人）被19世纪的学者冠之以"大修辞学家"的称谓。然而，这并非是一个流派，而是一群写作原则类似的作家群体。他们沿用中世文学传统的重要主题，并且被公认为是厄斯塔什·德尚和克里斯蒂娜·德·皮桑（请参考前文第 52 页①）的后继者，这些大修辞学家们通过增扩诗歌篇幅和堆砌的方式革新诗歌：在表达中加入冗长的比喻和隐喻，添加大量引用，以此使要追求的效果（通常是悲怆感人的效果）达到极致。这种诗歌的精湛技艺令人瞠目，而诗歌作者是生活在宫廷中且与王公贵族关系密切的人。大修辞学家们往往是秘书、外交官、法官、神甫、编年史作家，他们领取报酬以便创作更多精彩作品，偶尔也为给贵族歌功颂德。因此，他们的诗歌辞藻华丽、掷地有声。

归入大修辞学家的有：生活在勃艮第宫廷里的让·莫利内和让·勒迈尔·德·贝尔热；法兰西国王和大贵族资助的让·梅斯基诺、纪尧姆·克雷坦和让·马罗（克莱芒的父亲）；人们常提及的让·罗贝泰、奥克塔万·德·圣热莱和安德烈·德·拉维涅。

最初，"大修辞学家"这个称谓带有贬义色彩，但近二十几年间，学者逐渐为其正名，而贡献最大的当属保罗·赞姆托。尤其值得强调的除却活力四射和绚丽多姿的语言魅力外，还有这些诗人的革新思想：他们是将诗歌表达最早独立于作家生活经历的诗人。"大修辞学家"开启了重在雕琢文字，而非抒怀表意的诗歌之路。

---

① 此处指原法文版页码，即本书页边码。——编者注

16世纪

总年表	070
主要作家生卒年表	076
政治和文学大事年表	077
创作背景	079
国家意识的诞生	079
文化变化	080
作家地位	080
16 世纪的文学类型	081
人文主义的源头和形式	083
一种繁荣的复兴	083
何为人文主义？	083
新形势	084
塑造新人类？	086
新思想的捍卫者：马罗	088
文学倾向的变化	088
马罗的作品	089
马罗的创造性体现之一：细描诗	090

热情洋溢的人文主义者：拉伯雷　　　　　　　　　092

文艺复兴时期热情的博学者代表　　　　　　092
一部丰盈的作品　　　　　　　　　　　　　093
拉伯雷的戏谑性：从滑稽可笑到其深层内涵　096
如激流般的文体：言语的激奋抑或揭露？　　096
拉伯雷的思想：故弄玄虚兼及（抑或）"介入"精神？　097

玛格丽特·德·纳瓦尔　　　　　　　　　　　099

故事：逐渐形成的一种文学类型　　　　　　099
以玛格丽特·德·纳瓦尔为例　　　　　　　099
《七日谈》或爱情杂志　　　　　　　　　　100
博纳旺蒂尔·德佩里埃　　　　　　　　　　101
人种学家兼故事作家：诺埃尔·迪法伊　　　102

里昂文学圈　　　　　　　　　　　　　　　103

经济和文化融汇之都：里昂　　　　　　　　103
个性神秘的权威人士：莫里斯·塞夫　　　　104
塞夫灵感的源泉：佩尔内特·杜吉耶　　　　105
路易丝·拉贝"现象　　　　　　　　　　　105

16 世纪中叶诗歌的生命力　　　　　　　　　107

顶峰时期　　　　　　　　　　　　　　　　107
《捍卫和弘扬法兰西语言》宣言　　　　　　108

爱情诗歌及其诗歌语言 109
创造者的团队：七星诗社 111

杜贝莱 112
模仿：理论和实践 112
罗马之训 113
一个失望的诗人？ 115

龙萨 116
诗坛泰斗 116
诗歌理念的升华 117
情感的工匠 117
《爱情集》的抒情诗人 118
最后的激情 119

诗歌的价值观危机与巴洛克风格的诞生 120
新环境 120
巴洛克趋势的诞生 120
放纵淫荡者和惶恐不安者 121
死亡的折磨 122

悲剧的回归   124

   再次发现   124

   非大众化的、良好的戏剧准则   125

   以罗伯特·加尼耶为例   126

   改革派戏剧和泰奥多尔·德·贝兹   127

蒙田   128

   怀疑的时代   128

   何为"随笔"？   128

   《随笔集》梗概   129

   蒙田的思想："我知道什么？"   130

   部分主题   131

   "正派地好好做人"：人生的旅程   133

总年表

时间	政治事件	社会背景
1492 年	发现美洲大陆	知识领域和经济领域的前景发生变化
1494 年	意大利战争爆发	
1515—1547 年	弗朗索瓦一世统治时期	
1515 年	马里尼亚诺战役中,法国—威尼斯联军获胜	意大利风格影响法国 宫廷生活光鲜 逐步兴建卢瓦尔城堡群 "国家"意识逐步强化;法兰西王国的统一;中央集权的统治:"同一个国王,同一部法律"
1517 年	大赦事件	
1516—1519 年	列奥纳多·达·芬奇抵达法国宫廷	
1520 年	路德脱离罗马教会 发现墨西哥	
1525 年	帕维亚战役中,法军溃败。弗朗索瓦一世被俘	保护知识分子和艺术家
1527 年	罗马之劫	印刷术进步
1530 年	创办未来的法兰西学院	翻译古代文献
1534 年	布告事件	人文主义思想繁盛,确立法语为唯一官方语言
1536—1564 年	加尔文居于日内瓦	
1539 年	颁布维莱科特雷法令	
1543 年	哥白尼日心体系	批判"官方的"思想体系和反对教会腐败,但特伦托宗教大会主要是反对宗教改革派;贵族暴乱,如吉斯家族、蒙莫朗西家族;教皇毫不让步
1545—1563 年	特伦托宗教大会	
1547—1559 年	亨利二世统治时期	
1548 年	最高法院查禁神秘剧	

法国文学	外国文学	艺术	时间
新思想的奠基作品在法国迅速推广（伊拉斯谟、莫尔、马基雅维利）；与此同时，《圣经》译文出现；宫廷文学受意大利的启发		耶罗尼米斯·博斯	1500 年
	伊拉斯谟：《愚人颂》	波提切利去世	1510 年 1511 年
	托马斯·莫尔：《乌托邦》	达·芬奇：《蒙娜丽莎的微笑》	1516 年
		卢瓦尔城堡群 西斯廷小堂 梵蒂冈拉斐尔的房间	1515—1530 年
对文学的渴望：拉伯雷、马罗；思想革新和渴求知识	卡斯蒂利奥奈：《廷臣论》	霍尔拜因 效忠英国王室	1528 年
		米开朗基罗生活于佛罗伦萨	1530 年
宗教文献迅速传播	加尔文：《基督教要义》		1536 年
里昂、都兰、巴黎的诗歌作品繁盛；七星诗社；塞夫、路易丝·拉贝等	哥白尼：《天体运行论》		1541 年

16 世纪

时间	政治事件	社会背景
1555 年	签署奥格斯堡和约	法西冲突结束后,出现稳定及总体和平局面
1556 年	查理五世让位	
1559 年	签署卡托-康布雷齐和约,意大利战争结束	
1559—1560 年	弗朗索瓦二世统治时期	试图平息宗教冲突;卡特琳·德·美第奇和米歇尔·德·洛皮塔尔呼吁和解
1560—1574 年	查理九世统治时期	
1562 年	法国宗教战争开始	宗教宽容令的失败。冲突蔓延:内战爆发
1571 年	勒班陀战役爆发	发生多次掠夺、屠杀、极端暴力事件
1572 年	圣巴多罗买大屠杀	
1574—1589 年	亨利三世统治时期	以亨利·德·吉斯为首形成"神圣联盟"(极端天主教派)
1581 年	"联省共和国"独立	

(续表)

法国文学	外国文学	艺术	时间
悲惨戏剧发展（若代尔、加尼耶、德·贝兹），情感阴郁之作发展（龙萨晚期作品，多比涅及其《悲剧集》等）；作家"介入"政治和宗教辩论	依纳爵·罗耀拉；《神操》	古戎的雕塑作品。克卢埃的画作。枫丹白露画派。香波城堡竣工。提香的肖像画作。若斯坎·德普雷的音乐作品	1550 年
以"死亡"为主题的"巴洛克"风格出现（多比涅、斯蓬德）			
文学揭露政治罪行（如拉波埃西的作品）		阿尔钦博托的肖像画	1570 年
	路易·德·贾梅士（葡萄牙人）：《路济塔尼亚人之歌》		1572 年
		卡拉瓦乔诞生	1573 年
"黑色"巴洛克的顶峰时期（斯蓬德、加尼耶）		提香逝世	1576 年
	托尔夸托·塔索：《被解放的耶路撒冷》	埃斯科里亚尔修道院竣工	1584 年

时间	政治事件	社会背景
1588 年	西班牙无敌舰队	亨利三世派人刺杀亨利·德·吉斯，巴黎发生暴动
1589 年	亨利三世遇刺身亡。亨利四世即位	神圣联盟反对亨利四世的统治，亨利四世发誓弃绝原先信仰的宗教
1594 年	亨利四世进驻巴黎	神圣联盟解体
1598 年	颁布《南特敕令》	
1600 年	亨利四世迎娶玛丽·德·美第奇	法兰西王国千疮百孔、四分五裂，但是一段和平修复期慢慢到来
1610 年	亨利四世遇刺身亡	

（续表）

法国文学	外国文学	艺术	时间
		格雷考：《欧贵兹伯爵的葬礼》	1586年
文学表达醒悟者的沉思和"分裂"：蒙田的作品总结了16世纪的知识和失败	莎士比亚的主要早期作品		1590—1600年
		罗马圣彼得大教堂圆顶竣工。丁托列托和帕莱斯特里纳相继去世	1590—1594年

主要作家生卒年表

主要作家生卒年份
伊拉斯谟，1469 年生，1536 年卒
托马斯·莫尔，1478 年生，1535 年卒
玛格丽特·德·纳瓦尔，1492 年生，1549 年卒
拉伯雷，约 1494 年生，1553 年卒
马罗，1496 年生，1544 年卒
塞夫，约 1500 年生，约 1560 年卒
蒙吕克，1502 年生，1577 年卒
加尔文，1509 年生，1564 年卒
泰奥多尔·德·贝兹，1519 年生，1605 年卒
佩尔内特·杜吉耶，约 1520 年生，1545 年卒
杜贝莱，1522 年生，1560 年卒
路易丝·拉贝，1524 年生，1566 年卒
龙萨，1524 年生，1585 年卒
巴伊夫，1532 年生，1589 年卒
蒙田，1533 年生，1592 年卒
德波特，1544 年生，1590 年卒
加尼耶，1545 年生，1590 年卒
阿格里帕·多比涅，1552 年生，1630 年卒
斯蓬德，1557 年生，1595 年卒
莎士比亚，1564 年生，1616 年卒

政治和文学大事年表

日期	政治和文学大事
1498—1512 年	意大利战争：法国人接触文艺复兴运动
1511 年	伊拉斯谟：《愚人颂》
1515 年	弗朗索瓦一世取得马里尼亚诺战役的胜利
1517 年	路德运动爆发
1518—1542 年	马罗：弗朗索瓦一世的御用诗人
1530 年	成立王家读者学院（法兰西学院前身）
1532 年	拉伯雷：《庞大固埃》
1534 年	首批反新教的迫害运动 拉伯雷：《卡冈都亚》
1535 年	马罗：组织"细描诗赛"
1536 年	加尔文：《基督教要义》（拉丁文版本；1540 年出版法文译本）
1538 年	马罗：《马罗全集》
1539 年	法兰西王国行政机构强制使用法语语言
1544 年	塞夫：《德莉》
1545 年	佩尔内特·杜吉耶：《韵文》
1546 年	拉伯雷：《第三部书》 玛格丽特·德·纳瓦尔编写《七日谈》
1547 年	文人之友亨利二世继承其父弗朗索瓦一世的王位
1549 年	杜贝莱：《捍卫和宣扬法兰西语言》；《橄榄集》
1550—1560 年	龙萨：早期诗歌作品
1552 年	若代尔：《克莉奥帕特拉》（第一部法语悲剧）
1554 年	路易丝·拉贝：《十四行诗》 《阿那克里翁颂歌》
1558 年	杜贝莱：《憾然集》和《罗马怀古集》
1559 年	阿米约：翻译普鲁塔克的《对传》

16 世纪

(续表)

日期	政治和文学大事
1560—1574 年	龙萨：御用诗人
1562 年	宗教战争开始
1565—1570 年	若代尔：《爱情诗集》
1572 年	圣巴多罗买大屠杀
1573 年	德波特：《希波吕托斯的爱情诗集》 阿格里帕·多比涅：《春天》
1576 年	贝洛：《奇珍异石的新交流和爱好》
1577 年	阿格里帕·多比涅：《惨景集》
1578 年	拉波埃西：《论自愿为奴》
1580 年	蒙田：《随笔集》（第一卷和第二卷初版）
1582 年	加尼耶：《布拉达曼特》
1583 年	加尼耶：《犹太人》
1585 年	拉斯普里斯：《拿俄米的爱情诗集》
1588 年	蒙田：《随笔集》（第一卷、第二卷、第三卷）
1594 年	皈依后的新教徒亨利·德·纳瓦尔终于得以继任亨利三世（1589 年遇刺身亡）的王位 《梅尼普讽刺作品》
1597 年	斯蓬德：《论死亡十四行诗》

创作背景

国家意识的诞生

　　法国中世纪的特点是：国家四分五裂，各封建领主分封而治。16世纪初期，几个强大国家形成。以王室政治权力为中心，法国出现中央集权的大一统局面，辽阔疆土的行政管理权归唯一统治者拥有。如1539年颁发的维莱科特雷法令强制规定法语取代各地方言，成为唯一使用语言，并试图建立通行全国的独一法典。

　　封建争端消停，自此之后，战争转为面向国外的国家间冲突，重要战争有对抗哈布斯堡王朝的战争和针对西班牙的战争。自此，法国人拥有了国家归属感，他们紧紧依附国王，捍卫国家统一。这种国家认同意识在宗教冲突中发挥了重要作用：政府更加无法容忍教会干涉内政，新教地区最先抛弃教廷。文学家也介入这场权势变化：他们进入王室权力的生活圈，出入宫廷，致力于规范法语语言宝库（撰写《捍卫和弘扬法兰西语言》），并在宗教辩论中保持鲜明立场（主要作家有马罗、拉伯雷、阿格里帕·多比涅）。

　　尽管农村人口数占法兰西王国总人口的80%，但是王国的形成依然促进了商业往来，城市和港口得以发展。地理大发现促进了进出口贸易的迅速增长。弗朗索瓦一世统治时期，尽管国家因连连战事而损失惨重，但是，卢瓦尔城堡群等王室"重大工程"的建造，无不彰显出其统治时期的繁荣昌盛。城市人口增长：巴黎人口数量超过35万；里昂、蒙彼利埃、图卢兹、马赛等城市的人口数均接近10万。经济权贵阶层也随之壮大：银行家、商人、富裕的手工业者、船东的影响力增加。因此，作家开始定居在经济发达、艺术和文化局面繁荣的城市，诸如巴黎、都兰地区和里昂市。里昂文化圈的形成便是力证之一。

文化变化

城市扩张导致教育水平和文化关注焦点的变化。中世纪，仅存在宗教学校，这是一种由教会负责授课，建立在神学（宗教文献和注解）或经院哲学（空洞理论的重复）基础上的教育。拉伯雷曾撰文予以讽刺。而文艺复兴时期，城市居民期望获取更为具体实际的知识：如地理、技术、商业方面的学问。他们希望子孙后代接受更为实用的教育。王家读者学院（法兰西学院的前身）的创建开启了各地兴办学院的局面。因此，作家寻觅用以与其他作家会面和开办"学校"的场所，如坐落于圣热纳维耶夫山的高克雷学院，这里培养出了七星诗社的杰出诗人。

但是，这一时期文化界的巨大变动与书籍传播有关。1448年，古腾堡发明印刷术。1470年，印刷术引入法国巴黎、里昂，里昂印刷业尤为活跃。小开本（时称八开本）① 出版物在较大范围传播。商贾贵胄等富裕之人拥有私人图书馆，图书推广目录出现。弗朗索瓦一世的秘书兼图书管理员纪尧姆·比代（1468—1540）为译者和出版社提供一系列有力支持。经他努力，凡是出版发行的作品均会纳入王室收藏，他组织人手搜集外国手抄本，并为饱学之士提供年金。因此，作家地位逐步改善：作品保护更为有效，文本传播范围更广。

作家地位

文学作品因流通更加顺畅而显现新的重要性。思想传播得以改善（如宗教改革离不开书籍的推动作用），而作家也开始发挥重要的社会作用。封建小

---

① 旧称，大小约为现在的 A5 纸张。

宫廷林立的局面已不复存在。法兰西王宫中，众多艺术家效忠国王，他们美化国王的生活环境，更要唱颂国王的光辉业绩。于是，宫廷诗人诞生。其中，弗朗索瓦一世将列奥纳多·达·芬奇和画家普列马提乔引入枫丹白露宫廷；他本人也不排斥吟诗作赋。他要求意大利作家巴尔达萨雷·卡斯蒂利奥内（1478—1529）编写一本有关贵族修养的指南：《廷臣论》（1528）。弗朗索瓦一世（他的姐姐玛格丽特也是一位作家）为文人创造了良好的生活条件，被人称为"文艺之父"。作家或领取教士俸禄（龙沙、拉伯雷）、或获得年金（马罗）、或担任王室家族的职务（比代），因而，他们的收入有所保障，生活得到资助。作家成为享有特权的朝臣，并影响王室与全国的文学喜好。此外，整个16世纪，作家都善于利用自己享有的优待，积极参与一些思想争辩：反对偏执（马罗、蒙田）、反对教会腐败（拉伯雷）、反对新教徒（龙萨）、反对天主教徒（多比涅）。同样，作家还推动了新知识传播：科学（拉伯雷）、新世界（蒙田）、宗教理论（加尔文）、神秘哲学（玛格丽特·德·纳瓦尔、塞夫为代表的里昂派）等。

16 世纪的文学类型

人文主义主要是一种文学理论（意大利风格的复兴古代文化源头的思想倾向）。因此，作家必须用法语创造多种新文学类型来传递人文主义。拉伯雷开启的写作方式发展为现代小说；马罗和里昂派诗人开创了数种诗歌形式（主要是十四行诗），并在日后七星诗社成员的努力下而继续完善；戏剧真正开始形成；蒙田创造了一种独特的文学类型"随笔"；等等。

宫廷诗人拥有的双重身份决定了 16 世纪中叶发展起来的诗歌主要是贵族诗歌。但是，这种诗歌语言简单，并再现普通人的爱情，因此，它能够超越宫廷的狭窄圈子，并迅速流行开来。16 世纪下半叶，这种雅致文学取向逐渐被一种痛苦情感滋养的文学灵感所取代：内战迫使作家牵涉其中，文学作品成为战争的见证。悲剧发展迅速,但是怀疑主义和对恐怖环境的斥责之声也随之发展(蒙田)。

  总之,当时的主流文化范本依然是古代文学作品。创作主要通过模仿前人作品而实现,即后来所谓的"无意识的灵感源泉",宗教作品成为当时的主要参考范围。除了爱情诗歌(确切而言,是部分爱情诗歌)之外,所有的思想都是构思在宗教基础之上的。马罗最初是因翻译《圣诗集》而为人所知;拉伯雷和蒙田因哲学和宗教思想而争辩不止;杜贝莱批判教廷的腐败并倡议信仰真诚;龙萨和多比涅卷入宗教改革的论战中。唯一用法语写作的圣师**圣方济各·沙雷氏**(1567—1622)试图调和文艺复兴思想与基督教之间的关系,主要在其著作《成圣捷径》中阐述这一思想。

人文主义的源头和形式

一种繁荣的复兴

百年战争（使国土惨遭蹂躏，封建主义支离破碎）结束时，法兰西王国重新步入繁荣复兴时期。1460年至1550年间，王国统一，未遇大灾，人口再度猛增。城市扩容，商业和银行逐步形成，王室宫廷重新重视生活艺术。新陆地的发现（美洲、印度、非洲）促进经济发展。土耳其人攻占君士坦丁堡（1453），迫使希腊人撤往意大利：他们带去了一种重返古代的文化传统。西欧各国再次重读古代作家作品，而且各地大力兴办大学。

为了让自己的权力延伸至那不勒斯和米兰，路易十二和弗朗索瓦一世都曾远征意大利。因此，法国贵族被迫翻越阿尔卑斯山脉，见识到了此地的意大利艺术之美，带回部分文学作品，吸引音乐家、画家、雕塑家和装饰家来到法国。法兰西服装、首饰、建筑开始流行意大利风格。法语词汇因两百多个意大利语单词的汇入而更加丰富，上流社会的文化（尤其是宫廷文化）越来越讲究彬彬涵养。这种意大利风格深深影响了诗人们。

何为人文主义？

文艺复兴并不希望彻底抛弃过去。相反，它试图鼓励读者直接阅读古代文明时期的重要作品，以此来复兴古代的文化源头。文艺复兴运动的人文主义学者把希腊语、拉丁语著作提供给学生和感兴趣者使用，向他们提供原语版本的文章及附带译文。人文主义学者甚至还编写一些普及性专论：如柏拉图的翻译者马尔西利奥·费奇诺的著作。

但是，在这场作品回溯运动中，人文主义者所感兴趣的是早期基督教书面文献。他们并非仅限于阅读注解作品，而是希望能够直接阅读《圣经》和福音书的文章。他们摒弃神学或经院哲学式阐释中杂乱无章的内容，试图重新寻找福音书中的纯粹讯息。这种对宗教进行个性化解读的需求将招致一场改革运动。索邦神学院（宗教法庭）对此深感忧虑。但是福音主义（拒绝教义，回归文本）在文化阶层中间发展起来。福音主义吸引了一些知识渊博者，如弗朗索瓦一世的姐姐玛格丽特·德·纳瓦尔。《圣经》的不同译本——尤其是路德（1521）和雅克·勒菲弗·戴塔普勒（1523）两人的译本为宗教改革的发展和批判教会腐败做出了贡献。特伦托宗教大会（始于 1545 年）极力反对这种新思想，造成新教徒和天主教徒之间的彻底割裂。

最后，人文主义以一种更为普遍的方式对人类重拾信心。人文主义者确信即将见证一个激动人心的时代，他们坚信人类能够控制世界和理解世界。人类的崇高之处在于能够以一种集体的（形成一种文明）或个人的（形成一种文化）方式实践理性；正如蒙田所言（《随笔集》第三卷第 8 章），智力"生而为探寻真理"。求知的欲望普遍存在，渴求"进步"的思想逐渐显现。这一时期的文本中出现了一些关键术语如"天赋权利"、"文明"、"个体自由"。历史学和考古学方面的研究再次得到重视。科学求知欲——尤其在医学和星相学领域——转化为现实。

新形势

印刷术带动新思想迅速传播，从而加剧了文化层面的动荡，势必导致人们重新思考文化知识。人们审视地理学、宇宙学和文化领域的视角发生变化：发现其他天地的存在；哥白尼令世人相信地球（亦及人类）并非宇宙的中心；宗教的统一性消失。在这一背景下，既然一切都未有定论，那么作家开始更加关注"自我"。作家人人自问自省，并且通过坚持己见（加尔文、拉波埃西、多比涅）、探寻幸福（马罗和龙萨的享乐主义）、缜密质疑（蒙田）等方式开创自己的写作道路。自我文学真正开始形成。

宇宙中心的认知变化：

- 托勒密（约150）认为地球是天体的固定中心。行星围绕中心点进行圆形运动，而中心点本身也沿圆形轨道运行（均轮和本轮理论）。
- 哥白尼（1473—1543）通过计算得出太阳固定不动，地球围绕太阳公转的周期为一年，地球的自转周期为24小时。
- 此后，这项重要发现由伽利略（1564—1642）论证，又经开普勒（1571—1630）的演算和牛顿（1643—1727）的引力定律而完善。

地球版图的认知变化：

- 文艺复兴期间的重要发现者：

——意大利人克里斯托弗·哥伦布（1450—1506）到达古巴、海地和巴西海岸。

——葡萄牙人瓦斯科·达·伽马（1469—1524）绕过非洲南部（好望角），之后经由非洲东南部，最终到达印度。

——意大利人亚美利哥·韦斯普奇（1454—1512）重走哥伦布的航线，发现南美洲四分之一的东南部海岸线，并以他的名字命名这块新大陆。

——葡萄牙人费迪南·德·麦哲伦（1480—1521）沿南美洲的东海岸线，绕过该大陆南端（麦哲伦海峡），抵达菲律宾。

——西班牙人埃尔南·科尔特斯（1485—1547）征服墨西哥，佛朗西斯科·皮萨罗（1475—1541）征服秘鲁，法国人雅克·卡蒂埃在加拿大建立殖民地。

欧洲部分宗教的变化：

- 1517年10月31日，马丁·路德（1483—1546）将他撰写的《九十五条论纲》张贴于维腾贝格一座教堂的大门之上。他的理想是希望教会能够摆脱迷信以及教会机构的诸多传统和繁缛的祈祷仪式,从而回归基督教的本源。1520 年,他被革除教籍。奥格斯堡自白(1530)阐明了路德神学,几经冲突、碰撞,最终,路德神学在德国和北欧为人们所接受(1555 年,签订奥格斯堡和约)。

● 当路德教义在欧洲蔓延的时候,处在弗朗索瓦一世统治下的法国正经历加尔文(1509—1564)推动的宗教改革运动。加尔文被迫流亡,最终落脚日内瓦(1536)。他如是定义其教义:唯有上帝至高无上(反对教皇及其教会);教事活动使用通俗语言;"选民"和"弃民"早已由上帝命定;取消忏悔、神甫独身、赦罪、朝圣和圣人崇拜等。

● 米歇尔·德·洛皮塔尔尝试推进天主教和改革派之间彼此宽容的原则。但是,1562 年,由吉斯公爵发动的瓦西屠杀引发宗教战争。

● 在英国,亨利八世脱离罗马(1531)。英国国教安立甘宗逐步站稳脚跟,爱德华六世(1547—1553 年在位)和伊丽莎白一世(1558—1603 年在位)确立了该教的最终形式和地位。

塑造新人类?

与其说人文主义是一种理论,不如说它是一种生活方式。人文主义学者甚至拥有抛弃过于刻板或生硬理论的思想倾向,尤其希望赋予人类更多的智慧。因此,16 世纪十分重视教学法:知识应当引导人类从自然状态走向文明状态,促进人类充分发展。伊拉斯谟(1511 年出版《愚人颂》)、拉伯雷(1532 年出版《庞大固埃》)、蒙田(《随笔集》第一卷第 26 章)都体现了共同的教育理念:放弃所有死记硬背的内容;让孩子按着自己的成长规律进步;与孩子对话;培养忠实正直、热爱运动的人;培养他的批判精神;启迪他认知世界真相,音乐、舞蹈方面的培养同精确科学和人文科学一样,都不应被忽略。

  在思想方面，人文主义尤其关注宗教论战，这也体现了 16 世纪的主要思想利害关系。不过，作家审视社会的思想最终也衍生出一些政治提议。人文主义者是一些改革派或和平主义者，他们习惯于四处旅行或将自己的思想与外国人的相对照，他们认为自己应当超越狭隘的国家主义间的论战：成为世界主义者。因此，他们寻找一种温和的政治理想，以此避免冲突和决裂。这种构筑理想社会的梦想出现在一系列作品中，如：查理五世的参赞之一伊拉斯谟所著的《愚人颂》（1511）、英国国王亨利八世的法官托马斯·莫尔撰写的《乌托邦》（1516）、拉伯雷创作的《卡冈都亚》（1534）、蒙田写就的作品。甚至当时还出现了一些政治论文，如蒙田的朋友拉波埃西的作品《论自愿为奴》（1578）。

新思想的捍卫者：马罗

文学倾向的变化

15世纪末的重要诗人（大修辞学家）依然坚持复杂的诗歌艺术，经常使用博学高深的诗歌形式。16世纪初的总体趋势是回归自然，重视建立与读者更为直接的交流，因此"书简诗"和"讽刺短诗"得以发展。当然，诗歌的精湛技艺（文字游戏、复合韵脚、对称）并没有完全消失，但是其重要性远不及从前。

1510年至1540年期间，世人真正认可的诗人仅有克莱芒·马罗（1496—1544），他成功地概括了诗歌传统（他的父亲让·马罗是一位大修辞学家），并创造了一种全新的诗歌语调。马罗自幼才气卓绝，居住于宫廷，他性格开放、真诚、傲慢，拥有创造者的秉性。他既擅长运用传统的诗歌形式（颂歌、谣曲、回旋曲），又富有创新的才华。法国的十四行诗便由他创造。

弗朗索瓦一世的宫廷中，年轻的国王和他的姐姐玛格丽特并不排斥吟诗作赋，在他们所组织的交流会上，诗歌几乎不是因为其原创性而熠熠生辉，而是因为其中传递的本真情感才大放异彩。因此，诗歌是上流社会的一种消遣方式、一种传情达意的娱乐载体，它是一种思想游戏，而不再是一项复杂的研究。马罗迅速领会了读者的期待与诉求，他的诗歌迎合这种新的趣味。诗句更为简单、直接和紧凑。不再使用迂回的讽喻或神话，献媚的恭维话清晰可辨。比起冗长、晦涩的诗歌，人们更喜爱简洁、明快的诗歌形式。学究之气让位于风趣才气，必要时借鉴彼特拉克等意大利作家的范本。

马罗的作品

主要从四个方面考查马罗的作品:

- **个性化的抒情式诗体**。传递作家的个人情感。马罗的诗歌流露出作者的倾诉之情,再现真实感人的细节描绘。他在讲述童年故事的"田园诗"和多篇爱情讽刺短诗中,传递出这种"朴实自然"的感觉。

- **讽刺诗歌**。马罗并非顺民,他与当时的所有机构都不和。马罗被怀疑持有支持宗教改革的思想,还因多种"致命罪名"(翻译宗教文献、不遵守封斋期的斋戒)遭起诉,他因而常被迫远走他乡。1546 年,马罗的一位出版商朋友艾蒂安·多莱因信仰异教而被烧死。在长诗《地狱》(1526)中,马罗极力鞭笞当时的司法。

- **宫廷诗歌**。马罗的生活有赖于王室恩典。或是为了逃脱牢狱之灾的险境,或是为了填满挥霍一空的钱囊,他从未停止过向王室乞讨,并尽力取悦王室。马罗得到了弗朗索瓦一世和他的姐姐玛格丽特、(支持新教徒的)路易十一的女儿勒妮·德·法兰西的保护。他在作品中肆意挥洒幽默才情,作品的诙谐效果尽显,如在书简诗《因被盗致国王书简诗》(1532 年出版)中,马罗抱怨被自己的仆人偷盗一空;这部作品足以取悦弗朗索瓦一世,因此身无分文的马罗获赏 100 金埃居。

- **翻译作品**。尽管,马罗作为杰出的人文主义者,不断遭受判罚和警告,但他依然希望翻译《圣诗集》。索邦神学院的教会法庭认为把宗教文献置于民众之手是一种亵渎宗教的行为,并且观察到了马罗的新教思想倾向。从事这些翻译工作是导致马罗流亡意大利(1534)和瑞士(1542 年,与加尔文同在瑞士)的主要原因。此后,这些译作成为改革派教会的祈祷经书。

马罗创作了一些**诗节和形式固定的诗歌**:

- 诗节：
  ——六行诗节：一般是八音节诗句组成，诗句韵脚形式为 AABCCB；
  ——八行诗节：分为两段四行诗节，诗句韵脚形式为 ABABBCBC；
  ——十行诗节：十音节或八音节诗体，诗句韵脚形式为 ABABBCCDCD。
- 形式固定的诗歌：
  ——谣曲：最常见的形式是三段八行诗节和四段四行诗节；
  ——回旋曲：三段诗节（每行的韵脚分别为 AABBA/AAB/AABBA）；每一段诗节的最后是对诗歌起首部分的头几个字的重复；
  ——十四行诗：是源于意大利的一种诗歌形式，马罗将它引进到法国并取得重大成功：由两段四行诗节和两段三行诗节组成（每行的韵脚形式分别为 ABBA/ABBA/CCD/EED 或 EDE）；

四行诗节缩短为三行诗节：诗歌呈现出轻便和上扬的形式。十四行诗的成功之处或许在于能够实现既平缓、严谨，又活泼、流畅的平衡形式。

- 如何命名韵脚？
  —— AA：平韵或随韵；
  —— ABBA：环抱韵；
  —— ABAB：交叉韵或换行韵。

马罗的创造性体现之一：细描诗

马罗开创了一种文学体式：细描诗。起初，"细描"是指用来细腻描画（某个家族或某个城市的）盾形纹章。马罗将此手法用以描绘人的某个身体部位（眼睛、乳房、眉毛、肚脐等）。因此，描写变成细致列举：反复审视该物体的外观和形状。细描诗传递出一种迷惑之情、盲目崇拜之感，反复强调欲望，表达出文艺复兴时期的一种根本需求：揭露和满足日益增强的好奇欲的需求。

马罗流亡于意大利费拉拉，生活在勒妮·德·法兰西门下，创作了《美乳赞》（1535）。当时，他希望发起一场竞赛，无论敌友，所有诗人均可参与其中，并以此收集他们的诗歌结尾节段。最终，在这场临时发起的竞赛中，莫里斯·塞夫凭借《眉黛赞诗》夺魁。细描诗对女性身体较为隐私部位的描写或许会导致这种诗体坠入堕落深渊，然而，对此多说无益。同样，也有人创作一些反细描诗，用以嘲笑身体的丑陋。此外，马罗自己也抱怨："后退吧！肮脏龌龊之词/我们仅仅谈论肢体/可以毫无羞愧地观察的部位/可耻之徒无法亵渎我们的诗句……"

热情洋溢的人文主义者：拉伯雷

文艺复兴时期热情的博学者代表

拉伯雷（约1494—1553）没有按着父亲的本意成为一名音乐家，而是成为了一名修士。他先后加入不同的宗教修会（先是方济各会，之后是本笃会），并利用闲暇时间开始阅读古代作家的作品，由此积累了渊博的文化知识。1530年，他脱掉修士衣袍，转而学习医学，同时开始写作原创的、雄浑有力的文学作品。

理想化的人文主义者对所有时代（历史、古代哲学、希腊作家、拉丁语作家、希伯来文作家、《圣经》）、任何领域（医学、星相学、地理学、植物学）的学问都无所不知，拉伯雷的作品正体现了人文主义者精力旺盛的一面。作为医生，拉伯雷通过解剖来观察人类的身体结构；作为教会人士，他研究一些形而上学和宗教体系；作为旅行家和"介入"文人，他思考有关集体生活（德廉美修道院）或教育的一些新理念。

拉伯雷富有创新思想并流露出对社会现实的不满。他的作品嘲讽战争、权势者、教会的教阶制度、中世纪推行的教育……他笔下的人物卡冈都亚和庞大固埃追求人类的幸福，探讨可行的最完美经济体制，完善律法。福音主义宣扬回溯经文和基督讯息，拉伯雷受此启发，他的宗教思想摒弃无用的教义和迷信，提出与教皇权力保持距离、拒绝伪善等。以此看来，拉伯雷的作品是传递"讯息"的著作。

为了赢得普罗大众对自己思想的认可，拉伯雷在写作时选择当时喜闻乐见的夸大手法。作品主人公设定为巨人,同时设置过于夸张的庞大、荒诞的故事情节。如此营造十分明显的喜剧效果,并借之以讥笑人类的行为,发人深省。但是,这种方式也折射出作者尽情的想象力和恣意的幻想空间。为了让读者捧腹,拉伯雷不会放弃任何疯狂或粗鲁的言辞。从其作品中,可以肆意体会生活的乐趣、肉体的愉悦、人类最强烈的欲望欢腾。

当时,"现代"法语已经占据一席之地并得以推广普及,这场语言运动也离不开拉伯雷的助推。在拉伯雷的作品中,文字运用得心应手,词汇描写丰富多姿。他偏好混用和效仿不同层次的语言(医学用语、司法用语、博学用语、通俗用语、经院用语、宗教用语),其文学创作仿佛是对语言力量的探索和法语词汇丰富性的挖掘。

一部丰盈的作品

当时,民众偏爱阅读风流故事和传闻(诙谐幽默的趣闻轶事的汇编),受此鼓舞,1532 年 8 月,拉伯雷在里昂出版了作品《渴人国国王庞大固埃》,署名阿尔科弗里巴·纳西尔,这一笔名由他的姓名字母乱序排列而成。作品内容如下:

- 第 1 章至第 4 章:庞大固埃的童年。卡冈都亚因妻子在生产时死亡而悲痛伤心,同时又因儿子降生而喜悦开怀,这个胃口惊人的婴儿便是庞大固埃。
- 第 5 章至第 7 章:庞大固埃就读于外省学校。先后更换数所大学,但均是标榜炫耀学问和死板读书的学校。
- 第 8 章至第 9 章:庞大固埃来到巴黎。拉伯雷讥讽圣维克多图书馆所藏书目尽是无用之书。相反,卡冈都亚修书一封寄语儿子何为真才实学。巴汝奇(其名字意指"无所不会")出场。
- 第 10 章至第 13 章:庞大固埃出席法庭审判。诉讼成为一场陷入荒诞和形式主义的争辩,而庞大固埃必须就此发表自己的意见。拉伯雷借此嘲讽当时的司法。

- 第14章至第22章：巴汝奇的故事。苦闷于如何发财致富，巴汝奇历经种种艰险。
- 第23章至结尾：庞大固埃指挥战役。为了保卫祖国乌托邦，庞大固埃出征迎敌，初战告捷，后又对决巨型狼人。埃庇斯特蒙救活被敌军砍下头颅的巴汝奇。庞大固埃用巨舌遮掩全军人马。最后一章（第34章）作者讲明还将续写此书，并预先揭露那些将斥责此书的神学家们的恶行。

正如拉伯雷所料，索邦神学院不久便查禁该作品。拉伯雷选择通过攻击来自卫。在宫廷的保护之下，他出版《卡冈都亚》（1534年于里昂出版）。不久，该书便遭到排斥新思想者的更为直接的控诉。《卡冈都亚》的序言中明审了此书的阅读方式：拉伯雷建议读者透过字面和笑声，掌握隐含于文章中的深层次含义。当然，"书写笑优于描绘哭，是因唯独人类会笑"，但本书如同"盒身满绘滑稽可笑、轻佻浮夸人物的盒子"，其中珍藏的却是"名贵药物"和"其他奇珍异宝"。阅读如同啃咬骨头，为的是吸吮其中的"骨髓"。因此，《卡冈都亚》不仅是一部滑稽故事，也是一本人文主义的理论回顾。

- 第1章至第13章：卡冈都亚的童年。卡冈都亚于一场宴会中诞生，以及他的婴儿时光如何度过。
- 第14章至第24章：卡冈都亚的教育。首先，拉伯雷批判中世纪的教学方式（填鸭式教学、抽象的思想教育、身体锻炼废弛、每日二十次弥撒等）。之后，卡冈都亚被置于奉行文艺复兴理想的教师巴诺克拉忒的管教之下，接受全面、具体、丰富的教育。
- 第25章至第51章：皮克罗肖发动的战争。皮克罗肖王攻击卡冈都亚的父亲大古杰，这是一场由葡萄种植户和烤饼商贩间的口角引发的冲突。战争尤为激烈。修士约翰·德安多莫尔表现突出，勇敢保卫修道院的葡萄。凯旋之后，大古杰宽恕其中的一部分人，还嘉奖了一部分人：为修士约翰建造修道院。
- 第52章至第57章：德廉美修道院。修士约翰的修道院是一座精英生活的、充满浓郁的文化氛围和浸染良好风俗的庭园,其中仅有一条规定:"做你想做的"。

鉴于《卡冈都亚》中使用的讽喻方式直接明了,该书也遭禁。"布告事件"(张贴于国王寝室大门上的支持宗教改革的告示)之后,弗朗索瓦一世开始迫害新教徒。此后的十一年间,拉伯雷无疑是出于谨慎,只字未写。在红衣主教让·杜贝莱的保护下,拉伯雷得以完成他的医学学业。敌人渐渐将他遗忘,他的社会地位逐步恢复,重拾写作。

拉伯雷的《第三部书》(1546)与之前的著作有所不同,分为三大部分:

- 第一部分:庞大固埃征服狄索普,并指责巴汝奇挥霍俸禄:他们就欠债的方式、人与人之间的经济往来展开讨论。
- 第二部分:巴汝奇考虑是否要成婚,并咨询大家的意见,他先后询问了:一个女预言者(古代的女性占卜者)、一个哑巴、一个诗人、一个眼科医生、一个占星家、修士约翰、几个神学家、几个医生和哲学家等。但这均为徒劳之举,巴汝奇并未拿定主意!
- 第三部分:最终,巴汝奇和庞大固埃遵照疯子特里布莱的建议,启程远行,为的是寻找"神瓶的启示"。

拉伯雷在梅斯(尚未归入法兰西王国)避难期间,见证了愈演愈烈的宗教紧张局势,出版商艾蒂安·多莱因信仰异教而被烧死,同年,拉伯雷的《第三部书》出版。最后一部著作《第四部书》(1552)及其续篇《第五部书》(该书于作家辞世后出版,故其真实性颇受争议)充满混乱怪诞,揭露各个教派狂热者的行径,并歌颂"创造美丽与和谐"的自然生活。这两部书讲述了巴汝奇及其朋友的后续历险,铺叙了种种虚构的旅行。随着轮船航行,他们在诉讼岛(讽刺司法人士)、长寿岛、鬼祟岛(香肠人伙同狂欢节攻击鬼祟岛统治者封斋教主)等地停泊上岸,最后到达的是两个敌对的岛屿:一个是反教皇岛(新教徒),另一个是亲教皇岛(天主教徒)。一行人毫不留恋地离开了这些岛屿,并最终到达寓意真正的生活和快乐的卡斯台尔(或肚子)大师的王国。《第五部书》呈现的是混乱和诙谐:罗马变成一座"钟鸣岛",百无一用的鸟类生长于此,鸟鸣声不绝于耳;在"第五元素"王国里,哲学滑稽可笑,争辩无益。最后终获"神瓶的"启示,仅一字"喝":"用酒,甚至是科学与发现把自己灌醉。"

拉伯雷的戏谑性:从滑稽可笑到其深层内涵

拉伯雷的滑稽往往貌似粗俗、累赘,而且17、18世纪之时,鄙俗下流的文风不再时兴,拉伯雷的风趣随之黯然失色。因此,应当结合拉伯雷所处的时代来评判他的戏谑性。高卢传统在拉伯雷式的激情中获得了一种难以置信的力量,它不弃用任何粗俗的(如对"擦屁股纸"的颂扬)或有关两性的讽喻。因为戏谑性本就离不开生活中的乐趣,也因此离不开身体的享乐,离不开兽性和肉体的生活。

19世纪,雨果等一些想象力丰富的作家重新探索拉伯雷式的诙谐元素,而当今学者视其为一种全球通用的总体概念。继米哈伊尔·巴赫金(1976年出版《拉伯雷的作品及中世纪与文艺复兴时期的庶民文化》)之后,拉伯雷的幽默被视为一种狂欢节精神与原始节庆的延续,其中所有的价值观都被颠倒、混杂或倾覆,因而也诞生了一些废黜国王的主题。在这种交融和混乱中,首先引发笑声的是滑稽的身体外貌。因此,拉伯雷可以用同样的眼光看待出生和死亡(可参阅卡冈都亚的诞生)或是强调性生活和战争。身体是永恒运动的世界或宇宙变形后的写照。拉伯雷的笑料多源自"肉体下部"的写照,这既是为了贬低精神幻想,同时也为了证明:凡是个体用以满足生存及其他本能需求的欲望都是合理的。

如激流般的文体:言语的激奋抑或揭露?

拉伯雷作品的言辞想象丰富,无人能及。无限的想象力从多姿多彩的语言运用中喷涌而出。作家借用各地方言、各类专业术语(司法用语、宗教用语、医学用语、农民用语等）中的词汇。间或连篇地运用同义词、谚语、引申义、独创的表达方式（卡冈都亚的游戏、灯笼国贵妇人的菜单）。其用词也借鉴外国语言，并且模仿各种类型的语言（西塞罗式语言、教廷语言、中世纪语言等）。语言在不同语级（博学用词到淫秽用词）之间突然转换，不断地创造词语，大量使用双关语或主观臆造。读者仿佛卷入一场激流般的运动，如此用词丰富的作品是为了昭示任何人都可以无偿使用语言（使用健谈的、不稳定的、无定形的语言，自如地运用"能指"）？抑或相反，海量词汇是用以捕捉真相（世界具有复杂性，语言是关于"所指"的文字游戏）或创造新事物时所创？总之，阅读拉伯雷的作品时，应该大声地、字正腔圆地朗读。

拉伯雷的思想：故弄玄虚兼及（抑或）"介入"精神？

拉伯雷告知读者：不应止步于作品的滑稽表象，而应探寻其中所掩深义。拉伯雷此举实乃徒劳，读者的第一阅读体验便是其中"放大无度"（福楼拜所创的单词）的玩笑和愚弄。拉伯雷保持了滑稽的一面，用大学生玩笑式的"愚弄"和中世纪惯用的"傻子"形象充实自己的作品。

但是，一部文学作品面向的是它的读者，即受过教育的精英。当拉伯雷专心于仿讽作品时，理解他的只有那些能够识破范本中的嘲讽寓意的人（大学、司法、文学领域的读者）。自此，拉伯雷作品的特征便带有双重性，既含有一种故弄玄虚的荒诞，又带有一种介入精神的严肃。可以从以下三个方面解读拉伯雷的思想：

• 信任自然，文化知识、旅行游走、相遇相识是取之不尽、用之不竭的宝库；

• 期望改变人类：宣扬自己的教学理论、政治思考、马基雅维利或伊拉斯谟式的和平主义、乌托邦式的想象等；

• 宗教思想是信奉福音主义，他拒绝宗教领域一切毫无节制的言行，因为这些最终会导致一种憎恶情绪或是十足的怀疑态度。

然而，仔细观察整部作品会发现巴汝奇比知识渊博的王子庞大固埃的地位更重要。狡猾、不道德的巴汝奇的知识源自生活中的直接经验。比起奉行人文主义的领主庞大固埃，巴汝奇更为精明，更值得拥有幸福。同样，修士约翰为了隐居德廉美修道院而离开庞大固埃。但日后，约翰离开修道院竟仅仅是为了追随巴汝奇。换言之，充满和平与理性的政治统治理想（庞大固埃所代表的）似乎已动摇。环顾四周，拉伯雷看到身边的压力密布。因此，他的作品既是对人文主义理想的思考，又是对这种幻想的嘲笑。拉伯雷的"庶民"读者（其"年鉴作品"的读者以及里昂庙会上擦肩而过的人）应该尤为关注他对人文主义理想的嘲讽。

作品的这种双重性无疑解释了16世纪的各个教派（天主教派和加尔文教派）将该著作列为禁书的原因。拉伯雷的作品决定了后人对这位作家的态度：人们不断地重读、再次注解、评论拉伯雷。这是因为他的作品错综复杂且完全原创（无与伦比的著作），同时还因为这部自由洒脱的作品所提供给每位读者的并非是一种既定成形的意义，而是有待读者自行领会和构建的意义，这便是给予这部代表作的最好评价。

玛格丽特·德·纳瓦尔

故事：逐渐形成的一种文学类型

正如其名，故事来源于一种口语形式的叙述传统。故事意味着一种特殊的交际环境：故事的作者亲历叙述的过程，他会恰当地使用语言效果来取悦听众和吊起他们的胃口。由于故事的来源大众化，所以主要借鉴日常生活。但是它也能够反映一些神话或虚构题材，反映共同的信仰或烦扰。整个中世纪，随着书面文学作品的形式逐步现代化，故事获取了强大的生命力。它传诵神话故事（如女巫或狼人的故事），讲述神奇之事。但是它也尽力营造幽默效果，经常嘲笑戴绿帽子的丈夫、荒淫的僧侣、脾气暴躁的妻子。故事多放纵下流。自称为"故事巨匠"的拉伯雷也投身到这种写作传统中，而且他的作品俨然一部故事拼贴集。

于是，16世纪初期，故事成为一种独立的文学类型。其作者不再是一些庙会上的故事讲述者或平头百姓，而是一些人文主义者、一些文人，他们认为这种文学类型不仅可以愉悦读者，更可以蒙化大众。他们尽力使用一种简单的文体风格，取消修辞，影射时事。既有心理描绘，又教诲读者，故事描写人类的同时，又从中找寻道德寓意——有些类似于17世纪的寓言。

以玛格丽特·德·纳瓦尔为例

弗朗索瓦一世的姐姐玛格丽特·德·昂古莱姆（或称为玛格丽特·德·瓦卢瓦，1492—1549）看似对自己的两场不幸婚姻非常失望：她先是于1509

年嫁给毫无修养的查理·德·阿朗松，后又于1527年嫁给见异思迁的纳瓦尔国王亨利·德·阿尔布雷。唯有她的女儿——未来的亨利四世之母让娜·德·阿尔布雷与她骨肉情深，这给她带来些许家庭幸福的慰藉。这位受过良好教育、思想深邃的女人情感波折，她一生中唯一深深挚爱的便是她的弟弟，这份炽烈的、亲密无间的姐弟情谊弥补了她的情感失意，同时也说明她为何能在国王身边扮演诗人、人文主义者、革新者的保护人。她敏感、沉稳，洋溢着睿智和仁慈，常召见当时最为优秀的文人，主要接待地位于内拉克的府邸中。

同文艺复兴时期的多数知识分子一样，玛格丽特·德·纳瓦尔①热衷于宗教辩论。她的神秘主义和理想主义的性格特质帮助她理解改革派的教义原则。受福音主义的影响，她倾向于教派间的和解。但是1540年之后，身为国王之姊的她不便再持有该种立场。隐居在纳瓦尔宫廷里的玛格丽特，致力于故事的撰写：《七日谈》。这部涵盖七天内容的作品集模仿了意大利作家薄伽丘（1313—1375）叙述十天内容的《十日谈》。

《七日谈》或爱情杂志

因为路遇倾盆大雨，十位优秀的人躲避到一家修道院中，轮流讲述各自的故事，然后展开讨论。每一个"聊天者"都要确保所述故事的真实性："我们发誓所言属实"。但是他们讲述的故事往往非同寻常。因此，《七日谈》是一部爱情回顾，其中选用的是一些极端的事例。所述内容时而唐突，时而细腻，这部作品集是情感的化身，其中的感情或典雅华贵或原始野蛮，或天真无邪或心机重重，或精神爱恋或荒淫放荡。因而，玛格丽特·德·纳瓦尔拒绝唯一化的视角，她将现实中的形象影射到作品中，在这些彼此矛盾的事件之间搭建对话，因为实际生活中彼此相爱的人共同经历的不仅有甘甜，也有苦涩。

---

① 即玛格丽特·德·昂古莱姆。因改嫁，姓氏更改。——译者注

每段故事叙述后，都紧跟着展开一段讨论，以此增强对比效果。一旦故事讲完，聊天者就会进行辩论和阐释。这些评论有力地证明了当时宫廷中腹有诗书者的精神面貌。

博纳旺蒂尔·德佩里埃

玛格丽特·德·纳瓦尔对法国文人施以谨慎而有效的保护。她与当时最优秀的文人保持通信往来，并且帮助受迫害的文人，她因此而收获诸多敬意和献辞，历任王后无出其右者。聚集于她身边的文人，除了她欣赏的随身男仆马罗外，还有众多故事作家，其中一位便是博纳旺蒂尔·德佩里埃（1510—1543）。

博纳旺蒂尔·德佩里埃生于勃艮第，起初过着颠沛流离的生活。直到约1535 年，改革派的出版商皮埃尔·德·万格勒组织起一批年轻的人文主义者，共同担任《圣经》的首部法语译本的翻译工作，博纳旺蒂尔·德佩里埃也加入其中。之后，他又加入里昂派，后来又结识玛格丽特·德·纳瓦尔。自1536 年起，他与马罗共同担任"随身男仆"这一荣誉性职务。当时纳瓦尔王后正编写《七日谈》，在她身边，他创作了《新鲜消遣与开心闲谈》（于作家去世后的1558 年出版）。1537 年，他出版了《世界钟声》的四段对话录；这部怪诞的作品（导致印刷商被判死刑）讥讽人类之间的话语和争吵。因此，社会中凡是其职业与话语有关的从业者都自视为该作品的攻击对象，尤其是教会人士。

博纳旺蒂尔·德佩里埃在《新鲜消遣与开心闲谈》中，重拾口语形式的文学传统。他所写的趣闻轶事简短滑稽，取材现实生活，围绕"水浇园丁，自作自受"式的简单主线。拉封丹的"佩雷特和牛奶罐"的故事就借鉴他的文章。不过，直到后来，仰仗诺迪埃的研究，世人才发现博纳旺蒂尔·德佩里埃的才华（而拉伯雷的作品也是直至浪漫主义文学运动时期才为人所了解）。总之，这部作品集在整个16 世纪取得巨大成功，并再版数次。继伊拉斯谟之后，博纳旺蒂尔·德佩里埃拷问人类的狂热行为和社会欺诈，但并不过分自以为是。如同拉伯雷一样，他擅长运用各类词汇和方言，他的写作风格反映了人文主义者的自由，作品中充满讽刺和愉悦。

人种学家兼故事作家：诺埃尔·迪法伊

诺埃尔·迪法伊（1520—1591）出生于布列塔尼的一个乡村小贵族家庭，就读于巴黎，学业优秀。之后的生活便动荡不安，打架斗殴、偷盗扒窃、聚众纵酒接二连三发生。参军后驻扎意大利（1543），四处漂泊，直到后来重归故里定居。他的法学家和国会议员的身份光鲜体面，得有闲暇笔耕不辍，出版作品《乡野闲谈》（1548），并在其有生之年不断再版。诺埃尔·迪法伊是一个怀旧之人，他逆行于时代，时常担心自己的思想对宗教改革有利。他的故事借鉴拉伯雷式的风格，但是却常勾画布列塔尼小村庄（他称之为弗拉莫）的迷人之处，那儿的生活自给自足，远离任何变革（变革常被视为堕落）。在16世纪下半叶动荡的时代背景下，诺埃尔·迪法伊常通过构筑一种守旧落后的乌托邦世界，来追忆往日的价值观。他讲述和谐社会中的生活，劳作有节，风俗淳朴，描绘其中的节庆、晚间叙谈和寓言故事。弗拉莫村是一个备受呵护之地（如德廉美修道院），它的存在与现实格格不入，也揭露了进步是以排斥异己和内战为代价而换取的。蒙田珍视的"避世"思想逐渐显现。与之对比鲜明的是皮埃尔·德·布尔代耶（1537—1614），即**布朗托姆**领主，他的作品充满活力且不遵章法，如回忆录作品《风流贵妇人》。

里昂文学圈

经济和文化融汇之都：里昂

自 16 世纪初期开始，里昂市便成为重要的贸易集散地。作为意大利和巴黎往来的必经之地，里昂成为商业中转站，每年组织四次大型国际集会。里昂的日益繁荣给意大利和佛拉芒的银行家带来威胁感，他们纷纷先后落户里昂。

里昂的经济活动频繁，加之地处意大利和巴黎的交汇点，因此，思想流动更为活跃：改革派的思想从日内瓦传来，奥克语（整个南方地区）行吟诗人的文化传统近在咫尺，意大利的美学或哲学思想沿罗讷河谷涌入。尤其是里昂出版公司的成立，促使里昂成为印刷业之都。享有王室特权的出版商，推出小开本（时称八开本）的书籍，所用字体也比哥特体更为易读，因此，书籍传播更加迅速。当时，里昂的印刷商众多，如艾蒂安·多雷（出版过拉伯雷和马罗的作品）和让·德·图尔内（出版过玛格丽特·德·纳瓦尔、莫里斯·塞夫、路易丝·拉贝、佩尔内特·杜吉耶的作品）。

这样的环境为文人创作的繁荣提供了独一无二的优势。里昂派关注宗教思想、星相学、数字。由于商人的实用主义理念，他们支持自由交流思想，倡导和平、宽容的思想。涉及思想领域的书籍繁多，多数被列为禁书（1546 年，艾蒂安·多雷被视作异教徒而被烧死）。但是，里昂的富裕家庭，经常于家中组织一些诗歌和音乐"沙龙"或社团，一方面供上层社会消遣娱乐，另一方面深化人文主义理想。当时的重要思想家常出入这些地方，有时还频繁短住宫中（尤其是意大利战争时期）。里昂成为多产、开放和欣欣向荣的文化中心，

16 世纪

法兰西王国上下无一处可与之媲美。

个性神秘的权威人士：莫里斯·塞夫

莫里斯·塞夫（约 1500—1560 年）的诗歌表面看似简洁扼要，实质却晦涩难懂。他生前私生活低调，一直默默无闻，世人对其生平知之甚少。仅知他神秘且深沉，出身自教养良好的显贵家庭，是里昂的世家子弟。富足的经济条件保障他专心致志地投身到学习和创作中，并深深地影响着身边的一小群忠实追随者。

他从小饱读希腊语、拉丁语作品，沉迷于新柏拉图主义，1553 年，他断言彼特拉克笔下劳拉的坟墓藏匿于阿维尼翁的一座教堂中。一些信徒始信宗教是受到神启，而于塞夫而言，这个"新发现"（虽真实性颇受质疑）起到了神召的功效，自此，他开始写作诗歌。

莫里斯·塞夫的主要作品是《德莉，至高美德的对象》（1544）。这部复杂的作品集共含 449 段十行诗节，每行为十音节诗句，每段的韵脚形式均为 *ABABBCCDCD*。作品的特点是：结构有序、数量统一、某些诗句晦涩难懂，这也造成了大家对其诗句出人意料的解读。的确，塞夫的作品艰涩，而且彼特拉克和柏拉图的理想主义令他着迷。总而言之，《德莉》并非一个铺叙连贯、逻辑严谨的故事，而是一种杂乱无序和焦虑不安的追寻，是一个惶惶不安者对完美和彼世的寻觅，因为那里生活着他心爱的女人。

后人一致认为德莉并非他人，而是佩尔内特·杜吉耶。1536 年前后，塞夫爱上她。但是《德莉》更是"*l'idée*"（想法）这一法语单词变换字母顺序后构成的词。塞夫试图得到理想化的爱情，必然经历痛苦。德莉经常化身为狄安娜-赫卡式的形象，即狩猎女神（致人游荡和遭拒）和黑夜女神（神秘、寒冷、残酷）的三相女神。因此，塞夫的诗歌表达出为了追求更高一级的享乐，必须经历痛苦。距今较近的马拉美和瓦莱里尤为青睐"方方正正"（长十行，宽十音节）的塞夫诗体，这是一种需要一定精湛技巧的诗歌创作。

塞夫灵感的源泉：佩尔内特·杜吉耶

佩尔内特·杜吉耶（约 1520—1545）出身于里昂的贵族家庭，一生中，她的美貌与学识为世人所称道。她博学多才，精通古代语言，会说西班牙语，会用意大利语写作，会弹奏诗琴。集众多美德于一身，这也无疑解释了为何塞夫会对她一见倾心。

初识塞夫（35 岁）时，她刚满 16 岁，塞夫对她一见钟情。但当时，这位年轻的姑娘已有婚约。她与她的诗人倾慕者只能保持一种柏拉图式的爱恋，《德莉》便可证明这种关系。他们之间的柔情爱恋转化为诗歌往来。佩尔内特·杜吉耶亲自创作诗歌来回应塞夫。她日复一日地写作，不带任何意图，这只是一种青春活泼的、朴实的回应方式。当 25 岁的她骤然离世之时，她的丈夫决定搜集她那些散乱的诗歌，并将诗集命名为《韵文集》出版（1545 年）。这些因迷恋塞夫而作的柔情诗歌传递出作者单纯而动听的心声。

路易丝·拉贝现象

路易丝·拉贝（1524—1566）是文艺复兴时期最伟大的女诗人。但她一生中，因个性古怪而招惹不少是非闲话。她出身小市民阶层，父亲和丈夫都是制绳匠人（故而称其为"美丽的制绳女匠"），她是如何迅速跻身于里昂雅致的贵族阶层，成为一位优秀的作家和革新者？同时，世人又怎知她常与同样娴于骑术和剑术的兄长结伴参加骑士比赛？路易丝·拉贝因其美貌和强势的性格，让人无法忽略她。

她的作品呈现两面性：一方面，体现了"女权主义"，她鼓励女性参加文艺复兴时期的人文主义运动，让她们"不要只盯着手中的绕线棒与纺锤"，拒绝将"女性物品化"；另一方面，表达了强烈的性欲，她通过诗歌表达渴望满足肉欲爱情的强烈欲望。女诗人如此坦诚之至，随之而来的却是各类严苛的批判，来自性格阴郁的加尔文的批评最为激烈。人们指责她不知廉耻，甚至给她冠以交际花的名号。

然而，她的作品本身并未引起公愤，因为作品既无教唆之意，亦无过分之举，而是传递出一种病态爱情，即爱情给人类的身心带来的是苦乐参半的体验。因为，诗人只是让读者认可爱情的无限力量：不能因此而责难诗人。

16 世纪中叶诗歌的生命力

顶峰时期

1547 年，统治法国长达 32 年的弗朗索瓦一世逝世，此时的法国繁荣至极：国家和平、统一；几座大城市（巴黎、里昂）成为重要的文化中心；艺术和人文主义运动繁盛。得益于如此有利的环境，16 世纪 30 年代的文学获得新的飞跃，成绩辉煌，这是法国文学史尤其是诗歌创作方面的一次决定性的发展。

上层社会率先垂范：宫廷保护艺术家。王室大兴土木（先后建造了卢瓦尔城堡群、卢浮宫、杜伊勒里宫），吸引了众多的建筑师、雕塑家和绘画家。历任国王意识到诗歌的讴赞可以将王室的威望高尚化，因此他们要保护文人。亨利二世（1548—1559 年在位）、弗朗索瓦二世（1559—1560 年在位）以及查理九世（1560—1574 年在位）统治时期，人们崇尚（通过意大利传入的）古代经典作品，这一文学倾好长期影响着当时的创作取向和写作形式。七星诗社时期的作家摒弃中世纪的诗歌形式，倡议模仿古代作品。法国最重要的人文主义者，如翻译家雅克·阿米欧和亨利·艾蒂安改进教学思想：龙萨和杜贝莱（1545 年，两人均 20 岁左右）的文学成就离不开他们的教育背景。

当时，各类体裁的文学作品涌现：诗歌、戏剧、评论文学和介入文学。文学领域的成绩离不开新经济形势的积极作用。从事商业活动的新兴市民阶层迅速致富，成为文学作品的赞助商和阅读者。读者群不断壮大，作家的社会地位也日益提高。龙萨晚年时，他的作品在法国已家喻户晓。或许，他才可以称之为法国第一位重要的"大众"作家,尽管,当时绝大多数人并不读书。

《捍卫和弘扬法兰西语言》宣言

　　以龙萨为首的年轻文人起草这份宣言,杜贝莱署名。杜贝莱及其支持者以迅速回应托马斯·塞比耶(在其作品《诗歌艺术》中维护马罗的艺术思想)为借口,提出新的文学理论。确切而言,早在《捍卫和弘扬法兰西语言》(1549)出版之前,亦即1530年至1540年间,一系列文学思想相同的文论便已相继发表,其目的旨在:繁荣和丰富法兰西语言;创立新的形式。杜贝莱抄袭广为人知的观点,甚至包括其对立者的观点(如马罗、拉伯雷)。剽窃者往往都遭遇众人争议,然而,杜贝莱却擅长创造轰动效应,这份反映当时各路心声的宣言被世人接纳。而论争的实质(创建一种真正的"法语"原创文学)也定义了沿用至今的诗歌发展方向,即重视词语的力量,因为每种语言都拥有自己独特的、无法复制的能力。语言的魅力和事实真相只能在语言内部传递。如果一种语言只知模仿、重复其他语言,那它便索然无味,如果没人去编写、唤醒或丰富语言,那么不仅会削弱人与人之间的交流能力,而且也会耗尽人类的天资。所有的诗歌艺术都旨在通过其富有生命力和变化万千的形式,凸显和塑造法语语言的生命力和魅力:应当竭尽所能挖掘法语语言的"光芒"、"活力"、"灵魂"和"激情"。

　　《捍卫和弘扬法兰西语言》的内容可概括为:

　　● 第一卷书:法语语言

　　——法语既不是"野蛮语",也不比古代语言或意大利语低等,但是法国人过于关心如何实现"举止美",而非"言谈美";不应该再继续忽视语言(第1章至第3章)。

　　——当然,翻译大有裨益:翻译证明了法语语言的灵活性;但是法语语言不能仅生存于翻译中;另一方面,翻译外语诗歌是荒谬之举;翻译是一种背叛。因此,应该模仿而非翻译外语作品。(第4章至第8章)。

——在任何领域，今人都能与古人相匹敌，甚至超越古人（第 9 章至第 10 章）。

——法语的研究滞后，是因为人们耗费过多时日教授古代语言，好似这些古代语言才是法国人的母语（第 11 章）。

• 第二卷书：新诗歌

——法语诗歌要勇于创新，因为现存的诗歌范例并不令人满意；尤其是马罗的诗歌成为攻击的对象（第 1 章至第 2 章）。

——成为诗人无疑需要一种天分，但更需要努力和文化修养（第 3 章）。

——写作必备技巧：尝试各种古代诗体（挽歌、颂歌、讽刺诗等）或外国诗体（意大利十四行诗），但应更提倡运用法国民族故事中的主题（第 4 章至第 5 章）。

——应当用新词丰富法语语言（第 6 章）。

——增添诗歌美感的方式：韵脚（第 7 章）、措辞方式、修辞、韵律、方向等（第 8 章至第 10 章）。

——因此，诗人终将获得民族荣誉：诗人同战士和政客一样，捍卫的是祖国的才华。拙劣诗人或肤浅的哗众取宠者所写的作品应该备受唾弃。诗人肩负爱国的重任（第 11 章至第 12 章）。

由此可见，该部专论沿袭了 16 世纪初期的人文主义思想（使用法语语言，从古代作品中找寻灵感），同时鼓励创新，如使用新词丰富法语语言或让世人接受新的诗体（已存在的颂歌、赞美诗、十四行诗）。《捍卫和弘扬法兰西语言》主要将在词汇领域发挥决定性的重大作用。

爱情诗歌及其诗歌语言

16 世纪 50 年代，诗歌作品丰富，而且主题统一。虽然每首诗歌因各自特性而有所差异，但是若置此不顾，可以将诗歌划归为三种常规的创作传统：风雅诗歌、彼特拉克诗体和新柏拉图主义诗歌。

风雅诗歌源自中世纪的典雅爱情。男人（诗人）向遥不可及的贵妇人献殷勤，对她俯首称臣，并锲而不舍、孜孜不倦于创作，以求获得对方的一声"感谢"。因此，诗人通过诗作中复杂的修辞或隐喻，来渲染对理想女性的渴求。

彼特拉克诗体：意大利学者彼特拉克（1307—1374）的《抒情诗集》（一部十四行诗诗集）叙述了1327年4月6日，他在阿维尼翁对神秘贵妇劳拉的"一见钟情"。他的诗歌表达了一种痛苦的内心情感（或是类似于忏悔），并心甘情愿地维系这种情感。因为女性的美貌是所有理想化的美好在世俗间的写照。贵妇的沉思导致诗人无法保持和谐与宁静的状态，诗人因此而沮丧。可见，爱情是一种痛苦或缺失，但是爱情又使人不断保持欲望的快感。因此，彼特拉克诗体长期滋养着意大利诗歌，其次是法国诗歌，对诗歌的形式（十四行诗）和主题都影响深远，常通过反衬（矛盾体的结合：爱情或使人焦虑，或令人亢奋，美貌或催人沉迷，或致人消沉）和夸大（夸张的技法、粗暴的画面、感人的语言）的手法强调主题。

新柏拉图主义诗歌：15世纪末期，受意大利人马尔西利奥·费奇诺的影响，人们开始重新阅读柏拉图。按照其理论，我们在人世间所接触的无非是表面的和影射的景象。柏拉图谓之为"思想"的纯粹真理存在于永恒的世界中，即天堂之类的地方。人类的灵魂便从此处而来，当灵魂超脱人类的肉体后，又终将回归此处。这种理想主义与基督教思想交叉融汇，与诗歌的概念十分吻合：诗人常困扰于如何放飞自我；诗人怀揣向往"绝对"的冲动；爱情应当是柏拉图式的（纯粹精神的爱恋，拒绝性欲）。实际上，这种理想着重强调人类要控制自己的情欲和冲动，因此，它是对人文主义所崇尚的"追求完美"的理念的继承和发展。

创造者的团队：七星诗社

《捍卫和弘扬法兰西语言》引起巨大反响，因为它成为了一批天资聪慧但性情急躁的年轻诗人的文学教科书。他们将自己的野心定位为志愿"弘扬""法兰西语言"。七星诗社以龙萨为首，它并非一个真正的流派，而是一个朋友圈（起初命名为"诗人旅团"）。七星诗社这一名称源自北斗七星。七位诗人分别是：龙萨、杜贝莱、蓬蒂斯·德·蒂亚尔、巴伊夫、佩尔杰、贝洛、若代勒。

起初，他们以巴黎的高克雷学院为聚集地。古希腊语学者让·多拉（1508—1588）的门下弟子开始接触希腊语、拉丁语文学宝库，过着行会组织一般的生活，行会精神强烈。但他们一直未曾有过严格的规则约束。这些勤奋、激情满满的年轻人聚在一起仅是出于一种革新精神和对诗歌的热爱。

杜贝莱

模仿：理论和实践

若阿基姆·杜贝莱（1522—1560）出身权贵家庭，其叔父均为显赫之人，较为著名的是勒内（勒芒主教）和让（Jean，红衣主教和外交官）。杜贝莱自幼成孤，这位少年自食其力，生活在家乡安茹省。他醉心于阅读，后来开始学习法律（为了继承叔父衣钵，成为外交官）。他与龙萨相识，两人一起在高克雷学院聆听多拉的课程。在那里，两位年轻人决定撰写一篇七星诗社的宣言，即《捍卫和弘扬法兰西语言》，这份宣言由杜贝莱署名并题献给他的红衣主教叔父。

《捍卫和弘扬法兰西语言》劝导大家模仿古代范本，并从中汲取文学养分（后人称这种模仿为"无意识的灵感源泉"）。杜贝莱很快从理论层面过渡到具体实践，他创作《橄榄集》。初版时，这部诗集（1549年版本）共含50首诗，再版时（1550年版本）增至115首，收录的是诗人的十四行诗诗作，歌咏他对一位贵妇人奥利芙的爱情。这位奥利芙究竟为何人？所述不详。也许是一位名为维奥勒的姑娘或是杜贝莱家族中的年轻女子？也许这个名字是让读者联想到橄榄树，如同彼特拉克笔下的月桂树。

《橄榄集》的创作深受彼特拉克的影响，并且推动了彼特拉克诗歌在法国的传播。诗风别具一格，尽显诗人的博学睿智。虽然这首爱情诗歌略显矫揉造作，而且运用了大量的神话讽喻和修辞手法，但是这种诗体与主题完美契合：爱情的体验就如同对纯洁理想的追求。《橄榄集》引领了一股彼特拉克诗风，但最终七星诗社却转而嘲笑这种诗风，摒弃了这种矫饰造作和故作风雅。时隔不久，他们倡议创作更富个性的、形式清新的诗歌。

罗马之训

杜贝莱最终回归到个人诗歌的创作中，这种转变的发生极为容易，尤其当他饱受命运折磨时，他尤为迅速地改变了诗歌风格。他的健康状况日益衰损，双耳失聪。在罗马小住期间，他得以找到表达这种苦涩经历的必备背景和主题。

受亨利二世派遣，巴黎主教兼红衣主教让·杜贝莱——拉伯雷的保护人奔赴罗马，与教皇尤利乌斯三世商议解决法国与查理五世之间的冲突。其亲戚——诗人杜贝莱作为主管，一同随行。"我生来是侍奉缪斯的，却差我来管家"（《憾然集》，第39首）。受制于管理家居杂事，杜贝莱分身乏术而且心生厌倦，然而，他居于罗马期间（1553—1556）作品颇丰：

- 《罗马怀古集》展现了罗马的往日风采和岁月带给世间的摧残；
- 《憾然集》反复诉说罗马教皇城的贫苦和衰败，诗人形单影只居于此地，倍感痛苦和愤懑。
- 《村戏集》一反常态，这是一部消遣诗集：诗歌以一种诙谐的口吻追忆"度假"的罗马人的娱乐方式，一种既有乡村风格也有城市痕迹的消遣游戏。
- 《诗歌集》全部为拉丁语诗歌（已全然忘记《捍卫和弘扬法兰西语言》用法语写作的倡议），也作于客居罗马期间。

1558年，返回巴黎数月之后，诗人才出版了居于罗马期间所写的全部诗集。之所以未分散出版这些诗集，极有可能是因为它们的撰写是一并完成的。置身于日渐堕落消沉的罗马，诗人言称自己陷于一种直接的、自发的真诚之中。这种内心的呼号常被认为与浪漫的抒情诗类似。实际上，杜贝莱是在向世人宣布：书写应当取自亲历，描述应当直抒胸臆。

无疑，作于罗马的这些诗集印证了诗人的真实感怀。昔日，罗马古城曾经傲居全球，而眼下却颓废萧条，诗人寄居于此，浸染其厚重的文化和悠久的历史，感受其物是人非、时过境迁，这位人文主义诗人难以掩藏内心深处的情感波澜。16世纪，罗马依然是世界主要的政治交汇地：欧洲几大强国的外交策略往往都在罗马制定并付诸实施。感受风云变幻、沧海桑田，吊古伤今，罗马自然是个好的去处，然而罗马只能影响敏感和聪慧之人。

但这四部诗集收录的诗歌作品思路清晰、手法成熟、技艺考究，绝非即兴之作。尤其值得称道的是杜贝莱弃用十四行爱情诗，从而创作出一种新诗体：富有哲理的、哀婉的、讽刺的十四行诗。甚至《诗歌集》采用拉丁语写作，这是为了证实其思想主旨：将个人经历与从伟大古人那沿袭的对世界的反思相结合。作为前古典主义者，杜贝莱在古代的文学主题和形式中重新找到了一种抒怀个人情感的方式：

• 《罗马怀古集》着重描写遗迹的神秘：往昔的辉煌、衰败颓废、兴衰变迁。如同希望从荒芜的古迹中找寻不可能有的回应一般，沉迷于古迹的诗人在作品中倾力表达内心的祈求。

• 《憾然集》中的诗歌语调多重多样。其中，杜贝莱这样咏叹道"这滋味苦涩、甜蜜、咸涩"。三重灵感：异乡生活的苦涩；念及家乡的美好；对罗马衰败风俗的辛辣讽刺。《憾然集》中的191首十四行诗结构严谨：

——**引言**（第1首至第4首）。语言简洁，却尽显作者的博学，是记录内心的独白。

——**挽歌**（第5首至第48首）。诗人已无法继续歌唱，但是他禁不住要为自己、为那些远离法国漂泊异乡的人哭泣，而在法国的龙萨一切安好；主题多变，讲述一去不复返的离去和旅行。

——**讽刺诗**（第49首至第127首）。应当恢复平静、超脱自我、学会嘲笑社会现实。主要内容有：宫廷生活（第57首至第77首）、罗马思想层面的衰落（第78首至第86首）、妓女（第87首至第100首）、罗马教廷（第101首至第 119 首)、愉悦(第 120 首至第 127 首)。

——**结论**(第 128 首至第 138 首)。回归的时刻到来;不再沉迷于罗马,因为这是充满凶险的迷惑,最终,诗人貌似痊愈了。

一个失望的诗人?

1557 年 9 月,杜贝莱返回巴黎,艰苦的生活终于结束。杜贝莱的作品充满思乡之情和失望之意,堪称法国文学世界中旋律最优美的作品之一。因为他的作品竭力抚慰痛苦,将不幸化作反复咏叹的曲调。人们常说,他的某些十四行诗的创作目的便是为了让后人用心背诵。

对于后人而言,杜贝莱最主要的身份便是一位客居他乡的诗人。

龙萨

诗坛泰斗

皮埃尔·德·龙萨（1524—1585）生于奥尔良附近的旺多姆的一个贵族家庭，家人希望他未来成为一名外交官。年少时，便在众位王子身边担当侍从，因此很早就接触到王国里的精英和文人。一场疾病（使他双耳失聪）后，他开始对学习和写作感兴趣。强烈的个性使他可以融入七星诗社。起初，他尝试撰写了数篇模仿古希腊的深奥诗歌，之后，他转而写作"爱情"诗集，用简朴的语言咏唱他对两位年轻女人卡桑德尔和玛丽的情感，但诗中并未直言两位女子的确切身份。

时至今日，很难想象龙萨在当时造就的影响。随着作品的出版，他的威望和声誉与日俱增。查理九世（1560—1574年在位）统治期间，龙萨誉满天下、尽享富贵。这是因为16世纪中叶，人文主义大行其道，而龙萨知晓如何在作品中概括人文主义的审美风格。他曾宣称自己是一位独立诗人，他的文学才华既不依附于任何人，亦不向任何人妥协，然而纵使如此亦徒劳，诸多事实无不表明他是一位"介入"诗人，他或者为一项事业而服务，或者通过轻浮的爱情来咏叹16世纪人们的深深萦念（时间流逝、向往和平、期盼避世于一种包容万物的自然之中、赞赏古代审美等）。身处于一个快速发展的动荡历史时期，龙萨鼓励人们仔细品读爱的艺术和乐趣。

诗歌理念的升华

龙萨的诗歌主题受享乐主义影响。他的诗歌常描写流转飞逝的青春、和谐统一的自然、百味杂陈的爱情经历。然而，这些主题共同强调的是：时间无法倒流和死亡难以逃避。因此，诗歌成为补偿生命中事物脆弱性的一种方式：诗歌可以使它所咏唱的所有事物或人永不磨灭。凭借诗歌，某一个不知名的年轻姑娘可以留名后世，或者某一位国王将誉满青史。古代的诗人兼占星家所创作的古老神秘的传说重现在龙萨的诗歌中。诗歌肩负着完成圣职和传递神启的任务。他的诗歌阐明并表达了整个法兰西民族崇尚的伟大理想、信念和希望。因此，龙萨被视作王子身边的诗人兼编年史作家和向导。

情感的工匠

龙萨被世人称之为"爱情诗人"。然而，就其诗歌的独创性及其创作兴趣而言，这个名号并非恰如其分。龙萨的作品反映法兰西民族生活中的诸多事件，多数诗歌的主题涉及政治和哲学领域。诚然，龙萨也以第一人称的形式写作过极具个人色彩的作品，其中，他将自己骤然突变的性情、沉默寡言的性格、骄傲自大的心态暴露无遗。然而，诗歌中激情与失望并存，确信与怀疑共现，这让人感觉龙萨借诗歌以抒怀。两百多年后，浪漫主义学派重又发现已被世人遗忘许久的龙萨，他们认为龙萨的灵感源自诗人情感的力量，将其视之为真挚诗人的先驱。事实上，上述研究未免有浅尝辄止之嫌。龙萨毕生致力于将内心的轶事构思为一部艺术作品。因此，1560 年至 1584 年间，龙萨作品全集出版发行之时，他本人对此十分关心，并不断修改作品，重构大纲，删去无用的晦涩语句和过于随意的套话。其中最著名的爱情诗歌集也历经数次改写，最初这些诗歌分别题献给不同的女性，然而龙萨不受缚于此，毫不犹豫地置换数篇诗歌，甚至改写题词。毋庸置疑，曾经经历的诚挚爱情使诗人心烦意乱，但是他的作品力证了一位艺术家的清醒创作意图，即：追求尽善尽美，绝非仅停留于吐露心声。诗歌创作的初衷不是倾诉内心的情感，而是追求诗歌的效果。归根结底，这预示了古典主义的开端。

《爱情集》的抒情诗人

龙萨生前，被尊为御用诗人，他奉命写作颂歌、演说、史诗评论，反对改革派的论战文章，翻译古籍等。但是，与此同时，他并非一直沉溺于这类严肃刻板的作品，他也潜心创作过《爱情集》。龙萨不认为爱情是唯一或排他的（不同于彼特拉克、塞夫、创作《橄榄集》的杜贝莱）。他从不同视角阐释爱情，扩充文学主题，刻画了多个女性形象：卡桑德尔、玛丽、埃莱娜。评论界曾试图逐一确定这些女性的身份，然而龙萨在相继出版的作品中，会刻意更改她们的姓名或在作品中的出现顺序。因为龙萨认为影射现实生活中的真实人物会招致读者产生错觉，他无意于此。他不希望他的诗作仅是再现一种情感，而是能够诱发读者内心的情感。

可能的原型：

——卡桑德尔：银行家塞尔维亚提的女儿，她后来嫁给旺多姆瓦的一位领主，她的侄女迪亚娜·塞尔维亚提是阿格里帕·多比涅的心上人，她还是阿尔弗雷德·德·缪塞的远房长辈。

——玛丽：可能是指出身卑微的年轻姑娘玛丽·迪凡，她与作者相识于安茹的布尔盖；也可能是英年早逝的玛丽·德·克莱夫，她是亨利三世的情妇。

——埃莱娜：是指沉浸在未婚夫去世的悲痛中难以自拔的埃莱娜·德·叙热尔，她是卡特琳·德·美第奇的宫中女伴。

最著名的龙萨诗歌在表现形式上未免略带幼稚和单纯。但是，总体而言，他的诗歌集不乏彼特拉克式的复杂和出色。因为当时的宫廷醉心于意大利文化，文学趣味追求雅致之风，而龙萨是为宫廷写作的诗人。

最后的激情

虽然龙萨以一副蔑视宫廷诗人的姿态示人，但他却从未违抗过写作诗歌的命令。如他曾参与写作一部歌颂君主制度和法兰西国家辉煌的大型史诗：《法兰西亚德》(1572)。最终，这部杂乱无章的大型民族史诗未能完成。与此失败相较，其《时论诗》证明了龙萨式的激情：龙萨以一种暴力的方式"介入"反对"异教徒"的行动中。于是，新教徒将龙萨视为攻击目标；龙萨不得不奋起反抗，以彰显他纯洁的一生。

于龙萨而言，所有这些压力有百害而无一利。他变得尖酸刻薄、沉默寡言，几乎一直生活在亲王赏赐给他的位于都兰的三所隐修院中。查理九世驾崩后（1574年），朝廷更为器重杜巴尔塔斯和德波特，龙萨备受冷落。雪上加霜的是新教徒无法原谅他，因为他的诗歌充满狂热之情。他枉费力气怒斥和批评他的对手（"他们自负和平庸至极"），龙萨的时代已一去不复返。他后期的诗歌正反映了这种日薄西山：他借用诗歌自我辩护，埋怨今非昔比。通过惯用的现实主义手法，他描绘自己地位的衰退。但是他念念不忘"享乐和优雅"，为阴郁的诗歌增添了无尽的声色之意，庆幸的是：一种无神论爱情因诗人最后的激情而闪耀光芒。

诗歌的价值观危机与巴洛克风格的诞生

新环境

龙萨的门徒和模仿者竞相追随他。一些是他的亲近之人（贝洛、巴伊夫、蓬蒂斯·德·蒂亚尔）；一些是他在宫廷中的对手（如德波特）；还有一些虽处不同政治阵营但却仰慕其才华（如新教徒阿格里帕·多比涅和纪尧姆·杜巴尔塔斯）。龙萨生前，所有人都承认他的过人之处，而当他谢世之时（1585），人人以他的继承者自居。蒙田因此讥讽道："因龙萨和杜贝莱的出现，法兰西诗歌享誉盛名，自此之后，刚步入诗坛者也追求堆砌辞藻、拿捏韵律。"

然而，自七星诗社诞生（约1550）至人人模仿龙萨（约1570年至1585年）的这段时期，社会环境发生变化。昂布瓦斯阴谋（1560）以及随之而来的镇压预示着内战的开始。今后的较长时间里，血染全国的法国内战使得意识形态四分五裂，暴力和恐惧不断蔓延。人文主义理想崩塌，悲剧主题再现：死亡、痛苦、死神的不可战胜、人类的脆弱和无常。

巴洛克趋势的诞生

巴洛克是16世纪末期和17世纪初期的一种艺术趋势，而非一种流派。这种艺术倾向的特征体现在主题和写作风格上。

主题全部与"变化"有关。如同人类一样，宇宙是不稳定的、不断变化的，它有自己的"季节"并会走向终结。因此，现实的世界是佩戴面具或弄虚作假的人类演出的一场盛大的戏剧，人们感知的只是一种幻影和表象。变化无常处处可见，唯有死亡一成不变。死亡促使一些人转而信奉上帝，但未能摆脱焦虑（如斯蓬德的诗歌）；与此同时，死亡使另一些人找到了享受短暂人生乐趣的借口。

巴洛克风格模仿这种不稳定性，在无序混乱、弯曲起伏或扭曲变化中自娱自乐，并将不同的文学类别混杂其中。《随笔集》的创作正是这种"跳跃式"写作方法的运用。同样，写作还使用一些效果强烈的修辞手段（如反衬或碎散的结构），并刻画一些具体且令人印象深刻的形象（甚至令人毛骨悚然，如阿格里帕·多比涅的诗歌）。

放纵淫荡者和惶恐不安者

对于世间万物瞬息即逝的感慨，化作哀婉动人的悲怆，催生了原始的及时享乐主义。马克·德·**帕皮永·德·拉斯普里斯**（1555—1599）的诗歌便是例证。虽然这位浪迹天涯的战士加入天主教一方，但也未能妨碍他创作大量的肉欲充斥的、荒淫放纵的作品（挽歌、歌曲、100首十四行诗）。他的《爱情诗集》描写反复出现的精神压抑和放纵。该时期的众多诗歌集虽未至如此露骨，但是也歌咏性欲，如雷米·**贝洛**（1528—1577）的《田园牧歌集》和《爱情诗集》中提到"拥吻"；如艾蒂安·**若代勒**（1532—1573）的《普里阿普斯颂歌》。诗歌的轻佻放纵是一种"高卢"传统，但是16世纪仿佛格外着迷于身体的神秘性，将性欲高潮视为"短暂的死亡"，换言之，这是一种超脱人世的经历。（奔向太阳，在空中忘我驰骋的）伊卡洛斯和法厄同的神话传说也参与到爱情享乐这类主题的（暂时的）复活中来。

因此，尽管诗歌看似抽象刻板，但是其放射状的主题（爱情上升且通向无限）可能与性欲的兴奋有关。天文学家兼音乐家**蓬蒂斯·德·蒂亚尔**主教的《爱情错误》（1573年版本）和菲利普·**德波特**（1544—1590）的《希波吕托斯的爱情诗集》（1573）也不断强调这一点。面对令人沮丧的现实，诗人渴望消匿于乐趣中或天际间。表面看来，这些诗集互相冲突，但是巴洛克式的焦虑构成了它们共同的源头。

死亡的折磨

伴随着宗教战争的爆发，罚入地狱的主题再次出现。每个教派都描述地狱的种种折磨。在这些空幻的诗歌中，有关末世（末世学）的思考和对冥间的想象经常混杂出现。同时，受当时现实（对国内争端的厌恶）的启发，这种"介入"诗歌着重描写16世纪末持续升温的令人不安的紧张氛围。

泰奥多尔·阿格里帕·**多比涅**（1552—1630）身处新教徒阵营。圣巴多罗买大屠杀（1572年）之后，多比涅参军并撰写了《惨景集》，这部诗集既是对当时混乱恐怖场景的见证，又是一系列空幻景象的描绘，比如其中有关最后审判的场景。他迷恋迪亚娜·塞尔维亚提（龙萨诗中歌咏的卡桑德尔的侄女），并为她题献一部《春天》诗集；为了表达强烈爱情带来的惶恐，多比涅勾画了一副幻象：荒野自然中，残暴的死神和各种死亡或疾病的信号（枯树、骨骼、火和血）四处游荡。因此，"介入"诗歌和爱情诗歌混同出现在一种"悲剧风格"中，置身于到处都是屠杀的世界，歌咏受（信仰、爱情）折磨的人类。这种阴森压抑、催人痛苦的背景开创了一种末日诗歌。但是，当多比涅描述他的天主教敌人时，他的悲观情绪转化为一种憎世的幻想：他因此转而使用抨击文章惯用的语调或夸张讽刺的语气。瓦卢瓦王朝的宫廷变为一家巴洛克剧院，聚满腐化堕落者和滑稽怪诞者，成为一个颠倒和反常的世界。多比涅的诗歌充满激情且富于想象，后辈作家无人与之旗鼓相当，直至雨果（《惩罚集》）出现方可与之媲美。

新教徒让·德·**斯蓬德**（1557—1595）脱离新教，转而皈依天主教，导致新旧两派都不信任他。斯蓬德孤立无援、变化无常、常被迫害,他好像是从一个危机跳入另一个危机,他的写作也仅为化解其自身的矛盾。"我觉得自己心灵深处正发生一场内战"。《论死亡十四行诗》收录在其《基督教诗歌随笔》(1588)中,揭露了这个世界上的事物的欺骗性,思考了对于上帝的期待。这些诗歌的写作方式充满意外的画面、悖论和音乐效果,是巴洛克式文学创作的典范。

悲剧的回归

再次发现

新诗歌进入公众视野（1550年前后）之时，戏剧与中世纪的传统彻底决裂。这两种现象的诞生都有一个共同源头：人文主义者在重新阅读古代典籍时，接触到了悲剧作家。自1505年起，伊拉斯谟翻译古希腊学者欧里庇得斯的作品，七星诗社的思想家多拉也热衷古希腊剧作家的作品，同时涉及心理学、诗学和道德说教的塞内卡的拉丁语著作也备受推崇。最后，来自意大利的露天剧场，尤其是意大利即兴喜剧的影响波及法国喜剧。

在宗教争端的背景之下，中世纪的戏剧传统很快烟消云散。新教徒质疑神秘剧和奇迹剧，因为其中用神奇和夸张的叙述来渲染宗教；天主教徒和文人反对粗俗下流的戏剧。1548年，最高法院最终禁止神秘剧上演。此后，人们开始寻找神秘剧的替代剧种。

16世纪下半叶，内战频频爆发。因此，当复苏悲剧列入七星诗社的策划活动时，便强调悲剧要凸显象征和反映时事的价值。可以这样说：悲剧是周围环境催生的产物。1552年，若代勒将他创作的《被俘的克莉奥帕特拉》在宫廷为贵族演出。在这场演出中，这些精英阶层的观众感受到的不仅是文学的乐趣（古代典型人物的复活）：它还传递了政治、道德和宗教教义。若代尔的后继者加尼耶、泰奥多尔·德·贝兹、蒙克莱田，都是以独有的方式说教世人的道德家。

非大众化的、良好的戏剧准则

定义"悲剧"这一体裁时，贺拉斯的《诗艺》的译者多纳贡献颇多：悲剧共五幕，由各类诗行写成，戏剧场景中叙述和抒情片段轮番交替出现，情节服从于道德说教的表达，主题借鉴自《圣经》或古代。同样，1572年，于里昂出版的意大利人斯卡利热的作品第一次明确定义悲剧的统一准则。最后，一些作家（如新教徒格雷万和德·拉塔耶）要求戏剧场景应当"合乎礼仪"，其中不可有血腥或臆断的内容。一如古人的传统，悲剧应当伴有幕间插剧，穿插在每幕剧的结尾或用以与剧中人物对话。剧作应当制造恐慌或怜悯的戏剧效果。

悲剧由一些文人构思和写作，因此，在学院和宫廷之外，悲剧难以遇到真正的观众。权力机构不信任戏剧。直至1599年，国王喜剧演员剧团才找到最终的落脚地（勃艮第府邸）。但是，直至17世纪初才形成由职业演员构成的巡回剧团。在此期间，戏剧作品由临时演员在小范围的社团中阅读或表演。与英国人不同，法国作家没能将他们的戏剧融入同时代的社会生活中。因此，法国人的戏剧没有舞台提示，而且演出时也没有真正的舞台装饰或戏剧服装。

今日重读那时的悲剧，给人的印象是当时的戏剧体裁还在摸索探寻中。因此，缺点很明显：冗长、拖沓，戏剧独白重于情节，道德说教意味过重。但是，当时这些戏剧作品为古典主义悲剧的出现奠定了基础，选取古代传说的（安提戈涅）或现实的（克莉奥帕特拉）重要人物充当戏剧角色。同一时期的莎士比亚向世人展示了伊丽莎白时期的英国，与此同效，16世纪的法国悲剧作品则向我们表明了当时的集体倾向。

以罗伯特·加尼耶为例

罗伯特·加尼耶（1545—1590）的作品写成于1567年至1583年间。他的八部悲剧彼此关联紧密。与同时代的若代尔和格雷万一样，加尼耶的戏剧世界展示的是忧郁和哀怨的事物，这与当时的现实相吻合：自相残杀的争斗不休，浓郁的恐怖氛围遍布，期待上帝带来和平等。

罗伯特·加尼耶出生于勒芒附近，曾在图卢兹学习法律。早年便出版一些应时应景的诗歌，如作于查理九世到达图卢兹时（1565）的诗歌。当时的诗歌已反映了作者希望秩序恢复、和平重建的愿望。1567年，加尼耶荣获图卢兹百花诗赛奖项，后奔赴巴黎担任最高法院律师。但是，他只任职两年，便返回勒芒担任初等法院顾问。与女诗人弗朗索瓦斯·于贝尔结为连理（1573），之后，加尼耶主要致力于写作。工作于国王身边（1586年起，他成为大议会的一员），他目睹了神圣联盟成员的暴行。1590年，失望无助的加尼耶去世，此时距离亨利三世遭遇暗杀后不久，正是16世纪最为黑暗的政治时期。

他的主要作品有：《波西》（1569）描述了奥古斯都即位前的罗马内战的局面；《伊波利特》（1573）启发了后来拉辛的作品《菲德尔》；《科尔纳利》（1574）和《马克·安托万》（1578）以政治灾难为背景；《特洛阿德》（1579）和《安提戈涅》（1580）。在创作了悲喜剧《布拉达曼特》（1582）之后，他受《圣经》（耶利米书）启发创作了最后一部代表作：《犹太人》（1583）。

加尼耶的戏剧作品基调极为残酷。在《犹太人》中，所有情节的前提都是：亚述国王尼布甲尼撒意欲杀死耶路撒冷国王西底家并幽禁其子嗣。尽管众人求情，但是尼布甲尼撒丝毫不为所动，西底家亲眼目睹自己的孩子们被杀害，而他也被挖去双目。主人公柔弱无力、悲怆感人，一桩桩不幸向他袭来，他能做的唯有连声悲叹和祈求上帝保佑。灾难过后，最后一个预言带来了上帝的安慰：造物主虽未阻止这些惩罚，但是他给予子民以关心并请他们充满希望。这种残酷和乐观主义并存是为了与当时的现实建立联系；在无序和狂怒（上帝宽恕这些无序和狂怒，是为了惩戒和启发人类）过后，一种新的联盟、新的秩序终将建立。这就是天主教徒加尼耶的信仰，归根结底，也同样是新教徒阿格里帕·多比涅的信仰。

改革派戏剧和泰奥多尔·德·贝兹

不久，改革派的作家便意识到要构建适合新教的文学。与加尔文等人撰写的教义专论一同发展起来的还有"介入"诗歌，如阿格里帕·多比涅的诗歌。同样，一些剧作家将悲剧视为推广《圣经》言论和新教教会选择的一种方式。所谓的"改革派戏剧"的部分特点便是带有宗教色彩和庄严朴素的特质，语言朴实，主题经过甄选（祭祀、祈祷、顺从、圣宠等）。

这些作家中，泰奥多尔·德·贝兹的成绩卓然。1519 年，他出生于弗泽莱一个皈依新教的旧贵族家庭，曾在奥尔良学习法律。定居巴黎后，他开始写作一些语句肤浅的爱情诗歌，他因此获得一些名气。然而，1548 年，他流亡至日内瓦，受到加尔文的接待。在洛桑教授希腊语（1549）。自此，他致力于为宗教改革服务的文学创作中。他创作并完成了悲剧《亚伯拉罕的牺牲》（1553），其前言定义了改革派文学的护教使命。泰奥多尔·德·贝兹翻译《圣诗集》，参加神学辩论，撰写抨击文章（如《抱歉教皇喜剧》）。1563 年，卷入孔代军队的内战后，他重回日内瓦，以便领导改革派教会，成为加尔文的继任者。于是，他兼任教学、传道和外交活动等职责。他威望服众，甚至连他的对立派也敬重他。1605 年，泰奥多尔·德·贝兹溘然长逝。

蒙田

怀疑的时代

年近40岁的米歇尔·德·蒙田（1533—1592）决定隐居于自己的城堡，将自己的思想"记录在案"（抄誊和记录）。世界的变化莫测令他倍感不安，他置身于自家图书馆中，在知识里寻求解决方法。举国上下，无处不因宗教战争而笼罩在危险和暴力的氛围中。文艺复兴带来的希望和热情减退。而《随笔集》便创作于这一诸事多变的时代。当然，这部作品保留了人文主义者的信心（身体和乐趣的追求、求知的欲望），但是也总结了未能兑现的诺言。

蒙田主动将这些矛盾融入自己的作品中。他的初衷并非是撰写一部逻辑严密的系统哲学著作，也从未自视为理想榜样。他意欲展现的是变化无常、复杂多重的人类。其分析建立在实验（法语词"随笔"含有"实验"的语义）之上：这些分析涵盖日常的想法、情感、心境、萦念、爱好。换言之，《随笔集》的主题和形式均传递出世界是易变的。这一纯粹巴洛克式的中心主题展现的是一个谦虚者在找寻自我的身份，并向读者讲述前所未有、而今却普遍存在的烦躁不安的状态。

何为"随笔"？

面对混乱无序且危险丛生的世界，蒙田选择与之保持距离。社会生活等同于"欺骗、街头卖艺、哑剧表演、粉饰装扮、假面舞会"，应当退避三舍。

《随笔集》以揭露各类乔装改扮和捏造伪装为出发点。但如何保证著作本身不会流为虚伪和欺骗的道德说教？拒绝教育后代和他人；仅满足于以个人的方式翔实记述"自我的处境"。因为自我本身就是变化无常、难以控制的。唯有通过这些零碎的记述才可以抓住真相。

因此，蒙田的选择是文学性的：文学书写与人混为一体，在人与书籍和事件所进行的无休止对话中完成书写。蒙田拒绝修改和重读他的作品。必要时，他补写一些内容。不过，起初，这部著作处于未完待续的状态，随后不断予以续写，因而也促成它成为唯一真实的生活记录者。蒙田的写作风格仿照生活的曲折变化。随笔的主题会突然从一个转换为另一个，随着事件的描述，出于描述某种情感、某种阅读、某种背景、某种意外的需要，单篇随笔会偏离主题。"文笔与我们的思路一样如此飘忽不定，要追随其步伐，的确是一件棘手之事。"（第二卷第6章）。

《随笔集》梗概

《随笔集》分为三卷书，共107章。每一章的题目仅宽泛涵盖该章的论述内容。唯有纵观三个"阶段"的书籍内容（蒙田修订的三个版本），才能领会作者思想的变化。

蒙田曾三度（1580、1590、1592）修订该著作，体现出他极为重视"重写"，"重写"的目的并非是修改原文，而是为了更好地展现自我的复杂性。

- **第一卷**：以道德说教类的哲理为主要内容。蒙田先声明自己也是《随笔集》谈论的主题之一，之后论及的是适合生性懒惰和闲散的自己学习的必要学科，随后重点评论死亡（第18章至第20章），引导人们轻视死亡，思考时光和衰老。呼吁人们采取漠视的态度，是为后续偏保守主义的"政治"章节做铺垫（第23章）。接着，提出对于教育的建议（第25章至第26章）。该卷中间部分，是蒙田尤为重视的《论友爱》一章。随后，思想不断扩延：蒙田自问何为原始人的"野蛮"状态和我们的文明状态。本卷书末尾章节的叙述内容更加不连贯，且所论述的主题更倾向于作者的个人认识，如对《随笔集》风格的评判（第40章），以及论述姓名（第46章）或祈祷（第56章）时的游离话语。

• **第二卷**：每章的篇幅更长。重新谈及上卷书已涉及的诸多主题，如自杀（第3章）。除此之外，其中的两篇随笔占主要内容：《论书籍》（第10章）以及长篇的《雷蒙·塞邦赞的辩解》（第12章）。继这些长篇阔论之后，蒙田重又谈及自我，这一思路跟第一卷书一致：他描绘自我（第17章），并阐释他的书与自己如何"融为一体"（第18章）。末尾章节是对其评论的重新审视，往往来自于现实生活且引人深思：《论驿站》（第22章）、《无病勿装病》（第25章）、《论大拇指》（第26章）、《论一个畸形儿》（第30章）、《论三烈女》（第35章）、《论子随父》（第27章）……

• **第三卷**：是写于1580年后的章节，蒙田准确无误地总结并表达出他的写作主题。他阐释了《随笔集》的目的及原创性（第2章），明确指出他认可的"人际交往"关系——男人、女人、书籍（第3章），谈论痛苦（第4章）、婚姻和爱情（第5章）。《论马车》（第6章）再度谈及奢侈这一主题及征服新世界的行为。维护和宣扬交谈艺术（第8章），之后是大谈特谈《论虚空》。本卷书结尾部分论述生活艺术：不应当让自己与他人为敌，而应效仿谦卑简单的人，对理论持有怀疑的态度，平静地体会自然、生活及其中的乐趣。

蒙田的思想："我知道什么？"

蒙田的思想建立在绝对的相对主义思想之上。他怀疑所有那些声称将恒定不变的定律强加于他人者。蒙田从科学进步、重大发现、宗教冲突中发现：真相是不断变化的。面对事情的确定性，蒙田反而持有一种事不关己的冷漠态度。诚然，他遵守法律，信奉父辈的宗教。然而那是因为，在他看来，理想的政治并不存在。与其爆发流血致命的革命，为什么不自满于既已存在的政治体制呢？蒙田正是因为持有怀疑的态度，才会成为保守主义者。

由此得出，优越性的存在几乎是不合理的。风俗、习性千差万别，存在多样性，因此，认为某种生活方式远胜于另一种生活方式的观点极为不可取："人人皆认为凡是不属于自己习俗的行为便是'野蛮'之举"。

部分主题

尽管《随笔集》表面形式无序，但主题却丰富多样。

主要主题是自我谈论的艺术。蒙田向读者提供了关于他的生活、品味、本性的众多信息。

- 他的身体情况：身材不高（第二卷：第 7 章），常忧虑健康（第一卷：第 20 章；第二卷：第 6 章和第 37 章；第三卷：第 4 章和第 13 章）；不常运动，但擅长骑马（第一卷：第 48 章；第三卷：第 6 章和第 9 章）；性格懒散（第二卷：第 17 章），厌恶激情（第一卷：第 2 章；第三卷：第 2 章、第 4 章和第 10 章），排斥"介入"态度（第二卷：第 17 章；第三卷：第 1 章和第 3 章）和反对强人所难（第三卷：第 9 章和第 13 章）；倾向于享乐（第三卷：第 5 章和第 13 章）、讨论（第三卷：第 8 章）、旅行（第一卷：第 17 章；第三卷：第 6 章和第 9 章）、吃喝（第一卷：第 26 章；第三卷：第 2 章和第 13 章）、安静（第三卷：第 3 章和第 9 章）；逃避家庭琐事的烦扰（第一卷：第 39 章；第二卷：第 17 章；第三卷：第 9 章）；热爱读书（第一卷：第 9 章；第二卷：第 10 章和第 17 章；第三卷：第 9 章）、智慧和思想（第三卷：第 3 章和第 8 章）。

- 他一生的几个侧面：他的童年、所受教育，他的父亲（第一卷：第 26 章和第 35 章；第二卷：第 8 章；第三卷：第 9 章）；排他的友情（第一卷：第 28 章；第三卷：第 3 章）；爱情和婚姻（第一卷：第 30 章；第二卷：第 8 章；第三卷：第 5 章）；战争和鼠疫（第三卷：第 2 章、第 9 章和第 12 章）；市长任职（第三卷：第 10 章）；晚年时期（第一卷：第 57 章；第三卷：第 2 章）；遗忘和记忆衰退（第一卷：第 9 章；第二卷：第 10 章和第 17 章；第三卷：第 2 章和第 9 章）。

在等待死亡来临之前，应该精彩地生活，正是这种欲望引发了蒙田所有的思考。而死亡也是他作品的重要主题。围绕这一主题衍生出的多种论题几乎充斥整部《随笔集》：

- 蒙田对死亡的诸多感受：拉波埃西（第二卷：第 28 章）；战争和鼠疫（第三卷：第 12 章）；蒙田经历的事故（第二卷：第 6 章）；卑微之人的死亡（第一卷：第 14 章；第三卷：第 12 章）和其他例子（第二卷：第 11 章、第 17 章、第 21 章和第 35 章；第三卷：第 4 章）；新大陆的"种族屠杀"（第三卷：第 6 章）。

- 死亡的方式：自杀（第二卷：第 3 章）；准备赴死（第一卷：第 20 章；第二卷：第 6 章）；虚幻的方式（第二卷：第 13 章；第三卷：第 12 章）；死亡的最好方式（第一卷：第 19 章；第二卷：第 13 章；第三卷：第 4 章、第 9 章和第 13 章）。

- 不要惧怕死亡（第一卷：第 7 章、第 14 章和第 20 章；第二卷：第 3 章）。

因为在蒙田看来，从这一视角研究人类，人类的原形毕露：一种脆弱、自负、易变的物种。因此，《随笔集》展现了人类生活的各类形象，既包含个体生活，也囊括集体生活。

- 受辱的人（第二卷：第 12 章；第三卷：第 2 章）。
- 三种可能的回应生活的态度：如斯多葛派一般强硬（第一卷：第 20 章）；如皮浪派或怀疑论者一样怀疑一切（第二卷：第 12 章）；同伊壁鸠鲁主

义者一样，享受生活中最简单的乐趣（第三卷：第 13 章）。

- 学习生活：教育（第一卷：第 25 章和第 26 章）、女性的教育（第三卷：第 3 章和第 5 章）；顺应自然的艺术（第三卷：第 2 章和第 13 章）；区分公众的生活（第三卷：第 10 章）和私人生活（第三卷：第 3 章和第 8 章）。

- 社会变化无常（第二卷：第 12 章；第三卷：第 2 章），形式成千上万（第二卷：第 37 章；第三卷：第 13 章），因此，"社会习俗脆弱易变"（第一卷：第 23 章）。

- 社会学说意欲改变一切的想法是错误的（第一卷：第 23 章和第 28 章；第三卷：第 9 章）；宗教改革招致诸多不良后果便是例证（第一卷：第 27 章和第 56 章；第二卷：第 12 章）；宗教狂热带来的恐怖（第二卷：第 12 章；第三卷：第 6 章、第 9 章和第 13 章）；揭露社会的残酷（第二卷：第 5 章、第 11 章和第 27 章）和虚伪（第三卷：第 8 章和第 10 章）。

- "原始"是否也会成为一种供他人效仿的典范？（第一卷：第 31 章；第三卷：第 6 章）；应当学习如何重新成为"天然的"人（第三卷：第 13 章）。

"正派地好好做人"：人生的旅程

蒙田尽管持有怀疑主义的态度，但他绝非一个万念俱灰的人。他不坐等奇迹般的解决方式或救赎的出现。他接受"人的状况"，认为人是具体的、平凡的、世俗的。智慧只有从平凡中才可以显现。因此，只需"好好做人"。

这种关怀"天然而成"的人类的结果是塑造了活力充盈的态度：愿意尝试一切，开放面对一切。因此，蒙田是一个四处游走的行者。但他不愿与他人诉说旅程中的风景。而且他所做的并非我们现在所谓的"旅游"。他重视的是人与人之间的交往。此外，整个人生如同一场旅行，一次无休止的塑造。因此，应当合理地设置孩子的教育。不应以无用的知识"填充孩子的头脑"，而应该让孩子掌握"与世人打交道"的本领,塑造一个忠诚、爱运动、带有批判眼光和开放精神的人。这种教育方式折射出自由和独立的生活哲学,并呼吁其中的每个人都要独立走好自己的道路。

17世纪

总年表	140
主要作家生卒年表	144
政治和文学大事年表	145
创作背景	147
知识界的动荡	147
作家是谁？	148
向职业作家发展	149
作品验收	151
巴洛克倾向	153
巴洛克：既是一个时期，又指一种审美？	153
巴洛克与古典主义的对照	154
巴洛克文学形式	155
巴洛克戏剧	156
悲剧故事	158
诗歌繁盛期	159
马莱布：重返有序创作？	161
矫饰主义的影响	163
何为矫饰主义？	163

107

沙龙中的"纨绔子弟"和女性	164
游戏的严肃	165
矫饰派的"畅销书":《阿斯特蕾》	166
从矫饰风格到英雄风格	168

小说的资产阶级化   170

小说:美学矛盾的聚焦地	170
诙谐文学的反击	170
诙谐文学大师:斯卡龙	171
从个人主义到自传	173
从诙谐文学到放荡主义	173
特立独行者:西拉诺·德·贝热拉克	175
诙谐文学的存续和"解构":菲勒蒂埃	176

戏剧与高乃依的世界   177

缓慢的系统化进程	177
面对公众需求,高乃依的典型变化	178
高乃依:喜剧的再造者	179
崇拜基础上的戏剧乐趣	180
高乃依笔下慷慨无私的主人公	182
高乃依的悲剧:从有序到幻灭	182

古典时期的道德和宗教　　　　　　　　　　　　　　185

文艺作品的教化意义倾向　　　　　　　　　　　　　185
宗教文学　　　　　　　　　　　　　　　　　　　186
伟大的传道者：博絮埃　　　　　　　　　　　　　187
拉罗什富科˙的悲观主义视角　　　　　　　　　　　188
冉森教和波尔-罗亚尔修道院　　　　　　　　　　　189
帕斯卡尔˙："介入的"冉森教徒　　　　　　　　　190
未完成的代表作：《思想录》　　　　　　　　　　　191
从社会讽刺到文学理论：布瓦洛　　　　　　　　　193

喜剧的胜利：莫里哀˙　　　　　　　　　　　　　　195

喜剧的飞跃发展和莫里哀的职业生涯　　　　　　　195
从假面戏剧到"大型喜剧"　　　　　　　　　　　196
王室节庆和娱乐　　　　　　　　　　　　　　　　197
怪人的不幸　　　　　　　　　　　　　　　　　　197
真诚和中庸之道　　　　　　　　　　　　　　　　198
充分发展的戏剧　　　　　　　　　　　　　　　　198

悲剧的巅峰：拉辛˙　　　　　　　　　　　　　　　200

单纯状态的悲剧　　　　　　　　　　　　　　　　200
戏剧情感的不同语调　　　　　　　　　　　　　　202
剧情突变　　　　　　　　　　　　　　　　　　　203
"啊！我能否获知我是该爱，还是该恨？"　　　　　203

道德和宗教色彩	204
拉辛式的诗意	205

幽默、批判精神和上流社会的艺术   207

"上流社会文体"的飞跃发展	207
书简文学与赛维涅夫人	207
寓言和拉封丹	208
故事和佩罗	210

109 悲剧的回归：中短篇和长篇小说   211

不幸的编年史	211
激情的独白：《葡萄牙人信札》	212
残酷和礼节：《克莱夫王妃》	213
向黑色小说发展	214

启蒙运动的曙光   215

具有昭示意义的论战：古今之争	215
无意为之的预言家：拉布吕耶尔	217
从批判到说长道短	219
理想主义小说家和哲学家：费奈隆	219
空想社会主义者的时尚	221
理性主义先驱	222
一个世界的终结：圣西蒙的见证	223

总年表

时间	政治事件	社会背景
1598 年	颁布《南特敕令》	
1598—1610 年	亨利四世统治时期	国内环境暂时平稳，社会秩序、繁荣和生活艺术略有恢复
1610 年	路易十三即位；玛丽·德·美第奇摄政	狂热之风复燃
1617—1643 年	路易十三统治时期	封建贵族同王权抗衡
1618—1648 年	三十年战争	
1624—1642 年	黎塞留任宰相	镇压和掌握各领域大权
1635 年	创建法兰西学术院	内战：贵族争取自己的荣誉和特权；资产阶级争取建立自己的高级法院和地方权力机构。国王一方最终胜利
1643 年	路易十四即位；安娜·德·奥地利摄政	
1643—1661 年	马扎然任宰相	
1648—1652 年	投石党运动	

法国文学	外国文学	艺术	时间
文学呈现两种倾向：一种是适度稳重的风格（马莱布）或理想化形式（《阿斯特蕾》），另一种是极端夸大的趋势：夸张的巴洛克风格（雷尼耶、迈依纳、拉康）；炫耀的英雄主义（长河小说）；悲剧故事（罗塞）	莎士比亚：《哈姆雷特》 塞万提斯：《堂吉诃德》	贝尼尼居于罗马 蒙特威尔第：歌剧《奥菲欧》 鲁本斯居于法国	1601年 1605年 1605—1610年 1607年 1615—1620年
	马里诺 贡戈拉 弥尔顿		1620年
争执：放荡主义、诙谐体裁、滑稽小说和仿讽文学…… 向古典主义发展：荣誉、责任（高乃依）；渴望有序的逻辑（笛卡尔）；悲观主义和深入研究（帕斯卡尔）；人的"类型"研究（莫里哀） 自传文学突出个体与社会秩序间的冲突	卡尔德隆：《人生如梦》 葛拉西安：《智慧书》 霍布斯： 《利维坦》	卡洛的《图画集》 伦勃朗 凡·戴克	1631年
		拉图尔 勒南兄弟	1647年
		里贝拉 牟利罗 苏巴朗	1651年
		委拉斯开兹：《宫娥》 热莱，又姓洛林。	1656年

17 世纪

时间	政治事件	社会背景
1659 年	比利牛斯和约；法西战争结束	法兰西王国忧心于王国统一和扩张
1660 年	路易十四与西班牙公主玛丽-泰蕾兹成婚	
1661 年	路易十四统治开始	君主专制制度开始
1662—1682 年	科尔贝尔任财政大臣	为控制文化领域，开始实行文人保护制度和年金制度
1664 年	富凯失宠	向往有序、严谨、理想的社会，但是人类的行为充满悲观主义
1667 年	遗产战争	
1668 年	《亚琛和约》	
1678 年	法荷战争结束；法国实力达到鼎峰	王室占据霸权地位，但战争和财政支出使国家筋疲力尽
1682 年	法兰西宫廷迁往凡尔赛宫 卢福瓦任陆军国务大臣	
1685 年	废除《南特敕令》	凡尔赛宫的仪式和献媚之风：奢华和假面舞会。国王成为虔诚者，并重新引发对抗新教徒的战争
1686 年	大同盟战争	
1701—1713 年	西班牙王位继承战争	路易十四统治末期：国家完成扩张并统一，但建成僵化的中央集权制国家，并受新思想（尤其是来自英国的）暗中影响，而且这种影响很快公开化
1713 年	乌德勒支和约；英国的海上和海外霸主地位	
1715 年	路易十四逝世	

(续表)

法国文学	外国文学	艺术	时间
			1656 年
古典主义：属于思想文学，上流社会的文学形式（拉罗什富科、雷斯、拉封丹）；同一个国王，同一种信仰（博絮埃）；戏剧规则（拉辛）；喜剧揭露人性（莫里哀、拉布吕耶尔）；小说风格更为精练（拉法耶特夫人）且更加阴郁（圣雷阿尔、盖伊拉戈）	斯宾诺莎：《伦理学》		1661 年
	弥尔顿：《失乐园》	普桑 维米尔	1667 年
古典艺术登峰造极（布瓦洛、拉封丹、莫里哀、拉辛），但是意识领域的讽刺文风开始形成：空想社会主义（维依哈、富瓦尼、费奈隆）或"厚今派"（培尔、圣埃夫勒蒙、丰特内勒）出现		勒布伦 哈杜安·孟萨尔 普赛尔 吕利 马克-安东尼·夏庞蒂埃	1677 年
某种程度上的思想觉醒（拉布吕耶尔，布瓦洛的《讽刺诗》），新思想带来的压力（古今之争；培尔的《辞典》）	牛顿：《数学原理》	里戈 拉吉利埃	1687 年
	洛克：《论宽容》		1689 年
	莱布尼茨：《人类理智论》 莱布尼茨：《单子论》	巴赫	1704 年
		斯卡拉蒂 维瓦尔第	1714 年

17 世纪

主要作家生卒年表

主要作家生卒年份
马莱布，1555 年生，1628 年卒
迪尔费，1567 年生，1625 年卒
雷尼耶，1573 年生，1613 年卒
维奥，1590 年生，1626 年卒
圣阿芒，1594 年生，1661 年卒
瓦蒂尔，1598 年生，1648 年卒
高乃依，1606 年生，1684 年卒
斯屈代里，1607 年生，1701 年卒
斯卡龙，1610 年生，1660 年卒
雷斯主教，1613 年生，1679 年卒
拉罗什富科，1613 年生，1680 年卒
西拉诺·德·贝热拉克，1619 年生，1655 年卒
菲勒蒂埃，1619 年生，1688 年卒
拉封丹，1621 年生，1695 年卒
莫里哀，1622 年生，1673 年卒
帕斯卡尔，1623 年生，1662 年卒
赛维涅夫人，1626 年生，1696 年卒
博絮埃，1627 年生，1704 年卒
佩罗，1628 年生，1703 年卒
拉法耶特夫人，1634 年生，1693 年卒
布瓦洛，1636 年生，1711 年卒
拉辛，1639 年生，1699 年卒
拉布吕耶尔，1645 年生，1696 年卒
培尔，1647 年生，1706 年卒
费奈隆，1651 年生，1715 年卒
丰特内勒，1657 年生，约 1757 年卒

政治和文学大事年表

日期	政治和文学大事
1598 年	颁布《南特敕令》 宗教和平时期
1605 年	马莱布：初期主要作品《颂歌》
1600—1609 年	雷尼耶：《讽刺集》
1607—1628 年	迪尔费：《阿斯特蕾》
1610 年	亨利四世遇刺
1614 年	罗塞：《我们时代的悲惨故事》
1617 年	路易十三统治开始 黎塞留的影响力
1621 年	维奥：《作品集》
1623 年	索雷尔：《弗朗西翁真实趣史》 维奥：《滑稽故事片段》 阿尔迪开始出版其六卷本戏剧作品
1630—1645 年	矫饰派聚集的沙龙；朗布耶公馆
1635 年	法国陷入三十年战争中
1637 年	高乃依：《熙德》 笛卡尔：《方法论》
1640 年	高乃依：《贺拉斯》
1641 年	高乃依：《西拿》
1642 年	高乃依：《波利厄克特》 莱尔米特：《失宠的侍从》
1643 年	路易十三逝世 奥地利的安娜摄政 马扎然的影响力
1647 年	沃热拉：《关于法语的见解》
1645—1650 年	西拉诺·德·贝热拉克：《另一个世界或月球上与太阳上的国家和帝国》
1648 年	投石党运动
1651 年	斯卡龙：《滑稽小说》
1653 年	圣阿芒：《摩西获救》
1656—1657 年	帕斯卡尔：《外省通信》
1659 年	莫里哀：《可笑的女才子》

(续表)

日期	政治和文学大事
1660—1662 年	帕斯卡尔：撰写《思想录》
1660—1711 年	布瓦洛：《讽刺诗》
1661 年	路易十四统治开始
1662 年	莫里哀：《太太学堂》
1664 年	莫里哀：《伪君子》 拉罗什富科：《箴言录》
1666 年	菲勒蒂埃：《资产阶级小说》 莫里哀：《恨世者》 拉辛：《安德洛玛克》
1668 年	拉封丹：《寓言诗》（第 1 卷至第 6 卷）
1669 年	基勒拉格：《葡萄牙人信札》
1670 年	博絮埃：《致亨丽埃塔·德·英格兰的诔辞》
1671 年	赛维涅夫人：通信开始
1672 年	莫里哀：《女博士》 圣雷阿尔：《唐·卡洛斯》
1674 年	布瓦洛：《诗的艺术》
1677 年	拉辛：《费德尔》
1678 年	拉封丹：《寓言诗》（第 7 卷至第 11 卷）
1675—1680 年	维依哈：《斯瓦朗博人的历史》 富瓦尼：《著名的南半球》
1678 年	拉法耶特夫人：《克莱夫王妃》
1682 年	培尔：《彗星思想录》
1680—1685 年	圣埃夫勒蒙：书信和著作
1685 年	废除《南特敕令》
1686 年	丰特内勒：《关于宇宙多样性的对话》
1688 年	拉布吕耶尔：《品格论》
1691 年	拉辛：《阿塔莉》
1687—1700 年	佩罗：古今之"争"
1697 年	培尔：《辞典》
1696—1699 年	费奈隆：《忒勒玛科斯历险记》
1697—1703 年	佩罗：《寓言诗》
1715 年	路易十四逝世

创作背景

知识界的动荡

自16世纪后30年至17世纪中叶,各个领域都充斥着不安定的因素。政治方面,大贵族公开反对统一的、中央集权化的君主政体;巴黎和外省的最高法院竭力限制和控制王权;《南特敕令》颁布(1598)后,新教徒集结一体,并掌控部分军队和城市,其中包括拉罗歇尔市。1628年,黎塞留结束拉罗歇尔的独立局面。此外,该时期的法国战事连绵:除爆发多次投石党运动外,还深陷数场冲突中,其中较为重要的是三十年战争(始于1635年)。这一时期的艺术被世人称为"巴洛克",体现了当时动荡不安和四分五裂的局面。

文艺复兴时期崇尚的乐观主义激情现已减退。此时,应当适时总结。文化领域,诸多16世纪遗留下来的变化动荡因素开始走向协调统一,这主要归功于蒙田文集中所做的归纳,17世纪的所有作家均拜读过其作品。这场知识界的变革拥有多重主题:未知文明的重大发现一方面迫使人们重新审视关于人类起源的传统理论,另一方面也促进了宗教信仰的相对性发展;宇宙观发生变化:哥白尼(1473—1543)推翻地球中心说,于1600年被活活烧死的乔尔丹诺·布鲁诺建构了"多重宇宙"的理论,开普勒(1571—1630)提出引力定律和行星椭圆轨道运行定律。因而,当时的宇宙观认为:人类置身于一个广阔无垠的空间中,后者的性质和尺寸都远超人类。这一切反映到文学领域便是:西拉诺·德·贝热拉克等作家嘲讽所有笃信确定性的观念,帕斯卡尔等作家则思考人类周遭环境中所蕴含的难以破解的神秘性。

因此，统一性遭受质疑：既包括中央权力的统一性，也包含以人类为中心和关键的宇宙的统一性。这种分裂和复杂的局面有利于创作的自由发展。17世纪初期的创作特点是缺乏规则秩序，充斥怪诞离奇、天马行空的想象。权力机构（黎塞留、马扎然、路易十四）通过强行充当保护人和资助者的方式，极力遏制这种创作无序和荒诞泛滥的现象。太阳王统治中期，即1680年左右，所有措施皆付诸实施。

作家是谁？

17世纪时，四分之三以上的法国人目不识丁。文学作品的读者和作者主要来自三种社会阶层：教会、贵族和资产阶级。

自16世纪中叶起，文化阶层逐步世俗化。除却在某些专门的辩论场合（如帕斯卡尔曾参与关于圣宠的辩论），教会人士在文学领域中的作用日渐式微。多数宗教作家是"介入"作家、政治积极分子，如雷斯主教与博絮埃。大太子的家庭教师——新教传教士费奈隆也因工作属性而开始文学创作。

较以往而言，该时期的贵族更为重视文学。尽管导致贵族成为作家的缘由错综复杂，不过，他们都希冀在文学领域中寻回自己昔日在战场上的荣耀。尤其是1660年以后，贵族们沦落为他人臣子，饱受俯首称臣的屈辱，唯有通过作品传递自己略带悲观主义的不屑（如弗朗索瓦·德·拉罗什富科，以及后来的圣西蒙）。同时，宫廷也是一处附庸风雅之地。上流社会创办的沙龙逐步兴起，矫饰主义随之诞生。沙龙中盛行的活动有：肖像猜谜、字母接龙，以及其他所谓的"集体"游戏。赛维涅夫人和拉法耶特夫人的文学创作缘起于此。

然而，17世纪多数作家主要来自资产阶级：高乃依、帕斯卡尔、莫里哀、拉辛、布瓦洛以及其他众多作家都出身该阶层。资产阶级控制着当时的银行系统、工业、商业，并出资购买王室官职，如购买负责收取捐税的包税人一职等。法官、律师、法律人士等穿长袍的资产阶级试图跻身贵族阶层行列（所谓的"穿袍"贵族），其中包括富凯、勒·泰利耶、卢福瓦、柯尔贝尔。莫里哀和拉布吕耶尔曾在作品中揭露这些暴发户、这些"贵族化资产阶级"的不足之处，然而此举丝毫不妨碍资产阶级对文学的影响：资产阶级讲究实际的精神、"中庸之道"的态度、崇尚争辩的语言、偏爱说教的作风，这些无不决定了他们的文学趣味，也自然影响了当时的文学倾向。

向职业作家发展

当时，人们尚未具有"文学著作权"的概念。因而，作家不参与作品销量的分成，仅从出版商处领取一份总额包干的酬劳。因此，作家必须设法从赞助人处获取一份额外的王室年金或献词酬劳。高乃依将《西拿》题献给财政官德·蒙托鸿阁下，为的是获得200皮斯托尔的报酬。虽然，作家因此赢得了物质的富足，但却丧失了言论的自由。作家"从属于"保护者，如圣阿芒之于雷斯公爵，瓦蒂尔之于加斯东·德·奥尔良，拉布吕耶尔之于孔代亲王，拉封丹（以及早期的莫里哀）之于富凯，均为这种附属与被附属关系。

但是，真正通过年金制度来体现文学家拥护体制的是路易十四。1662年，国王委任科尔贝尔负责拟出最优秀作家名单并雇佣他们。1663年夏，第一份年度奖励金的分配如下：

梅泽雷	4000 利佛尔[①]
沙普兰	3000 利佛尔
高乃依	2000 利佛尔
梅纳热	2000 利佛尔
邦瑟拉德	1500 利佛尔
于埃（Huet）	1500 利佛尔
佩罗	1500 利佛尔

[①] 当时，一个手工业行会会员（专业的手工业者）每月可以赚取12到20利佛尔。

(续表)

佩罗·达布朗库	1500 利佛尔
孔拉特	1500 利佛尔
贡博	1200 利佛尔
科坦	1200 利佛尔
莫里哀	1000 利佛尔
托马·高乃依	1000 利佛尔
皮尔修道院院长	1000 利佛尔
基诺	800 利佛尔
拉辛	600 利佛尔

其中，作家高乃依和拉辛应该从王室恩赐中获益匪浅。但这些作家必须迎合王室！拉辛（以及布瓦洛）担任国王史官，因此，他们甚至成为歌颂王室功德的御用作家。

从某种程度而言，上述名单同时还反映了1663年时文人各自的知名度，以及他们对国王的忠顺程度。实际上，梅泽雷为王室史官，沙普兰时任文学大臣。因此，年金制度惠泽作家逾三十年之久，在这段时期中，尽管年度津贴的额度会起伏变化，但是优秀的仆从向来待遇丰厚。其中，拉辛的酬劳：1665年增至800利佛尔，1667年为1200利佛尔，1669年为1500利佛尔，1678年为2000利佛尔。1671年，王室用于年金的总支出高达10.05万利佛尔。直到1690年以后，年金总额才开始明显下降：因为当时王室大兴土木（尤其是修建凡尔赛宫），耗空国库。

尽管偶有例外，但当时书籍的印刷总量依然有限（平均在1000本），潜在读者群体主要集中在富裕阶层和大城市。书籍依旧是一种奢侈品。

沙龙的发展、报刊的出现、权力机构对文学的干涉，这些因素均以各自的方式改变着作家的社会地位，致使他们不再闭居于自家书房博览群书。作家关心如何吸引更为宽泛的阅读群体，重视如何"取悦和打动"读者，因而，作家开始出入上流社会，并且试图通过写作获得体面的收入。

创作背景

作品验收

置于他人保护之下的作家不免背负无形的压力，此外，作品验收还应当通过审查。教会审视其中的反宗教因素，凡未获"国王特许"的书籍一概禁止出版。违反禁令或无视法规者难逃追究或刑罚，甚至一旦被定罪为无神论者或大不敬者，则将被判处死刑。泰奥菲勒·德·维奥的经历便是力证。

黎塞留认为权力机构是国家唯一的审判者；因此王室权力机关对于任何反对或分裂当权者的行径均采取零容忍的态度，并严控权势工具（部队、财政、名望）。黎塞留推崇专制主义，因而他关心文学创作。1629 年，黎塞留颁布一道法令，委任掌玺大臣负责审查即将付梓的作品，通过审查的书籍方可获得"国王特许"，即出版许可。同时，他鼓励法兰西学术院首批院士中的沃热拉编写《法兰西学术院词典》，用以规范、引导法语语言的使用；聚集在国王身边的精英之士的审美观和话语被奉为"正确用法"，成为语言范本。最后，黎塞留也较早地意识到报界的重要性。他特许**泰奥弗拉斯·勒诺多**（1586—1653）出版《报纸》，这是一份完全从权力机构的角度发声的周报。

倘若考察 1630 年至 1660 年间的文学运动，那么必须重视其间爆发的宗教争端。首起发生于法国的针对作家的重大诉讼是对泰奥菲勒·德·维奥的起诉，他曾直言不讳道：无宗教信仰的人最好谨言慎行，宗教自由并不存在。真正的宗教信仰者能够深切体会到现代世界和天主教教义之间的冲突。耶稣会会士寻求和解，但于他们的敌对者而言，和解最终导致难以接受的从宽说或妥协（可参考《外省通信》）。资产阶级一方依附天主教的教义和道德传统，他们更倾向于将宗教改革视为一种危险的外来新事物，而且他们厌恶某些教士和僧侣的过度热忱。持有此类简单且温和观点的一派中，莫里哀是其杰出代言人。

然而，冉森教和波尔-罗亚尔修道院出现，随之而来的变化是宗教信仰更加奉行不妥协。作为矫饰派的社交圈，波尔-罗亚尔修道院成为主要的文学活动场所，但是其文学导向有所不同，此处文人更关注语法、逻辑、思想的严肃性和风格的简洁化。虽然，该种文学理论试图摒弃创作个性化和无序论，从而导致其作品缺乏吸引力，但是该理论的严谨性影响了古典主义和矫饰文学的细腻文风。

巴洛克倾向

巴洛克：既是一个时期，又指一种审美？

17世纪上半叶，法国社会动荡不安。从亨利四世遇刺（1610）到黎塞留掌握政权（约1640年）的这段时期，刚刚结束宗教战争的法国经历了一系列的内部纷争。面对王权，各大封建家族彼此争执，标榜不同政见。玛丽·德·美第奇摄政期间，策划多场政治阴谋，直至路易十三成年时她一直勉强掌握中央权力。1617年，年轻的国王派人刺杀其母后的亲信孔奇尼。此后，新教徒支持拉罗歇尔市独立，国王不得不遏制该分裂势头（1627）。黎塞留竭力恢复社会秩序和等级制度，重建强大而富有活力的国家，但是在法国，混乱无序、责难政府、富于创新的倾向从未间断过。枢机主教黎塞留必须应对贵族叛乱：1632年，处死蒙莫朗西公爵；1642年，将辛马斯与德图判刑。1648年，因法国在对奥地利的三十年战争中处于失利地位，从而签署《威斯特伐利亚条约》。1643年后，安娜·德·奥地利摄政，期间仰仗马扎然。自由摄政的头几个月里，大家相处融洽，甚至原先对峙的各方也纷纷结盟：希望保全自身特权的旧贵族、希冀维护自身权利的资产阶级、地方的最高法院，以及饥肠辘辘的底层民众。然而，这段蜜月期一结束，法国便陷入内外交困之中：在巴黎，人们设置街垒（1648年8月26日）；1652年，投石党运动演化为一场真正的内战。而此时，法国与西班牙在佛兰德地区的矛盾冲突加剧。

该时期的艺术作品被20世纪的人们称为"巴洛克艺术"。上述历史背景

的介绍有助于大家理解巴洛克，其主要特征是奇幻、夸张、流动。（详见第95页①）

巴洛克与古典主义的对照

研究巴洛克的主要理论家让·鲁塞用如下主题词定义该风格："变化、无常、透视与点缀，阴森的场景、短瞬的生命和不安的世界……变形和炫耀，流动和装潢"②。

实际上，将"巴洛克"与"古典主义"对照起来研究的确具备实际意义，因为这一对互相矛盾、简单却实用的术语，可以将所有不为人知或难以归类的、离奇古怪或矫揉造作的作品置于同一个较为模糊的概念之下。"巴洛克"这一术语的使用历史短暂，该词源于"barroco"，义指形状不规则的珍珠，抑或是加工失误或带有瑕疵的宝石。由该词义衍生出诸多带有贬义色彩的语义："不规则、怪异、参差不齐"（参见1740年版《法兰西学术院词典》）。约于19世纪末期，人们开始称呼那些缺少系统性或是种类混杂的画作或建筑为"巴洛克"，如贝尼尼、博罗米尼、皮埃特罗·达·科尔托纳的艺术作品。

但是，1915年，海因里希·沃尔夫林在他的《艺术史的基本原则》一书中，强调巴洛克艺术是一种不含丝毫贬义色彩的美学种类。他提出一系列需辩证看待的成对出现的对立概念，可将文中复杂的论述归结如下表：

古典主义	巴洛克
线描	涂绘
素描、轮廓、界限、固定不变	滑移、运动、主体、色彩、活力
平面	纵深
形状、直线、垂直度、水平度、透视法	泛滥、飘溢、流动、螺旋状空间、回纹、螺旋形

---

① 此处指原法文版页码，即本书页边码。——编者注
② 《形式与意义：从高乃依到克洛岱尔的文学结构评论》，巴黎：科尔迪出版社，1962年。

（续表）

古典主义	巴洛克
封闭形式 围绕中心轴线的构图、主题至上、整合性、附属性	*开放形式* 片段或分解、注重唤醒读者或观者的想象、多种可能性的汇合
同一性 共同的规则、关系、和谐、层级、鲜明的对比	*多样性* 散乱部分集而为一、混杂、彼此渗透、细微差别
清晰性 规章、守则、透明度、光线	*模糊性* 幻影、象征、粗略、无意识、神秘

最后，不应忽视教会在巴洛克艺术发展中所起的作用。为了抵制新教的价值观，天主教的反宗教改革运动兴建了数处宗教场所，其装潢足以影响观者的感官和感性——从中传递出向往宏大、偏嗜炫耀和装饰繁复的艺术审美风格。同时，神学辩论（博絮埃）等文学领域也与该风格遥相呼应。

巴洛克文学形式

巴洛克风格的审美倾向是使用强烈的对比和图像来诠释不安定和互为矛盾的感受。在艺术领域，尤其是绘画界（鲁本斯、拉图尔），巴洛克风格惯用螺旋形的纵深透视法，其构图或至简或至繁，强调运动变化，力图实现强烈的反差效果。

当时发展起来的文学形式也与此审美倾向息息相关。首先是**戏剧**（尤其是悲剧），因为它塑造的是身体饱受折磨、思想陷入极端状况的人物形象：情人、心碎欲裂的主人公、殉教者、赴死的斗士（代表作家：亚历山大·阿尔迪、高乃依、特里斯坦·莱尔米特、让·罗特鲁）；其次是**悲剧性故事**，即某类讲述犯罪恐怖事件的编年史作品：谋杀、自杀、强奸、扭曲的爱情、巫术（代表作家为弗朗索瓦·德·罗塞和让-皮埃尔·加缪）；最后是青睐虚幻怪诞主题的幻想类**诗歌**：表达人性的分裂、对上帝的期待（代表作家：代比涅、让-巴蒂斯特·沙西涅、让·德·拉塞佩德），描述幻想、面具、无常、短暂、幻术等的力量（代作家为皮埃尔·德·马尔博夫、艾蒂安·迪朗、尼古拉·沃克兰·德伊夫特奥、让·德·兰让特、皮埃尔·莫坦、马克–安托万·德·圣阿芒、泰奥菲勒·德·维奥)。

在两种对立的文学审美观的发展过程中,其矛盾性表现得淋漓尽致。一方面,理想主义流派主导小说创作:刻画英雄式战士(如拉卡尔普勒内德、贡贝维尔、斯屈代里小姐的作品)或牧羊雅士(如奥诺雷·迪尔费的《阿斯特蕾》)迷失于情感的桥段,通过细致入微地描写来传递荣誉和价值准则;另一方面,与此纯洁化倾向截然相反的是以讽刺和怪诞扭曲为特征的诙谐文学:仿讽文学、对古代文学作品的搞笑模仿、民众的嘲笑、粗俗下流的特征、滑稽可笑的叙述(如马蒂兰·雷尼耶、夏尔·索雷尔、保罗·斯卡龙的作品)。这种诙谐路线同时还伴有放纵不羁的思想,因而兼具自由思想和放荡主义的特点(如萨维尼安·德·西拉诺·德·贝热拉克的作品)。

尽管文学形式踟蹰于这些不同的发展倾向,但文学作品的读者和作者依然仅限于精英阶层。巴黎沙龙中,肖像猜谜或字母接龙游戏盛行(盖·德·巴尔扎克),人们致力于将语言系统化,但最终却走向极端(矫饰主义出现)。出于规范语言的责任,人们大力推广语言研究,并试图定义"正确的审美取向"——这同时是黎塞留赋予法兰西学术院(由他于1635年创建)的责任,也是一些分析家和理论家(沃热拉、冉森教徒)的工作范畴。因此,对创作有序和理性思考的渴望必将推进"学究派"所重视的规则的制定和维护,也最终在当时的哲学思想(笛卡尔)中得到落实。对清晰和规范的追求正是古典主义建立的基础。出于此初衷,一些解析社会生活艺术的文本出现,提出塑造"有教养之士"的理想(尼古拉·法雷特)。

巴洛克戏剧

16世纪末期,悲剧取代中世纪的神秘剧,占领戏剧舞台。17世纪前40年间,一种新剧作艺术逐步形成,并最终凭借高乃依的作品而大获成功。最初,为此做出贡献的是亚历山大·**阿尔迪**（1572—1632），其创作主题取材于神话传说或古代故事，作品内容重视道德说教，人物独白因含有大量的道德或哲学思考而显得冗长拖沓，故事情节进展缓慢。在**悲喜剧**的产生和成功中，厥功甚伟者首推亚历山大·阿尔迪。

悲喜剧是一种结局愉快的悲剧。但是，这种剧作类型主要特征是复杂性和过度夸张。悲喜剧设置大量并行发生的情节，因而往往给现代读者造成混乱的总体印象；难以辨别剧中主要人物，不停更换背景布置以变换场景，时间进程常分散于几周，甚至是几年。最后，一些残忍和暴力情景也会以写实主义或病态的方式呈现在舞台上。这种极端行径与古典主义戏剧的规则背道而驰。此外，古典主义悲剧的成功还体现在它摒弃了悲喜剧的非真实性和无规则性。

尽管如此，在重建崇尚古代英雄的审美趣味中，亚历山大·阿尔迪功不可没，如他的作品《科廖兰》（1625）及《献身的迪东》（正如拉辛所评价）。他深谙如何取悦习惯于小说式情节的读者：如在《血的力量》（1626）中，年轻的莱奥卡迪被阿方斯强奸，她历经千辛万苦，只为寻求自己的幸福，让她的孩子得到认可并且嫁给曾经诱奸她的人。

与此同时，小说（最主要的是《阿斯特蕾》）读者的阅读兴趣影响并促进了另一种戏剧种类的产生：**田园剧**。**拉康**（代表作为《田园剧》）、**迈雷**（代表作为《西尔维》）和**贡博**（代表作为《阿玛朗特》）等作家设置的舞台场景虚幻缥缈，森林之神和山林水泽仙女悉数登场，剧中的牧羊姑娘躲避着来自爱慕者的追求。部分田园剧伴有芭蕾舞和歌唱，因而更加精彩纷呈。尽管田园剧呈现矫揉造作的风格，但是该剧种的出现推动了在同一地点上演的剧情的集中化发展。其中，大获成功的戏剧之一便是泰奥菲勒·德·维奥的《皮拉姆与蒂斯蓓》（1621），讲述的是男女主人公在充满异域风情的巴比伦所经历的感情磨难。

最后，在意大利戏剧主题的影响下，法国戏剧主张回归古代传统和重拾亚里士多德所倡导的规则。亚里士多德的支持者们盛赞塔索的《阿明达》

(1582）和瓜里尼的《忠实的牧羊人》等作品。这些戏剧作品严格遵守古代规范，因而诞生了一场维护戏剧规则的运动，并一直延续至拉辛的"规则"悲剧取得决定性胜利之时。

悲剧故事

当时的公众偏爱复杂和悲怆的故事情节，这一审美需求逐渐从戏剧舞台蔓延至其他文体。《阿斯特蕾》使人们更加重视细腻情感的刻画和雅士人物间关系的描绘，然而，与此同时，一种暴力和粗俗文学亦得以发展，而且其受众甚广。诚然，和谐的阿斯特蕾式的理想主义毫不现实，因为 17 世纪初的人们难以忘却当时内战的痛苦和亨利四世遇刺身亡后的社会动荡。

人们的行动并非温和亲切。在新兴报界的影响下（自 1627 年，泰奥弗拉斯·勒诺多创办《报纸》），公众对暴力事件或丑闻等社会杂闻颇感兴趣：文学作品逐渐淡化对神奇场景和英雄的描绘，更加注重对现实不为人知的黑暗面的刻画。

受当时司法和刑事年鉴的启发，悲剧故事以新闻的形式呈现。除涵盖犯罪事件和堕落故事外，这些黑色文章还沉溺于营造恐怖氛围，并且用大幅篇章讲述巫术或咒术故事。那是因为，在信仰宗教的社会中，这类文本宣称其内容可以证实魔鬼的存在。时任教区主教的让-皮埃尔·**加缪**创作的《恐怖场景》（1630）旨在向其信徒灌输教义并让他们无时无刻不意识到邪念的存在。他笔下的邪恶事例无不流露病态或不安的暴力色彩，如妒火中烧的丈夫杀死妻子的情人，并将奸夫剁成肉酱，最后让不知情的妻子食下。

这些悲剧故事揭露出：人类世界难以逃脱人性疯狂中所蕴含的发自本能的野性力量。弗朗索瓦·德·**罗塞**的作品《我们时代的悲惨故事》（1614）仿佛重现了中世纪萦绕人类心头的困扰，并将昔日的妖魔鬼怪故事改写为现实主义文本。当罗塞强调其作品中残酷事例的真实性和准确性时，便更凸显他为刻意迎合读者审美而表现出的诸种不自在：他把社会杂闻视作新闻报道，与当今追求制造新闻轰动效应的媒体记者如出一辙。他孜孜不倦于将谋杀刻画为无休止的解剖，如一个遭遇情人背叛的女人会将心上人的牙齿、头发、指甲等悉数拔下，之后再将他肢解成碎块。

虽然这些令人毛骨悚然的故事含有教化世人的初衷，但是它揭露出人性中所隐藏的死亡和凶杀的冲动，这不可告人的一面反而更能引起读者关注，从而导致读者忽略其中的教诲意义。罗塞作品的销量惊人：截至17世纪末期，他的书再版35次之多，此外，还数次发行外文版本。罗塞的作品能成为"畅销书"极大地证明了巴洛克风格的审美倾向便是：追求残酷，追求所有其他极易触发敏感神经的因素（无礼、怪异、鲜丽、震撼）。此外，罗塞还是首位将塞万提斯的作品译介入法国的译者。1625年至1640年间，诸多作者争相模仿罗塞，如圣拉扎尔、布瓦泰尔、帕里瓦尔、戈农、贝勒丰莱德等作家。

诗歌繁盛期

1600年至1650年间，诗作数量颇丰、风格多变，这段岁月宛如诗歌领域经历的第二次文艺复兴时期。诚然，部分诗歌出自于一些知名诗人，但多数作品由一些名不见经传的作家创作。唯有马莱布真正获得认可，但是他认为自身的成功源于他拒绝了巴洛克的杂乱无章和复杂迂回。他是"前古典主义时期"唯一支持古典主义、赞同布瓦洛的诗人：与其说马莱布是巴洛克时期的杰出代表，不如说他开启了1650年后主导思想的先声。

宗教抒情诗歌：与阿格里帕·多比涅于1616年出版的《惨景集》相仿，当时的诗歌与其他所有文化均深受宗教影响。16世纪末期的痛苦历史让有识之士愈发感受到人们之间的不和与真相的难以把握。如果说文艺复兴时期的作品摒弃了中世纪时的思想萦念（魔鬼、世界末日、最后审判等），那么巴洛克则又重回对死亡的深思中。阴郁的诗句频现：幻觉、"坟墓"、慰藉、悔恨。

这类诗歌旨在让读者亲眼目睹死亡的真实存在，因而它们描绘一些恐怖的主题或画面：腐烂的尸体、骷髅、骸骨、末日等。诗人希望以此告诫人们：要意识到生命转瞬即逝，值得教徒寄托的是唯一永恒存在的上帝。这种文学灵感热衷于塑造悲怆的、恐怖的、焦虑的画面，而巴洛克理想偏爱情感和悲剧美学，因此，追根究底，两者相吻合。宗教抒情诗歌的主要作家及作品有：皮埃尔·**莫坦**（1566—1614）创作了《勿忘人终有一死》；让-巴蒂斯特·**沙西涅**（1578—1635）将其悲观情绪隐藏于《轻视生命与慰藉死亡》中；在《生死记事簿》中，皮埃尔·**马蒂厄**（1563—1621）就"人生来就是走向死亡"的主题展开论述；让·德·**拉塞佩德**（1548—1623）在作品《心灵定律》中阐释了对耶稣受难的思考。

爱情惊喜：爱情是所有诗歌经久不衰的主题，在该时期也平添特殊色彩。为了迎合巴洛克的美学观，人们尤其强调情感的多变和与之而来的痛苦。狂热和激昂的爱情主题取代简单、平静和持久的爱情。当然，从中依然可以看到一些传统写作技巧的运用：塑造惹人迷恋的理想化女性，她的每一处女性魅力都逐一被歌颂（明眸、秀发、玉手……）。但是，由于不断强调诗人与美女之间存在无法逾越的鸿沟，诗歌因而体现出宗教色彩。作品表达了一种纯粹精神的、令人痛苦且错综复杂的情感追寻，因而，作者运用大量比喻手法，营造丰富多样的诗歌画面，尽心雕琢其写作方式。巴洛克前期工于卓越、精于巧妙的表达方式正是源于此类诗歌的启发，而巴洛克末期倾向于在文末使用"点睛之笔"，即在文末运用一种考究的技法和出其不意的妙语。当时才华横溢的诗人有：皮埃尔·德·**马尔伯夫**（1596—1650）、克洛德·德·**马勒维尔**（1597—1647）、夏尔·德·**维翁-达利布雷**（1600—1653）、让-弗朗索瓦·**萨拉赞**（1614—1654）。这些诗歌咏唱绝对爱情，表面看似严肃，然而读者决不能被表象所蒙骗。多数作家仍然强调情感的变化多端和起伏不定，因为巴洛克最为珍视的便是事物的反复无常和转瞬即逝。

谈至此，不得不提及泰奥菲勒·**德·维奥**（1590—1626），他完美地诠释了巴洛克不屈不挠和变幻不定的精神。年轻时，他参加过加斯科涅贵族子弟连队，属于胡格诺派，后跟随一家流动喜剧剧团来到巴黎闯荡世界。他与一群以诗歌和享乐为生的乐天派聚集在一起。自 1619 年起，或许是出于谨慎，他皈依天主教，因而重获路易十三的赏识。然而，1623 年，他因撰写淫秽诗歌、同性恋行径和亵渎神明等罪名，被判火刑。1625 年，再次诉讼时得以减刑，改判为永久流放。为了保护放任自由的想象力和无所不在的好奇心，巴洛克作品拒绝束缚和确定性，而泰奥菲勒·德·维奥的作品正是因为充分诠释了巴洛克善于怀疑和直抒本能的特点，从而大获成功。

此外，这一时期所有的诗歌都徘徊于两种形式：官方诗体（对当时大贵族的颂歌、应景诗歌、华丽诗句、"百花诗赛"、"文艺协会"等）和直抒胸臆之作。其中，不乏命名为《孤独集》的诗集，其中的诗歌无不令人哀叹连连，动容落泪，而且还歌颂原始的自然美景（大海、森林）。擅长描写自然之美的作家，除泰奥菲勒·德·维奥外，还有特里斯坦·**莱尔米特**（1601—1655）、安托万·吉拉尔·德·**圣阿芒**（1594—1661）。此外，他们还注重刻画人类面对神秘自然时的情感。主题主要反映变化（季节更替）、难以破解的宇宙奇迹（星宿、彩虹、风和潮汐）、宇宙间的各种发光体（闪电、萤火虫）、宇宙的魔力（夜出动物、废墟、阴森或鬼魂出没的地方）。甚至，马莱布一方的弗朗索瓦·**迈依纳**（1582—1646）、奥诺拉·德·**拉康**（1589—1670）等作家也深谙如何感化喜爱阅读《阿斯特蕾》的读者群，他们将"田园剧"和其他置身于自然中抒怀的颂歌改写为韵文诗。时至今日，这种写作方式常让我们联想起浪漫主义作家的技法。

马莱布：重返有序创作？

17 世纪初期起，散布于外省的诗人重新回归宫廷生活。朝臣的身份使他们获得物质保障，但同时也极大地增强了对大贵族的依赖性。马莱布（1555—1628）是外省显贵的典型代表，其父亲是卡昂市的一名法官，马莱布逐步为自己铺就晋见王公贵族的道路,并最终得以为王室撰写应景诗句。

他先后效命于亨利四世和路易十三,创作了歌颂当时政治事件的诗歌:《为奔赴利穆赞地区的亨利王祈祷》、《献给讨伐拉罗歇尔人叛乱的路易十三的颂歌》。但是,这种官方诗体使他与当时的主流思想格格不入。与崇尚丰富洋溢甚至混乱无序的巴洛克审美观截然相反,马莱布推崇井然有序的诗歌艺术,提倡灵活运用简洁和高雅的语言写就完美的诗节。此外,其诗歌主题刻板严肃:具体而言是用以宣扬秩序、宗教、中央集权等政治因素的积极作用。伴随动荡而生的恐惧,无法用不成形的语言将其谱写为诗歌。不管马莱布的本意如何,他终归是捍卫了诗歌结构的严谨性,而且被视为文学"大师",古典主义学派(布瓦洛:"马莱布终于来了……")也将其视为开先河者。

然而,马莱布并未为后世留下任何的理论著作,也未曾提出任何一种新技艺,他留下的仅是对1609年出版的德波特著作的大量批注。他的注解手稿批评了诗作中复杂晦涩的精细描绘和卖弄学问的炫耀,虽未形成一种系统理论,但却阐明了当时诗歌研究的方向标,并被其后的迈依纳和拉康所效仿。

马莱布捍卫简洁和高效的诗歌艺术,以此来适应读者的审美趣味。亨利四世身边的人均未曾受过良好的教育,新贵族往往性格粗鲁且脾气暴躁。因此,为了取悦此类读者,必须简化诗歌形式、突出诗歌主题。马莱布竭力追求明快和严谨的理想诗歌形式,因而催生了一种审慎适度的语言风格,也最终直接推动了古典主义的产生。马莱布回避使用陈旧词语或新生词汇,如外省的方言等,他的诗歌艺术服从一些强制性的规定,诗节的组合形式有限。为了遵守理性且和谐的原则,他严禁使用文字游戏或其他强调手法(元音连续、叠韵、诗句跨行)。1674年,布瓦洛向马莱布在诗歌领域取得的丰功伟绩致敬,自此,人们将马莱布视为现代诗歌的先锋。

矫饰主义的影响

何为矫饰主义？

确切而言，并不存在矫饰主义的文学理论，它是指 17 世纪初期出现在整个欧洲地区的一种潮流，并且促进了巴洛克的某些特点的极致化发展：追求用词技巧的精湛、点睛之笔的设计（文末运用的妙语或构造的画面）等。因此，作家尽量使用一些独特的、出其不意的新技巧凸显写作技法的价值。外国文学对法国文学的影响广泛：意大利的"马里尼体"（源自诗人马里尼的风格，他曾在 1615 年至 1623 年间居于巴黎）、英国的"尤菲绮斯体"（源自逝世于 1606 年的英国小说家约翰·李利笔下的主人公的名字）、西班牙科尔多瓦诗人路易斯·德·贡戈拉（1561—1627）的"夸饰主义"。

矫饰主义的发展与贵族阶级密不可分关。持有这种观点的人认为才情洋溢的言谈、卓越非凡的思想、华丽雅致的语言均彰显出一个人与众不同的高雅姿态。因此，奉行矫饰风格的文人过分追求高雅文风，极力创作闪烁其才华的作品，以此彰显自己高人一等。所有跻身上流社会的努力均转化为对语言形式的推崇：用词考究，语言优雅纯洁、毫无粗俗用词，语句复杂且多迂回。最终，文学界接纳了这种附庸风雅且带有巴黎腔调的风格，文本创作和文学审美均深受其影响。

社会上存在的粗鄙习俗或资产阶级习气，以及那些难以避免的"俗众化"习惯，矫饰文学作家对此均嗤之以鼻。矫饰派们崇尚精英主义，因此酷爱聚集于沙龙、封闭的小社团——称之为"社交圈"、豪华的卧室——"内室沙龙"

等地。上流社会的社交之气蔚然成风,随之风靡的还有做作的礼仪、强烈的阶级意识、集体游戏和文学消遣,当然,其中也不乏小帮派、争执和不值一提的竞争等现象。

沙龙中的"纨绔子弟"和女性

理解这种社会现象还需要关注特定历史背景:先后在黎塞留统治时期、安娜王后摄政初期(约 1624 年至 1650 年间)、投石党运动后的间歇期(1653 年后),贵族和特权阶层重整军队。此外,在政治动荡中,务必寻找出满足高雅追求的方式。类似于 19 世纪"纨绔子弟"的做法,穿梭于沙龙活动中的矫饰派们竭力彰显自己的才华,通过纯熟的用词技巧确立自己的绝对优势,以此避免流于平庸、为生活虚耗或被烦扰所困。不过,矫饰派们主要是指女才子。因为,矫饰文学为女性提供了再次被重视的机会,而"女权主义"沙龙成为承接矫饰派聚会的场所。

1620 年至 1660 年,这四十年间,最为知名的矫饰派沙龙的举办地位于朗布耶府。府邸中,装修奢华的房间连为一体,卡特琳·德·维沃娜(1588—1665)在此接待当时最为优秀的饱学之士。这位朗布耶侯爵夫人被称为"无与伦比的阿尔德尼斯"(这一别名为其名 Catherine 颠倒字母顺序后构成)。创办此类文化社团的初衷是为不同代际的作家提供交流碰面的机会:年轻作家从中得以建立自己的社交关系、精练自身才华,而资深作家则可施展影响、维系声望。这些才华横溢者纯粹通过辩论或文学消遣的形式彼此较量。作为《阿斯特蕾》的忠实读者,沙龙常客往往选取小说人物姓名作为别称,并且举办一些由此引发的思想辩论:是否应当捍卫《熙德》?是否应当响应法兰西学术院的倡议,禁用连词"因为"?于今日而言,这些细致入微的辩论不仅徒劳无益,而且观点陈旧。不过,其积极意义在于引导了文学审美趣味:这些沙龙游戏和辩论使人不断改进写作方式,进而提升其文学素养,提高辩论水平。20

世纪初期,超现实主义者一言以蔽之:矫饰派的活动事关"风格练习"的能力和机会。

游戏的严肃

因此,集体游戏、化装舞会、殷勤献媚等矫饰派的活动既是一种创造,也是一种消遣。最盛行的创作活动有三种:献媚诗歌(写就如"细描诗"等短篇诗作以歌咏所爱女性的某一方面)、"押韵片段"(简短谜语或同一文本的不同变体:围绕一只死亡的鹦鹉而写作25首十四行诗!)、肖像猜谜。这种心理练习强迫作者找到最为触动心灵的一笔和精辟高明的写作模式:17世纪下半叶,拉罗什富科、赛维涅夫人、拉法耶特夫人正是通过参与这些活动,不断练习、积淀写作经验,逐步开启肖像刻画的文学创作之路。

用以消遣的矫饰文学作品表面看似轻佻或怪诞,实则不然。莫里哀曾经视"矫饰主义"为"滑稽可笑"的同义词,为其语义蒙上一层贬义色彩,以此来讽刺矫饰派。然而,他只看到矫饰风格表面形式的腐化堕落、笨拙怪异的语言和排斥爱情的矫揉造作的特点,因为他审视这一文学风格时,缺乏必要的审美间隔距离。莫里哀并非是嘲笑这一风格的唯一作家,与此相关的论战充斥在各类作品中:歌舞剧、歌曲、喜剧和抨击文章等。将讽刺手法与现实相结合,如其中的两篇作品:皮尔神甫的《女才子或内室沙龙的神秘》(1656)、博多·德·索迈兹的《真正的女才子们》(1660)。矫饰文学无处不显示出它是多么地崇尚优秀思想、鼓励创新,以此实现贵族阶级所追求的超越他人的理想,然而,当时的人仅领会到其中的附庸风雅和无理取闹的特点。朗布耶夫人的"蓝色卧室"是矫饰派最向往的地方,该沙龙对平民(瓦蒂尔、梅纳热、沙普兰、佩利松、孔拉尔)、备受诋毁的怪异之人(一些行为放荡者,如沃克兰·德伊夫特罗和因结婚被判死刑的库瓦斯勒神甫)、政客(黎塞留)等开放。

实际上,矫饰主义反映了社会风俗的演变。它诠释了城市(巴黎)文明生活的优越感，总结了举止优雅的生活艺术的进步，证明了教育、艺术趣味和纯文学的进步，强制规定了对女性的殷勤和尊敬，表达了女性争取新权利的诉求。矫饰文学为塑造"有教养之士"这一思想的产生奠定基础，并通过宣扬女权主义来表达对庄重、纯洁文学形式的憧憬。

131 最为著名的矫饰派作家是樊尚·**瓦蒂尔**（1598—1648），这位有识之士是朗布耶沙龙里的座上客，专门创作诙谐作品。他为上流社会所写的信笺、诗歌等作品更为重视幽默效果，而非文章的深度。但是他的成功体现了当时的审美趣味。瓦蒂尔的父亲是葡萄酒商人，因而他年轻时便被引荐从政，主要效忠于"亲王殿下"（加斯东·德·奥尔良）。瓦蒂尔从其历任保护者手中领取丰厚的年金，他深谙如何在巴黎的各种阴谋诡计中周旋，成为朗布耶沙龙里的头面人物。才华横溢的他写作大量书信作品，令人印象深刻。瓦蒂尔的书信首创了充满献媚情调的对话体风格，同时也启发了拉封丹和赛维涅夫人。

矫饰派的"畅销书"：《阿斯特蕾》

1607 年至 1628 年间，这部多达五千页的五卷本长河小说分期出版（最后一卷出版于作者逝世后）。《阿斯特蕾》是 17 世纪上半叶最为畅销的作品。可以说这部作品阐明并引导了当时的文学倾向。小说取材于传统的典雅爱情故事，情节简单，故事冲突由两个年轻恋人的欲望背离传统习俗而引发，以此为基调，奥诺雷·迪尔费（1567—1625）编排了一篇跌宕起伏、波澜壮阔的故事，其中内含数个次要情节和"插曲"叙述。

奥诺雷·迪尔费是"巴洛克"一代人的典型代表。他出生于马赛的一个贵族家庭，深受意大利文艺复兴运动的影响，青年时期在勒弗莱兹地区（位于中央高原地区）度过，这一地区成为其笔下主人公阿斯特蕾历险的发生地。他加入天主教神圣联盟（极端天主教徒阵营），与亨利四世为敌，斗争一直持续到 1595 年天主教联盟一方失败之时。被捕入狱后，他深爱的长嫂用赎金为

矫饰主义的影响

他换回自由。长嫂迪亚娜·德·沙托莫朗结束第一次婚姻后，与奥诺雷成婚（1600 年）。此后，奥诺雷·迪尔费与国王和解，这位军人开始专心于旅行和著书，最终在率领军团攻打西班牙时，战死沙场。因其赫赫战功和爱情经历，他的一生充满英勇和感性，他也用实际行动诠释了其小说的主题和曲折情节。与他同时代的读者在阅读阿斯特蕾与塞拉东的故事时，不免会想起迪尔费的爱情经历。的确，我们可以将勒弗莱兹地区安定、闲散、田园般的环境视为亨利四世统治下生活的写照，而且作品更主要地反映了当时乡村贵族通过追求上流社会风流倜傥的生活来排遣烦扰的生活艺术。

《阿斯特蕾》的故事发生地——勒弗莱兹平原地区——位于罗讷省和奥弗涅地区之间，发生时间为公元 5 世纪德鲁伊教时期。虽然小说背景脱离现实，但是它却刻画了避世的理想之境。在这片众多牧羊人和美丽姑娘生活的乌托邦地区，旧贵族避难于此，因为他们厌弃毫无意义的野心和阴谋权术。以《阿斯特蕾》为典型代表的"田园小说"或其他"田园作品"传递出的首要启示是：对执着和苛刻爱情的追寻象征着对纯洁、绝对理想的向往，而要实现这一追求必须不停留于表象并弃绝所有的粗俗。

132

《阿斯特蕾》中唯独持久的价值是两位主人公的爱情。但是，出人意料的是正直的牧羊女拒绝了牧羊人的求爱，而后，为了维护忠贞的爱情，牧羊人不得不多次通过耍诈、诡计、乔装改扮以换取心上人的爱意。因而，给人的印象是坚贞的爱情是一种滑稽的学说或一场引发荒谬行径的骗局。巴洛克的观点认为真相源自易变无常，具体体现为：乔装改扮、断续不定、变幻多端的情节，以及无休无止的续篇。文章的叙述从无固定套路，也永不会终结："没有什么能够比易变无常更令人笃定了，变化性便是持续性的体现。"（第一卷，第 1 章）。

《阿斯特蕾》委实影响了贵族阶层的生活方式。小说中的牧羊人成为贵族们的思想楷模，模仿其语言特征、爱情艺术、优雅和细腻的作风。该部田园小说为多部歌剧、芭蕾舞或乐曲提供了素材，后来诸多舞台布景师将房间、天花板和地毯布置成"田园风格"。《阿斯特蕾》让人渴望与自然建立纯洁、共通的关系：这部小说促进了人与自然和睦共处、相融相生的发展。

从矫饰风格到英雄风格

追根究底，正如《阿斯特蕾》所揭示的，矫饰文学表达了一种理想、一种倾向：建立一个世界（或一种语言），其中的人心和思想都避离现实。读者丝毫不期待平淡无奇的情感或情节，当时的人们厌恶"小市民"的各种品行。

正是在这种背景下，"英雄主义"文学得以发展，主要出现在长河小说中，这类小说充斥着对战功、爱情、游记的描写，并伴随各种荒谬的轰动情节和出其不意的续篇。英雄主义小说沉迷于天马行空的想象。17 世纪 30 年代的人钟爱高乃依的作品，他们迷恋描写丰功伟绩的作品。历险小说富含各种精彩纷呈的历险经历，激发读者追求"光彩照人"（当时的术语）的欲望。如果说英雄主义作品中的虚构细节充满时空错乱的荒谬，那么这是自食其果。然而，普通公众并未能完全察觉到其中的虚假细节，文化涵养较深的读者（如拉封丹、赛维涅夫人）从中领会出这种文学类型无拘无束、言语率性而为的特点。英雄主义小说所阐释的生活如同一场疯狂的奔走，伴之左右的是意外、变化和反复无常。

马兰·勒鲁瓦·德·**贡贝维尔**（1600—1674）是一位多产作家，主要代表作是 1619 年至 1638 年间几经修改、数次再版的《博莱克桑》。17 世纪末以前，这部 22 卷本、共计 4409 页的小说经历数次再版刊印。如果以识字之人均阅读过此书这一标准去界定其"大众化"程度的话，那么，公众对这部作品的趋之若鹜则标志着"大众"文学的诞生。戈蒂埃·德·科斯特·德·**拉卡尔普勒内德**（1610—1663）是首批靠著作权生活的职业作家之一，他著作颇丰：5483 页的 10 卷本《卡桑德尔》（1642）、4153 页的 12 卷本《克莱奥帕特》、5000 多页的 12 卷本《法拉蒙》，以及十多部悲剧等。

这些作家的小说既讲述了战士们在征战时的骁勇无畏，又描绘了他们在停

矫饰主义的影响

战期间的休养生活,因而迎合了酷爱在文学作品中找寻自我身影的大贵族、孔代亲王及其附庸等人的阅读诉求,作家也因此获得了发展机遇。作品中塑造的主人公神气高傲(如拉卡尔普勒内德笔下不朽的阿塔邦)、慷慨大度,往往过度典型化,因此不切实际。但是,他们却向我们展示了当时社会渴望塑造的、值得颂扬的形象。在玛德莱娜·德·**斯屈代里**(1607—1701)的作品《克莱莉》中,矫饰主义与英雄主义的默契尤为显著。这部十卷本的小说介绍了一些"真人真事"(历史著名人物们不为人知的一面),一并描绘了英雄的军功,阐释了矫饰派的献媚手段。

小说的资产阶级化

小说：美学矛盾的聚焦地

英雄主义和田园风格的作品借用骑士文学的传统手法，传递了贵族阶层的价值观。乔装改扮为牧羊人的王公贵族和古代英雄取代以往史诗中塑造的人物。1660年前，小说作品丰富，现代读者迷失其中。"小说"这一术语本身就含糊不清，因为它涵盖各种长篇和风格混杂的作品。小说所阐释的杂乱无章恰恰折射了巴洛克时期的特点。纯语主义者和饱学之士（被称作"学究派"）视小说这一形式不规的体裁为草芥，然而此举枉然，小说的成功也证明了一个社会阶层已被认可。

在贵族化趋势中，尽管贵族阶级感受到自身已近迟暮，但他们依然希望能够维系风流倜傥的形象并标榜教化导民的作用，同时，一种与此背道而驰的风格形成。讽刺或挑衅文学公然与贵族文学的理想主义和修辞风格划清界限。对贵族文学体裁的嘲讽并非仅是一种纯粹的仿讽文学，而是引发朝现实主义或个人主义转向的新文学形式的产生，预示着现代小说的到来。

诙谐文学的反击

为了反击小说或矫饰文学中渲染的不切实际和虚幻空想，产生了一种名为"诙谐文学"的文学立场，其对立性主要体现在：坚持直截了当地描述普通人经历的社会现实,并且嘲笑一切。后来产生的喜剧(尤其是莫里哀的喜剧)也源于此。

然而,我们不应当把诙谐文学简单视为一种"反矫饰文学",因为两种文学倾向并行发展,而且某些作家同属于两种风格,如圣阿芒、特里斯坦·莱尔米特和瓦蒂尔。两种文学风格都避免创作落入俗套或文学形式固定化。诙谐文学鼓励运用激情和幻想创作,它给予作家充分自由,使其脱离陈词滥调和公认的"优秀审美趣味"的束缚。

安娜·德·奥地利摄政期间和投石党运动时期,爆发了一系列危机,因而,这种蛮横无理和滑稽可笑的文体随之蔓延。通过揶揄所有的权力机构和重写仿讽作品,诙谐文学嘲笑那些令人肃然起敬的不朽文学典范(首当其冲的是维吉尔和荷马的作品),强调不循习俗。文学从消遣作品演变为论战工具。政治并非其唯一攻击目标。**斯卡龙**创作"马扎然之歌",放荡不羁的达苏西发表《诙谐诗歌:陛下的激情》。

1623年起,泰奥菲勒·德·维奥的朋友——夏尔·**索雷尔**(1600—1674)推出了"趣史"体裁。"趣史"是一种小说体裁,其叙述前后不连贯,内容围绕日常生活展开,并回顾当时发生的所有趣事。《弗朗西翁真实趣史》不乏大胆和荒淫情节的描写。索雷尔甚至险些犯下猥亵罪,他大胆嘲讽学校、宗教、道德家、"资产阶级"思想家。他的文章欢快愉悦、辛酸刻薄、富有生命力,与当时的官方审美趣味背道而驰,并将真实的社会风俗公之于众。此外,趣史小说也是对现实主义的追求:"我只讲述今天这个时代可能发生的故事"。

诙谐文学大师:斯卡龙

保罗·斯卡龙(1610—1660)因作品《滑稽小说》而闻名,尽管其作品数量可观,然而今日读者却知之甚少。他出生于一个小资产阶级家庭,后来成为勒芒主教的议事司铎，从而开启宗教职业生涯。他的工作并不妨碍他接触一些放荡主义者。1638年起，一场不治之症使他瘫痪致残。阿格里帕·多比涅的孙女——弗朗索瓦斯·多比涅与他结为连理，这位幼时成孤的少妇美貌绝伦，后被封为曼特农夫人。斯卡龙的文风愉悦轻松、蛮横无理，但其中隐藏着他同残疾身躯对抗的报复心理。他的作品《乔装后的维吉尔》（其中的埃涅阿斯被刻画为"唇髭浓密的英俊男子"，狄多则是一位"丰满女性"）愉悦了当时的读者。但是这种诙谐作品并非仅仅是一场插科打诨的游戏。如同拉伯雷的作品，它们是对所有正统文学形式的大胆反叛。

《滑稽小说》是一部"喜剧演员"小说、滑稽场景小说，其情节主要讲述一家穷困潦倒的流动滑稽剧团的经历。保罗·斯卡龙对勒芒地区了如指掌（他曾在此任议事司铎），竭尽全力让现实环境呈现秀丽、天然的一面。因此，其作品的故事发生地便选在此处，借以展露小城市及其周围地区的整个资产阶级的面貌。喜剧演员居无定所，因而可以接触各个阶层（领主、贵族、富有市民、行政官员、旅馆主人、农民、流浪乞丐等）。伴随着剧团的到来，外省的生活以一种讽刺的形式呈现出来。小市镇中，演员的名声素来不良，人们对演员不信任、持有偏见或某种不安。而年轻人却觉得外省生活令人愚笨、麻木，为了排遣心中的乏味，他们喜欢追随这些喜剧演员，并向落落大方的女演员献媚。剧场帷幕开启，在这个娱乐大众、充满幻想、揭露社会的舞台上，众多逸闻趣事陆续上演。

此外，斯卡龙摆出一副不屑于玩弄写作技巧的姿态，并让他的读者见证："围绕这一点本可阐述诸多其他内容，然而必须珍时惜力，将其分述在本书的不同章节中，以显变化多样"（第1章，第18节）；"前一章略短，该章或将增加篇幅；对此，我亦无法确定；我们拭目以待"（第1章，第18节）。作家与读者的这类沟通是为避免后者被小说般的虚假谎言所蒙蔽，此外，虽然作家不断地宣称作品中的情节夸张，然而读者却认为这些场景真切实际。

从个人主义到自传

确切而言，倘若无视蒙田这一特例，直到18世纪，自传才孕育产生，创始人是作家卢梭。不过，在诙谐文学的潮流中，自传文学已初露端倪，它是作家表达抗议的一种文学形式。自传排斥过于理想化的虚构，认为文学作品的基础应该是那些宛若作者亲身经历过的现实。必要时，自传文学也会涉及所有被视为粗俗的题材（肉体生活、私人生活、日常生活）。叙述者"我"经常处于社会的对立面，"我"写作是因为要与他人绝交。谈论自身，是为了脱离、排斥他人和为自己辩白。自传文学作家处于与他人对峙的立场，将自身生存中的痛苦归咎他人。在滑稽或诙谐作品的讽刺文风与放荡主义的逆反风格中，自传文学为具备批判性格的个人主义者争取到了被他人聆听的机会。

以"回忆录"的形式书写，用第一人称的方式叙述，自传文本十分接近小说。此处列举三位作家的写作：泰奥菲勒·德·**维奥**在狱中写的《滑稽故事片段》（1623）；特里斯坦·**莱尔米特**的《失宠的侍从》（1643）描写敏感、温柔的少年失手杀人、被迫流亡的故事；夏尔·**达苏西**的《历险集》（写成于1645年前后，出版于1677年），叙述一个赤贫的巡游艺术家迫于社会的苛刻和残酷，四处流浪。上述每一部著作，作者亦兼叙述者都强调了思想自由者无法融入生活，因为他们与生俱来便处于世界的对立面。

从诙谐文学到放荡主义

17世纪初，带有侮辱性的一词"放荡者"出现，用以指称那些思想自由者（即不信教者），指责某些贵族的放荡言行和荒淫习俗。但是，这并非主要内容。不久，术语"放荡主义"一词便用以指称怀疑宗教和道德领域公认观点的思想流派。

16世纪，伴随着地理的重大发现、天文学的进步、宗教改革的推进、精确科学的发展，意识领域的危机最终到来：怀疑主义和理性主义处处泛滥。放荡主义流派并未拘泥于某一确切的理论体系中，而是渗透于宗教和社会体制领域，从而产生了对当时信仰的怀疑。尽管，放荡主义哲学的边界并不清晰，但是可以归纳出四个主要特征和两大派别。

• 特征：

——**个人崇拜**。放荡主义者奉行伊壁鸠鲁主义；意识到人类生命脆弱，现实处境悲惨，因此他们所倡导的生活艺术蔑视膨胀的野心和过分的行为，鼓吹珍视友谊和感官的平和。

——**批判理性主义**。放荡主义者拒绝承认非理性，且不假以讨论；他们不相信神迹、圣经年鉴，不赞同为了彰显贞操而信教的必要性；他们对其他宗教兴趣浓厚（拉莫特·勒瓦耶高呼："圣人孔子，请为我们祷告"）；他们对愚昧无知的盲从和一切的狂热崇拜嗤之以鼻。

——**唯物主义**。受德谟克利特和伊壁鸠鲁的影响，放荡主义学者将宇宙视为一个有生命的庞大动物；在永恒和富饶的宇宙中，人类与其他物种一样，只是生活在其中的一种生命；灵魂不死是妄想，思想源于感官。

——**自然神论**。真正的物质主义者最终将上帝与自然本身混为一谈；这个最终阶段会通向无神论，但是多数放荡主义者仅止步于自然神论，即对至高无上的生灵——造物主的模糊信仰。

• 两个主要派别：

——**"帕多瓦"派门生**。泰奥菲勒·德·维奥身边聚集着乔尔丹诺·布鲁诺的追随者，布鲁诺曾在巴黎开课讲授万有引力定律，后于1600年在罗马以异教徒的身份被处以火刑；加布里埃尔·诺代奔赴帕多瓦聆听关于唯物主义者切萨雷·克雷莫尼尼和彼得罗·蓬波纳齐的课程；"帕多瓦"派的一名弟子格鲁里奥·瓦尼尼在图卢兹被处以火刑（1619）；1624年，泰奥菲勒·德·维奥被起诉，该团体的活动也因而受到限制，至少他们不再出现在官方场合。

——**四人组**。自 1628 年起,四位积极思想家齐聚一堂、声名远播:蒂奥达迪、拉莫特·勒瓦耶、伽桑迪与诺代。相较那些误入歧途而走向极端的前辈,这四人学识渊博,兴趣广泛,思想自由,精通神学、历史、精确科学等。他们与其伙伴们——图书管理员迪皮伊兄弟,共同成为百科全书派的首批成员。

主要的放荡主义思想家有:神甫兼哲学家皮埃尔·**伽桑迪**(1592—1657),他谨言慎行,质疑人类如何证明上帝的存在;弗朗索瓦·德·**拉莫特·勒瓦耶**(1588—1672),他认为观点和信仰源自教育和偏见;极可能是无神论者的加布里埃尔·**诺代**(1600—1653),主要斥责神迹,认为这只是一种骗人或迷信的图像。

然而,最著名的放荡主义哲学家是萨维尼安·德·西拉诺·德·贝热拉克(1619—1655)。他的真实生活并非如埃德蒙·罗斯唐于 1897 年的作品中所叙述的那样!西拉诺·德·贝热拉克曾在加斯科火枪队服役,但多次负伤,之后,他结交思想家并撰写怪诞的"科幻"行记:《另一个世界或月球上与太阳上的国家和帝国》,该著作于他逝世后的 1657 年出版。

特立独行者:西拉诺·德·贝热拉克

萨维尼安·德·西拉诺·德·贝热拉克(1619—1655)的思维活跃、想象大胆,因而他被视为一位怪诞作家。他热衷荒诞奇幻、虚妄离奇,思维跳跃,偏爱描绘狂热图景。天马行空的巴洛克艺术风格在他的笔下焕发生机,然而他所生活的年代恰逢法国文学已抛弃巴洛克风格之时,因此,这种生不逢时和怪诞文风造就了一位特立独行者,但同时更为他释放了放荡主义者自由的思想潜力。他赞同远见卓识者,迷恋所有异端思想。作为哥白尼和伽利略的门徒,他反对基督教的地球中心说和人类中心论;他自称无神论者,公开讽刺宗教启示;他揭露所有道德价值都存在残暴压制欲望、享乐和个人主义的荒谬行径；他认为是自然孕育了一切（狄德罗曾回忆其唯物主义及生机论思想）；他超前于帕斯卡尔，对空间、无限大、无限小论述颇多；他拒绝任何妥协，其文字引领读者陷入对所有假说的深入思考中。其作品在虚构和乌托邦的掩映下，营造出类似于故事中呈现的欣喜陶醉感，无论从哪一方面看，这位诗人在写作方式和学说理论领域都开创先河，援引诺迪埃（1838）的评价，西拉诺·德·贝热拉克就是"文学史上的特洛伊木马"。

138 诙谐文学的存续和"解构"：菲勒蒂埃

同西拉诺一样，安托万·菲勒蒂埃（1619—1688）也属于诙谐作家一派。他的第一部作品是《埃涅阿斯的滑稽模仿》。从该作品来看，他与斯卡龙很相似。但是，斯卡龙试图通过向小说注入诙谐元素以拯救该体裁，而菲勒蒂埃却推崇洒脱文风，并且贬斥所有的叙述和虚构手法。菲勒蒂埃的作品没有描述，没有逻辑严密的结构，没有人物的心理分析，通过支离破碎的片段、有限的甚至未完成的情节来展现故事的真实性，作品语言反复传递出暴戾恣睢的情绪和报复者的悲观。作品中含有"虚无主义"：真实是平凡乏味和缺乏条理的。因此，该小说令读者拘谨不悦，其故事庸俗乏味、空洞无物、毫无逻辑，叙述间隙少见的停顿却用以刻画资产阶级的尖刻形象。

另一作品《市民小说》题目自身就有失妥当：于17世纪的思想界而言，这两个词本就互不相容。因而，该作品封面上注明仿讽文学，意指本著作嘲笑"贵族"小说的虚假抒情和欺骗性的英雄主义。反小说作品《市民小说》（1666）出版伊始便告失败。其创作意图被曲解，且导致读者误解。然而，从狄德罗到新小说时期的现代小说特有的未完成和分裂的特点已经在《市民小说》中萌芽。菲勒蒂埃还是一位重要的词典学家。1662年，他入选法兰西学术院，参与编纂《法兰西学术院词典》，1684年他自己编写的词典出版。因被诉学术剽窃和学术造假，被逐出学术院，这一丑闻让他声名狼藉，一蹶不振。

戏剧与高乃依的世界

缓慢的系统化进程

约 1640 年至 1660 年间，两大文学潮流同时并存：巴洛克和之后称为"古典主义"的美学。此外，我们区分这两种文学形式是出于认知方便的需要，因为它们可以交替出现在同一作家的创作中，尤其是戏剧领域（高乃依、莫里哀）。

但是，在所有领域（文化、政治、宗教），大势所趋的是寻求两者间的平衡。例如，深受拉丁文学滋养的贵族和富裕资产阶级，希望培养擅长社交和克制稳重的理想性格，成为"中庸之道者"和"有教养之士"。经历了 16 世纪突发的暴力骚乱后，宗教思想更倾向于怀疑主义。无神论者仍会遭受死刑的惩罚，不信教者必须谨言慎行或遵循宗教活动中的道德秩序。放荡主义摒弃无谓的教唆，思考世界起源和灵魂问题等，因而引领了一种新的研究思路，预示着以笛卡尔为代表的深入的系统方法论时代的到来。

语言和文学形式的系统化运动应运而生。人们开始分析语言和规定写作方法，黎塞留创办的法兰西学术院（1635）正是推动规范化运动的主要力量之一。**沃热拉**等理论家、**多比涅克**或**梅纳热**等批评家以及部分语法学家（以冉森教徒为主）提出一些规则并倡议遵循更为朴素适度的审美趣味。这种追求催生了古典主义。

1637 年，勒内·**笛卡尔**（1596—1650）的《方法论》中所大致表明的思想和道德态度能够协调系统的怀疑论（倘若没有系统的怀疑论，那么偏见和放纵就会占上风）和适应社会秩序必要性间的关系。富有远见卓识、拒绝无序的古典主义理想形成。笛卡尔的方法论认为唯有思想和理性才是解释现实的方法，具体方法包含直觉、演绎、分析、重构和证实。1660 年后的作家也严格恪守这些原则。

最后，两种宗教趋势也影响了古典主义的形成。一方面，**耶稣会**会士的思想强调人在寻求永恒救赎中的自由。相反，另一方面，**冉森教**教义认为若无上帝的宽恕，人类面对任何事情都将羸弱无力：这是堕落世界中背负罪恶感的人所持有的一种悲观主义观点。该观点认为人类应当屈服于命运，服从于役使人类的"隐藏上帝"，悲剧（拉辛）深受其影响。

面对公众需求，高乃依 ˙ 的典型变化

皮埃尔·**高乃依**（1606—1684）是一位论著等身的高寿作家，他的生活轨迹贯穿了巴洛克时期和古典主义前期。其作品是文学种类从悲喜剧到悲剧发展的典型代表，并最终为 1665 年后拉辛的成功奠定基础。高乃依的戏剧理论不断革新，深刻影响了整个 17 世纪。高乃依心无旁骛地致力于文学创作，因而他知晓如何满足公众的期待，也理解同时代的社会价值观。他恰到好处地选取戏剧这一体裁，向公众展示自己的作品。

高乃依的成功首先在于他实现了不同类型读者间的和解。一方面，他的戏剧擅长取悦渴望"休闲艺术"的"上流社会"，即资产阶级或"有教养之士"：在这种文化需求的影响下，戏剧和剧团发展起来。上流社会的观众喜爱阅读小说，《阿斯特蕾》便是符合该阶层审美趣味的典型代表作。高乃依在作品中设计一连串的爱情情节，作品（《克利唐德尔》、《可笑的幻觉》）背景充满田园特色。上流社会喜爱"西班牙中短篇小说"（当时如此称呼），高乃依从中获取灵感（《熙德》、《说谎者》），并赋予作品现实色彩：作品背景取自时下流行的场所（《法院长廊》、《王家广场》）；作品主题象征政治现实（如《熙德》

明显影射投石党运动和国家统一进程）。

当时的公众对现代文化持欢迎姿态，因而高乃依得以成功。但是若想成就伟大作家的职业坦途（高乃依立志跻身伟大作家行列，认为作家这一职业神圣而崇高），必须博得"学究派"的赞成。无论其本意如何，高乃依的戏剧体现了学究派们的期许：展现古代文化并尊重规则。著名的"熙德之争"反映了"两类"公众期待视野之间的紧张关系：即设置扣人心弦的场景与违反规则之间的关系。最终，高乃依通过他的历史悲剧给出了得到广泛共识的答案。1640年，《贺拉斯》出版，这部作品未让上流社会扫兴，高乃依因而赢得官方认可。高乃依选取的历史主题均为有教养之士在学校中习得的内容。同样，耶稣会教学（当时几乎垄断整个教育界）也备受尊重：拒绝阴谋权术，称颂宽恕大度，寻求和解。因此，高乃依的戏剧表现了当时的文化本质。

高乃依提出的总结是一种创新，与其作品中的革新欲望相符合。尽管屡获成功，然而高乃依并不满足于随波逐流或与他人千篇一律。因此，于细微之处而言，他的喜剧并未迎合已经习惯讽刺和粗俗喜剧类型的公众。

高乃依：喜剧的再造者

高乃依创作伊时（约1630年），喜剧文学还未产生贵族文学作品。喜剧体系尚未成熟，仅是沿用（足够杂乱和滑稽的）中世纪文学传统以及意大利即兴喜剧的基本戏剧模式，并遭受来自学究派的诋毁（尽管亚里士多德从未持有此类观点）。《梅丽特》（1629）在舞台上塑造的举止优雅的青年形象，与当时上流社会的年轻人如出一辙。因此，高乃依的作品带有平易近人的现实主义风格，常围绕上流社会的主题（家庭纷争、讨好寡居的美少妇、得意忘形的年轻爱侣、包办婚姻）展开。情节或多或少建立在默契喜剧效果的基础之上。相较于以前的闹剧，更接近于故作风雅的马里佛体。

高乃依深知要取悦贵族，必须借鉴其文化。因此，他运用社会现实主义手法，如在《法院长廊》（1634）中，荒唐的阿利多尔吹捧朝三暮四的爱情：这部戏剧再次沿用田园剧的主题，背景设置为巴黎的现实环境，既能唤起读者对《阿斯特蕾》的追忆，又能再现上流社会的生活。但是高乃依不仅仅意在娱乐大众，他还浓墨刻画了一些因道德问题而困扰不安的人物形象。剧中的爱情揭示了危机重重的两种现实：狂热的爱情令人失去自由，人类因而无法主宰自我，导致尊严尽失；社会重压最终会战胜脆弱的爱情冲动。《女仆》中塑造了一位美丽端庄、出身良好，但命比纸薄的随身侍女。起初，她本以为那些与她调情的男人心仪于她，而后却发现她只不过是他们接近女主人的工具而已，得知真相后的侍女孤独落寞、郁郁而终。

高乃依的第一个创作阶段正值巴洛克时期。作家的首部悲剧《梅黛》（1635）风格辛辣而又无序，而后，创作喜剧《可笑的幻觉》（1636），两部作品中都不乏重视环境背景描写的表现主义。《可笑的幻觉》古怪离奇，戏剧情节跟随句中伪装或乔装的人物不停地从现实到最为虚幻的梦境过度（通过魔术师的伎俩），讲述了一位父亲为寻子而请求魔术师变幻出其子现状的故事。魔幻画面呈现出已成为喜剧演员的儿子扮演的王子角色，父亲信以为真，这便制造了一种"剧中剧"的效果。真实与虚幻间的界线因而模糊不清，如同人类的身份一样具备双重性，并且变化不定。无论如何，此时的高乃依始终坚持体现其真正主题：致人迷失自我的欲望、激情的力量与追求自由之间的冲突。换言之，这是"高乃依式冲突"的核心。

崇拜基础上的戏剧乐趣

高乃依尝试过多种戏剧类型：喜剧、悲喜剧（《克利唐德尔》）、大型历史悲剧，后又重新创作喜剧（《说谎者》）、黑色悲剧（1650年至1665年间）、"英雄主义喜剧"（《蒂特和贝蕾妮丝》）。同样，他的作品风格也从丰富多姿的巴洛克（《梅黛》、《金羊毛》）过渡到循规蹈矩的凝滞状态（《西拿》）。他也穿插写作基督教主题的作品（甚至是神秘主义，如《波利厄克特》）、异教徒的传说（《梅黛》、《俄狄浦斯》）或古代历史（《塞多留》、《奥托》）。

高乃依的作品运用各种修辞手法和各类戏剧结构，如此错综复杂的作品，其统一性建立在一种美学初衷之上，即为观众服务的意愿。高乃依主要在《论说》和《审视》（1660）中阐释了自己的创作意图，并借以驳斥规则理论家——多比涅克神甫对他的批判。于高乃依而言，"戏剧诗歌"仅有一个目标：博取"众人之爱"。其戏剧通过将主人公置身于充满冲突和扭曲的世界中，以此来揭露其中的罪恶与美德。主人公凭借自身的清醒和对混乱的抵制，来面对和克服难以解决的矛盾，而观众受其感染，将自己融入戏剧角色。简而言之，高乃依的戏剧艺术是谱写结局幸福的历史悲剧：主人公慷慨大度、伟大崇高的品行最终经受住各种严厉的考验（《熙德》《西拿》《贺拉斯》）。但是为了避免千篇一律，高乃依的戏剧技巧不断变化，他时而强调反复制造戏剧冲突以营造作品活力，时而重视人物的分析刻画（《熙德》的节段，人物的大段独白和讨论）。在高乃依的第二阶段创作中，为力求达到"崇高"效果，他逐步夸大威严神武的主人公与狂躁滑稽的君主间的对比：《埃拉克琉斯》中的君主福卡斯与前期《西拿》中的君主奥古斯都的形象天壤之别。女主人公的塑造是为了追求悲怆的戏剧化效果。

尽管存在上述变化，为了实现崇高效果，高乃依塑造的主人公依然是理想化的形象。主人公孜孜以求的是驱动其生活的一种能量，它超越了一见钟情或欲望所催生的简单爱情。这种能量源于自身的骄傲和对"荣誉"的渴望，体现在主人公的信仰、尊严、爱国精神及野心中。很明显，这种力量与爱情相抗衡——从而引发责任和私欲之间的频繁冲突。高乃依戏剧冲突的基础便体现在这种显而易见的抗衡之中，也借以调和观众的同情心与认同感。当然，具体的得失要更为复杂。

142

高乃依笔下慷慨无私的主人公

为了创作以崇高美学观为基础的戏剧作品，高乃依赋予其笔下主人公明显的性格特征。在"慷慨无私"这一道德观的指引下，主人公把自己毕生的精力都用以追求不断地超越自我（政治、道德、宗教）。其慷慨无私的性格可以定义为对骑士美德的沿袭（英勇、荣誉、力量）和面对责任的忘我牺牲精神。主人公内心追逐荣誉的冲动常使他陷入某种极端的形势中，并被迫做出抉择。他因内心摇摆、左右为难，而陷入强烈的痛苦中，然而必须战胜这些。从这一点看来，主人公一直保持崇高的形象：他的不幸、至高无上的美德、感化人心的孤独最终博得赞叹，因为主人公身上彰显的是直面和克服难以化解的冲突的力量。

在高乃依式的戏剧冲突（荣誉与爱情、崇高与柔情、责任与私欲）中，主人公自始至终都能清醒地认识到自己必须作何选择。拉辛笔下的人物常受盲目且矛盾的冲动的影响，与此相反，高乃依的主人公尽管遭遇挫伤，但面对责任，从未动摇过。罗德里格义无反顾地为父报仇，贺拉斯的爱国之心超越他的家庭情感，波利厄克特为了信仰而牺牲爱情。因此，冲突因其客观性而超越了内心的界限：主人公还应当克服源于外部的阻挠。故而，高乃依式英雄人物的突出性格便是英勇无畏、意志坚强、决心坚定。主人公之所以可以支配他人，那是因为他是驾驭自己内心的主人。因而，高乃依笔下的爱情更似一种危险的依赖，正是爱情这种非理性的力量动摇了意志。为了获取自由、独立和优越感，主人公需要牺牲被视为束缚和屈辱的爱情。

高乃依的悲剧：从有序到幻灭

《熙德》（1637）、《贺拉斯》（1640）、《西拿》（1641）和《波利厄克特》（1642）被公认为高乃依戏剧的优秀作品。它们也阐明了高乃依快速转向"规则"悲剧的发展进程。《熙德》的题材依旧是偏小说式的,且没有遵照统一性原则:并行发生的故事违背情节的统一性(如安芳特萌生的对罗德里格不现实的爱情);重大事件的发生跨越两天,违背时间的统一性(对抗摩尔人的战斗);彻底违背地点的统一性。背离统一性的规则,故而招致法兰西学术院的"学究派"和矫饰派的口诛笔伐。但公众毫不在乎:该剧获得巨大成功。

然而,《熙德》引发的这场论战导致高乃依被迫严格遵守创作规则。在拉丁语历史学家蒂托-李维(公元前59—公元17年)的启发下,高乃依创作《贺拉斯》,讲述罗马和邻邦阿尔巴之间的冲突。情节压缩为一天内发生的故事,唯一的布景是贺拉斯家族的门厅。因而,高乃依得以专心描写笔下人物的心理,精细得刻画主人公遭受的痛苦折磨(如何杀死爱慕对象的兄弟?)及其注定要做出牺牲的形象。同样,高乃依在《西拿》中细致入微地描写了罗马皇帝奥古斯特的心理,在面对咄咄逼人的阴谋时,他纠结于镇压和宽恕的两难境地。尽管作品的结局令人欣喜,但是全神贯注于心理刻画反而增强了悲剧性效果,同时也预先勾画了拉辛悲剧令人生畏的思路。最后,《波利厄克特》注重此类戏剧的情感力量,这部戏剧讲述了主人公皈依基督教的故事,这位亚美尼亚人出于信仰,准备殉教,并最终成为其他宗教皈依者的榜样。

然而,高乃依晚年,公众不再拥护他,其创作观念因而发生明显转变。结局圆满的、充满教化意义的悲剧已不合时宜,让位给更为悲观的作品,主题演变成为争取绝对权力的斗争。在《塞多留》中,主人公塞多留孤军奋战反抗暴君西拉,野心勃勃的庞培气势逼人。塞多留遭遇背叛,郁郁而终。后来庞培成为他人手下败将,也命丧黄泉。同样,《奥托》和《阿提拉》这两部戏剧均无法让人心生崇拜之感:胜利者或颓废堕落,或粗鲁野蛮。

高乃依的悲观主义始于《庞培之死》(1644):背景设置在罗马共和国内战时期,当时奉行严苛的律法,暴君当政,不容许宽赦子民。作品没有塑造伟大、慷慨无私的英雄人物,取而代之的是悲怆至极的风格,渲染失败营造的凄美、感人、苦涩和忧伤氛围。或许,这种改变是由观众和政治现实的变化而引发的。当时，路易十四的个人权力催生了一种粗暴生硬的观念：至少，贵族阶级不能再成为高乃依笔下的英雄人物了。高乃依对此心知肚明。他的最后一部戏剧《苏雷那》描述同名将军的辉煌战功招致国王及王子的妒忌，暴君担心苏雷那功高盖主，将其视为威胁，最终苏雷那惨遭王子暗杀。《苏雷那》这部阴郁之作揭示了一场没有出路的危机，英雄被打压、排挤至死，毫无回旋余地，这是高乃依式英雄人物意识形态的终结。而拉辛的戏剧观念则以此为主旋律。

古典时期的道德和宗教

文艺作品的教化意义倾向

17世纪60年代初期，古典主义思想很快被界定为一种道德态度，而非一种写作原则。道德说教的批评之风出现，它并非仅是对人类行为的简单嘲讽，而是以比较阴郁的方式来分析人性本身。直到约1674年，这种分析观点发展为系统的文学理论。两大事件可以总结这个发展过程：1660年至1711年，布瓦洛撰写《讽刺诗》；1674年，他出版《诗的艺术》。

帕斯卡尔成长于冉森教派的熏陶中，在悲观主义和心理小说的大环境下，他是一个特例。不过，当时描绘忧伤生活的非主流作品数量众多，如萨布莱夫人的《箴言录》。直至17世纪末期，这段时期所诞生的所有文学类别均源自该类道德宗旨：寓言、故事、中短篇小说、宗教辩论、"性格"文学。甚至戏剧的发展也与此息息相关：拉辛受冉森教义影响；莫里哀的野心是"通过笑来修正风俗"，这是让·德·桑特勒（1630—1697）曾就喜剧提出的一句拉丁语口号。

这种现象渊源繁多。第一是源于秩序，从根本上讲是宗教秩序，而冉森教义的出现加剧了这种现象。第二是源于上流生活的重大影响：曾经参与过投石党运动或曾在外省图谋不轨的贵族阶层现已臣服王室。高乃依塑造的戏剧世界中，战功带来的是荣誉和伟大，现在却被沙龙论战和竞争所取代。文学创作向肖像文学、佳句妙语（如箴言等）、书信体文学发展。对荣誉的幻想已破灭。

拉罗什富科公爵——弗朗索瓦·德·马西亚克（1613—1680）将上述文学

形式发扬光大。他的《箴言录》（1665）由语言片段组成，丝毫不带有小说传奇式的虚幻。其中的箴言以格言的固定形式出现，令人印象深刻。因此，日常生活中用以哄骗或制造幻想的话语受到质疑："那些从未听人谈论爱情的人，也许永远不会坠入爱河"（第136条）。拉罗什富科的文学艺术反对宣扬"个人至上"，他认为个人至上主义的出现和存在是利己主义的表现，是荒谬的需求。

另一位命途多舛的上流社会人物是**雷斯**枢机主教（1613—1679）。他原本极有望成为巴黎大主教，然而，却与拉罗什富科一样，均卷入投石党运动中，因而直至1661年才结束流亡生活。之后，他生活在科梅尔西的修道院中，在那撰写了《回忆录》。这本书语调欢快，同时也借机辛辣地描绘了所邂逅之人的肖像。

出身上流阶层的作者，还应该提到书简作家。书信艺术属于上流社会的创作实践，但是书信的功用（尤其是在书信作为唯一通讯方式的年代）绝非简单地记录贵族简史。作家通过书面信件对话交流，尽力使其中传递的态度和思想更加别致、生动。归根结底，这是一种历练文学风格的创作实践。17世纪初，这种艺术因盖·德·**巴尔扎克**和**瓦蒂尔**的贡献而大放异彩，不过部分作品也呈现矫揉造作的特点。17世纪70年代，**赛维涅**侯爵夫人——玛丽·德·拉比坦－尚塔尔（1626—1696）促进书信体文学形式日臻完美，尽管其真实本意并非如此。赛维涅夫人逝世后，她写给女儿格里尼昂夫人的信件集结成《书信集》出版，文集名称通俗亲切，文本中流露出作者温柔至深的母爱，既是其私人生活中真实交流的记载，也是涉及当时重大历史事件的录述，还间接成为作家的一部自传。

宗教文学

自路易十三统治时期起，尤其是在反宗教改革运动的促进之下，天主教逐步复兴。这种现象在文学领域的影响显而易见：从帕斯卡尔到博絮埃，再到费奈隆，宗教辩论复苏。但是这种基督教文学反映的是信仰分歧，并可能演化为论战（帕斯卡尔的《外省通信》）。大型神学辩论借以推广，如致使耶稣教派和冉森教派对峙的关于自由和圣宠的争论。表达宗教虔诚的诗歌和作品涌现，教堂讲坛辩论、"神操"等活动增多。

17 世纪出现的为教牺牲等神圣行为，令人崇敬。有观点提出要重返原始基督教的素朴教义，并建立多所布施修会，其代表人物有：圣**樊尚·德·保罗**（创建仁爱修女会）和圣**方济各·沙雷氏**（创办圣母访亲女修会）。他们奉行以身作则、布施恩惠、照拂病人和临终者的使命，费奈隆便是此类教义的践行者之一。

然而，虔诚的表面之下也掩盖了彼此的对抗。在捍卫真正信仰的幌子下，虚伪和告密之风盛行。因而，当时颇具影响力的圣事会成为基督教美德的捍卫者，并组织镇压过于自由的思想。莫里哀成为这类宗教法庭的受害者。当时文学主题流行描写伪虔诚（《伪君子》、拉布吕耶尔笔下的欧诺弗里斯）。17 世纪末期，在曼特农夫人的影响下，路易十四成为虔诚的天主教徒，最终废除《南特敕令》（1685），宗教镇压也因而陡增。

伟大的传道者：博絮埃

雅克-贝尼涅·博絮埃（1627—1704）出生于勃艮第地区的一个法官家庭，毕业于第戎耶稣会学校，童年起，就注定要从事宗教事业。1652 年，满怀宗教热忱的博絮埃在梅斯成为教士。1659 年后，他擅长讲道的天生禀赋助其来到巴黎，供职于圣樊尚·德·保罗身边。他的布道（封斋期间和降临期间）大获成功，因而得以升任宫廷供职。1662 年，他于卢浮宫为国王讲道，名声大噪，并负责王室亡故成员的悼词：安娜·德·奥地利（1667）、亨丽埃塔·德·法兰西（1669）、亨丽埃塔·德·英格兰（1670）。此后十年（1670—1680），他担任路易十四之子——大太子的家庭教师。1681 年，成为莫城主教，身兼教区和宫廷两处职务。他肩负两项任务：一是面对罗马教廷，维护法国教会的相对独立（即"法国天主教教会自主论"），二是反对异教，尤其是费奈隆的"寂静主义"和新教教义。

流传至今，博絮埃的布道经文仅残存一些大纲或草稿，不过依据某些已经补充完整并誊写清晰的节段，可以大致还原其辩论术。传道不应该突出讲道者，而是应该启发听众。在圣樊尚·德·保罗的影响下，博絮埃竭力遵守圣樊尚的"小技巧"：朴实无华的风格，拒绝使用雅致或夸张的辩论术。但是为了吸引听众，博絮埃的布道具有风格庄严的"特质"，因为其听众来自文化修养良好的上流社会。为了让听众聚精会神聆听，博絮埃讲道时使用控制话语节奏和语句重述的方式。在其同代人眼中，博絮埃的语言是极简与庄重的最佳融合，是"卓越风格"的完美体现。

拉罗什富科 ˙ 的悲观主义视角

拉罗什富科（1613—1680）并非一位宗教作家。但是，他将人性视为一种"苦难"，以一种基督教悲观主义的尖锐视角看待人性、教化世人（与其观点接近的帕斯卡尔亦是如此）。拉罗什富科作品的主题是**个人至上**，这是一种狂热的利己主义，顺应所有影响，时时渴望权势，罪恶萦绕心间。美德（爱情、公正、荣誉）仅是个人至上的面具。不信奉上帝者的道德缺乏引导，因而，其混乱的思想道德状况常使他们求助于错误的价值观。

拉罗什富科的《箴言录》阐述了上述虚伪行径，作家老练地使用多组互为矛盾的词汇，通过颠倒前义来推翻原本确信无疑的观点。平行、对比、反衬和其他悖论法接二连三出现：

> 一个人越发爱他的情妇，那么便越发恨她。
> 颂扬的目的是为了被颂扬。
> 美德与罪恶同样有益于人。

慷慨大度者看淡一切，其目的在于拥有一切。

最大的烦恼恰能排解烦恼。

拉罗什富科年轻时结交过不少矫饰派作家，因而其箴言流露出矫饰派的写作风格。但是，箴言也是一种"片段式美学"，指出一切语篇都是愚弄众人的不正当手段。箴言不采用叙事手法，不带任何传奇故事式的虚幻。它抨击使用喋喋不休的话语传递意识形态或针对道德的辩论。

冉森教和波尔-罗亚尔修道院

整个17世纪下半叶的文学深受冉森教派的影响，它左右了人类的观念——尤其体现在拉辛的悲剧中。然而，何为冉森教？

17世纪40年代初期，荷兰神学家、伊普尔主教康内留斯·冉森（1585—1638）又名冉森尼乌斯，他的遗作《奥古斯丁》在法国出版。这部作品宣称要恢复圣奥古斯丁（354—430）对于圣宠和宿命论的理论原貌。

- 这个复杂而古老的神学理论问题可以大致归结如下：

——人类自从背负原罪以来便已开始堕落，耶稣基督用自己的死亡（救世传说）救赎人类，人类灵魂得救的希望仅存于此。

——但是，只有圣宠的超自然行为才可救赎灵魂，因为这是上帝独一无二的能力。

- 自此，教徒分为两派：

——上帝有选择地将其圣宠赐予上帝的选民，因而人类能否被救赎早已命中注定（与加尔文的思想一致）；

——凡是践行基督教徒生活中的美德和坚持祈祷的人都能够集上帝的圣宠于己身（这是西班牙耶稣会教士莫利纳的思想，代表作是1588年出版的《自由意志与圣宠的协调》）。

冉森教徒不认为圣宠会降赐于每个人，圣宠取决于上帝的仁慈。耶稣会士则是莫利纳主义者,他们更为乐观,认为凡是符合条件的人都可以得救。

在圣西朗神甫(1581—1643)的影响下,地处巴黎郊外的波尔-罗亚尔修道院(位于伊夫林省的谢弗勒兹市附近)进行改革,更为提倡冉森教严厉朴实的教义。尤其是在安热莉克和阿涅丝两任女院长的努力下,波尔-罗亚尔修道院圣洁的声名远播,社会精英纷至沓来。修道院成为思想中心,一些基督教知识分子隐居于此,被称作"孤独者"或"波尔-罗亚尔修道院的先生们"。他们居于修道院附近,生活虔诚,潜心钻研哲学、语法和语文学、教学法。他们甚至创办了一所机构:小学校。拉辛曾就读于此。1645年至1660年间,安托万·阿尔诺即**大阿尔诺**(1612—1694)、伊萨克·勒迈特·德·萨西(其译作《新约》广受推崇,与帕斯卡尔的谈话汇编成《谈埃比克泰德与蒙田》)、皮埃尔·妮科尔、克洛德·朗瑟洛撰写了首批词源学现代作品,其中包括《希腊语词根百花园》。他们首创古代文本的双语对照版本,引导读者发现语言规律,树立形象的思维,而不是去汇总罗列那些唯有死记硬背才能习得的荒唐规则和用法(《普遍唯理语法》和《逻辑学》)。

帕斯卡尔:"介入的"冉森教徒

布莱兹·帕斯卡尔(1623—1662)出身于一个知识分子家庭,父亲是著名数学家艾蒂安·帕斯卡尔。年幼时,布莱兹·帕斯卡尔就表现出与众不同的天赋。在他短暂的一生中,他对科学、哲学和宗教表现出极大的兴趣,并展现了自己的才华。在父亲的教养之下,帕斯卡尔自幼便成长于博闻强识者的交际圈中。1640年,他发现欧几里得定律(写成《圆锥曲线论》),1642年,校准计算器。

帕斯卡尔父子都曾是基督教徒。1646年起,他们被冉森教吸引。1653年,布莱兹的妹妹雅克利娜进入波尔-罗亚尔修道院。帕斯卡尔曾沉浸于上流社会的生活,然而在经历了神秘主义危机的一夜(1654年撰写"备忘录"之夜)①

---

① 相传1654年11月23日夜,帕斯卡尔突然决定皈依基督教,他将此夜的经历记录在一张纸上,并缝于衣服内衬里,直到他去世后才被人发现。——译者注

后，他最终决定信仰宗教。自此，他介入到捍卫冉森教派的活动中。在他逐步皈依冉森教派时，冉森教徒与耶稣教徒的争执不断激化。帕斯卡尔切身参与到当时的一场论战中：忏悔神甫拒绝为利昂库尔公爵赦罪，因为他是"异教徒"，即冉森教徒。安托万·阿尔诺虽然对此回应，但是不久仍被索邦神学院判罚。波尔-罗亚尔修道院中的众人认为阿尔诺自我辩解所撰写的回忆录呆板、抽象。有鉴于此，帕斯卡尔受鼓动，投身到这场论战中。1656 年 1 月至 1657 年 3 月期间，帕斯卡尔以路易·德·蒙塔尔特的笔名出版了 18 篇名为《外省通信》的信件。这些信件以匿名方式撰写，内容慷慨激昂，因而立刻大获成功。从长远而言，《外省通信》的风格堪称无法超越的典范：风格明快，富有讽刺性，论证有理有据，颇具说服力，讲究论战技巧和揶揄之术等。

《外省通信》涉及"决疑论"的问题，即研究意识形态，研究罪人与其忏悔神甫或思想"导师"所探讨的思想状况。帕斯卡尔认为耶稣会士滥用决疑论为其信徒辩解。他们宽恕凡是出于好意而导致的严重过失，甚至宽赦参与决斗和危害国家安全等罪大恶极者。因此，帕斯卡尔说："只要此举对他而言是有益的，并且不是出于个人冤仇，那么儿子完全可以因其父亲的死亡而兴高采烈"。

未完成的代表作：《思想录》

帕斯卡尔辞世后，家人收集了他生前所写的大量笔记和文段草稿。其中的多数篇幅用以颂扬基督教，这或许是在他经历了圣荆棘刺显现神迹（请参见生平表）之后，立志要完成的书写计划。帕斯卡尔的外甥艾蒂安·佩里耶负责出版了第一版《思想录》，他解释道："既然我们知道帕斯卡尔先生致力宗教的意图，那么，在其离世后，我们仔细整理了他就此所写的全部资料。然而，这些一捆捆放置的材料毫无顺序，也不连贯。……我们首先做的便是将它们原封不动地重新复印，保留发现之初的杂乱"（1670 年版序言）。与此印象不同的是，帕斯卡尔这一千页的文字虽难以辨识，但却遵守某种分类原则。新近版本（1897，不伦瑞克编写版；1951，拉菲马编写版；1964，梅纳尔编写版；1977，勒盖恩编写版）均尝试遵循帕斯卡尔的原有思路，将此著作分为27个部分。但是，这众多书稿并非完全有序，相当数量的手稿无法归类。尽管存在诸多不确定性，该著作的颂扬思路还是清晰可辨的（参见下页中的大纲）：

- 人类学：研究人类、人类的自然和社会环境。
- 不信奉上帝者的不足；寻求至善。
- 基督教提供的解决方式；它的优越性和真实性。

下页中的概图仅是大致反映了《思想录》的真正关注点，即模糊回顾人类智力难以解决的问题。

	帕斯卡尔分类的27捆文档	
描写人类	1. 秩序	序言和对初步大纲的点评
	2. 空虚	"欺骗的力量"：想象、风俗、个人至上
	3. 悲惨	价值观的相对性，幸福的脆弱
	4. 烦恼	人类的孤独和烦扰
	5. 作用的原因	无法认清2、3和4的原因
	6. 伟大	意识到苦难就是唯一的伟大
	7. 矛盾	人类就是一个矛盾的物种
探寻上帝时的错误方式	8. 消遣	第一种错误的方式：行动是为了遗忘
	9. 哲学家	第二种错误的方式：部分的、分裂的、徒劳的哲学
	10. 至善	所有人都在寻找至善，但是它是无限的，因此，有限的和物理的人类无法通往至善
	11. 献给波-罗①	转移：在波尔-罗亚尔修道院召集会议；宗教能够诠释人类的自相矛盾（罪孽和赎罪）
	12. 开始	走向信仰：怀疑、赌注
	13. 顺从和运用理智	推理、思考、观察什么超越了人类
	14. 优越性	耶稣—基督铺就的通向上帝的道路
	15. 转移	从人类的知识到上帝的知识

---

① 此处指波尔-罗亚尔修道院。

(续表)

	帕斯卡尔分类的 27 捆文档	
基督教的证据	16. 其他宗教的错误	唯有基督教接受人类的"矛盾性"
	17. 让宗教更加怡人	基督教启示的普遍性
	18. 基础	上帝是隐匿的,但是通过《圣经》传递话语
	19. 象征性的法律	学会诠释宗教文字:真理隐藏其中
	20. 犹太教	《旧约》宣告了基督教教义
	21. 永恒	基督教的真理追根溯源
	22. 摩西的见证	其历史和见证都是真实的
	23. 耶稣—基督的见证	耶稣的默启和神力
	24. 预言	先知已经预言教会的存在
	25. 特殊人物	《旧约》之所以是可以理解的,仅是因为它宣告了耶稣的存在
	26. 基督道德	拒绝迷信;呼吁皈依
	27. 结论	神圣和"衷心"皈依的诺言

帕斯卡尔一再强调人类无法理解自己的存在:人类的起源、时空的无限、上帝等难解之谜。人类的无知和"苦难"导致人类唯有依赖上帝,寄希望于上帝。因为,在真实社会中,真理远离我们。我们为感官所欺骗(想象、表象、习惯等),并要忍受毫无依据的法律的压制。因而,人类需要通过消遣(拉丁文中"消遣"一词义指"转变")去遗忘、去转变意识。由于无法弄清楚人类存在中的不幸,为避免费神于此,我们便"乞求嘈杂"。

从社会讽刺到文学理论:布瓦洛

尼古拉·布瓦洛-德普雷奥(1636—1711)出身于一个资产阶级法官家庭,作为一名法律学习者,他曾认真演练论辩技巧以期待成为律师。1657 年,由于继承了一笔数目可观的遗产,他能够潜心于文学并穿梭于当时流行的沙龙中。首先,他的《讽刺诗》沿袭道德说教和上流社会的书写传统。这种文学类型攻击人世间的可笑,其中的思想敏锐、激情澎湃。虽人人言道布瓦洛遵守秩序,但他却易冲动,随时准备参与所有的论战。《讽刺诗》采用了抨击文章惯用的笔调,并彻底清算其所鄙夷的行径(如反对总管大臣富凯的奢靡、斥责沙普兰是一位糟糕的作家却掌管王室年金的分配)。

尽管布瓦洛谴责他人,但追根究底,他依然是一个道德说教家,并忧心于向人类揭示通往真理的道路。他完全同意冉森教派的观点,同帕斯卡尔一样,攻击耶稣会士,因而,他最终成为文学领域的空谈理论者。享受路易十四赐予的丰厚年金,1677年起,他与拉辛共同担任王室史官。事实证明,国王对布瓦洛致力于规范书写和确定严格规则的努力尤为欣慰。《书简诗》、《经台吟》,尤其是《诗的艺术》(1674)等作品向读者介绍了古典主义学派的道德理想("完美的理性"、一般概念、遵守规则、信仰等)与文学理论。

布瓦洛所倡导的主要原则以"理性"价值观为基础:效仿古代典范,通过努力和技巧撰写严谨的文章,拒绝一切荒谬(尤其是矫饰文学和诙谐文学中的荒诞)等。实际上,布瓦洛捍卫美的标准(自然、真实、趣味卓越),但并未真正意识到他所使用的是具有排他性的思想标准。自笛卡尔的《方法论》(1637)出版以来,追寻清晰明快和显而易见的逻辑就成为哲学的重中之重。布瓦洛利用这些思考形成一种独创性的美学观。因而,他宣称现代文学批评作为一种意识形态,既是忧虑重重,同时也具备客观性。

喜剧的胜利：莫里哀

喜剧的飞跃发展和莫里哀的职业生涯

17世纪初期起，高乃依、罗特鲁、迈雷、斯卡龙使喜剧在法兰西再次出现。戏剧家们的一切努力均旨在将古老的闹剧转化为一种阳春白雪的体裁。闹剧舞台上仅有三四名主角，且主要情节老套僵化，凭借动作（敲打、推搡）和语言（淫秽的文字游戏等）制造滑稽效果。17世纪50年代，"学究派"、矫饰派和教会人士均一致否定闹剧。莫里哀（1622—1673）吸收闹剧的滑稽特点，将其融入到一种更为高雅的喜剧中，人物和主题均不再如既往那般夸张、讽刺。莫里哀的闹剧才华并未枯竭，因为他本人还是一名令人捧腹的喜剧丑角演员。

莫里哀原名让－巴蒂斯特·波克兰，他的父亲是圣奥诺雷大街的富裕地毯商。他从事戏剧行当的确令人出乎意料。结束在巴黎的学业后，他前往奥尔良学习法律，并且深受放荡主义思想的吸引，与伽桑迪和西拉诺·德·贝热拉克相识。1643年，他思忖再三，最终决定与贝雅尔家的喜剧演员们共同创办"光耀剧团"。不久，该剧团濒临破产，他们四处躲避债主。莫里哀跟随一个流动剧团离开巴黎到达外省，在当地的临时露天舞台上，他试验了自己的闹剧模式，创作了早期的短篇滑稽剧本，如《巴布依埃的嫉妒》。1658年，他决定重返巴黎寻找机遇，最终得以进驻王宫表演。但是，莫里哀曾经梦想成为伟大的悲剧演员，现实却只能用闹剧博众人一笑。他必须接受这一滑稽使命。1661年，他安顿在皇家宫殿剧院，身兼剧团团长、作家和主演。

莫里哀与闹剧渐行渐远，他开始创作大型喜剧。有时，作品主题严肃残酷地抨击伪善者，莫里哀因而树敌甚多。或许，莫里哀喜剧的"严肃"正是由其作品问世时的艰难环境所造成。虽有国王支持，莫里哀仍受人诟病。小他二十岁的妻子阿芒德·贝雅尔背叛了他，而后，莫里哀疾病缠身。后期戏剧中，闹剧和艰难主题（如《恨世者》）更迭出现。莫里哀在出演《没病装病》的舞台上突感不适，不久，便于家中溘然长逝（1673年2月17日）。

从假面戏剧到"大型喜剧"

受意大利即兴喜剧的启发，莫里哀初期戏剧为一幕或三幕喜剧。独幕剧《可笑的女才子》（1659）遵从一个高度概括的主线：讽刺矫饰派的滑稽，并通过简单的情节加大讽刺效果。一切均以取笑对方为乐。同样，《斯戛纳雷尔或非凡的戴绿帽丈夫》（1660）沿用妻子背叛丈夫（或者丈夫怀疑妻子出轨）的永恒主题，愚笨的嫉妒引发滑稽的误会。相反，《丈夫学堂》（1661）标志着一种进步。这部戏剧以韵文体写成，分为三幕；主题复杂：讲述两位年迈的兄弟阿里斯特和斯戛纳雷尔为获取各自收养的两个年轻姐妹的爱情，以完全不同的方式（看管严格或自由宽松）将她们养育，读者想必已经料到谁最终能够成功了。莫里哀的第一部"大型喜剧"——五幕剧《太太学堂》（1662）的主题与此雷同。该喜剧讲述的是阿诺耳弗"老头儿"将一个女孩儿关在修道院里，待她长大后娶为妻子。他不允许女孩见到除他之外的男人。这类龌龊的题材招致非议，但或许因此也成就了该剧。莫里哀找到了自己的真正目标：某些"老人"、过分虔诚者、富人或怪人在面对自由、真实的年轻人时，所表现出的（虽以失败告终的）残暴蛮横。

自此以后，滑稽剧和假面戏剧超越以简单对峙（老人—青年、胖子—瘦子、愉悦—忧伤）为基础的短喜剧或笑话剧，旨在攻击滥用权力的可憎之人。莫里哀最著名的三部"大型喜剧"（《伪君子》、《唐璜》和《恨世者》）相继问世，它们坚决揭露此类行径，因此也为他招致不少敌人。

王室节庆和娱乐

当时的社会中，绝对的真诚仍是遥不可及的乌托邦，莫里哀通过攻击伪善者来抵制社会，但此举枉然。阿尔赛斯特是《恨世者》（1666）的主要人物，他渴望坦诚和真实，最后却落得孤独和悲苦的境地。然而，就此断定莫里哀是一名冉森教徒或城府极深的道德说教家则有失偏颇。他意识到社会生活如一场游戏，应该学会笑对人生。戏剧人莫里哀视整个世界为一出喜剧，人应当时刻保持清醒。除了三部曲《伪君子》《唐璜》《恨世者》所展示的混乱导致的诱惑外，欢乐和节庆也存于世间。受王室之命，在音乐家吕利（1632—1687）的帮助下，莫里哀走出了他的怀疑主义"危机"，开始构思适合"王室消遣娱乐"的作品，主要是芭蕾喜剧。

芭蕾喜剧将戏剧情节融入一个完整的演出中，接近于现代音乐喜剧，包含舞蹈、歌唱、换景机械、烟花等元素。这一完整的戏剧样式昭示法国歌剧的诞生。含有滑稽芭蕾舞表演的《讨厌鬼》（1661）和《普索涅克先生》（1669）可以归属于此种喜剧。然而，完美诠释此类戏剧表演艺术的当属《贵人迷》（1670）和《没病装病》（1673）。最后，莫里哀借助豪华的舞台装饰和机械布景，创作了一些神话喜剧，如《安菲特律翁》（1668），因此，戏剧令人欣喜、惹人沉醉的非现实性也得以完美诠释。

怪人的不幸

倘若姑且先将莫里哀"节庆般的"话语搁置一旁，那么一种深层的统一性便浮现了，即关键人物的统一。所有人物均古怪、躁狂或边缘化。尽管，莫里哀所塑造的典型人物（吝啬鬼、伪君子）表面看似不同，但是，他们都有共性：行为出格和品质自私（典型代表还有唐璜）。这些人物脑间萦绕的是荒谬怪诞的思想（《贵人迷》中渴望成为贵族的主人公），因而人人丧失清醒（如阿尔冈的心病）并最终走向失败（孤独、坐监、可笑，甚至唐璜以死亡告终）。

莫里哀贯彻当时的道德传统，斥责"个人至上"（拉罗什富科）和反常之人（拉布吕耶尔）。他奉行"通过笑鞭笞风俗"（即拉丁格言），赞扬"中庸之道"："完美的理智避免一切极端，并且渴望人类审时度势、掌握分寸。"然而，需要特别阐述的是，情节喜剧主要以标准和反常形成的冲突为基础（没有夸张，就没有滑稽），从莫里哀的笑料中详细归结出其具体意识形态尚有待努力。

真诚和中庸之道

尽管如此，莫里哀的作品总是将发言权赋予理性的声音。相较于作品中的社会边缘人或伪善之人，通过仆人、父母、朋友或年轻人等角色发声的温和派拥有更多话语权，他们彼此间的立场一致，这注定了戏剧结尾的圆满（喜结连理等结局）。因此，戏剧颂扬真理和真诚，不再用以修正世界（"这是再疯狂不过的事情了/居然想要修正世界"），亦不再用以树立完美榜样（"越是不断运用智慧，反而越容易有所过失"），而是信任人的本性（如年轻人的欲望）。极有可能，于莫里哀而言，任何过度的人为因素均会打破世界脆弱的平衡。从这一点看，他是一个保守主义者。

充分发展的戏剧

如上所述，尽管莫里哀戏剧的主题统一，并含有道德说教的寓意，然而，其作品所提供的人物性格模式和戏剧情景构式源源不竭。基本主题始终保持如一（相爱的两个年轻人所期待的"自然"婚姻遭遇阻碍），人物性格却姿态万千（虔诚者、吝啬者、病弱者等）。莫里哀的描绘新颖生动，天生禀赋使然，他赋予笔下每一位人物相应的语言体系（矫揉造作的、虔诚的、医学专用的、学究派的、滑稽可笑的等）。因而，尽管其喜剧具有模式化的特点，但读者依然感受到剧中表达方式的复杂和多变，他的作品完美再现了人性的真实。莫里哀考究社会风俗，偏爱交织运用多种戏剧类型（《唐璜》中较为明显），他的作品堪称具备"现实主义"风格的典范。论及在喜剧的规模和丰富方面做出贡献者，莫里哀功勋卓然，难以逾越，后继者无人比肩。

悲剧的巅峰：拉辛*

单纯状态的悲剧

现代批评界曾研究拉辛（1639—1699）作品中对其个人生活的映照，希望借此理解其作品。拉辛年幼成孤，被寄养在波尔-罗亚尔修道院的"小学校"中，接受冉森教严厉且浸润古代文化的教育，也因而影响了他看待世界的悲剧视角。在《安德洛玛克》（1666）成功后，为了获得国王的保护和王室荣誉，他与上述道德说教圈决裂。之后，他不得不直面他人的蓄意攻击（尤其是针对《费德尔》的攻击）。1677年，拉辛成为史官，后又担任国王路易十四的御前"常任侍从"。从此，在权力的幕后舞台上，他过着标杆式的生活，与曾经的冉森教派师傅和解，专心致志于自己的职责，撰写虔诚和富于教化意义的戏剧作品（《爱丝苔尔》和《阿塔莉》）。对命运的反抗、冉森教的影响、人类关系中的冲突、对权势的渴望、复杂的爱情故事成为拉辛作品的主题：在"既温柔又残忍的拉辛"笔下，生活和写作一脉相承、息息相关。

然而，这种视作家生活与戏剧创作关系紧密的观点值得怀疑。因为悲剧首先是服从于规则，或者至少是恪守写作传统的一种结构和一种文本。他们错误辨识且未充分讨论剧中的人物关系，不仅如此，悲剧本身的结构也不允许作者吐露个人隐情，因为这有悖于当时的戏剧伦理。此外，出于悲剧体裁的使命的需求，戏剧情景丝毫不符合当时的政治现实。理解拉辛，就是理解何为悲剧，理解他怎样造就纯粹且完整的悲剧形式。勿要将拉辛的戏剧简单视为一系列轶事杂闻或社会现象，相反，要明晰拉辛否定了高乃依乐观、随和的人道主义，并拒绝向小说妥协。为了恢复真正的悲剧传统，他有意排斥当时流行的审美趣味。譬如，当时的某些奢华歌剧内含芭蕾舞蹈，机械布景复杂，演员服饰珠光宝气，舞台装饰奢侈华丽，深受大众追捧，然而，拉辛却坚持戏剧舞台的朴素和零点缀。

换言之，这种种拒绝成就了拉辛的悲剧，将其产生历程简单罗列如下：

- **1620 年至 1635 年间：巴洛克悲喜剧**（亚历山大·阿尔迪、泰奥菲勒·德·维奥）：

——各类型混同出现；

——固定的规则少见；

——非历史性的主题；

——人物角色多样化；

——带有喜剧的痕迹；

——多数的结局悲惨。

- **1635 年至 1660 年间：英雄主义悲剧**（高乃依、罗特鲁）：

——统一性的规则逐渐形成：地点简单、情节集中、时间受限；

——令人心生崇敬的历史性主题；

——英雄式的人物，"心灵崇高"（美德、骄傲、慷慨、挑战），需要在欲望与责任间做出抉择；

——结局中，主人公未必被命运压倒。

- **1660 年至 1680 年间：拉辛式悲剧和拉辛的拒绝：**

——没有小说式传奇或殷勤献媚：描写绝对的、残酷的和不幸的爱情；

——没有与众不同、复杂多变和难以置信的情节：刻画人类的本真面目、简单天性；

——没有与规则的互让折衷：遵守三一律；

——没有令人心生崇敬，反而是催人悲悯或令人生畏；

——没有真正的自由：命运难以逃脱，主人公溃败。

戏剧情感的不同语调

  与喜剧灵活多变的迂回手法不同，悲剧的表演建立在具体详细的戏剧体系之上。在韵文体的五幕剧中，国王和王子等人物经历不幸，并使用一串模式化的话语倾诉遭遇。该类戏剧艺术强制要求预先设定戏剧结构：一个开场展示，互相联系、错综复杂的情节发展、一次改变事物面目的转折，一场"灾难"（结局出现的具有决定意义的不幸事件）和一个结尾。拉辛在《安德洛玛克》的序言中说"不是我改变了戏剧规则"。在悲剧结构内部，作家运用亚里士多德（公元前384—前322年）定义的美学"范畴"：戏剧美（为改变戏剧结局，人物争执、反抗，人物自视为自由个体，观众是戏剧的暂时参与者）；悲怆美（人物被不幸和命运击垮，并用悲伤的语调表达心中的埋怨）；史诗美（描述某个民族的神话传说中或历史中的英雄主义行为或事件，歌颂其中令人兴奋或忧伤的伟大壮举——如特洛伊战争）；最后，严格意义上的悲剧美（强大无比的障碍横亘眼前，面对难以逃避的情节，人物无能为力）。

157 如上所述便是悲剧的理论。每部戏剧的独特性就建立在综合运用这些不同语调之上，尤其体现在戏剧美与悲剧美之间统一或矛盾的根本关系上。戏剧中，主人公的行为昭示其心理状态，而且主人公总在失败之前经历厄运。但是，拉辛的才华便在于他清楚如何利用变化无穷的陈旧规则，从中发现创作的可能性和优势。拉辛不为理论羁绊，他遵守写作规则，其初衷仅是为避免分散早已习惯规则的观众的注意力。他并不是要故步自封于荒诞礼节所规定的条条框框中。古典主义戏剧艺术仅仅是建立在人人认可的技巧之上，基于这一共性，作家可以尝试谋求更多变化。《贝蕾妮丝》呈现的是统一性且毫无暴力因素，而其后的作品《巴雅泽》则讲述了后宫的纷扰和血腥；安德洛玛克体现的是妻子的忠诚和母爱的温柔，而费德尔却滋生通奸和乱伦的欲望；《布里塔尼居斯》的世界中充满欲望、算计、直觉和残酷，相反，《依菲革妮亚》中则

体现慷慨、牺牲和责任的意义。

拉辛真正的兴趣在于追求创作的灵活多变，为了实现这一追求，他提出创作的最高原则：取悦和打动公众。他在其主要戏剧的序言中，强调了相继出现的却互为矛盾的公众需求，指出这是他最为关心的，同时也借此回应来自他人的批评。

剧情突变

悲剧强调人类困入难以自拔的险境。在复杂的情境中，主人公遭受致命的一击。因而，整体结构简单；既然不存在其他可能的出路（除眼下最糟糕的结局外，别无他选），那么情感冲突和对抗则实属徒劳。结论已提前获知，那么，观众将全神贯注于情节的逻辑发展，某些剧情的转折或"突变"使剧中人物重燃脱离困境的幻想。

戏剧的作品名正是剧中最无独立地位者的名字（安德洛玛克是一名俘虏；贝蕾妮丝附庸于他人；巴雅泽为苏丹宫内的囚徒；依菲革妮亚是原定的祭献牺牲品）。整场悲剧由某一个注定不幸的人来诠释。情节总是遵循亘古不变的路数：

铺垫 →	关键 →	转折 →	"灾难" →	结局
（展示戏剧情景的各个方面）	（戏剧情节发展的顶峰，并引发接下来的"灾难"）	（突变和白费力气的努力）	（不幸的、难以预料的事件注定结局）	（主人公失败或死亡；激情得以宣泄并招致不幸）

"啊！我能否获知我是该爱，还是该恨？"

158

爱情依然是永恒的主题，但此处却充斥着蛮横残暴。在高乃依的笔下，剧中人物承受来自家庭、故乡和荣誉的压力，而拉辛笔下的人物均受唯一力量的影响：爱。不过，这种爱情很特殊，它自私自利：它不惜一切代价（诽谤、敲诈、奴役等手段）占有爱恋的目标；它蹂躏他人：凡是必要，甚至不惜牺牲或谋杀任何人的性命；它甚至视自我为敌人：意识到爱情的恬不知耻和肆意过度，并希望灾难毁灭一切。拉辛的创新在于他设计爱情的方式，他将爱情描绘为一种无法寻到自身价值的直觉，如同野蛮的原始冲动。这种悲观主义的视角影响了拉辛同时代的道德说教者的思想：

在任何激情中，自爱都不像在爱情中那样只顾自身利益。（第272条）

若以爱的主要效果来评判爱情，则爱情更似仇恨，而非友谊。（第72条）

将爱拟作发烧实在恰如其分，因为，无论是其猛烈程度抑或持续时间，均不受人所控。（第638条）

凡能如此，人们会想成就所爱之人的一切幸福和不幸。（第39条）

（出自拉罗什富科的1664年版《箴言录》）

因此，悲剧中的爱情不可能实现。激情遭遇阻碍便会沸腾和爆发。在其主要催化剂——嫉妒的作用下，激情变得愤怒、专横、不公，甚至令人恐惧至极。因为爱情不可分享，或者即便可以分享，则需要突破禁忌或彻底改变其不相容性。因而，某些批评家得出结论：拉辛作品中的爱情是俄狄浦斯式的，这种爱是排他的，而且唯有通过犯罪或乱伦才可以追求到爱慕的对象。这也是为什么拉辛笔下的爱情主要体现在父与子的对抗中。

道德和宗教色彩

根据古典主义的规则，将现实与戏剧混在一起是不恰当的，然而，显然拉辛的悲剧间接地反映了当时道德和宗教辩论的背景。高乃依式的荣誉和伟大退出舞台，悲观主义粉墨登场。拉辛笔下的主人公忧郁、消沉。舞台上的角色不断地威胁、诽谤、侮辱、嫉妒、杀害敌对者。但是，人们同时也尽力挽回面子；冲突仅限于语言表达方面，而且是隐藏的。用社会学术语解释这种看待人类关系的视角并非难事，而且也可以从中轻易窥探到17世纪的宫廷或上流社会的面貌。同样，在宗教思想方面，拉辛式悲剧塑造了残酷无情的神，微不足道的事情便成为神折磨创造物的借口，而创造物却无法得救。人们常不由自主地将这种主题与冉森教派的思想联系起来，因为拉辛自幼生活在冉森教派的环境中，而且晚年也回归此处。

在拉辛的悲剧中，17世纪的"三类道德思想"（英雄主义的狂热、基督教将其创造物界定为虚无、上流社会"有教养之士"的中庸之道）相逢，素来崇高的激情虽卑劣肮脏却恰到好处。从旧式骑士精神过渡到不确定性和实用主义思想，社会道德正处于动荡阶段，拉辛的作品正是这一时期的写照。

拉辛式的诗意

悲剧才华建立在艰难的调解之上：怎样定义极端的爱情？如何让观众接受其中可憎的情节？拉辛的风格源自"委婉化"（令人舒适的说话艺术）；他将厌恶转化成感人的、激动的、微妙的话语。以此形成简洁、顺畅、清晰的写作风格，悲歌（受伤心灵发出的旋律）和纯诗歌（音调的和谐、画面的丰富、节奏感等）艺术交替出现。悲剧语言借助于迂回表达、影射、暗喻等人为手法来掩盖人物内心的冲动。批评家莱奥·施皮策的《风格研究》（1970）指出这是一种"弱音效果"。

拉辛重视人物话语及语言美感的精心设计，主要因为这是悲剧的关键。戏剧人物经历一系列情感暴力后，将其心理宣泄呈现在舞台上，这是难以想象的。此举不仅不合规矩，甚至还会使作品沦为恐怖戏剧。因此，这些都发生在后台：谋杀和神奇显现均不会搬上舞台。换言之，悲剧是"一场会说话的失败"（巴特），而话语是戏剧表达的全部方式。情节和危机均演变为用以交流的话语。

　　最后，拉辛式的语言创造了一种悲剧的"距离"。主人公遥不可及（国王、王子、神话英雄），语言用以阐释他们的社会地位，从而形成一套模式化用语。使用一些贵族词汇（"骏马"指称"马匹"，"尘埃"指称"灰尘"）；使用富有诗意的复数形式（"您的那些盛怒，我的泪珠们，您的愤怒们"）；抽象的词汇拟人化（"骄傲担心自己会令人腻烦"）；把形容词放置在名词前（"爱情的法令"）；使用评价道德的词汇表达强烈的情感（"公正的恐惧"、"公正的愤怒"）；同时使用一些本彼此矛盾的词汇（矛盾形容法），以此来展现情感描写的风格（"寂静的盛怒"、"悲痛的愉悦"等）。这种伟大有其反面，因为文学惯例无法阻止人性的残酷。因此，观众感到在语言美学和人性之间的差距。悲剧的讽刺和悲观主义找到了精神食粮：以英雄人物或国王的角色发声是徒劳的，无论如何，我们依然还是茫然不知所措的、悲惨可怜的人。

幽默、批判精神和上流社会的艺术

"上流社会文体"的飞跃发展

自矫饰文学诞生以来,贵族不再轻视文学,部分作家本是:公爵(拉罗什富科、圣西蒙)、红衣主教等教会之长(雷斯、博絮埃、费奈隆)、上层贵族女性(赛维涅侯爵夫人、拉法耶特伯爵夫人)等。他们的作品受其所在阶层(希望取悦同阶层的人)和交际方式(信件;"沙龙精神":警句、俏皮话、肖像猜谜、对话、箴言)的影响。贵族作家们虽然也精心创作寓言或故事,但仍然刻意假装写作的唯一目的便是消遣,因此他们惯用幽默和批判思想。他们并非不顾一切地寻找创新,而是培养一种漫不经心的风格,以至于他们的文学主要用以表达一种生活艺术。我们称之为"上流社会文体"。

沙龙数量增多,按照年代罗列几位重要的主持人有:斯屈代里小姐、放荡主义者尼农·德·朗克洛、弗朗索瓦斯·多比涅(斯卡龙的妻子,即未来的曼特农夫人)、拉法耶特夫人。这些圈子迫使人们思忖社交的行为方式,从而产生了道德文学和肖像文学家。上流社会的交际方式不提倡使用"我";一种既风趣又无人称的(表面)形式出现(箴言等)。最后,交际双方有一定距离时,才使用"我";书信成为上流社会交际中的典型方式。

书简文学与赛维涅夫人

上流社会以琢磨交流、谈话艺术为乐趣。精心创作的书简文学沿袭这种交际方式,一开始仅是出于单纯的私人原因,认为书信有出版的可能性。继盖·德·巴尔扎克、雷斯、萨布莱夫人（拉罗什富科的密友）、维拉尔侯爵夫人、曼特农夫人等的书信之后，虚构体书信出现。早先，瓦蒂尔、西拉诺·德·贝热拉克已经开始虚构收件人，撰写书信。17世纪末，虚构体书信成为一种真正的文学类型。18世纪，书简体小说促进了这种文学类型的进一步发展。

161 最触动人心的私人通信是赛维涅侯爵夫人——玛丽·德·拉比坦-尚塔尔（1626—1696）的信件。她出生于勃艮第的一个贵族家庭，26岁时，她不忠的、爱争吵的丈夫死于一场决斗。此后，她尽心竭力地教育自己的一女一子：弗朗索瓦丝-玛格丽特和夏尔。与拉封丹和高乃依一样，她亲近富凯；她与当时文学界与政界的大人物保持联系。她常出入巴黎的矫饰派文学沙龙，也曾短居于布列塔尼维特雷附近的罗什城堡。

她的女儿嫁给普罗旺斯总督——格里尼昂伯爵后离开巴黎。于是，赛维涅夫人开始与女儿连续不断地通信。这些信件类似报告文学（记述宫廷大事、社会杂闻等），也近乎一部忏悔录。因为，在赛维涅夫人生动别致的文笔中，总可以观察到她对女儿近乎疯狂的母爱，以及女儿的离开令她痛苦万分，因此，她细致描绘了自己的孤独、回忆、等待和不安。但是，这种思念情绪通过她的"强烈的幸福感"和"令人羡慕的体格"来补偿，她热爱生活中的一切（风景、烹饪、"献媚"、时尚、打猎）。因此，她在描述自己的情感和生活乐趣时，游刃有余地使用反衬手法并不断变化表达方式（肖像刻画、叙述、对话、描写），这些书信也成为不断历练文学实践的方式，最终形成了出色、动人的文学风格。

寓言和拉封丹

17世纪时，希腊寓言作家伊索（*Ésope*，公元前6世纪）和古罗马拉丁语寓言作家费德鲁斯（公元后1世纪）的作品不断被译介入法国。他们的寓言被改写为简短的小故事，文笔简洁，但却严肃、艰涩。拉封丹复活了这一文学类型，他充实和复苏古代寓言，赋予它们小型喜剧的语调。其中的结论（得出的道德教训）反映出：寓言是写给儿童的（《寓言诗》的前期作品是题献给路易十四的子孙们的），但是传递出的教化意图也能引起成年人的共鸣，如低俗的《故事集》。

让·德·拉封丹（1621—1695）出生于香槟地区，1652 年，购买河泽森林管理长一职，但他一心向往写作。受富凯保护，他的《故事集》（1665）和《寓言诗》（1668）大获成功。所有文学沙龙争相接纳他，他成为拉罗什富科、佩罗、拉辛、布瓦洛的朋友。1684 年，入选法兰西学术院。尽管拉封丹主要因其寓言作品而蜚声文坛，但他却是一个"全方位涉猎"的天才。于他而言，没有任何一种文学体裁是陌生的：诗歌、故事、闹剧、喜剧、歌剧、书简、宗教作品，甚至是反抗吕利的抨击文章。然而，这种不可思议的多样性同样折射出其性格中的从容洒脱和易变无常。虽然，拉封丹性情中略带粗俗，但是他出身上流社会，喜欢精致考究的谈话和消遣方式。

《寓言诗》表现出了同样的易变性。其中的文章前后衔接混乱，尽管现代评论家曾经指出其中暗含树状逻辑。这种令人困惑的结构方便读者随心所欲地自由阅读。上流社会的诙谐抵制作家有针对性的引导，因为寓言必须保持愉悦轻松和从容随意的风格。当然，幽默只是虚假表象，是作者用来吸引读者的手段，以此达到教诲读者的真正目的。但这种策略谨慎低调，因为《寓言诗》的道德寓意并非原创。他的作品中，风格决定一切，其寓言的魅力便建立在无法模仿的、生动的、讽刺的、滑稽的写作艺术上。

因此，叙述者不显山露水，而是将空间让给一场"含 100 幕之多的大型喜剧"（第五卷，第 1 篇），其中的动物形象模仿的是充满虚荣和欲望的人类。结尾的教训很简单："学会认识自我是头等大事"（第十二卷，第 27 篇）。可以说，拉封丹影响了教养之士的道德修养，这种生活艺术禁止一切过度行为，但是提出应该及时行乐。

故事和佩罗

夏尔·佩罗（1628—1703）出身于一个有权势的资产阶级家庭，他从事过几份权高位重的工作。作为科尔贝尔的亲信，他成为住房建筑总监处总督查，因而，他曾经影响了法兰西王国的建筑需求和文化生活。科尔贝尔失势后，佩罗撰写了《路易大帝的世纪》（1687），颂扬当时的时代，同时也最终使佩罗加入古今之争的厚今派阵营。

晚年，佩罗用最后十年的生命时光撰写他的《故事集》。这一选择代表"厚今派"的立场。故事是一种次要文学类型，深受大众文化滋养，反对辩论，追求简单扼要的讲述乐趣。但是，实际上，它指的是一种精心设计的改编作品。佩罗讽刺大众的盲从，从而与他的读者（成人、贵族、王室亲近）形成一种融洽。因此，倘若不考虑故事的表面形式，那么从根本而言，它是一种属于上流社会的文体，因为它反映了文人之间的默契，尽管原则上故事是写给孩子的。有时，这种默契便于表达自由的言下之意，并且预示了18世纪哲学家推崇的故事的产生：天真本身并不无知。

悲剧的回归：中短篇和长篇小说

不幸的编年史

17世纪末期，即1670年之后，小说这一体裁经历变革。受英雄主义滋养的巴洛克时代的长河小说不再适应社会现实。臣服于路易十四的贵族无所事事，不再宣扬之前精力充沛的理想。同样，在拉辛悲剧、宗教文学和道德家的影响下，审美品位发生变化。

首先，这些变化通过一种反省的形式表现出来。不追求篇幅、情节和地点的繁复，而是专心致志于记述孤独心灵的变化历程。不再追求催生崇敬之情，而是注重表现怜悯之意。通过删减篇幅，小说缩减为如悲剧一样的简单叙述、线性情节。小说依然以爱情为主题，当然，不再是慷慨大度的、必能通往幸福的贵族式爱情。原先个性而自信的观点让位给失望。不再吐露真情，而是传递痛苦的、不定的、破坏性的激情。恋人经历的欣喜变少，逐步走向堕落。作品题目也阐明了这些变化：《爱情的混乱》（1675）、《爱情的疾病》（1677）、《爱得死去活来的情人之死》（1678）、《疗愈爱情的方式》（1681）、《爱情的不幸》（1687）、《激情的迷惘》（1697）等。

小说的另一改变体现在历史背景的变化上。面对危机，贵族往往反思曾经的辉煌，以寄托思念之情。"追古"的时尚导致遥远的过去和神秘的时代渐行渐远。环境的改变还促进了诗歌、悔恨、梦想等的发展，但是人们并未完全迷失自我。如在《克莱夫王妃》中对亨利二世宫廷的描绘让人联想到当时路易十四的王室。

背景明确的、缩减版的小说更换了名称。17世纪60年代是**历史和献媚类中短篇小说**的黄金时期。"中短篇小说"这一术语意指叙述较为集中、现实主义倾向明显的作品，但是这一界定较为灵活自由。

激情的独白：《葡萄牙人信札》

文学描写的集中化趋势最明显的体现便是书信体小说的兴起。书信因为是对私密生活的书面记录，所以首先拒绝借用他人的地点、背景和逸闻趣事。如戏剧一样，人物兼讲话者（或"抄写者"）表达自我是为了分析自我。因此，书信类似一种反小说，其关注点更在于如何证明自己的真实性。时至今日，《葡萄牙人信札》仍可以成功让人相信其所述为真实历史，因为其中涉及一些翔实的原始资料。尽管学术界已盖棺定论，但是众多读者依然无法相信这种情绪激动的独白是一种虚构的文学作品！至少，我们可以推测其作者加布里埃尔-约瑟夫·德·拉韦尔涅——基勒拉格伯爵（1628—1685）的灵感源于某位沙米利骑士和修女玛丽安娜·阿尔科弗拉多间的真实历险。

面对这部作品，读者会对信件模棱两可的真实性不知所措，信件内容既表现了一种奇怪的直觉和冲动（玛丽安娜独自面对折磨她的激情），又体现了一种严谨的构造（信件的结构经过精心设计，而且充满诗意，肯定是作家有意为之）。用充满美感的抒情式的抱怨表达痛苦内心的凌乱，很明显可以联想到基勒拉格的朋友——拉辛。实际上，五封信件的结构也让人联想到五幕悲剧的格式。第一封信讲述与情人分离之后的痛苦和反抗，但是却保留了情人会再回来的希望。第二封信述说六个月之后的更为苦涩的情感：怀疑和嫉妒啃噬着情人孤独的内心。第三封信内容阴郁，沉浸在失望和被抛弃的情感中：无处不显露寻死的念头。第四封信貌似重拾活力：用温柔、热情的语气表达疑问、责备、回忆和诺言。第五封信则跌落低谷，因而显得更为直截了当：在经历了内疚、耻辱和不幸之后，玛丽安娜最终放弃，选择悲情得断绝关系。

悲剧的回归：中短篇和长篇小说

残酷和礼节：《克莱夫王妃》

1678 年，《克莱夫王妃》匿名出版。该书仅是拉法耶特夫人①（1634—1693）众多作品中的一部而已，但是它出版不久后便引起轰动。该作品的成功得益于当时针对小说主题、道德寓意和真实性而掀起的论战。当时，大量平平之作充斥文学界，这部作品虽受争议，但却获得全面认可。今日的文学评论界依然持有两种观点：一些人认为这部作品绝对是一部古典主义作品，思想超越肉体；另一些人认为这是一篇情色故事，其中贯穿一些隐晦而模糊的象征。这种模棱两可的效果实际是小说的一种惯用手法，评论家阿兰·尼德斯特称之为"悖论"。

故事情节简单。16 世纪 50 年代，亨利二世的宫廷里，人人关注着内穆尔公爵，他即将赶赴英格兰同伊丽莎白女王成婚。但是，在一次庆典之际，内穆尔公爵结识并迷恋上一位美貌绝伦的年轻姑娘——沙特尔小姐。没过多久，这位姑娘大婚，成为克莱夫王妃。王妃爱上内穆尔公爵后，依然忠于自己的丈夫。她饱受嫉妒的折磨，决定隐居乡间，并向丈夫坦诚自己对内穆尔公爵的爱恋，她的丈夫因而病死。寡居的克莱夫王妃虽然一直心系内穆尔公爵，已获自由的她却坚定地拒绝了内穆尔。

承认移情别恋，以及最终的分离貌似十分荒谬，但是小说的主题却绝非停留于该轶事本身，而是另有所指。宫廷中，人人互相防范，作家为了分析人物，将人物设置为只会怀疑所有人、看透他人企图、忍耐克制自己和自我封闭的形象。主观观点逐步带有侵犯性，而这部小说首先是一部心理小说。为了使小说更为凝练，作家放弃巴洛克过度的表现手法。将现实凝聚成一瞬间发生的几个场景：擦肩而过时的眼神，被盗走的肖像画，深夜里守候的恋人，不小心表露内心不安的一个手势或步伐。爱情像是一系列唯唯诺诺却又情欲难平的短

---

① 其姓一般写作两个单词，但她自己总误写为一个单词。

暂时光。这种吸引与排斥的并存表达了激情带来的痛苦，同时赋予小说以诗意；写作方式模仿内心的节奏或爱情诡辩的反复：拉法耶特夫人的语言完美地适应了这个破坏温情却又呼吁内省的世界。

向黑色小说发展

《克莱夫王妃》以确切的历史时期作为背景，是为了让人相信其中的关系真实存在。《葡萄牙人信札》的匿名出版也是为了获取如此效果。悲观主义以一种历史关系的模式呈现，倘若其所述事件的真实性一旦得以验证，那么这种悲观会更显沉重难耐。这是以历史为背景的长篇和短篇小说陡增的原因。

圣雷阿尔神甫（1629—1692）作品的道德灵感便源于此，其中的重要历史事件帮助呈现难以满足的、不健全的人性中的虚荣、野心和冲突。"认识历史，就是了解作为其中素材的人类，恰当地评判人类。学习历史，就是研究人类的动机、观点和激情，以此了解其所有的精力、花招、迂回，及其思想中的所有虚幻与心灵中的所有惊讶"（《论历史的用途》）。

《唐·卡洛斯》的素材详细讲述了西班牙国王腓力二世的独生子与其年轻的继母伊丽莎白·德·法兰西的爱情。立下爱情誓言的两位年轻人彼此相爱，但是后来鳏居的国王娶了伊丽莎白。充满阴谋反叛气氛的王室令人压抑，王后和王子的一言一行遭人监视，但他们依然相爱，并选择逃离，希望国王早日殒命。唐·卡洛斯牵连入荷兰对西班牙的反抗斗争中，被迫自杀，王后随后服毒自尽。

圣雷阿尔希望成为客观和博学的传记作家。他的小说中引用的参考文献以注释标明，禁止流露任何的个人情感。小说笔调朴素、简洁、直率，似乎看破一切，给人启发。悲惨的情节与这种冷漠和散碎的风格交织在一起，营造出一种讽刺感。大贵族、国王和王子气量狭小、道德败坏、如癫似狂、丧失常理。司汤达认为这种看破一切的清醒使得圣雷阿尔堪称第一位现代小说家，因为于他而言，"小说是一面沿途漫步的镜子"。

启蒙运动的曙光

具有昭示意义的论战：古今之争

自《南特敕令》废除（1685）至路易十四辞世（1715）期间，社会和文化领域再现紧张局面。国王大肆挥霍，财政局面窘迫，底层民众难以承受税务负担，1693年与1709年两度爆发饥荒。大同盟战争（1686—1697）和西班牙王室继承权战争中，法国经历严重的军事挫折。费奈隆等人毫不犹豫地斥责这些代价惨重的冲突。同时，一种更具批判性的新思想出现了。在《辞典》中，培尔如是总结这场变革：人们对宗教、历史和法律著作感兴趣，热衷于科学、旅行和现实。笛卡尔主义的影响越来越具有决定性作用。理性方法论衍生出一种反宗教的讽刺形式，而且捍卫追求清晰思想的趣味。一种新的美学观念逐渐形成，厚今派拒绝不断模仿古代典范（尤其是古罗马、古希腊作品），因为厚今派希望使用当下的语言和事实来创造作品。"现代主义"认为新艺术的产生和与进步的融合必须符合新知识的要求，它作为一个重要的趋势，其源头可追溯至文艺复兴时期，笛卡尔主义又重新将它复活，并发展为18世纪哲学思想的先声。

无法轻易划清两大阵营的界线。作家参与论战既有个人原因，也为捍卫真正的思想意识。然而，崇古派中有贵族阶级、高级官员（孔代、孔蒂、拉穆瓦尼翁），以及遭受法国社会变革威胁的特权资产阶级。相反，厚今派以丰特内勒为主将，且集中于沿承矫饰派的自由、杰出思想的巴黎沙龙中，他们支持"蒙化"政策，即通过科学、技术增强国力的政策，伏尔泰在其《路易十四时代》中颂扬过该政策。作为科尔贝尔的亲信，厚今派的夏尔·佩罗掌管国家的文化宣传工作，并接替夏普兰负责分配文人保护制度和年金，以他为代表的高级官员致力于推动建设现代化国家及鼓励进步的君主专制。因而，将厚今派视为反政体、反宗教是错误的。

厚今派	崇古派
布瓦洛	佩罗
拉穆瓦尼翁	丰特内勒
拉辛	高乃依
拉封丹	邦瑟拉德
博絮埃	圣埃夫勒蒙
拉布吕耶尔	多诺·德·韦塞
费奈隆	乌达尔·德·拉莫特
"学究派"（学识广博者、古希腊研究者等）	"文学爱好者"，即消遣文学爱好者
	报界（《文雅信使》）

以其中的三次论战为例：

- 赞成还是反对使用基督教神迹书写现代史诗？

厚今派希望革新古代的重要史诗（荷马和维吉尔），倡议使用法语书写史诗，颂扬历史或基督教徒：德马雷·德·圣索兰的《克洛维斯》（1657年和1673年出版）、路易·勒拉布勒的《查理大帝》（1664）。布瓦洛在其《诗的艺术》（1674）中对此提出了强烈抗议。

- 赞成还是反对用法语在纪念碑上撰写碑文？

1670年，一场论战掀起：国王荣誉凯旋门上的碑文是用法文撰写，还是按照传统用拉丁文刻撰？大学、耶稣会教士、"学究派"发声支持拉丁碑文。科尔贝尔的亲信夏尔·佩罗说服法兰西学术院选择法语碑文。

- 赞成还是反对用法语改写荷马的作品？

作为厚今派最喜爱的攻击目标，荷马成为路易十四统治晚期的论战焦点。乌达尔·德·拉莫特用法语韵文改写了《伊利亚特》。由于他并不热衷希腊文，他借鉴了博学的古希腊研究者达西耶夫人的译本。后者对此倍感愤怒，遂而撰写文章回击，写就一部专业的，但具侮辱性的著作《审美趣味腐化之因》（1714），以及随后的《捍卫荷马》(1716)。但"荷马之争"已经过时,这一时期迅速壮大的读者群已经选择了法语。

无意为之的预言家:拉布吕耶尔

1688年,《品格论》第一版问世,此时正值路易十四统治巅峰时期。50岁的国王与虔诚的曼特农夫人秘密成婚。尽管其治下的不公令人不满,但是保守主义价值观占据上风。最优秀的作家歌颂君主制和秩序的威望,拉布吕耶尔写道:"在国家的利益与君王的利益混同一体的君主制度中,万事皆繁荣"(第10章,第26条)。但是聪慧之人并非聋哑者。人们对当时卑劣的社会缺陷感到愤懑不已。作家不满社会的道德状况,力图捍卫政治秩序,然而,政治体制不容侵犯,他们转而攻击个人。

这种复杂的行为与拉布吕耶尔的恰好相符。拉布吕耶尔与博絮埃交好,受雇于大孔代,并受到国王保护,他言称自己写作是为了把人类引到上帝面前,并且为了维护他效忠的政体。他认为不平等是天生的、必不可少的,是上帝安排的。他攻击伪贵族、新贵们,是为了拯救大贵族和"真正的贵族阶级"。他憎恶丰特内勒和培尔等谈论"进步"的"自由思想者"。但同时,这位保守主义者是一个消极思想者和悲观主义者。他希望人类的关系更为宽容,他对贫困感到愤慨,他揭露虚伪和荒唐,他指责战争和酷刑。人间的喜剧使他既愉快又不安,因为他从中看到的是"残酷"、为利益不断地争吵和膨胀的妒忌心。他认为世界的不幸绝非仅是社会秩序的缺陷,其他的社会风习也有存在的可能性。拉布吕耶尔既依恋过去,又带有改革精神,他是折服于怀疑或混乱的睿智思想者的典型代表。《品格论》刻画的是既深信自我又存在分歧的世界。

让·德·拉布吕耶尔(1645—1696)不断补充完善其仅有的一部著作。他尽力保持谦逊的态度,坚守自己的"职业"。他的作品表现出直截了当、不假幻想的特点,因为"一切都已言明",而且"七千多年前,人类便已诞生,并已先我们一步思考，我们的到来为时过晚，"（第 1 章，第 1 条）。此外，他还翻译过古希腊泰奥弗拉斯托斯（公元前 372—前 287 年）的作品。不过，通过下表可以看出拉布吕耶尔细致耐心的工作：

年份	1688 年	1689 年	1690 年	1691 年	1692 年	1694 年
版本	第1版至第3版	第 4 版	第 5 版	第 6 版	第 7 版	第 8 版
节段数目	420 条	764 条	923 条	997 条	1073 条	1120 条

169　《品格论》如同一条陈列肖像画或"亲历事件"的长廊，其中的文章旨在塑造某种"典型"（富人、健谈之人或狂怪之人）。但是拉布吕耶尔的计划彰显了他更大的野心。同帕斯卡尔一样，他按着从人类到上帝这种自下而上的顺序进行论述：

- 自然人的研究（人的趣味、理想和心灵）

第一章："论精神作品"

第二章："论个人地位"

第三章："论妇女"

第四章："论心灵"

- 社会人的研究（人的关系、金钱、"地位"、等级）

第五章："论社会和谈话"

第六章："论财产"

第七章："论城市"

第八章："论宫廷"

第九章："论大贵族"

第十章："论君主或论共和国"

- 研究人的道德和宗教真理的选择（人的苦难、欺骗、幻想、对规则和世界的热爱）

第十一章："论人类"

第十二章："论判断"

第十三章："论时尚"

第十四章："论几种习俗"

- 如何重新信仰上帝？（说教的作用、同自由思想者的斗争）

第十五章："论讲道"

第十六章："论自由思想者"

因而，他视自私自利为敌人，这种"个人至上"不仅遭到道德家和宗教人士的诋毁，而且也使人偏离他人和上帝。

拉布吕耶尔的作品中尽管充满幽默感，但是也无意中抓住了旧社会秩序的不协调性。《品格论》的结构松散零落，反映了一个荒诞和分裂的世界，传递出一种机械且可笑的态度。显而易见，"崇古派"的拉布吕耶尔不相信变化。但是，无论其本意如何，拉布吕耶尔的作品所揭示的内容成就了一位预言家。

从批判到说长道短

在这一讽刺背景下，一种丑闻文学适逢时机诞生了，常根据真人真事改编成小说，读者在娱乐消遣中阅读对名人夸张讽刺的描写。比西伯爵——罗歇·拉比坦，即**比西-拉比坦**（1618—1693），他的《高卢人的爱情故事》便属于此类著作。该书描述了上流社会的风流韵事，因而其出版曾引起轰动。比西-拉比坦因此被捕入狱，之后流放到勃艮第。该作品的畅销足以安慰颠沛流离的比西-拉比坦。

同类作品还有热代翁·**塔勒芒·德雷奥**（1619—1690）的《趣闻轶事》。该作品讲述了一些私密故事，将公众人物的隐私公之于众，甚至不错过任何下流的情节。咄咄逼人甚至是有失体面的描述揭露了表象之下的个人世界。这些闲话不免让人联想起当今的一些杂志就是为满足读者对名人私生活的好奇心而创办。因而，塔勒芒属于厚今派。他想要通过这些分析文字来重新描述具体的自然人。他的作品为狄德罗和雷蒂夫·德·拉布勒托思想的形成做了直接铺垫。

理想主义小说家和哲学家：费奈隆

弗朗索瓦·德·萨利尼亚克·德·拉莫特-费奈隆（1651—1715）的一生恰逢两个世纪交替之际，该时期人的精神面貌发生变化，甚至产生冲突。尽管他信仰虔诚，但是寂静主义事件使他与教会和顽固的博絮埃发生争执。其才华得到国王赏识，1689 年起，负责教育路易十四的孙子——勃艮第公爵。但他向其王室子弟传授的政治道德背离统治者意愿，于 1699 年出版的《忒勒玛科斯历险记》大胆颠覆了绝对王权，费奈隆因而失宠。作为一名积极的天主教徒，他热衷于并擅长劝人皈依，但他采用兼容并蓄、耐心说服的劝归方式，拒绝暴利和毫不妥协的方式。这种对人性的信任，以及建立和谐人类关系的意愿使他与当时的时代格格不入，但启迪了 18 世纪与他一派的思想家。无论如何，费奈隆都是处在过渡时期。他所生活的时代，各个领域的确定性都发生动摇，但他的信仰主导了他在论战及紧张冲突中的观点，他的一生都在用行动一以贯之。

费奈隆首先是一位教育家。他负责为宗教的新皈依者施坚信礼；他是科尔贝尔的女儿们及曼特农夫人的忏悔神甫；他还担任"小太子的家庭教师"。希望通过"寓教于乐"的方式教育门生，费奈隆撰写了一本教育小说，以此来向学生灌输古希腊罗马神话、地理、历史、文学方面的基础知识。他十分注重道德教育（宗教、政治、法律方面），该类课程主要使用演讲和散文语言，以此为学生提供辩论典范。

《忒勒玛科斯历险记》讲述尤利西斯之子寻父的经历。米诺娃化成贤者门托尔，指引忒勒玛科斯寻父。两位主人公在其长途旅行中，穿越了众多地区和王国。文中刻画了另一种政治典范下的一座理想城市，这是所有空想社会主义者惯用的文学技巧：通过强烈批判法兰西的现实情境，来教育学生。出乎费奈隆的意料，《忒勒玛科斯历险记》于 1699 年开始公开传播并引起轰动，成为 17 世纪的畅销书。书中含有对路易十四统治的直接攻击和对当权者的讽刺性的肖像描写。费奈隆的自我辩护丝毫不起作用，反对王权者颂扬他，因而他无法再赢得国王的信任。

费奈隆的哲学主要是通过一些陈旧的主题来表达，即作家的理想画面：和平主义；节俭生活，黄金年代（人类天真纯洁、激情满满生活的时期）等。费奈隆仿佛拥有社会主义理想，幻想其中的公民豁达明理、一心向善。

同所有的神秘主义者一样，他期待纯粹的爱情，并试图调和自己的信仰期望和公正社会立场间的关系。这种计划看似是纯粹的乌托邦，但是它建立在现实可行的立法基础上（如国际法庭的建立是为了裁决冲突和禁止战争），更重要的是，它调和了基督教徒的需求（和平、友爱、平等）与权力机构间的关系。

因此，费奈隆的思想是神秘、理想的。"寂静主义"事件彻底破坏了他的职业生涯。西班牙人莫利诺斯在其《精神指引》一书中提出寂静主义的学说。1687 年，该学说被裁定为异教，但是在法国又被狂热的神秘主义者居永夫人重新推出。寂静主义将精神的完美定义为一种必须完全沉浸其中的冥思状态。这种"祷告状态"会让人的心灵"完全寂静"并免去其他宗教的烦扰。思考信仰和教义、翻阅宗教书籍、从事布施等慈善、禁欲修行、忏悔、思考得救或地狱等都无用。

寂静主义宣扬对上帝的纯粹敬仰并声称能达到与上帝相通，这些深深吸引了费奈隆。但是博絮埃和罗马教会并不承认这种脱离罗马教会、脱离宗教活动和宗教机构的宗教生活。一场难以置信的激烈论战展开了，最终教皇裁定反对费奈隆辩护的立场，论战结束（1699）。费奈隆主教退隐于康布雷。他曾教授过的学生本可以继任路易十四的王位，但却英年早逝（1712），费奈隆请求特赦的希望破灭。余生，这位仁慈的、有责任心的神甫便一直闭居于修道院。

空想社会主义者的时尚

动荡的时代有利于宏伟计划的实现。17 世纪末期，受托马斯·莫尔和康帕内拉的启发，再次出现了一种特殊的小说：以虚构的旅行为基础，描绘一处理想之地，该处的信仰、风俗和国家机构与纯粹理性的需求完全相符。继西拉诺·德·贝热拉克之后，费奈隆、德尼·维依哈、加布里埃尔·德·富瓦尼提出他们理想社会的观点，这种社会中毫无褊狭、野心、吝啬、不公等。重新继

172

续放荡主义者建立乌托邦世界的旧时梦想，并成为 18 世纪空想社会主义的模仿典范。

我们对德尼·**维依哈**（生于 1635 年）的生平知之甚少。这位新教徒曾游历欧洲，与约翰·洛克交往甚密。他的作品《斯瓦朗博人的历史》讲述了瑟当（是名字德尼的变体）船长发现东印度的一个理想国度的航海经历。归根结底，他是借斯瓦朗博人的国家来提出自己的构想，建立一个与法国路易十四时代的立法机构和生活方式完全不同（民主、宽容、风俗自由等）的国度：讽刺比虚构更为重要。

加布里埃尔·德·**富瓦尼**（1630—1692）是一位还俗的教士，于 1666 年隐居于日内瓦。皈依新教只是他的权宜之计，不久，他的虔诚便遭受质疑，最终隐居萨伏伊，重新选择信仰天主教，后于默默无闻中死去。这个孤独、流浪和善变的人撰写了《著名的南半球》（1676），虚构了一位名为雅克·萨德尔的船长在印度洋的旅行。他在一座岛上搁浅，当地的土著自由、平等地生活，该著作也启迪了后来 18 世纪"高贵野蛮人"的典型角色以及狄德罗的"塔希提式"幻想的建构。

理性主义先驱

一些文人没有选择幻想虚构，而是采取系统性批判。

夏尔·德·**圣埃夫勒蒙**（1610—1703）在与权力机构进行数次论战之后，定居英国。作为斯宾诺莎的门徒，圣埃夫勒蒙生活在怀疑中，他与当时最优秀的思想家保持着频繁的通信往来，并一直故作轻视过于严肃或理论化的文章："在文学中，我更倾向于寻找使我快乐的内容，而非那些启蒙我知识的内容。"这种反教条主义继承自伽桑狄自由哲学的"博学的无知"（怀疑一切确定性）。圣埃夫勒蒙乐观随和，是坚定的进步主义者。但是他既不炫耀自己，也不怂恿他人；他虽态度随和，但彻底指责所有的狂热信仰、贵族和军队的腐旧价值观、专制主义、民族主义。在他简短、从容的文论中，所有的模范形象几乎坍塌，他不夸夸其谈无用的知识，也不刻意结帮拉派。在他流亡英国期间，他享受生活且关注法国时事；远离法国，他因而可以置身事外提出独立的观点。他是世界主义者、厚今派和讽刺派。起初，圣埃夫勒蒙所代表的新批判思想和享乐生活艺术在远离宫廷的地方秘密传播，后来，1715年时，便大规模爆发。

皮埃尔·培尔（1647—1706）被视为一位无神论者，他曾在新教和天主教之间摇摆不定。他是一位神甫的儿子，1681年定居在荷兰并以教书为生。他的所有思想都倾向于宽容及和平主义。他的《彗星思想录》（1682）总结了其理性主义观点。1680年，一颗彗星划过欧洲天穹，有关天相的古老迷信复苏。借此机会，培尔分析了有利于错误思想阐述，产生效力和传播的机制。《南特敕令》废除后引发迫害新教徒的运动，培尔憎恶偏见，开始撰写反迫害的文学抨击册子：《论伟大路易大帝治下的全天主教法国》（1686）和《关于耶稣—基督话语"强迫他们皈依"的哲学评论》（1687）。培尔还著有《历史批判辞典》（1697）。

贝尔纳·勒博维耶·德·**丰特内勒**（1657—1757）是高乃依的外甥，他自命不凡，但知晓如何逃脱迫害，晚年时成为法国科学院的终身秘书。与其说他是激进的自由思想者，不如说他是科学的推广者，上层社会通过阅读他的《关于宇宙多样性的对话》（1686）了解天文体系。他是坚定的厚今派，他的《神谕的历史》（1687）批判了大众的迷信活动。1715年以后，他名声远播，因而与摄政王菲利普·德·奥尔良结下深厚友谊；他还是摄政期间（1715—1723）最具影响力的政治人物。

一个世界的终结：圣西蒙的见证

圣西蒙公爵（1675—1755）——路易·德·鲁弗鲁瓦是法兰西王国的大贵族，他一生都在凡尔赛宫的阴谋诡计中度过。因特权而膨胀，处处留心贵族的危机，是一个反动派。他仰仗自己与勃艮第公爵——路易十四孙子的友情，施展政治影响。但是，这位合法的王位觊觎者的早逝令他的希望破灭。1715年后，他放弃实施自己的政治野心，于1740年前后开始撰写他的《回忆录》。尽管该著作的编辑和出版时间较晚（1830），这部《回忆录》却生动描绘了宫廷的残酷、腐败，溯及既往，是对一个时代末期的写照。这部作品介于自传文学和史书之间，难以将其准确归类。这位回忆录作家是路易十三时代的怀旧者，作品彰显作者才华，言语尖刻，用悲观主义视角审视了当时的社会秩序，他认为这一秩序唯存衰亡和脆弱。他的作品言辞恶毒、言简意赅，但是却极为滑稽，成为普鲁斯特的枕边书。而且，作者的尖刻幽默和才华缓解了其中的遗憾语气。

18世纪

总年表 230

主要作家生卒年表 238

政治和文学大事年表 239

创作背景 241
 危机中产生的文学 241
 谁写作？ 242
 传播网络 243
 "哲学家"的思想 244

新思想和孟德斯鸠 247
 观念的转变 247
 孟德斯鸠：过渡和革新 248
 服务于新思想的波斯幽默 249
 历史的教训 249
 政治社会学的诞生：《论法的精神》 250

喜剧的复兴 252
 "风俗喜剧" 252
 现代派：马里沃 253
 马里沃体及其主题 253

马里沃："剧中剧"的专家	254

世纪人物：伏尔泰 　　　　　　　　　　　　256

从傲慢到哲学	256
理解人类历史	257
伏尔泰式的故事	258
具有揭示意义的冲突：伏尔泰反对卢梭	259
伏尔泰的重要论战	260

变化不定的人：狄德罗 　　　　　　　　　　262

感性与理性之间	262
相悖的审美情趣	263
道德与情感	264
狄德罗的新小说：形式与意义	265
狄德罗评判艺术	265

178 热爱科学 　　　　　　　　　　　　　　267

科学思想的飞跃	267
《百科全书》是什么？	267
百科全书派的思想	271
推广模范：布丰	272

风俗研究：故事和小说风行 274

故事的黄金时期 274

小说的发展缘起何处？ 275

以第一人称叙述的文章：勒萨热与马里沃 275

从风俗小说到疯狂爱情小说：普雷沃 276

放荡主义小说 277

书信体小说和女性书写 278

卓越之作：《新爱洛依丝》 279

对立面：《危险关系》 280

失望的思想家：卢梭 282

社会扭曲人的本性 282

迈向新社会 283

理想教育 283

自传作品 284

避世文学 285

回归诗歌 287

情感崇拜 287

旋律：从书信到诗歌 287

世纪诗人：谢尼埃 288

戏剧：社会的镜子	290
从悲剧到资产阶级正剧	290
从"滑稽表演"发展而来的情节喜剧	291
博马舍的喜剧	292
博马舍的创新性	294
幸福岛	295
重返乌托邦和"自然"	295
对跖地之旅	296
贝尔纳丹·德·圣皮埃尔的天堂岛	297

大革命时期 299

深陷动乱的哲学家	299
辩士与出版业	300
脱离社会者和反对革命者	301
无理性者的闯入	303
残酷小说	304
萨德	305

总年表

时间	政治事件	社会背景
1702—1714 年	西班牙王位继承战争	路易十四统治末期的衰亡和失败；政治批评加剧；众多道德说教作品出版
1710 年	波尔-罗亚尔修道院毁坏	
1715 年	路易十四逝世	
1715—1723 年	菲利普·德·奥尔良的摄政时期	奉行调解政策；为"大贵族"重新开设议会；经济领域的改革接连失败
1720 年	劳银行体系的失败；巴黎爆发骚乱	
1721 年	马赛爆发鼠疫	
1723—1774 年	路易十五执政期间	思想俱乐部增加，多数是崇英派；宗教批判较为激烈
1726—1743 年	弗勒里任内阁总理大臣	弗勒里经济政策的成功；崇拜英国政治模式；君主制起源的论战；历史类著作大量出现
1733—1735 年	波兰王位继承战争	
1740—1786 年	腓特烈二世任普鲁士王国国王	

法国文学	外国文学	艺术	时间
费奈隆后期作品（政治作品）和思想文学	莱布尼兹（Leibniz）：《神正论》（Théodicée）	瓦托的作品。库伯兰后期作品	1710年
虚构作品和消遣性作品：故事（《一千零一夜》风靡）、喜剧（勒萨热的作品，马里沃早期作品），以及集娱乐性与思想性于一体的作品（如孟德斯鸠的《波斯人信札》）迅速发展		韩德尔：《水上音乐》	1716年
	笛福的《鲁滨逊漂流记》		1719年
		巴赫：《勃兰登堡协奏曲》	1721年
		维瓦尔第：《四季》	约1725年
崇英文学（伏尔泰、孟德斯鸠）	斯威夫特：《格列佛游记》	斯卡拉蒂：羽管键琴演奏的奏鸣曲	1726年
风俗小说的快速发展（普雷沃神父、马里沃）彰显了个人主义同伪善社会的斗争	蒲柏：《人论》	拉莫的歌剧。佩尔戈莱西：《女仆夫人》	1733年
	休谟：《自然论》 理查森：《帕梅拉》		1739年
伏尔泰的故事作品的主题相同，其中之一便是大流行		法国朗克雷、布歇、纳迪埃的绘画	1740年

18世纪

时间	政治事件	社会背景
1741—1748 年	奥地利王位继承战争	商业贸易发展迅速,尤以海上贸易为主;"奢华"之辩开始;战争引发争议,迫害"反哲学者";耶稣教派与冉森教派的权力之争爆发
1745 年	丰特努瓦之捷	
1744—1758 年	英法殖民地争夺战	
1748 年	《亚琛和约》:奥地利王位继承战结束	
1749 年	开始征收所得税	君主政体堕落;哲学战争;税收危机;政治骚乱;物价上涨;各地农民暴动潜伏
1753 年	巴黎最高法院下放他地	
1754—1764 年	德·蓬帕杜尔夫人受宠	百科全书派的"战争";"喜歌剧论战";伏尔泰(颂扬文明)对卢梭(否定进步和社会异化)的论战如火如荼
1756 年	七年战争爆发	
1757 年	达米安行刺国王	
1758 年	舒瓦瑟尔任内阁总理大臣	哲学家反对权力的论战绵延不休;揭露"专制""绝对主义"和反动的宗教环境;国王未能禁止某些书籍(《百科全书》等)的出版;"沙龙"大量出现
1762—1796 年	俄国女沙皇叶卡捷琳娜二世在位	
1762 年	卡拉斯被处决	
1763 年	签署《巴黎和约》(七年战争结束)	
1764 年	废除耶稣修会 饥饿暴动	七年战争造成的灾难导致政治立场激进化;奉国外君主为典范(腓特烈和叶卡捷琳娜)

(续表)

法国文学	外国文学	艺术	时间
	杨:《夜晚》	格勒兹与夏尔丹开始绘画创作	1742年
作品更为大胆:狄德罗的无神论,卢梭的主要质疑,孟德斯鸠关于法律的思考	理查森:《克拉丽莎》;菲尔丁:《汤姆·琼斯》哥尔多尼的喜剧作品		1748年
		巴赫:《赋格的艺术》	1749年
	推出《百科全书》,后于1759年被禁	皮拉奈斯:想象的监狱	1750年
		韦尔内、夏尔丹、格勒兹	
各派别的重要政治文献			1756年
		索弗洛设计的先贤祠竣工	1756—1780年
两种趋势形成:介入更为激烈的哲学斗争中(伏尔泰、狄德罗);厌恶现实世界和渴望建立革新社会的乌托邦理想(卢梭于1761年出版《新爱洛依丝》,大获成功)	史威登堡:《新耶路撒冷》	"洛可可"趋势结束,新学院派出现	1758年
	斯特恩:《项狄传》		1760年
		格鲁克:《奥菲欧与优丽狄茜》	1762年
	沃波尔:《奥特兰托城堡》		1764年

时间	政治事件	社会背景
1766 年	拉巴尔骑士被处决；洛林并入法国	
1768 年	法国获得科西嘉岛	最高法院将自己的意愿强加于人；经济（杜尔哥、魁奈）和"重农"理论著作集中出版
1770 年	舒瓦瑟尔失势	
1771 年	农业和经济危机 莫普改革	
1774 年	路易十五逝世 路易十六登基 杜尔哥任大臣	改良后的更为自由的君主制下，对话和信任恢复。进步理论的发展
1776 年	杜尔哥卸任 内克尔任大臣	伏尔泰荣归巴黎（1778 年）
1781 年	内克尔卸任	
1783 年	美国独立战争结束：《凡尔赛和约》	内克尔的卸任导致暂时的平静结束。哲学对立日益激化和公开
1788 年	全国三级会议的制宪会议 赋予新教徒以个人身份	崇拜卢梭和孟德斯鸠的思想。众多的恐怖文学和乌托邦文本出版：可以感受到世界日益黑暗
1789 年	全国三级会议在巴黎召开，并改为制宪议会	
1790 年	法国划分为 83 个省份 颁布教士的公民组织法	从理论过渡到实践；然而哲学界很快因具体的革命举措而失控

(续表)

法国文学	外国文学	艺术	时间
哲学家与国外君主间的通信	戈德史密斯：《威克菲尔德的牧师》	法尔科内和勒穆瓦纳的雕塑作品	1766年
	德国的"狂飙突进运动"	弗拉戈纳尔的作品	1770—1775年
批判思想更为自由和直接，并带有讽刺色彩（博马舍）；哲学家重新燃起希望	歌德：《少年维特之烦恼》	海顿的重要交响乐作品，莫扎特的早期作品	1774年
	康德：《纯粹理性批判》		1781年
与卢梭的前浪漫主义相比，个人信仰转化为不健全的观点或教唆文本（拉洛克、萨德、雷蒂夫·德·拉布勒冬）；其他作品虚构一处不太现实的幸福他处（谢尼埃或贝尔纳丹·德·圣皮埃尔的异域主义）	席勒：《强盗》		1782年
		大卫：《奥拉斯兄弟之誓》莫扎特的重要歌剧 英国：雷诺兹和庚斯博罗	1784年
辩士和革命派的文学	英国布莱克的诗歌	乌东的作品	约1790年

时间	政治事件	社会背景
1791 年	国王出逃，并在瓦雷纳被捕	
1792 年	瓦尔密之捷与热马普之捷 立法议会宣布成立法兰西共和国	意识形态领域的大骚乱
1793 年	处决国王	众多知识分子被判断头刑或被杀害（孔多塞自杀……）
1794 年	大恐怖时期	
1795 年	罗伯斯庇尔倒台 督政府时期	
1796 年	波拿巴成为意大利方面军总司令	
1799 年	执政府时期	

(续表)

法国文学	外国文学	艺术	时间
几部重要的理论著作出版（孔多塞、德·迈斯特）现实貌似证明了萨德设想的合理性		莫扎特：《魔笛》戈雅的黑色作品奇马罗萨的歌剧作品	1791年
	拉德克利夫：《奥多芙的神秘》		1794年
反抗开始（里瓦罗尔、尚福、塞纳克·德·梅杨、迈斯特、夏多布里昂）	歌德：《威廉·麦斯特》康德：《永久和平论》		1795年
	荷尔德林：《许佩里昂》		1799年

主要作家生卒年表

主要作家生卒年份
勒萨热，1668年生，1747年卒
圣西蒙，1675年生，1755年卒
马里沃，1688年生，1763年卒
孟德斯鸠，1689年生，1755年卒
伏尔泰，1694年生，1778年卒
卢梭，1712年生，1778年卒
狄德罗，1713年生，1784年
卡佐特，1719年生，1792年卒
博马舍，1732年生，1799年卒
雷蒂夫·德·拉布勒冬，1734年生，1806年卒
贝尔纳丹·德·圣皮埃尔，1737年生，1814年卒
梅西耶，1740年生，1814年卒
萨德，1740年生，1814年卒
拉克洛，1741年生，1803年卒
谢尼埃，1762年生，1794年卒

政治和文学大事年表

日期	政治和文学大事
1715 年	路易十四逝世 奥尔良公爵摄政
1715—1735 年	勒萨热：《吉尔·布拉斯》
1721 年	孟德斯鸠：《波斯人信札》
1723 年	路易十五即位
1730 年	马里沃：《爱情与偶然的游戏》《玛丽安娜的一生》
1731 年	普雷沃：《玛农·莱斯科》
1734 年	孟德斯鸠：《罗马盛衰原因考》 马里沃：《暴发的农民》 伏尔泰：《哲学通信》
1734—1753 年	圣西蒙：《回忆录》
1736 年	克雷比永：《内心与思想的迷乱》
1745 年	德·蓬帕杜尔夫人得宠
1746 年	沃韦纳格：《作品集》
1747 年	伏尔泰：《查第格》
1748 年	孟德斯鸠：《论法的精神》
1749—1788 年	布丰：《博物史》
1750 年	卢梭：《论科学和艺术》
1751—1772 年	《百科全书》
1755 年	卢梭：《论不平等的起源》
1758 年	卢梭：《致达朗贝尔论戏剧的信》
1759 年	伏尔泰：《老实人》
1761 年	卢梭：《新爱洛依丝》
1762 年	卢梭：《社会契约》、《爱弥儿》 狄德罗：《拉莫的侄儿》
1765—1770 年	卢梭：《忏悔录》
1769 年	狄德罗：《达朗贝尔的梦》
1771 年	梅西耶：《2440 年》
1772 年	卡佐特：《恋爱的魔鬼》
1773 年	狄德罗：《定命论者雅克》
1774 年	路易十六即位

18 世纪

(续表)

日期	政治和文学大事
1775 年	博马舍:《塞维勒的理发师》
1776—1778 年	卢梭:《孤独漫步者的遐想》
1777 年	马蒙泰尔:《印加族》
1781 年	雷蒂夫·德·拉布勒冬:《南半球的发现》
1781 年	内克尔卸任
1782 年	肖代洛·德·拉克洛:《危险关系》
1784 年	博马舍:《费加罗的婚礼》
1785 年	谢尼埃:《田园诗》、《哀歌》(初始诗节)
1787 年	贝尔纳丹·德·圣皮埃尔:《保尔与维尔日妮》 贝克福德:《瓦泰克》
1789 年	法国大革命爆发
1794 年	大恐怖时期结束
1794 年	谢尼埃:《讽刺诗》
1795 年	萨德:《闺房中的哲学》
1796 年	萨德:《朱斯蒂娜或美德的诸多不幸》
1797 年	塞纳克·德·梅杨:《流亡贵族》
1798 年	雷韦罗尼·圣西尔:《圣保罗会教士》
1799 年	执政府时期开始

创作背景

危机中产生的文学

路易十四统治末期,法国重又掀起质疑之风,这是欧洲意识危机的体现。君主专制遭遇争议(密集的文学活动转向社会和政治领域)。宗教辩论更加激烈:国王与教皇间爆发冲突(即"拥护天主教会自主者"与"支持教皇绝对权力主义者"之间的冲突),禁止信仰冉森教,《南特敕令》的废除引发针对新教徒的迫害运动。新的哲学体系诞生:思想家不再过问神学和宗教,力主捍卫经验主义(真理源自经验)和批判思想(怀疑主义和理性主义)。科学迅速进步,丰特奈尔和伏尔泰(崇敬牛顿、莱布尼兹、哈雷)等作家大力普及科学。这场运动还引发了社会风俗变革,尤其是摄政期间(1715年后)的社会风气变化明显:旅行兴起,外国(尤其是英国)模式频繁引入法国。严肃的道德主义让位给了新兴价值观(世俗的幸福、进步、宽容),且文学多颂扬生活中的欢乐和愉悦(以伏尔泰的作品为主)。

自此,18世纪的作家首先还是"介入"作家。小说作品日益丰富,随之而来的是文学创作与思想斗争的联系愈发紧密。尽管在孟德斯鸠出版《波斯人信札》(1721)后,迫害运动便时有发生,作家们依然以一种积极态度介入时事问题,反对绝对王权、教会和战争等。所有作家都依仗"哲学"的名义,自称为"哲学家",以此来表明其文字传播的是一种思想,而绝非简单的消遣。较为典型的事例便是所有人都曾或多或少参与了"百科全书论战"。1751年,《百科全书》第一卷发行。不久,国王议事会便禁止其出版。然而,近二十年之后，《百科全书》最终得以完成！该段时期内，尤其是在几近疯癫的达米安刺杀国王期间（1757年1月），一切破坏运动均被指控与"哲学家"有关。1759年，教皇克雷芒十三世将《百科全书》列为禁书。百科全书派内部出现不和，卢梭与他们渐渐疏远，他反对世风日下的局面。此外，相较于艺术领域，哲学作家们与知识界的关系更为密切。除艺术爱好者狄德罗外，其余作家们主要结交一些饱学之士（道尔巴克、爱尔维修、布丰、孔狄亚克）、经济学家（魁奈、亚当·斯密、孔多塞、内克尔）、政客（舒瓦瑟、杜尔哥、马勒泽布）、旅行家或人种学家（布干维尔、库克）。驳杂万物的《百科全书》既是一部艺术著作，又是一件论战武器。

对于哲学家而言，必须成为"有用武之地的教养之士"。纯粹的文学创作因思想论战的急迫性而退居其后。相较于音乐（18世纪是伟大的音乐世纪！）或绘画（如18世纪初期的瓦托），文学革新性的突破较小。当时的美依然为古典主义式或学院风格，伏尔泰只向往拉辛式的悲剧。然而，散文体论战形式多样：故事、戏剧独白、虚构对话。得益于这种灵活性，形式自由的随笔文学发展，并进而影响了传统的文学体裁：狄德罗打破传统小说的虚构方式（《拉莫的侄儿》《定命论者雅克》），博马舍创造了一种新的戏剧腔调，伏尔泰赋予故事更为完美的形式（《老实人》《查第格》等）。

谁写作？

17世纪，众多作家来自贵族阶层。与此不同，18世纪的哲学家多出身资产阶级。资产阶级这一术语涵盖多个社会阶层：金融家（银行家等）、专业法律人士、商人。然而，他们都共享同一信念，即他们的经济行为可以改善国家状况，而空想者或贵族们则无此能力。当时的主要作家来自手工业者、商人或小工厂主，这并非巧合。伏尔泰的父亲是公证人，其财富源于织物买卖；狄德罗的父亲是刀剪师；卢梭和博马舍的父亲均为钟表商。宣扬有偿劳动是资产阶级思想的主要层面，也是《老实人》得出的结论。因而，当时萌生了这样一种观点：未来属于积极劳动者，人类的幸福并非上帝或国王所赐，而是人类劳动的结果。

总之，仅有少数作家以写作为生。当时，著作权保护尚未真正出现（尽管这一思想已处于萌芽阶段），作家将自己的手稿"统包"售卖。因而，他们必须得到赞助人（首先是国王的赞助）或富人的支持（尤其是一些"新兴"富人：银行家、包税人或经济雄厚的商人）。

传播网络

18世纪，尽管审查制度已经存在，但是印刷公司仍得以大规模发展。所有作品必须持有"国王特许"（即一种出版许可权）方可出版发售。1742年，拥有79位审查成员的"王家审查"机构成立。未经其授权，擅自出版书籍将视为违法行为。然而，事实上审查制度几乎不可能阻止禁书的流通。这类书常转移到国外（主要在瑞士和荷兰）印刷，私下销售，而且往往因其禁书的身份，反而备受欢迎。

这些繁琐的手续并未阻碍文学的受欢迎度。巴黎的沙龙和外省的文艺协会等如雨后春笋般兴起，读者群迅速壮大。城市中，读者数目之多促进了公共图书馆（"阅览室"）的开建，文学报纸杂志增多（《法国观众》、《新信使》、《哲学家的书房》等），每月发行一本的系列丛书诞生，翻译作品（主要是英国小说）涌现，袖珍书籍（时称12开本）出现。甚至堪称"首批畅销书"的作品（如伏尔泰的作品、风俗小说、卢梭的《新爱洛依丝》和《保尔与维尔日妮》等异域小说等）也出现于该时期。

知识分子的威望提高，这也加速了文学的传播。伏尔泰不仅是政客舒瓦瑟尔、杜尔哥、马勒泽布的朋友，还成为普鲁士国王腓特烈二世的挚友，与其保持通信往来。俄国女沙皇叶卡捷琳娜二世提议印刷《百科全书》，接纳狄德罗，并资助他建立图书馆。欧洲最优秀的文人彼此相识，互通信件，他们利用自身的影响力分别参与到见解不同的阵营中（如伏尔泰参与卡拉斯一案）。反哲学家论战也博得公众关注（伏尔泰反耶稣会的论战或"百科全书论战"）。

最后，作家同时还是旅行家，因而，该时期的文学具有世界性和崇英的特点。18 世纪，殖民征服和传教活动将外国模式引介到法国国内。因此，潜在的读者群不再仅来自于法国。法国国内，同样出现了与他人交流的倾向：在俱乐部、咖啡馆（如普罗可布咖啡馆）、沙龙里，法国人接待外国客人，大家畅所欲言。谈话和交流促进了思想争辩、大胆言论，激发了才华。受此影响，狄德罗的作品习惯于保留圆桌式激烈对话的形式，而且众多故事作品正是这种新交际风格影响下的产物。

18 世纪，巴黎最为著名的沙龙主持人有：

- **德·朗贝尔夫人**接待放荡主义者以外的思想界人士：丰特奈尔、孟德斯鸠、马里沃。

- **德·唐森夫人**结交众多哲学家和小说家：杜克洛、马蒙泰尔、普雷沃神父。她强烈的个性使其沙龙成为一间"思想工作室"。

- **迪德方夫人**尽管持有悲观主义思想和诸多烦忧，却积极帮助百科全书派，将他们引荐给权力人士。

- **若弗兰夫人**是位富有的资产阶级，她资助《百科全书》，并与达朗贝尔和格里姆交往甚密。

- **德·莱斯皮纳斯女士**曾经是迪德方夫人的女伴，她吸纳后者沙龙里的某些常客，从而创办自己的交际圈，她的沙龙客人主要有达朗贝尔、孔狄亚克、孔多塞、杜尔哥、马蒙泰尔。

"哲学家"的思想

路易十四统治后期，废除《南特敕令》，从而引发针对新教徒的迫害运动，一批对社会不满的思想家出现，他们被冠以"哲学家"的称谓。培尔和

创作背景

丰特奈尔驳斥官方"哲学",并自称为"哲学家",以此表示他们所批判的一方属于非哲学家。

- **这种伪哲学包含哪些内容?**

——它属于道德哲学和形而上学的范畴;

——它属于基督教思想,依据信仰解释一切,并按上帝规定的自然秩序来阐释一切;

——它奉行权威的原则,所谓权威是指古代人或圣人,并认为亚里士多德或圣托马斯的观点就是推论的"证据"。

- **启蒙运动时期的哲学包含哪些内容?**

——它源自思想自由原则和理性主义;

——它拒绝权威的原则;

——它否认偏见、狂热和一切束缚客观思考的思想;

——它与声称一切均由唯一准则解释的刻板思想划清界限(参见第203页《老实人》);

——它不同于宗教:它尊重信仰,却认为信仰异于知识。

"哲学家"的思想建立在三大原则之上:

- **理性的信仰:**

——启蒙运动源自笛卡尔(1596—1650)所推崇的怀疑主义方法,并以思想的理性实践为基础,认为通过检验可以区分真与伪;

——"凡是跟人有关的,我都不陌生":哲学家热衷一切领域(历史、政治、科学、文学、技术)。

- **实验方法:**

——哲学家首先是一位观察家。他审视世界,收集大自然中的真实存在物(化石、昆虫、植物),如伟大的博物学家布丰;

——以观察为基础,践行归纳法。从一些特殊事实的研究中,归纳出一般规律,如牛顿(1642—1727)从观察苹果落地这一事实中,最终得出万有引力定律。

195 ● 普及推广与介入行动：

——哲学家是积极活跃分子，并认为自己有责任传递"知识"，以此推动进步和改善社会生活。众多往来信函、《百科全书》、新理论的普及（如伏尔泰介绍了牛顿的理论），还有人人阅读的故事等新文学类型的产生均源于此初衷。

——哲学家希望影响权力运作。他们自愿成为君王（开明的君主）的顾问或者在一些政治或司法辩论中表现自己（伏尔泰与卡拉斯案件），甚至出版真正的政治专论（孟德斯鸠、卢梭）。

——哲学家希望实现世俗间的幸福（不再仅是彼世的幸福！）。他们支持一切有利于社会公正、财富分配、劳动权利的事情，捍卫有用的劳动者（手工业者、农业劳动者、商贸资本家、小工厂主等）的权益，为"第三等级"逐步掌握权力蓄势。哲学家们为后期法国大革命的爆发积蓄力量，尽管是无意之举，但他们功不可没。

新思想和孟德斯鸠

观念的转变

古典主义道德宣扬的是臣服和集中制。于帕斯卡尔等人而言，人类的不幸源于在面对自我时无法保持平静。好奇心、渴望远行和变化无常均可视为思想忧虑和病态的标志。拉辛和布瓦洛仅了解巴黎；博絮埃和费奈隆从未去过罗马。滋养他们的是古希腊罗马文明及《圣经》等扎实的文化基础。然而，18世纪带来的却是观念的转变。新教徒知识分子的流亡经历，使他们得以在欧洲各地结交朋友。外国作家的作品传阅开来，并被视为典范。一种世界性的、改革派的思想形成。

信奉天主教的西班牙丧失影响力。法国逐渐向拉芒什海峡彼岸的英国靠拢。18世纪的思想家均曾旅居英国。同样，荷兰和德国也被视为思想（尤其是宗教）更为宽容的地方。因此，主要典范人物为荷兰人或英国人，如荷兰人巴鲁赫·斯宾诺莎（1632—1677）是自由理性的捍卫者；英国人约翰·洛克（1632—1704）是宽容说的拥护者，更是认为一切真正知识均来自实践和经验的理论家；以及英国人艾萨克·**牛顿**（1642—1727）与他们如出一辙。

英国模式备受青睐，向国外提供了三重典范："自由主义"经济和政治（包含君主立宪制）、创新型的科学文化和宗教宽容政策。伏尔泰曾在他的《英国通信》中写道："如果在英国只有一种宗教，其专制的后果是可怕的；如果有两种宗教，它们会互相攻击；然而，若有三十种，它们将和睦共处。"不过，来自他国的崇拜绝非仅限于此。海上帝国的扩张促进了各国的频繁往来。在文学领域也引发回响，这一时期的作品刻画了一系列人物形象：新大陆中的"高贵的野蛮人"、享乐至上的伊斯兰教徒、爱开玩笑的土耳其人或波斯人、有修养并信教的中国人。18 世纪初期，商业往来促成的最有意义的两大成就是：安托万·**加朗**翻译了《一千零一夜》（1704），丹尼尔·**笛福**的《鲁滨逊漂流记》的法文版问世（1720）。这些作品让人想象驰骋。同时，《鲁滨逊漂流记》还表达出一种意识形态：认为个体劳动最终可以实现一切，有一技之长者可以掌控自己的命运。这部作品还是卢梭笔下所虚构的理想门徒爱弥儿的唯一读物。

孟德斯鸠：过渡和革新

孟德斯鸠原名夏尔-路易·德·塞孔达（1689—1755），拥有双重爵位：拉布雷德男爵和孟德斯鸠男爵，他出身于背景雄厚的外省大贵族家庭，其家族拒绝乞讨王室恩惠，因而未在路易十四的朝中为官。孟德斯鸠本可以同圣西蒙一样，成为反动派。但是，孟德斯鸠与波尔多故土的紧密联系并未使他封闭自我，而是旁观怪诞的巴黎，观察他没有经历过的各种巴黎样式。隐居故土，这位未得到任命的法官，凭借自己渊博的科学和哲学知识，就历史意义和立法提出了一种构思严谨的观点。但在此前，孟德斯鸠作为一位出色的"哲学家"，于 1720 年至 1730 年期间，常出入巴黎的文学沙龙，并结交法国的精英之士。同时，他游历欧洲各国。最后，与一位富有的加尔文教徒结婚，这场婚姻最终影响了他的宗教宽容思想。

因而，难以将孟德斯鸠准确归类。他既是道德家，又是大贵族，他沿承古典主义传统；但是，他还是一位理性主义者，他借鉴百科全书派充满好奇欲的见解，进而活跃自己的思想，并期望建立另一种社会。他是法国首位伟大的政治社会学家。

服务于新思想的波斯幽默

《波斯人信札》（1721）匿名出版于阿姆斯特丹，旋即便大获成功。在该著作中，孟德斯鸠秉承18世纪初的传统：以虚构的编年史形式叙述粗鲁、"天真"的外国人对欧洲的认识。继暹罗人（迪弗雷尼的《严肃而滑稽的消遣》）和《一千零一夜》中的东方人之后，波斯人郁斯贝克离开自己的后宫，在朋友黎伽的陪伴下，前往法国游历。他的通信（写信和回信）既描述了波斯伊斯法罕的生活，又介绍了巴黎人的鲁莽。在假装天真者看来，政治和社会习俗已沦为荒诞。孟德斯鸠假借玩笑的名义，指责所有滥用权力者（国王、教皇、司法……）。主要方法（类似于前人蒙田对食人族体察入微的描写）是不偏不倚地对比互为对立的宗教信仰，并全部予以否定；所有排他的确定性都是褊狭且狂热的。唯一明智的真理建立在相对意义之上，其余均为陈俗、偏见和掩饰。

因而，《波斯人信札》批判反自然，具体而言，它指责的是东方的禁忌、女性地位、不平等，西方的宗教（政教混同）、上流社会生活、奴隶制、专制主义和经济欺诈。文本毫无规律可循，难以确定其主线。然而，可以看出孟德斯鸠宣扬建立理想的司法和理性模式，以及与父权制王权、物质繁荣、艺术进步、人口增长相协调的社会秩序的主张。孟德斯鸠没有将自然与进步分开看待。

历史的教训

在一个万事皆变的世界中，思想家自然而然提出思索历史的前进方向。整个18世纪，历史性作品大量出版，所有重要作家都曾著述此类内容（伏尔泰、狄德罗、卢梭、百科全书派）。

然而，新思想是指"历史决定论"的思想，即确信存在某些定律、某些恒定不变的机制，而且历史并非偶然的结果。博絮埃等教徒将此逻辑简化为神意：上帝知道世界将走向何方，表面的形式松散皆因人类无知造就。另一些人则认为历史由某些具有决定性作用的伟人谱就。孟德斯鸠否认这两类观点，并希望通过研究客观原因（经济、社会、道德、地理方面的因素）来解读历史的演化。

这便是他写就《罗马盛衰原因考》（1734）的意义。孟德斯鸠在书中指出：一开始，罗马的国家机构是为征战时期的罗马共和国服务，因而不再适用于后来的罗马帝国。自由以及共和国的优势消失，这必然导致衰亡。因此，"控制世界的并非是命运"。当然，孟德斯鸠在提及罗马时，联想的是自己所处的时代。

政治社会学的诞生：《论法的精神》

鸿篇巨制《论法的精神》（1748）的编写耗时十几载，共含 31 章，是写给整个 18 世纪的政治遗嘱。孟德斯鸠希望制定法（即人类自己书写的全部律法）服从自然规律（尽管制定法表面看来缺少协调性且结构松散）。

《论法的精神》的初衷是写就一部描述性作品，然而却揭示了孟德斯鸠寻求建立理想政治制度的欲求。他认为仅存三种可行的政体：共和政体（建立在所有人的品德基础上的民主）、君主政体（经中间势力缓冲的温和君主制，人们通过荣誉扬名立功）、专制政体（由唯一统治者控制，建立在恐惧基础之上）。理想模式是权力（立法、司法、行政）分治的英国君主立宪制。国家的作用是监督公民的生活，有人认为正是这一观点使得孟德斯鸠成为社会主义的先驱。

然而，孟德斯鸠并不满足于仅仅提供一份立法一览表。《论法的精神》强调社会环境在社会规则机构中的作用。法律依赖环境，离不开各个国家的自身特点的影响。因而，各国间的不协调性显现。但是，这些变化差异并不妨碍一切自然法共有的重要原则的存在。道德法律适用于全世界：尊重人类个体；财产权利；知识、职业和分工面前人人平等……孟德斯鸠还以同样的精神强烈批判奴隶制和任何对抗自由的极为不公的暴力行径，他提出自由是"从事法律所允许的任何行动的权利"，而法律既指政治法律，也包含道德法律。

喜剧的复兴

"风俗喜剧"

直至路易十四驾崩之前,受虔诚信徒的影响,剧院的出入受限。宫廷之人不敢选择国王路易十四和曼特农夫人不再光顾的剧场。1697 年,意大利演员被责令离开巴黎。他们的离去导致剧院空荡。因而,大众百姓转而观看集市中的庙会戏剧,因为那里的演出场次足以接待为数众多的观众群。尽管存在这些限制,摄政期间(始于 1715 年),喜剧呈现复苏局面,公众酷爱戏剧:法兰西喜剧院每年平均接待 20 万观众。

然而,与当时的思想和风俗一样,喜剧本身也发生变化。喜剧不再如莫里哀那样描述某种普遍的人性,而是反映现实。戏剧刻画当代的人类肖像和时尚。长远而言,这种向现实主义发展的趋势展现了社会现实中无可救药的缺陷:对当时历史的影射最终变得晦涩难懂。因而,1690 年至 1750 年间,虽然文学创作极为丰富,但是戏剧作品却凤毛麟角。

17、18 世纪之交,戏剧主题以财政、银行业等为主。情节编造围绕遗产故事、经济破产、利益婚约等。知名作家有菲利普·**德图什**(1680—1754)等。至少,已演化为谚语的两句诗节是出自他手:"本性难移"和"批评容易,而创作难"(出自 1732 年出版的《自负之人》)。同样,让-弗朗索瓦·**勒尼亚尔**(1655—1709)创作的悲剧剧情却有引人发笑的效果:《全部遗赠财产的承受人》(1708)讲述的是趁老人(热龙德)弥留之际,让他签署一份遗嘱。

更具特征的还有阿兰-勒内·**勒萨热**(1668—1747)。无半分财产的他攻击暴发户，支持社会变革。仆从不再与主人沆瀣一气，而是心怀野心，与主人为敌。民众百姓对庙会集市上表演的这些略显蛮横的戏剧尤为感兴趣。他的第一部成功之作便命名为《与主为敌的克里斯平》（1707），该著作名称便已明了。然而，勒萨热的《蒂尔卡莱》（1709）遭人议论，终因攻击众多的财政官和唯利是图的商人而被列为禁书。主要人物蒂尔卡莱是一位虚荣自大、以自我为中心、处处行骗的坏商人，描绘的是一幅"包税人"的肖像漫画。仆人弗龙坦欺瞒愚弄主人后，最终得出这样的教训："蒂尔卡莱先生的统治结束了，我的统治即将开始"，该形象直接启发了作家博马舍。

现代派：马里沃

在戏剧自我探寻的这段时期，皮埃尔·卡莱·德·尚布兰·德·马里沃（1688—1763）成功创作了一种辨识度明显的戏剧类型以及一种被人认可的戏剧语言。为了实现出色刻画人物心理和情感的自然风格，马里沃放弃将戏剧人物特征化或塑造固化的典型。同时，他用精细的散文体取代韵文体，因为前者更适合描写爱情欲望的复杂和无序。与好友丰特奈尔一样，马里沃坚定地站在厚今派阵营，脱离崇古派，转而为意大利剧院中更为自由随性的喜剧演员创作。此外，马里沃开始从事记者职业。在与厚今派的报纸《新信使》合作之后，他受英国报界启发，创办期刊。马里沃是一位深受新思想鼓舞的与时俱进者。

马里沃体及其主题

术语"马里沃体"用以指称马里沃所创作的一种文体。

马里沃喜欢灵活自如地运用语言。他滑稽地模仿源自不同层次（从土话到沙龙高雅用语）的语言。他发掘利用对话素材（反衬、文字游戏、反驳、误会），并使其成为唯一的情节工具。人物的发展变化和形象塑造是通过人物话语逐步呈现的。因此，语言既是一种为人处世之道，又是一种自我揭发的方式；因为社会生存的艺术都是口语的，此外，通过定义事情，人们能更清晰地认识自我。

马里沃体只有一个中心主题：爱情的产生和情感意识的获得，并且往往发生于不由自主的情况下。剧中人物应当放弃羞耻和畏惧，以便接受自己所感受到的爱情，同时，还应当确切了解他人的情感，以便戳穿谎言和揭露虚假。人们的自我掩饰是为了更好地窥探对方。

因为，爱情最大的问题便是忠诚。马里沃向读者展示了伪善之下和躲闪之中的爱情游戏。爱情不再意味着自我的放弃或馈赠，而是一个等待澄清的"惊喜"或"神秘"。戏剧终止于两位"情人"意识到自己已深陷爱情之时。因此，当代评论界揭示：在马里沃的作品中，存在先于本质；因为人类是通过经验、感受、与他人的关系，才最终认清自我。

马里沃："剧中剧"的专家

19世纪时，马里沃不为人理解。直到20世纪，他才得到首次认可，以至于某些批评家将他视为现代戏剧的创始人。因为所有的戏剧都提出"双重叙述"的方式：戏剧人物彼此之间的对话，实际是为了向观者述说。马里沃通过设置"剧中剧"将这种情景推向极致。其喜剧作品的主人公是一些善于乔装的说谎者或阴谋家。并且一些演员在剧中扮演的角色依然是演员。这类主题形式多样：

- **简单的闹剧**：其中的人物乔装之后，戏弄某人，如《贵人迷》中的玛玛姆奇一场。这便是喜剧和马里沃体共有的特点之一；
  - 通过转换角色，**运用真正的喜剧**。因而，王爷扮演成军官（《朝秦暮楚》，1723)、使臣(《乔装的亲王》，1724)、官员(《虚假女仆》，1724)。身份的反转（当然，意识形态会立即随之颠倒）通常在主仆之间发生，如《奴隶岛》(1725) 或《爱情与偶然的游戏》(1730)。最后，《爱情的胜利》(1732) 中，公主女扮男装；

- **排练**制造幻觉。舞台上，各人物排练同一部戏剧。会营造一种嵌套的效果，产生"戏中有戏"的综合效应。早在莎士比亚的《仲夏夜之梦》(1594)、高乃依的《可笑的幻觉》(1636) 和莫里哀的《凡尔赛即兴剧》(1663) 中，均已采用过这种巴洛克式情景：本质与表象混淆，欺骗或炫耀终结于欲望或隐藏的事实苏醒之时，骗人的表象和不专一会导致内省并最终揭示掩盖已久的情感。

距今较近的作家让·阿努依以深度加工马里沃的作品为乐趣。在其作品《排演或被惩罚的爱情》(1947) 中，他讲述了一群正在排练马里沃的《朝秦暮楚》的演员们对自己的角色感同身受的故事。

世纪人物：伏尔泰

从傲慢到哲学

伏尔泰（1694—1778）断然没有预料到一直传阅至今的并非他寄予厚望的悲剧或历史研究类著作，反而是当年被视为"小众"的作品（故事、书信、抨击册子和"词典"）。伏尔泰在世时，被视作诗人：他写有大量韵文体作品。然而，使他永垂不朽的正是他的性格：他思想过人且善于论战，本能地厌恶一切有碍于世间幸福的事物，怀揣追求真理的鲁莽激情和崇尚轻率的自然趣味。他才智过人且思想自由，而其傲慢自大令他接触哲学，并使这位爱揶揄他人的上流社会人士成为一位现代思想家。

1718年，时年24岁的弗朗索瓦-玛利·阿鲁埃是一个不甘寂寞的自由思想者，他曾经因撰写过针对摄政王朝的抨击册子而被关押在巴士底监狱数月。但是，他的悲剧《俄狄浦斯》立即给他带来了荣耀，并为他敞开了通往宫廷的大门。他取伏尔泰（是其名字"年轻的阿鲁埃"的变体）为别名，入朝为官，并成为巴黎文学沙龙的头面人物。但是，他的反抗精神却走向极致。在与傲慢的大贵族——罗昂骑士发生争执后，伏尔泰遭暴打、监禁，后流亡英国。哲学写作的开始追溯至此。寄居英国的三年期间，伏尔泰结交了一些饱学之士和思想家。他迷恋英国的自由主义思想，撰写了《哲学通信》，假借报告文学的形式，颂扬宽容、科学（牛顿）、政治自由等。《哲学通信》攻击法国旧制度，主要质疑王权专制和贵族特权。

伏尔泰先是刻画了理想的自由哲学形象。他认为英国正在酝酿一个新世界。他的偶像是现代科学和实验知识的奠基者们：培根、洛克、牛顿。人类幸福的实现前提是必须掌握自然规律和知识。自此，伏尔泰公开反对蒙昧主义和偏见。这也是他借机指责帕斯卡尔的原因，尽管他并非不欣赏后者的才华。通过这种方式，伏尔泰抨击强硬的正统教徒。帕斯卡尔坚信人类的虚无，将人类灵魂得救的所有希望寄予彼世。伏尔泰拒绝这种形而上学的思想，他撰写《评论》用以逐条驳斥《思想录》。《评论》在定义人类时，使用的是实际行动，而非枯燥乏味的思考。

因此，这是伏尔泰提出的现代社会中的一种乐观主义和信任。幸福必须建立在人世间的此时此刻。天堂仅存在人世间。甚至这一信条发展为颂扬奢侈和享乐，1736年，他在诗歌《上流人士》中写道："俗世间的光阴完全循着我的习惯/我喜爱奢靡华丽亦甚或安逸无度/所有乐趣、各类艺术……"

理解人类历史

伏尔泰为了深入思考现实，开始研究历史。他是首批以现代方式书写历史的学者之一，但其严格的方法论首开先河。他的研究不断扩容：一位国王（《查理十二史》，1731）、一个世纪和一个国家（《路易十四时代》，1751）、普通人（《论风俗》，1756）。

伏尔泰一心意欲秉持客观性。鉴于历史是表达真相的一种手段，他查阅各类官方资料和最为丰富的证明（档案、通信）。然而，这种对于事实的关注不应该掩盖哲学的策略。伏尔泰史学观最重要的四条理论是：

——偶然的作用，甚至他认为要比逻辑和决定论更为重要；

——"英雄"和其他重要人物的作用，减为多数民众向往的对象；

——显而易见，基督教仅是诸多文明形式之一，其余不断发展的更为卓越的文明同样大有裨益；

——重大的变动中，经济的作用不容小觑。而且尽管存在偶然性和无序状态，经济进步却有望促进社会持续发展。

203　　归根结底，伏尔泰反对"普遍决定论"（孟德斯鸠所竭力宣扬的），反对信教者信仰的上帝。历史前进的唯一动力是：推动真理进步的人类自由。

伏尔泰式的故事

伏尔泰一生创作过数篇故事。18 世纪时，这类体裁备受推崇，伏尔泰为迎合公众趣味，创作《老实人》等作品。此外，虽然他意识到应当顺从这种创作时尚，但在其有生之年，并未严肃看待这类作品。他期待自己的悲剧作品能够流传后世："倘若我没有弄错的话，史诗类作品才是我所长"（1725 年 10 月 17 日信件）。因此，他撰写故事仅为凭借自己讽刺性谈话的天分来娱乐周围的人。18 世纪，以同样思想创作的还有：**对话**（整个时代人物间的对话，无论是生者还是亡灵）；**诙谐剧**（使推理偏离主题的玩笑）；各类**故事经历**。简而言之，**故事**是一类定义不完善的"小型体裁"。伏尔泰经常使用其他方式来定义它："哲理故事经历"（《小大人》）、"幻想"（《巴布可》）、"东方故事经历"（《查第格》）、"真实故事经历"（《天真汉》）等。然而，其最终目标仍然是取悦尽可能多的读者。为了推广自己的思想，伏尔泰也创作一些以**旅行**为题材的作品。作家笔下的人物在各种极端的环境中游历，以此从各个角度来阐释主题。不再纠结于现实主义因素或心理描写；人物个体和故事情景均一成不变，并用以诠释一种批判性思想。

当然，早在伏尔泰之前，就已存在一些典型的故事作品，尤为著名的是在欧洲大获成功的斯威夫特的《格列佛游记》。伏尔泰在英国时结识斯威夫特。鉴于自己面对的是不太适应哲学评论的读者，伏尔泰模仿小说的写作方式以迎合读者口味。这种仿讽作品如同一部蹩脚小说，本身也是对生活的一种批判，其中的一切经历都发自偶然，而其主人公（读者难以类同）则是荒谬命运手中的木偶。每篇故事的目的均十分明确：《老实人》嘲笑乐观主义；《小大人》

引导读者思考相对性（推广哥白尼、伽利略和开普勒的理论）；《查第格》攻击对上帝的信仰。故事向我们揭示了《如此世界》（1748年出版的一篇故事的题目）的真实面目：相当糟糕。应当注意伏尔泰的反抗已经逐步地转变为失望和普遍存在的怀疑。

具有揭示意义的冲突：伏尔泰反对卢梭

伏尔泰的怀疑主义持续膨胀，他愈加无法忍受那些假借天意或较高利益的名义来评判是非的思想家们。这也是他为何不断地站在个体一方，对抗统治集团，尤其体现在他对一些司法事件的立场上。历史事实也同样使他失去年轻时的乐观和活力。主要有两件事令他心灵遭遇创伤：里斯本灾难（1755年9月1日）中，地震引发的海啸吞噬整座城市（死亡2.5万人）；始于1756年的七年战争使欧洲惨遭蹂躏。由此看来，上帝和人类在"使人世变为地狱"这一点上是一致的。

伏尔泰也因此陷入与卢梭的冲突中。1755年，《论人类不平等的起源与依据》出版伊始，伏尔泰向卢梭邮寄了一封奇怪的感谢信。借口出于礼貌，他驳斥卢梭的利于自然状态，却悖于文明的论据。自此，两位思想家之间的紧张关系不断加剧。伏尔泰并不认为上帝将会宽恕里斯本般的灾难，而卢梭则辩驳称：按着上帝的意愿"一切皆安"，"希望会缓解一切"。

两人之间的意见分歧还体现在如何看待戏剧施加于社会的道德影响上。身为戏剧作家和爱好者的伏尔泰不理解卢梭在其《致达朗贝尔论戏剧的信》中的立场。伏尔泰捍卫的是世间的幸福，而卢梭推崇的是道德的庄严朴素，这场论战或许并不醒目，但却揭示了两人之间的深层矛盾。这场冲突也体现了18世纪中叶两派人之间的思想争辩：一派人甘愿为人类担保，另一派人则谴责文明所致的道德堕落。

伏尔泰的重要论战

伏尔泰无时无刻不忧心于思想领域的问题。但是他的论战暗含的唯一目标是被他视之为"卑鄙"("摧毁卑鄙")的各种形式的思想和道德压迫:迷信、宗教狂热、草率的司法、以国家利益为借口、审查制度等。伏尔泰一生都同过度而为的专制暴力统治作斗争。他的历史著作强调绝对主义的恐怖:屠杀、谋杀、宗教法庭的火刑、教会对新思想的处罚、征服意识。

然而,伏尔泰的反宗教态度并非意味着他是一位无神论者。伏尔泰是"自然神论者"。他信仰只有一位上帝,而耶稣的道德便是其体现。但是,他仅遵循"自然宗教",即无教义、无官方教会,亦无狂热神甫的宗教。他揭露危险或有罪的法律推定,因为此类判定是靠暴力将自己的真理强加于他人。自此,伏尔泰的思想围绕容忍原则而发展,也成为其《论容忍》(1763)一书的关键词和主题。

伏尔泰曾多次将自己的理论付诸实际行动。尤其是在司法诉讼中,他致力于平反案件,且效果明显。

- 人尽皆知的是卡拉斯案件:1762 年,有人指控一位图卢兹商人为制止儿子背弃新教、皈依天主教,遂将其谋杀,该商人因此被判公开执行死刑。很快,伏尔泰获知让·卡拉斯是错误且残酷的司法裁决的无辜牺牲品。在一番细致调查之后,伏尔泰组织了一场舆论战,最终该案得以复审,并为让·卡拉斯恢复身后名誉(1765)。

- 另一事例,拉巴尔骑士案。1766 年,一位年轻的骑士因被指控蔑视宗教和亵渎圣物而被判当众认罪,并施以断舌、斩首和火刑。刽子手还奉命将一本伏尔泰的《哲学词典》一并烧毁。伏尔泰惊恐万分,尝试为此判决平反,许久之后,国民公会为拉巴尔骑士昭雪。

在所有的论战中,伏尔泰均使用抨击册子的形式反击,这样有利于争取民众并动摇对手。他是讽刺大师，因而可以讥笑审查官（《论阅读的严重危险性》，1765）或卢梭。他往往勇敢无畏地介入各类活动且能够先知先明：他反对酷刑、死刑和残存的奴隶制等。

变化不定的人：狄德罗

感性与理性之间

德尼·狄德罗（1713—1784）自己也常强调自身性格的摇摆不定和脾气的反复无常。他声称是故土的环境影响了这一本性的形成。上马恩省朗格勒市气候多变，狄德罗生于斯长于斯，同当地居民一样，他秉性中带有"如风向标般的变化无常"。他的活力使同时代者倍感震惊。时而躁狂、时而忧郁的狄德罗波动无常，他随时都会因一个想法、一幅画作或一位女人而陷入痴迷。这位凭直觉行事的感性人并不完全具备哲学家应有的理性和冷静气质。不过，狄德罗在哲学事业上的成就，令同行难以望其项背。

他作品中的理论内容反映了其矛盾思想；他喜欢使用"悖论"，撰写过一些故弄玄虚的小说（如《修女》），及一些混乱对话体形式的文章。无法将其风格归入任何一种固定的体裁：他的创作毫无目的。卢梭等人的作品严肃庄重、逻辑严密、态度明朗，狄德罗却不同于此，他不断质疑主题的确定性。他的写作并不期望有规划地呈现世界或自我，而是将写作视为试验场或实验游戏。因而，他的作品常呈现口语风格，或未完待续的状态。

狄德罗甚至是他所在时代的化身。当时，对于真理的探寻在理性主义和感性主义之间犹豫不定。受知识和精确科学的鼓舞，狄德罗意欲认知一切且推介一切。然而，在这一冲动的影响下，他意识到情感的道德价值和思想价值。他的敏感思想本能地察觉到了美、真实和美德。狄德罗没有将思想视为一种脱离内心控制的自动机械，他认为"哲学仅是激情的态度"。因此，时而惧怕容易

变化不定的人：狄德罗

激动的情绪会演变为暴虐，时而又确信纯粹和枯燥的理性是盲目的，在这两者之间，狄德罗必然摇摆反复。狄德罗具备双重身份：由于情感的过分激动而造就一位诗人（《论戏剧诗》，1758），又因为文学创作的冷静而成就一位清醒的演员（《喜剧演员奇谈》，1778）。

相悖的审美情趣

如果说狄德罗热衷于与他人产生冲突，这并非仅仅是其性格所致。他喜欢争辩和挑起论战，因为这些实践雄辩术的机会利于思想运转。然而，与真理一样，思想是纷乱和运动的。对于狄德罗而言，宇宙的纷扰不断，人世处于变化中。狄德罗先于拉马克和达尔文，提出生活是由一系列变化组成的观点。哲学家意欲看透真相，其思想必须模仿其中的复杂变化和诸多可能性。

狄德罗的风格正是其思想形式的反映。他的作品基本以活跃的对话为主，在不断的尝试中探寻真理。主要谈话者通常焦躁不安或古怪稀奇；争论也无章可循。甚至在他的小说《定命论者雅克》中，由于叙述者的介入，小说人物的经历不断偏离或中断叙述的主线。

这也是狄德罗出于谨慎而采取的用以混淆视听的写作技巧。因为，狄德罗再也无法安全地表露他过于直白的思想。其作品《给明眼人看的论盲人的信》一问世，便给他带来牢狱之灾，被关押入万桑监狱（1749）。自此，狄德罗从中吸取教训，往日勇敢果断的思想变得不再那么明朗，甚至不予以公开。这封《盲人的信》所述何事？在信中，狄德罗让躺在灵床上的英国失明数学家——桑德森发声，他言称人类是某一发展变化的物质偶然演化而来的，而人世则是永恒运动的宇宙经历的一场暂时的意外。因此，狄德罗否认视人类是上帝的创造物的信仰。所谓的"形而上学"和"道德"只不过是人类的发明而已，并由人类的感官和器官支配。

狄德罗在其余的文论中也进一步强调过其无神论思想，尤其是在《达朗贝尔的梦》（1769）中，唯物主义理论得以完整发展并合法化。

道德与情感

反对者们惧怕无神论会导致所有道德的终结。倘若失去对上帝的敬畏，那谁将强制规定各类禁忌？事实上，相较于狄德罗，伏尔泰更为反对教权，而且为防止背叛，他希望培养有信仰的奴仆。因此，狄德罗必须回应这些古典论题。他的无神论毫无恼恨之意，而是源自对宇宙和世界物理体系的逻辑调查。其无神论起源于揭示科学的事实。

狄德罗论断的前提是：人类为了自己的幸福会自然地或是必然地做出行动。道德必然是由这一欲望衍生而出且被集体采纳的结果。而所有的政治或宗教束缚则主要以消除该倾向为目标："凡是其规定有悖于人类幸福的律法均是错误的"。狄德罗以此来提出他的反天主教思想，他认为没有事情能比天主教传统所鼓吹的剥夺享乐（包含满足性欲）和颂扬苦行更不合乎情理。我们通过对比狄德罗作品中的两种极端情景，便可对他的主要观点一目了然。一方面，修道院是一处汇集所有规定和禁令的封闭地，因而导致人类关系残忍化或招致道德堕落，《修女》便揭示了这些；另一方面，"高贵的野蛮人"无视阶级区分，追随自己的直觉，乐享安宁，沉浸于肉体幸福，无怨无悔，如《布干维尔之行补篇》中的塔希提人。

狄德罗遵循这一论证逻辑，终而捍卫情感成为唯一的道德源泉，亦即要始终追寻自然、追随"内心的声音"。因而，他奉行所谓的"令人动容落泪"的风格，尤其是在戏剧领域，他创作了称为"正剧"的一些新剧作，戏剧主题涉及资产阶级（有关家庭或日常生活不幸的正剧）和现实。作品为观众立起一面镜子，以便他们观清自己所面临的形势。戏剧冲突源于哀婉动人的暂时性骚乱，这样可以引人怜悯。最终的结局又重现和睦，因为剧中人物通过承认错误而得到原谅，情感将会战胜利益。同时代的格勒兹的画作也传递了同样的感伤主义。

狄德罗的新小说：形式与意义

狄德罗认为自由（首先是身体的自由）是幸福的首要且必要条件。但是，他所拥护的唯物主义哲学有悖于认为人类能够摆脱所有束缚的观点。人类的天性取决于遗传，人类的历史受环境中的偶然事件影响。如何协调生理或社会决定性与自由间的关系呢？自1760年起，这便成为狄德罗在连续撰写和改写《修女》《拉莫的侄儿》和《定命论者雅克》时不断讨论的问题。

这三部虚构作品便是狄德罗所创作的真正文学作品。这些小说概括了写作构篇的必要性并体现了作家喜欢制造意外的风格。其中的叙述散碎、不连贯，这正体现了生活的无序。文学创作不再仅仅是一种形式，而是具有意义。作者运用的叙述艺术或主人公的生活艺术以享乐、历险和逃跑为主要内容，这便允许我们辩证得看待宿命论和自由。雅克（宿命论者）深信一切都早已书写在一副"大卷轴上"，但是，他依然伪装自己是自由人，而且相较于他的主人，最终雅克也确实实现了更大程度的自由。因为他的主人虽然承认信仰绝对自由，但却心怀种种偏见和俗套；同样，（拉莫的）侄子是一个富有才华的流浪汉、一个肆无忌惮的门客，但是归根结底，他却比那些满是缺点和可笑之处的"上流社会者"更加自由、幸福和真诚。

狄德罗评判艺术

应朋友格里姆的要求，狄德罗开始撰写文章以汇报巴黎每两年举办一届的美术作品展。然而，他并非该领域专家，于是转而刻画"想象的博物馆"。在琳琅满目的画作中，他进入了风格纷呈的诗歌世界：风景、神秘、宗教或道德寓意、熟悉的现实……他的这一退守措施利于评论和想象发挥，这一点极佳地证明了狄德罗的性情。"绝不存在越来越像我的作品"。

　　1766 年，狄德罗将其艺术思想归纳于《论绘画》一书中。其中介绍了三个原则：要力求运用现实的表达方式，以此来展示家庭生活、环境和日常行为；用悲怆和伤感唤醒情感；最后，画作有必要包含一定的道德寓意："画作与诗歌的共同之处就在于两者均宣扬良好的社会风化；其中必须包含风俗刻画。布歇从未意识到此，因为他的画作充斥放荡堕落，且不受人欢迎。格勒兹总是正直诚实，大家因他的画作蜂拥而至"（第四篇）。

　　《画展》是一部诗歌作品。狄德罗沉浸于激情与幻想带来的高昂兴致中，作品中充斥富于想象力和赞赏之情的冲动，并启发了夏多布里昂和波德莱尔的创作。表述情感时，从未有作家如此强烈地感受到语言的不足："语言没有提供给我足够的表达力来表述真理。我放弃文论，是因为缺少词汇来充分表述我的理由；我内心深处想的是一回事，可说的却是另一回事"（1767 年版《画展》）。

209　　狄德罗的美学观解释了他为何要介入到"喜歌剧论战"中。约 1750 年至 1770 年间，这场音乐论战发生在法国抒情音乐的支持者（从吕利至拉莫）和意大利歌剧的拥护者之间。总体而言，卢梭（《论法国音乐的书信》，1753）及追随其后的哲学家们站在"喜歌剧"一派，即那些意大利艺术家们。他们的音乐具有强烈的表达力、戏剧的典型特征和色彩。而哲学运动支持意大利喜歌剧也是出于某些意识形态方面的原因；如在佩尔戈莱西（1710—1736）的《女仆夫人》等作品中，主题有关"资产阶级"，且不再具有神秘色彩；作品不是一种装饰，而是用以向众人倾诉强烈的真情实感。狄德罗十分认同这种观点，因为他同卢梭一样认为"音乐描绘的是人们所听不到的内容"。《拉莫的侄儿》中便有对该美学和意识形态论战的回应。

热爱科学

科学思想的飞跃

18世纪的所有作家都涉猎科学领域。一方面,他们认为科学研究方法类同于文学写作方式(如狄德罗的对话、伏尔泰的词典和卢梭的演说)。另一方面,他们借机利用科学的新数据。如与狄德罗志同道合者:感觉主义的理论家艾蒂安·博诺·德·**孔狄亚克**神甫(1715—1780),他认为并不存在天赋思想,人类的能力是其感觉的产物;包税人克洛德·阿德里安·**爱尔维修**(1715—1771),他的作品《论精神》(1758)被视为理性主义的"圣经";保尔-亨利·**道尔巴克**男爵(1723—1789),是《百科全书》的编纂者之一,他强烈反对宗教,捍卫精确科学(化学、地质学),并写有唯物主义著作《自然体系》(1770);数学家皮埃尔-路易·德·**莫佩尔蒂**(1698—1759),首次测量出一度子午线弧的长度并提出普遍物种变化论。

上述所有学者均参与了《百科全书》的编纂。

《百科全书》是什么?

1728年,《百科全书,或艺术与科学综合大词典》在伦敦出版。为与其竞争,出版商勒布雷东计划在法国出版一套完整的词典。起初,这一计划带有政治意图。《百科全书》希望自己有别于那类带有明显或隐晦宗教色彩的词典,能够传递进步的声音并成为理性取胜的战斗武器。通过绘制"人类思想在各领域和各时期所做出的努力的总图表",这部鸿篇巨著希望赋予那些掌握"科学和艺术"的人、硕果累累者和积极探索者以发言权,所要传递的是资产阶级思想。百科全书派的思想奉行的便是活动家们的意识,他们立志要创造劳动和智力成果,关心科学和技术革新,他们侧重改革和建立秩序,希望以管理企业的方式来构想法兰西王国的治理。因此,资产阶级必须废除某些特权,追求平等权利,建立现代化的经济体制,并实现《百科全书》中的所有诉求。

下面用数字、名字和日期等数据来介绍《百科全书》的主要内容:

- 以数字说明《百科全书》:

——1789 年之前,出版的各类版本的《百科全书》共计:2.4 万册。

——定价:每卷书 25 利佛尔(共 17 卷,另有 11 卷插图本),即一位工人工作 300 小时(一月有余)的薪水。

——勒布雷东投入:5 万利佛尔;终期利润:152 万利佛尔。

——第一印次:4250 册,1751 年 5 月 1 日开始预订,不久便全部售罄。伏尔泰欢庆道:"出版商从中获利五倍,两个世纪以来闻所未闻。"预售时的初始定价为 280 利佛尔,不久便涨到 980 利佛尔,最后竟高达 1400 利佛尔。

——除了巴黎(1751—1772)、日内瓦(1771—1776)、卢卡(1758—1776)、里窝那(1770—1778)等地分别出版的大开本(时称"对开本")外,还有更为廉价的版本:日内瓦和纳沙泰尔出版(1777—1779)的半开本(时称"四开本"),以及洛桑和伯尔尼出版(1772—1782)的"袖珍"版(时称"八开本")。

——1000 名工人共工作 25 年才完成印刷。

- 《百科全书》的主要编纂者及负责部分:

——达朗贝尔(1717—1783)是德·唐森夫人的私生子,25 岁时撰写《动力学》,这使他成为欧洲首批数学家之一。37 岁成为法兰西学术院院士,备受君王(腓特烈二世、叶卡捷琳娜二世)和同时代所有知识分子(尤其是狄德罗和卢梭)的青睐。他负责撰写数学和普通物理学的相关词条,以及批判当时教育的词条,以及引发卢梭就戏剧内容进行回应的词条。

——巴尔泰（1734—1786）：医学相关词条。

——布朗热（1722—1759）：文学批评、法律、政治经济学相关词条。

——德·布罗斯（1709—1777）：文学批评相关词条。

——杜克洛（1704—1772）：艺术评论和历史相关词条。

——迪马赛（1676—1756）：语法相关词条。曾撰写文论《比喻》（1730）。

——道尔巴克（1723—1789）：化学和自然科学相关词条。

——若古（1704—1779）：他是狄德罗最长久且最得力的合作者，"六七年间，此人与六七位秘书一起阅读、口述，每天工作十三四个小时"（狄德罗于1760年11月10日致信索菲·沃兰中提到）。他应邀撰写了不同类型的主题，最主要的是政治哲学领域的词条。

——拉孔达米纳（1701—1794）：地理学、自然历史相关词条。

——马莱神甫（1713—1755）：神学相关词条。

——马蒙泰尔（1723—1799）：艺术和文学批评相关词条。

——莫雷莱神甫（1727—1818）：神学相关词条；达朗贝尔给卢梭的信中（1758年7月30日）写道"这是我们求助的第四位神学家。第一位被开除教籍（德·普拉德），第二位移居国外（伊冯），第三位故去（马莱）"。

——德·普拉德神甫（1720—1782）：神学相关词条。

——魁奈（1694—1778）：经济理论和实践相关词条。

——卢梭（1712—1778）：音乐相关词条和"*Économie politique*"① 这一词条。

——圣朗贝尔侯爵（1716—1803）：艺术和军事问题相关词条。

——杜尔哥（1727—1781）：普通经济学相关词条。

——伏尔泰（1694—1778）：文学和历史相关词条。

——瓦特莱（1718—1780）：艺术表达手法相关词条。

——伊冯神甫（1714—1791）：神学（"*Âme*""*Athée*""*Dieu*"词条②）。

---

① 该词词义为"政治经济学"。——译者注
② 这三个词的词义分别为：灵魂、无神论、上帝。——译者注

- **历史进程**

1728 年：伊弗雷姆·钱伯斯的《百科全书，或艺术与科学综合大词典》出版（直至 1742 年共发行 5 版）。

1743 年：特雷武的《词典》第五版问世，由耶稣会教士编写。

1745 年：巴黎书商兼印刷商勒布雷东获得翻译钱伯斯《百科全书》的优先权。

1746 年：巴黎最高法院的一纸判决书禁止狄德罗的匿名作品《哲学思想录》出版。

1747 年：勒布雷东委托狄德罗和达朗贝尔负责他的《词典》的编写。

1747 年：狄德罗被关押至万森监狱。

1750 年：《百科全书》的《宣传简介》出版。

1751 年：第一卷问世。

1752 年：德·普拉德神甫撰写的论文于次年通过答辩后，却被诉为异教邪说，他因而遭到神学院和天主教教阶制度的处罚。该事件在当时引起哗然，之后，同宗教权力机构和耶稣会士的论战便从未休止过。《百科全书》第二卷出版后，国王议事会便颁布命令禁止前两卷书流通。幸而得到出版监察马勒泽布的保护，出版才得以继续。

1753 年至 1756 年：每年出版一卷书。耶稣会士频繁攻击。

1757 年：达米安谋害国王（1 月 5 日）。国家出台措施整治被视为有颠覆倾向的书籍。雅各布·尼古拉·莫罗律师发表抨击文章，嘲讽百科全书派：《卡库亚克史》。莫罗也得到回报，他被任命为王室图书管理员以及"亲王殿下"（未来的路易十八）的首席顾问，后又成为路易十六的史官。

1758 年：卢梭撰写《致达朗贝尔的信》以回应"*Genève*"词条的争议。由法学家和宗教人士组成的委员会负责在限期内详细裁定百科全书派的思想。

1759 年：最高法院判决处罚《百科全书》，国王议事会撤销其出版许可。教皇克莱芒十三世也将该套书籍列为禁书。达朗贝尔退出。

1760 年：哲学家们遭遇全面围攻，四面楚歌。狄德罗打算停止《百科全书》的所有工作，但是仍不乏预订者。

1762 年：最高法院判决取缔耶稣会（及耶稣会士）。

1764 年：百科全书派的保护者——路易十五宠爱的德·蓬帕杜尔夫人逝世。狄德罗斥责勒布雷东私下修改词典。

1765 年：最后 10 卷出版（即第八卷至第十七卷）。

1766 年：勒布雷东因在凡尔赛宫出售该书而被捕。

1772 年：插画本全部出版。

百科全书派的思想

归根结底，《百科全书》是一部激进的著作。它重现客观、全面、毫无偏见且面向所有阶层的知识，追求真理、进步以及人类幸福。因而，每个词条的表述语气常具讽刺性、挑衅性，尤其是在介绍权力机构或信教者的方针原则时。甚至某些词条明确地反对宗教。

针对《百科全书》发起的论战充分证明该词典最初被视为一匹对抗信仰的战马。1752 年的判决指责该词典"打造了不信教者的基础"。总而言之，一些词条指责信仰（"*Raison*"①词条）、神迹（"*Imposture*"② 与 "*Oracles*"③ 词条）、教会（"*Pape*"④、"*Prêtres*"⑤、"*Hérétiques*"⑥ 词条）。相反，百科全书派颂扬宽容（*Tolérance*⑦、*Persécuter*⑧、"*Bramines*"⑨、"*Mahomet*"⑩ 词条）和人

---

① 意指"真理"。（以下注释均为译者所加）——译者注
② 意指"欺骗"。
③ 意指"神谕"。
④ 意指"教皇"。
⑤ 意指"神甫"。
⑥ 意指"异教徒"。
⑦ 意指"宽容"。
⑧ 意指"迫害"。
⑨ 意指"婆罗门"。
⑩ 意指"穆罕默德"。

世幸福（"Homme"①、"Passions"②、"Bonheur"③ 词条）。

其中的政治观点没有如此尖锐。孟德斯鸠的影响占主流：赞同设立有议会制缓冲的君主制，憎恶专制压迫和所有的专制制度，揭发法律面前存在的不平等和特权，主张权力分治（"*Autorité politique*"④、"*Égalité naturelle*"⑤ 词条）。

最后，《百科全书》还揭发战争和镇压的弊端，指出其对经济的影响。唯有和平的环境才利于劳作推广和财富增加。词典的半数是雕刻的插画，展现了工具、机器和各类行业的画面。因而，不赞同特权阶层或恶富人的奢侈和不劳作，他们支持发展劳作、手工业、小工厂、农业、经济生产的文明（"*Peuple*"⑥、"*Indigent*"⑦、"*Laborieux*"⑧ 词条）。

推广模范：布丰

在百科全书派的运动中，多位博学者创作了普及读物。其中，作品最丰富的当属布丰伯爵（1707—1788），即乔治-路易·勒克莱尔。他研究海底化石，尤其是煤炭的植物起源，进而提出变化论的设想，并将之命名为"物种的退化"。他同时还捍卫优美文风（他曾说"风格是人本身"）：科学汇报应当有滑稽的一面，因此要有文学性。事实上，他的动物描绘便是文风的历练，并曾在当时大获好评。

在数学和物理学习之后，他接受了牛顿的系统观点，并首先关注植物学。1739 年，布丰被任命为御花园（即日后的巴黎植物园）总管，此后，他专心

---

① 意指 "人类"。（以下注释均为译者所加）——译者注
② 意指 "激情"。
③ 意指 "幸福"。
④ 意指 "政治权力"。
⑤ 意指 "天赋平等"。
⑥ 意指 "人民"。
⑦ 意指 "穷人"。
⑧ 意指 "勤勉者"。

致志于收藏和管理解剖实验室。总而言之，他的作品令人难忘。《博物史》共 36 卷：四足动物（15 卷，1749—1767）、鸟类（9 卷，1770—1783）、矿物（5 卷，1783—1788）、《补遗卷》（7 卷，1774—1779）。其中《补遗卷》包含《论风格》一文，该文曾宣读于 1753 年布丰入选法兰西学术院之时。

风俗研究：故事和小说风行

故事的黄金时期

伏尔泰并未严肃对待自己撰写故事的兴趣，但这却证明当时普遍流行创作该类体裁。18 世纪，所有作家都曾尝试过写作故事，而且当时的众多已被今人遗忘的小众作家也曾因该类创作而一度风光，如让娜·玛丽·勒普兰斯·德·博蒙（1711—1780）。1760 年起，她创作的《美女与野兽》等众多作品广受欢迎。

1740 年至 1770 年间，约创作 500 本故事集。此外，还有多部出版作品虽未直接表明属于故事，但因其精短和技巧可以归为此类。的确，故事的定义不明确。如果把统计结果扩大到所有小篇幅的虚构叙事作品（约 100 页）的话，18 世纪共创作 550 本作品集和 800 篇独立作品，共计约 7500 篇文本可以称为"故事"。曾在 17 世纪末占据主流的佩罗或奥努瓦夫人的仙境或奇幻虚构作品基本让位给哲理性故事，然而，后者在 19 世纪又被奇幻时尚取代。

此类作品的发展与期刊的出版增多有关。故事讲述的是一些看似真实的趣闻轶事，并传递某种道德教训。因此，类似于 18 世纪大卖的"英式"道德报刊（参考马里沃和普雷沃的介绍）。另外，作家通过沙龙和俱乐部来维系自己的知名度，这种以谈话艺术为基础的上流生活利于成就杰出且简洁的叙述作品，而且利于传递有吸引力、说服力的思想。狄德罗和卢梭等人是天生的故事叙述者。

尽管表面看来，故事的主题和背景呈现多样化，但都致力于总结出某一教训或终极寓意。这一点，正呼应了启蒙运动时期普遍实行的大众化的努力。消遣读物用以教诲读者，这正是儿童故事最初的作用。为了迎合读者，作家与叙述者合二为一：以见证者的口吻叙述故事。这种希望左右读者信念的意愿使得故事向再现事实发展。该类作品常见的仙女形象和东方风格逐渐淡出。尽管存在对传统的篡改，但是故事的主题是在现实中孕育的。

小说的发展缘起何处？

18世纪，各社会阶层演化迅速，摆脱了理论枷锁的小说自然得以蓬勃发展。小说体裁通常讲述为追求自身成功的个体深陷野心游戏或直面各种遭遇。"教育小说""风俗小说""历险小说""自传小说""恶汉小说"，无论冠以何称谓，小说是读者的一所生活学校，一幅社会环境的画面。因而，小说现实主义的成功之路得以开启，并于19世纪中叶达到顶峰。

小说的现实主义使命丝毫未妨碍到其虚构、幻觉和想象的发展。但是，作家却竭力增强小说的真实性。情节虽然有些怪诞，但这无妨，其背景总能够选定一些有迹可循之处（主要是巴黎）或当下的真实场所。心理分析愈发接近临床研究，尤其是在分析人物情感时。最后，小说家让读者深信他们眼见的是通过奇迹再现的真实日记，日复一日，主人公的生活点滴跃然纸上。书信体小说的流行强化了这种倾向。

以第一人称叙述的文章：勒萨热与马里沃

为了让读者信以为真，必须要直接与其对话。这便出现了以第一人称书写小说的风气。作家阿兰-勒内·**勒萨热**（1668—1747）的作品借鉴西班牙恶汉小说的形式。"恶汉"是生活条件窘迫的人物，需要在社会中辟得一条出路，谋求社会地位上升。《散提亚那的吉尔·布拉斯》（1715—1735）讲述了一个年轻人的成长轨迹，他起初天真、易受愚弄，但终获成功。小说以年迈的吉尔·布拉斯的口吻叙述，故事画面缺少连贯性，情节充斥过多的小说式传奇，但是充满西班牙异域风情的描绘实际刻画的是法国风俗残酷的一面。作家向我们介绍道："我并未规定自己要介绍人类生活的本真面目。"

马里沃的两篇小说沿承了恶汉小说的倾向：《玛丽安娜的一生》和《暴发的农民》。小说的章节和画面的铺叙并未遵循真实的主线，而是顺着极为偶然的剧情突变展开。很显然，马里沃并未完成这两部作品：小说时间虽然模糊但却是并行发生。两位主人公玛丽安娜和"农民"雅各布并无法真正掌握自己的命运。叙述的统一性通过小说人物兼叙述者的心理变化体现，通过逐步获取个人权利赢得他人的尊重和认可。

从风俗小说到疯狂爱情小说：普雷沃

安托万-弗朗索瓦·**普雷沃**·德克西勒（1697—1763）神甫的小说作品丰富，主题源自作家纷乱的生活经历。他的风俗小说偏重描绘亦乐亦苦的爱情。爱情是悲惨的。普雷沃笔下的主人公无法得到世俗的幸福，且往往经历最残酷的考验：他们的良好意图总是最终事与愿违，好运也不眷顾他们，并且他们会不由自主地被自己的敏感所控制。

因此，普雷沃的所有作品均围绕着幸福所面临的难以融入人类情感本性的问题展开，因而，其小说向读者介绍一种难以控制的新情感，是卢梭式情感的先声——并催生了浪漫主义，甚至还有病态的、难以控制的萨德式情感。普雷沃作品丰富（共112卷）并定义了当时的文学趣味。

尽管普雷沃著述等身，但他的作品协调一致，同样的主题循环往复出现。《一位避世贵族的回忆和经历》第七卷中的《玛农·莱斯科》一文最为著名，他是作家的短篇文章之一，采用子母式的多级叙述方式。一位年轻骑士向一个

"上层人士"讲述他与一个品行不端的姑娘——玛农共处五年的时光,即从他初识芳龄16岁的玛农到姑娘客死美洲的故事。普雷沃的基本主题均贯穿其中:致命的爱情、与权力机关的暴力冲突、主观意愿的无力、意识的晦涩难懂、堕落和绝对欲望。小说引发纷纷议论,在巴黎问世后被判焚烧销毁。

放荡主义小说

以说教为幌子,大量小说热衷描述堕落风俗。这种趋势促进了放荡主义小说,甚至是淫秽作品的发展,即如今称之为"色情"小说的发展。

克洛德·普罗斯珀·若利奥·德·**克雷比永**(1707—1777),又称"小克雷比永",出身上流社会,乐于不循习俗。他的小说嘲讽胆小谨慎者和虔诚者。在《漏勺》(1734)中,他以"猿"之名祈求上帝,该作品给他带来牢狱之灾。然而,克雷比永并非是缺乏理性的教唆者,但却是无法无天的悲观主义者。他的社会观点百变多面,一方面反映的是作弊者、腐朽者和阴险者的思想,另一方面折射的是放荡者、牟利者、清醒者和残暴者的观念。唯一真实存在的是可耻堕落的欲望和享乐。智慧依然是操作和控制的技巧。肖代洛·德·拉克洛笔下的德·梅尔特伊夫人酷爱阅读克雷比永的作品。因为,他认为爱情是虚假言论掩饰之下的暴力。这便是《内心与思想的迷乱》(1736)或伪东方小说集《沙发》(1740)所归结出的教训。提及克雷比永,还应当谈及他的"洛可可文学",因为他擅长综合运用多种叙述手法,将想象、回忆和现实交融,代表作如《夜晚与时刻》(1755)。

步克雷比永后尘,放荡主义小说迅速发展。以讽刺或风俗描绘为借口,某些平淡无奇的文本因其放荡情节却轻而易举获得成功。"放荡主义"这一术语发生变化。古典主义时期,该词义指"不信教者",而现在它越来越偏离该语义,甚至放荡者狄德罗也跟风撰写了《泄露隐情的首饰》(1748)。夏尔·**杜克洛**(1704—1772)的作品《某某伯爵的忏悔录》(1741)列举了一个风流者的艳史,叙述详细乃至读者在当代名人中总能找出各色"原型"。

书信体小说和女性书写

小说宣称贴近人的真实内心情感，并以第一人称写作，自此以来，小说便与书信相仿，书信体小说诞生。1730 年至 1790 年间，此类小说的创作繁荣至盛。书信体小说的创作倾向顺应了虚构回忆录的流行。因而，只需将小说以不同的方式分隔，注明日期，便与书信极为相仿。

18 世纪传阅或写作的主要书信体小说有：

- 基勒拉格：《葡萄牙人信札》（1669）。
- 布尔索：《尊敬、义务和爱情信件》（1669）。
- 丰特奈尔：《埃尔某骑士的献媚信件》（1683）。
- 布尔索：《一位女士写给一位骑兵的情信》（1698）。
- 孟德斯鸠：《波斯人信札》（1721）。
- 克雷比永：《M 侯爵夫人致 R 伯爵的信件》（1732）。
- 德·格拉菲尼夫人：《一位秘鲁女人的信件》（1747）。
- 德·里乔博尼夫人：《范妮·巴特勒夫人的信件》（1757）；《朱丽叶·凯茨比夫人的信件》（1759）。
- 卢梭：《新爱洛依丝》（1761）。
- 博蒙夫人：《罗塞勒侯爵的信件》（1764）。
- 克雷比永：《某某公爵夫人致某某公爵的信件》（1768）。
- 雷蒂夫·德·拉布勒冬：《堕落的农民》（1776）。
- 肖代洛·德·拉克洛：《危险关系》（1782）。
- 塞纳克·德·梅杨：《流亡贵族》（1794）。

未完成及后出版作品：

- 马里沃：《玛丽安娜的一生》（1730）。
- 狄德罗：《修女》（1760）。

然而，写作这类题材的作家以女性为主。首先是因为固有思想认为女性作家能够完美分析爱情（如《葡萄牙人信札》）并擅长供述，同时还因为在一个呼吁变化的社会中，这种写作方式便于女性抒发自己的声音和需求。

克洛迪娜·德·**唐森**（1682—1749）的作品也表露出女权主义的痕迹。这位女人有头脑、有手段接近权贵，她是摄政王及其大臣迪布瓦神甫的情妇。她的私生子达朗贝尔是18世纪最卓越的智者之一。她与巴黎的精英们共同举办沙龙，其兄长皮埃尔·德·唐森主教是路易十五时期的大臣。她的三部主要小说（1735年出版的《科曼热伯爵回忆录》、1739年出版的《加莱围城战》、1747年出版的《爱情的不幸》）表达了年轻女性因生活在自己无法自由掌控内心情感的社会中而饱受痛苦。如此黑暗面的描写正是内心诉求的表达。

同样活跃在巴黎知识分子圈里的还有：弗朗索瓦丝·德·**格拉菲尼**（1695—1758）。她代表无半分诡计的女性者参加女权主义运动，此类女性天生忠诚且值得拥有幸福，但却遭受以虚伪、利益和偏见为主导的男性社会的迫害。她的《一位秘鲁女人的信件》（1747）诠释了在因男人腐蚀的社会机制中，女性所代表的建立自然世界的卢梭式梦想不可能实现。一位年轻的秘鲁女人奇利亚被强行带至法国，她向兄长阿扎描绘"文明"社会的缺陷。这部作品大获成功：50年间共出版42次，并先后被译为五种语言。

玛丽-让娜·德·**里乔博尼**（1713—1792）的书信体小说《范妮·巴特勒夫人的信件》（1757）依然以男性情感的表里不一为主题。她本人曾遭遇过父母、丈夫（一位行为放荡的男演员）的粗暴对待，她斥责男性的不忠和易变无常。相反，她笔下的女主人公们尽管遭遇失望和背叛，但依然激情满满地生活在绝对和幻想中。

卓越之作：《新爱洛依丝》

正如《忏悔录》（第十一卷）中所提及的，让-雅克·卢梭于1761年出版的书信体小说《新爱洛依丝》引起空前反响。该作品中的描写哀婉动人、细致入微，它所刻画的情感炽热却不现实，这一风格符合公众的审美趣味且早已酝酿在普雷沃的作品中。当时，理性主义向过度化，社会风俗向自由低俗化发展，这一趋势导致人们的抵制倾向强烈，而《新爱洛依丝》则具体传递了当时的所有情感憧憬。尽管小说以卢梭的个人回忆为素材，但是公众感觉自己阅读的是两个别离情人之间的真实通信。

《新爱洛依丝》是一部情感小说。情感、美德的冲动、纯洁的渴望和回归自然的梦想、绝对激情的呐喊、幻想的乐趣，所有试图唤醒情感的元素均运用其中。但是，这同时也是一部诗歌或音乐作品，预示了卢梭的晚年生活。信函往来尽力表达情感或回忆引起的即刻回应：书信是一种情感回应、感觉、激动或抒情诗。其中叙述的内容简单。朱莉·德丹治的家庭教师圣普乐爱上了自己的学生。然而，他出身平民，唯有希望德丹治男爵同意他们的婚姻。他因而躲至瓦莱山区，之后来到堕落如地狱般的巴黎。朱莉违背自己的意愿，嫁给德·沃尔玛先生。许久之后，朱莉与圣普乐重逢。他们之间不现实的情感依然浓烈。病重的朱莉在临死前向圣普乐承认她对他的爱一直未变，并承诺天堂再见。

219 小说结尾阐释了卢梭的道德观和宗教观，小说如此命名是为纪念 11 世纪神学家阿贝拉尔对爱洛依丝的爱情：为了维护爱情并成为虔诚的教士，他宁愿自残。

对立面：《危险关系》

18 世纪出版界的另一个巨大成功是引起纷纷议论的《危险关系》（1782）。作者是皮埃尔·肖代洛·德·**拉克洛**（1741—1803），作品中展示了放荡的习俗和激化的腐败。两位贵族德·瓦尔蒙子爵和德·梅尔特依侯爵夫人绞尽脑汁勾引纯洁少女——塞西尔·德·沃朗热和虔诚、忠实的成熟女子德·图维勒夫人，导致她们二人声名狼藉。

小说以书简为形式，便于阐述各类要素。书信形式可以更好地描述放荡主义者的策略，分析他们用以蒙蔽受害者的无耻伎俩。读者如同同谋般，见证其中的虚伪算计、精心策划，以及诡计的谋划和运筹。书信既是一种行为方式（借以给收件人制造压力），又是阴谋者用以交换经验和较量策略的一种交流形式。

尽管表面形式略有不同，《危险关系》深受《新爱洛依丝》的影响。两部小说均揭示了缺乏真情和诚挚的社会的缺陷。书中对有罪之人的惩罚诠释了拉洛克的道德意图：瓦尔蒙最终深陷爱情陷阱，在决斗中被杀，破产后的德·梅尔特依夫人因患不治之症而毁容。无论如何，这样的结局令人难以置信，而阴谋家的绝技让人难忘。某些不看重结局的批评家认为《危险关系》显现了：在一切均失常的社会中，个人意图被激发后会爆发强大的力量。

失望的思想家：卢梭

社会扭曲人的本性

让-雅克·卢梭（1712—1778）在决定参加第戎科学院举办的一次竞赛时，还是无名之辈，他撰写《倘若科学和艺术的恢复能够促进风俗净化》参赛。1750年，他的作品出版并获得竞赛一等奖。《论科学和艺术》包含了卢梭初期的所有哲学思想。当然，作品也折射出作家的性格。卢梭生性腼腆、严肃，成长环境远离巴黎沙龙。初到巴黎的卢梭感觉自己仿佛置身虚伪和腐朽的世界中。他批评"开化的民众"，捍卫内在和表象合二为一的真实道德。然而，《论科学与艺术》也是对当时最为激烈的哲学论战之一的回应。伏尔泰颂扬奢华与进步，而卢梭则认为美德和简单幸福排斥文明，他因而革新了"高贵的野蛮人"这一主题。他质疑使人性扭曲的社会："民众们，自然想过要保护你们，从而免遭科学的危害，这就如一位母亲夺出孩儿手中危险的武器一般。"

五年后，卢梭再次参加第戎科学院组织的另一场竞赛，撰写了《人类的不平等源起何处？是自然法所赋予的吗？》。这次机会使他得以深入思考，指出人性的扭曲始自不平等，这是人类的头等和主要病患。《论人类不平等的起源和基础》（1755）描述了文明社会建立前的自然状态。显而易见，作为道德领域衡量堕落程度的参考，这种幸福与和谐的状态纯属虚构。人类一旦开始拥有权力欲望、私占耕地、建立富人迅速成为主宰的经济体系时，纯洁、善良、和谐便不复存在。

迈向新社会

卢梭深知社会无法倒退至他所憧憬的原始岁月。因而，必须改良现存社会。隐居于日内瓦后，卢梭与百科全书派及伏尔泰断交，继续抵制当时的道德风俗。其中，在戏剧方面，他强烈反对伏尔泰的观点。卢梭认为戏剧仅限于娱乐那类"没有信仰和原则"的游手好闲者；戏剧只是迎合公众，而无法修正其品行；悲剧会激发危险的情绪；喜剧取笑的是良德之人，使他们遭受狡猾精明者和邪恶背德者的愚弄。这些主题都集中出现于《致达朗贝尔论戏剧的信》（1758）中。

然而，卢梭就改造社会而真正提出建议是在《社会契约》（1762）中。既然文明的进步导致现代人走向堕落，那么应当重塑一条反向道路：系统地"扭转"人性，以塑造未来公民。归根结底，卢梭意欲确立"政治权力的原则"。这些原则如下：

• 任何将个人权威凌驾于他人之上的行径均有悖于自然；唯一可以接受的法律必须源自意见一致的认可："社会契约"。

• 因而，"最高权力"（政治权力）只能来自"公共意志"①，即人民协商；"国家暴力机关"由公共意志统治，且以实现"共同利益"为唯一目的。

• 政府（行政机关）附属于最高权力——人民；倘若政府将自身意志强加于人，那么必将破坏社会契约，公民则应当拒绝服从政府。

• 这些民主原则意味着所有人必须遵从同一部法律；法律是个体自由的保障；法律防止专断、确保公平。

理想教育

尽管卢梭自学成才，且不关注自己的子女，但他依然希望撰写教学专论以此健全自己的哲学体系。在《爱弥儿或论教育》（1762）中，他设想了一个孩

---

① 又译作"普遍意志"或"共同意志"。——译者注

子自降生后所应接受的全部教育。他指出孩子的培养应当顺应天性（性本善），使孩子免受文明的干扰。因此，卢梭建议实行"消极教育"，即放任孩子追寻本性和自由发展。不应将孩子视为小大人，也不应将其培养为"社会化的猿猴"，而应当确保其自主性。卢梭这一思想深受孔狄亚克感觉论的影响，这种理论认为感觉先于并塑造所有形式的智力活动。孩子天生的自然感觉会引导其情感、智力和道德发展。《爱弥儿》不是一部纯理论论著。全书以孩子的年龄增长为脉络，卢梭给出各个年龄段的具体培养建议（阅读的危害、手工实践、体育锻炼等）。他希望人们从观察和体验出发，培养孩子的独立自主的能力。教育的全部目标应该在于孩子成年后能够拥有幸福：内心的宗教信仰便是实现目标的一种方式。信任造物主，关爱创造物，内心便能获得平和。

《爱弥儿》一书中，卢梭阐释了他对信仰的看法。第4章中，他虚构了这样一幅场景：濒临波河的山丘之巅，一位萨瓦的副本堂神甫远眺雄伟壮丽的阿尔卑斯山。这位神职人员同一位年轻的皈依者对话，并向他指明正是自然美景创造了宗教情感。因而，人类将对上帝的信仰铭记于心，只需追随自己的"意识""神授的直觉""正确的是非判断力"。卢梭的这一说教倡议拥护上帝、信任内心道德。

自传作品

卢梭的思想（反对现代文明）及其性格本质（孤独、多疑、内向）导致他自然而然地开始撰写自传。正如他在《忏悔录》第十卷中所言明的：小说作品《新爱洛依丝》俨然是其爱情生活与回忆的写照。尽管如此，1761年，荷兰出版商雷伊依然要求卢梭撰写自己的人生经历，置于卢梭全集的开篇。次年，卢梭因担心《爱弥儿》的出版受阻，而致信出版监察（书籍审查负责人）马勒泽布先生。马勒泽布劝慰他放宽心，并认为他是因生活太过忧郁和闭塞以致如此多虑。《致马勒泽布先生的信件》（1762）是卢梭的一份自我辩护书：

其中详述了卢梭乡村般的生活、趣味和信仰。

然而，1762年6月，巴黎最高法院禁止《爱弥儿》出版，甚至威胁逮捕其作者。卢梭逃往瑞士。遭遇攻击、不为人理解，这些不幸致使卢梭渴望自我辩解。恶意针对卢梭的一篇讽刺文章——《公民的情感》（1764）出版，这最终让卢梭更加确信一场欲加害于他的阴谋正在上演。这篇写给伏尔泰的文章将卢梭描述为一个虚伪的良善者，并且指出他曾经抛弃自己的孩子。卢梭不得不将自己的私生活暴露于人前，决定撰写"忏悔书"，以表明自己的"真实内心"。《忏悔录》的题目借用自圣奥古斯丁（354—430）的作品。《忏悔录》类似于一篇演说，卢梭以被告者的身份，回应其反对者，乃至整个人类。卢梭希望展现真实的自我，绝不隐瞒丝毫的过错。他详细叙述了自己的罪过，甚至不放过那些毫无意义或幼稚的过失，借以开脱其责任者的罪责。他希望通过认罪得以维护清白，通过表达悔疚得以弥补罪过。因而，忏悔录成为辩解书。卢梭认为自己所犯错误的根源在于年轻时孤苦伶仃的经历。为了生存，幼小的他曾不得不弄虚作假。他只是残酷命运的玩物而已。

尽管《忏悔录》中流露出自我中心主义，但该作品却具有通用价值，因为它反映了人的"真实本性"。它是一面镜子，并希望博得同情：读者也能看到自己童年时所犯的类似错误。卢梭如同一位现代心理分析家一般，强调童年经历在人的个性塑造中所起的决定性作用。他的见证成为一个典型。诚然，人们可以发现《忏悔录》还包含众多不确定性，卢梭自己也承认这一点，可是这并无大碍。它还是一部以情感回忆为主的诗歌作品，欢唱普鲁斯特所称的"重拾逝去韶光"的欢愉。

避世文学

卢梭深刻思考了语言在表达诚挚情感时的无能为力。他著有《语言起源随笔》（撰写时间不详），他认为原始语言有能力诠释情感，可后来，思想和真理与语言交替作用,并将语言转化为一种谎言艺术。而现代语言擅长塑造空想、弄虚作假和斤斤计较。语言在发展过程中,逐渐丧失了交流的真实性。卢梭对此深有体会,因为他曾经经历过《忏悔录》问世后的遭遇。当他想要毫无保留地剖析自我时,敌人们却仅将其言辞视为捏造的事实。《忏悔录》被禁后,卢梭确信自己四面树敌,深陷一场阴谋中,因而他放弃让同时代的人聆听他辩解。他开始同自己对话,创作了名为《卢梭评判让-雅克》的三篇《对话》等作品。

自此,卢梭开始全面反省自我。他生活在自己的回忆中,封闭在自己的"幻想"中,躲藏在寂静的自然里,全身心地沉浸于写作的乐趣中。这些描述内心微妙情感的作品汇成 10 篇散文体诗歌——《孤独漫步者的遐想》(1776—1778):写作将生命的最后激情唤醒或保留,挥洒于纸面。真实和想象之间的界限变得模糊不清。其中的文字模仿回忆和感觉的飘忽不定,因而追随游移的漂泊者、鸟儿的鸣叫、自然的声响、风景变幻的节奏。诚然,《孤独漫步者的遐想》围绕卢梭式的主题展开:无法言传(第 1 章和第 7 章)、道德和信仰(第 3 章)、爱情(第 6 章)、谎言和真实(第 4 章)、仁慈和社交(第 9 章)。然而,作品以大量抒情为主。因为遐想是一种全神贯注的、纯感觉的状态,无须推理和辩论。游移的想象是幸福乃至出神遐想的源头。

回归诗歌

情感崇拜

狄德罗就已提出过文艺作品首先要感动人心。卢梭的贡献进一步巩固了该创作倾向：《新爱洛依丝》大获成功，成为 18 世纪发行量最大的著作。18 世纪下半叶，伴随"高贵的野蛮人"和重返自然观念而发展起来的还有内心情感描绘的恢复。情感给予生活以妙趣，并激发创作。《百科全书》中的"*Génie*"词条将灵感视为一种强大有力的情感直觉，且足以战胜想象。在孔狄亚克及其感觉主义的影响下，作家认为感觉是一种高级的认知工具。"前浪漫主义"诞生。

古典主义时期的"美"的概念是建立在劳动和理性或良好品位的基础之上，而此时，为与古典主义划清界限，作家的文学倾向重视宣泄激情、即兴创作和表露热情。因而，这是一种"崇高美学"，一种艺术情感的超越与腾飞。拒绝传统的新价值显现，个人创作甚至轻率作品的价值备受重视。新的审美趣味出现，如绘画领域：富有戏剧性的绚丽生动的构图，哀婉动人且对比强烈的画面，废墟或骚乱为背景，令人印象深刻的风景描绘（湖泊、山地、海上风暴、异域风情）。戏剧领域，正剧朝感伤主义发展，文学作品颂扬自我（自传、书信、"遐想"等）。

224

旋律：从书信到诗歌

忧郁在谱成诗行之前，就已再次成为文学的流行主题。狄德罗在《致索菲·沃兰的信件》中谈到"英国的蒸汽"或"忧郁"，这一术语在 19 世纪时为人接受。然而，在"激情的浪潮"和"世纪病"出现之前，女性书简呈现出"沙龙病"的特点。**罗兰**夫人（1754—1793）创作了《论忧郁》（1771），她后来成为吉伦特派的女顾问，最后也被送上断头台。同样，**朱莉·德·莱斯皮纳斯**（1732—1776）写给情人吉贝尔的信件也表露了病态的激情和对失望的钟情：其中的爱情被描述为难以逃脱的命运和阴沉的不幸。**迪德方**夫人（1697—1780）的信函也呈现迷茫和黑暗的感觉；经历过辉煌的上流生活后，几近失明的她落得孤独境地，看透一切，并对英国小说家霍勒斯·沃波尔（1717—1797）心生情愫，给他寄去充满绝望的信件，其中充满难以抑制的悲观和无可救药的失望。

诗人们利用这些新的情绪写作。直到1770年，18世纪的诗歌还只是新古典主义和上流社会诗歌，这种小众艺术主要以温情和怀旧为主。三位来自法国海外省的诗人让人梦想遥远的岛屿，并重新推出哀怨的爱情诗歌——**哀歌**。他们是：生于瓜德罗普省的尼古拉-热尔曼·**莱昂纳尔**（1732—1785），他的诗歌语调忧郁颓废；生于波旁岛（位于留尼汪省）的安托万·德·**贝尔坦**（1752—1790），他创作的《爱情诗集》情调悲怆；埃瓦里斯特·德·**帕尼**（1753—1814），同样来自波旁岛（他的《艳诗》直接影响了日后的拉马丁）。

热带家乡的思念之情萦绕这些诗人。此外，另一种抒情诗歌发展迅速：描述诗歌。诗人歌唱自然，实际上，是在歌颂风景对于心灵的影响。诗人流连于废墟或花园，是因为这些地方是用以思索往昔岁月的佳地。如**圣朗贝尔**（1716—1803）的《季节》、雅克·**德利勒**（1738—1813）的《花园》。诗人**马尔菲拉特**（1732—1767）和《再见，生命》的作者**吉尔贝**（1750—1780）也常以时光流逝为写作主题。

世纪诗人：谢尼埃

安德烈·谢尼埃（1762—1794）出生于君士坦丁堡，其母亲自称是希腊人。因而，谢尼埃仿佛早已命中注定要抒写对远方故乡的思念，那片乡土远离衰败的社会，人类可以在那觅到自然的幸福。谢尼埃深受卢梭影响，他希望恢复以前的诗歌，即"古代诗行"。面对语言表达力的衰竭和不忠，他向往天真和发自本能的表达，寻求真诚的话语。因而，他的主题借鉴自古代素材（神话、地中海背景、黄金年代等），标题也回归古代文体（《哀歌》《田园诗》《颂歌集》《讽刺诗》）。

如此一种革新语言的欲望意味着新束缚的出现。尽管谢尼埃言称"诗歌技艺只能谱就诗行，唯有心灵方可成就诗人"，然而尤其是对不熟悉希腊神话的人而言，他的作品十分繁复且讲究技巧。但是，他的诗歌富于音乐美，旋律动听：其作品不是在叙述，而是在歌唱。也因此，谢尼埃喜欢运用借鉴单调旋律或咒语的主题，如葬礼上的哀鸣等。诗歌勾画的是逝去的美，引人回忆破碎的梦想（《年轻的塔朗蒂娜》）。

法国大革命爆发后，谢尼埃"介入"其中。1794年7月25日，这位反雅各宾派被送上断头台，而两天后，罗伯斯庇尔倒台。谢尼埃在狱中，曾倾心于同样被判刑的艾梅·德·夸尼。因而，破碎的生活和死神的威胁不再仅停留在文学层面，而成为真切的经历。诗人的结局成就了一段传奇。谢尼埃的诗歌，并未在其生前发行，而是于1819年由亨利·德·拉图什编辑出版。年轻的浪漫主义作家视谢尼埃为偶像、惨遭迫害的天才。

戏剧：社会的镜子

从悲剧到资产阶级正剧

尽管今人早已遗忘18世纪的悲剧，然而当时它的确颇受公众欢迎。**伏尔泰**认为相较其故事作品，自己的悲剧作品更值得引以为傲，是他最为成功的作品。伏尔泰借鉴拉辛的受虐无辜者的主题和高乃依的更为崇高的风格，继续发扬古典主义趣味。目的是触发感情和打动观众，冒险使用"令人动容的手法"（博得同情的激烈情景）。在这种哀婉动人的背后，哲学思想的展现丝毫未减：往往为剧中人物设置大段道德或政治台词。主题多种多样：古代历史（《恺撒之死》，1743）或东方的模糊空间（《扎伊尔》，1732；《穆罕默德》，1743）。伏尔泰去世前几周，他的收山之作——悲剧《伊雷娜》（1778）在巴黎受到热烈欢迎。伏尔泰的竞争者也极力创作迎合该文学趣味的作品，然而他们才华不足，成绩平平。其中最值一提的当属普罗斯珀·克雷比永，又称"大克雷比永"（其子为放荡主义小说家）：他的悲剧抄袭拉辛的作品，并且过分强调恐惧气氛和"情节剧"。

悲剧在强化恐怖或情感趋势的同时，部分作品的品位深陷备受争议的地步。公众的文化层次提高，不再酷爱夸张讽刺或卖弄炫耀的情节设置。因而，在其他戏剧形式中，尤其是喜剧里，催人泪下的风格获得一席之地。**尼韦勒·德·拉肖塞**的动人喜剧大获成功：《流行的偏见》（1735）、《母亲学堂》（1736）和《女管家》（1747）。因而，戏剧又开始提倡使用滑稽和严肃共有的"混合类型"。这种双重需求下，正剧诞生了。

狄德罗在其戏剧《私生子》的前言（题目为《我与多瓦尔的谈话》）中，定义了这种"正剧"体裁。主要原则如下：

- 主题必须借鉴自资产阶级和家庭生活，取材自"平庸生活中微不足道的曲折"；
- 不做心理分析，而是研究"形势"，即当前的社会和经济问题；
- 放弃使用诗行和固定的朗诵形式，而是采用"表意动作"（叹息、尖叫、反映情感的骚乱等）；
- 古典主义的统一性被弃用：相反，一切都必须反映生动画面、真实生活和情节变化，通过真实、生动和感人的画面打动观众。

狄德罗的《私生子》（1757）和《一家之主》（1758）正诠释了这种新的戏剧审美。观者泪如雨下。同样成功的还有：米歇尔-让·**塞代纳**（1719—1787）的正剧《无知识的哲学家》（1765），路易-塞巴斯蒂安·**梅西耶**的《卖醋人的独轮车》（1775）。这些戏剧作品综合运用不同风格，使用"画面"替代"情节"，其表现方式成为缪塞和浪漫主义正剧的先声。

描绘普通人物的正剧大获成功，悲剧因而偃旗息鼓。尽管固守传统的法兰西喜剧院的演员们抵制新形式，但是，公众们却逐渐接受并习惯了这种生动、活泼的戏剧形式。博马舍的情节喜剧正满足了人们的期待。

从"滑稽表演"发展而来的情节喜剧

马里沃的戏剧中，已经涉及某些文论和辩论，他描写过：厚今派的攻击（《虚假侍女》）、女权主义（《移民地》）、社会不平等（《奴隶岛》）。来自资产阶级的公众更偏爱观看戏剧，而不是阅读书籍，戏剧能以一种更为有趣的方式普及时下的思想。因而，戏剧领域出现了道德说教的趋势，如德图什的作品。然而，戏剧在接近现实的过程中，也成为思想战斗的武器。因而，仿讽文学作品频现。夏尔·**帕利索**（1730—1814）在《哲学家们》（1760）中嘲讽百科全书派；托马·格莱特（1683—1766）的高卢式作品《贞洁的伊莎贝尔》嘲笑风流的罗马人。同时，歌剧发展；"喜歌剧论战"推出了一种类似于滑稽歌舞剧、以讽刺为主的音乐剧。

集市戏剧促进了轻喜剧的发展，与此同时，喜歌剧开始采用简单和自由的音乐戏剧形式（如夏尔·法瓦尔的《三位苏丹后妃》，1761），一种新的戏剧类型诞生：滑稽戏剧。起初，滑稽戏剧是一些在幕前或剧院入口表演的幕间短剧，意在吸引行人，其中不乏粗鲁细节和哑剧动作：必须引起观众发自内心的笑声，并且触发联系。这种表演经常受时事启发，并让人联想到今天的剧场式咖啡馆。这里成就了一些年轻的演员和未来的作家。滑稽戏剧并非永久在集市庙会此类场合中演出。不久，巴黎的表演厅（"林荫道戏剧"）便借鉴该风格，并成功吸引了有着高雅追求的观众。博马舍初涉写作，开始撰写滑稽戏剧（1757年至1765年间），他的初期作品言语轻佻，节奏明快。

显而易见，博马舍深知应该如何突破滑稽戏剧的闹剧形式，利用自己对辛辣尖锐、紧张不安和蛮横无理的对话的敏锐直觉，创建一种剧情系统且复杂的喜剧形式。他的两部主要作品——《塞维勒的理发师》（1775）和《费加罗的婚礼》（1784）创造了一种新式的现代戏剧，自其问世以来，一直备受观众青睐。

博马舍的喜剧

皮埃尔-奥古斯丁·卡龙·德·博马舍（1732—1799）原本是一位钟表匠，发明过许多精致的钟表机械，因而获得蓬帕杜尔夫人的保护及路易十五的赏识。担任王室公主们的音乐教师，后任国王秘书，同时还不忘经营自己的生意。与银行家帕里斯—迪韦尔内合作，周游各地，并在路易斯安那州开拓商业市场。尽管他与法院有众多纠纷，但他凭借娴熟的社交能力效忠国王，值得一提的是他曾从事过向美国起义者（美国独立战争的"起义军"）售卖军火的商业交易。一场复杂的遗产争端（他被起诉篡改帕里斯-迪韦尔内的遗嘱，以便有利于己）让他再次陷入与法院的周旋中。高级法院的一位法官控诉他贪污。博马舍撰写《反抗戈埃茨曼回忆录》（1774）以寻求舆论帮助。尽管博马舍最终得以平反，但他对法官的仇怨根深蒂固（并表现于他的戏剧中）。

《塞维勒的理发师》（1775）保留了滑稽喜剧的某些特点。在赛维勒，阿勒玛维华伯爵爱上美丽的罗丝娜。伯爵在其前奴仆费加罗的帮助下，突破了罗丝娜的监护人——霸尔多洛医生的防范。四幕剧代表了为与罗丝娜远走高飞而采取的四次行动：

第1幕：阿勒玛维华扮成一个名为兰多尔的大学生，尽管罗丝娜的歌唱教师巴斯勒出现，但伯爵最终得以与罗丝娜相见。

第2幕：费加罗安插进霸尔多洛家中，霸尔多洛难以将其摆脱；巴斯勒建议诬陷阿勒玛维华以致其声誉受损。

第3幕：阿勒玛维华乔装成毕业生阿隆左，谎称替代生病的音乐教师巴斯勒，在霸尔多洛眼皮底下为罗丝娜上课；然而，没有料到巴斯勒却不期而至！

第4幕：罗丝娜逃离，在公证人的见证下嫁给阿勒玛维华；霸尔多洛到场，但为时已晚。

《费加罗的婚礼》（1784）的情节更为复杂，而且博马舍在其中营造了一种具有教唆性质的欢愉气氛，以至某些人认为该作品流露反抗情绪。在西班牙，看门人费加罗即将迎娶阿勒玛维华伯爵夫人的侍女——苏珊娜为妻。然而，有权有势的阿勒玛维华伯爵迷恋苏珊娜，想尽办法勾引她。整部剧作详述了费加罗、苏珊娜和伯爵夫人如何挫败伯爵数次献殷勤的举动。伯爵开始报复，他设法强迫费加罗娶年长的马尔斯琳为妻。情节设置了大量的乔装改扮和张冠李戴的场景。经典的费加罗独白（第5幕第3节）介绍了费加罗误以为自己惨遭苏珊娜背叛，这便说明欢愉快乐的氛围也难挡对于社会秩序的质疑和悲观主义的影响。

博马舍的创新性

受正剧审美观的影响以及百科全书派思想的滋养，博马舍创作情节喜剧一方面是为消遣娱乐，另一方面是为讽刺政治和道德。

• **正剧**貌似直接影响了博马舍，主要体现在以下两方面：

——**现实主义**。尽管博马舍笔下的人物带有夸张讽刺性（法官布里杜瓦松、爱妒忌的老头儿霸尔多洛、年迈的马斯琳），但却保留了真实的人性。他们独立、个性十足，西班牙的异国情调也没有损害丝毫的真实性。此外，这部正剧中也常略带喜剧的想象力：因为现实中，事物轻而易举就会朝坏的方向发展。

——**道德考量**。博马舍崇拜狄德罗，认为戏剧绝不能仅供"娱乐"。"戏剧如巨人一般，给予它的抨击对象以致命的打击"，费加罗甚至成为"第三等级"的代言人，他们反感自认为拥有一切权力的贵族阶层。博马舍公开斥责神职人员、司法和一切流弊。

• 沿用**喜剧传统**，主要体现在两方面：

——**毫不掩饰欢愉**，营造兴奋激动和富有节奏的氛围。博马舍是聪慧之人，他写作的对话生动活泼、才华横溢，讲究尾白技巧。处处追求滑稽效果，甚至在悲伤之处或独白时也不忘制造玩笑或使用文字游戏引人发笑。

——追求**曲折的剧情**，剧情不停发生变化（戏剧性突变、人物乔装改扮、意外事故、误会、虚假线索、出人意料的事件）。尤其是在《费加罗的婚礼》中，博马舍甚至忽略读者的注意力，设置了一些次要情节和人物。观众因而不知自己所在何处，完全迷失于"疯狂的欢庆"或"疯狂的时光"中。

焦阿基诺·罗西尼创作同名作品——《塞维勒的理发师》（1816），其灵感便源自博马舍的创新性及其节奏感。同时代的莫扎特创作了《费加罗的婚礼》（1786），也借用了博马舍的《费加罗的婚礼》的故事情节，不过表面看来莫扎特的作品不带任何的反抗性诉求，主要用以表达爱情可以战胜一切。

幸福岛

重返乌托邦和"自然"

18世纪的文学依然关注社会现实。哲学家们批判当时的人类关系，或梦想重新寻回某些自然的模式（如"高贵的野蛮人"），于是开始设想完全不同于时下社会的体系。这类文章宣称通过文学虚构建立全新的文明，因而很大程度上启迪了大革命思想的诞生。罗伯斯庇尔的"上帝崇拜"等的思想便源自乌托邦。

然而，乌托邦的文章往往以厚今派所遗失的"自然"为名，否定进步，认为进步带来不幸。"自然"这一概念依旧相当模糊，主要是用以定义某些拒绝：拒绝超自然（神秘、奇迹或形而上学）；拒绝扭曲的规则（即阻止人类的身体或情绪自由发展的规则）；拒绝历史，以此重现原始状态、"自然状态"，即人类天性纯真善良的黄金时代。此处，可以看到卢梭的影响占据上风。然而，整个18世纪的文学主要是再现免遭现代危害的理想之地：孟德斯鸠的穴居地、狄德罗的塔希提岛、德·格拉菲尼夫人的秘鲁国、伏尔泰的黄金国（《老实人》中）、诗人岛、卢梭的"隐匿地"等。

以下为18世纪传阅广泛的主要乌托邦作品：

- 岛屿：

——掌玺大臣培根的《新大西岛》（1626）；

——克洛德·吉尔贝的《卡利加瓦岛》（1700）；

——皮埃尔·德·勒孔维尔的《诺德利岛》（1703）；

——马里沃的《奴隶岛》（1725）和《理性岛》（1727）；

——吕斯坦·德·圣若里的《女士兵岛》（1626）；

——莫雷利的《浮岛》（1753）；

——穆托内·德·克莱勒丰的《财富岛》（1771）；

• **南半球地域**：

——德尼·韦拉斯的《塞瓦兰人的历史》（1677）；

——加布里埃尔·德·富瓦尼的《雅克·萨德尔冒险记》（1678）；

——雷蒂夫·德·拉布勒冬的《南半球的发现》（1781）；

• **太空**：

——萨维尼安·德·贝杰拉克的《月球之旅》（1649）和《月球与太阳上的国家和帝国之旅》（1662）；

除却空间变换外，甚至出现了一些时间挪移的科幻作品，类似于19世纪的虚幻故事。因而，多产作家、正剧理论家及卢梭的崇拜者——路易-塞巴斯蒂安·**梅西耶**（1740—1814）于1771年创作了一部反响较大的科幻小说：《2440年，或一个似有若无的梦》。梅西耶（1793年，当选国民公会议员）以自己预言了巴士底狱的崩溃和共和国的创建而自豪。《2440年》主要呈现了一个集体社会和政府管理下的国家：这种被让与的幸福毫无吸引力。

对跖地之旅

"乌托邦"一词源自托马斯·莫尔（1478—1535）的一篇政治思想文章的题目。其字面意义是指"不存在之地"。为了营造"另一个"世界的距离感，作家自然而然地选择描绘"南半球"的地域或对跖地。18世纪初期起，马里沃已经开始想象在世界另一端的岛屿上，一些被抛弃的漂泊者们不得不创造另一种生活：《奴隶岛》（1725）、《理性岛》（1727）、《移民地》（1750）。

奔赴远方的旅行面貌纷呈，或者描绘旅行者之间的关系，或者刻画不同的地理风貌，或者完全呈现想象之态。

如让-弗朗索瓦·**马蒙泰尔**（1723—1799）尽力避免荒唐怪诞或过于绝对的想象。他希望促使同时代者思考，并且选定皮萨罗兄弟探险时代（约1533）的秘鲁为作品背景。回避当前的时间与空间，便可以塑造出基督教欧洲（"征服者"）所洗劫的半历史性、半神奇的文明。《印加族》（1777）便是一部支持建立他种权力体系的辩护书。作为伏尔泰的挚友，马蒙泰尔以自己的方式攻击狂热崇拜。此外，他唯愿做一个温顺的幻想者：这位博学者生活孤单，出身低微，与哲学家一派，担任过法国国家史官、法兰西学术院终身秘书，创作了几部重要的政治著作（《贝利萨留》，1767）。

尼古拉·雷蒂夫·德·拉布勒冬则代表着另一趋势。《南半球的发现》（1781）中，乌托邦不再谨慎对待任何真实性，而是尽情释放想象力。主人公维克托兰建造了一台机器，带他飞往半人半兽物种（半人半猿、半人半海狸、半人半马、半人半象等）居住的南半球。然而，这种思想虽然怪诞，但却先于拉马克和达尔文提出了科学思索：动物与人的区别是什么？物种演变的方式和原因是什么？……因此，怪异、反常和荒诞与揭示和先兆便混同出现了。

贝尔纳丹·德·圣皮埃尔的天堂岛

亨利·贝尔纳丹·德·圣皮埃尔（1737—1814）出生于勒阿弗尔，童年时在马提尼克岛的旅行让他印象深刻，因而，他不断地向往一个理想的共和国。他的众多构想见证了他的乌托邦主义，他构想在亚马逊建立一个理想社会并不停地整改其机制。身为一名桥梁和马路工程师，他周游欧洲，曾短居于马耳他、法兰西岛（毛里求斯岛）、安的列斯群岛。这些充满异域风情的地方唤醒了他渴望改变环境的诉求以及寻求一处生活幸福的自然栖居地的希望。阅读《新爱洛依丝》（1761）后，他的思想逐渐固定：怀疑现代科学，思念原始美德，追求表达情感和情绪。

贝尔纳丹·德·圣皮埃尔最初的野心是揭示出自然是由造物主亲手创造的，其形式完美且有条理。他的《自然研究》（1784—1788）和《自然和谐》（1815）揭露了现代科学的论题并展现了上帝的恩惠。他的作品最终得出一些滑稽的假设：贝尔纳丹·德·圣皮埃尔素来认为地球是宇宙的中心。任何客观推理都无法改变他的坚定观念。受此影响，他的风格充满激情和诗意的热忱。夏多布里昂深受他启发。

232　　18世纪末期和19世纪，贝尔纳丹·德·圣皮埃尔凭借短篇作品——《保尔与维尔日妮》（1787）而收获大量读者。这部小说的知名度颇大，甚至不少读者为之痴迷。绘画、装饰艺术、服装时尚也受此影响（吉罗代、莫罗·勒热纳、普吕东）。其再版次数之多使它成为法国文学中读者数量最多的作品。然而，其主题单薄。在法兰西岛（毛里求斯岛），贵族之女——小维尔日妮和一位布列塔尼农妇的私生子——年轻的保尔共同成长，两人自小青梅竹马，后来互生情愫。维尔日妮不得不离开故土远赴法国，而她却不习惯法国上层社会的沙龙。不久，曾发誓忠于保尔的维尔日妮再次返回法兰西岛，然而一次海难阻止了两位情人的重逢。保尔目睹维尔日妮溺死，他也在绝望中离世。

不管人们如何评价这部小说的道德情怀及其陈旧特征，它都是见证历史的一部作品：伴随着这部作品，"启蒙运动思想"偃旗息鼓，重新描述情感的诉求开始。

大革命时期

深陷动乱的哲学家

革命时期不利于高质量文学作品的诞生,那是因为文学只忧心于眼下的此时此刻。思想家积极投身到行动中,思辨的或纯粹虚构的文字不再流行,逐日记录的旨在公开宣读或快速传播的作品成为主流,最为多见的是一些声明。卷入革命骚乱中的哲学家们是深受古典文化影响的杰出思想家。同时,各类文学体裁依然沿用缺少创新性的表达方式,如谢尼埃的诗歌等。总之,这一时期的文学或者反复使用同一题材,或者分散发展。

即使主题与哲学论文相仿,某些作品以其雄浑的风格和修辞意义为人推崇。如亨利·格雷瓜尔神甫的满篇才情的《论法兰西语言的报告》(1794),在其中,他介绍了法语独一无二的用法,以期获得平等对待。

介入大革命的思想家中,最值一提的是**孔多赛**侯爵(1743—1794),即玛利一让·德·卡里塔。他同时是数学家、经济学家、司法人士,创作了多篇政治经济学专论和进步主义文章,如《论专制主义》或《评选举形式》。与索菲·德·格鲁希成婚(1786)后,他的住处成为改革思想的摇篮。任立法议会议员期间,他出版了5部《公共教育回忆录》(1792),并启发了一个世纪后的朱尔·费里。遗作《人类思想进步的历史概况》于1795年出版。1793年末,被判流放。后于囚室内自杀身亡(1794)。孔多赛完美地诠释了百科全书派的哲学传统和改革思想间的延续性。然而,他也揭示出一旦思想暴力产生后,宽容和理性思想便苍白无力。他乐观向上、支持进步,这一点与**杜尔哥**

（《论人类思想的进步》，1750）、**沙特吕**（《论公共的最大幸福》，1772）和**沃尔内**（《废墟》，1791）的思想接近。

辩士与出版业

公共言论的自由利于演说文体的发展。大革命时期的人物都是一些才华横溢的辩士、演说家。他们成长于鼓励修辞学习的年代，因而对曾经阅读的古罗马和古希腊演说家的作品依然记忆犹新。在发生于1789年至1795年间的众多辩论中，他们施展才华以战胜敌人，通过使对方噤声的方式来淘汰对手。

这些政治辩士均是大革命的英雄：

- 奥诺雷·德·**米拉博**（1749—1791）是第三等级的代言人，他捍卫君主立宪制，与路易十六保持秘密书信往来，甚至成为制宪议会的主席。后暴毙而亡。

- 皮埃尔·**韦尼奥**（1753—1793）是一位涵养良好的律师，他抨击君主政体，但旋即，他恐慌于过度和无序。1793年6月，他被视为"温和派"而被决以断头刑。

- 乔治·**丹东**（1759—1794）是一位才华横溢、受大众欢迎的即兴演说家。他是一位享乐主义者、煽动家，擅长使用格言来协调各路观点（"我们需要勇气，仍然需要勇气，始终需要勇气，法国就会得救"）。然而，在反对罗伯斯庇尔杀气腾腾的强硬态势时，他还是败阵而归。

- "廉洁公"——马克西米利安·德·**罗伯斯庇尔**（1758—1794）熟稔古典主义学问。受卢梭影响，他掌握了严谨和教条的雄辩术。不同于温和的"吉伦特派"，他代表的是"山岳派"的不妥协，随时以恐怖手段来强行维护道德。

- 路易·德·**圣朱斯特**（1767—1794）年轻勇敢、激情澎湃，他的作品风格尖锐，试图使所写的语句成为具有决定性意味的格言（所有的国王都是叛臣和篡位者）。圣朱斯特支持罗伯斯庇尔，直至后者下台。

大革命时期，出版业得以蓬勃发展。尽管始自 1792 年末的国内紧张局势和党派冲突又限制了出版的发展，《人权宣言》的发表终归是保障了出版的自由。该时期最杰出和最受欢迎的作家记者或许是卡米耶·**德穆兰**（1760—1794）。他是国民公会的巴黎议员，与丹东一派，1792 年成为司法大臣，他曾经试图倡导仁慈，但为时已晚，最终大恐怖爆发。卡米耶·德穆兰所主办的《旧科尔得利俱乐部》在舆论界产生极大轰动。此外，观点类报刊非常活跃，这是因为当时众多办报人、编辑和抨击文章的作者涌现，如**马拉**（《人民之友》）（**埃贝尔**《迪谢纳老爹》）、**布里索**（《法兰西爱国者》）等人。

最后，在这段时期的诸多请愿中，女权主义的呼声渐强。其中最为活跃的是诗人勒弗朗·德·蓬皮尼昂的女儿：**奥兰普·德·古热**（1755—1793）。她创作了几部不得赏识的戏剧作品，还撰写了一篇《妇女和公民权利宣言》(1791)，要求妇女享有同等权利。这份宣言似乎是在讥讽《人权宣言》。1793 年 11 月，她因这份效仿作品死于绞刑。

234

脱离社会者和反对革命者

即便是对于那些呼吁改变心愿的人，政治暴行也会引起一些反抗。反革命文学因而具有双重性质：一方面，推动新体制的人反受压制，文学表达其抱怨与悔恨；另一方面，真正的反革命派怀念旧制度，文学表达其叫嚣与愤怒。

失望派的代表为罗兰夫人。她生于 1754 年，崇拜卢梭。她的丈夫先是担任手工制造业监督员，后于 1792 年升任内务大臣。罗兰夫人的沙龙主要面向吉伦特派，这也最终导致她的衰败。当温和派被驱逐时，她被逮捕，1793 年 11 月死于断头台。她的书信集结成册，编成强调自我剖析的《狱中通信》，尽管死亡面前，她极力维护尊严，可仍然不免怨恨满满。

无辜的让-皮埃尔·克拉里斯·德·**弗洛里安**（1755—1794）也成为受害

者。他是伏尔泰的外甥孙，创作了《寓言集》、英雄小说和几部戏剧，以及较为著名的抒情歌曲（如《爱情之乐》）。这位思想天真者因事态的迅速发展而不知所措，坚持撰写一部受过往文学模式（拉封丹、牧歌体裁、塞万提斯……）启发的作品，而当时的政治丝毫不迷恋"田园诗"！这位反萨德者被捕入狱，死于狱中。

不同于这些脱离社会者的还有一些反对革命者，如尼古拉·塞巴斯蒂安·罗克，又称**尚福**（1740—1794）。他与王室亲近，同孔代家族交往甚密，1781年入选法兰西学术院，然而他并未因此而停止嘲讽旧制度。他撰写的《箴言、思想、品格和轶事集》最后汇集成题目具有讽刺性的《改良文明的作品》，这位自命不凡者嘲笑了社会的解体和刻板思想的滑稽。尚福预知到难以避免且令人不安的变化即将发生，因此，人们常将他与博马舍对照。大革命到来之初，尚福曾一度受革命吸引，但旋即，他便开始揭露其中的错误、荒唐和暴力（"要么成为我的兄弟，要么我杀了你"）。与其死于断头台，他选择了自杀（然而未遂）。

安托万·里瓦罗利，又称**里瓦罗尔**（1753—1801），从未向大革命妥协过。这位刻薄的思想家因他的《论法兰西语言的普遍性》（1784）而声誉盛载。1789年之后，他成为一名令人生畏的论战者。在一份名为《使徒行传》的报刊中，他用带有恶意和滑稽的口吻批判新思想，之后流亡他乡，但在流亡贵族中他依然十分出众。他逝世于汉堡。总之，里瓦罗尔颂扬法语作为欧洲精英文学语言的优越性，此举无误。其他四海为家的杰出作家，还有查理·德·**利涅**亲王（1735—1814），他是比利时和奥地利人，创作了低俗的《故事集》和大量"混合"题材的作品，他还是旅行家和外交家。同样，神甫、经济学家、外交家纳博利坦·费迪南德·**加利亚尼**（1728—1787）是百科全书派沙龙中的逗乐者，他只用法语通信和写作。

同里瓦罗尔一样，加布里埃尔·**塞纳克·德·梅杨**（1736—1803）也是流亡贵族，他原本是路易十五时期的高级官员，与杜尔哥关系甚密，1790年后逃离法国。他的书信体小说《流亡贵族》（1797）以大革命中的事件为背景，介绍了当时意识和行为领域的病态和堕落。整个社会都成为极具毁坏性的、疯癫和荒谬的革命法庭。《流亡贵族》同样为读者重现了流亡画面：丧失权力和地位的贵族内心痛楚，无法再适应新的社会形势。这敬告读者：大革命是因为特权阶层头脑不清或缺失资格而引发。

无理性者的闯入

18世纪末期，由于过分宣扬理性主义，迷信重获生机。空想社会主义也可以归属此类。然而，追根究底，在社会陷入革命动乱时期，思想家寻求各类方式，甚至是最为怪诞荒唐的形式来理解事情的意义，并寻求慰藉。各类迷信发展，如借鉴自瑞典人伊曼纽·斯威登堡（1688—1772）的**天启论**、克洛德·圣马丁（1743—1803）和马蒂娜·德·帕斯夸利（1710—1774）的**马丁主义**。这些玄奥晦涩的理论宣称：加入其教可以实现纯洁化以及与神的交融。

在这种思想倾向的影响下，沙龙中的一些冒险家开始大肆利用人们的轻信心理。如**圣热尔曼伯爵**（1784年逝世）讲述其一生的经历，并声称自己可以制造金子。他的门徒**卡廖斯特罗**（原名朱塞佩·巴尔萨莫，1743—1795）是一位穿梭游历于各国的阴谋家，假扮为江湖医生，声称可以在精致的晚餐中变幻出已故名人的幽魂。**卡萨诺瓦**（1725—1798）在《回忆录》中将巴黎描述为"是利用欺诈和江湖骗术发财致富的最佳宝地"。19世纪，该书以《我的人生历史》为题再版，卡萨诺瓦的回忆录展示了其无所不知的自命不凡、惊人的智力水平和渴望冒险的追求：按着编年史的顺序，展现了风景如画但却日益腐朽的欧洲全貌。与此同时，弗朗斯-安东·**麦斯麦尔**（1734—1815）声称可以利用"磁力"治疗疾病，他让患者围绕被认为可以发散"电流"的"小木桶"以治愈疾病。

神秘思想也出现在某些秘密社团中，哲学、政治预谋和宗教仪式等混杂其中。欧洲各地，秘密结社普遍壮大，如玫瑰十字会便是一个秘密修会。

因而，文学再次回归虚幻的神怪题材，混同运用现实与虚构手法。最典型的代表作是雅克·**卡佐特**（1719—1792）的作品。《恋爱的魔鬼》讲述了一个青年被吸纳进秘密社团，然后魔鬼化身为一位性感、忠实的年轻姑娘追随他。《恋爱的魔鬼》采用梦魇式的叙述，但又不停穿插一些新闻时事，某些神秘学者将其视为一本严肃的入会读物。神秘主义者卡佐特视大革命为魔鬼的杰作；他在大革命中被推上断头台，但他的观念一直未变。同类作品还有英国人威廉姆·**贝克福德**（1760—1844）用法语写就的怪诞小说《瓦泰克》（1787年出版）。

残酷小说

非理性是与邪恶诱发的迷幻息息相关的一种非正常现象。神怪题材的作品十分重视"魔鬼崇拜"，因而综合了这一双重趋势。法国深受英国"黑色小说"的影响，萨德对法国影响颇深。当时较为成功的作家有：霍勒斯·**沃波尔**（《奥特兰托城堡》）、安·**拉德克利夫**（《奥多芙的神秘》）和马修-格雷戈里·路易斯（《僧侣》）。这些作品以魔鬼附身、幽灵城堡和鬼魂出没等为主题。其中的人物成为邪恶力量摆弄的玩偶。

萨德将这种趋势推向反常的极致，此外，部分作家也参与到这种令人不安和堕落的幻想中。因而，雅克-安托万·**雷韦罗尼·圣西尔**（1767—1829）在《圣保罗会教士和现代邪恶行为》（1798）中描述了某一万能的秘密社团诱拐和控制一些受害者，使他们成为科学实验（电流、磁力等）的试验品。同样，1790年左右，尼古拉·**雷蒂夫·德·拉布勒冬**（1734—1806）貌似着迷于大城市的腐败世界。他的《巴黎之夜》展现了一幅幅奇怪、荒蛮的不良场景。他也撰写过一些乌托邦作品（参见第231页①）和大量改革文论（五十多卷）。在他眼中，这是一个正沉沦于令人费解的暴力之中的世界，他称之为"吃人

---

① 此处指原法文版页码，即本书页边码。——编者注

的"世界。在这个社会中,人们或丧失权利地位,或被罚入地狱,就如他的小说《堕落的农民》和《堕落的农妇》中所揭示的:完全同一种结局!雷蒂夫的自传作品更清晰地阐释了他的忧虑,主要代表作《尼古拉先生》。自我的叙述流露了对童年时代的怀念,衰退的思想蔓延:与卢梭相同,他们的自传作品描绘出自己感性和爱幻想的一生。冗长的文章成为一场驱魔仪式和一次自我辩解。

萨德

多纳西安·阿方斯·弗朗索瓦·德·萨德（1740—1814）的作品推动残酷文学中的暴力元素达到一种令人瞠目的程度,这类作品塑造了种种无耻之徒,向读者展示了一系列震撼场景以及由此引发的各类堕落行径。萨德的一生放荡、混乱。他自认腐朽堕落,牵连至多场丑闻中,思想病态,亵渎神明,多数时光在牢狱中度过。他的作品曾接受过严格审查,部分被销毁,在其生前鲜少出版:这位怪癖者、色情作者被关至收容所（最终死于此处）,没人理解他的行为。直至19世纪末期,"颓废派"发现他的作品,后来超现实主义者将其奉为神明。

如果我们尝试将道德评判搁置一旁,这位"神圣的侯爵"是"萨德主义"的创建者,他视文学为历史的见证,其思想涉及哲学或精神分析学领域。然而,他的作品看上去啰唆重复、平淡无奇。总之,他的作品并非是对当时堕落风俗的暗示,而是将完全腐朽、野蛮粗暴的世界暴露无遗。其笔下主人公生活在一个所有理想都崩塌、个体无所不敢为的时代。萨德将他所在的时代推向极致,从而令其颠覆。1790年至1795年间,他个人也参与到某些犯罪活动中,甚至有时以国家责任为借口。

萨德小说的主线相同:在邪恶宗教的帮助下,腐朽的封建贵族愚弄年轻的无辜姑娘。文章通常叙述一连串违背情理的色情经历,这些桥段由长篇大论组成,就指导一切行动的享乐理论展开论述。因而,作品万变不离其宗,始终围

238

绕和局限于这类主题。结尾富有教化意义（主人公遭受惩戒等），但却令人难以信服。其中，放纵者会将禁忌或刺激践行到底，但他也往往感到筋疲力尽、惆怅厌倦。最终，放纵者会走向自我厌恨，放任堕落天性以毁灭自我。"萨德式"否定以主人公的自我毁灭——最为常见的是自杀——而告终，从而实现全面的坍塌。

19世纪

总年表	312
主要作家生卒年表	320
政治和文学大事年表	321
创作背景	**323**
历史驱动下的作家	323
理论、宣言和流派	324
走向大众文化	325
从不满到反抗	326
重返"自我":浪漫主义的苏醒	**327**
思想争辩	327
外国文学的影响	328
首创者:斯塔埃尔夫人	328
吐露真情的小说	329
夏多布里昂:成为典范的命运	330
夏多布里昂的小说	332
《墓外回忆录》	332
浪漫主义的诗意抒情	**334**
蓬勃发展期	334
拉马丁:极富音乐性的诗作	335
一场未定运动的"理论"	336

241

缪塞——非凡的浪漫主义之子	337
具有团结思想的孤独者：维尼	338
"狂热者"与"小众作家"	339
内瓦尔：从想象到疯狂	339

巨匠雨果 341

毫无耐心的、令人肃然起敬的天才	341
想象与幻觉	342
慷慨与政治斗争	343
走向"创作的史诗"	343

从正剧到戏剧的战斗：理论、作品 345

《克伦威尔》序言	345
雨果的正剧	345
维尼与悲惨正剧	346
缪塞的戏剧	347

浪漫主义与小说创作 349

大众体裁的扩充	349
巴尔扎克与《人间喜剧》	350
巴尔扎克作品的典型人物	351
幻想者巴尔扎克	356
司汤达：真理与激情	357
司汤达笔下的主人公	358
自恋	359

科技文学与批评文学 360
- 社会论战和改良主义思想 360
- 身处科学与虚幻之间的历史 361
- 米舍莱与"复活的历史" 362
- 真正的文学批评得以发展 363

形式主义在诗歌领域的复苏 365
- 戈蒂埃的反应：反浪漫主义或反实证主义？ 365
- 勒孔特·德·利勒的"纯艺术" 366
- 巴那斯派 366

站在诗歌的十字路口：波德莱尔 368
- 综合美学观 368
- 《恶之花》：结构与意义 369
- 波德莱尔的意象 370
- 散文体诗歌 371

与事实为伍 372
- 现实主义：原则和变化 372
- 风俗戏剧 373
- 浪漫主义的失望者：福楼拜 374
- 福楼拜式的"风格" 375
- 福楼拜的作品 375

自然主义 377
- 自然主义的起源及其方法论 377

左拉 ̇ 的变化	378
左拉的虚构事物	379
左拉作品概况	380
莫泊桑 ̇ 的小说	384
叛逆者：瓦莱斯	384

故事作家与中短篇小说家   386

一种成功的文学体裁出现	386
先驱者和语言纯洁主义者：梅里美	386
莫泊桑 ̇ 的黑色故事	387
巴尔贝·多尔维利的"恶魔"故事	388
维利埃·德·利勒-亚当的"残酷"故事	389

象征主义运动   390

诗歌中的印象主义	390
魏尔兰 ̇ ："音乐性最为重要"	391
生活放纵者与象征主义流派	391
"大师"：马拉美 ̇	393
兰波 ̇ ："改变生活"	394
兰波的"通灵术"	395
痉挛美的体现者：洛特雷阿蒙	395

时代的没落与终结   397

幻想破灭与主观主义	397
颓废派诗人	398
"逆流"的生活：于斯曼	398

总年表

时间	政治事件	社会背景
1799 年	雾月十八日政变	重返秩序；感受到历史的加速发展；个人主义的反抗；众多历史性和描写宗教的文章出现
1804—1814 年	第一帝国建立，拿破仑一世统治时期	
1804 年	编纂民法典	
1805 年	特拉法尔加海战、奥斯特里茨战役	
1809 年	对西班牙的战争	着迷于拿破仑的命运；民族骄傲，批判战争的恐怖
1812 年	对俄战役	
1815 年	百日王朝；滑铁卢战役	
1814—1830 年	复辟王朝	君主制的复苏未遇争议，但贵族和正统主义者组成的右派尚未意识到民主主义进程不可逆
1815—1823 年	路易十八统治时期	
1816 年	设立"无双议院"	
1822 年	出版方面的法律出台	继续推行拿破仑的中央集权制；教育体制继续落实，新技术（照相机、电、电报机等）出现
1824—1830 年	查理十世统治时期	
1828 年	希腊独立战争	

法国文学	外国文学	艺术	时间
浪漫主义倾向在欧洲诞生：文学颂扬情感（斯塔埃尔夫人）和基督教（夏多布里昂）；重返"自我"（塞南库尔）和主题再次涉及遭遇命运碾压的个人（孤独、无法实现的激情、渴望逃避和实现崇高等）	德国（诺瓦利斯、席勒）和英国（华兹华斯、拜伦）的浪漫主义	戈雅、大卫、贝多芬	
	克莱斯特：《洪堡王子》格林《童话》	安格尔	1810 年
		舒伯特的歌曲	1812 年
诗歌复苏，哀歌成为时尚（拉马丁）利己主义（司汤达），其他形式的自我崇拜	歌德：《浮士德》	罗西尼的《塞尔维亚理发师》	1816 年
1820 年至 1840 年间，浪漫主义的"重要"作家出版主要作品（维尼、缪塞、雨果）	沃尔特·司各特：《艾凡赫》	热里科：《梅杜萨之筏》	1819 年
	济慈：《颂歌集》	德拉克鲁瓦	1820 年
	霍夫曼：《童话集》		

19 世纪

时间	政治事件	社会背景
1830 年	七月革命	资产阶级重新恢复特权；众多文章描写通过劳动、功绩或私有财产可实现社会地位的上升
1830—1848 年	路易-菲利普统治时期	
1830 年	法国占领阿尔及利亚	
1834 年	组织多次共和主义运动	有关"社会问题"的争论：工业进步引发新的贫困（异化劳动、剥削、童工等），然而也促进了长远的发展（有关持续进步和"历史方向"的理论，对技术的信心，殖民扩张，生产体系的组织等）
1840—1848 年	基佐任法国首相	
1846 年	经济危机、欧洲骚乱、民族主义的上升	
1848 年	法国二月革命	
1848—1852 年	第二共和国时期	
1848 年	拿破仑王子成为总统	希望和信心重新恢复；农业（1840 年欠收）、工业（纺织业生产过剩、铁路危机进而影响冶金业）、银行业危机过后，经济恢复；为期不长的政变抵抗运动
1851 年	12 月 2 日政变	
1851—1870 年	第二帝国时期，拿破仑三世称帝	
1852 年	占领黑非洲	
1854 年	克里米亚战争	
1858—1860 年	远征中国	

(续表)

法国文学	外国文学	艺术	时间
成果丰富时期：小说作品组集出版；思想文学（空想社会主义和"实证主义"：傅立叶、孔德）和历史作品（奥古斯丁·蒂埃里、米舍莱）	歌德：《威廉·迈斯特》	法国雕塑家巴里与吕德的雕塑	1829 年
《欧那尼》之战与浪漫主义戏剧的发展（雨果、仲马、缪塞、斯克里布等）	普希金：《鲍里斯·戈都诺夫》	作曲家：贝利尼、肖邦、舒曼	1831 年
	安徒生的《童话》	作曲家：柏辽兹	1835 年
道德文学和政治文学的发展（托克维尔、拉梅内、茹贝尔等）；文本批评的诞生（圣伯夫、波德莱尔）	狄更斯：《雾都孤儿》	音乐家李斯特。英国画家透纳的画作	1838 年
果戈理：《死魂灵》	瓦格纳初期作曲		1842 年
		现实主义画作（库尔贝、杜米埃）	1845 年
大众小说和情感小说（桑）的发展，故事的飞跃（梅里美）			
	勃朗特姐妹的小说		
"狂热"浪漫主义的最后激情（纳瓦尔、流亡的雨果使用通灵术），开始反对浪漫主义（戈蒂埃、勒孔特·德·利勒、福楼拜）			
	梅尔维尔：《白鲸》	威尔第与古诺的歌剧	1851 年
大众读者（凡尔纳、戈蒂埃的小说）的壮大与消遣戏剧（拉比什、奥吉耶、萨尔杜）的发展	俄国的几部重要小说诞生（屠格涅夫、陀思妥耶夫斯基、托尔斯泰）	米勒的画作 加尼耶与巴黎歌剧	1850—1880 年
		古诺的歌剧《浮士德》	1859 年

时间	政治事件	社会背景
1861 年	美国南北战争	专制帝国向自由帝国发展：舆论、政府高层与教士逐步归顺（教会组织、学校）；权力让步（有关新闻出版和会议的法律出台，议会制逐渐恢复）
1865 年	美国废除奴隶制	
1869 年	苏伊士运河竣工通航	
1870—1871 年	普法战争	5 月 8 日，拿破仑三世通过全民投票，四个月后下台
1871 年	色当惨败（法军在色当战役中失败）第二帝国灭亡	色当战役后，法国上下士气消沉：巴黎公社起义，内战爆发；镇压运动；恢复"道德秩序"
1870—1940 年	第三共和国时期	
1871 年	巴黎公社 德国攫取阿尔萨斯 梯也尔就任法兰西第三共和国总统	
1873—1879 年	麦克-马洪任第三共和国总统	

(续表)

法国文学	外国文学	艺术	时间
伴随诗歌的复苏（魏尔兰、波德莱尔的散文诗），现实主义潮流确立（福楼拜、龚古尔、都德）	刘易斯·卡罗尔：《爱丽丝漫游奇境》	马奈的绘画（《草地上的午餐》） 勃拉姆斯、瓦格纳、布鲁克纳	1865 年
逆虚幻文学（维利埃、巴尔贝·多尔维利）和非理性文学（洛特雷阿蒙）出现，实验现实文学广为人接受（左拉和自然主义、泰纳和布吕内蒂埃的分析性作品、莫泊桑）		塞尚来到巴黎 音乐：比才、拉罗、圣桑、奥芬巴赫	1870 年
	陀思妥耶夫斯基：《群魔》		1871 年
象征主义转为反抗（兰波）、矫揉造作（马拉美）、"颓废"（拉福格、莫雷亚斯、马拉美） 社会思想揭露苦难和剥削（布卢瓦、左拉）	托尔斯泰：《安娜·卡列尼娜》	绘画：莫奈、毕沙罗、西斯莱 莫奈：《印象·日出》	1874 年
	易卜生：《玩偶之家》	罗丹的雕塑	1879 年
同样可以觉察到创作者个人主义的复苏，呈现出讽刺性怀疑（阿纳托尔·法朗士）、逃避（洛蒂）或反抗（巴雷斯、戈比诺、莫拉斯）的形式			1880 年
	尼采：《查拉图斯特拉如是说》	音乐：福雷、塞萨尔·弗兰克、马斯内 雷诺瓦 德加	

时间	政治事件	社会背景
1879—1887 年	于勒·格雷维任总统	宪法和议会制度的恢复；有利于公共自由的政治改革；教育立法和工会权利的创建
1882 年	三国同盟缔结	
	于勒·费里的教育法令出台	
1883 年	殖民扩张	
1885—1889 年	布朗热主义	工人运动和社会立法；社会主义的复兴
1891 年	法俄缔结同盟	
1887—1894 年	萨迪·卡诺任总统	中产阶级势力壮大，但数量减少 与教会关系开始紧张，同宗教组织的对抗出现
1894 年	判决德雷福斯	
	让·卡西米尔-佩里埃任总统	
1896—1899 年	菲利·福尔任总统	
1899 年	德雷福斯案件	
1898—1902 年	布尔战争	左翼集团，政教分离

(续表)

法国文学	外国文学	艺术	时间
颓废主义（于斯曼）	奥斯卡·王尔德		1882 年
	柯南·道尔 拉迪亚德·吉卜林	梵高 图卢兹-罗特列克	1885 年
世纪之末：除颓废主义外，出现了嘲讽趋势（贝克、雅里、费多、库特利纳）	契诃夫 邓南遮	新印象主义和"那比"派风格（莫里斯·丹尼斯、塞律西埃、维亚尔、伯纳尔）	1890 年
意识哲学恢复权利（伯格森）			1895 年
左拉的《我控诉!》和"介入"文学（法郎士、巴雷斯、莫拉斯）	弗洛伊德有关梦的作品	海关卢梭的早期画作	1898 年
		画家高更	1900 年

主要作家生卒年表

主要作家生卒年份
夏多布里昂，1768 年生，1848 年卒
拉马丁，1790 年生，1869 年卒
缪塞，1810 年生，1857 年卒
维尼，1797 年生，1863 年卒
内瓦尔，1808 年生，1855 年卒
司汤达，1783 年生，1842 年卒
巴尔扎克，1799 年生，1850 年
雨果，1802 年生，1885 年卒
米舍莱，1798 年生，1874 年卒
乔治·桑，1804 年生，1876 年卒
波德莱尔，1821 年生，1867 年卒
兰波，1854 年生，1891 年卒
福楼拜，1821 年生，1880 年卒
莫泊桑，1850 年生，1893 年卒
左拉，1840 年生，1902 年卒

政治和文学大事年表

日期	政治和文学大事
1799 年	执政府时期开始
1800 年	斯塔埃尔夫人:《论文学》
1802 年	夏多布里昂:《基督教真谛》
1804 年	拿破仑一世的第一帝国时期开始
1804 年	塞南库尔:《奥伯曼》
1810 年	斯塔埃尔夫人:《论德意志》
1814 年	复辟王朝时期开始 路易十八即位
1816 年	康斯坦:《阿道夫》
1820 年	拉马丁:《诗歌沉思集》
1821 年	诺迪埃:《斯马拉》
1822 年	司汤达:《论爱情》 雨果:《颂歌集》
1824 年	查理十世即位
1830 年	七月王朝时期开始 路易-菲利普即位
1830 年	司汤达:《红与黑》 雨果:《欧那尼》
1831 年	雨果:《巴黎圣母院》 巴尔扎克的主要早期小说出版
1834 年	米舍莱开始撰写《法国史》
1835 年	缪塞:《四夜组诗》
1837 年	梅里美:《短篇小说集》 雨果:《心声集》
1839 年	司汤达:《帕尔马修道院》
1840 年	托克维尔:《论美国的民主》
1842 年	欧仁·休:《巴黎的秘密》 阿洛瓦斯·贝特朗:《夜之加斯帕尔》
1844 年	仲马:《三个火枪手》
1846 年	乔治·桑:《魔沼》
1848 年	第二共和国时期开始
1851 年	圣伯夫:《漫谈》

(续表)

日期	政治和文学大事
1852 年	第二帝国时期开始 拿破仑三世即位
1852 年	戈蒂埃：《珐琅与雕玉》
1854 年	内瓦尔：《幻想集》
1855 年	内瓦尔：《奥蕾莉亚》
1856 年	雨果：《静观集》
1857 年	福楼拜：《包法利夫人》 波德莱尔：《恶之花》
1862 年	雨果：《悲惨世界》
1863 年	弗罗芒坦：《多米尼克》
1864 年	凡尔纳：《地心游记》 维尼：《命运集》
1865 年	龚古尔兄弟：《热米妮·拉瑟顿》
1866 年	魏尔兰：《农神体诗》
1867 年	左拉：开始创作几部重要小说
1869 年	福楼拜：《情感教育》
1870 年	第三共和国时期开始
1871 年	巴黎公社起义
1873 年	兰波：《地狱一季》
1874 年	巴尔贝·多尔维利：《恶魔们》
1880 年	魏尔兰：《明智集》
1882 年	义务教育法令颁布（于勒·费里）
1883 年	莫泊桑：《一生》
1884 年	于斯曼：《逆流》
1885 年	拉福格：《悲歌》
1886 年	兰波：《彩图集》
1887 年	马拉美：《诗歌集》
1888 年	巴雷斯：《自我崇拜》
1894 年	德雷福斯案件开始
1894 年	勒纳尔：《胡萝卜须》
1897 年	纪德：《人间食粮》 罗斯唐：《西拉诺·德·贝杰拉克》

创作背景

历史驱动下的作家

大革命过后，加速发展的历史驱动人们前进。革命时期的伟大理想及其后拿破仑的英雄事迹表明：一无所有者也可拥有卓越非凡的命运。文学从多种角度反映了这一进程。浪漫主义或以悲哀口吻（一切进展过快，万物倾覆），或以满满信心（开启新世界，进步将会成就所有人的幸福）颂扬时代面前的个体、命运与荣誉。继夏多布里昂之后，雨果的作品几乎可以兼顾这两种观点。

整个 19 世纪，人们无时无刻不体察到历史在变迁。作家竭力不缺席于历史，他们或者明朗表态（所有的浪漫主义作家均曾是政治人物），或者评判人类历史（这是历史学家托克维尔、米舍莱诞生的时代）。当时，虽然马克思和恩格斯的作品尚未广泛传播，但是，有识之士日益认为历史具有一定发展方向，将逐步走向民主，甚至终将结束阶级斗争。19 世纪接连出现六次政权交迭，这充分表明进步主义与保守主义之间的循环往复，但其主旋律依然是政治民主的缓慢实现。虽然作家分属不同阵营（君主主义者和自由主义者），但他们呼吁同等的创作权利：出版自由、教育体制的发展、艺术家在公共生活中的影响力等。

从夏多布里昂到左拉时期的文学涉及社会和现实：巴尔扎克希望"与个人身份相竞争"，司汤达将小说视为一面"镜子"，福楼拜的作品回顾 19 世纪的重要历史时刻。经济的发展、社会问题的处理（主要与工业劳动有关）、城市无产阶级的出现、农村居民的背井离乡以及政治的动荡（骚乱、镇压等），所有这些现实都成为文学描述的对象。这些变化也受到来自国外的影响：德国的"狂飙突进运动"和英国的浪漫主义等。

历史主题无所不在。面对这一现象，文学也表现出一种焦虑。而其应对或解决方法便是回归民族价值观（中世纪的审美趣味、凯尔特人和北欧传说）和宗教价值观（《基督教真谛》，1802）。整个19世纪，个人主义衍生出名目繁多的苦恼与不安：世纪病、激情之浪、忧郁、堕落的反感、神经症等。面对历史，自我陷入吸引—反感的两难境地中，这种优柔寡断主要以诗歌的形式表达出来，主题涉及骄傲（维尼）、嘲笑（缪塞）、逃避（波德莱尔）、反抗（兰波）和恍惚中的分裂（魏尔兰）。

理论、宣言和流派

作家分别集结在各类概念模糊的关键词（个性、自由、艺术家的使命）之下，展开论战。19世纪是斗争（《欧那尼》）、宣言（作品前言、有关艺术和作家地位的理论）、论战（形式主义者攻击浪漫主义者）、流派（所有被命名为"某某主义"的派别）和信仰声明的时代。作家悉数登场，坦诚野心（雨果的第一声呐喊便是"要么成为夏多布里昂，要么一无所成"），批判前人（波德莱尔、兰波）或藐视众人（福楼拜憎恶"愚蠢"，波德莱尔和马拉美揭露"功利主义"，颓废派将嘲笑用于实践中等）。

作家以各异的方式，表达了自己对艺术的重视。诗人将自己视为向导或世界的回声（维尼、雨果）、炼金术士（波德莱尔）或通灵者（兰波）。艺术家彼此间的联系增多：画家（德拉克鲁瓦）、音乐家（柏辽兹、肖邦）与作家交往密切，进一步巩固了高雅的艺术意识。因而，艺术批评自然得以发展（圣伯夫、泰纳、勒南），而作家自己也成为评论家（波德莱尔的《沙龙画评》）或尝试实践造型艺术（雨果的绘画、弗罗芒坦的油画）。

从诺迪埃的"文学社"到马拉美的"星期二沙龙"，一众小团体、小集团或宗派出现，它们的界定远比艺术的意识形态清晰，尽管如此，文学流派依然百花争艳，竞相发展。19世纪的三大主要思潮（浪漫主义、现实主义或自然主义、象征主义）均强调艺术的"现代性"，也就是说艺术总是声称自己符合时代的需求，与进步同生同在，并且形成了一种新的审美趣味。但是各思潮间的界限并非绝对清晰：福楼拜和桑均同时推动了浪漫主义和现实主义的发展，波德莱尔既是浪漫主义者又是象征主义者。激昂的创作才情打破了不同思潮间的严格界限。

走向大众文化

19世纪，文学的发展主要受以下三大历史事实的影响：

• **公共教育发展，扫盲运动普及**。教育方面的法令接二连三出台：皇家中学法令、1833年的吉佐法和1849年的法卢法、1882年于勒·费里出台的有关"世俗、义务和免费"学校法令、卡米尔·塞创立的女子教育等。

• **新传播媒介的出现进一步扩大了潜在的消费群体**。除了在乡下售卖图书、兴建城市图书馆与小市镇学校外，大型报刊和廉价丛书的出现成为促进读者群壮大的主要因素。19世纪初期共出版作品2000部，1830年增至6000部，1890年达到15000部。1870年，巴黎报刊（吉拉尔丹的《报刊》、米约的《小报》等）的发行量已逾百万份。作家利用报刊作为传播媒介，其作品主要以连载小说的形式见诸报端（巴尔扎克、休、仲马）。

• **著作权等体系最终建立**，作家终于能够以文谋生；甚至出版商处会向某些作家按月支付酬劳（雨果和左拉）。

但是，文学的大众化现象影响了作品的内容。读者偏爱连载小说，这导致一些刻板模式产生，常描写苦难和罪行波及城市，某些野心家为谋求地位上升而在社会中以一搏百，良好的情感等。世界所呈现的如此面目或多或少体现在：雨果的《悲惨世界》、巴尔扎克的教育小说、自然主义小说（左拉、莫泊桑）和大众小说（桑、休、庞松·迪泰拉伊、费瓦尔）中。一些精明的出版商（路易·阿谢特、于勒·凡尔纳的出版商埃特泽尔）通过开拓这一市场而发迹。

从不满到反抗

因而，大众文学愈加呈现出"新闻记者式"的特点（期待效果轰动和表达模式化），但是却利于作家更好地发挥积极作用，拓宽读者群。雨果的立场或左拉的《我控诉!》曾引起反响，这表明作家拥有的新权利出现。在完全世俗化的社会中，作家自视为被委以重任者、拥有思想权利者、社会灵感的诠释者。因而，文学与民众不谋而合，但不是现实中的民众，而是文学作品所代言的民众。文学也因此常表达出对社会现状的不满，且甘愿与穷苦者（雨果的作品）、单纯者（桑的作品）、被剥削者（左拉的作品）和不幸者（莫泊桑的作品）为伍。无论作家是否是反动者，他们已然与"资产阶级"分道扬镳。他们批判唯利是图者，斥责小资产阶级的习俗和道德，揭露有产者的自私和虚伪；反对社会决定论，揭露日常生活的艰难（巴尔扎克、左拉）。作家鄙视资产阶级，那么，他们自然拒绝运用资产阶级所热衷的艺术模式（富于教化意义的正剧、矫饰艺术、学院派）。福楼拜等人的作品将这种讽刺暴露无遗。

然而，这种不满的思想加剧了某些作家（他们与民众间的联系过少）的孤独感。因而，他们希望将这种孤立感理论化。其中的一些作家转而思索"为艺术而艺术"的理论，另一些则表达自己的不同见解（波德莱尔的纨绔主义，还有颓废主义、非理性主义）。因而构成了一种属于不被理解的、反社会的、"被诅咒的"（从维尼到魏尔兰、兰波和洛特雷阿蒙）和立志反叛的（巴雷斯和"自我崇拜"、《逆流》中的于斯曼等）艺术家的意识形态。

重返"自我":浪漫主义的苏醒

思想争辩

在执政府及第一帝国动荡不安的时期,思想领域似乎早已弥漫变化不定的因素。一方面,"空想理论家"所延续的是 18 世纪哲学家们的思想,但是,这些空论派却逐渐失去影响力。后来,"实证主义"思想重新活跃。此处列举两例:安托万·路易·克洛德·德·**德斯蒂·德·特拉西**(1754—1836)研究实验心理学,皮埃尔·让·乔治·**卡巴尼斯**(1757—1808)医生的分析涉及脑生理学。另一方面,与空想理论家相左的主张重返唯灵论的思想占据主导。哲学家玛利·弗朗索瓦·皮埃尔·贡捷·德·比朗又称**迈内·德·比朗**(1766—1824),倾向研究内心生活、心理意识与"自我"的自控努力。神秘主义者皮埃尔-西蒙·巴郎什(1776—1847)颂扬感觉和宗教情感。

政治方面存在类似的矛盾。简而言之,便是两派之间对立。一方面,是站在社会主义预言家一派的:回忆录作家圣西蒙的侄外孙——克洛德-亨利·德·**圣西蒙**、夏尔·**傅立叶**。19 世纪 20 年代,他们预言了政治改革和财富的重新分配。傅立叶(1772—1837)是一位真正的空想社会主义者,他构想了一个理想社会,其中的人聚居生活于名为"法伦斯泰尔"的地方(一种微社会),共享一切。另一方面,理想主义者提出如此大胆的想法,的确为时过早,难以被人理解,因而,与其对立的保守主义思想家很快再度施展影响,如保皇党派的路易·德·**博纳德**(1754—1840)以及传统主义者、天主教徒、神秘主义者与幻想教徒——约瑟夫·德·**迈斯特**(1754—1821)。迈斯特创作的《圣彼得堡的夜晚》(1821) 曾引发轰动，文中记述了他在担任法国驻圣彼得堡使节时，与一位法国流亡贵族和一位俄国议员的对话。

外国文学的影响

法国并非浪漫主义运动的肇始之地。19 世纪初期，浪漫主义运动被称为"北欧的"美学运动，即苏格兰、英格兰、凯尔特和德国等地的运动。拿破仑的征战、移民（王室精英生活于盎格鲁-撒克逊地区）、第一帝国的建立（意大利、西班牙和德意志地区被占领）与"欧洲"意识的诞生（召开维也纳会议）均有力促进了国外因素对法国的影响。浪漫主义时期的法国作家皆为旅行家，如均担任外交官的夏多布里昂和司汤达。此外，出版业的复苏也促进了翻译作品的传播，尤其体现在 1830 年后的文坛。

德国文学早已开始反对启蒙运动时期的理性主义。德国文学偏爱源于宗教领域和神秘主义的梦想、直觉与想象等主题（以此探寻无意识和神话传说，实现与神明的交融）。德国浪漫主义诞生于 1770 年左右的歌德时期，并于 1820 年后陷入虚无主义倾向。

英国文学更着重颂扬人们面对世界时所产生的感觉、感伤和情感。因而，其主题往往富于表达力（夜间、废墟和坟墓、宗教感情）。英国某些重要作家的个人命运深刻影响了法国的浪漫主义思想：30 岁（1822）溺死的雪莱、29 岁（1821）死于结核病的济慈、为希腊独立运动而战却客死于希腊的古怪贵族——拜伦勋爵。在维尼的笔下，18 岁自杀而亡的查特顿代表了一类才华横溢却难遇知音的诗人。

首创者：斯塔埃尔夫人

内克尔之女——热尔梅娜·德·斯塔埃尔-奥尔斯坦又称为斯塔埃尔夫人（1766—1817），她饱受欧洲文化的熏陶。父亲为日内瓦人，丈夫是瑞典人，尤其是在 1803 年后拿破仑禁止她踏入巴黎，因而，她的足迹遍布其他多地。斯塔埃尔夫人曾是巴黎极为著名的文学沙龙主持人，但后来隐居于瑞士科佩的城堡中，接待来自欧洲各地的艺术家。这一世界主义思想势必影响了她的文学观点。她仰慕卢梭，一开始她站在激情主义和感性主义一边。然而，她在艺术领域的自由信仰难以被拿破仑理解，他依然喜爱新古典主义（可以联想一下大卫的"官方"艺术）。

斯塔埃尔夫人在其最重要的两部作品中定义了后人所谓的"浪漫主义"：《从社会制度与文学的关系论文学》（1800）和《论德意志》（1810）。她在其中揭示了气候环境对艺术创作的影响：北方的多雾气候造就了一种消沉和内心化的新审美趣味。然而，《论德意志》扮演了启幕者的角色。在其中，斯塔埃尔夫人不仅介绍了某些著名的德国文学片段，还定义了"浪漫主义"的概念，即否定古典主义。她确立的文学原则如下：

- 作品必须同内心和情感对话；
- 作品必须再现过往（中世纪的骑士制度、神奇故事）；
- 宗教是一切诗歌的源头；
- 灵感和幸福仅来源于热情。

虽然，这些具有普遍意义的思想曾引发争议，但是，斯塔埃尔夫人却开启了文学感觉的深刻变革，并预言了文学体裁的革新：受莎士比亚和歌德启发的戏剧（不受古典主义规则的束缚）、自由抒怀的抒情诗歌、以心理和道德分析为主的小说。

吐露真情的小说

在回归内心生活的背景下，19 世纪最初诞生的重要小说主要是一些隐晦的自传作品。英国"黑色小说"的影响显现，并促进了大众小说的诞生。约瑟夫的弟弟——格扎维埃·德·**迈斯特**（1764—1852）在其作品《环房间之旅》（1794）中提到自己的"遐思"，在《奥斯塔城的麻风病人》（1811）中开启了人物内心咒骂的描写。

两部吐露真情的小说最受欢迎：

- 孤独无依、漂泊流浪、资财耗尽的艾蒂安·皮韦尔·德·**塞南库尔**（1770—1846）写作的《奥伯曼》。这部小说由一系列书信组成，采用日记的形式记述。在其中，作者进行了自我反省并分析了对于生活的厌倦、内心的不安和面对空虚的眩晕。他的忧郁和烦扰预示了浪漫主义者所珍视的主题：艺术家与世界间的沟通障碍。

- 斯塔埃尔夫人的情人——旅行家邦雅曼·**康斯坦**（1767—1830）写作的《阿道夫》。康斯坦生于洛桑，曾在英国和德国求学。第一帝国时期，他流亡他乡。返回法国后，他开始从政，隶属于自由党派。他的小说讲述游手好闲的阿道夫如何勾引埃莱诺。深陷这场艳遇的阿道夫既无法斩断暧昧，又不愿付出真爱，他认为自己是在蹉跎生命。埃莱诺得知自己被愚弄和背叛后，郁郁而终，而她的情人未能救她。阿道夫重获自由，可自此，他永远陷入心慌意乱的境地。这部毫无掩饰的残酷作品是对自私主义和爱情痛苦的悲观分析。

斯塔埃尔夫人的另外两部小说——《德尔菲娜》（1802）和《科琳娜或意大利》（1807）也受自传体启发，当时的读者认为作品中所坦诚的知心话语影射了作者与邦雅曼·康斯坦的关系。

夏多布里昂：成为典范的命运

1768年，弗朗索瓦-勒内·德·夏多布里昂出生于圣马洛，1848年，卒于巴黎。他的一生见证了法国短期内不同政体的更迭，他也切身感受到历史的动荡不安。1791年，为躲避法国大革命，他迁居美国，此后便过着流亡贵族的生活。他曾效力于拿破仑，但在第一帝国顶峰时期到来之前，他离开拿破仑，奔赴东方国家。复辟王朝时期，他先后担任外交官、大使、外交部长。因对路易-菲利普的统治抱有敌对情绪，傲慢如初的夏多布里昂选择退隐独居，写作《回忆录》，自此笔耕不辍。夏多布里昂一生的命运如同一篇生动的传奇故事，一个争相咏唱的典范；第一代浪漫派作家（即雨果等作家）视其为偶像。"激情的浪潮"萦绕笔尖，夏多布里昂用自己的思想和创作生涯定义了戏剧化的历史裹挟前进下的孤独作家的形象。

夏多布里昂是一位随笔作家。流亡期间，他创作了随笔作品《论革命》（1793—1797），原本旨在分析大革命的成因。可事实上，这部文笔芜杂的作品既批判了大革命的历史事件（血腥、极端、无效），又思考了支离破碎的历史。不，持续不断的进步并不存在；不，法国大革命并非一个决定性的阶段。时代混乱无序，人类只能梦想未来，而无法预测将来。《论革命》具有自传作品的特点，身为"迷失一代"的一员，夏多布里昂还在其中总结了自己的忧虑和失望。

1802 年，夏多布里昂发表《基督教真谛》，认为基督教可以解决诸事，因而可以替代毫无意义的命运观。当时的时代背景有利于基督教价值观的传播，夏多布里昂因此而皈依基督教，受此鼓舞，他通过弘扬基督教的光辉来捍卫它。这部颂扬基督教的作品曾引起强烈反响。《基督教真谛》共包含四大部分：

- 论述**教义和学说**。描写神圣、神奇、令人赞叹的圣事、圣书之美。
- 论述**基督教的诗意**。某些令人赏心悦目的文本正源自基督教神奇性的启发。
- 论述**艺术和文学**。宗教信仰促进了艺术的飞跃发展（如教堂），成就了一些伟大的思想家（帕斯卡尔、博絮埃等）。
- 论述**崇拜**。宗教仪式的庄严触动人心，基督教的布道拯救人的灵魂，基督教义教化人心、涤荡灵魂。

《基督教真谛》的续篇《殉教者》（1809）是一部具有教化意义的小说，讲述的是戴克里先时期（3 世纪）受迫害的基督教徒的遭遇。

夏多布里昂的小说

夏多布里昂难忘自己的美国之行且深受18世纪情感小说的影响,成为异域小说(贝尔纳丹·德·圣皮埃尔的作品等)过渡到浪漫派抒情文学的承上启下者。《阿达拉》(1801)讲述了"沙漠里两位野蛮人的爱情故事"。在路易斯安那州,法国人勒内受到了来自印第安老人夏克塔斯的欢迎,后者向他讲述了自己年轻时爱慕印第安基督教徒阿达拉的故事。夏克塔斯和阿达拉私奔去寻找神甫见证他们的结合。然而,年轻姑娘阿达拉在童年时便立下严守贞洁、奉献圣母的誓言,因而,与其屈服于欲望,她宁愿选择死亡。这部小说希望能够教化世人,而且也预示了浪漫主义的中心主题:终将导致牺牲和死亡的热情。

《勒内》延续了阿达拉的故事。这次轮到勒内向夏克塔斯追忆自己的青春岁月,倾吐内心难以抚平的忧郁:童年时爱胡思乱想,不安现状,在姐姐埃米利的陪伴下四处漂泊,后逃亡美国,而埃米利则归隐修道院。夏多布里昂所传递的道德意图旨在揭示:不信教者无法寻到自己生活的意义且难以被理解。在该部作品中,当时的读者领略到了满怀激情者充满魅力的抒情之美,而夏多布里昂富有音乐性、感情洋溢的文笔更为此添彩。

《墓外回忆录》

夏多布里昂惯用自传体风格,因而,其作品中无处不留存自己的影子,如勒内这一人物便极易让人联想到夏多布里昂。他发表的《巴黎到耶路撒冷纪行》(1811)讲述了他的东方之行。他的一本有关17世纪修士的传记(《朗塞传》,1844)便是通过他人来坦白自己的生活。记述自己一生经历的《墓外回忆录》在其去世后出版,他曾言明在这本书中要"下决心说出全部真相"。

这部鸿篇巨制以法国历史的各个重要阶段为背景，从旧制度延伸至七月王朝时期，最后的篇幅用以展望未来。在该书中，夏多布里昂借机刻画了一些政客（米拉博、丹东、塔列朗）和国王的形象，重点介绍了令他喜厌交织的拿破仑。他拥有众多女性朋友，在该作品的写作中，启迪其灵感的三位女性（德·博蒙夫人、德·迪拉斯夫人、雷卡米耶夫人）的作用不可磨灭。虽然该作品中流露出作者的炫耀之意和自傲之气，言明一切的初衷夭折，但是，这座丰碑般的作品书写了世界的动荡不定和光阴的流逝不返。

夏多布里昂的影响巨大（拉马丁曾提出"他是帮助我们复兴的唯一功臣"），因为他汇总了一些散乱的文学趋势：重返宗教、推崇宏伟和抒情艺术、刻画难得赏识的自我的忧郁情感、关注批评史、运用华丽的抒情文笔、弃用想象。

浪漫主义的诗意抒情

蓬勃发展期

1820年至1850年间,诗歌蓬勃发展。出版频次增加,凡是作品发行量大或是擅长诗歌者均是享有盛誉且闻名遐迩的人物,他们往往关注公共生活。还应注意,这一时期还是历史加速发展的时期。面对变化,"自我"分析自身并且寻找定位。诗歌可以抒发内心和抚慰心灵,因而作家借助诗歌倾诉忧虑,寻求慰藉。

该类诗歌的特点主要体现在主题上,而非形式的原创性上(尽管诗歌极富旋律且十分注重和谐性)。实际上,诗歌为自己制定了一个宏伟志向:描述所有迷失于时代中的意识的心理状态。因而,自始至终运用"我"一词来书写诗歌。诗人既是诗歌的写作主体,又是其聆听对象;既得以抒发内心,又实现了自我解放。诗人忽略哲学思辨或美学理论,仅凭借真诚和情感经历表白内心。因而,诗人必须以神秘形象、梦想和感受来滋养灵感。亲密情感的表达并不妨碍想象的自由驰骋。

这类以自我为主题的诗歌可能会演变为内省之作,也或许会沉浸于幻想、焦虑和"空想"中。然而,对于伟大的浪漫派而言,谈及自身便是论述世界。内心深处所回响的是一切与人类有关的声音。因而,一些诗歌倾向于积极地表达所有人的痛苦和人类意识。诗人成为传教士或充当向导。诗歌深入挖掘人物情感真实性的过程也是在呈现历史意识。波德莱尔和象征主义作家们继承了这一认为自我和世界之间存在神秘统一性的观点,并将诗歌视为可以揭示事物隐含意义的体裁。

浪漫主义的诗意抒情

拉马丁·极富音乐性的诗作

阿方斯·德·拉马丁属于伴随大革命（1790—1869）出生的年轻贵族一代，其权力和地位被剥夺。第一帝国时期，他们注定无所事事。这种游手好闲造就了厌倦一切的性格，面对毫无荣耀感的命运，他们甚至倍感消沉。王朝复辟为他们带来希望。这一时期，拉马丁迷恋一位相识于布尔热湖畔的年轻姑娘（他的"埃尔维"），在他们相识两年后，姑娘去世（诗歌《湖泊》的主题）。拉马丁曾从事过外交、议员、部长等工作，还负责过1848年的临时政府。在竞选总统时，他败给路易·拿破仑，青春年少时的苦楚之情重又涌上心头。他负债累累，成为"耍笔杆的苦工"，写作一些应景作品。

《诗歌沉思集》（1820）大受欢迎，并宣称要复兴法国诗歌。拉马丁偏爱刻画迷失的内心：洞穴、森林、小船、"小河谷"等封闭空间使人暂时忘却时间。但是，拉马丁诗歌的魅力主要体现在其富有魔力的诗句中："我如同寻到动机并将其低声吟唱出的音乐家"。众口交赞拉马丁的"歌曲"。的确，他的诗歌集当时的各类审美口味于一体，且容易识记。拉马丁的抒情诗描写苦楚生活和漂泊于"岁月海洋"的人们，他将这些陈词滥调谱为富有音乐性的诗句。

264

《沉思集》曾数次再版。拉马丁受此鼓舞，创作了《诗歌和谐集》（1830），主要以创世的神奇、无垠时间中人类的神秘、上帝和彼世为主题。同样，万行鸿篇史诗《若瑟兰》（1836）也因其中的神秘元素而倍显生动。该诗歌讲述的是：一位年轻神父决定放弃个人爱情（爱慕洛朗斯）并致力于人类福祉，之后，他一心为信仰而战，死后遗体散发出馨香之气。若瑟兰这一角色让人联想到诗人自己也曾投身于一项神圣的职业，即政治事业。因为，拉马丁与所有重要的浪漫派作家一样，并非温顺的幻想者，而是实行家，其真正激情在于实现政治抱负。

一场未定运动的"理论"

浪漫主义并未形成流派,而且它的追捧者中不乏各类知名人士,甚至他们最终分道扬镳或彼此对立。一如既往,这场运动以某种拒绝为中心,即拒绝古典主义的束缚和学院派的既定规则。

自1823年起,浪漫主义的初期理论作品发表于埃米尔·德尚主编的期刊《法兰西缪斯》上。雨果和维尼的早期诗歌,以及颂扬拜伦和莎士比亚的文章也曾发表其中。阿斯纳图书馆的馆员——博学的夏尔·诺迪埃(1780—1844)创办了一个以他为中心的真正团体,作家、音乐家、造型艺术家集聚一堂、各抒己见。诺迪埃深受德国文化的影响(同斯塔埃尔夫人一样),创作了一些虚幻故事,甚至是有关过于恐怖的梦魇,如《斯马拉》(1821)、《特里尔比》(1822)和《变成碎屑的仙女》(1832)。

《寰球报》促使阿斯纳社团中涌现的新思想成形,他们极力主张追求文学趣味的自由和欲望的复兴(甚至雨果也承认"美即丑")。雨果在其戏剧作品《克伦威尔》的前言中总结了这些观点。雨果与友人圣伯夫共同组织了极为活跃的"文学社"(1827—1830),吸引了同代的所有作家。"文学社"呼吁"艺术自由、社会自由",并参加了重要的"《欧那尼》之争"。

在这场运动中,维克多·雨果的个性树立威望。一场流行时尚开始。为博人眼球,一些年轻人身穿代表归顺新思想的红色背心,另一些人则蓄长发,着波西米亚式服装,被称之为"博赞高"或"青年法兰西"。自此,浪漫主义成为时尚。然而,当时的人们仅知道这是一种狂热的个人主义,并不十分清楚具体何为浪漫主义。艺术家只能追随自己的灵感(不在意良好品位或风俗惯例);艺术家必须放弃矫揉造作的风格(并使"亚历山大体更为成熟"),以此来塑造大胆和全新的形象;艺术家必须听任激情和反抗的控制。显而易见,这种个人主义可以与各种语调交融:忧郁消沉、虚幻的暴力、仙境般的想象、神秘主义、回顾既往(中世纪为主)。最后,浪漫主义适用于它所活跃的任何体裁：诗歌（抒情诗歌）、戏剧（以正剧的形式）和小说（历史小说和自传小说）。

因而，最为反对浪漫主义的是一些思想刻板者。众多富有才智者和一些不相干的作品也以浪漫主义自居，从而造就了大量所谓的"小众"作家，这也成为该时期的典型特征。尽管这些作家标榜"浪漫主义"，但难以将他们准确归类。如马塞利娜·德·**博尔德-瓦尔莫**（1786—1859）的抒情诗作描写内心短暂易逝的微妙感情，应该如何具体界定其归属？她的悲歌集、《可怜的花朵》以及《花束和祈求》成为19世纪30年代的沙龙尤为热衷的作品，然而，她的作品主题纯朴且富有音乐性，近似于魏尔兰的诗歌风格，却与雨果的雄浑文笔相差甚远。转瞬即逝的辉煌诗篇为数众多，现代读者常困惑于此，埃热西普·莫罗（1810—1839）的《勿忘草》便属此类，再如费里克斯·**阿韦尔**（1806—1850）的十四行诗中，今人所熟知的仅有一句"我的灵魂自有秘密，我的生活自有神秘。"其他作家呈现出不同的传统风格，如奥古斯特·布里泽（1806—1858）歌颂家乡布列塔尼。甚至**贝朗热**和奥古斯特·**巴尔比耶**等讽刺诗人也自恃属于浪漫主义，但他们终究仅是一些行吟诗人或抨击文章作者。的确，就连雨果也未能避免这种风格的吸引。浪漫主义思潮适合于内容的扩充和情感的爆发，因而，圣伯夫曾将其简要定义为："我称古典主义为圣人，视浪漫主义为病人"。

缪塞——非凡的浪漫主义之子

出身于文化底蕴深厚的家庭，阿尔弗雷德·德·缪塞（1810—1857）自幼学业优异，是诺迪埃最年轻的门徒之一。18岁时，他参加"文学社"的讨论，凭借《西班牙或意大利故事诗》①而引人瞩目。缪塞的性情变化不定，他无法认真对待浪漫主义的伟大理想，反而更偏爱其他时代（尤其是文艺复兴时期）的理想，并不断宣称自己独立于原创作者，鄙视介入公共生活的一切行为。这种个人主义成就了他的讽刺和变化不定的风格。他的诗歌为诗人的

---

① 此处原文有误，应写为《西班牙和意大利故事诗》。

"使命"减负（这点与雨果的观点相反），但这种缩减并不排斥抒情，反而，缪塞强调诗人的孤独、痛苦和内心的不安。最终，他与乔治·桑之间短暂却令人沮丧的关系使他陷入痛苦和危机。《四夜组诗》（1835）以及《一个世纪儿的忏悔》（1836）诠释了这种激情与怀疑交织的情感。同样，他的全部戏剧也以幸福的不可能性为主题。

甚至《四夜组诗》表达的是一种对不幸的迎合。诗歌无法减轻痛苦（《五月之夜》）；诗人只有一个手足，即孤独（《十二月之夜》）；一切都只是幻觉且短暂易逝（《八月之夜》）；"人类为徒，痛苦为师"（《十月之夜》）。尽管缪塞的戏剧十分成功，而且他于1852年入选法兰西学术院，可他却未老先衰，于孤独中离世。

具有团结思想的孤独者：维尼

阿尔弗雷德·德·维尼（1797—1863）出生于一个在大革命中没落的贵族家庭，身负厚望，自幼满腹傲气，希望成为一名伟大军人。复辟王朝时期，他成为一名军官。然而，维尼厌烦驻军生活。于是，他转而投身文学创作。一部小说（《散-马尔斯》，1826）和第一部诗歌集（《古今诗集》，1827）确保他得以进入浪漫主义的"文学社"。正剧《查铁敦》（1835）引起强烈反响。

尽管维尼初期经历了如此之多的成功，然而，他依然觉得自己不受喜爱且不被理解。某些个人经历（母亲去世、妻子身患慢性疾病、与女演员玛丽·多瓦尔激烈混乱的关系、仕途失意）加剧了这位诗人的苦楚和悲观。他的诗歌变得富有哲理：其诗捍卫服务人类的艺术责任，思考缺少上帝的人类生活的荒诞性，期待思想文明的到来。虽然遭遇人类的折磨且难被理解（小说《斯泰洛》的主题），但是诗人维尼已准备好淡然自若地面对死亡（《狼之死》的主题），并寄语后代（诗集《命运》、诗歌《海上浮瓶》）。数次落选后，他终于入选法兰西学术院（1846），却在夏朗德省众议员竞选中惨败，遭受拿破仑三世蔑视，维尼在忧愁与孤独中死去，揭露了人世间的缺点。

"狂热者"与"小众作家"

诺迪埃一派的作家标榜"黑色"或"狂热"浪漫主义。他们热衷所有神秘、玄奥的事物,曾经追随18世纪末期的天启论,并饱受德国荒诞传统(诺瓦利斯、霍夫曼)的滋养。雨果本人也着迷于招魂术。"黑色"时尚影响了整个浪漫主义思潮:戈蒂埃的故事、雨果的中世纪小说、超自然和迷惑力发展为迷信(诺迪埃、梅里美)。很明显,这些主题贯穿了整个19世纪:波德莱尔和洛特雷阿蒙等诗人、莫泊桑(因精神失常而去世)等忧郁的故事作家均十分喜爱异常和黑暗的主题。

黑色浪漫主义作家生活于不安中,被视为怀揣宗教幻象者和小众作家。外号"忧郁者"的格扎维埃·**福内雷**(1809—1884)便是那类兴奋狂妄、焦躁不安、喜怒无常的天才作家之一,而其作品常表现梦境或幻觉。彼得吕斯·**博雷尔**(1809—1859)绰号"狼人",他创作了一些巴洛克风格且感情洋溢的诗歌(《狂想曲》,1832)、短篇故事(《尚帕瓦尔,不道德的故事》)和神秘小说(《波提乏夫人》)。

阿洛瓦斯·**贝特朗**(1807—1841)生前几乎无人知晓,他的一部名为《夜之加斯帕尔》的散文诗集(波德莱尔曾受其启发)流传后世,该作品的副标题拟为《伦勃朗与卡洛风格幻想曲》,囊括了19世纪30年代"黑暗"潮流的主要流行主题:以中世纪为背景,主题虚幻且迷惑,兼顾抒情与滑稽的文风,涉及巫术与魔法。设计最为精心的是语言,其语调奇怪、形象,属于抒情和富有旋律性的音乐化语言。贝特朗是一位十分审慎却富有原创性的艺术家,是法国散文诗歌的首创者。

内瓦尔:从想象到疯狂

热拉尔·德·内瓦尔(真名为热拉尔·拉布吕尼)是一个古怪的人物,难以将他归类(1808—1855)。他成长于乡下的孤独环境中(瓦卢瓦地区),

饱读德国作家的作品（甚至翻译了歌德的《浮士德》），醉心于所有的秘传文学，他的创作似乎倾向于物质、神秘和超自然领域。这种宗教性情无不流露于他的颂扬之作中：他对女演员热妮·科隆的爱情疯狂且激昂（对方却无视这份情感）；他日思夜想抵达"他处"，以求得灵魂清静，寻觅世界的隐含意义（《东方游记》）；他渴望把所有宗教都融合为一种神秘（诸教混合），从异教信仰（希腊、东方、埃及等地的宗教）到基督教传说（圣母玛利亚等）都合为一体。内瓦尔完全踏入了非理性之路，朝之前出现的"幻象教派"发展。在瓦卢瓦当地的民间传说中，他试图寻找集各类所爱女性为一体的理想形象（母亲、女神、仙女、女生人、女魔鬼）。在《西尔维》中，作家寻求自己的身份定位，将一些激情、回忆和影响"拼凑"为一体。

内瓦尔作品的表达方式伴随着其头脑深处的精神错乱。他的精神疾病曾多次发作。在帕西，布朗什大夫为其诊疗，而写作实践正是一种治疗方法。作品《奥蕾莉亚》（1855）是对精神病的分析，这种分析被视为一种创作手法，可以使艺术家触及彼世、梦境和隐藏的美丽世界。然而，写作无法将内瓦尔从不幸中拯救出来：《奥蕾莉亚》出版之后，他自缢身亡。

内瓦尔的作品中，最易理解的是诗歌。他的《幻想集》（1854）是一部神秘的十四行诗诗集，造型美伴随始终，所含诗歌揭示了"与人类相通的"世界的诱惑力。显而易见，内瓦尔在诗中继续寻找自己身份的定位（"我是忧郁者、丧偶者、难得慰藉者……"）。但是，阅读内瓦尔的作品时，仅想到他个人的精神疾病，未免过于简单化。他的作品体现了一个更为深刻和持久的趋势：艺术拒绝理性主义和功利主义再次影响的趋势。1855年巴黎世界博览会召开之际，资产阶级借以庆祝物质力量的胜利，而此时，艺术家则呼吁非理性：雨果在泽西岛上实践通灵术，拉马丁潜心于神话研究，波德莱尔被视为"病人"（1857）。因而，一代迷失的浪漫主义者怀揣失望之情，向往避入"异世"，内瓦尔仅是对此做出了总结并将其推向极致。这一方面，与内瓦尔态度一致的作家还有：在自己的私密记事本中，莫里斯·德·介朗（1810—1839）写下了数篇充满宗教狂热和神秘色彩的真正散文体诗歌；泰奥菲勒·东代别名菲洛戴·欧奈迪（1811—1875），他是一位荒诞不经的、病态的极端自由主义者。所有作家均以与社会格格不入为创作原则。

巨匠雨果

毫无耐心的、令人肃然起敬的天才

维克多·雨果（1802—1885）及早地意识到了自己的天分。15 岁时荣获法兰西学术院嘉奖，17 岁在图卢兹百花诗赛中获奖，20 岁时创作了第一部重要小说《布格-雅加尔》，并与其兄弟们共同创办杂志（《文学保守者》）。怀揣"要么成为夏多布里昂，要么一无所成"的野心，他出版了极具拉马丁风格的《颂歌与民谣集》（1822）。从此，他投身文学，并随时准备与他人论战。小说《冰岛凶汉》出版后遭遇的批评之声令他极为不悦，他撰写正剧《克伦威尔》，该剧的前言引起轰动，成为浪漫主义者奉行的信条。自此直至去世（19 世纪末期）前，雨果一直被视为才华横溢、激情澎湃的领军人物、代言人、"响亮回声"、传教诗人。维克多·雨果是一位极富热情和信念的人物，与当时所有的政治和文学事件都有所关联，能够驾驭从"高尚"到"滑稽"的任何语级的语言，游刃有余地运用一切形式的艺术表达方式：才华超众的画家、精力充沛的辩士、影响巨大的小说家、诗歌韵律的高手、充满幽默的幻想家（《歌集》）、令人赞叹的编年史作家等。

某种程度而言，雨果的个性令其同代人钦佩。他体魄强健（爱散步、胃口好、喜饮酒，还是一位不知疲倦的情人），喜欢社交和交流。他受众人追捧，与家人关系紧密，与所有艺术家都一直保持通信往来，雨果貌似无处不在。这种普遍存在性还来自于他的优越性和天生的权威；面对众人的欢迎，他享受其中。他不拒绝荣誉，沉迷人道或政治事业。我们并不知晓维克多·雨果是否怀疑过自己的另一身份——上帝在人类中的信使，即他所谓的"神圣梦想家"、"头脑聪明者"、"占星家"与"预言家"。尽管，今日看来他的种种虚荣有些滑稽可笑或自负高傲，但是，维克多·雨果的确是一位慷慨无私、对孩童和弱势群体充满同情、对悲苦愤愤不平的人，是人民之友。因而，他能够成为最受欢迎的诗人绝非巧合。

想象与幻觉

雨果的无所不涉并非仅是性格使然。他认为诗歌是一种全体性的需求，其领域不受限定。诗人是万能的开拓者。因而，雨果的诗集呈现多样性，甚至同一部诗集内的诗歌风格彼此不一，既有低吟内心情感的，也有用以雄辩和辩护的。诗歌不是重新制造现实（客观或私密）：而是促进现实产生。诗歌是意义的生产者和模式。

自《东方集》发表之后，从未亲眼见过东方世界的雨果塑造了一个以希腊、西班牙或阿拉伯为背景的虚幻仙境。诗行造就的是拟态的幻影。想象是雨果的主要才华，且并非仅是装饰性的作用：想象将幻觉强加于人。雨果还是一位画家，他喜欢令人难忘的具体事物：人群—大海、战斗—火炉、天空—收获等。然而，这些意象主要用以呈现抽象事物，赋予思想以更为具体的形象：思想—蒸馏器、悔恨—眼睛、死神—镰刀等。因而，雨果成为擅长运用"普遍类比"的诗人，波德莱尔也曾运用类比方法。因此，意象成为幻觉；并且可以使那些不存在的、无声无息的难以形容的事物（无垠、虚无、死神、上帝）发声。诗人让人可以看清"黑暗的嘴唇"在说些什么（《静观集》），并且可以看出"一切都活着，一切都充满灵魂"。这种视角可能会通向幻觉、恐惧不安。然而，对雨果而言，这是一次推广宗教（仁慈的上帝在创世时的目的）和希望（善良终会战胜邪恶）的机会。

慷慨与政治斗争

针对暴政,雨果并非仅满足于怒骂,他还是一位斗士。在艺术领域,他曾掀起过一场波澜;在政治领域,他正以同样的精力开始冒险行动。成名之后,他于1848年当选议员,支持路易-拿破仑。然而,一场政变过后,第二帝国建立,他对此愤慨万分,流亡他国,后逢大赦,他却拒绝返法,直至1870年才重回故土("假若唯有一人,那便是我")。这是因为雨果十分看重自己的使命,尽管个人忧虑重重(尤其是1835年至1845年间),他依然不忘对国家的责任。他向社会主义思想靠拢,这仅是因为他对人民的热爱压倒了其他一切情感。

雨果的立场成为他绝大多数重要作品的创作动机。1831年起,小说《巴黎圣母院》思考了社会边缘人和穷苦人失败和死亡的命运。美丽的吉卜赛女郎爱丝梅拉达、丑陋无比的加西莫多和痴迷的副主教弗洛罗均背负着悲惨的命运。雨果的戏剧代表作《吕依·布拉斯》中人物的爱情命运也是如此。同样,《悲惨世界》也揭露不公平的社会秩序造成人类生活的卑微,并导致他们几乎不可能向受害者赎罪。

最后,雨果也在其"愤怒缪斯"的口授下书写。《惩罚集》怒斥篡权者——小拿破仑,谴责流血政变,嘲讽权力复得者,致敬受压迫者、无产者和反抗者。雨果充满激情、言辞犀利,因而,他可以尽情地谩骂,宣泄厌恶,文字如同史诗般雄壮。此外,《惩罚集》的文末还预言了自由必将胜利,未来定可实现进步。

走向"创作的史诗"

在流亡期间,雨果对神秘学,尤其是通灵术感兴趣。他的经历使他得以培养神秘的灵感。在作品多产的时期,他创作了两部大型诗集《静观集》和

《历代传说》，思考个人和集体的命运。雨果一直认为邪恶存在，他试图将邪恶的存在与对上帝的信仰相协调。他的形而上学的思考形成了真正的思想体系：物质是不完美的，会导致下降和邪恶；思想是完美的，呼吁上升和善良。人类的生活挣扎于这两种力量之间。人类是"双面"的。雨果的这一中心思想也同样解释了他的美学理论（崇高与滑稽交织一体）和寻求灵魂得救的宗教观念。他逃避深渊，憧憬上帝，是一位"占星师"。他的行为致力于提升全部人性以实现普遍的善良与调和。

19世纪60年代起，某些批评家讽刺这种模糊晦涩的思想。支持拿破仑的沙龙认为雨果变得"愚蠢"，甚至有些"精神错乱"。无论如何，雨果的这一思考成就了两部代表作。

《静观集》"追忆一个灵魂从摇篮到棺墓中所遇到的谜"：《清晨》（第一卷）、《盛开的心灵》（第二卷）、《斗争和梦想》（第三卷）、《写给女儿的诗行》（第四卷）、《行进》（第五卷）、《在无垠的边缘》（第六卷）；"鸿篇史诗"《历代传说》依然以错综复杂的爱情和不幸为主题。在其中，雨果希望阐释人类的历史朝上帝、科学和爱情发展的进程。雨果将圣经故事、中世纪传说和各类古代神话糅杂一起，连续展现了一幅幅激动人心的画面。从夏娃到耶稣，从罗马到东方，从中世纪到现今。诗歌本身也在探求生命和历史的发展方向。

从正剧到戏剧的战斗：理论、作品

《克伦威尔》序言

浪漫主义首先是一场解放运动，因而，它反对规则至上的古典主义。在雨果之前，司汤达就已撰写《拉辛与莎士比亚》（1823）揭示拉辛模式的陈旧和莫里哀因循守旧的落伍，通过捍卫莎士比亚，指责学院派的审美趣味，推动被他称为"罗曼蒂克主义"的发展。他认为未来的戏剧将是散文体现实主义喜剧和历史悲剧。

早在18世纪，上述观点便已流行，但当时并没有相关的代表作品。在正剧《克伦威尔》（1827）的序言中，雨果提出了响亮的宣言，演化为两项理论：

- "三个时期"："原始"时期是抒情的自发性时期；"古代"时期是史诗的暴力时期；"现代"时期的人因两大趋势而分歧（灵魂与身体），且因此而激动不安：这一时期是基督教时代、正剧时代；

- **正剧的性质**：正剧阐明人的内部冲突。以此为目的，作家要考虑以下四点：混杂各类文体（从"滑稽"到"崇高"），拒绝统一性，尽力以真实的历史为背景，营造自由的风格。

雨果的正剧

正剧初登舞台之时，曾令人犹豫不决。1829年起，亚历山大·仲马凭借《亨利三世与他的宫廷》而获取短暂成功。然而，雨果并没有取得上演《玛丽蓉·德洛尔姆》的王室许可权：揭露路易十三时期便是侮辱查理十世。1830年2月，《欧那尼》标志着新艺术的成功。雨果的一众朋友几乎坐满剧场，其"鼓掌声"远压过传统主义者的喝倒彩声。这在当时引起巨大轰动。"《欧那尼》之战"的反响导致人们在较长时间内接受了正剧。

《欧那尼》的情节复杂，同时呈现了一场情感事件（国王堂·卡洛斯与被放逐者欧那尼爱上了同一个女人唐娜·索尔）与一出政治正剧（阻止堂·卡洛斯成为查理五世的一场阴谋）。最后的结尾悲惨，总体语气并未出现大规模的"风格混用"。无论如何，这一作品充满活力和伟大。"穿红色背心"者终于等到了他们的代表作品。

《吕依·布拉斯》（1838）是对《克伦威尔》序言中的原则的最佳诠释。同样是以西班牙历史事件为背景，雨果讲述了乔装为大贵族的一位仆人与王后之间不切实际的爱情："蚯蚓对天上星辰的爱"。这一悲惨的情感剧情为滑稽场景的设置（粗野的堂·赛查的出场令人捧腹）留有巨大空间；悲喜风格的混用因而得以完美实现。该剧大获成功，而且实至名归。维克多·雨果的最后一部正剧《城堡卫戍官》（1843）却一败涂地。

维尼与悲惨正剧

莎士比亚潮流的到来并非偶然事件。1827年，一个伦敦剧团演出了伊丽莎白一世时期的全部剧目，令法国人大开眼界，而《哈姆雷特》尤其让人震惊。维尼感触颇深，旋即着手翻译《罗密欧与朱丽叶》和《威尼斯商人》。但最终，唯有改编自《奥赛罗》（题目拟作《威尼斯的摩尔人》）的作品交付给法兰西国家喜剧院演出（1829年10月）。反对之声鼎沸：富有才学者认为该作品有失体面。于是，为了解释自己为何钟爱此剧，维尼撰写了《致某某阁下的信函》。从中发展出一种有关"现代悲剧"的理论：这是一种建立在紧凑和必然情节之上的毫无"狂热之情"和"伟大场景"的正剧。简而言之，维尼重新提出了拉辛的悲剧原则，并辅之以现代思想的阐释。

文笔芜杂的《昂克尔元帅夫人》和短篇戏剧《为恐惧而逃避》完成后，维尼将自己的理论付诸《查铁敦》（1835年2月）的创作实践中，并喜获成功，广受欢迎。《查铁敦》是"一部哲学篇章"。维尼受真实历史的启发，讲述了诗人查铁敦的生活：不得资产阶级赏识，沦落自杀境地，查铁敦唯一得到的是女资助人凯蒂·贝尔的爱。很大程度上，该戏剧的成功归功于女演员玛丽·多瓦尔的出色表演。然而，《查铁敦》固化了浪漫主义对于平民诗人的形象，也成为"遭遇诅咒的诗人"的鼻祖。这位遭受功利主义世界折磨的天才也是年青一代的代表。

缪塞˙的戏剧

19世纪，尽管戏剧取得了上述斐然成绩，然而，该世纪仅有一位原创的、全面的戏剧家：阿尔弗雷德·德·缪塞。他思想独立，早年便已脱离"文学社"，拒绝承认诗人担负面向大众的使命。他的作品带有醒悟者的语气，兼备忧郁与讽刺的特点，因而其戏剧独具风格，且不失幽默感和悲怆之情；他将兼具"双重"性格的英雄搬上舞台，他们激情澎湃却难掩悲伤，奉行理想主义却缺乏理由，行为放荡却本性纯洁……作品如其人，缪塞一生都在成就戏剧人。

缪塞致力于作品创作，起初的形式较为灵活。舞台装置的限制极少，较少渲染精致或当地色彩，几乎不运用身体暴力。一切都以心理分析、人性的双重研究为目标。因而，缪塞的初期作品更适合于阅读，而非表演（《椅中观剧集》，1832）。然而缪塞常忆及马里沃，大量使用"双重语调"和错位体系，以便能够突出人的不稳定性、"我"和"戏"间的脆弱界限。

《玛丽亚娜的任性》（1833）将这种双重性推向极致，因为其中设置了两位截然对立的人物：放荡者奥克塔夫和纯情者赛利奥。玛丽亚娜分不清到底谁是真正爱她的人。赛利奥被玛丽亚娜的丈夫克洛迪奥杀死。奥克塔夫的阴谋失败，他选择离去，抛下不知所措的玛丽亚娜。情节雷同的《勿以爱情为戏》（1834）中，佩迪康爱着自己的堂妹卡米耶，后者却装作无视他。为挑起卡米耶的嫉妒，佩迪康于是勾引村妇罗赛特。然而，当佩迪康与卡米耶之间的小游戏结束之时，罗赛特却因此命丧黄泉。

　　缪塞撰写了一些诙谐、苦涩的作品，如他的"谚语"（《慎勿轻誓》1836）等。同时，他还写作了一部正剧《罗朗萨乔》（1835），这部散文体作品取材自佛罗伦萨编年史，文笔精练，汇集缪塞钟爱的所有主题。故事梗概为：罗朗索成为贪图享乐的暴君亚历山大·德·美第奇的心腹。为了等待时机谋杀主人亚历山大以捍卫尊严，罗朗索（像哈姆雷特一样）用懦弱和罪恶掩盖自己的真实本性，然而最终这一行为显得极为可笑。缪塞深信行为是徒劳的，思想是无效的，几乎所有人都是心地肮脏的精于算计者。《罗朗萨乔》中，他这种在道德领域和政治领域的悲观主义思想暴露无遗。

浪漫主义与小说创作

大众体裁的扩充

"浪漫主义"这一术语中包含"小说"一词。起初,浪漫主义运动与小说体裁试图共同发展。理由如下:首先,小说是一种灵活体裁,便于表达个人思想和情感,作家可以将小说视为自传文学的变体;其次,在当时,与历史有关的文学作品成为一种时尚,小说利于生动地描绘以历史为背景的历险;最后,小说极易被所有人接受。随着读者群的壮大,文学作品涉及的主题向社会和大众倾斜。

19世纪40年代,几部重要的大众小说诞生。廉价出版业的发展促进了连载作品的发表和批量印刷的实现。因此,亚历山大·**仲马**(1803—1870)并不满足于仅活跃在戏剧领域,他因而成为将历史小说化的专家。通过生动描述背景资料翔实的冒险故事,他获得了真正的成功,如:《三个火枪手》(1844)和《基督山伯爵》(1845)。仲马沿袭了欧仁·**休**(1804—1857)的模式。欧仁·**休**从海军医生转型成为作家,且成绩斐然,在撰写了几部海洋历险小说后,他转而创作社会小说,如著名的《巴黎的秘密》(1842)。尽管有些人物的设置刻板老套(好人与坏人),背景过于悲惨,但是他推广了民主思想(傅立叶与蒲鲁东的思想)并拓展了新的读者群体。最后,应提及现实主义理论家艾蒂安·**尚弗勒里**(1820—1889),他创作了大量通俗易懂的小说(《莫兰沙尔的资产阶级》,1848)。

乔治·**桑**(1804—1876)也创作过充满人道主义情怀的大众小说。她原名为奥萝尔·迪潘，曾在巴黎主持沙龙活动，并且与缪塞和肖邦的关系密切，因而，她是19世纪重要文学人物之一。隐居贝里省诺昂市期间，她创作了一些颂扬身份卑微者并宣传团结一致精神的小说。受皮埃尔·勒鲁和拉梅内的影响，她借小说书写社会主义的乌托邦理想，如《木工小史》（1840）和《安吉堡的磨工》（1845）。之后，乔治·桑转而创作田园小说、乡土故事。她的"田园"作品描绘了真实和正派的农村生活并表达了她对乡村的强烈依恋之情（《魔沼》，1846；《小法岱特》，1849）。

外国作家也极大推动了大众小说的发展，如沃尔特·司各特（1771—1832），他有关苏格兰和中世纪的生动小说（《艾凡赫》，1819；《昆丁·达沃德》，1823）曾启发过仲马。

巴尔扎克与《人间喜剧》

在三十多年的写作生涯中，奥诺雷·德·巴尔扎克（1799—1850）的作品数量惊人。他精力充沛、激情满满，通过"流淌成河的咖啡"提神，每天甚至工作至20个小时。主要小说作品汇编成一部卷帙浩繁的《人间喜剧》，该作品集的背景广涉法国和欧洲各地，涵盖自1789年（甚至更早）至1850年间的故事。因为巴尔扎克希望"描绘两三千位当时的引人注目者"，并且"同身份竞争"。他通过情节和人物将前后的小说彼此关联，因而展现出一幅真实风俗历史下的巨幅画卷。

这一作品构思反映了一种思想体系。巴尔扎克认为人世是一个大型动物园，他在回顾其中的各类物种。因为，人与人之间有"工人、官员、律师、游手好闲者"等身份的差异，也就类同于"狼、狮、驴和乌鸦"间的区别。这一观点解释了巴尔扎克描写刻画的需要：物体、动产、地点传递了个体的本性。巴尔扎克另一无法摆脱的烦扰是：金钱。人类间的金钱关系就类似于动物间的丛林法则。某些批评家以此推断出背负经济压力的巴尔扎克旨在揭露资本主义的金钱关系。可以确定的是，《人间喜剧》表明：资产阶级社会体系中潜伏的冲突关系已成为主要矛盾。而巴黎首当其冲，它成为唯利是图者和投机者的集合地。巴尔扎克笔下的人间是银行业、政治界和新闻圈彼此联合的世界，其中遍布阴谋、野心和花招。

巴尔扎克作品的典型人物

面对利益游戏活跃的社会，巴尔扎克笔下的人物总是渴望源源不断的权力，他们积极活跃、固执己见、野心勃勃。然而，他们并不能完全控制自身的力量，反被这股力量所裹挟，甚至引发致命的后果。这种力量源于一种排他的本能，如葛朗台的吝啬、吕西安·德·吕邦普雷的野心或是高里奥老爹盲目的父爱。

《人间喜剧》共 91 部作品（原计划写作 137 部），刻画的人物多达 2209 位。515 位人物曾先后出现于数部小说中：巴尔扎克于 1833 年发明这种写作手法（《高老头》）。每部小说又成为《人间喜剧》这部巨著的一个章节。

同一人物在不同章节中反复出现源于：

——同一角色数次出现，可以从不同角度全面呈现一个角色；

——希望使创造物更为可信：创造物拥有独立的历史生活，不再受造物主毫无根据或随心所欲的念头所控制；

——巴尔扎克对戏剧的偏爱：虽然人物会在两场戏之间退至幕后，但却一直停留于观众的脑海间。

《人间喜剧》总纲

	分析研究	哲理研究	风俗研究	
			私人生活场景	外省生活场景
1829年	《婚姻生理学》			
1830年		《永别》 《长寿药水》	《高布赛克》 《猫打球商店》 《苏镇舞会》	
1831年		《驴皮记》 《耶稣降临弗朗德勒》 《不为人知的杰作》 《红房子旅馆》 《逐客还乡》	《三十岁的女人》第一卷	
1832年		《玛拉娜母女》第一卷	《夏倍上校》	《图尔的本堂神甫》
1833年		《路易·朗贝尔》 《玛拉娜母女》第二卷		《欧也妮·葛朗台》 《大名鼎鼎的戈迪萨尔》
1834年		《绝对之探求》	《高老头》第一卷 《三十岁的女人》第二卷	
1835年		《海滨惨剧》 《改邪归正的梅莫特》	《高老头》第二卷 《婚约》	《幽谷百合》

《人间喜剧》总纲				
风俗研究				
巴黎生活场景	政治生活场景	军旅生活场景	乡村生活场景	
		《朱安党人》		1829 年
	《恐怖时期的一段插曲》	《沙漠里的爱情》		1830 年
《萨拉金》				1831 年
				1832 年
		《乡村医生》		1833 年
《费拉居斯》《朗热公爵夫人》				1834 年
《金眼女郎》				1835 年

278

	《人间喜剧》总纲			
	分析研究	哲理研究	风俗研究	
			私人生活场景	外省生活场景
1836年		《被诅咒的孩子》	《无神论者望弥撒》	《古物陈列室》第一卷
1837年				《幻灭》第一卷 《老姑娘》
1838年				《古物陈列室》第二卷
1839年		《玛西米拉·多尼》	《贝娅特丽克丝》	《古物陈列室》第三卷 《幻灭》第二卷
1840年				《比哀兰特》
1841年		《卡特琳娜·德·美第奇》	《假情妇》	《于絮尔·弥罗埃》
1842年			《两位新嫁娘的回忆》 《阿尔贝·萨瓦吕斯》	《搅水女人》
1843年			《奥诺丽纳》	《幻灭》第三卷
1844年			《莫黛斯特·米尼翁》	
1845年	《夫妻生活的烦恼》			
1846年				
1847年				
遗作				

《人间喜剧》总纲				
风俗研究				
巴黎生活场景	政治生活场景	军旅生活场景	乡村生活场景	
《法西诺·卡讷》				1836年
《赛查·皮罗托盛衰记》 《公务员》				1837年
《纽沁根银行》		《乡村本堂神甫》第一卷		1838年
《烟花女荣辱记》第一卷			《乡村本堂神甫》第二卷	1839年
	《泽·马尔卡斯》			1840年
	《一桩神秘案件》			1841年
《现代史拾遗》第一卷				1842年
				1843年
《戈迪萨尔》第二卷		《农民》第一卷		1844年
《经纪人》				1845年
《贝姨》				1846年
《邦斯舅舅》 《烟花女荣辱记》第二卷	《阿尔西的议员》			1847年
《烟花女荣辱记》第三卷 《现代史拾遗》第二卷 《小资产者》			《农民》第二卷	遗作

因此，巴尔扎克塑造了一些具有代表性的、个性鲜明的典型人物。这些刻画生动的形象深入人心，读者可以联想到某些真实存在的历史人物或知名人士，作品因而富有真实感。此外，巴尔扎克笔下的人物会多次出现在不同的小说中（拉斯蒂涅克先后出现在23部作品中），但呈现方式各异，时而作为主要人物出场，时而退居次要角色。现实主义的幻想发挥得淋漓尽致，肖像刻画细致入微，作者及其读者不会错过任何一个细节的描写和解读：轮廓、衣着，甚至于面部肌肉的抽搐等。

尽管巴尔扎克笔下的人物形色各异，但极少有角色令人读后惬意。即使是一些德行善美者，面对自己的数次功绩也表现出孤独、难被理解、不幸，甚至是滑稽的境遇。莫瑟夫夫人（《幽谷百合》）在悲怆感人的美德面前变得黯淡无光，赛查·皮罗托成为诚信交易的牺牲品。这些正派者为数极少，其余人仿佛性格癫狂。受固定思维的捆绑，巴尔扎克的主人公们为了实现顽念而自甘堕落。"人间喜剧"实际是一幅悲观主义画面。

幻想者巴尔扎克

巴尔扎克早期便对幻想题材感兴趣。他的初期小说（《驴皮记》、《绝对之探求》、《路易·朗贝尔》和《塞拉菲塔》）深受神秘思想的影响，表达了与上帝和神秘物体交流的需求。《不为人知的杰作》思考了如何实现理想美。《逐客还乡》提及神秘神学家西格尔的课程，他曾引导两位听众回到前生。

《人间喜剧》全书体现了上述神秘趣味。巴尔扎克视城市为沉闷和黑暗之地，隐藏着不为人知的生活，随时都可能发生意外之事或是骇人事件。同样，愈加细致的描述导致事情最终呈现出令人不安的状态。作品的叙述引领读者逐步识破某些场景或人物暗藏的一面。善于观察者能够看清一切。

尽管巴尔扎克远离浪漫主义运动，但他的作品细致刻画了个体情感，并且重视艺术家的力量，这一点与浪漫主义者极为相近。巴尔扎克认为艺术家天生眼力超群，天资卓越。于他而言，思想是一种真实的存在物，一种活跃的力量。他相信心灵感应、吸引力，以及强势思想对弱势思想的控制。艺术家的思想优人一等，因而可以启迪他人。这些理论对立于实证主义和"良知"，然而却很好地阐释了巴尔扎克的深层观点，这一观点源于个体的旺盛精力，他反对公共规则，推崇一种荒诞却高贵的理想，认为因循守旧的社会平庸乏味、令人生厌。

总之，巴尔扎克将小说体裁运用至各个领域，因而从根本上革新了这一体裁，追随其后的所有小说家们深得其惠。

司汤达[1]：真理与激情

司汤达原名为亨利·贝尔（1783—1842）。他创作小说是出于分析自我的喜好。因而，他内心深处对自传体文学的偏爱影响了其写作方式，主要体现便是对真相的追求（"小说是一面沿途漫步的镜子"）和对激情澎湃者的同情。尽管司汤达生活于上流社会，但是他的性情让自己倍感边缘化。母亲去世给他带来巨大痛苦（时年7岁），他排斥童年家乡（格勒诺布尔）及它代表的一切，与父亲对立，宣布自己是无神论者并拥护共和政体，专心数学研究以逃避世事。在巴黎，他难以融入当地的生活，于是放弃考取巴黎综合理工学院，逃往意大利以追随波拿巴（1800年）。在他眼中，意大利是音乐、爱情、艺术和幸福之国。第一帝国时期的工作无法排遣他的烦扰。复辟王朝时期（1815年），他毅然决定投身文学事业，在此期间，为了糊口度日，他曾接受驻意大利领事一职。

尽管司汤达是个激情澎湃的人，但在浪漫主义运动中，他并没有随波逐流，他认为浪漫主义所表现的激动情绪幼稚天真，对此极为抵制。他质疑缺少动机的行为。作为"观念学者"的忠实读者，他认为心理学不是一门盲目的学问。通过行为分析便可研究心理，如他在《论爱情》（1822）中的研究便"细致入微地描述了构成激情（亦谓之爱情）的所有情感"。司汤达是一位善于自我批评和持有怀疑态度的浪漫主义者。

司汤达的小说源于未经加工的现实、社会杂闻。厌恶约定俗成的精细描写和矫揉造作的雄辩口才，他只遵循一个原则："力求真实"。《红与黑》（1830）以一件真实的犯罪案件为出发点。《帕尔马修道院》（1839）以意大利文艺复兴时期的一段纪事为基础。司汤达以清醒、冷淡的科学态度观察主人公的情感与动机，这种与众不同营造了形式讽刺与视角欢快的效果，他对当时政治资料的掌握巩固了司汤达式的现实主义：《吕西安·娄凡》详细描述了七月王朝统治下的社会面貌；《帕尔马修道院》揭示了帕尔马公国的治安体制。他欣赏法国《民法典》的朴实风格，敌视"文学的虚伪欺诈"，创作时习惯于保留"草稿原貌"而放弃润色修改。现实主义不排斥形式的主观性。巴尔扎克的作品力求详尽无遗，而司汤达则坚持选择表现"微小的事实"以营造真实的效果。

282 司汤达笔下的主人公

司汤达十分关心其时代（政治方面或上流社会的）的习俗。他反对保皇派，因而塑造了一些残酷的贵族形象。他愈加厌恶教会人士和政治人物。童年时，父亲和多位信教的家庭教师曾"蛮横"地管教他，因而，他痛恨说教者。在他眼中，七月王朝只剩非法交易和金钱至上的风气。

遵循自己内心的构想，司汤达设想出一个祖国——意大利，他追随波拿巴到达这一国度，为的是去实现自由和英雄主义的理想，而且那里的力量赋予生命以意义。因为司汤达笔下的主人公是充满野心和意志坚强的人，"追寻幸福"，立志要充满热情地生活并且征服世界。与其说他们是在追逐权力，不如说是在追求命运以彻底实现自由，战胜偏见和陈规，避免陷入忧郁。

司汤达笔下有两类典型的主人公。朱利安·索雷尔（《红与黑》）执念于"发迹"的宏愿，不惜成为阴险奸诈的精于算计者，为了出人头地，在皈依"教会"（黑色）和投靠"军队"（红色）之间踌躇不决。这是一种悲观主义视角；相反，法布里斯·德尔·东戈（《帕尔马修道院》）无视人世间的吝啬计较，一心追求生活中的美好，品读世间风情，即使深陷牢狱之灾也未能浇灭他对生活魅力的期待，因为一切都有助于成就幸福。这是一种乐观主义视角。这两类人物都是狂热者、不顺从者。无论玩世不恭者，抑或笑对人生者，他们都拒绝平庸或依附他人。

自恋

系统的个人主义赋予司汤达的作品以统一性，被称之为"贝尔精神"或"自恋"（司汤达用词）。作者的身影无处不在。他不仅创作了众多自传作品（《亨利·布吕拉的生平》《日记》《自恋者回忆录》《自传随笔》），而且还将自传融入小说作品中：《亨利·布吕拉的生平》的记述止于他追随法国军队到达米兰之际（1796），而《帕尔马修道院》的叙述则始于这一历史事件。司汤达的后续创作游移于虚幻与回忆录之间。此外，司汤达的作品常常中止未完，手稿上布满注释和图画，好像作家与作品共同度日并随时添加创作。因为生活（确切而言是"亲身经历"）是指经验和感觉。既已书写完毕的文段有可能僵化固定或背离眼前的现实。同蒙田一样，出于后续添加人物的需要，司汤达常不停地"重写"作品。

司汤达撰写自传的目的不同于卢梭（自我辩解、消除负罪感）和夏多布里昂（歌颂、夸大）。司汤达善用讽刺、观察和乐观主义，以便实现"去卢梭风格"。他思维清晰，感觉细腻，擅长分析激情时刻。《日记》甚至暴露了他喜欢和盘托出的描写癖好（小到每一笔开支，细到领带、背带、拖鞋的颜色）。这种古怪的自我中心主义不断地被一个事实所证明：人能够真正认识的唯有自我，因而必须为此花费所有的精力，而且书写的对象仅是此方式的共鸣者——"精英人士"和"少数幸运儿"。因此，关键术语——"成为自我"总结了一个双重的写作意图：剖析和分享；自爱（"自我尊重"）和为他人所爱。

科技文学与批评文学

社会论战和改良主义思想

19世纪,经济、政治与社会领域经历了飞速发展,思想家因而不得不思考历史的变化和改革的必要性。19世纪,"历史哲学"这一术语形成,由弗里德里希·黑格尔(1770—1831)提出,并得到唯物主义者奥古斯特·孔德(1798—1857)与卡尔·马克思(1818—1883)的支持、推广。相继传承的观点得以传播:认为历史具有发展方向,是冲动和进步的,与科学一同发展。因此,虽然维克多·**库赞**(1792—1867)仍对历史抱有宗教和唯灵论的观点,但与此相反的理性主义思想获得了新发展。圣西门的门徒——奥古斯特·**孔德**讲授自己的作品《实证政治体系》中的内容。实证主义认为科学思想是一切进步实现的条件,并鼓励用实验方法研究社会事实。孔德是社会学的创始人,这一理论将科学发展为一种信仰,并且影响了医学、评论界和历史著作。

对进步的信仰成为对抗旧制度和教会捍卫者的武器。非宗教人士中的积极分子自我标榜为实证主义者。然而,他们依然认为科学的福利应当人人共享。他们推崇工业化(如数次举办大型博览会)和精确科学,自称为教育家。埃内斯特·**勒南**(1823—1892)便是如此,他脱离教会后,于1848年创作了《科学的未来》。普及文学发展:利特雷与拉鲁斯编写词典,卡米耶·弗拉马里翁出版《大众天文学》。这种全民性思想也催生了一些思想体系。社会主义理论发展,平均主义的设想出现。除了乔治·桑与埃米尔·左拉敬仰的**傅立叶**外,皮埃尔·**蒲鲁东**(1809—1865)建议废除私有财产("财产即盗窃")和增扩女工自治合作社。蒲鲁东与傅立叶均是女权主义者。他们的思想影响了一些激进的女性,如弗洛朗·**特里斯坦**(1803—1844),以及于1871年成为巴黎公社女顾问的路易丝·**米歇尔**(1830—1905)。

与这些新思想相对的宗教思想力图革新和倾听社会憧憬。尽管有罗马教皇的保守指令和拿破仑三世的怀疑,人道的、宽容的、改良主义的社会基督教十分活跃。典型代表是费利西泰·德·**拉梅内**(1810—1870),他逐步远离童年时信奉的保皇派天主教。1830年起,他希望教会可以关注人民和自由事业。他的日记《未来》被教皇格列高利十六世列为禁书。作品《一个信徒的言论》(1834)拥护社会主义,他因此被逐出教会。但是,他并未因此而停止活跃在共和主义和民主主义党派中。他的门徒**拉科代尔**(1802—1861)神甫和**蒙塔朗贝尔**(1810—1870)伯爵试图置身教会中并为自由思想而斗争,他们反对天主教徒中的反动分子,如路易·弗约等。

身处科学与虚幻之间的历史

18世纪,科学史萌芽。19世纪,科学史发现了自我充实的新方法,人们逐渐接受了这一真正的博学学科兼优秀的叙述手段。米舍莱的作品是对自己百科全书式知识的概括和成熟艺术的体现。初期的浪漫主义者佯装具备历史意识,然而与其说夏多布里昂是历史学家,不如说是诗人,他执念体现生动别致的描写,一心意欲征服读者,醉心于叙述的乐趣,尤其希望激发人们的想象。

因而,历史学家首先希望摆脱狂热和想象。在拿破仑的推动下,考古学(尤其是埃及学)复兴。商博良破译象形文字(1822)。1816年,创办文献学院。不久,国家历史建筑委员会成立(第二帝国时期,梅里美曾任负责人之一)。奥古斯丁·**蒂埃里**(1795—1856)通过整理未出版的真实资料来撰写《第三等级史论》(1850),并利用中世纪的编年史记载充实其《墨洛温时代的故事》。这些"叙述"对官方绘画("消防员派")的影响引起了极大关注。

同样，尼马·德尼·菲斯泰尔·德·库朗热（1830—1889）以朴实却精准的文笔撰写了《古代城邦》及封建制下的法国。阿道夫·梯也尔在从政之前，则关注当时新近发生的事件（《大革命史》、《执政府和帝国的历史》）。

思想家使用历史来捍卫他们的政治评论。弗朗索瓦·基佐（1787—1874）在任教于索邦大学时，曾指出法国大革命应当同英国的一样，坚持资产阶级理想。1848年革命期间，这位温和主义者下台。与其相反，埃德加·基内（1803—1875）是一个激进的非宗教人士，偏"左派"。上述人物（尤其是梯也尔、基佐）均是政治家。与当时的事件关系紧密，他们自然将自己的理想与分析混为一谈。然而，是否存在客观的历史呢？有关针对法国大革命的评论足以揭露当时的历史。可以将梯也尔或基佐的判断与路易·勃朗（1812—1882）的对照，后者受伏尔泰和社会主义信仰的影响。唯一不受争议的是路易－拿破仑统治时期的议员和大臣亚历克西·德·托克维尔（1805—1859），他是一位真正的历史哲学家，其作品《论美国的民主》（1840）阐释了民主制国家运转的理想条件。对此做出进一步补充的是《旧制度与大革命》，它指出旧机构（政治、社会、行政）的存在使革命难以避免。

米舍莱与"复活的历史"

于勒·米舍莱（1798—1874）出身卑微，但是大学学业优异，因而成为高等师范学校的历史教师，之后成为王家档案馆的历史室主任（1830）。他开始着手书写一部大型的《法国史》（共17卷）。作为法兰西学院的教师（1838），他成为教权主义报刊攻击的对象，且被视为"自由主义者"。第二帝国到来之际（1852），他被免职，因为其教学内容被认为具有颠覆和论战色调。内心苦楚的米舍莱转而深入观察自然，找寻年轻时的某种浪漫主义情怀。他的文笔变得更具抒情色彩。《日记》在其去世后出版，展现了一个无时无刻不与历史对话的人物：历史存在于资料中、到访之地、文学世界里、向父亲的汇报中（他十分敬仰普通百姓出身的父亲）、争取自由的不断斗争中、对人类经历的思考中……米舍莱认为历史学家可以将晦涩难懂和零散碎落的片段变得容易解读，因为他们懂得破译和重组符号。

因而，书面历史的理论、"历史规划"逐渐形成。要"全面"再现历史，首先必须不断整理资料（小到纸页，大到碑文）和积累地理知识。因为，人类受各自属地所特有的居所、气候、风俗、庆典的影响。米舍莱希望在如此浩瀚的著作中，找到人类的真相。历史不仅体现在某些英雄或某些人物身上。历史试图理解全体人类的发展。米舍莱将这一宏大野心称之为"复活历史"。为了使历史启迪读者意识，"复活历史"需要一种富有创新性的文笔。因而，借鉴小说的创作方式不是为了制造虚幻效果，而是同雨果一样，通过描绘过去的战场、拉伯雷式的集市、节庆和嘈杂的典礼，把以往人民大众的真实性强加于想象中。

真正的文学批评得以发展

19世纪中叶，文学批评真正被视为一种货真价实的文学体裁。在此之前，批评文本仅是一些个人阅读的汇报，没有章法或原则可循，单凭个人喜好撰写（蒙田或费奈隆）。在道德主义的背景下，卢梭的作品依然坚持沿袭古典主义（布瓦洛）的传统规范；文学被定义为"典范"、真相或美的"课程"。德西蕾·尼扎尔（1806—1888）和圣马克·吉拉尔丹（1801—1873）等新古典主义者批判当时的文学。与其相反，**斯塔埃尔**夫人等人则支持新的文学风格。

圣伯夫（1804—1869）的作品使大家接受了文学批评。起初，他与浪漫主义关系密切，亲近雨果（他极力讨好雨果的夫人），先是创作了一些忏悔作品（《约瑟夫·德洛尔姆的生平、诗歌与思想》）或带有自传色彩的爱情小说（《情欲》）。然而，这位孜孜不倦的读者参与了当时流行的复兴忘却作家的活动。因此，他致力于重新发现文艺复兴时期的诗人，其使命逐渐显现。远离虚构作品的创作后，他开始研究冉森教义，写就了《波尔-罗亚尔》（1840—1869），并不断出版新作批判所读作品（《肖像》《批评》《漫谈》《星期一》等）。圣伯夫的方法（普鲁斯特如是说）便是为作家画像，正如谚语"何种树结何种果"所言：唯有使作家复活，才可获得进入其作品的最佳机会。

晚年，圣伯夫寻找更具技巧的、博学的标准。此时，实证主义已达巅峰，人们怀疑批评是凭借直觉和主观判断行事。以科学论证为轴心，新的研究视角出现。伊波利特·**泰纳**（1828—1893）认为作品是社会学和心理学的产物。他探寻作家的"主要才能"（如雨果的想象力），并且阐释造就这些才华的条件（种族、阶层、时代）。费迪南·**布吕内蒂埃**（1849—1906）建立了一套分类系统：他对文学体裁及其演化史感兴趣。

不同于实证主义者，印象主义的反抗依然存在。批评家首先是作品的读者，凭借自己的审美趣味和感觉对作品做出反应，也就是说要明确自己阅读乐趣的原因与引起该印象的理由。这便是于勒·**勒迈特**（1853—1914）中规中矩的野心。1860年以后，主观主义强势回归，在象征主义或拒绝任何系统思想的影响下，阿纳托尔·法朗士等人认为批评家应当始终承认："我要跟你谈谈我对某位作家的……"无论如何，读者的这一辩护所强调的是作品的接受、回应和影响。因此，这种分析距离某些"客观"批评并不遥远，客观批评的代表有埃米尔·**埃内坎**（1858—1888）及保罗·**布尔热**（1852—1935）等人，旨在研究某部作品缘何且如何被阅读。然而，大学批评的研究角度最终朝专业、深入的方向发展，尤以埃米尔·**法盖**（1847—1916）及后来的居斯塔夫·**朗松**（1857—1934）的成果丰硕。后者是一位行事简洁且严谨的人，他细致分类了法国文学历史，并使其更为深入人心。

形式主义在诗歌领域的复苏

戈蒂埃的反应：反浪漫主义或反实证主义？

泰奥菲勒·戈蒂埃（1811—1872）曾经是浪漫主义先锋派的"雄心勃勃的年轻人"，然而，不久之后，他便开始讽刺浪漫主义的卖弄炫耀。有些理论认为诗人的创作灵感源于神灵启示，且诗作可以蒙化众人，戈蒂埃以缪塞为例揭示该理论的滑稽之处。他反感个人情感、怀疑狂热。他不经意间为形式主义的回归奠基铺路，也就是那类无关现实但却极具造型美的诗歌。戈蒂埃最初揭露功利主义："唯有一无用处的东西才具有真正美感，一切有用的东西都是丑陋的"（出版于1836年的小说《莫潘小姐》的前言）。后来，他颂扬美的无动机性，美追求的只有美，美通过不断劳作获得。他命名这一理论为"为艺术而艺术"，并深刻影响了象征主义者，在此之前，波德莱尔曾将《恶之花》题献给戈蒂埃。

戈蒂埃内心深处难以忍受现实，不断寻求逃避。这位理想的爱好者创作了一些虚幻故事和小说，用以描述新奇的他乡环境（《木乃伊传奇》《弗拉卡斯好汉》）。为艺术而艺术仅是诸多面对世界的特殊态度的具体形式之一，由不满、怀旧和拒绝构成。因而，可以看到戈蒂埃的"反浪漫主义"以自己的方式延续了浪漫主义的苦恼与不安。1845年至1855年间，戈蒂埃的两部诗歌集（《西班牙》和《珐琅与雕玉》）出版。此刻正值时代的转折点，无处不在见证资产阶级意识形态和实证主义的胜利。因而，为艺术而艺术力图不落俗套。他捍卫"思想的高雅"，并使之超越令人反感的功利主义世界。他力图摆脱约束,保持纯粹、孤独,甚至不与他人分享吐露隐情或有失持重所带来的乐趣。

对于形式的崇拜使得艺术家们成为"金银匠""雕刻工""装饰师""雕塑家"。因而,出乎意料,戈蒂埃成为当时的重要人物。他高歌写作技巧的优越性。

勒孔特·德·利勒的"纯艺术"

夏尔·勒内·玛利·勒孔特·德·利勒(1818—1894)崇拜戈蒂埃,他依然排斥抒情,拒绝成为一名"耍把戏者"。他生于留尼旺,后赴法学习,但厌恶学习法律,异国情调的旧时回忆萦绕脑海。他反抗现实,因而他积极活跃于空想社会主义者的圈子中,成为傅立叶的追随者。但是,第二帝国时期来临,他的梦想破碎,转而开始写作诗歌。

勒孔特·德·利勒的作品歌颂传奇的过往(《古代诗歌》,1852)和异域风情的魅力(《蛮族诗歌》,1862),这完全合理。然而,他的诗歌却主要以精湛技艺为特色,好似是要表明辉煌耀眼、高高在上的艺术家的优越性。勒孔特·德·利勒所要寻求(在印度人、希腊人、消失的民族或难以到达的地区……)的是能够见证他对当前时代厌恶之情的表达方式。但是,他虽才华横溢,但却缺少客观性。他的客观立场随他的"动物作品集"崩塌。人如同猛兽。勒孔特·德·利勒一直念念不忘于人世间的根本暴力,然而这并非是因为轻视,而是出于苦恼和悲观。

巴那斯派

在作品的前言中,勒孔特·德·利勒空谈了一种博学且普遍的艺术。1860年之后,这些理论传播开来。嘲笑浪漫主义变得平淡无奇,正如卡蒂勒·**孟戴斯**在《荒诞杂志》中的所作所为。1866年,编辑勒梅尔开始出版诗集:《当代巴那斯》。波德莱尔、魏尔兰和马拉美的早期诗歌均发表在其中,但日后却分道扬镳。除他们外，所有维护形式主义的诗人（戈蒂埃、勒孔特·德·利勒等）也都在其中发表过作品。

巴那斯山是位于德尔菲附近的一座山峰，被视为阿波罗和缪斯诸神居住的地方。巴那斯派竭力攀向顶峰，展现熠熠才华，实现"阿波罗精神"。但是这种共同的理想并不妨碍人的性格千差万别。尽管，泰奥多尔·德·**邦维尔**（1823—1891）的作品偶尔接近于波德莱尔的风格（《流亡贵族》，1867），但他已拥有炉火纯青的精湛技艺：这是一位深谙所有的行业"诀窍"（《简论法语诗学》，1872）且不停嘲弄读者的文字玩弄者（《荒唐颂歌》，1857）。

相反，其余作家则更偏好凝神沉思。勒内·弗朗索瓦·阿尔芒·普吕多姆又名**叙利·普吕多姆**（1839—1907）。1901年，他成为诺贝尔文学奖首届得主，其作品保留了一种说教和不安的趋势（《孤独集》《徒劳的温存》），并沉迷于不讨人喜的哲学诗歌（《正义》《幸福》）。弗朗索瓦·科佩（1842—1908）带有一种更为大众化和多愁善感的才情（《亲密》《平凡人》）。时至今日，除极个别作家外，巴那斯派基本已被人遗忘（迪耶斯、德埃萨尔、拉奥尔、格拉蒂尼、布耶、梅纳尔）。

巴那斯派真正流传久远的作家是若瑟-马里亚·德·**埃雷迪亚**（1842—1905），他的作品《锦幡集》出版时间较晚（1893）。这位慈善家祖籍古巴，既是一位博学之士，还是一位考古学者。同勒孔特·德·利勒一样，他也憧憬一种消失的文明，回顾"他处"风貌。他的诗句虽受十四行诗的严谨结构的限制，但是却能通过一些稀有或古老的词汇，变化节奏和色彩，推敲出悦耳的诗节。最后一行诗往往具有令人印象深刻且极为成功的音节下沉的效果。《锦幡集》堪称巴那斯派技艺中最为璀璨夺目的诗歌"锦幡"。

站在诗歌的十字路口：波德莱尔

综合美学观

夏尔·波德莱尔（1821—1867）幼年丧父，母亲改嫁后，他变得叛逆，而后沉沦于放荡和荒淫的生活，40岁时便已精力衰竭。人们常通过剖析其自传研究他，好似其作品确切地反映了他戏剧般的人生。尽管，这种研究视角相对而言较为贴切，但却无法十分公允地还原波德莱尔的行为。他以自己的方式成就了一位知识分子、读者兼批评家。他十分熟悉浪漫主义诗歌，崇拜维克多·雨果，与巴那斯派关系密切（《恶之花》便题献给戈蒂埃），他从事记者、"文人"、艺术批评家的职业，借以糊口谋生。他发明了与前人不同的新方式，成为所有"现代"（该形容词为他所钟爱）诗歌的模板。

波德莱尔并非一个温和的诗人：浪漫主义的热情令他印象深刻。他从中汲取了悲哀的抒情方式、对于恐惧和神秘的追求以及表露厌烦或反抗的需要。然而，他也深知仅有感觉是远远不够的。同戈蒂埃一样，他认为撰写诗歌意味着精通语言、音乐和形式革新。因而，波德莱尔的美学是将浪漫主义和形式主义综合后的产物，是深刻严谨地思考艺术功用后的结果。波德莱尔将这种新艺术称为"现代性"并在各个领域找寻其存在：画作（德拉克鲁瓦、马奈、塞尚）、作曲（瓦格纳）、文学作品（夏多布里昂、雨果、戈蒂埃），甚至是奉行个人主义的"纨绔主义者"的行为中。波德莱尔同他在《现代生活的画师》（1863）中颂扬的康斯坦丁·居伊一样，都扮演着承前启后的角色。

《恶之花》：结构与意义

波德莱尔的重要诗歌集《恶之花》（1857）引起轰动，并为作者招致一场诉讼，他不得不从中撤掉几首被视为有失体面的诗篇。倘若没有这一事件，这部作品或许不会引发如此关注。一些人反应冷淡（尤以梅里美为代表），唯有一些后辈作家（如魏尔兰或马拉美）对这部作品感兴趣。《恶之花》的创新性既体现在结构，也体现在写作风格上。

波德莱尔前后共花费十几年时间用以拟定手稿，至少严谨的大纲得以成形[①]：

- 《忧郁和理想》（第1首至第85首）表达了诗人在理想追求（艺术、爱情、美）和令人沮丧的现实生活（"绵长烦扰""忧郁""苦恼"）之间的痛苦。多组有关不同女性（分别受让娜·迪瓦尔、阿代拉伊德·萨巴捷和玛丽·多布兰启发）的诗歌相继汇编其中。

- 《巴黎即景》（第86首至第103首）呈现了城市本身的不同侧面，这是一处既令人恐惧，又让人着迷的地方，创造者置身其中，其双重性扩大。

- 《酒》和《恶之花》（第104首至第117首）描绘了耽于肉欲的绝望者所面临的各类诱惑，也因此更加厌恶自己。

- 《叛逆》和《死亡》（第108首至第126首）。所有寻求出路的企图均告失败，诗人反对上帝，把死亡视为最终的慰藉。

上述作品结构可以被视为对人类处境的思考，而诗人是一个悲惨的形象。但是，他也表达了创作的悲哀和所有艺术家的固执。在维尼和兰波之间，正是波德莱尔发展并深化了"被诅咒的诗人"这一主题。现实生活只提供了无用

[①] 此处，我们详列1861年版本的作品大纲。然而，公允而言，1857年原版的大纲要更为严谨，共包含100首诗歌（主要是象征主义作品），分为如下几部分：《忧郁和理想》（第1首至第77首）、《恶之花》（第78首至第89首）、《叛逆》（第90首至第92首）、《酒》（第93首至第97首）和《死亡》（第98首至第100首）。

和痛苦的出路（酩酊大醉、沉迷色情）。唯有"艺术的沉醉能够遮蔽恐惧的深渊"。因为艺术是一种"应和"：艺术将散碎的存在（过去与当今、现实与不可见、痛苦与崇高）连接起来。诗人最终克服困难。作为一名行家，他重新找回了事物的统一性，因为"芳香、色彩和声响纷纷相互呼应"。艺术是和谐的、互为调和的。由此看来，波德莱尔实质是一位"象征主义者"。于他而言，真理唯有通过语言重构才会具有意义。诗歌凭借严谨（且动人）的组织结构，实现了所有分散个体间的"应和"。

波德莱尔的意象

表面看来，波德莱尔的诗歌并非极具创新性。诗句基本是传统的亚历山大体，形式循规蹈矩（十四行诗、平韵四行诗等），主题也司空见惯。但是波德莱尔运用一些令人炫目的技巧以迷惑读者，好似在向我们散布"自己的隐秘痛楚"和"颓丧"情绪。尽管偶尔使用平庸乏味的词汇，但他通过絮叨重复（焦虑、享乐、悔恨、死亡、命运）和直接呼语（"啊，死亡，回忆之母，情人中的情人"）等方式使诗歌萦绕读者心头。某些象征形式的运用，也从整体上保证了这种挥之不去的效果，如"女人""偶像""美"，具体形象地再现了情绪，表达了吸引—厌恶共存的矛盾情感。

然而，波德莱尔是继幻想者雨果之后善于塑造令人震撼画面的大师。他将抽象事物（痛苦、美）拟人化，寻求最具冲击力的视觉形象（焦虑如蝙蝠、女人似船舶、天空如盖子、青春似暴雨等），并尽力吸引读者的注意力（《腐尸》）。因而，诗歌是一幅画、一片风景，其中含有虚构（《灯塔》）和象征的成分。因为意象可以暗示并建构"彼此间的应和"或互相关联的感觉（即所谓的"联觉"）：秀发是芬芳，芬芳是旅行，旅行是通向彼世的绝对愉悦。这种滑移效果的实现离不开诗句本身的旋律，而富有节奏的构局便是一份《旅行邀约》。

换言之，对于波德莱尔而言，想象并非仅是一种装饰或背景，而是一种超越事物表象、超脱平凡或阻力、暗示欲望或悔恨的方式。意象的塑造强迫事实的各个成分之间达成统一，以此刻画"奇怪"或神奇的成分，得以从感官深入本质。

散文体诗歌

波德莱尔发现韵文表达方式无法实现真正的诗歌现代性，因而，他对散文体诗歌更为感兴趣。他追忆阿洛瓦斯·贝特朗，在杂志上随意发表了几篇作品。后又发表数篇题目各异的诗歌（《夜诗》《狼人小诗》等），他选择将它们集结成册，命名为《巴黎的忧郁》。全集出版于其去世后。在其中，波德莱尔表明了自己的雄心："使散文体诗歌成为现代诗歌和城市诗歌的典型形式"。

缺少韵文诗体的支撑，散文诗不得不搭建起区别于普通话语的结构以博得关注，从而出现了断断续续和支离破碎的形式。为了实现描述性（意象化）或象征性的效果，叙事被忽略。波德莱尔独有的塑造意象的天分展现得淋漓尽致，而且这些意象与主题极为相符：城市（曲折且复杂）、幻想（无形、冲突）、荒诞的世界（既真实又奇怪）、言语难以简单概括的现实。令人惊讶的是，在这些散文诗歌中，波德莱尔再次使用了其诗集中的主题，导致读者陷入创作的神秘中——"除了世界，哪都可以"，最终通过这种方式来重新定义这些主题：忧郁（《钟表》）、理想（《已经过去了!》）、酒（《陶醉吧》）、女人（《情妇的画像》）和死亡。

与事实为伍

现实主义：原则和变化

自19世纪30年代起，小说呈现出脱离浪漫主义和只借口对客观事实感兴趣的趋势，巴尔扎克式的描述和司汤达新闻媒体式的口吻便由此而来。1850年起，这种趋势发展成为理论。路易·**迪朗蒂**（1833—1880）创办杂志：《现实主义》。于勒·**尚弗勒里**（1821—1869）撰写了一份同名宣言。这一潮流的总体思想并未有太多的新意：要求作品应当关注社会生活、习俗、政治和社会体制、新科学。因而，可以从中清楚地认识到现实主义分别与实证主义的背景、新闻业扩张之间的关系。现实主义小说主要以独有的方式反映了资产阶级的现实，并公开予以讽刺。

数个艺术表达形式均高举现实主义的大旗。摄影艺术（纳达尔）发展之时，绘画热衷于表达真实。1851年，思想积极的画家居斯塔夫·库尔贝（1819—1877）展出了他绘制的《奥尔南的葬礼》，引起轰动。他的支持者们、门徒们（米勒、巴比松画派）及其后的"消防队艺术家们"为"印象主义"复苏法国绘画奠定了基础。印象主义的诞生源自赋予真实以视觉化印象的意图。同时，现实主义者在国外创立学派，吸纳了狄更斯、果戈里及福楼拜的朋友屠格涅夫等作家。最终，现实主义出现在所有的文学体裁中：戏剧、具有教诲意义的民众主义连载小说（亨利·莫尼耶、于勒·桑多、奥克塔夫·弗耶）、故事（莫泊桑）。

293 通过艺术写作形式再现真实，这一意愿或许看似荒谬或矛盾：所有风格都

以虚假或不公的形式和效果为前提。然而，现实主义主要是浪漫主义末期的一种反动现象。在科学进步（医学、生物学、经济学）极速发展并令公众着迷的时期，现实主义这一术语使集结在其旗帜下的艺术家们不至感受到落伍于时代。

风俗戏剧

《老顽固》失败后，浪漫主义正剧最终陷入危机。针对现实主义的争议出现：作家重又回归时代风俗的刻画。因而，多产作家欧仁·**斯克里布**（1791—1861）共创作 350 多篇作品，嘲讽商业领域。同样，弗朗索瓦·**蓬萨尔**（1814—1867）在出版了一些新拉辛主义的随笔作品后，抛弃曾经所喜爱的文风，牺牲资产阶级的形象以博众人一笑（《荣誉与金钱》，1853）。他的门徒埃米尔·**奥吉耶**（1820—1899）用作品肆无忌惮地讽刺暴发户。

第二帝国时期，最著名的两位剧作家都属于现实主义作家。亚历山大·**小仲马**（1824—1895）刻画了现代社会的道德图景（《茶花女》，1852），其描写间或带有大胆和暴力色彩。维克托里安·**萨尔杜**（1831—1908）就时下事件和当前兴趣展开创作，文笔偶尔充满澎湃激情，讲究精湛技艺（《珊其尼夫人》，1893）。

现实主义戏剧作品讽刺同代缺点，这与传统喜剧不谋而合。19 世纪下半叶，喜剧和轻歌剧大规模复苏。这是雅克·**奥芬巴赫**的滑稽歌剧的时代，其创作灵感源于**梅亚克**和**阿莱维**的歌剧剧本（《窸窸窣窣》《巴黎生活》《妮杜诗小姐》）。埃内斯特·**拉比什**（1815—1888）极具喜剧天赋：他的作品夸张地讽刺了自私、愚蠢的资产阶级的可笑之处（《佩里雄先生行记》《置钱箱》《意大利草帽》）。相反，在左拉的影响下，自然主义的戏剧作品更为忧郁、严肃，如亨利·**贝克**（1837—1899）的作品虽然略带玩世不恭的诙谐（《乌鸦》，1882；《巴黎女性》，1885），但却属于该类风格。与他类同的还有乔治·**费多**（1862—

1921），费多通过添加真正滑稽可笑的情绪，将拉比什的喜剧性发展为一种狂热。然而，其中对于资产阶级的刻画依然尖酸刻薄（《爱情的羁绊》，1894；《愚人》，1896；《马克西姆家的夫人》，1899；《耳朵里的跳蚤》，1907）。

浪漫主义的失望者：福楼拜

居斯塔夫·福楼拜（1821—1880）常强调自己的"现实主义"是反对初期"浪漫主义"的一种重要方式。他的童年正值"雨果时期"。福楼拜出生并成长于鲁昂，父亲是一位有名的外科医生，他因而可以看到疾病和烦恼等状态下的现实生活。中学时的经历使他更加憎恶阴郁事物的狭隘。福楼拜性情狂热，喜欢浮想联翩，追求独立，他表现出了"世纪病"的所有症状，而且他只渴望激情和历险。15岁时，福楼拜在土镇海滩遇到史雷辛格夫人，对她一见钟情，这或许也成为他的苦恼。福楼拜纠缠于"抑郁与理想"："我的身上聚集了两个截然不同的家伙，一个热衷于吵嚷、抒情、雄鹰般翱翔；另一个竭力探寻真实，希望让读者身临其境地体验作品的内容。"因而，出乎福楼拜的预料，人们将他的名字与现实主义的定义联系在一起。他"早就对人类深感厌恶"，其存在中的不安涌入充满激情的、孤独的文学创作中。

福楼拜的作品承受双重的压力，因为小说般的虚幻与文献般的记录共同交织其中。福楼拜不停地探索现实（借助其百科全书般广博的知识），揭露其中存在的虚荣和荒谬。他喜欢刻画沉浸于充满幻想和爱情情感的自我（"包法利主义"），然而这仅是为了实现讽刺的目的。双重的绝境和双份的失败使得福楼拜的小说成为描写败局的作品，处处充满虚无主义和怨气。福楼拜希望以尖锐辛辣的思想慰藉面对无价值和被集体历史粉碎的世界。福楼拜的主题围绕失败的爱情、可笑的主人公、冷漠无情和"社会的戏谑"。"包法利主义"悲惨地指出了梦想与令人嫌恶的现实间的不相符：爱玛·包法利难以忍受呆笨丈夫夏尔为她创造的平庸至极的生活，因而她痴迷于想象中的艳遇。

福楼拜式的"风格"

既然现实变化不定,而且逃避现实是虚幻不实的,那么写作便可以揭示事物的空虚。福楼拜梦想创作一部"有关虚无的书","文笔风格内在的力量足以支撑整部作品"。因而,福楼拜的工作便是将世界的寂静无声转变为文学对象。的确,他的秘诀便是采用有文献可依的现实主义,大量使用描述性语句。他希望自己能隐藏于作品之后,并且"使后世相信这并非他的经历"。然而,这种倾向于实现客观描述所导致的压力最终造就了详细的幻觉。人物受背景的挤压,他们的行动和对话消失在空间中。描述使他们默不作声或愚蠢糊涂,他们甚至看上去是在忍受所经之事。换言之,作者实现了冷言讽刺。当他自己扮作无动于衷且谨小慎微的观察者时,他便夸大了微不足道的行为的空虚。因而,优美的文笔是悲观主义和虚无主义的符号。形式与本质之间存在的差距致使其中的讽刺不断放大。

福楼拜总是将自己的职业视为一种极大的束缚。他强制自己遵守一些严苛的规则,通过多次起草提纲,尝试十几种不同的撰写方式,用"大声喊叫"的方式斟酌语句(他大声念出所写文字,以验证它们是否经得住"推敲"),不停地修改文本。福楼拜执着于作品的形式美,因而认为风格是一种理想或苦行,一种"看待事物的绝对方式"。从这一角度而言,他直接启发了普鲁斯特的创作实践和理论。

福楼拜的作品

福楼拜作品的统一性体现在作者对其笔下内容的漠不关心。作品主人公都是一些失败者:或是经历情场失意(《包法利夫人》《情感教育》),或是遭遇思想溃败（《布瓦尔与佩居谢》）；抑或是卷入历史的瓦解中（《萨朗波》），更或是遭遇普遍存在的灾难（《情感教育》）。这种普遍性表明福楼拜的描写并不限于某种特殊的社会类别或某一个体。福楼拜所厌恶的是整个人类，即始自传奇年代（《希罗底》）直至当代（《一颗纯朴的心》）的全部人类历史。福楼拜迷恋刻画"愚蠢行径"，创作《庸见词典》。"愚蠢宛如洪水席卷全国，我自己也淹没其中。"

因而，共同存在是必须要抵制的诱惑，否则它自身也会沦陷。因而，福楼拜选择与世隔绝地生活在克鲁瓦塞，仅仅偶尔外出旅行以逃避现世（性欲膨胀时期，他曾去东方旅行）。福楼拜的一生都被圣安东的神话所萦绕，空虚之时，成千上万的欲望纠缠着他（《圣安东的诱惑》，1849—1874）。现实既具有吸引力，又令人厌恶。写作可以控制这种诱惑力，同时可以将毫无意义的事情转变为艺术作品。

自然主义

自然主义的起源及其方法论

1870年以后,政治及社会领域普遍出现质疑之声,福楼拜式的现实主义原则遭遇争议和超越。埃米尔·**左拉**(1840—1902)身边聚集起多位标榜"自然主义"的小说家。深层的历史变革(民主的复苏、社会主义的发展、工人意识的确立、机器主宰时代的到来)促使作家们描绘当时存在的新生力量。因而,概言之,自然主义的主题具有社会主义倾向。作品背景所涉及的阶层主要是一些唯利是图的老板、腐败的资产阶级、工人(生活于贫穷困苦中或工作在充满剥削的工厂中)等。

然而,左拉属于左派分子,并受到其他理论的影响。他阅读达尔文(1809—1882)的作品,认为社会同自然一样,遵循某些竞争法则。他同实证主义者一道,希望像观察临床或实验现象一样洞察社会现实。他崇拜克洛德·贝尔纳(1813—1893),对生物学、遗传病、条件反射感兴趣。我们也可以看到:自然主义与当时的科学进步关系密切。

在《小酒店》(1877)引起轰动之后,在左拉的位于巴黎附近的乡宅中,朋友们齐聚一堂。作品集《梅塘之夜》的合著作家有:居伊·德·**莫泊桑**(1850—1893)、若里-卡尔·**于斯曼**,以及今人并不熟知(保罗·亚力克西、亨利·塞亚尔)或有待逐步认悉(奥克塔夫·米尔博)的作家。同一时期,埃德蒙·于奥·德·**龚古尔**(1822—1896)与弟弟于勒·于奥·德·**龚古尔**(1830—1870)已经为后人开辟道路。他们的小说根据资料撰写，关注一些病理学病例，倾向描绘一些地位低下者或被剥削者，同时也刻画一些没落的资产阶级。为了使风格与主题相符，他们选择了支离破碎和大众化的写作方式。其中，《热米妮·拉瑟顿》（1865）和《热尔维塞夫人》（1869）对左拉的影响尤为显著。这些小说描绘的女性，无论是生存环境卑微者，或是出身高贵者，均陷入悲惨和疯狂的境地。总体来看，这些直言不讳的、病态的作品出现了偏离自然主义、向肮脏和病态发展的苗头。此外，1851年至1870年间，龚古尔兄弟共同撰写了记述他们个人回忆的《日记》，这是一部囊括19世纪末期文学和艺术生活信息的宝库。以他们的姓氏命名的文学院（根据埃德蒙的遗嘱创建，成立于1902年）共拥有10位成员，其目的旨在奖励年度"最佳散文体想象作品"，如今，它已发展为最具吸引力的文学奖项。

左拉 的变化

埃米尔·左拉（1840—1902）自学成才，父亲是意大利人。在经历会考失败后，左拉逐步立足于新闻界，这一职业迫使他关心时事和社会新闻。在生物学的影响下，他创作了《苔蕾丝·拉甘》（1867），将悔恨情绪视为"生理器官的一种紊乱"进行分析。因而，他希望再次实现巴尔扎克的计划，也写作当时的"自然史和社会史"。他在众多作品中共塑造了上千位人物，以此来解读第二帝国。鸿篇巨制《卢贡-马卡尔家族》（1871—1893）既是一份见证，又是一篇辩护词。因为左拉热衷于描述无地位者和被剥削者，与社会主义的关系千丝万缕。德雷福斯事件使他有机会得以勇敢地完全介入其中。左拉对这些事业的兴趣从侧面表明了自然主义团体的壮大。1888年，《五人宣言》发表，抗议"腐败文学"，反对左拉曾于《实验小说》（1880）中总结的理论。

左拉主要试图揭示人与环境之间的相互影响。社会整体被视为一个巨大的病理学病例。同样,左拉也痴迷于研究遗传在人的心理机制中的作用。卢贡-马卡尔家族谱系树便是他对遗传性进行的深入研究。如同巴尔扎克的作品,个体置身于这种关系网中,主要受三种"欲望"的驱动:享受、控制、认知。因而,我们看到的是一部逻辑严密、完整的作品,并见证了所有的生命形式和各类经历。

左拉的虚构事物

显然,左拉作品的篇幅之宏大、目标之宏伟为审视世界提供了特殊视角。其作品丰富使得想象得以驰骋。左拉十分擅长刻画人群和庞大事物(同米舍莱一样),因而他的作品为一些庞然大物般的场所赋予神秘的生命力:菜市场(《巴黎之腹》)、煤矿(《萌芽》)。他将机器视为一种有生命的、独立的物体:火车头(《人面兽心》)、蒸馏器(《小酒店》)。到处都暗藏暴力。

左拉的作品糅杂的是一个庞大世界,其基础是一定数量的"虚构事物",即超出情节发展的反复出现的象征符号。这些重复出现的主题主要围绕两个截然不同的方向:一方是恶化(崩塌的世界、惨重的灾难、失势衰退),另一方是"萌芽"(丰产、进步、革命夜晚的承诺)。因而,既要看到人类历程在持续不断地前进,同时还应注意它的日益损耗。难以质疑此种预言所具备的令人不安的清晰性。

左拉作品概况

日期	作品名称	左拉交付给出版商的草稿	主题
1871 年	《卢贡家的发迹》	"这一家族的发迹得益于政变的发生。他们参与瓦尔省的暴动,寄希望于帝国能够满足自己的财富和享乐欲望"	1851 年政变对外省的影响。暴富的农民逐步发展为小资产阶级、大资产阶级
1872 年	《角逐》	"小说以第二帝国时期的欺诈和无度的投机为背景……这部作品是描绘当代欺诈行为的诗歌,甚至是一部恐怖的喜剧"	不动产领域的投机。帝国时期政界的腐败
1873 年	《巴黎之腹》		菜市场中的小商贩、批发商人
1874 年	《征服普拉桑》		外省神职人员的政治野心
1875 年	《穆雷神父的过错》	"自然和宗教的伟大斗争。我认为陷入爱河的神父还从未被研究过"	一个神父的堕落与赎罪
1876 年	《卢贡大人》	"以官场世界为背景,以辅助过政变的欧仁·卢贡为主人公的小说。……欧仁的野心强于家族其他成员。他更渴望的是权力,而非金钱。然而,他缺乏正义感,他是帝国称职的后盾"	政界上层
1877 年	《小酒店》	"刻画了当今的工人家庭。在环境、障碍和小酒馆等的消极影响下,巴黎劳动者堕落,描绘其内心和深层悲剧"	一部工人小说,叙述了由于环境而导致的个体堕落(酗酒、不洁的住所、拥挤)
1878 年	《爱情的一页》		巴黎的一场爱情故事
1880 年	《娜娜》	"以风流世界为背景的小说……一个有害于社会的堕落轻佻的女子……除了有遗传影响,还有来自于当代环境的必然影响"	上流社会的交际花 妓女腐蚀富裕阶层,这是来自百姓的报复
1882 年	《家常事》		小资产阶级的世界,以及他们"抛头露面"的欲望。象征性场所:家庭

(续表)

日期	作品名称	左拉交付给出版商的草稿	主题
1883年	《女福公司》		商业世界。从手工作坊发展为公司
1884年	《生之欢乐》		描绘被死亡所困扰的神经症者
1885年	《萌芽》	"小说是工薪阶层的起义,为濒于崩溃的社会助力:工作和资本斗争。这便是该书的重要性所在,我希望它能预言未来,提出20世纪最为重要的问题"	煤矿:被社会体制压垮的工人世界。阶级观念产生
1886年	《作品》	"以艺术世界为背景的小说。……受独特的遗传因素的影响,目不识丁的父母将天资完全给予了自己的儿子。……如同家人拥有生理欲望一样,克洛德对知识的欲望难以抵挡且无止境。为了满足头脑的激情,他奋力挣扎但却徒劳无力"	艺术家的世界。艺术和创作中的困扰
1887年	《土地》		贪婪、残忍的农民世界
1888年	《梦》		纯朴的爱情
1890年	《人面兽心》	"以司法世界为背景的小说。……由遗传引发的奇怪案例,未疯之人受内心的兽性驱使,杀死他人。处境悲惨、堕落的父母留给他的是凶杀的性格,而留给其兄克洛德的则是天分"	铁路领域。犯罪倾向的遗传因素的影响
1891年	《金钱》		资本主义和交易投机世界
1892年	《崩溃》		帝国军队的没落。巴黎公社
1893年	《帕斯卡尔医生》		整组作品的科学概括

阿代拉伊德·富克，别称迪德大妈；生于1768年；1786年嫁给鲁钝、温和的园丁卢贡；1787年，得一子；1788年，丧夫；1789年，姘识酒鬼、精神异常的走私犯马卡尔，两人之子生于1789年，女儿生于1791年；1831年，犯疯病后的阿代拉伊德被关入杜莱特精神病院。1873年，她因脑溢血死于此处，享年105岁（神经症的源头）。		
	皮埃尔·卢贡：生于1787年；于1810年娶聪明勤劳、身体健康的费利西泰·皮埃什为妻；养育5个子女；1870年色当战役前夕，死于消化不良导致的脑溢血（均衡性遗传，精神性格与身体面貌同父母的相似程度不偏不倚）。职业起初为油商，后成为特派税务员。	⑤欧仁·卢贡：生于1811年，1857年娶韦罗妮克·博丁·道赛尔为妻，无子嗣（并合性遗传，母亲的性格与野心的遗传占优势，相貌与父亲相像）。职业为政客、大臣。依旧生活在巴黎，担任议员。
		⑱帕斯卡尔·卢贡：生于1813年；终身未娶；1874年，与侄女克洛蒂尔德·卢贡的遗腹子出生；1873年11月7日死于心脏病（先天性。父母的相貌和性格的化合，好似父母的遗传没有体现在他身上）。职业为医生。
		①⑯阿里斯蒂德·卢贡，后改姓萨卡尔：生于1815年；1836年娶指挥官之女——安静、爱幻想的安热勒·西卡多为妻；1840年，其子降生。1847年，其女降生。1854年，丧妻；1853年，与女工罗萨莉·沙瓦的私生子出生，罗萨莉的直系亲属中有肺结核病和癫痫的家族病史；1855年，与勒内·贝罗·迪沙泰尔结婚，无子嗣，1864年妻子逝世。（融合性遗传。父亲的性格遗传占优势，外貌同母亲相似。母亲的野心被父亲的欲望中和）。一开始为雇员，后成为多角经营者。依旧生活在巴黎，任报刊主编。
		西多妮·卢贡：生于1818年；1838年嫁给普拉桑诉讼代理人事务所的文书，1850年其夫逝世于巴黎，其女生父不详，寄养于儿童救济院。（父亲的精神性格遗传占优势，相貌与母亲的相近）。从事过中间商、各种职业，后成为刻苦朴素者。依旧生活在巴黎，担任宗教机构的出纳。
		③马尔特·卢贡：生于1820年；1840年嫁给表兄弗朗索瓦·穆雷，两人育有三个子女。1864年，死于脑膜炎（隔代遗传。癔病患者。性格和相貌与阿代拉伊德·富克的相近。弗朗索瓦与马尔特夫妻两人也十分相似。）
	于尔叙勒·马卡尔：生于1791年；1810年嫁于沉着冷静、身体健康的制帽工人穆雷为妻，育有3个子女；1840年死于肺结核病（融合性遗传，母亲的精神性格遗传占优势，相貌与母亲相似）。	弗朗索瓦·穆雷：生于1817年；1840年与表妹马尔特·卢贡结婚，育有三个子女；1864年，发疯后葬身于自己点燃的大火中。（父亲的精神性格遗传占优势。外貌与母亲的相近。弗朗索瓦与马尔特夫妻两人也十分相似。）从事葡萄酒批发生意，后成为食利者。
		埃莱娜·穆雷：生于1824年；1841年嫁于羸弱的肺结核易感者格朗热为妻；1843年，生育一女；1853年，其夫死于支气管炎；1857年，再婚，嫁给朗博先生，未曾生育子女（先天性。父母的相貌和性格的化合，好似父母的遗传没有体现在他身上）。与第二任丈夫生活在马赛。
		西尔维尔·穆雷：生于1834年；1851年死于一个宪兵的枪口之下。（母亲性格占优势。外貌具有先天性。）
	安托万·马卡尔：生于1789年；1809年入伍；1829年娶勤劳、精力旺盛却任性的菜市场女商贩约瑟菲娜·加沃当为妻；育有3个子女；1851年，丧妻；1873年，酒后大醉，自燃而亡（并合性遗传，父亲的精神性格遗传占优势，外貌与父亲相似。）先是入伍当兵，后又做箍匠谋生，最后成为游手好闲的食利者。	②莉萨·马卡尔：生于1827年；1852年嫁给沉着、健康的克尼，当年生下一女；1863年死于血崩症（母亲性格占优势，相貌与母亲相近）。当过猪肉商，在菜市场营业。
		⑥热尔韦丝·马卡尔：生于1828年；为情人朗捷生育三子，朗捷的直系亲属中有瘫痪者，他将热尔韦丝带去巴黎并抛弃她；1852年，嫁给有酗酒家族史的工人库波，育有一女；1869年，在贫困和酗酒中死去（父亲性格占优势，她是父母酒后受孕所生。跛足）。洗衣女工。
		⑬⑰让·马卡尔：生于1831年；1867年娶弗朗索瓦丝·穆什为妻，未曾生育子女，1870年丧妻；1871年，再婚，娶强壮、健康的农妇梅拉妮·维亚尔为妻，两人生育一子，后其妻再次怀孕。（先天性。父母的相貌和性格的化合，好似父母的遗传没有体现在他身上）。先后当过农民、士兵、农民。依旧生活在瓦格纳纳。

300

自然主义

- ① 马克西姆•卢贡，后改姓萨卡尔：生于1840年；1857年，与患萎黄病的女仆——酒鬼之女朱斯蒂娜•梅格生下一子；1863年，与路易丝•德•马勒伊结婚，但当年便丧妻，未曾生儿育女；1873年，马克西姆死于机能失调症。（散播性遗传。性格与父亲相像，外貌与母亲相似）。游手好闲者，靠往日积蓄度日。

- 夏尔•卢贡，又姓萨卡尔：生于1857年；1873年，死于鼻腔出血（隔三代的重返性遗传。性格与外貌遗传自阿代拉伊德•富克。该家族衰亡的最后表现。）

- 克洛蒂尔德•卢贡，后改姓萨卡尔：生于1847年；1874年，与伯父帕斯卡尔的儿子出生（母亲的性格遗传占优势。重返性遗传，外祖父西卡多指挥官的性格和外貌遗传占优势）。依旧生活在普拉桑。

- 不知名的孩子，生于1874年。其未来如何？

- 维克多•卢贡，后改姓萨卡尔：生于1853年。（融合性遗传，外貌与父亲相似）。失踪。

- ⑭ 安热莉克•卢贡：生于1851年；1869年嫁给费利西安•德•奥特-克尔，当天便死于不知情的疾病（先天性。与母亲及其直系亲属间毫无相似性。父亲一方的可考资料不全）。

- ⑧⑩ 奥克塔夫•穆雷：生于1840年；1865年，娶埃杜安夫人为妻，同年丧妻，1869年，与健康、稳重的德尼斯•博迪结婚，生育一子一女（年龄尚幼，无法详入此表）。（父亲的性格占优势。外貌与舅舅欧仁•卢贡的相似；间接遗传）。他是《女福公司》中大百货商店的创办者和经理。依旧生活在巴黎。

- 塞尔日•穆雷：生于1841年；（散播性遗传。身体、精神素质与母亲的相似；大脑状态遗传自父亲，但受母亲精神疾病的影响。神经症的遗传发展为神秘主义的信仰）。神甫。依旧活着，担任圣-俄陀普的本堂神甫。

- 德西蕾•穆雷：生于1844年；（母亲的性格占优势。外貌遗传自母亲；神经症的遗传发展为痴愚低能）。与兄长生活于圣-俄陀普教堂。

- 让娜•格朗热：生于1842年；1855年，死于神经方面的疾病。（隔两代的重返性遗传。其精神与身体素质与阿代拉伊德•富克的相似。）

- ⑩ 波利娜•克尼：生于1852年；终生未嫁。（均衡性遗传，精神与身体素质同父母的相似程度不偏不倚，为人老实）。仍生活在博纳维尔。

- ⑫ 克洛德•朗捷：生于1842年；与情妇克里斯蒂娜•阿勒格兰生育一子，相处六年后于1863年结婚，儿子已五岁，岳父是截瘫患者；1869年丧子。1870年克洛德自缢身亡（并合性遗传，精神与身体素质同母亲的相似。神经症的遗传发展为天分。是一位画家。

- 雅克-路易•朗捷：生于1860年；1869年，死于脑水肿（父亲的性格遗传占优势。外貌与父亲相似。）

- ⑮ 雅克•朗捷：生于1844年；1870年，死于一场事故。（母亲的性格遗传占优势。外貌与父亲的相似；遗传的嗜酒性发展为杀人倾向。犯罪倾向）。是一位机械师。

- ⑪ 艾蒂安•朗捷：生于1846年；（散播性遗传。外貌先与母亲的相似，后与父亲的相似）。是一位矿工。依旧生活在努美阿。据说已在那里成婚，可能已有孩子（但无法将其子嗣列入此表）。

- ⑦ 安娜•库波，又名娜娜：生于1852年；1867年，与堂兄生有一子路易，1870年丧子；几天后，安娜死于天花（融合性遗传，其性格同父亲的相似，外貌受母亲第一任情人的影响。嗜酒性遗传发展为精神和身体的堕落，生活淫乱）。

- 路易•库波，又名路易赛：生于1867年；1870年，死于天花（母亲的性格遗传占优势。外貌与母亲相似。）

- ① 《角逐》
- ② 《巴黎之腹》
- ③ 《征服普拉桑》
- ④ 《穆雷神父的过错》
- ⑤ 《卢贡大人》
- ⑥ 《小酒店》
- ⑦ 《娜娜》
- ⑧ 《家常事》
- ⑨ 《女福公司》
- ⑩ 《生之欢乐》
- ⑪ 《萌芽》
- ⑫ 《作品》
- ⑬ 《土地》
- ⑭ 《梦》
- ⑮ 《人面兽心》
- ⑯ 《金钱》
- ⑰ 《崩溃》
- ⑱ 《帕斯卡尔医生》

莫泊桑的小说

在《羊脂球》(1880) 大获成功之前，福楼拜的学生——居伊·德·莫泊桑（1850—1893）曾经过着审慎的政府小职员的生活，热爱运动、渴望风流韵事。与左拉类似，他创作了大量故事和小说，赢得了丰厚的财富和荣誉。然而，他感染梅毒后，又患精神疾病，1891 年后，住入精神病院。直至临终前，莫泊桑的神志仍未清醒。

莫泊桑的作品时而属于"幻想式的"黑色故事，时而是自然主义小说。然而，两种类型又彼此重合，因为它们都呈现了咄咄逼人的堕落现实。莫泊桑阅读叔本华（1788—1860）的作品，将爱情视为自然用以强迫我们繁衍物种的陷阱。爱情奴役人类，使人陷入强烈的性欲和愚蠢的盲目中。因而，在《一生》中，母亲对儿子的溺爱是丧失理智的温柔，其子仅是一个玩世不恭的好色者、毫无忌惮的逐利者。

因而，莫泊桑内心深处的悲观主义刻画了毫无希望的（和无神论的）世界，其中每一个创造物都只为自己而活，心心念念的是自身"生存与种属的保存"。莫泊桑将对人类愚蠢的憎恶和对精神错乱的临床观察结合运用，用简洁、准确的文笔描述焦虑和堕落。作品风格的清晰使得其讽刺性观点更为突出。

叛逆者：瓦莱斯

于勒·瓦莱斯（1832—1885）出身于贫苦的农民阶层，缺少关爱，他很快便开始厌恶家长以及学校。小学时，瓦莱斯反对陈旧的教学方法和内容。自此，瓦莱斯成为一位"反抗者"（他创作过一部同名作品）。靠零碎工作勉强度日，他曾负责过一份社会主义报刊：《街道》。在曾参与过的巴黎公社解体后，流亡英国。在那里，他撰写了自传小说"雅克·万特拉斯三部曲"：《孩子》《中学毕业生》《起义者》。

  瓦莱斯自我标榜为理想的自然主义者，并且积极参与其中。他的作品表达了怨恨心理和情感空虚。阴险的后母形象玷污了孩子的眼神；政府不公，且维护奴隶制。瓦莱斯曾经当过记者，因而其文笔带有社论作者的风格，所见（杂闻、编年史、有趣的报纸新闻）与易怒和悲伤的性情穿插出现在文中。然而，他推翻了禁忌和"宗教主义"，如他所言，积极参与当时的文学运动，旨在去除一切神圣性并将一切都直言不讳于世人。

故事作家与中短篇小说家

一种成功的文学体裁出现

相较长篇小说,故事和中短篇小说更为简短,以此避免情节的分散或事件的堆叠。这样的叙述方式更吸引读者通读全篇。情节比生动的文笔更为重要。整个19世纪,这类虚构作品发展迅速。理由有数个:读者群的壮大(作家通过创作富有吸引力的历险故事以满足急切的读者),报纸和连载作品养成了公众的阅读习惯(作品情节必须快速发展,并且通过"社会新闻"激发想象),科学的进步(故事的主题倾向于描述疯癫的博学者或自动机械,偏好"科幻"风格)。

自诺迪埃开始,"黑色"或神话色彩的故事开始出现,这一源头影响了整个19世纪的故事作家。如泰奥菲勒·**戈蒂埃**尤其喜欢描述纠缠生前追求者的亡故女性及其动机。亡者甚至可以影响时间,使时光停滞或倒退。围绕于此,戈蒂埃创作了大量的故事作品:《亡故的爱人》(1836)、《阿里雅·玛赛拉》(1852)、《巫师》(1865)。波德莱尔歌颂"前世",找寻女性偶像或是魅惑的雕塑美人,而戈蒂埃则重现了有关索人性命的女子的传说。

先驱者和语言纯洁主义者:梅里美

文学中,描写神奇成分的作品背景无法让人信从,而传说则不同于此,它往往让读者难以断定其所述故事的真假。普罗斯珀·**梅里美**(1803—1870)

将读者的这种迟疑不决运用得恰到好处。他是一位受过良好教育的资产者，其文学创作生涯开始于一个骗局，他创作了《克拉拉·加祖尔的戏剧》并谎称该作品是出自一位西班牙女演员之笔。写作了历史小说《查理九世时代轶事》（1829）之后，他发现了自己的真正志向：成为中短篇小说家。他的作品十分简短，且取材自神话传说（《伊特鲁里亚的瓷瓶》）。其叙述是最终性的，好似他所追寻的首要目标便是制造冲击：《攻占棱堡》中无用但充满暴力的攻击；《马特奥·法尔哥内》中一位父亲为了尊严无情地枪杀了自己的儿子。传说作品的具体目的便是制造使读者目瞪口呆的效果，甚至非传说作品也追求这一效果。

第二帝国时期，梅里美被任命为历史古迹总督察，而且成为了皇后欧仁妮的朋友，因而梅里美的职业顺风顺水。他与友人司汤达一样，爱好旅行和讽刺。他熟知古代历史，且追随重大考古遗址的发现而到处奔波。这一经历出现在他的众多优秀故事中，如《伊尔的美神》，以及一些讲述科西嘉和西班牙故事经历的作品（《高龙巴》《卡门》），它们均以报道文学的色彩呈现了一些令人不安的悲惨主题：主人公似乎被有魔法或巫术的女人所控制。这种厌恶女性的态度启发了巴尔贝·多尔维利的《恶魔们》。在后期作品——《罗基斯》中，梅里美描述了狼人，并在前言中指出：中短篇小说要以最为"残酷的"事件为主题。

304

莫泊桑*的黑色故事

莫泊桑将故事的写作艺术和技巧推向极致。二十多年间，他共出版了三百多篇故事。从中可以窥见莫泊桑的风格变化。诺曼底系（19世纪80年代）的叙述生动细腻，之后转向更为"城市化"的主题，最后的作品则带有自己精神疯狂而产生的情绪（《恐惧》《他?》《奥尔拉》）。

尽管存在上述变化，但是莫泊桑所讲述的并非是自己的疾病。他的中短篇小说展示了没有目的、毫无意义的世界，其中的一切都在经历分裂瓦解。人类无法交流，除非是为了愚弄他人。挑衅、战争、自私、疯狂和死亡无处不在。或是讽刺的轻蔑，或是忧郁的同情，莫泊桑拒绝其他一切道德说教。同样，他并不需要理解人物的心理动机。他仅希望在"事实中观察人性"，而他本身则保持距离和冷漠。因而产生了读者面对自己的奇怪现象。

巴尔贝·多尔维利的"恶魔"故事

19世纪70年代，与巴尔扎克同时代的于勒·巴尔贝·多尔维利（1808—1889）已年过花甲，而此时他才刚刚获得一些知名度。他时刻不忘自己的贵族身份，其作品充满极端天主教徒和不妥协的贵族偏见。起初，巴尔贝·多尔维利从事记者的职业，他的《天主世界杂志》斥责温和派与自由主义者。他一派"纨绔子弟"的作风，鄙视第二帝国，对他人的看法漠不关心。纨绔主义首先出现在英国人布鲁梅尔发起的衣着时尚中，然而，这种外在的与众不同也是一种挑衅形式：纨绔子弟是冒充高雅、傲慢无礼和引人注目者。波德莱尔就被这一揭露资产阶级粗俗的方式所吸引。巴尔贝·多尔维利成为法国纨绔主义的大师（《论纨绔主义和乔治·布鲁梅尔》）。

这种将高雅精致与厚古风格结合的方式成为了他的作品基调。《中魔的女人》和《德图什骑士》回忆的是朱安党起义时期。然而，巴尔贝成名也得益于《恶魔们》（1874）引起的轰动。巴尔贝将自己的叙述置于由女性普遍代表的邪恶思想的符号之下。他那源自于古代迷信的想象转换为现代执念。同其他反动者一样，他希望表现正由堕落监视的邪恶力量活跃的社会。从这点而言，他与种族主义理论家**戈比诺**（1816—1882）相差不远。无论是在长篇小说（一系列中短篇小说的合集），还是在中短篇小说中，戈比诺都表达了对于悲剧和悲观主义的喜好（《亚洲故事集》《七星派》）。

维利埃·德·利勒-亚当的"残酷"故事

奥古斯特·德·维利埃·德·利勒-亚当(1838—1889)的家族属于法国最古老的贵族之一。他的作品令同代人着迷,波德莱尔、魏尔兰、马拉美对他称赞不绝。他的作品主要出版在一些期刊上,并且讽刺当时的社会。维利埃是一个"唯心主义者":他相信思想的力量,是一位信教者。因而,他鞭笞实证主义和理性主义。他认为舆论仅是一种摇摆不定的毫无价值的事物(《人民的声音》)。

维利埃的《残酷的故事》(1883)和《特里布拉·蓬霍梅》(1887)表达了他对唯物主义社会的不满。维利埃期盼的是纯洁、超自然的爱情(《薇拉》《崇高的爱情》),认为周围存在的人际关系卑劣低下且追逐利益。他乐于叙述这些。"残酷"的叙述者希望所描情景的残酷能够引发直接效果:拿剃刀当武器的嫉妒者、陈尸所内被玷污的女尸、棺木中醒来的事故受害者……以介绍社会新闻的方式讲述这些骇人听闻的故事。残酷只是一种被激怒的自然状态。恐怖、阴森、血腥的主题虽然极端,但却尚可接受。"残酷"的并非是作者,而是维利埃所描述的社会。

象征主义运动

诗歌中的印象主义

19世纪末期的所有诗人或早或晚都曾以象征主义者自居,很难予以严格区分。众多流行的标签("象征主义者""小说""颓废派""痞子诗社成员""野人""厌水者")无一能够涵盖他们的理论。令人称奇的是:当时最为著名的人物(魏尔兰、兰波、马拉美)均与"象征主义"保持一定距离,而真正的象征主义流派仅聚集了以莫雷亚斯为首的一些小众作家。

象征主义理论本身拒绝分类划派,因而导致其界定模糊不清。实证主义大获成功,与此同时,象征主义者中出现了几个榜样人物(以波德莱尔为主)拒绝将世界视为理性的。他们认为真理不遵循物质的顺序,而是隐藏于表象和符号之后。既然真相仅是表面性的,诗歌必须摒弃它。诗人如同神秘主义者,他们寻求隐藏的意义,使真相大白于读者。以此为目的,诗人更倾向于一些符号(象征)和秘密之间的"应和"。因而,更注重暗示(而非描述),更重视语言的旋律(而非理性的表达)。

"象征"是指将两个现实事物关联起来,以产生一个新的符号,如希望与星星。象征通常是将一个具体形象与一个抽象事物相关联,在宗教和哲学领域使用广泛(其他领域均无法更好地实现此手法),而在文学领域则简化为至少两种形式:将思想形象化,或是创造一些暗示性的类比。因而,读者必须要破译其中的含义。

为了制造暗示,象征主义诗人也相信语言旋律的魔力。因而,一种文学和音乐的印象主义形成。作曲家德彪西和福雷与象征主义运动关系紧密。马拉美如是归纳象征主义："把音乐重新纳入我们的福利"。

魏尔兰:"音乐性最为重要"

保罗·魏尔兰（1844—1896）在巴黎市政厅任职员，过着精打细算的日子，并开始对巴那斯派的理想感兴趣。他的早期诗歌表达的是淡泊冷静的情感，并且受绘画（画家瓦托）启发。在激进主义时期，魏尔兰貌似不满于确定和不安。不同于那些反抗者（兰波或洛特雷阿蒙），魏尔兰选择了一种被动的形式，反思内心生活。其诗歌题目（《顺从》《厌倦》《永远不再》《夜曲》）表现了内心中的忧伤、安静。

为了维持这种内倾性，诗歌寻求一种安抚。爱情犹如母亲的怀抱："忧郁吧，让你的爱抚沉睡，你的叹息与抚慰的目光亦是如此。"《美好的歌》（1870）和《无言的情歌》（1874）中的诗句则竭尽全力追求一种音乐效果。诗歌抚平不安，并且成为对抗世间纷扰的旋律庇护所。

魏尔兰结束了与兰波暴风骤雨般的关系后，在狱中度过两年时光，他的创作主题也发展为某种宗教虔诚。皈依宗教后，魏尔兰开始总结人生，向往纯净形式（《明智集》，1880），这完全符合他的诗歌理念：诗句可以抚慰心灵和怀旧追思。然而，这一观念的维系时间并不长。为了实现"音乐性最为重要"的理念（《诗歌艺术》，1884），魏尔兰主要运用了不成对的诗行、短小诗节、副歌。

魏尔兰晚年被视为"诗坛泰斗"，象征主义者将其视为导师之一。

生活放纵者与象征主义流派

1886 年，《费加罗报》上发表的一份宣言规定了象征主义流派的原则。这篇文章由生于希腊的诗人让·**莫雷亚斯**（1856—1910）撰写，重点强调象主义与唯心主义之间的关系：可见世界仅是精神世界的反映，诗人是符号的诠释者。这些理论并无新意，然而，却表明了对新艺术的渴望和对典范的需求。众多象征主义趋势内部之间并不和睦，尽管文笔矫揉造作，且时而追求文雅考究，但并未有典型的代表作品出现。一些冒充高雅者，出于对粗俗的厌恶，自称为象征主义者，如罗贝尔·德·孟德斯鸠（1855—1921）。与之相反，其他一些作家希望保持语言的简单和清晰，甚至追求自由诗行，如勒内·吉尔（1862—1925）、居斯塔夫·卡恩（1859—1936）。该运动逐渐国际化。斯图尔特·美林（1863—1915）将其引入美国（《音阶》），出生于弗吉尼亚的弗朗西斯·维耶勒-格里芬（1864—1937）大量运用同音异义词。在比利时，象征主义充满活力，出现了如埃米尔·维尔哈伦、乔治·罗登巴赫、莫里斯·梅特林克（德彪西将其作品《佩利亚斯》谱为乐曲）等诗人。

一些生活放纵者也聚集在象征主义这一多变的流派周围。夏尔·**克罗**（1842—1888）的作品充满刺耳的幽默。他是一个博学者，热衷物理与化学，常与巴那斯派来往，出入象征主义者聚集的咖啡馆、蒙马特高地上的小酒馆。他富有才华、幽默风趣（《檀香盒》），还发明了留声机（早于爱迪生一年），但也酗酒、悲观，生活在社会的边缘。

孱弱多病、迁居不定的布列塔尼诗人特里斯坦·**科比埃尔**（1845—1875）也属同类型作家。他的《黄颜色的爱情》（1873）充满幽默，讽刺了浪漫主义诗歌的陈词滥调。其中，双关语、节奏和词汇的大胆运用，让人联想到拉福格，不过科比埃尔希望自己可以颠覆前人且不类比于任何派别。甚至，他认为"颓废"是一种做作和可笑的态度。最后，还应提及日耳曼·**努沃**（1852—1920），他曾与兰波结交过（1874），而后过上了神秘的流浪生活。

象征主义流派最后的变体是：罗曼派。让·**莫雷亚斯**重返他最初的理论，重新书写对故乡希腊的思念之情。他决定与古代、当时的规则及明晰的理想重新建立联系。他的《短诗集》（1899）表明了诗歌要恢复地中海式的明亮之美。他的门徒夏尔·**莫拉斯**（1868—1952）仿效这种风格，以此来彻底揭露初期象征派的失误，批判他们不够生动有力或忠于故土。

"大师"：马拉美

起初，斯特凡纳·马拉美（1842—1898）仰慕波德莱尔，不甘做一名英语教师。他认为每日生活总是重复、平庸（"躯体悲伤，哎，于是我读遍了全部书目"）。他向往"蓝天"和美丽神秘的他乡。他这种拒绝和完美主义的态度逐渐形成了他的诗歌理论。他认为前人已表达过一切，今日的每一行诗句都可能陷入平庸，因而他无时无刻不在惧怕平庸。为了避免受困于如此烦扰或沦落无处下笔的窘境，他为文学确定了更高程度的绝对化需求（《希罗狄亚德》，1869）。

初期，马拉美竭力使诗歌摆脱一切功利主义的使命（不传递寓意或幻想），以便诗歌语言能够自行找回其影响力。诗句首先是"语言魔术"、音乐、咒语、奇怪和音（经常导致诗句晦涩难懂）。这种形式上的矫揉造作衍生出"纯粹的理想"：通过灵活和迷惑性的风格暗示上帝的出现和充斥。马拉美孜孜不倦地继续这一主张，最终，他的大胆独创也因而达到让人几乎无法理解的地步，然而这也造就了一些越来越脱离现实的轻飘飘的诗歌。他的作品不断地轻掠过"空白"和寂静（《乱弹集》《骰子一掷消灭不了偶然》，1897）

马拉美对当时的艺术家影响极大。每逢周二，他便在位于巴黎的家中招待自己的追随者们，然而他们所主要表达的却是言语的"颓废"，这或许是对马拉美的误解。因为马拉美的选择与个人禁欲主义属于同一范畴。它既然不能否定自身，那么便不能凝聚众人成为一个流派。它无法被人模仿。无论如何，马拉美提醒人们诗歌写作是一门词语科学和一种符号运用，因而，他开启了通往所有现代诗歌的道路。

兰波：“改变生活”

尽管阿蒂尔·兰波（1854—1891）与同代诗人有所联系，但他却是一个孤独、粗暴、难以融入社会的天才。他的所有作品（至多百页作品）均写于15岁至20岁之间，之后，他便彻底逃离现实，不再创作。随后，评论界对他的点评日益增多，但均是徒劳。兰波认为写作是一种个人经历。写作不寻求勾勒现实，写作是一种野性的、叛逆的创造，是"改变生活"，没人能替代作者去重现作品。

他的这一志向无疑从拒绝过度到了重构。最初，兰波嘲笑先人或展现炫彩夺目的写作技巧（《出水维纳斯》《与诗人谈花》）。这位少年与家人和故乡（查尔市，"愚蠢至极之地"）的冲突不断，对社会不满、渴望离家出走：他无情地讽刺资产阶级的怪癖（《音乐》），揭露缺失公正的世界之恐怖（《惊愕者》《教堂的穷人》）。人性的疯狂（政治、迷信、战争）是遭受诅咒的。面对一个"坐着的"世界，他内心暗涌愤慨之情和逃亡冲动。

《醉舟》（1871）中归纳了这种"解缆绳"的需求，寓意了诗歌的创作。这首令人炫目的诗歌吸引了波德莱尔和魏尔兰，后者邀请兰波到巴黎，他们之间随后产生了轰轰烈烈的情感，但最终两人关系恶化。《地狱一季》（1873）总结了这段不幸的时期。然而，似乎一切都已陈旧，因而必须另寻他路。之后的散文体诗集《彩图集》创造了一种诗歌语言，也为兰波的创作旅程画上句号。

《彩图集》将幻觉与彩画置于其中。谜一般的诗集描绘了一些意象和仙境。诗人置身于奇特的想象中，释放所有幻想。《彩图集》中体现了破碎的世界、拼贴、发狂的结构、对立的冲突、担心和幻觉，于读者而言，这是一个永不枯竭的蓄水池。创作了这篇迷人且不可思议的散文诗之后，除了噤声之外，还有什么更好的出路吗？兰波最终成为一家阿比西尼亚商店的负责人：在那里生活了10年，并且从事军火交易。

兰波的"通灵术"

兰波的诗歌观念十分挑剔。同波德莱尔一样，最初，他认为诗人必须逃离社会的异化并且发现隐藏于人群中的真正"自我"。因而，波德莱尔推崇的"酣醉"需求便源于此，兰波又将此观点推向极致。诗人完全沉浸于最为错乱的经历中，寻求一个"充满活力的未来"。兰波的"魔鬼崇拜"是系统性的："诗人要成为一个通灵者，必须故意长期扰乱所有的感官"。

因此，人们通常把兰波视为诗歌历史的一个断裂点。他首次提出创作的不合逻辑源自离经叛道、直觉和精神分裂。"语言的炼金术"来自混乱和痛苦。正如在他给伊赞巴尔的信件中所写："诗人是真正的盗火者。"所有的现代诗歌，尤其是超现实主义的诗歌都将铭记这一点。

痉挛美的体现者：洛特雷阿蒙

伊西多尔·迪卡斯（1846—1870）出生于蒙得维的亚，之后在法国的塔布市及波城度过了并不愉快的学生时光，后独自来到巴黎，24岁的他于孤独、无闻中与世长辞。他以洛特雷阿蒙为笔名创作了一部史诗《马尔多罗之歌》，后被超现实主义者所发现并将其视为一部先知作品。洛特雷阿蒙是一个厌世、消沉的人，他似乎困惑于这令人恶心的庞然大物般的社会，而且在作品中过分强调这一感觉，以致让人觉得他是一位极富煽动性的玩笑者。

《马尔多罗之歌》的同名主人公在一次海难中袖手旁观，甚至推倒了唯一幸存的年轻男子。海洋因而成了邪恶的象征，并多次出现在马尔多罗的经历中，他化身为"邪恶的怪兽、章鱼、黑天鹅、阴沟的蟋蟀"。洛特雷阿蒙的语言富有雄辩色彩、给人以强烈的印象和幻觉，因而，兰波作为主要创造者所建立的异常性发展为对所有反常的庆贺。混乱、辱骂、发狂赋予这类文学惊人的力量，以助它揭露所有文学形式。

甚至他的这种揭露似乎也针对自己的作品：在去世前六个月，洛特雷阿蒙以真名伊西多尔·迪卡斯出版了一部《诗集，未来书籍的前言》，在各个方面，这部作品集与《马尔多罗之歌》相反。残酷的否认还是新的愚弄？终成未解之谜。

时代的没落与终结

幻想破灭与主观主义

同所有动荡时期一样，19 世纪末期充斥着惶惶不安的情绪。民主共和制度在法国得以建立，与此同时，怀旧主义复苏，如巴尔贝、维利耶、莫里斯·**巴雷斯**（1862—1923）等人表现出思想的反动倾向（保皇党、民族主义、唯心主义）。巴雷斯认为法国社会将走向堕落，因而他呼吁塑造"民族毅力"。他还是积极的反德分子，反对重审德雷福斯案，提出民族主义理想。此外，他要求通过"自我崇拜"和积极的爱国行动对抗当时的社会主义氛围（1888 年出版《在野蛮人的目光下》，1897 年出版《背井离乡者》）。因而，他拥护夏尔·莫拉斯和"法兰西行动"。

这种自我封闭的状态影响了作家所采用的书写形式。自然主义备受质疑。小说家寻求新的道路。奥克塔夫·**米尔博**（1848—1917）从一位反犹太的君主主义者发展为无政府主义者，描写腐朽的世界（《贴身女仆日记》，1900）或疯狂的色情（《痛苦的花园》，1899）。其他转变风格的自然主义作家还有于勒·**勒纳尔**（1864—1910），他在《日记》一书中攻击和嘲讽了现代世界。心理分析家保罗·**布尔热**（1852—1935）和印象派小说家、旅行家皮埃尔·**洛蒂**（1850—1923）的叙述更为主观。实证主义者发声责难，并获得了为直觉平反的亨利·**伯格森**（1859—1941）的支持。

当然，主观主义最终发展为不同的煽动方式：纨绔主义和无政府主义。同时，神秘主义复苏的迹象显现。除于斯曼（参见上文）外，还有喜欢撰写抨击文章的作家莱昂·**布卢瓦**（1846—1917），这位"绝望的"朝圣者（他的一部小说名为《绝望者》）祈求上帝报复腐败的世界。

颓废派诗人

在《受诅咒的诗人》（1884）中，魏尔兰自己提出了"颓废"的概念。同样，很难界定象征主义与颓废派间的界限。"颓废派"希望在正处于瓦解的世界中享受乐趣，利用其中的雅致讲究、纵欲消沉和末日文化。在多个杂志（《颓废派》《颓废》）和一些个人小团体的作用下，这一潮流占据上风。面对无孔不入的衰退，他们认为眼下便是世界的末日，在令人紧张不安的氛围中，他们自得其乐，消沉于某种"神经症"，到处都在重复这一字眼中。

夏尔·克罗、莫里斯·罗利纳（1846—1903）等诗人自称为"颓废派"。然而，他们中仅有于勒·**拉福格**（1860—1887）创作了一部引人瞩目的作品。他生于蒙得维的亚，6岁时迁居法国，学业断断续续，后在德国宫廷担任诵读官（1881—1886）。拉福格身患结核病，真切体会到了衰弱之痛。孱弱的身体、醒悟的头脑、尖刻的文风，他玩弄文字游戏（将"肉欲""享乐"写为"令人血脉偾张的性欲""暴力的享受"）并且在《悲歌》中表达了迷失的一代人的忧郁。

"逆流"的生活：于斯曼

在悲观主义的环境下，自杀的诱惑常被提及。这种自我毁灭的欲望呈现多种形式：病态的变化无常（如奥斯卡·王尔德）、陷入最为疯狂的神秘主义（巴尔贝·维利耶）、精神错乱的蛊惑（莫泊桑）、人格的两重性（兰波）等。人们看到的唯有"相悖"。

若里-卡尔·**于斯曼**（1848—1907）的《逆流》（1884）总结了这一趋势。

主人公德塞森特沉浸在不可救药的忧郁之中，避世于丰特奈-玫瑰小镇的暖房里。在那，他尝试了酒精和毒品，之后又重返保护与慰藉他的教会中。于斯曼起初是一位自然主义者，他亲近左拉。他的变化正体现了颓废派的典型不满，反感现实世界，厌倦一切。因而，《逆流》很快成为当时一代人的《圣经》。

《逆流》出版后一年，亨利·博克莱尔和加布里埃尔·维凯尔发表了《阿多里·弗洛派特的衰亡》（1885）。他们讽刺了颓废主义的过度与滑稽，由此可见，并非人人都喜欢这种新的矫揉造作。尽管存在如此争议，颓废美学对肉欲和雅致的追求依然影响了艺术。居斯塔夫·莫罗的绘画（于斯曼十分欣赏他的画作，并时常提及他）便是例证，同样，具有煽动性的主题在萨洛梅等人的作品中流行开来，也可证明上述趋势。

20世纪

总年表	408
主要作家生卒年表	420
政治和文学大事年表	421
创作背景	426
阶层的变化	426
意识形态的反面	427
语言与文本的主宰	428
版本、传播和杂志	429
散文家与小说家：负重前行者	430
意识形态的压力	430
保守主义者和怀旧主义者	431
幻想者与理想主义者	431
游走于两种风格倾向间的诗歌	433
象征主义最后的激情	433
荒诞者与本然主义	434
一致主义	435
比利时诗歌团体	436
佩吉	437

克洛岱尔 438

戏剧：一份巨大却遭遇质疑的遗产 439
现实主义和讽刺 439
戏剧革新 439
抗议时局的闹剧 440
克洛岱尔的戏剧 441

"新思想" 442
"漂泊者" 442
位于交叉路口的阿波利奈尔 443
以阿波利奈尔为中心的新艺术 444

心理小说的演变 446
普鲁斯特：一种风格，一种观点 446
《追忆似水年华》的写作方法与结构 447
普鲁斯特作品中的隐喻或阐释方法 448
纪德：真诚造就体系 449
纪德主义对现代叙述的影响 450

20 世纪 20 年代的诗歌混战 451
介于新古典主义与现代主义间的瓦莱里 451
达达主义的冲击 452

超现实主义的大杂烩 453

　　超现实主义的"教皇"：布勒东 454

　　运动及其分裂 455

　　艾吕雅 457

　　阿拉贡的超现实主义时期 457

　　几位重要的社会边缘者 458

小说家与思想 461

　　小说：社会问题的回声 461

　　长河小说 462

　　基督教文学的再生 462

　　主人公道德的永久性 464

　　加入共产主义 465

　　塞利纳的颠覆性创造力 466

　　小说自由 467

两次世界大战期间的戏剧 469

　　性格喜剧 469

　　发展新的舞台装置艺术 470

　　介于"玫瑰色"和"黑色"戏剧之间 471

　　吉罗杜：现代性的古典主义作家 472

介入活动与存在主义 … 474
- 抵抗运动与战斗精神 … 474
- 文学中的存在主义 … 475
- 萨特 … 476
- 西蒙娜·德·波伏娃 … 477
- 加缪 … 477

从非介入文学到幻想和想象文学 … 480
- "轻骑兵"类作品 … 480
- 不循习俗者与创造者 … 481
- 精雕细琢的文笔与想象作品 … 482
- 神话小说 … 483

317 新小说与其周边作品 … 484
- 原则与发展 … 484
- 理论家：罗布-格里耶 … 486
- 比托尔：怎样言明一切？ … 486
- 表面之下的存在：萨罗特与杜拉斯 … 487
- 结构紧凑的世界：西蒙与潘热 … 488

新戏剧 … 489
- 新奇、嘲笑、残酷 … 489
- 新地点，新作家 … 490

尤奈斯库笔下的荒诞主义　　491
　　贝克特与"无名氏"　　492

诗歌的发展经历　　493
　　生活中的事物　　493
　　语言学家、乌力波和原样派　　494
　　狂热与神秘之间　　495
　　渴望"真正地方"　　496

作品与经历　　498
　　自传文学趋势的发展初期　　498
　　唯有生活　　499
　　激情的颂扬　　500
　　女性书写　　501

新知识、新文风　　503
　　碎片美学　　503
　　批评的各个方面　　504
　　作家、作者　　505
　　在"文学性"的边缘　　505

开放与前景 507
    法语区 507
    两种发展中的文化：戏剧、诗歌 508
    "后现代性"的概念 509

总年表

时间	政治事件	社会背景
1900 年	巴黎世界博览会举办	"美好时代"：崇拜上流社会的雅致；生活的欲望；巴黎时尚盛行；俄国芭蕾、探戈、爵士；快速汽车和电影的发展；某些时尚令人震惊（立体主义等）；个人主义与民族主义并存（收复阿尔萨斯和洛林）
1901 年	左拉就德雷福斯案件发表文章	
1902—1905 年	孔布任总理	
1904—1911 年	摩洛哥危机	
1906 年	德雷福斯得以平反	
1909 年	白里安任总理	
1912—1913 年	巴尔干战役 在摩洛哥建立法国保护国（利奥泰）	
1914 年	谋杀饶勒斯	
1914—1918 年	第一次世界大战	
1917 年	俄国革命 克列孟梭任总理	深刻揭露战争（"终结战的末场"？）和变革精神
1919 年	签订《凡尔赛和约》 组建"海蓝色"议院	
1921 年	成立法国共产党（P. C. F.）	
1922 年	彭加莱任总理 意大利墨索里尼掌权	技术迅速发展（无线通信技术）

法国文学	外国文学	艺术	时间
上流社会和巴黎的审美趣味；题材涉及风俗和享乐的自由（科莱特、纪德）、嘲讽（雅里、费多、贝尔纳），以及"爱国"文学的发展（佩吉、巴雷斯、克洛岱尔、罗曼）	康拉德：《台风》 高尔基：《母亲》	毕加索的蓝色时期 野兽派和马蒂斯	
		1907年：《阿维尼翁的少女》	1906—1908年
		拉威尔 斯特拉文斯基 巴托克	1910年
不惜一切代价的新趣味以及"未来主义"（阿波利奈尔）	里尔克：《新诗集》 曼：《死于威尼斯》	分析立体主义和未来主义（康定斯基、克利）	1912年
	卡夫卡：《变形记》 皮兰德娄：《是这样，如果你们以为如此》	杜尚的"现成作品" 德彪西、萨蒂、德·法雅	
	斯宾格勒：《西方的没落》	达达主义 德国的包豪斯	
资产阶级和传统的戏剧得以发展（萨拉克鲁、吉罗杜），诗歌与艺术蓬勃发展（超现实主义）			
	乔伊斯：《尤利西斯》	普罗科菲耶夫	1922年
	皮兰德娄：《六个寻找剧作家的角色》	奥涅格 维也纳乐派（十二音体系）	1923年

时间	政治事件	社会背景
1924 年	左翼联盟 赫里欧任总理	怨恨的气氛（退伍军人；政客的贬值），然而也不乏欣喜（"疯狂年代"：资产阶级的堕落、工人阶层的请愿、知识分子的慌乱）；联盟建立；左翼联盟失败之后，彭加莱主义未能真正阻止危机的发生
1925 年	班勒卫任总理	
1926 年	彭加莱任总理 左翼联盟末期	
1929—1933 年	华尔街股票暴跌 世界经济危机	
1932 年	赫里欧任总理	压力和极端主义上升
1933 年	希特勒成为帝国元首 达拉第任总理	
1934 年	巴黎二月骚乱 联合内阁时期	
1935 年	赖伐尔任总理	惧怕危险 反法西斯阵营 工人暴动
1936—1938 年	人民阵线	
1936—1939 年	西班牙内战	带薪假期 脆弱的复兴局面
1937 年	布鲁姆辞职	
1938 年	德奥合并 《慕尼黑协定》	对德的态度优柔寡断，消极的经济计划
1939—1945 年	第二次世界大战	

法国文学	外国文学	艺术	时间
道德倾向小说繁盛（马尔罗、莫里亚克、贝纳诺斯、塞利纳、长河小说、圣埃克絮佩里、蒙泰朗等）	曼：《魔山》	格什温	1924年
	卡夫卡：《审判》	装饰艺术 巴托克、考尔德的动态雕塑	1925年
反映无处不在的危机（塞利纳、杜亚美、纪德等）	福克纳：《喧哗与骚动》	勒柯布西耶的建筑	1929年
反映剧增的危险（马尔罗、阿拉贡）	穆齐尔：《没有个性的人》 赫胥黎：《美好新世界》	梅西安和瓦雷兹的音乐	1932年
		阿尔班·贝尔格的《璐璐》	1935年
尽管部分时论文学作品出现，但是仍呈现悲观主义倾向（贝纳诺斯、萨特、德里厄）	艾略特：《大教堂凶杀案》 加西亚·洛尔迦：《贝纳尔达·阿尔瓦之家》		
记者作家的影响深刻（海明威、库斯勒、凯赛尔、马尔罗）	布莱希特：《大胆妈妈和她的孩子们》	毕加索的《格尔尼卡》，鲁奥、杜飞	1938年
	史坦贝克：《愤怒的葡萄》	巴黎超现实主义国际展览	1939年

时间	政治事件	社会背景
1940 年	6月18日宣言。休战	
1941 年	袭击珍珠港	
1942 年	德军进入"自由区"	法国分为贝当派和抵抗派,然而文学活动依然活跃
1943 年	德军在列宁格勒与斯大林格勒战役中失败	
1944 年	诺曼底登陆	
1945 年	戴高乐当选总统	肃清运动
1946 年	戴高乐辞职 第四共和国建立	集中营的现实呈现之后,舆论哗然
1947 年	中南半岛战争开始 拉马迪埃与共产党人内阁决裂	
1948 年	以色列国成立	经济合作与发展组织,马歇尔计划;共产党领导的大罢工
1949 年	中华人民共和国成立	
1950 年	朝鲜战争	

（续表）

法国文学	外国文学	艺术	时间
	库斯勒：《零与无限》 博尔赫斯：《虚构集》		1941 年
文学备受监管，但却依然活跃：法西斯的抨击文章（塞利纳、勒巴泰）；抵抗运动诗歌（阿拉贡）；"反抗"小说（萨特、阿拉贡、特丽奥莱）和捍卫家乡的小说（吉奥诺、普拉、弗里松-罗什）			
	茨威格：《象棋的故事》		1943 年
荒诞派与存在主义得到认可		美国的"行动绘画"（波洛克） 原生艺术（杜布菲）	
		皮埃尔·布列兹与约翰·凯奇的音乐	
对作家介入活动的评论（个人主义和放纵：瓦扬、尼米耶、洛朗），但政治迟钝依然明显	布莱希特：《安提戈涅》		
	马拉巴特：《皮》 帕韦斯：《美好的夏日》	苏拉热的展览 泽纳基斯的音乐	1949 年

时间	政治事件	社会背景
1952年	比内任总理	
1953年	斯大林逝世	
1954年	奠边府战役失败 孟戴斯-弗朗斯任总理	"摇滚乐"开始流行。内阁危机持续；布热德运动的发展；因失望沮丧，意识形态的影响貌似降低；人文科学的飞跃发展（列维-施特劳斯、福柯）
1955年	埃德加·富尔任总理 阿尔及利亚冲突爆发	
1956年	居伊·摩勒任总理 布达佩斯起义 苏伊士运河危机	
1957年	签订《罗马条约》，建立欧洲经济共同体	阿尔及利亚危机难以解决，戴高乐将军就此发表宣言
1958年	戴高乐重新掌权 第五共和国建立	尽管国际压力存在（马格里布地区、黑非洲；东西方），消费主义和享乐主义迅速发展（"新浪潮"），空间的征服冲击了想象
1960年	阿尔及利亚努力恢复自决权	
1961年	阿尔及利亚将军政变	

(续表)

法国文学	外国文学	艺术	时间
	布雷德伯利:《火星编年史》		1951年
对思想和写作方式普遍怀疑的时代(贝克特、巴特、布朗肖)		德·库宁的画作,宽银幕电影	1953年
新小说("怀疑的时代")和一种厌倦的遣散(萨冈、尤奈斯库、加缪的《堕落》)	海明威:《老人与海》	瓦沙雷利、丁格利、德尔沃的画作	1954年
	凯鲁亚克:《在路上》	勃拉克的晚期作品,达利的伟大时代	1957年
语言与符号危机继续(凯诺、罗布-格里耶、杜拉斯、福柯)	纳博科夫:《洛丽塔》	雷乃、特吕弗、戈达尔、费里尼的电影	1958年
	品特:《看门人》 格拉斯:《铁皮鼓》		1959年
	莫拉维亚:《烦闷》	弗兰西斯·培根的作品 布努埃尔的电影	1960年

时间	政治事件	社会背景
1962 年	签署《埃维昂协定》 阿尔及利亚独立	
1963 年	肯尼迪遇刺	
1965 年	普选产生共和国总统	信息技术革命开始
1966 年	越南战争加剧；抗美运动	
1968 年	五月风暴，苏联入侵捷克斯洛伐克	教育界的动荡
1969 年	戴高乐辞职 蓬皮杜当选总统	极端自由主义浪潮相继出现（女权主义运动、"嬉皮士"运动、妇女解放运动……）
1971 年	成立社会党（在埃皮纳勒召开全党代表大会）	
1974 年	吉斯卡尔·德斯坦任总统	批判极权主义和民主扩张（西班牙等），然而全球性的经济危机反复爆发；某些问题全球化；支持第三世界主义；揭露进步的负面影响；生态运动开始
1976 年	巴尔继希拉克之后任总理	

(续表)

法国文学	外国文学	艺术	时间
文学讲述的是物所占据的世界,"消费社会"(珀雷克、尤奈斯库、阿达莫夫),且呼吁重返主体(莱里斯、格拉克、诗人们)。甚至萨特也开始自传写作(《文字生涯》)	索尔仁尼琴:《伊万·杰尼索维奇的一天》	安迪·沃霍尔,马格里特的后期作品,夏加尔绘制歌剧院天花板,巴尔蒂斯,米罗的作品	1962年
	昆德拉:《玩笑》 加西亚·马尔克斯:《百年孤独》	安东尼奥尼的电影(《春光乍现》)	1967年
如何让人类重返共同的神话?如何重建价值观(图尼耶、马尔罗、尤瑟奈尔)?	三岛由纪夫:《假面自白》 布尔加科夫:《狗心》	贝尔曼的《玩偶》	1970年
	汉德克:《冷漠的不幸》		1972年
仍旧是对符号的"修修补补"(珀雷克、巴特、"原样派"),以及语言的影响:想象小说复苏(勒克莱齐奥、索雷尔),回归内心现实主义(莫迪亚诺、德翁、加里/阿雅尔)	伯尔:《丧失了名誉的卡塔琳娜·勃罗姆》	美国的超级写实主义	1975年
	加西亚·马尔克斯:《族长的秋天》 富恩特斯:《我们的土地》	蓬皮杜中心落成	1977年

时间	政治事件	社会背景
1979 年	伊朗爆发伊斯兰革命	环境保护主义者在欧洲社会的作用日益明显
1980 年	里根就任美国总统	
1981 年	密特朗任法国总统	现代性遭受质疑:"新小说"或"新批评"备受争议;价值观中不再提倡"新"
1983 年	左翼失利于市镇选举 瓦文萨获得诺贝尔和平奖	
1984 年	继莫鲁瓦之后,法比尤斯任总理	意识形态的放任自流,"执政蜜月期"结束
1985 年	左翼在国民议会选举中失败 希拉克任总理	
1988 年	密特朗再次当选总统,社会党在议会中占据相对多数 罗卡尔任总理	重返过去和保护价值观在某种程度上复苏("茧居族")
1989 年	柏林墙倒塌 匈牙利、捷克斯洛伐克、罗马尼亚的一系列政治剧变	所谓的"自由"价值观貌似无处不在 生态保护主义者的"绿色浪潮"蔓延:在欧洲,乃至全球,环境保护成为社会首要任务
1991 年	海湾战争(科威特) 戈尔巴乔夫下台;叶利钦任俄罗斯总统 伊迪斯·克里森任总理	
1992 年	贝雷戈瓦任总理	

(续表)

法国文学	外国文学	艺术	时间
	卡彭铁尔:《竖琴和影子》 卡尔维诺:《寒冬夜行人》	雷奈和科波拉的电影(《现代启示录》)	1980年
跨文本性的大量运用(艾柯、昆德拉);重拾传统且注重再创造(西蒙、基尼亚尔);常提及"组合"写作(博尔赫斯、艾柯)和"后现代性"书写	艾柯:《玫瑰之名》 施尼茨勒:《维也纳的青年时光》	阿曼的雕塑 短片视频 密特朗总统任期内的"大工程":卢浮宫玻璃金字塔、巴士底歌剧院、拉德芳斯新凯旋门 巴黎的毕加索博物馆	1982年
"虚无时代"? 真正的创新极少,文学理论与公众真正阅读的文本(袖珍、侦探、科幻作品等)间的差别越来越大	沃尔夫:《虚荣的篝火》 艾柯:《福柯摆》	绘画:加鲁斯特、塔皮埃斯	1988年
		"贫穷艺术"结束;形象艺术在某种程度上复苏	1990年
	费尔南·门德斯·平托:《远游记》		

主要作家生卒年表

主要作家生卒年份
佩吉，1873年生，1914年卒
克洛岱尔，1868年生，1955年卒
瓦莱里，1871年生，1945年卒
阿波利奈尔，1880年生，1918年卒
纪德，1869年生，1951年卒
普鲁斯特，1871年生，1922年卒
圣-琼·佩斯，1887年生，1975年
塞利纳，1894年生，1961年卒
吉奥诺，1895年生，1970年卒
蒙泰朗，1896年生，1972年卒
吉罗杜，1882年生，1944年卒
艾吕雅，1895年生，1952年卒
布勒东，1896年生，1966年卒
阿拉贡，1897年生，1982年卒
勒韦迪，1889年生，1960年卒
科克托，1899年生，1963年卒
米肖，1899年生，1984年卒
马尔罗，1901年生，1976年卒
莱里斯，1901年生，1991年卒
凯诺，1903年生，1976年卒
萨特，1905年生，1980年卒
贝克特，1906年生，1989年卒
沙尔，1907年生，1988年卒
热内，1910年生，1986年卒
格拉克，1910年生，2007年卒
尤奈斯库，1912年生，1994年卒
加缪，1913年生，1960年卒
巴特，1915年生，1980年卒
罗布-格里耶，1922年生，2008年卒
珀雷克，1936年生，1982年卒

政治和文学大事年表

日期	政治和文学大事
1902—1906 年	左翼集团形成
1900 年	瓦莱里:《旧诗稿》
1901 年	克洛岱尔:《交换》
1902 年	纪德:《背德者》
1904—1912 年	罗兰:《约翰·克里斯朵夫》
1907 年	谢阁兰:《远古人》
1908 年	罗兰:《一致的生活》
1909 年	创办《新法兰西杂志》
1910—1912 年	佩吉:《神秘》
1911 年	圣-琼·佩斯:《赞歌集》
1912 年	桑德拉尔:《纽约的复活节》
	克洛岱尔:《向圣母报信》
1913—1928 年	普鲁斯特:《追忆似水年华》
	阿波利奈尔:《醇酒集》
	阿兰-富尼耶:《大莫恩》
	拉尔博:《巴纳布特诗集》
1914 年	纪德:《梵蒂冈的地窖》
1914—1918 年	第一次世界大战
1915 年	阿波利奈尔:《给露的诗》
1917 年	雅各布:《骰子盒》
	瓦莱里:《年轻的命运女神》
	弗洛伊德:《精神分析引论》
1918 年	查拉:《达达主义宣言》
1919 年	超现实主义蓬勃发展
1919—1924 年	组建国家阵营
1920 年	布勒东:《磁场》
1921 年	莫朗:《不夜城》
1922 年	马丁·杜加尔:《蒂博一家》
	瓦莱里:《幻美集》
	科莱特:《克洛婷》系列作品
1923 年	布勒东:《地球之光》
	莫里亚克:《热尼特里克丝》
	拉迪盖:《身体中的魔鬼》
1924 年	克洛岱尔:《缎子鞋》
	圣-琼·佩斯:《远征》
	布勒东:《超现实主义宣言》
1924 年	左翼联盟成立
1925 年	阿拉贡:《巴黎乡人》
	纪德:《伪币制造者》

20 世纪

(续表)

日期	政治和文学大事
1926 年	贝纳诺斯：《在撒旦的阳光下》 艾吕雅：《痛苦之都》
1927 年	米肖：《我曾是谁》 莫里亚克：《黛莱丝·德克罗》
1928 年	布勒东：《娜嘉》 马尔罗：《征服者》 吉罗杜：《齐格弗里德》
1929 年	蓬热：《散文诗歌》
1930 年	德斯诺斯：《身体与财富》 叙佩维埃尔：《无辜的苦役犯》
1931 年	德·圣埃克絮佩里：《夜航》
1932 年	塞利纳：《长夜行》 莫里亚克：《蝮蛇结》
1932—1946 年	罗曼：《新人类》
1933 年	马尔罗：《人类的命运》 茹夫：《血汗集》
1934 年	吉奥诺：《人世之歌》 沙尔：《无主之锤》
1934 年	爆发反议会骚乱
1935 年	阿尔托：《残酷戏剧》 吉罗杜：《特洛伊战争不会爆发》
1936 年	人民阵线掌权
1936 年	贝纳诺斯：《一个乡村本堂神甫的日记》 塞利纳：《缓期死亡》
1937 年	布勒东：《疯狂的爱情》 马尔罗：《希望》
1938 年	米肖：《普吕姆》 萨特：《恶心》 萨罗特：《向性》 阿尔托：《戏剧及其二重性》
1939 年	法国战败，建立维希政府
1939 年	吉罗杜：《昂蒂娜》 德里厄·拉罗谢勒：《吉勒》
1940 年	巴舍拉：《水与梦》
1941 年	波扬：《塔布之花》
1942 年	加缪：《局外人》 蓬热：《采取事物的立场》 阿努依：《安提戈涅》 韦尔科尔：《海之沉静》

法国文学史

(续表)

日期	政治和文学大事
1943 年	圣埃克絮佩里:《小王子》 萨特:《苍蝇》 《诗人的荣誉》
1944 年	阿拉贡:《奥雷利安》 萨特:《密室》 加缪:《卡利古拉》 瓦扬:《滑稽的把戏》
1945 年	普雷维尔:《话语》 格拉克:《阴郁的美男子》
1945 年	临时政府时期
1946 年	沙尔:《伊普诺斯的篇章》 蒙泰朗:《马拉泰斯塔》
1946 年	艾吕雅:《不竭的诗篇》
1947 年	加缪:《鼠疫》 凯诺:《风格练习》 维安:《岁月的泡沫》 福兰:《存在》
1948 年	热内:《鲜花圣母》 莱里斯:《删除》 萨特:《什么是文学?》 桑德拉尔:《漂泊者》 瓦扬:《坏事》
1949 年	尤奈斯库:《秃头歌女》 齐奥朗:《解体概要》 波伏娃:《第二性》
1950 年	科克托:《俄耳甫斯》
1951 年	尤瑟纳尔:《哈德良回忆录》 格拉克:《流沙海岸》
1952 年	贝克特:《等待戈多》
1953 年	巴特:《写作的零度》 博纳富瓦:《论杜弗的动与静》
1954 年	中南半岛战争
1954 年	萨冈:《你好,忧愁》 尤奈斯库:《上课》
1955 年	布朗肖:《文学空间》 列维-施特劳斯:《热带地区》 罗布-格里耶:《窥视者》 瓦扬:《325000 法郎》

(续表)

日期	政治和文学大事
1956 年	比托尔：《日程表》 加缪：《堕落》 萨罗特：《怀疑时代》 塞泽尔：《回乡札记》
1957 年	贝克特：《一局终了》 比托尔：《变》 瓦扬：《律令》 巴塔耶：《色情》 罗布-格里耶：《嫉妒》
1958 年	戴高乐重新掌权，法兰西第五共和国成立
1958 年	杜拉斯：《如歌的中板》 博纳富瓦：《昨日，大漠一片》 波伏娃：《一个规矩少年的回忆录》
1959 年	阿拉贡：《埃尔莎》 凯诺：《地铁里的扎西》
1960 年	西蒙：《弗兰德公路》 《原样》杂志创办 杜拉斯：《广岛之恋》
1961 年	吉耶维克：《卡尔纳克城》
1962 年	阿尔及利亚战争结束
1962 年	尤奈斯库：《国王之死》 蓬热：《诗篇》
1963 年	贝克特：《啊，美好的日子》 吉耶维克：《领域》 罗布-格里耶：《为了一种新小说》
1964 年	萨特：《文字生涯》
1965 年	珀雷克：《东西》 博纳富瓦：《写字石》
1966 年	福柯：《词与物》
1967 年	马尔罗：《反回忆录》 图尼耶：《星期五或太平洋上的灵薄狱》
1968 年	五月风暴
1968 年	科昂：《上帝之美》 索雷尔：《逻辑》 尤瑟纳尔：《苦练》
1969 年	珀雷克：《消失》 西蒙：《法萨尔战役》
1969 年	戴高乐卸任总统职务，蓬皮杜任总统
1970 年	图尼耶：《桤木王》 巴特：《符号帝国》

(续表)

日期	政治和文学大事
1971年	马尔罗：《砍倒的橡树》 洛朗：《蠢事》 莫朗：《威尼斯》
1972年	萨特：《境遇集》
1973年	乌力波 德翁：《一辆淡紫色出租车》 勒克莱齐奥：《巨人》
1974年	吉斯卡尔·德斯坦任总统
1975年	卡迪纳尔：《欲言之词》 埃利亚斯：《骄傲的马》 阿雅尔（加里）：《如此人生》
1976年	西蒙：《常识课》 莱里斯：《脆弱的声响》
1977年	巴特：《恋人絮语》
1978年	珀雷克：《人生拼图版》 塔迪厄：《弗勒贝尔教授的作品》
1979年	博得里亚：《论诱惑》
1980年	勒克莱齐奥：《沙漠》 纳瓦尔：《动物园》 博斯凯：《十四行诗集……》
1981年	密特朗任总统
1981年	格拉克：《边读边写》 芬基尔克罗：《插图版虚构小词典》
1982年	德佩斯特：《花园女子颂歌》
1983年	萨勒纳夫：《冷春》 埃尔诺：《广场》
1984年	勒纳尔：《诸岛皆神秘》 杜拉斯：《情人》
1985年	莱里斯：《语言信息》
1986年	齐奥朗：《崇敬练习》 罗布-格里耶：《天使》
1987年	埃尔诺：《一个女人》
1988年	密特朗再次当选总统
1988年	莱里斯：《号角与尖叫》 奥森纳：《殖民展览》
1989年	西蒙：《洋槐》
1990年	昆德拉：《不朽》 鲁奥：《沙场》
1991年	斯坦纳：《真实的存在》 勒克莱齐奥：《奥尼沙》

创作背景

阶层的变化

20世纪,文学作品丰富、形式多样,经历了与同期时代背景相吻合的阶层变化:读者群壮大,国际交流促进了作品和读者数量的增长;历史大事(世界大战、原子弹、灭绝营、意识崩塌)不断发生,而面对现实的重压,作家感受到自身的渺小,更具吸引力的媒体新技术(电影、激光、视频传播等)成为其有力的竞争对手;造型艺术发展迅速(超现实主义发展为极简艺术)且改变了文化习惯。社会进步与骚乱并存,作家因而倍感困惑,并竭力使自己与时俱进。

这一时期最为明显的现象(倘若仅举一例)是国际化的普遍性存在,我们可从以下数据一窥这一现象:1930年,译著数量仅为600部;1960年,增至1800部;而20世纪80年代初期,则高达4000多部。这些新译介入法国的作家主要为盎格鲁-撒克逊国家(乔伊斯、艾略特),德国(布莱希特、曼、穆齐尔、伯尔),拉丁美洲(博尔赫斯、加西亚·马尔克斯、聂鲁达)或美国(海明威、多斯·帕索斯、福克纳、斯坦贝克、米勒),甚至苏联(高尔基、索尔仁尼琴)等地的作家。文化视野不再狭隘,法国作家渴望旅行。世界性视角成为作品背景甚至是写作方式。作品中,作家跨越欧洲,俄国(马尔罗、贝纳诺斯、纪德、凯赛尔、莫朗、桑德拉尔),非洲(纪德、塞利纳、孔雄)或北非(如被称为"黑脚"的加缪、鲁瓦、罗布莱斯),美国(杜亚美、克洛岱尔、莫朗)和东方(洛蒂、谢阁兰、克洛岱尔、马尔罗)等地。

最后，20世纪也是群众文化诞生的世纪。新媒体（电影、戏剧、连环画）引起反响，袖珍版和学生版书籍迅速发展。所有书籍均可得以借阅（图书馆）或购买。即使群众读物（侦探、科幻、照片小说）并非完全属于文学作品，但是倘若作家愿意，其作品便可实现开放式的传播或扩散。

意识形态的反面

20世纪，众多不同体系的意识形态（资本主义、法西斯主义等）大规模涌现，但同时这也是它们暴露自身缺陷或逐步走向衰亡的时期。作家无法孤立于历史之外存在，然而，他们却声称要与历史保持距离。因此，他们不断地变换立场，甚至导致态度前后矛盾。起初，巴雷斯和纪德颂扬"自我"，乃至歌颂某种带有嘲讽意义的利己主义，后来，巴雷斯成为民族主义的歌颂者，纪德发展为共产主义的同情者。加缪希望享受生活乐趣，或保持冷漠态度以置身事外，可又提出作家"被牵涉其中"，必须"为无声者发声"。最初，几位重要的超现实主义作家亦是反传统和放纵的享乐主义者，可之后，他们成为傲慢的、针锋相对的积极分子。塞利纳揭露普遍存在的愚蠢，后又陷入激烈的反犹主义。萨特在《文字生涯》中讥讽那些希望规避不同社会环境和避免"自欺"的困难性，从这一角度看，他的这一做法不无道理。

这些作家前后不一的态度并非仅归因于其积极性的不断变化。为与广大群众保持密切关系，作家关注舆论的导向，渴望大众认识、阅读自己的作品和思想。大众传媒（主要是电视）则往往暗示了某种妥协。最后需要提及的是，1950年后，伟大的思想家相继逝世或被人遗忘：重要的哲学体系逐步让位给人文科学的"修补术"。

诚然，人们亦可选择退避三舍或钳口不言。某些作家拒绝角逐奖项或参加官方会议，他们选择默默无闻地写作，而这些不容小觑的作品也会逐渐为世人接受（格拉克、莱里斯、齐奥朗）。然而，这种缄默经不起推敲，因为沉默即同意。时代中所存在的恐惧使得漠不关心变为体统缺失。

语言与文本的主宰

不合常理之处在于：推动文学发展的主要因素并非是思想。一方面，"主题"作家的作品形式极为传统。另一方面，面对意识形态的荒唐，作家远离思想，贴近新知识。电影因而起了双重影响：它为写作——尤其是小说写作——提供了方法，成为作家（马尔罗、杜拉斯、罗布-格里耶）的表达手段。小说中出现的时间和空间新概念（新小说）代表相对性时代的到来。人文科学和文学之间关系亲密，某些极具天分的研究者（列维-施特劳斯）开始写作，而某些作家或批评家则开始探索新的研究方法（精神分析法、文字学）。借用其他领域的术语我们称两领域间的密切关系或融合为存在主义（哲学领域）或结构主义（心理学、人类学领域），它们也成为20世纪的主要文学运动。

语言学对文学写作施以重压。艺术家自视为耐心的语言结构分析家（瓦莱里）或文字高手（凯诺）。因而，文学创作成为需要辨识的乐谱。诗歌则还原为句子和单词。"信息"这一概念消失：鼓励读者按照自己的意愿解读诗句、构建意义。一种全新的积极阅读概念形成。这些实验的过度出现也最终招致厌倦：20世纪末的"后现代性"要求重返现实。

阅读前人的作品常会获得惊人发现。作家十分清楚早已有他人先一步创作类似主题，某些作家认为毫无新鲜东西可说，或者至少他无任何创新观点。因而，作家倾向于"重写"，根据需要滑稽模仿（普鲁斯特、塔迪厄）或复活神话（图尼耶）。作家的"天分"被庞大的"互文性"所吞没：所有文本都与其他文本互为关联。"结构主义"视角解释了为何20世纪成为批评作品的时代，而且作品也因其评论而变得晦涩难懂。批评作品发展为一种独立的、博采众长的文学种类。

版本、传播和杂志

文化的大众化、教育的普及、现代印刷和传播技术的发展导致义务读者或潜在读者的数量增长。文学作品的生产步入消费社会属性下的大规模销售模式。

作家与出版商合作，置身于竞争、批评和价格游戏中，应媒体邀约，作家必须参加辩论、赢得读者、阐释自我。然而，公众争论并无法深入探讨形式和文本质量方面的问题，这成为诗人和研究者的困扰。因而，文学成为表达才华或忏悔的端口。专业作家（1990年，法国拥有2500名专业作家）的行业身份各有差异：教授、外交家、记者、批评家。他们依靠文学"周边产品"为生。有难度的体裁（诗歌）逐步边缘化。书籍市场中，即便未考量小说的"副体裁"（色情小说或间谍小说等），小说的市场占有率依然是最大的。

这种消费现象也有其贵族属性。20世纪是杂志发展的时代：加斯东·伽利玛创办《新法兰西杂志》（1911）；贝尔纳·格拉塞通过广告"推广"拉迪盖、吉罗杜等作家的作品；《法兰西信使报》虽创办已久，但却再次经历革新（直到1965年）。此外，还有《思想》（受基督教启示而创办）、《原样》、《现代》（由萨特创办于1945年）、《文学半月谈》（由马里斯·纳多等人创办）、《争鸣》（由皮埃尔·诺拉等人创办）、《阅读杂志》（由贝尔纳·皮沃等人创办）等刊物。

散文家与小说家：负重前行者

意识形态的压力

20 世纪初期，散文文学几乎未曾经历革新。总体而言，作家来自富裕的资产阶层，带有自身教育和阶级的烙印。尽管当时的观点分歧极大，但所有人均给予文学高度评价。他们希望文学关联现实，集中分析自我或社会，文体风格拒绝先锋主义。他们依然以 19 世纪为榜样，认为小说的语言要富有表现力，以体现现实主义和整体世界观为目的。

出现了两派对立的思想，一方面，左拉、普安卡雷、饶勒斯等人继承了实证主义；另一方面，迷恋于唯灵论者崇拜为直觉正名的亨利·**伯格森**（1859—1941），并投身到各类事业中：民族主义（莫里斯·巴雷斯），保皇主义（夏尔·莫拉斯和莱昂·都德），天主教信仰（莱昂·布卢瓦、夏尔·佩吉和之后的克洛岱尔），英雄主义（罗曼·罗兰）。

这些分歧的具体体现便是德雷福斯案。这场悲剧牵扯了他们的所有精力，且导致两大阵营的裂痕愈加明显。主张重审该案的德雷福斯派（左拉、阿纳托尔·法朗士、饶勒斯）虽然所持观点略有不同，但均属于左派，他们维护正义，主张个体利益（"人权"）；而反德雷福斯者（保罗·布尔热、莫拉斯、学院派、德吕蒙等反犹分子）则支持法国的高层利益（军队、国家的"纯洁"，天主教传统）。实际上，此时的法国，一切皆处于变动中且难以适应时代，对于这样的一个国家而言，德雷福斯案件仅是其问题表现之一。政教分离（1905）便是应对该社会重组需求的举措之一。

保守主义者和怀旧主义者

美好时代期间,小说的巨大成功归因于深刻影响年轻一代和舆论界的"思想大师们"。自 1900 年,莫里斯·**巴雷斯**(1862—1923)因颂扬个人主义(《自我崇拜》)而广为人知,成为民族主义(《背井离乡者》)和乡土传统的理论家。他认为:国家犹如其他自然机制,同样遵循竞争法则。因而,他捍卫强权即公理,否则,国家将日益衰败。因而,巴雷斯支持一切类型的独裁专制。其论战作品主要掩饰的便是面对完全改变的世界而表现出的忧虑不安。巴雷斯是一位怀旧主义者。他的梦想饱含冲动且满载活力,他偏爱秩序和传统,所有这一切均揭示出他的风格含有萦绕不散的死气沉沉和悲伤情感(《受神灵启示的山冈》,1913)。

其余的保守主义者:保罗·**布尔热**(1852—1935)认为信仰的缺失导致眼下时代陷入不安与解体之中,因而他为维护教会而积极斗争。作为反德雷福斯派的一员,他在小说《阶段》《流亡贵族》《中年的魔鬼》中阐述了自己的观点。所有这些小说均表达出失去价值观的一代人所拥有的缺陷和不幸。皮埃尔·**洛蒂**(1850—1923)的作品更具个性,而教诲意义和反动性稍逊一筹。这位海军官员游历过广阔天地,将自己对现代社会的恐惧转化为向异域之地的逃奔,其多数小说均以遥远他乡(土耳其、非洲、远东)为背景。他所创作的《在北京最后的日子》(1902)等惊世之作均附有忧郁和神秘色彩。

幻想者与理想主义者

洛蒂所选择的逃避属于空间层面,而**阿兰-富尼耶**(笔名为亨利·富尼耶,1886—1914)的逃脱则转向梦境。他唯一的小说《大莫恩》(1913)是一部自传作品,讲述了一位索洛涅少年追寻自己心爱姑娘的故事。背景迅速进入一个魔法世界，一些难解之谜令叙述模糊难解。主人公奥古斯丁·莫恩沿着一条神秘路线，逐渐地学习如何破解世间的符号、预测命运。这部诗歌般的小说让人联想到内瓦尔（《西尔维》），而且完全不同于巴尔扎克和左拉的现实主义传统。

然而，理想主义也表现在思想和介入活动中，表现出一种希望抵抗悲惨环境的意愿。阿纳托尔·**法朗士**（1844—1924）的作品以讽刺形式表达这一诉求。这位和平主义者捍卫现代思想，曾荣获诺贝尔文学奖（1921年），他相信进步（《向着更为美好的时光》，1906），但又严守传统文化。这位伏尔泰主义者是自然道德的使徒，怀疑极端主义，敏感于世界上的乐趣（《诸神渴了》，1912）。然而，对民主、理性和科学的信仰并未蒙蔽他的双眼，他用辛辣的幽默嘲笑人类的行为（《企鹅岛》，1908）。

罗曼·罗兰（1866—1944）试图理解人类的命运。这一研究始于对非凡之人（贝多芬、米开朗琪罗、托尔斯泰）的传记分析，之后转向探寻普遍通用于常人的解决方式。俄国革命（1917年）的爆发曾使罗曼·罗兰倍感欢欣鼓舞，而世界大战却令他慌乱不堪，于是，他迅速成为拥护和平主义者和非暴力者。20世纪20年代，罗兰为挚友甘地筹备了欧洲巡游。这位历史学家和音乐学家所创作的主要文学作品为十卷本的《约翰-克里斯朵夫》（1904—1912）。这部长河小说虚构了一位天才作曲家的生平，且引领了一股新潮流。罗曼·罗兰以陈旧和道德缺失的欧洲为作品背景，呼吁建立新的博爱思想。

游走于两种风格倾向间的诗歌

象征主义最后的激情

1895 年至 1914 年间的美好时代深受象征主义倾向的影响。年轻的资产阶级作家们通过发表诗歌，投身到文学事业中。安德烈·纪德、于勒·罗曼、乔治·杜亚美和弗朗索瓦·莫里亚克均因创作打油诗而出名。尽管诗歌往往属于上流社会的产物，但是却威望甚高，相关专业杂志众多（《西方》《拉丁复兴》《空白》《韵文与散文》《方阵》《长沙发》），尚不包含创办于 1909 年的《新法兰西杂志》。一场诗人代表大会（1901）召开后，会议和声明数量增多。其中，涌现了一些杰出人物，如瓦莱里、阿波利奈尔、克洛岱尔。同样，这一激动不安、富于想象的潮流为新思想，甚至是超现实主义奠定基础。

无论如何，这些象征主义的替代者正经历没落。理论依旧模糊不清，作家自身的变化也十分迅速。他们从巴那斯派诗歌发展为自由诗体，从颓废派讲究的精细发展为人文主义的介入。因为这正是历史所需。如斯图尔特·**美林**（1863—1915）、亨利·德·**雷尼耶**（1864—1936）等诗人貌似徘徊于描绘"世纪末"的颓废与意欲言说奇特且富有吸引力的现代社会之间。象征主义的继承者主要是一些女诗人，其中，最为著名的是激情澎湃、耽于肉欲的安娜·德·**诺瓦耶**（1876—1933）。女性抒情诗人还有科莱特的朋友、雅致的女诗人——勒妮·**维维安**（1877—1909），以及热拉尔·杜维尔，即约瑟-马丽亚·德·埃雷迪亚之女。

延续象征主义的同时，也创新写作形式。皮埃尔-保罗·鲁又名**圣珀尔·**

鲁（1861—1940），是一位社会边缘者、出人意料者，他喜爱神秘，隐居于卡马雷的一座布列塔尼城堡中。他的诗歌荒诞不经，充满意外粗暴和巴洛克的形象。这位神奇的诗人宣称自己肩负一项他称之为"思想现实主义"的任务，因而，他的语言不含老生常谈和人尽皆知的隐喻，而是具有出其不意、预料之外的特点。这一表达方式预示了超现实主义的到来，因此，圣珀尔·鲁功不可没。这位预示者的生活离奇怪诞，他最终在恐惧中死去：纳粹分子洗劫了他的城堡，强奸其女，杀其女仆，这位饱受摧残的幻想者未能从痛苦中恢复，"丑恶的现实"将他攫住。

荒诞者与本然主义

在所有这些摇摆不定的思想中，领军者（即后来的瓦莱里或布勒东）尚未出现，"轻量级大师"沉迷于更为自由的灵感。他们蔑视规则和理论，重视心血来潮和幽默——尽管这往往是用以掩饰某种苦恼困境的方式而已。这些诗人自称为"荒诞者"。他们将拉福格与科克托或马克斯·雅各布的诗歌联系在一起。最为卓越的代表是保罗-让·**图莱**（1867—1920）。

保罗-让·图莱曾长期居于莫里斯岛和阿尔及利亚，后来到巴黎任记者（1898—1912）。他思想尖刻、鲁莽，撰写了一些洒脱从容的诗篇，但当时并未发表。他力图简洁凝练，其《反韵集》把握瞬间性。这些"反韵诗"完全不同于语言夸张、健谈的象征主义诗歌，而是讲究细腻的、甘苦参半的语言技巧。

与图莱志同道合的作家将幽默运用得更为淋漓尽致。乔治·**富雷**（1867—1945）模仿某些文学范本或混用不同级别的语言，从而陷入荒唐，主要代表作是《金发老妪》（1909）。让·**佩尔兰**（1885—1921）同样也在《无用的花束》（1923）中运用了仿效和讽刺（仿照科比埃尔的写作方式）。此外，还有特里斯坦·德雷姆和让-马克·贝尔纳。

弗朗西斯·卡尔科（1886—1958）主张回归简单生活，在他签署的一份宣言中，荒诞派总结了自己的理想，这同时也是"本然主义者"的心声。1912年，保罗·福尔（1872—1960）当选法国"诗歌泰斗"，其《法国谣曲》成为本然主义者的膜拜之作。因而，他们极力呼吁写作法国乡土诗歌和法国遗产诗歌。同样，弗朗西斯·雅姆（1868—1938）在其主要诗集中也阐释了与自然的某些简单关系：《黎明三钟经至夜晚三钟经》《报春花的葬礼》《天上的林中空地》。

弗朗西斯·雅姆的诗歌如同埃皮纳勒的版画，是一幅原始朴素的图画或天真纯朴的描摹。他依恋家乡贝阿恩，歌颂坦然接受最朴实生活的快乐。这位基督教徒将信仰视为对其创作的慷慨和朴实的支持。这类赞诗迅速引领潮流。"雅姆主义"貌似天真、纯朴，而实际上，它所寻求的是一些能够表达原始事物（面包、水、水果、家庭用品）的感人力量的词语。雅姆启迪了蓬热的耐心"制作"。

一致主义

社会抒情诞生后，本然主义所倡议的回归真实便呈现出更为激进的趋势。20世纪初期，历史面临重重威胁。面对伴随进步而来的社会不公，某些思想家深感担忧。正如于勒·罗曼（1885—1972）所言，人类不应该成为技术进步或城市化的牺牲品。他在成为一名小说家之前，曾提出诗歌应该成为连接人与人的纽带。现代性导致分散性，现代艺术将整体性破坏并分列置之，这些不连贯性或支离破碎正是于勒·罗曼所期望超越的。他希望实现"一致的生活""一致主义"，即他希望颂扬统一、庞大的人类机制。作为各种意识的博大集合体，集体是"完全真实、生动的，且天生便具备一致的情感和存在的整体性"。

这类"存在于20世纪"的诗歌已不遵循魏尔兰诗歌的传统，并且昭示了现代趋势的诞生。受一致主义吸引，众多作家成立了"克雷泰伊修道院之友"，其中有乔治·**杜亚美**（1884—1966）及其姐夫夏尔·**维尔德拉克**（1882—1971）、乔治·舍纳维埃（1884—1924）和勒内·**阿科斯**（1880—1959）。同夏尔·傅立叶一样，一致主义者赞同空想社会主义，竭力主张诗歌远离个人主义的自恋。由此看来，一致主义与当时出现社会倾向的比利时诗歌相似，尤其是与歌颂现代性的埃米尔·**凡尔哈伦**（1885—1916）的相似程度最高。这位诗人痴迷于蓬勃发展的工业世界，沿袭了美国作家沃尔特·惠特曼（1819—1912）的风格，歌颂劳动人民的阴郁美感（《虚幻的乡村》《扩延的城市》《纷乱的力量》等）。

比利时诗歌团体

1886年起，阿尔贝·莫克尔创办了杂志《瓦隆》，聚集了比利时的所有法语诗人，甚至纪德或马拉美等法国作家也偶尔参与其中。杂志共维持了八年时间，促进了诗歌团体的飞跃发展，而其影响力一直延续至1914年。除凡尔哈伦外，还有莫里斯·梅特林克、夏尔·范·瓦勒尔博赫、乔治·罗登巴克、马克斯·埃尔斯康普。

莫里斯·**梅特林克**（1862—1949）：除创作了《暖房》（1889）外，他还为一些音乐家提供剧本歌词。1902年，根据梅特林克的《佩利亚斯与梅丽桑德》，德彪西创作出一部歌剧。加布里埃尔·福雷为其《十二首歌》谱曲。

夏尔·范·**瓦勒尔博赫**（1861—1907）：是一位充满焦虑和幻想的诗人，其作品中充斥丰富的启发性幻想，《视野间》（1898）塑造了一位不安的漂泊者。同样，加布里埃尔·福雷为其描绘人世之初的诗作《夏娃之歌》（1904）谱曲。

乔治·**罗登巴克**（1855—1931）：他的风格最为巴黎化、最为"复古"，带有某种刻意强调的忧郁之情。其主要作品——诗歌小说《死去的布鲁日》

表达了某种带有幻觉的内省,并且描绘了布鲁日这座城市的悲伤氛围,后人将它排成了舞台剧。

马克斯·埃尔斯康普(1862—1931):他的风格近似于"本然主义"潮流和"雅姆主义"的朴实,但却增添了苦行主义色彩,文笔奇特,往往仿效旧文,代表作为《彩画集》(1898)。

佩吉

马恩河战役开战不久,夏尔·佩吉(1873—1914)便不幸牺牲。佩吉生前不被人理解,他的英雄主义式结局调和了舆论对这位一副说教者姿态的诗人的看法。佩吉是一位爱好说教的强硬派,是一个惋恨平庸的顽强斗士,他孜孜以求的或许是可以满怀热情地参与斗争。因而,他先后成为德雷福斯派、民族主义者、军国主义者、异端的社会主义者、反教权者和天主教积极分子。他抗议一切懒散思想,批判不公,不倦地发表谏言(在其《半月丛刊》中),其诗歌主要以东征军为主题。诗歌手法仿佛是具有魔力的咒语,激发热情,欢庆所有给予人们希望和信心的事物。

夏尔·佩吉出身贫寒的劳动人民阶层。当时,大资产阶级占据着文学世界,他表达出农民对于现代思想和附庸高雅者的质疑。佩吉厌恶金钱和傲慢的理性主义,希望歌咏故乡。对他而言,写作是一首繁絮的老调,而这萦绕不断的老调则重现了祖先的单调旋律,唤醒了大众灵魂,因而,他的作品重新回归原始赞歌和中世纪歌曲。佩吉希冀这种原始的抒情方式能够成为神秘的、爱国的欢庆方式,因为他惧怕现代智慧忘却自己的根本。他的诗歌(接近于祷告)意味着重返根源,亦即重返神圣。这也是佩吉的诗句为何能够营造一种隆重仪式氛围的原因;他道出了信教者的笃信,以及简朴且固执的热忱。

克洛岱尔

同佩吉一样，保罗·克洛岱尔（1868—1955）是一位信教诗人。1886年的圣诞节，他皈依天主教，之后，其诗歌作品问世，表达了超越以及通联神圣的渴望，语言有力、富有节奏感。克洛岱尔极为崇拜兰波，他将诗歌视为一种召唤，一种"启示"，所选取的主题（中国的异域风情、天主教、对荣誉的信仰等）并非源自主流题材，主要希望在诗作中模仿人世的生机活力和萦绕其间的上帝能量。

与此同时，他的作品数量众多。所以，克洛岱尔最终偏爱创作舞台正剧（详见第346页[1]）。然而，他的诗作也十分丰富驳杂。诗作篇幅大，充斥大量图像和啰唆语句。节奏模仿呼吸和声音，完全仿照自然的运动（风、大海），犹如不歇的脉搏般递进。克洛岱尔所仿效的"吸气"即为生命的气息。其诗歌仿佛是出自上帝之手的创造物，节奏富有生命力。克洛岱尔称这种对世界的真实把握为"同生"。其抒情诗咏唱的是运动的生命、活于世间的愉悦，而非抽象且枯燥的知识本身。

---

[1] 此处指原法文版页码，即本书页边码。——编者注

戏剧：一份巨大却遭遇质疑的遗产

现实主义和讽刺

巴黎戏剧中的自然主义传统一直延续至 20 世纪的前二十年。一些作家的成功绝非昙花一现，如于勒·勒纳尔（1864—1910）的《胡萝卜须》。奥克塔夫·米尔博、埃米尔·法布尔、亨利·伯恩斯坦（1876—1953）的作品继续揭露唯利是图的商人阶层，指出他们奉行的是金钱、政权和腐朽至上。尽管通常这种戏剧中的心理描写和剧本素材十分丰富，但是它依然属于改良版的"林荫道戏剧"。这一时期中的一时爱好早已落伍。冷酷描写爱情的乔治·波托-里什（1849—1930）以及亨利·巴塔伊（1872—1922）的作品已不再上演。

因此，氛围愉悦的讽刺戏剧的寿命最为长久，而且这并非巧合。乔治·**库特利纳**（1858—1929）保留现实主义视角的同时，创造了一些令人炫目且滑稽的闹剧。他攻击军队（《当兵的快乐》）、荒谬的官僚主义（《官僚主义》），尽管这并无新意，但其语言极富生机。同样富有才华的还有乔治·**费多**（1862—1921），他更擅长轻喜剧，其作品中构想了一些张冠李戴的滑稽情节（《你管好阿梅莉》《夫人母亲亡故》《给婴儿腹泻药》）。特里斯坦·**贝尔纳**（1866—1947）将心理分析发扬光大，某些作品（《三足》）成为真正的戏剧典范。

戏剧革新

这一庞大的戏剧遗产中，鲜有创新，唯有职业戏剧带来了少许新鲜血液。然而，观众却并不适应于此。1900 年左右，埃德蒙·**罗斯唐**（1868—1918）

的戏剧作品最为成功。他的韵文体戏剧复苏了高乃依式的英雄主义和浪漫主义。罗斯唐的语言生动、活泼、杰出，其笔下人物泼辣粗野（《西拉诺·德·贝杰拉克》）或充满激情（《雏鹰》）。总而言之，其戏剧思想丰富且充满吸引力，厚古风格十足。

燃气公司职员安德烈·**安托万**（1858—1943）为人低调。他意欲与感伤主义划清界限，于是成立自由剧场。他极为关心如何在舞台上营造真实气氛，因而，为力求真实，他在设计和落实舞台装饰、演员服装、道具时都确保不遗毫发的准确性。他提出演员措辞必须准确，表达必须到位。舞台导演中，光线控制精准。所有这些技术设置改变了观众与戏剧的关系，戏剧演出不再仅仅是为了娱乐大众。安德烈·安托万还革新了保留节目，增加了外国剧作家作品的演出场次，如俄国人托尔斯泰和屠格涅夫，以及斯堪的纳维亚的易卜生和斯特林堡的作品。

曾经与安托万合作过的**吕涅-珀**（1869—1940）创办了作品剧场。正如保罗·福尔及其艺术剧场，吕涅-珀的观点也深受诗歌和想象的影响。更为重视舞台装饰，但缺乏精准性，舞台设置往往暗示剧中的思想背景。作品剧场上演了梅特林克的《佩利亚斯与梅丽桑德》以及易卜生的《玩偶之家》，尽管它深受象征主义的影响，但却预示了当代风格的形成。

346 抗议时局的闹剧

吕涅-珀将阿尔弗雷德·**雅里**（1873—1903）的《于布》三部曲（《戴绿帽的于布》《于布王》《被缚的于布》）搬上舞台。第一部（1896年12月10日）上演后，引起轩然大波。这正符合雅里——这位社会边缘作家、挑衅者、阿波利奈尔的伙伴和超现实主义思想预示者的期望。他运用了一些变形的词语、粗俗的双关语，或过分强调的不真实性，借以打破传统，极力对抗惯例。

雅里笔下的人物刻画不突出心理分析，而是注重使用夸张讽刺手法塑造令人震撼的形象。他无视规则和语言的优美，偏爱使用零碎的、不断穿插惊叫或手势的语句。情节本身荒谬怪诞、缺乏连贯性。因而，在其作品中，荒诞、残酷、滑稽和混乱的世界被象征化。同卡冈都亚和福斯塔夫（雅里崇拜莎士比亚）一样，于布成为一个具有象征性意义的文学人物，其形象代表着一种具有破坏性的人类冲动，并且昭示了20世纪固有的可耻专制。阿波利奈尔的"立体派"滑稽轻喜剧《蒂雷西亚的乳房》（1917年上演）沿承了雅里的风格。

克洛岱尔的戏剧

20世纪初期，克洛岱尔得以继续以自己的方式革新戏剧，这同样也归功于吕涅-珀。克洛岱尔拒绝惯用的资产阶级主题，转而采用基督教观念启发下的更具野心的主题。为了达到这一目标，他的戏剧抒情语言充满活力、富有节奏。克洛岱尔的戏剧因其博学的戏剧体系，从而避免陷入某种教理书式的繁絮。剧中人物呈现双重性：一方面具有"世俗化"的性格（野心勃勃、自私自利、物质主义、忧心忡忡），另一方面具有"神性"（无意之中超越世俗，达到神圣境界）。其笔下性格分裂的人物因自身互为矛盾的双重性而显得更富活力，成为人类处境悲惨一面的代表。

伴随克洛岱尔的戏剧创作，这一基本冲突得到不同方式的阐释。《正午的分界》（1905）中，人类不顾神灵的召唤，而深陷人世爱情的诱惑。《向圣母报信》（1912）与《人质》（1910）则揭示了实现牺牲和赦罪的多种途径。数年之后，即1943年，克洛岱尔重新创作戏剧：《缎子鞋》堪称一部情节丰富的巴洛克巨幅画卷。然而，其中的女主人公堂娜·普萝艾丝因上帝的恩赐，从而最终克服了欲望和人世爱情的诱惑。

"新思想"

"漂泊者"

现代艺术的真正宣言——《新思想》是阿波利奈尔晚年时一次演讲的题目。实际上，它是指一种"思想"状态，希望革新一切，而且包含立体主义与当时的文学潮流。艺术家感到自己主要沉迷于现代性：他们从中汲取新的题材，如城市、电力、飞机、埃菲尔铁塔等。

就在这场运动中，文学扩大化的呼吁逐渐显现。同克洛岱尔一样，诗人们急于开拓未曾涉猎的疆土。国外成为流行背景；他乡文学备受青睐；呼吁创造适合表达他乡文化的诗歌语言；人们尽可能得远走他乡。

这些远赴他乡的冒险家之一便是瓦莱里·拉尔博（1881—1957）。这位"卧铺公民"从圣约尔矿泉水经营中获得高额收入，足以支撑自己周游世界，因而毫无物质之忧。拉尔博酷爱外语，他翻译了当时尚未译介入法国、却成为现代性主要奠基者的作家作品，如乔伊斯（《尤利西斯》）和巴特勒。拉尔博在成为知名小说家（他主要因1911年出版的《菲尔米娜·马尔克斯》而名声大噪）之前，创造了一种诗歌散文，由呈波浪般起伏排列的诗行组成，希望以此表示旅行者在火车上的感觉。《巴纳布特诗集》（1913—1928）是他的一部诗歌日记。

另一位四处漂泊者是维克多·谢阁兰（1878—1919）。他是一位海军医生，曾接触过两种让他痴迷的文明。首先是塔希提和海洋文化，他还在此接触了已故不久的高更的作品。而波利尼西亚则启发他创作了《远古人》（1907）；

此后（1909年至1918年间），他曾三次旅居中国，他迷恋中国的艺术和语言，于北京出版了一部受中国墓碑启发而撰写的作品集（《碑》）。当他迫不得已返回布雷斯特之时，正准备撰写有关西藏的作品，但不幸早逝。谢阁兰的诗作希望复原东方美学。其诗既无异域风情，亦无生动别致，而是如同神秘的原始符号般不假雕琢、晦涩难懂。

布莱兹·桑德拉尔（1887—1961），原名弗雷德里克-路易·索塞尔，提出了"漂泊者"这一称谓。他出生于瑞士，17岁时离家出走，游历过中国满洲、波斯、西伯利亚。之后，与一位波兰姑娘共同生活在纽约（《纽约的复活节》，1912）。1914年，他在巴黎创办《新人类》杂志，发表作品《西伯利亚大铁路的散文》。后加入外籍军团，但在战争中不幸致残，失去一只手臂。1918年以后，他投身于所有的艺术论战中，热衷电影和不被赏识的艺术形式（如黑人文学和黑社会诗歌）。桑德拉尔的诗歌塑造了一种繁忙的、感觉丰富且惊喜不断的人物形象。他的诗作希望与当时的流行艺术形式（立体主义、未来主义、同时主义）相竞争。

位于交叉路口的阿波利奈尔

20世纪初期，诗作混杂，彼此之间时而和睦，时而互斥。"游走于两种风格"之间的纪尧姆·阿波利奈尔（1880—1918）是唯一总结当时互不调和的各类倾向、撰写一部完整且有意义的著作的一位诗人。他的灵感来源林林总总：简朴且传统的抒情诗（《米拉波桥》）、立体主义（与毕加索是密友）、哀怨的象征主义、强势的现代性。这种混合运用不同风格的方式表明了当时动荡、多产的时代面貌。同波德莱尔一样，阿波利奈尔是一位站在交叉路口的诗人，他将各种原创的诗歌形式融为一体，并成为后人的现代创作之父。

为了保持不断创新的状态，并且超越最初的浪漫主义热忱，阿波利奈尔运用嘲讽甚至是挑衅的表达方式。他乐于将滑稽字眼与陈词滥调并用。因而，如同立体主义的拼贴作品，零碎的画面可以刺激读者的感觉，同时反映真实存在于现代性中的分散性。阿波利奈尔的双重性（既是浪漫主义的继承者，又是不断创新的先驱者）源自其生平经历。他是一个贫穷、无国籍的私生子，一直探究自己的过去，寻求身份的认同。这种深刻的怀旧之情，通过不断地展望未来得以弥补。他欣赏所有的"现代"事物。总是担心自己落伍于时代，因而，他醉心于现代风格的一切惯用手法，接纳所有的新兴事物。阿波利奈尔既难舍前人的忧郁文风，又追求先人一步的创新，因而，他是一位身处交叉路口的诗人。

此外，阿波利奈尔最为知名的作品并非那些最富创新性的作品。最为大众熟悉的是他抒发内心情感的诗歌《失恋者之歌》。在该诗中，他重新与大众传统建立联系，颂歌者获得胜利。他自称深受拉伯雷和萨德的影响，然而此举枉然，他依然是感慨时光流逝的哀怨诗人。他之所以偏爱"现代社会带来的惊喜"，是因为他希望探索飘零于生活中的每一种滋味。

以阿波利奈尔为中心的新艺术

尽管阿波利奈尔的作品林林总总，但均以一种美学理论为导向，即"惊喜""新事物的巨大活力"。追求不断创造的好奇心、对于大胆创新者的同情、对于惊奇事物出现的期待，这些成为引领新艺术的导向。阿波利奈尔奉"我惊叹不已"为座右铭。

为了达到出人意料的效果，这位诗人借用其他艺术形式。他模仿拼贴作品，故意变换语句的形态，创作"图像诗"（用语句绘画）。他还借鉴"令人惊异的"现代事物（海报、电影、速度）。为了表达人们紧张烦躁的情绪，阿波利奈尔弃用标点，将字词并列放置，突出对比，设置逐层递进的节奏效果，绝不避用歧义词或双关语。尽管新艺术过于引人注目，但它却忠实地诠释了机械、狂热的现代文明。新艺术是一种写照艺术。

"新思想"

以阿波利奈尔为中心的新艺术诗人们坚信：诗歌是一种生活行为和对世界的融入。除"漂泊者"（完全实现了这种融入）外，这一行列还包括各类人物：一些是旧"荒诞派"（安德烈·萨尔蒙、雷蒙·鲁塞尔），一些则属于未来的超现实主义（马克斯·雅各布）。他们所有人均四处漂泊，且喜欢制造令人意外或窘迫的效果（保罗·莫朗、皮埃尔·勒韦迪、科克托）。某些作家则特立独行地追求极致的音乐性（圣-琼·佩斯）。任何严格的分类均行不通；这是一个酝酿时期。不久，达达主义和超现实主义便取而代之。中间起完美过渡作用的是马克斯·**雅各布**（1876—1944）。他是一位出生于犹太移民家庭的天主教徒，憧憬隐修院的生活。他诠释了新的美学信条：制造出人意料的滑稽、东拉西扯、喜欢神秘、运用同音异义词、嘲笑、沉醉于文字、亲近无意义，拼合各类文体，有别于他人的需要。为了实现这种诗歌革新，马克斯·雅各布自愿致力于巫术。写作是一个必须放任"无意识者战栗"的"中央试验室"和用以赌博的"骰子盒"。诗人无法有意识地控制自己的工作，而是沉醉于互相冲突或互相掩盖的字词的偶然性。

同样，画家兼诗人弗朗西斯·**皮卡比亚**（1879—1953）早先拥护阿波利奈尔，后来成为一名积极的超现实主义者。他运用悖论和激发，不断打破一切传统。正是这一尚未界定的思想形式联通了新艺术与布勒东的理论。

心理小说的演变

普鲁斯特˙：一种风格，一种观点

众所周知，圣伯夫认为应以作家生平为出发点阐释其作品，而普鲁斯特（1871—1922）则反对该方法。为成为一名作家，普鲁斯特曾耐心训练写作，尤其是进行大量仿写练习。这位艺术家将自己的作品建立在风格乃至观点建构的基础之上。其作品希望成为一部"研究"历史：摆脱时间束缚的意识研究，因为时间不停流逝且具有破坏性。为了克服这种衰退和破坏，艺术将唤醒隐藏于我们无意识中的过去之痕。

小说《追忆似水年华》篇幅宏大，包含一组主题人物相同的文学作品，其中含有模糊回忆和影射，运用众多反映现实的手法。句子本身冗长且迂回，逐步铺叙，映照大量现实。这一建筑（绘有"彩画玻璃窗"）完全符合记忆带给人的令人目眩和曲折迂回的感觉。尽管如此，普鲁斯特的作品依然显示出其教育经历与成长环境所留下的烙印。孩提的时光对他影响深远。童年时的普鲁斯特体格孱弱，成长于一个严苛、富裕的资产阶级家庭中。他观察沙龙的开办。在伊列（位于厄尔-鲁瓦省的一个村庄，《追忆似水年华》中称之为贡布雷）的度假生活几乎未曾扩大其家庭的交际圈（女性占多数），但是普鲁斯特的想象感觉却成形：盛开繁花、水流、村庄钟楼、栅栏、花园、篱笆、垫高的小路。幽居对其作品产生了两种影响。普鲁斯特主要描写私人的封闭生活环境。然而，写作中又不断否定这种封闭。从最不起眼的事物中，找到不断写作和解读的借口。读者熟知的无意识记忆（一块浸在茶水中的马德莱娜蛋糕引发某种感受，进而引发对周围一切的联想）便是这种文学体验的主要表现。

《追忆似水年华》的写作方法与结构

  普鲁斯特的写作方法曾令其最初读者倍感惊愕，他们难以辨识作品的统一性且迷失于文章的印象主义中，这是因为他们无法理解普鲁斯特写作方式中的现代性。普鲁斯特的写作并非是讲述故事或制造想象，而是构建视角的主观性。因而，作品内容的进展总是出人意料，且从属于描写（往往通过观念联想实现）或四处采撷的感觉。《追忆似水年华》不同于传统叙述，它并非沿着线性发生的情节展开，也毫不重视具体事件的描述。此外，客观存在被视作微不足道且空洞的存在。唯一的"真正生活"是看待世界的眼光，是艺术本身。

  因而，应该从这一角度探寻《追忆似水年华》的特点。普鲁斯特是一位细致入微的心理学家和精神分析师，尤其是在爱情面前。他细致描写了爱情的痛苦，观察"内心的断续性"和情感的变化无常。当他描绘上层社会，尤其是资产阶级的附庸风雅时，他变得冷酷、滑稽。确保作品统一性的是叙述者兼见证者，他辨识符号信息，带领我们穿越一次学习、一段经历、一次启蒙。我们追随他，见证他的醒悟以及"时光重现"时的胜利。

  这部以《追忆似水年华》为题目的作品集共收录普鲁斯特的 15 部小说。主要阶段涉及：

- 《在斯万家那边》：在感觉—回忆机制效应的影响下，叙述者"寻回"了自己童年的消暑地贡布雷。邻居斯万先生迷恋风情万种的女人奥黛特·德·克雷西，之后娶她为妻。后来，斯万的女儿吉尔贝特令叙述者初坠爱河。首次提到的艺术家有作家贝尔戈特、音乐家万特伊。

- 《在少女们身旁》：叙述者与吉尔贝特间的关系渐渐疏远。在巴尔贝克的诺曼底海滨上，几位年轻姑娘的出现再次唤醒叙述者的情欲，其中有一位名叫阿尔贝蒂娜的少女。还介绍了另一位艺术家形象：画家艾尔斯蒂尔。

- 《盖尔芒特家那边》：叙述者在巴黎遇到了盖尔芒特公爵夫人，并暗恋她。祖母去世，以及与阿尔贝蒂娜的关系都使他忘却这一念头。毫无同情地描绘了贵族阶层，亦即韦尔迪兰一家曾经拥有的附庸风雅的资产阶级生活。

- 《索多姆和戈摩尔》：通过古怪的同性恋者夏吕斯（即盖尔芒特公爵的兄弟），叙述者发现了一些不为人知的生活习性。在巴尔贝克，他发现阿尔贝蒂娜爱恋女性。

- 《女囚》：阿尔贝蒂娜失踪。阿尔贝蒂娜与叙述者来到巴黎居住，她因引起叙述者的猜疑而逃走。叙述者获知她的死讯后，发现她曾多次背叛他，因而难以控制自己的痛苦之情。

- 《重现的时光》：战争爆发，世界发生巨变。于是，叙述者明白了自己作品的意义：重现永远逝去的时光，也是把握其真相和快乐的唯一方式。

普鲁斯特作品中的隐喻或阐释方法

普鲁斯特不断使用隐喻，以此强调两个不同现实间的相似性（或仅仅是亲密性）。因而，读者获取了观察零散的日常生活表象的新视角。隐喻诠释的是最微不足道的符号（一片云、一朵花、一粒石、一个名），而且引导读者通往真相。从一个形象到另一个形象，隐喻建立了一张对应网（如花的女人、既昏暗又光亮的过去等），编织了一张呈现整体意象的网布，而直至最后一页才最终将整个机制的回顾和答案和盘托出。

表面看似墨守成规且毫无逻辑，但这一技巧却将时间与空间所分隔的事物融合起来。通过普遍存在的类似性，"真正的生活"得以重构。因为，透过所有这些关系游戏、这些来去往返、这些突如其来的联系和对应，最终，读者看到迷惑逐渐清晰，时光"再现"。如同阅读一部历险小说一样，读者深陷由神秘、符号、阴谋和连环惨剧构成的网络中。不应该忽视任何一条线：因为一张完整的织布、一篇文章离不开其中的任何一条线。

这一文学作品的创作概念所依据的艺术现代理论是：无须虚幻的现实主义，艺术自身便能营造再现真实的整体视角。天分存在于"反映现实的能力"中，而非"所反映的场景所固有的现实"中。

352

纪德˙：真诚造就体系

20世纪伊始，新个人主义寻求自我表达的方式，尤以新思想诗歌在该方面的诉求明显。然而，这一具有挑战的趋势也出现在心理小说中，借用自传口吻表达。作家自我揭露，有时甚至带有傲慢或有失体统的态度；作家蔑视传统道德，要求从中解放出来。阿纳托尔·法朗士的怀疑主义为此做出铺垫。然而，此后的作品显得过于抽象。正是在亲身经历中才能体验解放。作家在作品中言明且评论这类选择和企图。因而，作家无视他人的羡慕和审查官的规定，运用以自我为中心的连贯表达方式，将自己的生活与作品混为一体。

毋庸置疑，最能代表这种思想的便是安德烈·纪德（1869—1951）。童年时，他闭居于严厉的新教徒和因循守旧的资产阶级环境中，发现了（在北非短居期间）身体和逃避的乐趣。他认为文学表现出的是"极端的矫揉造作和情感的不流露"，因而不停歌颂欲望、自由和"背井离乡"。《人间食粮》（1897）讴歌了这种对幸福的毫无禁忌的追求。《背德者》（1902）捍卫了无拘无束享受肉欲的权利，甚至甘愿遗忘最为基本的利他主义。在这篇简短的小说中，纪德讲述了一对夫妇的故事。当米歇尔病倒，感到自己行将就木时，马塞利娜的照料挽救了他。而当女方病倒时，米歇尔则无法割舍自己的健康、自由和"不道德"，导致马塞利娜郁郁而终。

因而，"纪德主义"赞扬的是每日所经历或叙述的真诚与自由。然而，这种仅受极端自由主义冲动所引导的生活也具有局限性。因此，决定实施一项"无目的行为"（无动机的谋杀）时，《梵蒂冈的地窖》（1914）中的主人公最终只落得令人愤慨的荒谬境地。两次世界大战期间，纪德发生明显变化。他开始攻击殖民主义。1936年，一场苏联之旅令他倍感失望。然而，他继续积极活跃于反法西斯作家监督委员会。纪德被视为一个道德败坏者和心术不正者（他曾多次提及自己是同性恋者），他提出承担"令人担忧者的作用"。人类将自身的价值建立在应对"形势"之需的存在基础之上，建立在无止境的自由中，甚至不惜自我否定。存在主义者将此观点牢记于心。

纪德主义对现代叙述的影响

纪德的自我中心主义让人联想起司汤达的自恋，影响了一些特殊文体。纪德笔下的人物好似总是作者的代言人。确切而言，纪德所写作的并非严格意义上的小说。他更喜欢称之为"讽刺散文"，即以第一人称记述人的内心道德经历。或者采用日记的形式书写，如《背德者》中米歇尔的日记，《田园交响曲》中牧师的日记。最后，纪德还在《日记》和忏悔书中揭露自我，尤其是在《如果种子不死》中，他以简洁的语言供认了自己的淫荡行径。

今日读者更为关注的是纪德的态度，而非他的煽动性文字，他一直思考如何减少文字的人工雕琢痕迹，而且他认为"一部小说就是一个定理"。《伪币制造者》（1925）是纪德唯一"真正"的小说，然而，作品所塑造的却是一位难以创作出小说的作家。最终，该作品成为用以探索小说叙述问题和技巧的实验室。因而，纪德主义是一种文学视角，它认为虚构的目的并非是供读者消遣娱乐或消疑释虑，而是使读者分享不安和参与探索。

总之，纪德是一位传统作家。他不仅从坚实的传统文化（希腊神话、《圣经》）中汲取养分，而且还探索一种清晰、简明的写作方式。他质疑超现实主义的即兴之作，同瓦莱里一样，他重视形式的加工。这也酝酿了旨在揭示作品本身创作机制的现代批评写作。

20世纪20年代的诗歌混战

介于新古典主义与现代主义间的瓦莱里

诗歌试图在狂热的非理性主义中复苏,而保罗·瓦莱里(1871—1945)却对此竭力抵制。瓦莱里拒绝无意识的直接授意和情感的泛滥,他复苏了自己的老师兼偶像马拉美的作品中的巴那斯派"信条":美并非源自粗暴生硬或情感爆发,而是耐心、渊博的行家所努力的结果。瓦莱里要求重返古典主义,因为凡是永久流传的作品必须经历古典主义这一实验室的加工。他的理论排斥混乱无序和无逻辑,然而也并非如其表象那般反现代性。诚然,瓦莱里鄙视新艺术,嘲讽弗洛伊德,无视马克思。然而,他却是该世纪忧心于语言科学的重要人物。值得一提的是,一词多义均是语言操控的结果,诗歌才因此具有吸引力。故而,假若将瓦莱里视为传统主义者,那么他更是一位"先行者"。

尽管,瓦莱里的某些诗歌人尽皆知(如他的《海滨墓园》),但是,今人最为关注的还是其理论作品(美学、哲学、政治)。然而,这些文章篇幅简短,好似他不擅长阐述综合性、系统性的思想。他更倾向于片段式的写作(其现代性的另一体现),尤以《笔记》最为典型。同样,他还反感小说。《泰斯特先生》中呈现的形象表明瓦莱里还是一位怀疑主义者,才智出众但无主见。

瓦莱里的诗歌貌似冷淡、自我封闭。这或许是因为其中所寄托的是他内心最深处最神秘的自己,如《年轻的命运女神》(1917)。这是一篇内心意识的独白,既需要保持清醒,又呼唤满足肉欲;既抒发了对童贞纯洁的怀恋,又表达了欲望的折磨。这首诗歌兼顾哲学寓意和"音乐性结构",除成功展示了其技巧外,还流露出无限的和谐之美。《幻美集》(1922)是瓦莱里的主要诗集,其题目一语双关,既指"诗歌技巧",又指"施咒术"。在诗人细致加工诗歌形式后,诗歌也最终达到了和谐悦耳、如咒语般令人着迷的境界。

一面是充满肉欲却堪称完美的纯洁性,一面是冷淡的、专心致志的作者,读者难以将两者契合。受限于语言魔力所面对的恒定不变,我们便也成为诗人,面前摆的是一篇意义源源不竭的文章:"文章并不含有真正意义。一篇文章一旦发表,便成为一台仪器,人人都可以随心所欲地按照自己的方式使用它。"

人们曾指责瓦莱里具有冷酷和官方的一面,其感觉匮乏,喜爱咬文嚼字。然而,与此相悖的是,在把握作品的自主性与自身权利方面,无出其右者。他的诗句极富音乐性,且博学有容,意义与智慧兼顾。

达达主义的冲击

欧洲深陷世界大战之际,众多年轻艺术家和知识分子深感"旧世界"行将就木。他们仇视过往的价值观,并把这种发自内心深处的本能抗拒转变为一种新的创作因素。艺术将变成一场彻底的争吵,并且拟写所有既定内容:礼节、禁令、语言、品位、价值等。他们自称为"未来主义者"或"先锋主义者",因抵制对象相同而齐聚一堂。

1916年起,以德国移民、革命家特里斯坦·**查拉**(1896—1963)为中心,组织起一些活动,将"机遇艺术剧场"和诗歌实验室交织为一。因此,诗人们、画家、雕塑家和其他创新者常聚集在苏黎世一家名为"伏尔泰"的小酒馆。这种交织完全符合**达达**运动的追求,达达运动既要引起舆论轰动,还希望博采众长,消除各表达形式间的隔阂,创造一种整体语言。达达运动的主要价值体现在其推动力上:超现实主义的诞生离不开达达主义的推动;一些艺术流派（如德国的包豪斯艺术）受达达主义决裂思想的启发；达达主义也促进了表现主义、美国的现代艺术（皮卡比亚、杜尚、曼·雷功不可没）的发展；达达主义表达了对拼贴作品、机械装备、原材料等的兴趣。总而言之，一旦超越挑衅和虚无主义，达达便格外表现出自身的多产性。

超现实主义的大杂烩

查拉认为艺术是一种自发的短暂行为且不断经受质疑，因而，达达派并未创造出重要作品。达达主义者们竭尽全力以避免陷入他们所揭示的教条主义中，他们也被视为纯粹的无政府主义者。以安德烈·布勒东（1896—1966）为中心的超现实主义者们则更为多产，他们逐步远离达达派，创建自己的杂志（《文学》）和理论（先后于1924年、1930年发表两次《超现实主义宣言》）。

尽管，超现实主义归根结底是一场决裂运动，但它曾经探究过自己的源头或先驱。《超现实主义宣言》追溯既往，承认在该流派未定型之前，便已出现了一些超现实主义者。至少，这些前期工作有助于布勒东及其同盟在文学史中合理定位。

前期铺垫包含：

- 文艺复兴前或中世纪艺术家的所有魔幻或神秘传统；
- 荒诞文学；
- 萨德和广义的色情文学；
- 19世纪的神秘主义诗人，包括诺瓦利斯或荷尔德林等德国浪漫主义诗人；
- 内瓦尔、雨果、洛特雷阿蒙和兰波等"通灵者"。

在命名这场运动时，布勒东借用了阿波利奈尔的话语："当人类希望模仿走路时，发明了轮子，然而与腿并不相像。人类便是这样不知不觉地创造了超现实主义。"然而，超现实主义并非仅仅是指一个文学团体，它还聚集了一些画家、雕塑家、摄影师、电影艺术家，他们皆因追求"痉挛之美"而凝合起来。

超现实主义艺术的共同价值包含：

- 痛恨一切思想安逸，钟爱喧闹杂乱、奇特异常，因为这些是促进不合时宜甚至挑衅关系产生所必需的。
- 崇拜"客观的偶然性"：任何一个符号（一个数字、一次相遇、一个图像等）早晚都会通过阐释或曲解而取得一种意义，继而改变生活，要么使生活更加光明，要么使其方向调转。
- 关注自由意志主义和政治乌托邦；建立新的神秘，以唤醒对现代社会的憧憬和信仰。
- 反对禁忌，这意味着对性的放任，甚至是对堕落的颂扬。
- 主要通过无意识行动，从而返抵原始艺术，即"野蛮"艺术、部落文明艺术、孩童或疯人艺术。
- 嘲笑：主要通过最为强势的黑色幽默来强调文明世界的愚蠢和荒谬。

超现实主义的"教皇"：布勒东

超现实主义，阳性名词："一种纯粹的精神无意识活动。通过这种活动，人们以口头或其他任何方式来表达思想的真正功用。超现实主义用以实录思想，而不受任何理性的制约，也不考虑任何美学或道德因素。"（安德烈·布勒东）。

上述理论的创造者与捍卫者——安德烈·布勒东（1896—1966）性格强硬。他从超现实主义中得出具体的道德启示（一种反抗和自主精神），而其作品则从各个角度阐释超现实主义美学。时常，他因多疑与固执而被论战和社会排斥所牵绊。但是，他是一位独一无二的伯乐，擅长吸引人才。

布勒东是雅里和阿波利奈尔的朋友，他曾深受弗洛伊德的影响。在其思想变化历程中，心理分析学起了决定性作用。因而，无意识写作方式声称能够再现超脱理性和所有"审查"控制的心理活动。这一体验是一种极特殊的情况。然而，布勒东从中却悟到所有诗歌的原则，因为，凡是突然出现者——偶然、意外、惊喜——皆具诗意。于是，诗意与幻想结为一体。超现实主义甚至尝试激发这些偶然事件，并痴迷于魔幻或所有令人惊讶、惊叹的事物。

对平庸现实的拒绝发展为一种反抗的态度。因而，布勒东努力成为革命派理论家。1927年，他加入法国共产党；1935年，退党，结识托洛茨基。这些介入活动与初期的虚无主义渐行渐远，但却继续践行兰波"改变生活"的信条，布勒东将之奉为座右铭。美学领域的反抗被命名为：想象。布勒东捍卫一切使理性失控的因素：黑色幽默、语句的偶然拼合（"精致的尸体"）、语言的返祖（半睡半醒状态下或受某些毒品作用时所言话语）。超现实主义的意象（源于勒韦迪的定义，后被布勒东运用）力求拉近最为疏远的现实。因而，布勒东希望实现"痉挛之美"，它同疯狂爱情一样，可以使整个人摆脱无价值。

运动及其分裂

超现实主义并非一个流派，而是一场声势浩大的艺术运动。20世纪的所有重要诗人都或早或晚经历过这场运动。超现实主义理想的本质（自由、反抗、想象）允许各色人物表达自我。自20世纪30年代起，尤其在布勒东、艾吕雅和阿拉贡参加共产主义活动后，超现实主义的内部分歧更为明显。诗人们互相谴责。然而，从某种程度而言，这些骚动本身也是超现实主义运动的一部分。

简单介绍几位最为重要的超现实主义作家：

- **罗伯特·德斯诺斯**（1900—1945）具有"催眠式睡眠"的能力。在一场睡眠浪潮中，他创作了一些潦草的短小文章和奇特对话。这一自学成才者数次运用梦中创造的一些无意识文章和自发叙述。于他而言，诗歌是对语言的调整，在其中运用一些新造词语、兴奋的语句、原始奇特的意象、无意识冲动，以及一切旨在不倦地颂扬"疯狂爱情"的因素（《身体与财富》）。1930年，遭布勒东排斥后，德斯诺斯开始从事电影和无线电广播工作，并且继续他那略显无拘无束的创造者生活。最后，他死于集中营。

- 菲利普·**苏波**（1897—1991）是一个爱幻想的忧郁资产者、旅行家。他将一些外国作家译介入法国（《新作品》及《欧洲杂志》）。其作品既有自传小说，也有疯狂爱情诗歌（《格鲁吉亚》，1926）。然而，他在作品中所表现出的才情总是异想天开、通俗平易，但略显阴郁。

- 勒内·**克勒韦尔**（1900—1935）是一个忧虑、失望者。他不间歇地接受过多次催眠术治疗，将超现实主义运动中的争执视为一种痛苦，后以自杀终了生命，留下一些讽刺和黑色文章（《我的身体和我》《巴比伦》《您疯了吗?》）。

- 邦雅曼·**佩雷**（1899—1959）保持了深刻的幽默和讽刺。他经常参与论战、好与人争辩，拥护托洛茨基主义，反对教权，出人意料地成为"政治"诗人的敌人。他的抨击文章《诗人的耻辱》用以攻击抵抗运动诗歌，并且依然保留了出人意料且狂热的风格。

其他作家则选择了一条更为个性的道路：

- 安托南·**阿尔托**（1896—1948）于戏剧创作中开始自己的作家生涯，并从中找到了解决自身忧虑的物理释放方法。他患有精神疾病，也因此开启了精神分析之路。他曾数次被关进精神病院，深陷"灵魂的主体性坍塌"。他抗议"超现实主义的虚张声势"，继而孤独、虚幻地前行，同时将自己"残酷戏剧"的观点撰写为理论专著。

- 乔治·**巴塔耶**（1897—1962）转向精神分析研究，并与罗歇·**凯卢瓦**（1913—1978）、米歇尔·**莱里斯**（1901—1991）共同创办一本致力于宗教实践的社会学杂志。巴塔耶是提出"越界"（让人在过度中存活的唯一重要因素）和色情解放的理论家，他曾较早反对布勒东的道德主义。

艾吕雅

保罗·艾吕雅（1895—1952）原名欧仁·格林戴尔，他一直追随超现实主义的轨迹，然而他的抒情诗内容丰满，耽于肉欲，与布勒东的理论相差甚远。艾吕雅最主要的不同之处在于其温顺和慈父般的性格。查拉焦躁不安的实验和不容置辩的超现实主义宣言令他深感不悦，他凭自己的兴趣行事，与马克斯·恩斯特交好，爱好艺术，追求爱情。

保罗·艾吕雅的灵感主要来自欲望和激情。1917年，他与加拉结婚，然而，1929年，加拉却因达利而离开艾吕雅。后来，与努什的爱情令艾吕雅兴奋且满足。然而，热心肠的艾吕雅超越对自身情感的歌颂，为所有怀揣希望的人写作。"诗人更应该成为启发者，而非被启发者"。诗人的作用是不停地再现现实中的种种滋味，与清醒、自信的世界建立关系："唯一具体存在的字眼便是：爱"。

在艾吕雅永久加入法国共产党后，这种联通人类情感的需求变得更加强烈，进而使他逐渐远离超现实主义及其所有难以理解的特质。实际上，为了不破坏一致性，必须要保持简单。虽然诗人负责管理词语，但却不能将之据为己有，也不能将其掩盖于晦涩之下：诗人所希望的是"无所不言"，言为人人。

阿拉贡的超现实主义时期

在成为"真实说谎"的小说家（详见第364页①）之前，路易·阿拉贡（1897—1982）曾经是布勒东的人生伙伴。阿拉贡先是拥护达达主义，后又成为超现实主义者。对挑战和自由的激情虽然脆弱，但却令他充满活力。然而，

---

① 此处指原法文版页码，即本书页边码。——编者注

20世纪30年代起,同艾吕雅一样,他也转向传统作品创作,并开始了共产党的"官方"知识分子生涯。

阿拉贡才华出众,拥有真才实学,他难以顺从偶然性写作的"无意识性"和无根据性。他擅长运用词语,任想象随心所欲地驰骋。本质而言,他具有抒情特质,希望自己的诗歌能够集结变化无常的意象。因此,他仅是先锋主义的一位过客。然而,相较于其政治介入活动,阿拉贡对埃尔莎·特丽奥莱的激情更能滋养他的诗歌。阿拉贡所颂扬的爱情唯一、绝对且专属。

几位重要的社会边缘者

起初,一些作家曾或多或少"陪伴"着超现实主义,后来他们自己著书立说,虽难以将其作品一一归类,但却影响颇大。他们的活跃轨迹往往跨越两次世界大战期间。该类独立作品作家包含:

特立独行者之一是:皮埃尔·**勒韦迪**(1889—1960)。早先,他与阿波利奈尔、毕加索、勃拉克、莱热、马克斯·雅各布同属立体派。初期诗集(《沉睡的吉他》,1919;《天上的破舟残片》,1924)由他自己印刷(时任印刷工),插图由朱昂·格里斯绘制。战后,布勒东将他视为前辈之一,并宣称他是"在世的最伟大诗人"(1928)。然而,勒韦迪毫不关心超现实主义的易责难、攻击他人的思想。他开始回归简单的事物,回归内心的真实情感,回归自然。这位社会边缘者在修道院的隐居生活中找到了真正的栖居地:1925年起,他在索勒姆修道院度过余生。

同勒韦迪一样,于勒·**叙佩维埃尔**(1884—1960)也生活于社会边缘,悄无声息地创造出大量近于古典主义风格的明快作品。他反对理论。他同布勒东的关系,远不如与瓦莱里和雅姆的亲近。然而,他沿袭了超现实主义的魔幻意象和语言谜语的偏好,因为这正是他所中意的。同样,他在作品中运用梦境和寓言;因而,诗歌成为一种叙述作品。在或分散或繁多的意象塑造中,叙佩维埃尔用简单的语言讲述了一个纯朴且亲切的生命的色彩和滋味,尽管其中存有疑问和担忧,但他通过唤醒隐藏于平凡内心中的一切神奇或虚幻,来抚慰生活中的痛楚(详见传记表)。

虽然,勒韦迪表现出独立的态度,叙佩维埃尔保持退避三舍的立场,然而他们均未及皮埃尔-让·**茹夫**(1887—1976)的决裂发生得那么突然且彻底。茹夫深受维耶雷-格里芬的新象征主义影响,并在克雷泰伊修道院的一致主义文社中度过一段时日,之后,他开始关注超现实主义的某些方面,尤其是它探索无意识的倾向。然而,1924 年,他两度实现转变:一方面,他沉溺于自己的神秘偏好,专心于信仰;另一方面,他全盘否定了自己的前期作品。之所以他的道路如此迂回曲折是因为他深切向往完美、渴望实现理想,这完全与他的个人经历相关。茹夫的这一野心也揭示了超现实主义无法再满足那些迷恋绝对性的灵魂,特别是信教者,如马克斯·雅各布或勒韦迪。因而,茹夫的突然转变是典型性的。

茹夫否定自己年轻时的作品后,便立即开始专心创作心理分析诗歌,并反省内心关于夜和性的幻想。他的诗歌既神秘又色情,纠结于各种矛盾体中:光明与黑暗、赎罪与帕斯卡式的"苦难"、极端的冲动与安慰、精神性与肮脏的幻觉等。这一波德莱尔式的双重性中还夹杂着某些顽念,以及幻想或魔幻的仪式。

出身贵族的亚历克西·圣莱热·莱热是一位旅行家,他曾险些陷入超现实 *360* 主义的纷乱中。他以**圣-琼·佩斯**(1887—1975)为笔名,筹备了一场充满激情的隆重仪式,因为他的诗歌谈及风、雨、世界各地的大型朝圣仪式、流浪和征服。克洛岱尔式的诗句在这一场节庆和宣言般的运动中获得飞跃发展。他的诗歌如同一场献礼仪式,通过枚举(甚至出现生僻词)或再现人类历史的全部盛况(甚至混用令人费解的词语),以此来"祈求"大地的宏伟之美。诗人重操自己传神谕的古老职业。

表面看来,或许佩斯诗歌的旋律高不可攀、遥不可及。而实际上,其旋律是完全存在于人世间的节奏,因而可以通过组合来实现。诗句主要列举了一些熟悉的事物（风、雨、雪），重要的时刻（黎明、夜晚、夏天、傍晚），普遍存在的人物（兄弟、父亲、王子、国王、魔术师、姑娘），人尽皆知或希望抵达的地方（岛屿、沙漠、山丘、峭壁、沙地和沙滩），宗教团体（信仰、祭坛、节庆、结婚率、部落、殖民地），共同的古老神话（变身、离世、飞越、永恒），消失的文明（亚特兰蒂斯、复活岛、其他难以定位之处）等。圣-琼·佩斯将我们所有的幻想和梦境混在一起。如同所有的圣书或神秘、臆造的超时间文本一样，他的写作风格复杂，或者说混乱。无法"理解"其作品，然而可以任其中的影射和咒语般的力量肆意发挥。

小说家与思想

小说：社会问题的回声

20世纪20年代，无忧无虑的"疯狂年代"在狂热中度过。此后，文学作品重现政治色彩，甚至超现实主义者也向共产党靠拢。值得一提的还有"西方危机"。法国，议会民主制遭受强烈批判。而整个欧洲正在寻求激进的政治解决方式（意大利出现法西斯主义，不久，德国纳粹主义壮大）。因而，纪德等知识分子开始迷恋战斗精神，尽管他们曾经对此毫无兴趣。反映现实的运动（如埃玛纽埃尔·穆尼耶等人创办《思想》杂志）兴起的同时，一些作家发出了某种"民众主义"的呼声（路易·吉尤、安德烈·尚松、欧仁·达比），而一种受马克思主义直接启发的小说类型也得以发展（埃玛纽埃尔·贝尔、保罗·尼藏、路易·阿拉贡）。

追根究底，这一趋势属于自然主义，并涌现出一批才华横溢的作家。安德烈·**尚松**（1900—1983）十分依恋家乡塞文地区，他的作品揭示了资产阶级的堕落（《遗产》，1932）。让·**吉罗杜**的《贝拉》嘲讽法国政治阶层，促进了欧洲复苏。然而，这些揭露社会的作品也为无产阶级发声。街头小说家因"民众主义"（莱昂·勒莫尼耶提出的词）而结交，同阿拉贡一样，他们希望远离"高等住宅区"。弗朗西斯·**卡尔科**（1886—1958）描绘了声名狼藉的住宅区和一些"脱离社会者"（《街道》，1930）。欧仁·**达比**（1898—1936）本是一名工人，他描绘了贫穷阶层的生活图景（《北方旅馆》，1929）。路易·**吉尤**（1899—1980）撰写了一部富有战斗精神的外省编年体著作《黑色血液》（1935）。同样，这种民众主义的背景也出现在乔治·**西姆农**（1903—1989）的作品中。

长河小说

这一时期的小说以巴尔扎克和左拉的主要作品为范例,倾向于刻画巨幅场景。普鲁斯特的成就也启发了一些模仿者。"长河小说"这一术语(罗曼·罗兰所创)表明的是一种野心:用一组逻辑严密的文学作品以及反复出现的人物,来呈现社会生活的各种变动。

最初,乔治·**杜亚美**(1884—1966)创作了一部宏大的教育小说(《萨拉万的生平与遭遇》,1920—1932)。后来,他又写作了一部十卷本小说——《帕基耶家族纪事》,从而实现了从个人纪事到社会编年史的过渡,该作品以雷蒙·帕基耶大夫为中心,塑造了形形色色命运迥异的人物。

罗歇·**马丁·杜加尔**(1881—1958)的初期作品是一些戏剧,描绘其常交往的戏剧阶层(雅克·科波、路易·茹苇)。他的《蒂博一家》(1922—1940)重现了一个家族的历史,反映了第一次世界大战前后的当代世界。作品中,兄弟两人(雅克和安托万)选择截然不同的道路以成就人生。

于勒·**罗曼**(1885—1972)的《善意的人们》(共27卷,于1932年至1946年间相继发表)篇幅更为宏大。作品中并未塑造唯一的或中心的人物,而是设置了命运相似且偶有交集的众多人物。这种写作方式营造出混乱且不连续的印象,但是写作也能同时将之化解。这种复声合调的结构源于"一致主义"的启发,因此,于勒·罗曼得以表现整体的膨胀和生命的冲动,并表明了一种鼓舞人心的人文主义信仰。

基督教文学的再生

20世纪30年代所提出的问题不仅仅是政治方面的,当时的环境有利于精神和伦理思考。因而,借此机会,自称与基督教相关的文学再生。天主教小说家仍旧重视基督教的观点（基督教的二元论：灵与肉、善与恶、罪恶与宽恕等），但他们并未陷入"冗长的说教"中。他们的观点带有分析性和焦虑性，拷问人类灵魂的深处。

弗朗索瓦·莫里亚克（1885—1970）的作品也以该种痛苦为主题。他必须远离一个资产阶级和传统主义家庭的温室，从而接触与"肉体罪恶"相关的题材。莫里亚克是一个"帕斯卡尔主义者"，其笔下主人公备受折磨，蹒跚步入一片毫无光明的世界。他探寻每一个生命的痛苦和秘密，身体享乐本身就是一种失败。后来，莫里亚克超越这些苦涩的心理小说，投身到新闻界和论战中。他的见证作品（自由、抵抗、戴高乐主义）表明了他依然继续参与狂热事业。

乔治·贝纳诺斯（1888—1948）渴求理想。最初，他参与过法兰西行动团体，而后，为了向进步主义与社会主义思想靠拢，他同保皇派和极右派断绝关系。自此，他开始写作。其笔下人物挣扎在一个泥泞、黑暗的世界中，然而他们不放弃同撒旦的斗争，也不甘于苦难、失望和罪恶的胜利。他的主人公常是一位与世隔绝的教士［《在撒旦的阳光下》，(1926)；《一个乡村本堂神甫的日记》，(1936)］，而且要面对罪行或罪恶［《穆舍特新传》，(1937)］。然而，贝纳诺斯也曾直接斥责思想正统者软弱无力的守旧观念（《正统者的大恐慌》，1931），极力抗议内战时期的西班牙天主教徒的残酷（《月光下的大坟场》，1938）。

朱利安·格林（1900—1998）更加以自我为中心。这位美国人十分了解资产阶级和外省的显赫家族。然而他同莫里亚克一样，认为唯有精神能够赋予世界混沌的表象以意义。他笔下的人物（多数为其自传）因为难以压抑性欲而饱受折磨，而且总是陷入疯狂、堕落或自杀的境地。灵魂得救的希望好似遥不可及，焦虑之情渗入作品：《阿德丽爱娜·默聚拉》(1927)、《怪兽》(1929)、《有幻觉的人》(1934)。同样，格林也撰写了大量的自传作品，代表作为《日记》。

主人公道德的永久性

20 世纪 30 年代，社会批评尤为激烈，原因在于当时并未及时出现替代价值观。他们犹豫不决，而且经常陷入厌倦麻木的状态。通常，可以将这种对既往历史的厌恶以及坚定理想的缺失定义为一种生活"颓废"的情感。该词不断重现。这种没落思想是指那些不满足者的思想，如皮埃尔·德里厄·拉罗谢勒（1893—1945）。他的《吉勒》（1939）总结了对第三共和国的否定，认为这是毫无规划、不值一提的历史时期。从假想的"颓废"到罪人的追求，仅一步之遥。1940 年，德里厄跨越这一步，成为了支持维希政府的反犹分子和附敌分子。解放运动期间，德里厄自杀身亡，他选择了一条与他的小说《鬼火》（1931）中的主人公一样的归路。他的文学主题与其政治选择一样，都与塞利纳的相近。这位达达主义者的老伙伴的人生历程可谓古怪离奇。

然而，与上述离弃行径相反的是：英雄主义道德得以延续。某些作家，如亨利·德·**蒙泰朗**（1896—1972）塑造了战争时期（《梦》，1922），处于努力拼搏中（《奥林匹克竞技者》，1924；《斗兽者》，1926）的热爱运动的高傲贵族形象。蒙泰朗喜爱斗牛术，将生活视为一场体育竞技。因而，他鄙视女性（《少女们》，1936），极为蔑视弱者（《单身汉》，1934）。他无情地仇视一切凡庸，因而他难以忍受自己身体状况的衰退，最终选择了自杀。他也曾经极力掩饰自己的私生活，尤其是其同性恋倾向。

安托万·德·**圣埃克絮佩里**（1900—1944）的作品风格则更加显而易见。这位职业飞行员真挚地热爱着自己的飞行理想。《南线航班》（1929）和《夜航》（1931）表达了飞行员的勇敢和忘我。相较于《城堡》，作家在童话和象征文学作品《小王子》（1943）中，以手足般的亲切口吻，更好地描绘了脱离抽象意识形态和知识的简单、纯洁的道德状态。直至终生（死于一场战斗任务），圣埃克絮佩里都在切实践行这一坚定的人道主义。

安德烈·马尔罗（1901—1976）也是一位飞行员（临时飞行员）和冒险家。一生当中，他参与过众多活动。马尔罗的生平类似于其笔下人物，他曾接触过中国革命（《人类的命运》）、东方探险（《王家大道》）或西班牙革命中（《希望》）。这位小说家斗士的生活与作品密不可分：自我构建离不开这两者的共同参与。因为若要了解自我，所需的绝不是精神分析的实践，而是其过往历史的实际行为。人类正是在行动中且通过行动，才得以抵制荒诞，得以在空虚和悲惨的世界中觅到价值。艺术本身也参与这种抵制。艺术反对宿命和不连贯；它是"反命运"的；它赋予意义和生命，明确"作为人的力量和荣誉"。它保证了"希望"对"蔑视"的胜利。

加入共产主义

马尔罗重视人类胜过个体，重视集体事业胜过个人发展。他在成为戴高乐派的一员之前，其观点总是与共产主义略有相似。而其余作家的选择则更为果断、彻底，如保罗·尼赞（1905—1940）。这位师范大学学生通过了哲学教师资格会考，是萨特的朋友，也是《人道报》的编辑之一。尼赞反对殖民主义（《阿拉伯的亚丁》，1931），嘲讽大学研究人员的知识僵化（《看门狗》，1932），讽刺疯癫和空虚的日常生活（《安托万·布鲁瓦耶》，1933）。然而，他也表示难以有效介入社会问题，其介入活动甚至都没能回应不良意识的影响（《阴谋》，1938）。

路易·阿拉贡（1897—1982）的作品优秀，忠于自己的信念，因而堪称20世纪伟大的共产主义小说家。阿拉贡放弃了年轻时的仿作（《忒勒玛科斯的遭遇》，1922）及其超现实主义热情，在社会主义现实主义的影响下（《争取社会主义现实主义》，1935）创作了多卷本作品《真实世界》（1934—1951）。此外，以《共产党人》为总标题的一部多卷本作品一直未能完成，其中揭露的依然是资本主义。然而，20世纪60年代，意识领域的这些目标变得更为审慎，小说再次重视想象的价值和巴洛克式的高雅，以此再现超现实主义的年轻纨绔子弟的初恋。阿拉贡总是强调写作的即兴原则，以及讲述和创造的平凡乐趣。他认为小说的基础是：介于现实与想象间的复杂游戏，他将之命名为《真实说谎》。可以从不同角度解读他的代表作《奥雷利安》（1944）：不切实际的爱情故事、闲散和麻木的一代人的失败（正是指德里厄那代人）、自传的写照（"不存在幸福的爱情"也反映了阿拉贡与埃尔莎的情感）等。

塞利纳˙的颠覆性创造力

路易-费迪南·德图什又名**塞利纳**（1894—1961），凭借《长夜行》（1932）进入文坛，并引发众议。这部作品令批评界的左派和右派均无所适从。初读《长夜行》，一幅幅深入长夜的图景渐入眼帘。"人物"巴达缪是一个满怀仇恨的懦夫，历经各类事件（战争、非洲殖民地、银行林立和泰勒制管理下的美国、腐败的巴黎郊区）。因而，塞利纳介绍的是一个"反社会"，其中人人都剥削、虐待、践踏或谋杀他人。世界变成一大团"狼藉之地"、一个"令人作呕的诊所"。残酷的现实简化为某些现象（肉体、姿势、态度、叫喊、暴力）。其余的（讨论、理想、爱情等）全是骗局。存在主义也再次提及这一观点，尤其是在萨特的《恶心》中。

为了实现该计划，塞利纳使用全新的风格。他的写作方式受口语启发，希望激发情感，建立在某种悖行于文化规则和文学正确用法的"违反"基础之上。这种颠覆式的写作方式营造了一种冲击感，但却符合主题：适用于描述污秽现实的是粗暴语言。塞利纳深知优美的话语将掩盖或洗刷世界的残忍，而所有的抒情均为谎言。相反，当我们触及最为生硬的现实（如死亡）时，便觉得词穷墨尽，其辞含糊。塞利纳作品的音乐性（《与 Y 教授的谈话》）正是用以表达这种难以言说。

塞利纳受自己排斥情感的误导而误入歧途。他仇视犹太人，反对共产主义，成为了亲纳粹派的宣传者，他试图彻底体验作品中的耻辱和幻想的暴力，而这些因素是促进整个现代小说发展的颠覆性创造力。

小说自由

尽管，一方面面对的是德里厄的玩世不恭、马尔罗的英雄主义冲动和塞利纳的排斥，但从另一角度而言，小说依然是一种开放体裁，便于写作避世和虚构内容，这一"人世传奇之歌"的传统历经风浪而得以留存。最受读者欢迎的是有能力的小说家，甚至是世家传奇的创造者，如多产的莫利斯·德吕翁的《人类末日》（1948—1951）和《受诅咒的国王们》（1955—1977）。

诚然，小说的语气偶尔从容不羁，如具有司汤达式玩世不恭的雷蒙·**拉迪盖**（《身体中的魔鬼》，1923）。这位年轻的小说家是法国文学史上的一颗流星（1903年至1923年间在世），他清晰地分析了生的欲望，哪怕是连绵战火也不能浇灭这种欲望。他的作品叙述了一位士兵被派往前线后，他的妻子与一个年轻男子之间发生的奸情。同样，雅克·**沙尔多纳**（1884—1968）描述了因爱情而结为夫妇的两人所经历的困难（《祝婚诗》，1921），之后他还颂扬过外省生活的幸福（《巴尔贝其厄的幸福》，1938）。甚至连曾经细致、残忍地描绘过夫妻生活的马塞尔·**茹昂多**（1888—1979）也最终放弃讽刺挖苦。爱情最为强大。同样的双重行为也出现在马塞尔·**艾梅**（1902—1967）的作品中，他既是民众主义者，又是戴高乐主义者，比起正统派的官方文学（《思想安逸》），他更喜欢刻画乡间的淫荡（《绿色的母马》，1933），或营造故事般的滑稽和神奇氛围。

一如既往，爱情生活和欲望依然是小说的最主要题材。这类题材出现在多部作品中：安德烈·**莫鲁瓦**（1885—1967）以上流社会心理分析家的诙谐和礼貌讲述爱情和欲望；皮埃尔-让·**茹夫**（1887—1976）轻描淡写了奇怪的性行为，其作品《波丽娜在1880年》（1880）令人震撼。然而，所有这些作家的区分度主要体现在写作方式上，而非用词上。当然，他们多数为写作高手。

最后，小说可以成为生活的真正颂歌。在莫里斯·**热纳瓦**（1890—1980）、马塞尔·艾梅、让·德·拉瓦朗德等作家的作品中，表现出一种乡村倾向。20世纪20年代至30年代，有关物产丰饶、环境宜人的消失地域的传说再次革新。诚然，自然也可以幻想的形式呈现，如在夏尔-费迪南·**拉米**（1878—1947）的作品中，山区变为神秘之地，甚至有时危险重重（《山区中的极度恐惧》，1926）。不过，总体而言，重返本源令人振奋。让·**吉奥诺**（1895—1970）热情地讴歌上普罗旺斯省，其颂歌转化为崇高的泛神论（《山岗》，1929；《再生草》，1930；《人世之歌》，1934）或是慷慨无私的人道主义。**科莱特**（1873—1954）的作品背景更为狭窄，她从自己的生活中获取灵感，展现对所热爱的动植物世界的各种感觉。她的母亲西多是一位敏感、精致的女人，启蒙她感受人世和爱的乐趣（《西多》，1929；《牝猫》，1933）。柯莱特笔下的肉欲具有女权主义色彩，她质疑男性的自私自利。这是因为她在女性身上感受到了天然的温柔和生命本身的和谐。

两次世界大战期间的戏剧

性格喜剧

戏剧深受大众喜爱，革新速度缓慢。而在"林荫大道"上演的喜剧面向贪求简单乐趣的观众，因而灵感匮乏。情景（三角恋）经常雷同，正是作家的才华与语言天赋拯救了戏剧。戏剧大师萨沙·**吉特里**（1885—1957）是演员吕西安·吉特里之子。这位巴黎上流社会的宠儿创造了一些从容洒脱、辛辣尖锐的滑稽剧，其语言包含丰富的箴言、俏皮话、奇谈怪论（《我的父亲说得对》，1919；《德齐雷》，1927）。晚年，这位多产作家兼出色演员开始满怀欣喜地从事电影工作。

同吉特里一样，马塞尔·**阿沙尔**（1899—1974）无视现实世界的艰辛，推出了更富诗意的喜剧。他的人物是一些脾气古怪者或天真无辜者，主题浅显轻松。然而，他却大获成功，这主要因为他清楚如何集结当时最优秀的演员（路易·茹苇、米歇尔·西蒙、雷米、伊冯娜·普兰当、皮埃尔·弗雷奈）。相反，其余喜剧作家则塑造了更为坚强的主人公形象，且讽刺了时代缺陷。如爱德华·**布尔代**（1887—1945）的作品情节紧凑，批判了文学阶层（《刚出现》，1927）、奢侈生活（《女性》，1929）和货币资产阶级（《困难年代》，1934）。1936年，法国人民阵线任命布尔代主管法兰西喜剧院，他吸纳当时戏剧界所有富有创新精神者。讽刺戏剧方面，于勒·**罗曼**硕果颇丰，尤以《克诺克》（1923）最为典型，剧中的同名主人公由茹苇饰演。

然而，来自马赛的马塞尔·**帕尼奥尔**（1895—1974）最为擅长塑造永久流传的典型人物形象。《托帕兹》（1928）讲述了一位卑微教师转行成为唯利是图的狡猾商人的故事。"旧港"三部曲：《马里于斯》《法妮》《赛查》已经成为法国的经典喜剧。电影艺术家帕尼奥尔创作的主人公（与演员费南代尔、雷米合作）已家喻户晓，那是因为他深谙其中之道。

发展新的舞台装置艺术

继吕涅-珀和安托万之后，貌似所有戏剧人已经深知戏剧的复苏有赖于演员和舞台装置师。老鸽舍剧院的雅克·**科波**的导演艺术忽略舞台布景、专注于剧本，鼓励演员追求朴实、注重表达。他推崇"真诚的戏剧"，并且以他为中心，活跃着一个由杰出天才组成的团队。此外，天才导演乔治·**皮托埃夫**（1884—1939）将众多外国作品（王尔德、皮兰德娄、易卜生、契诃夫的作品）介绍入法国。他与夏尔·**迪兰**、加斯东·**巴蒂**、路易·**茹韦**创办了卡特尔四人导演联盟。尽管他们在演员指导方面存有分歧，却拥有共同信仰：戏剧要服务于伟大的文学作品（从阿里斯托芬到莎士比亚，从卡尔德隆到吉罗杜等人的作品）。

安托南·**阿尔托**曾经与吕涅-珀、迪兰合作过，他彻底规定了现代戏剧的需求。作为阿尔弗雷德·雅里的门徒，他认为戏剧必须传递最为原始和最为强大的力量。在《戏剧及其二重性》（1938）中，他构想了一种"残酷戏剧"，其场景暴力且魔幻，并常有一些禁忌突然接连发生。尽管他的这一夸张观点略显模糊，但是这一理论影响了先锋派，并彻底强调了戏剧的现代观念。

某些作家认为戏剧必须成为阿尔托所强调的极端场所，因而创作了一些疯狂的戏剧作品。如斯泰弗·**帕瑟**（1899—1966）作品中的人物是准塞利纳式的（极端、玩世不恭、充满仇恨）。让·**科克托**也以自己的方式寻求一种夸张怪诞的魔法，因而他借用哑剧（《屋顶的牛》《埃菲尔铁塔新婚夫妇》）、神话传说（《俄耳甫斯》《安提戈涅》）、悲剧结构（《饵雷》），甚至是浪漫主义戏剧（《双头鹰》）进行创作。最后，比利时作家擅长运用某种抒情方式，或是创作令人紧张激动和困惑不安的闹剧（费尔南·克罗梅兰克，1888—1970），或是再现亵渎圣灵的大型仪式（米歇尔·德·**盖尔德罗德**，1898—1962）。

罗歇·**维特拉克**（1899—1952）的喜剧也将阿尔托的观点发扬光大，两人同为超现实主义的拥护者。维特拉克是阿尔弗雷德·雅里剧团的创始人之一，该剧团旨在制造辛辣尖刻、混乱不安的场景。维特拉克在资产阶级滑稽剧的基础上，创造了充满惊奇和刺激的剧作艺术，成为尤奈斯库的奠基人。他的剧中人物（平庸者、因循守旧者、追名逐利者）的语言支离破碎、缺少连贯性。因而，他的作品略类似于荒诞派，最典型的是《维克多或掌权的孩子们》（1928）。战后，该戏剧倾向吸引了一批作家，其中，鲍里斯·**维安**将嘲笑发展为奇特和愚弄。

介于"玫瑰色"和"黑色"戏剧之间

一方面，作家继续沿用传统喜剧的主题（家庭、通奸、金钱）；另一方面，他们无可奈何地表现 20 世纪 30 年代的社会不安。借用阿努依的话语，喜剧游移在"玫瑰色"和"黑色"之间。阿尔芒·**萨拉克鲁**（1899—1989）的作品明显运用了这种不同语气交织混用的方式。从事哲学工作的他转行成为记者，希望读者思考伦理道德缺失的社会之腐败（《一个自由的女人》，1934；《阿拉斯的无名女》，1935；《无异于他人的人》，1936）。

然而擅长这一模棱两可风格的大师当属让·**阿努依**（1910—1987）。他的作品丰富，带有愈来愈强烈的悲观主义色彩，所有风格（从悲剧到诙谐剧）他均驾轻就熟。纯洁与无辜貌似注定要遭受世界的摧残。他的剧中人物（热情、无私、充满爱意柔情）受失败所折磨，变得堕落邪恶、玩世不恭、看破一切。幽默的阿努依仍然将生命存在视为一种退化堕落。他崇拜马里沃，研究不存真正温情的爱情策略。甚至，反抗（《安提戈涅》，1942）最终也是微不足道的。因而，悲剧总占据上风，尽管其作品表面形式多变："玫瑰色戏剧"（《哑巴于缪乐斯》《窃贼舞会》《莱奥卡迪亚》）、"黑色戏剧"（《野姑娘》《没有行李的旅行者》《欧律狄刻》《美狄亚》）、"辉煌戏剧"（《科隆布》《排演》）、"古装戏剧"（《云雀》《贝克特》）以及"刺耳戏剧"（《欧尼福》《可怜的毕多》）。

亨利·德·**蒙泰朗**也是一位悲观主义者，不过，他的作品更加浮夸华丽、傲慢优雅。尽管他的戏剧上演于20世纪40年代，但是其作品也呈模棱两可的特点：在剧中人物表面的英雄主义之下存在的是孤独和隐藏的失望。蒙泰朗的戏剧人物高傲自大，说话语气傲慢，向往辉煌功绩，然而他们的一切幻想最终化为泡影，为了逃避失望情绪，他们几乎也陷入颓废消沉（《已故的王后》，1942；《马拉泰斯塔》，1946；《圣地亚哥骑士团的首领》，1947）。

吉罗杜：现代性的古典主义作家

外交家、小说家让·**吉罗杜**（1882—1944）被视为两次世界大战期间最伟大的戏剧作家。他才智过人，富有文化涵养，他还是一位亲德分子、优秀的政治分析家、怀疑论者。他认为戏剧是呈现生命的表象、外表和姿态的最好方式。因为人无法把握隐藏的命运；人对命运的抗争是徒劳的（《特洛伊战争不会爆发》）；人无法识破创世的神秘。吉罗杜的戏剧作品善于运用幻想和瞬间场景。其中的人物夸夸其谈，这些讨论尽显才华却毫无裨益。这些理念产生了两种戏剧效果：戏剧场景转为思想辩争，其中掺杂有神话、奇论、辩驳；戏剧艺术以风格美为基础，讲究节奏、变化无常、入木三分。

吉罗杜作品的主题主要是针对人类意识而提出的永久性问题：没有荣誉、没有"神灵"可以实现幸福吗？（《安菲特律翁38号》）战争的爆发是否早已注定？（《特洛伊战争不会爆发》）在妥协的世界中，如何保持纯洁和忠诚？（《昂蒂娜》）必须要竭力改变事情的平稳秩序吗？（《间奏曲》）毫不妥协的理想与集体幸福可以和谐并存吗?(《厄勒克特拉》)不过,作品选择的背景明快(古希腊等),人物的对话讲究精致,因而,这些争辩并没有沦为沉重、冗长的论说文。吉罗杜又被称为"魔法师",因为他是一位词语魔法师。观众着迷于剧中优雅和睿智的台词,同作者一样,他们渴望构筑一个以有序词语代替无序现实的世界。

介入活动与存在主义

抵抗运动与战斗精神

面对世界的动荡,作家肩负何种责任?由此而引发的讨论成为 20 世纪的特点之一。1927 年起,朱利安·**邦达**(1867—1956)担心文人在社会介入活动中失去活力(《知识分子的背叛》),后来甚至不惜反抗失去理性的社会(《拜占庭式的法国》,1945)。然而,伴随着"二战"爆发以及德国占领法国,理论讨论便不再流行。同其他人一样,作家们卷入急速发展的事件中。邦雅曼·佩雷对此的抱怨实属徒劳,甚至诗人们也开始参与抵抗运动。

在德军占领期间,尽管法国发生了迫害运动,但依然经历了丰富多产的文学创作时期(萨特、加缪、阿拉贡、莫里亚克、蒙泰朗等),这令人称奇。然而,介入活动旋即分为两派:"通敌派"(德里厄、布拉席拉赫、塞利纳、沙尔多纳)与"抵抗派"。尽管官方历史曾竭力掩盖这些污点,但是显而易见,当时的绝大多数作家曾"牵连"其中,他们或在贝当派杂志上发表作品(艾梅、阿努依、西姆农),或至少曾短期勾结维希政权(克洛岱尔、莫朗、吉罗杜)。最终,还有一些作家宣称自己是法西斯主义者(雅克·多里奥、吕西安·勒巴泰)。与此相反,持对立政见的作家日益增多,他们或保持审慎态度(纪德或瓦莱里),或暗中活动(韦尔科尔、马尔罗),或积极参加抵抗运动(波扬、艾吕雅、德斯诺斯、皮埃尔·埃玛纽埃尔、1940 年后的共产主义者),或用化名发表作品(莫里亚克、盖埃诺、阿拉贡、埃尔莎·特丽奥莱)。**韦尔科尔**的真名为让-马塞尔·布吕莱(1902—1991),他创作了"抵抗"小说——《海之沉静》（1942），与皮埃尔·德·莱斯屈尔创建了午夜出版社。整个"二战"期间，爱国主义作家正是在该出版社秘密发表作品。

"二战"结束后，战斗精神依然维系。尽管20世纪20年代至30年代间的重要作家相继去世（罗曼·罗兰、吉罗杜、瓦莱里、贝纳诺斯、纪德、克洛岱尔），然而见证文学却得到发展，呈现讽刺挖苦（让·迪图尔）、失望灰心（罗伯特·安泰尔姆、大卫·鲁塞）或苦涩辛辣（罗伯特·梅尔）的特征。作品所表达的思想依然具有抵抗精神（罗曼·加里、约瑟夫·凯赛尔）。意识小说蓬勃发展，它主要受共产主义影响，但希望去斯大林化，代表作家为阿拉贡、艾吕雅、克洛德·鲁瓦、罗歇·瓦扬。同样，存在主义也得以繁荣发展。战争的恐惧（尤其是集中营的建立）令作家们瞠目，他们迟疑于幻想破灭的描绘（追根究底，这便是加缪所谓的"荒诞"）和新价值观的构建之间。

文学中的存在主义

存在主义由"人格主义者"加布里埃尔·**马塞尔**引介入法国，无神论存在主义的基本观点是：存在无法通过演绎得出。存在既不可以被论证，也不可以被解释：它自行产生并为人接受。为了赋予自己的生命以意义，人类只能寄希望于自己、自身责任以及介入活动的自由。浸没于"形势"自定的物质和历史世界中，个人面对的是晦涩难懂的客观现实。无他者助力，人类可托付的唯有自己，将存在视为一种焦虑、孤独的深渊（"精神上的被遗弃"）。为了不陷于失望或幻想中，人必须时刻塑造自己的尊严和道德，从而尽力成为自己："人除了自己认为的那样以外，什么都不是"。

上述观点规定了写作的作用之一：参与无法避免的介入运动的一种形式。萨特希望提醒作家认清自己的责任（《什么是文学？》），他不赞同将书籍视为一种消遣品（或"自欺"）。为践行该目的，萨特和加缪的创作涵盖所有文学类型，然而他们也从未忽视时事（加缪的《时文集》、萨特的《境遇集》）。因为正如萨特作品的题目所言,《存在主义是一种人道主义》(1946)。

萨特

让-保罗·萨特(1905—1980)的自传作品《文字生涯》(1964)中介绍到：这位年轻人出身资产阶级家庭，幼年成孤，学业出色，逐渐走向对抗自己阶层的道路。几乎萨特的所有小说都以这种反抗精神的萌发为主线，如以情感日记为形式的《恶心》(1938)。该作品中，人物（罗根丁）经历了世界上令人恶心的荒谬，事物在他身上引发了一种柔软无力却日渐溢出的腐败感。唯有小说写作才能弥补这种亲身经历，因为小说可以将虚无与危机转化为艺术作品。不过，萨特的后续小说中，并未体现出这种"普鲁斯特式"的拯救式写作。

因为萨特深知对于存在的逃避是虚幻的。《墙》(1939)所收录的五部中短篇小说讲述了无法认清自我命运的社会边缘者（死刑犯、性意识失常者、疯子）的故事。其余人物的虚假个性均为杜撰，他们自满于自己在他人眼中的形象。萨特将这些不真实的人物命名为"下流胚"，因为凡是出于需要，他们便会标榜自己是法西斯主义者或仇视犹太人者（《一个工厂主的早年生活》），以此谋求稳定性。最后，未完成的小说集《自由之路》，收录了1945年出版的《不惑之年》、1946年出版的《延期执行》、1949年出版的《痛心疾首》表明：至少尚存一些选择和行动可以允许我们用拒绝自由来替代荒谬的偶然性。

萨特的戏剧同样描绘了正在塑造自我的人。《苍蝇》(1943)涉及神话人物俄瑞斯忒斯，但他在其中并非受集体利益引导，而是受自己的虚荣心指引。《密室》(1944)是一个有关地狱的寓言：人一旦死亡，则无法解救自己，便成为他人意识的囚徒。萨特其余戏剧作品的形式几乎无创新，题材涉及政治方面：美国种族主义（《可敬的妓女》）、抵抗运动（《死无葬身之地》）、纳粹罪行（《阿尔托纳的死囚》）、道德自由（《魔鬼与天主》）。

然而，萨特文学的创新性主要体现在其小说美学思想上。不同于莫里亚克，萨特反对小说的传统技巧，传统技巧以一个全知叙述者的存在为基础。萨特认为叙述应由作品人物的主观观点构成，以便读者能够与这些人物的当时意识保持一致。受美国小说的启发（福克纳、多斯·帕索斯等），萨特希望小说能够有别于回溯性作品，他指出小说的构思不应建立在既定计划之上，而应允许剧中人物自由选择未来。这些的理论虽然虚幻，但却启发了"新小说家们"。

西蒙娜·德·波伏娃

西蒙娜·德·波伏娃（1908—1986）是萨特的女伴，他们都曾通过哲学教师资格会考。波伏娃为女权意识的活跃贡献颇大。她的作品《女宾》（1943）以及《第二性》（1949）强调了女性的异化，以极为丰富的文化素材叙述了女性地位下降的历史："人并非生来就是女人，而是变成了女人"。西蒙娜·德·波伏娃曾在一段时间内拥护毛泽东主义，随后的几部自传体作品思考了她所接受过的教育（《一个规矩少女的回忆录》，1958）。然而，她认为自己最大的文学成就是创作了《名士风流》（1954），这既是一部对知识分子幻想破灭的写照，也是一部富有技巧的小说，讲述的是一段失望爱情的故事，见证了20世纪50年代的混乱。

加缪

尽管阿尔贝·加缪（1913—1960）在战后极力反对萨特，但他与存在主义运动形影不离。然而，他自我标榜为"荒诞派"，即一种认为人世毫无意义和希望的世界观。加缪出生于阿尔及利亚一个穷困潦倒的家庭，他对生活的最初印象是大海和阳光。抒情作品集《婚礼集》体现了这种身体或肉体的召唤。然而，疾病、殖民主义与战争的残酷、巴黎下层住宅区的穷困过早地将这种期待转变为失望。作为抵抗运动的成员、富有战斗精神的记者（在法国国土解放运动期间，曾创办《战斗报》[①]），加缪于20世纪40年代撰写了"荒诞作品集"。

《局外人》（1942）中，加缪凭借主人公莫尔索，成功地用理想的小说形式诠释了作家眼中的人类处境。莫尔索是一名乏味的办公室职员，受平淡无奇的生活所迫，得过且过，盲目度日。在一个阳光明媚的海滩上，各种偶然因素导致他杀死了一位阿拉伯人。他也因而牵连进司法诉讼等一连串麻烦中，最终他被判死刑，但究其原因，与其说他是因其谋杀获罪，不如说是因冷漠态度而被判刑。某些戏剧作品（《误会》《卡利古拉》）也表达了命运的盲目。如同西西弗斯一样（《西西弗斯的神话》），人类不断地竭力完成一些微不足道且徒劳无益的任务，而且其所有努力均为无用功。

之后，"反抗作品集"继续发展了这些阴郁、枯燥的观点。加缪试图通过行动、博爱和创作为荒诞构想答案。《鼠疫》寓意罪恶的入侵（纳粹主义等），但终败于集体斗争。论点（实质内容过于简单）之外，这部小说还擅长刻画一些激动人心的画面，用以象征专制暴政和手足战斗。然而，可以很清楚地看出，加缪对此并非深信不疑。萨特视加缪为"心灵美丽者"、性格温和者、道德慈善者，然而在他们决裂后，面对萨特的猛烈攻击，加缪在自己周围几乎见不到他所颂扬的手足般情谊。他的短篇小说《流亡与王国》（1957）及《堕落》（1956）证明了怀疑与失望的永久性。他希望自己与他人"团结一致"，但却落得"孤独"。不过，总而言之，相较某些存在主义者以及其他作家，加缪最终体现的不确定性要比他们咄咄逼人的确定性更具有预见性（且危害小）。

此外，加缪也对戏剧创作感兴趣且作品丰富（《卡利古拉》，1944；《正义者》，1949），其戏剧应该被视为文学的一次见证。他知晓如何重新激活一些

[①] 此处原文有误，加缪并非该报创始人，而是主编。——译者注

重要传说（如鼠疫传说），并为每一部作品创造独有风格：《局外人》的"白色"书写理想地模拟了存在的虚无；《堕落》中讽刺性且令人痛苦的戏剧独白也是一种自我批评和揭露；《鼠疫》中富有说服力的话语则是对尽力付诸实践的论述的讽喻；《婚礼集》中的肉欲之美化作一首生活的颂歌、散文诗。加缪是一位令人称奇的文学语言技术专家。

从非介入文学到幻想和想象文学

"轻骑兵"类作品

战争刚结束之时,文学作品中普遍出现了政治化现象,因而,势必存在反抗之声。甚至罗歇·瓦扬与克洛德·鲁瓦等马克思主义者也强调对幸福,乃至放纵的个人追求。法国解放运动之时,某些二三十岁的年轻作家崇拜司汤达,他们认为抵抗运动及存在主义中的积极人道主义略显无聊和虚假。这些反动作家自视为"右派无政府主义者",重新书写**轻骑兵**传说:日常中,某些信仰个人主义的骑士从容洒脱、充满爱意柔情,把自己的生活变为一种追寻幸福的个人游戏。轻骑兵的典型代表借用自司汤达的作品。吉拉尔·菲利普在电影中演绎了轻骑兵形象(《巴马修道院》,1948;《红与黑》,1954)。该词与该理想还出现在一些小说中:《蓝色轻骑兵》(罗歇·尼米耶)、《屋顶上的轻骑兵》(让·吉奥诺)。

"轻骑兵"类作品并未形成一种流派。他们的共同之处在于塑造了一些"年轻、积极、幻想破灭"的主人公。代表作家有:罗歇·**尼米耶**(1935—1962)、米歇尔·**德翁**(出生于1919年,详见第433页①)、雅克·**洛朗**(1919—2000)、弗朗索瓦·**努里西耶**(1927—2011)、贝尔纳·**弗兰克**(1929—2006)和弗朗索瓦丝·**萨冈**(1935—2004)。后来,迫于压力,该团体内部动荡不安:贝尔纳·弗兰克成为左派,因而"轻骑兵"团体向解放运

---

① 此处指原法文版页码,即本书页边码。——编者注

动中的"纯洁化"作家（塞利纳、保罗·莫朗、安德烈·弗雷尼奥、罗伯特·布拉西雅）和思想示好。甚至出现了极为怪诞的观点：将安托万·**布隆丹**（1922—1991）视为"法西斯主义者"。今天，这些争论已被遗忘。"轻骑兵"类作品重新激发了幽默、忧郁以及某种浪漫主义。他们的粗放言行独成一派。在意识形态坍塌之时，他们便再次被人发现。

不循习俗者与创造者

思想上的不信任往往伴随着对现实主义的拒绝。创造者希望与作品传递的道德观念保持距离，以便自己的原创想象力能够自由发挥。因而，作家或者按照自己的观点改写现实（步超现实主义者后尘），或者使用叙述技巧，灵活处理语言。亨利·**博斯科**（1888—1976）等作家的作品将自然转化为幻想（《德奥蒂姆农场》，1945；《马利库瓦》，1948）。然而，这一时期，富有天分的"修补工"开始打破文学传统。

爵士乐手鲍里斯·**维安**（1920—1959）生活于社会边缘，富有创造性，是这一类创新作家的理想代表。他以韦尔农·叙利旺为笔名写作了一些"美国式"黑色小说。他的作品风格时而略带怪诞的刺激性（《红草》，1950），时而显现纯粹诗意的或忧郁的幻想色彩（《岁月的泡沫》，1947）。这位古怪、焦虑的无所不为者也创作戏剧。他的作品与社会脱节，但给人耳目一新的感觉，表达了对现实的某种不适应性，而尤以其歌曲最为明显。

雷蒙·**凯诺**（1903—1976）的成绩更为突出。这位博学者（他是哲学家、数学家、七星百科全书的主编）将写作视为一项组合游戏，充满模仿、幽默、词汇运用技法。这位结构主义者选取的方法不是以任意一种"灵感"为基础，而是以符号和风格的零星修补为基础。他的《风格练习》便是体现这些原则的出色例证。凯诺无视字词拼写和文学的"优美语言"（《远离吕厄伊》，1944；《地铁里的扎西》，1959），而是为自己规定一些模仿的限制性原则

(《蓝花》)。以凯诺为中心，形成了乌力波（即潜在文学工场）团体。其中，一些杰出的知识分子和乐天派们实验各种类型的语言伎俩。毋庸置疑，乌力波成员中最引人注目的当属乔治·**珀雷克**（1936—1982）。这位填字游戏爱好者才华横溢，其创作成绩来之不易，如小说《消失》通篇避用字母"e"。珀雷克是一位富有想象力、与众不同的作家，《物》(1965)完美地表达了消费社会的空虚和分散性，后来出版的《人生拼图版》(1978)是一部讽刺现代性的百科全书。

精雕细琢的文笔与想象作品

文学忽视说教与讨论，因而，它势必重返想象与简化、虚幻怪诞与矫揉造作。朱利安·**格拉克**（原名路易·普瓦里耶，1910—2007）受浪漫主义尤其是超现实主义的影响，他为这一"梦境"和"谎言"小说趋势提供了一个完美视角。格拉克的作品中，世界陷入时间停滞状态；期待可以孕育想象，这是欲望和萦念的现实表现，因为未来可能存在战争或死亡（《流沙海岸》，1951；《林中阳台》，1958）。同样，空间也会将读者带入某些情节：林间小道、大海和半岛（《半岛》，1970）。这一虚幻环境往往刻画得细致入微，因为它意味着某种意义，并且影响人物的性格与行为。因而，意识状态（启蒙、等待、回忆、沮丧、遗忘）替代"讯息"心理学。此外，格拉克还是一位优秀的评论作者，他的点评辛辣尖刻。他厌恶大众媒体围观文学界的"行动"（《肚中的文学》），他拒绝文学奖项或在社交场合抛头露面，斥责"冷淡的"文学形式（新小说等）。格拉克既是一位文笔优美的文学技术专家，也是一位审美家。然而，他笔下飘忽不定的人物，虽然有些并未完工，但却以自己的方式诠释了小说人物的现代"解构主义"。

超现实主义的新思想孕育了想象，色情小说则促进了想象的进一步发展。幻想得以充分展现。安德烈·**皮埃尔·德·芒迪亚尔格**（1909—1991）的文学世界中，大肆运用了一些欲望和死亡意象（《海洋百合》，1956；《摩托车》，1963）。乔治·**巴塔耶**的影响也很明显：性本身便可使生命以"放荡"形式生存并与最具冲动性的想象力建立联系。尽管这些诱惑的表面已形式化，但却较易融入重返情感教育的大环境，弗朗索瓦丝·萨冈、保罗·吉马尔、克莱贝尔·阿埃坦的某些"色情性质的"辛辣文章便是其具体体现。

最后，虚构文学的复苏并未阻碍古典表达手法的运用和作家博学才华的彰显。如玛格丽特·**尤瑟纳尔**（1903—1987）的《哈德良回忆录》（1951），这是一部有关公元 2 世纪罗曼皇帝的小说化传记，讲述的是特殊历史背景下的一场浓烈爱情（哈德良深爱安提诺乌斯）："自西塞罗至马克·奥雷勒这段时期，诸神不再，基督尚未降临，这是仅有人类存在的唯一时期"。

神话小说

米歇尔·**图尼耶**（生于1924年）的野心更为雄大：他希望复苏神话传说（吃人妖魔、鲁滨逊、双子兄弟、东方三王等），因为他认为作家的社会责任是丰富"神话传说的反响"，这一"浸满形象的大浴缸"是我们的生存之地，也是滋养我们"灵魂的氧气"。小说是以神话为基础的开放性空间，其中，孩提般的原始想象无所不在。鲁滨逊题材（《星期五或太平洋上的灵薄狱》，1967）理想诠释了这一研究方式：由主人公重新思考和重新构建所有知识。图尼耶也写作一些评论文和读书笔记（《圣灵之风》《飞行的吸血鬼》），并未局限于荒蛮或贫瘠意象构筑的世界里。总体而言，神话小说用以讽喻，如吃人妖魔（《桤木王》，1970）让人联想起希特勒主义，《金坠儿》则以移民和种族主义为背景。

376

新小说与其周边作品

原则与发展

正如纳塔莉·萨罗特对自己一部作品的命名，20 世纪 50 年代是"怀疑时代"，正在经历一场危机。古典形式备受质疑，开始努力复建理论。一众小说家虽存有分歧，但均标榜自己属于同一现代类型："新小说"。这些作家的作品由午夜出版社出版，他们凭借某些"拒绝"而为人所知，并通过多部作品来宣告这些原则：纳塔莉·萨罗特的《怀疑时代》（1956）、阿兰·罗布-格里耶的《为了一种新小说》（1955）、米歇尔·比托尔的《论小说》（1955）。他们崇拜纪德、乔伊斯、福克纳或卡夫卡，认为生活散漫、无序，其中的个体淹没于事情的稳固中。

这些概括性思想并非表面看来那么有新意，可以归纳如下：

- 总体而言，初期的新小说属于现实主义（而非形式主义），然而它探寻一种能够通过新方式（尤其是冷静的描述）说明现实的写作形式；
- 新小说是一种探索和解放，拒绝简单和保守的小说习惯，它试图唤醒读者；
- 新小说拒绝成为思想的代言者，作品有自己的结局；
- 新小说避免将人物类型化，更倾向于塑造一些因意识和事情的不连贯性而身份无法确定的人物；
- 新小说背离传统情节，拒绝沿时间线性发展。同时表达多种层次的意识形态；叙述存在一些缺陷或僵局；人物往往是游荡或迷失在毫无结果的调查中。

新小说发展中的一些重要时间节点，如下图：

阿兰·罗布-格里耶
《橡皮》（1953）
《窥视者》（1955）
《嫉妒》（1957）
《在迷宫中》（1959）
《去年在马里昂巴德》（1961）
《快镜头》（1962）
《约会楼》（1965）
《纽约革命计划》（1970）
《一个幽灵城市的拓扑学》（1976）
《金三角的回忆》（1978）
《琼》（1981）
《重现的镜子》（1984）
《天使》（1987）

米歇尔·比托尔
《米兰巷》（1954）
《日程表》（1956）
《变》（1957）
《度》（1960）

克洛德·奥利耶
《戏》
《秩序维护》（1961）
《印度的夏天》（1963）
《诺兰的失败》（1967）

新小说主要作品

克洛德·西蒙
《春之祭》（1954）
《风》（1957）
《草》（1958）
《弗兰德公路》（1960）
《豪华大旅馆》（1962）
《历史》（1967）
《法萨尔战役》（1969）
《导体》（1971）
《三折画》（1973）
《经一事长一智》（1976）
《农事诗》（1981）
《贝蕾妮丝的秀发》（1984）

罗伯特·潘热
《审问》（1962）
《某人》（1965）
《帕萨卡里亚舞曲》（1969）

纳塔莉·萨罗特
《向性》（1938）
《无名氏的肖像画》（1949）
《马尔特罗》（1953）
《天象仪》（1959）
《金果》（1962）
《生死之间》（1968）
《您听到他们说话吗？》（1972）
《傻瓜们说……》（1976）
《言语的运用》（1980）

让·里卡杜
《夏纳的瞭望塔》（1961）
《攻占君士坦丁堡》（1965）

377

378 理论家：罗布-格里耶

阿兰·罗布-格里耶（1922—2008）毕业于法国国立农学院，后转而从事文学创作，深受现象学影响（因而受萨特和塞利纳影响）。他以对现实（行动、姿态、物体）和主观性（失望、幻想）的系统描述替代传统的心理分析。然而，这一主张仅仅触及形式或表面；意识的秘密依然晦涩，且缺少逻辑。因而，小说成为一种用以定位、界定或测量的罗列清单，毫无热情可言。这一物体世界让人想起萨特式的"恶心"和加缪笔下的"荒诞"：其中的人置身于寂静和孤独中。作品的描述阐明了精神上的无依无靠。在《橡皮》（侦探瓦莱斯游走在一个令他不堪重负的迷宫般的城市中）和《嫉妒》（多疑的丈夫不停地监视妻子，但徒劳无果，将现实迹象与自己的幻觉混为一谈）中表现尤为明显。

之后，罗布-格里耶独特的现实主义思想引领他涉猎电影，其作品中，事物自由蔓延，幻想任意驰骋。

比托尔：怎样言明一切？

米歇尔·比托尔（生于1926年）是一位出色的文学评论作家（《文集》），他曾意欲逼迫新小说中的"现实主义"直至其最后一道防线。其作品试图将全部现实和盘托出。《度》从各个视角展示了一堂一小时的课程。然而，显而易见，无法做到全面且详尽，因为无法揭示所表达观点间的相互依赖性。《米兰巷》希望阐明早七点至晚七点间，一栋八层楼中的邻里间的生活关系。不久，整体性转化为分散性，而全部现实依然是一场虚构。因而，仔细剖析《时间表》也是徒劳无功，因为它也是一部错综复杂的作品。

《变》是比托尔最通俗易懂的作品，讲述某位名叫路易·德尔蒙的人乘坐火车去罗马约会情人。空间的移动使他能够重新思考生活的分散性和"改变"自己的决定。作品以第二人称复数写就，故事进程模糊，读者感觉自己也身临其境。

表面之下的存在：萨罗特与杜拉斯

受普鲁斯特的影响，纳塔莉·萨罗特（1902—1999）尽力阐明心理生活的复杂性。为了实现此目的，她竭力深入人物变化不定的内心世界，描写因"向性"（即转瞬即逝的"无法界定的运动"）而动摇的意识形态。因而，纳塔莉·萨罗特重视"潜对话"，即内心的连续对话，由语调、粗略意义、失败的套话和歧义构成。人类存在的真实性隐藏于表面之下，决定人类行动的神秘冲动会使这一真实性变化不安。

同纳塔莉·萨罗特一样，玛格丽特·杜拉斯（1914—1996）也感受到真相在不停避闪，真实性被言语的散碎所淡化，因而每个人都无法进入他人内心，只能任由对方陷入其自身纷乱的焦虑中。然而，杜拉斯的风格远离忧虑不安的"向性"的不稳定性。她在早期的评论作品中，曾提及莫里亚克和格林。而后，她开始撰写极具讽刺性的短篇小说。简单和有限的形式阐明了存在之间的短暂联系。玛格丽特·杜拉斯作品的主题以相遇为主；两个人彼此亲近，试图实现和谐的关系，之后却又彼此分离。作品删减次要情节，专注于叙述意识动态。不断重复惶惶不安、虚弱无力的声音，最后向主导主题靠拢。因而，在某种暗沉单调且压抑克制的情感中，可以窥见人类心中的秘密与孤独。因为经历人世时，人类并不知晓自己的动机何在（《如歌的中板》，1958；《洛尔·瓦·斯泰恩的陶醉》，1964）。玛格丽特·杜拉斯也写作戏剧作品；她的方法完全适用于戏剧（人物说话时，并非无话不谈）。同罗布-格里耶一样，她也写作电影剧本（《广岛之恋》，1960；《印度之歌》，1975）。其自传作品《情人》（1984）获龚古尔文学奖，她也因此广为人知。

结构紧凑的世界：西蒙与潘热

克洛德·西蒙（1913—2005，于1985年获得诺贝尔文学奖）完成了对传统叙述的解体。现实仅呈现在无定形的混乱形式之下，唯能窥见的是由空虚间隔的一个个片段。《弗兰德公路》（1960）中，仅用一句话复述了1940年法军溃败之时，三位幸存者的叙述。这三种声音互相穿插、交织，增强了犹如迷宫或谜语般的效果。到底谁是阐述者？无从得知。在缺少组织、萦绕反复的现状中，这种系统性的干扰营造了一种完全陷入困境的感觉。篇章的崩溃代表了历史的崩溃，以及整部小说的崩溃。这部作品仿佛是一首模糊不清、结构紧凑的诗歌，因而难以分类。在其主题里，以及篇章的美学建构中，瓦解和死亡的符号无处不在。此外，西蒙也写作自传形式的作品：《洋槐》（1989）。

罗伯特·潘热（1919—1997）与克洛德·西蒙方式相同，但其嘲讽更为明显。他所写作的作品，冗繁话语堆砌、描述缺乏条理、对话主题愚蠢或老生常谈。这让人联想起"新戏剧"，但是却多添几分令人目眩的烦琐。此外，潘热也创作戏剧作品。而《审问》（1962）等小说作品则刻画了日常生活中重复发生的、演变为空虚的荒诞。

有些新小说甚至令人难以卒读。新小说在经历过上述发展历程之后，向纯粹的形式实验发展。作品成为一种对文本能力的探索，这正是让·里卡杜提出的"用写作历险代替历险写作"声明中的呼吁。菲利普·索列尔及其朋友在杂志《原样》中发表的早期作品也属于这一分支，不过当时曾招致众多读者厌倦。不久，这一风格便销声匿迹。后来，皮埃尔·德·布瓦代弗尔（《咖啡壶在桌上》，1967）等人一致讽刺该文风。

新戏剧

新奇、嘲笑、残酷

罗歇·维特拉克与鲍里斯·维安（1920—1959）等作家早已倾向于推翻达达主义和阿尔弗雷德·雅里影响下的戏剧规范。然而，自20世纪50年代起，这些孤立无援的尝试变得更加系统且审慎周密。我们称之为"新戏剧"。如此命名自有道理，因为这类戏剧作品的原则均不同于以往的惯用准则（时间、地点、情节、性格、语言）。

这种争议让人想起安托南·阿尔托，他曾希望"代表作品可以终结争辩"且找到一种如鼠疫或其他灾难般令观众惊愕的文风。不久，某些恒定不变的特点便出现了：

- **弃用说教性**。新戏剧反对萨特，拒绝文论和宣传。新戏剧并未建立思想体系，其目标是实现不含寓意、毫无心理动机的"反戏剧"。这一计划意味着戏剧作品的语言缺乏条理，人物缺少个性，时间和空间背景无法定位。

- **带有冲突性的台词**。既然该类戏剧拒绝心理描写，因而，在荒诞且难以预料的世界中，人物似乎是失败者。他们唯一的存在方式便是说话。不是因为他们有话可说。他们语无伦次，将一些陈词滥调重复再三。然而，台词让他们与他人建立联系：彼此或互相厌弃，或针锋相对。语言总是具有冲突性，如一些戏剧以家庭中愚蠢荒谬的争吵为形式。

- **风格简化与象征**。一部戏剧毫无意义可言，仅为表演而存在。戏剧场景服从于导致人物丧失人性（如尤内斯库的加速化处理或贝克特的困境设置）

的内部动力。舍弃意义是为了强调情境并使其象征化。因而，常塑造一些社会边缘者：流浪汉、痴呆、残废、蠢笨的暴君、精神失常者、愚侏病人、虐待狂等。嘲弄通过残酷实现；

- **深刻的揭露**。这类戏剧拒绝传递思想，但是这种缺失传递了一种信息。它暴露了人类的焦虑、处境的荒诞、希望的愚蠢。戏剧场景经常用以表现一些等待某一救星的傀儡（尤内斯库的《椅子》、贝克特的《等待戈多》）。缺乏逻辑的、垂死的世界用其虚无麻醉自我。

新地点，新作家

20世纪50年代，戏剧的观众群体面目一新。让·维拉尔管理的国家大众剧院向所有传统剧目开放，同时，外省一些地区（阿维尼翁、阿尔比、卡尔卡松）纷纷创办戏剧节。在拉丁街区，让-路易·巴罗和玛德莱娜·雷诺为让·热内等年轻作家的创作提供空间。这种对戏剧的热爱促进了新作品的出现。

作家十分重视对话的处理，或游刃有余施展才华（如雅克·**奥迪贝尔蒂**），或言语怪诞至极（如让·**塔迪厄**）。然而，长篇大论导致难以摆脱形而上学的空虚。在马克思主义者阿图尔·**阿达莫夫**（1908—1970）的作品中，这种焦虑尤为明显。阿达莫夫难以忘却自己的流亡经历（他生于高加索），喜欢阅读卡夫卡的作品，迷恋超现实主义，他的紊念常让人联想起贝克特：人成为机器（《弹子球机》），身体致残（《帕奥罗·帕奥利》）。

让·热内（1910—1986）既是一位脱离社会者，又是一个轻刑犯和外国军团逃兵，他创作的戏剧场景暴力且魔幻。《女仆们》（1947）描写的是遭受剥削且充满仇恨的姐妹俩以近乎仪式般的方式谋杀了自己的主人。《阳台》（1956）叙述的是一个妓院中的顾客习惯于佯装成重要人物，而陷入这场游戏的一位舞女被视为女王。《屏风》是对军国主义与种族主义的刻薄讽喻。热内曾引起巨大轰动。然而这些"凄惨的闹剧"背离所有传统，创造出一种有效的戏剧语言。他的追随者中，也有两位带有煽动性的戏剧作家：费尔南多·**阿拉巴尔**（生于 1932 年）和阿尔芒·**加蒂**（1924—2009）。阿拉巴尔的作品塑造了络绎不绝的愚笨者、虐待狂和压迫者，他以此来煽动观众。而加蒂认为自己的职业具有政治鼓动者的作用，他的戏剧作品甚至发展为刺激集体创作的集会。

最后，戏剧还受其他因素影响，如乌力波的影响。塔迪厄对语言的把玩让人联想到凯诺的风格。某些作家尤其喜欢技艺高超却荒诞不经的对话，因而其作品略显愚弄欺瞒或缺乏逻辑性。在《热努西》中，勒内·德·**奥巴勒迪亚**（生于 1918 年）设置了八位封闭于自己语言体系中的人物（一位精神病专家、一位诗人等），他们尽力与他人交流，但却毫无结果。弗朗索瓦·**比耶杜**（1927—1991）的幽默感苦乐参半，罗兰·**迪比亚尔**（1923—2011）的对话荒诞愚蠢，但同样讥讽了人类之间无法实现的交流。

382

尤奈斯库笔下的荒诞主义

出生于罗马尼亚的欧仁·尤奈斯库（1912—1994）曾多次阐释自己的创作目的。他拒绝区分喜剧性与悲剧性，希望让荒诞显而易见。他采用了多种方式：物体的蔓延（满台椅子等）、令万物窒息的过度放大（一具不断膨胀的尸体、不停繁殖的犀牛们）、摆谱却愚蠢的人物（死去的国王、处变不惊的英国夫妇、只传授愚蠢且杀死学生的老师）。因而，人物与物体向读者袭来，但是他们的过度充斥所带来的仅有空虚或死亡。

人物丧失人性（以死板且知足的木偶或机器人的形式出现），所说话语均已既定。尤奈斯库因受阿西米尔学习法模式的启发，创作了《秃头歌女》。作品中的反英雄们传达着别人的散碎对话。他们受预先设定的能指所束缚，陶醉于陈词滥调和言语争吵中。因而，故事发生地是一个密闭田地，他们争辩、四散开去、互相吵嚷，剧中毫无任何实质性内容发生。口语性既是必须的（为了继续存在），也是虚构的，它是死亡不断到来的象征符号。总之，尤奈斯库的戏剧滑稽、焦躁不安，带有令人捧腹的奇特性。脱节现实总会转变为一场滑稽表演。

贝克特与"无名氏"

《等待戈多》（1952）的成功最让萨米埃尔·贝克特（1906—1989）感到惊喜。荒郊野外，两个可怜的流浪汉——弗拉狄米尔和埃斯特拉贡在漫无目的地闲聊，他们在等待一个名叫戈多的人的到来。显然，该作品讽喻了人类希望的无用性，也有助于当时的公众理解新戏剧的目的，即谈论重要内容（并未具体命名）：虚无、乌有、黑暗。

因为贝克特所追求的正是"无名氏"。他笔下的人物在表达观点时，总会觉得词语贫乏：说话语无伦次，之后便寂静无声，其中还充满哈欠声、啰唆词句、模仿声或咕咕哝哝的话语。正是在这些空隙或时间段内，词语失败并解体，戏剧的深层意义形成并显露。穷困落魄者、可怜的乞丐、瘫痪无力者，贝克特笔下的这些人物已经被慢性死亡所侵袭。温尼深陷土中（《啊，美好的日子》），其他人生活在垃圾场或轮椅上（《一局终了》）。贝克特甚至借用马戏团的滑稽伎俩（摔倒、踹一脚、裤子滑落），这使人联想到堕入深渊、遭人嘲笑的凡夫俗子所遭遇的残酷失败。整个世界都正在瓦解，陷入普遍存在的溃败之中。

贝克特的悲观主义是绝对的，然而并无新意。在那个卡夫卡的时代，以孤独和沟通不畅为主题的作品司空见惯。然而，贝克特知道如何寻觅到一种非凡的、颇具吸引力的表达方式。他的戏剧几乎让读者切身体验了作品中传递的失望沮丧与苦恼不安。贝克特的散文体作品通过运用虚无所发出的声音来演出无休止的独白，表达人类共同的失败（《恶语来自偏见》，1981；《最糟糕》，1991）。

诗歌的发展经历

生活中的事物

战后不久，富有战斗精神的诗人享有盛誉，主要代表为阿拉贡和艾吕雅。然而，当作品主题不再迫切需要表达爱国或社会博爱时，他们的创作激情很快消退。文学界落入一段空白期：瓦莱里和克洛岱尔辞世，超现实主义言语冗赘。1945 年至 1970 年间，由于缺乏共同目标或重要动机，诗歌经历了一段完全分散的时期。诗歌分类具有任意性，这主要因为每一位诗人均将自己的作品视作一段曲折的个人经历。统一性的缺席和分散性的出现赋予了诗歌一种新的真实性和更为感人的亲密性。

诗歌回归生活中的事物。雅克·**普雷维尔**（1900—1977）的诗歌远离一切理智主义。毫无浮夸的文笔，他的"语言"尖刻、幽默地表达了简单人物的微小快乐或失望。他时而表达讽刺，时而传递怜悯，其诗歌是对日常陈旧套话的稍事加工。他的作品最终被谱为歌曲（作曲家科斯玛曾为其填曲）或成为小学生的消遣读物。同样，让·**福兰**（1903—1971）为读者翻开了记载尘封岁月的旧相册，用简短的诗句突出一件日常事物、一个姿势或眼神。因为时间流逝不返且令人生惧。朴素、平滑的静止画面让人联想到"枯亡的自然"。

弗朗西斯·**蓬热**（1899—1988）同样以生活事物为描写对象，但其词汇运用则细致入微。初期作品的描写具体精准。然而，语言客观性的实现仍然是空想，他重点追求文字能够纯粹和准确地模仿所见或所想事物。诗歌不应与现实产生冲突：因为语言源自现实，字词构成了一篇诗歌兼对象（《采取事物的立场》，1942；《散文诗歌》，1949）。欧仁·**吉耶维克**（1907—1997）不信任无根据的抒情，试图控制和"漂白"语言以重现真实现状。他的作品简洁、审慎，避免出现意象和隐喻，以便向读者展现无声的、无活力的事物。布列塔尼人吉耶维克的创作灵感来源于史前糙石巨柱（《卡尔纳克城》《地下》），这些高大的岩石仿佛在与今人对话。

回归事物并不妨碍精神性的阐释；相反，有时事物会涉及神秘，代表生命和变化栖居的世界。这正是让-克洛德·**勒纳尔**（1922—2002）和阿兰·**博斯凯**（1919—1998）所领悟的观点，前者是《世界的变化》与《诸岛皆神秘》的作者，后者是一位作品丰富的诗人，也是"世界最美诗歌"的搜集者。最后需要说明的是：这类作品也可以表达城市的现实，如雅克·**雷达**（生于1929年）的作品体现了他对城市及其郊区日常的观察。

语言学家、乌力波和原样派

其余作家在诗歌创作时，没有为其确定一个外在对象，而是更倾向于思考语言的机制和策略。"怀疑的时代"过半，问题已不在于诗歌是否应该涉及意识形态，而是在于诗歌是否应该展示意识形态的构成模式。许多诗人忽视传递温情或抒发情感，开始把玩推敲字词。

凯诺的拥护者们、"乌力波的成员们"尽数使用了一切专用以活跃创作的方法和各种自我限制手法。乔治·**珀雷克**、弗朗索瓦·**勒利奥奈**、让·**莱斯屈尔**和其余作家强迫自己避用或重复使用某个元音字母。他们运用拼贴、组合练习进行创作（《百万亿首诗》）。他们改写或拼贴某些知名作品。简而言之，他们自得其乐，希望告知诸位：孩童早已发现了诗歌创作的一项原则——游戏的乐趣。这些戏谑作品也可以体现博学广闻：雅克·**鲁博**（生于1932年）利用数学定律和日语诗歌技巧来创造诗歌。

同样，《原样》杂志的支持者们还思考了诗歌的反常和不规则。马塞兰·

普雷奈（生于 1933 年）认为诗歌是对正常性的拒绝。德尼·罗什（生于 1937 年）在一切既有文化范围内，复原诗歌的原始规范，希望以此来恢复诗歌原貌。其余作家更进一步推进了这种自我破坏的诗歌风格，如字母派用声音、音素或符号来代替单词（伊苏、莫利斯·勒迈特等诗人）。

一旦仅把诗歌视为能指的运用，那么，可想而知，语言学家势必会关注诗歌，如亨利·梅斯肖尼克（1932—2009）和米歇尔·德吉（生于 1930 年）。后者在一本晦涩难懂的著作中总结了自己的诗歌理论：《诗歌并非唯一：简论诗歌》（1988）。这些高校研究者极大地影响了当代的创作，在一些专刊中便可见一斑，如克里斯蒂安·普里让（生于 1945 年）创办的《TXT》。

狂热与神秘之间

表面看来，诗歌体现了人工技巧，但是创作诗歌也是为显示人世间的冲突关系。亨利·米肖（1899—1984）视一切艺术为"考验"或"驱魔术"。正如他的画作、旅行与吸毒经历，他的诗歌是一种反抗和疑问。起初，他通过创造词语来塑造语言材料。然而，所得结果令诗人失望。诗歌题目正是对诗作的阐明：《路过》《意念》《不值一提的奇迹》《骚动》《深渊》《沙》《迷失的道路》《违反》。米肖的意识总是偏离正轨，他从三个角度审视诗歌：旅行、自我的淡化和驱魔术。

虽然勒内·沙尔（1907—1988）也是难以揣摩，且深陷同样的矛盾游戏中，但是他并未如此焦虑。抵抗运动期间，沙尔英雄奋战，之后隐居在家乡沃克吕兹。沙尔书写自己对人生的体会：人生如谜般难以领悟且面临重重生存危机。创作仿佛是循着一条沿山脊铺就的道路前行，他的诗歌介于"狂热与神秘"之间，狂热是因为他怀有歌颂生活乐趣的欲望，神秘是由于他确定自己所能触及的仅是其表象而已。沙尔作品的难度正彰显了诗人的追求：沙尔窥伺着时机，可世间令人无望的荒诞、对光明与收获的无限渴求却将他攫住，最终令他头晕目眩。因而，他的语句如同"群岛"般散碎，充满不确定性，而且惯用格言和警句，尤其是喜欢引用古代哲学家们的箴言。

诗歌类似于一条通往神秘的路径和一场精神的历险。神秘的无神论者勒内·沙尔不停地运用宗教启示中的词语和图像。同为抵抗运动成员的皮埃尔·**埃玛纽埃尔**（1916—1984）在作品中重现基督教的冲动，将自己的诗歌化为信仰行动。他远离超现实主义，遵循多比涅和维克多·雨果的创作传统，写作抒情色彩浓郁的诗歌（《巴比伦塔》《生气的日子》）。其虔诚至极，但也为更为袒露或深沉的创作留有空间（《福音书》）。帕特里斯·德·**拉图尔·迪潘**（1911—1975）的诗歌创作受天主教礼拜仪式的启发（《诗歌概论》《圣事音乐会》），他称之为"神诗"。

读者往往难以感受到这些压力的存在。安德烈·**迪布歇**（1924—2001）的作品中，压力导致枯竭和消失。诗歌表达一种缺失与空虚：正是在我们所缺乏的东西中，我们的意识才初次感受到了悔恨与欲望。同样，神秘主义诗人埃德蒙·**雅贝斯**（1912—1991）在犹太文化中寻觅如何《回归本书》，即留有期待的文章。

386 渴望"真正地方"

为了化解矛盾，诗歌寻求一处扎根的地方，哪怕是陡峭之地或不宜居之处。这正是雅克·**迪潘**（生于1927年）在《攀登》以及《窗洞》中所提到的。同样，伊夫·**博纳富瓦**（生于1923年）开始怀疑一切理智主义，讴歌现状（一瞬间、一种声音、一束光线）。他思考死亡，认为正是死亡让眼前的一切物体所拥有的短暂美丽更显珍贵和必要，他在世间寻觅一处用以生活的"真正地点"。诗人不是"永恒的交易商"，而是"世间希望的创造者"。博纳富瓦的诗歌所传递的是表达欢庆和接受的声音。因为唯一的希望之乡存在于我们所短暂拥有的一切中。幸福是不牢靠的，容易令人战栗，诗歌便是用以模仿真实经历过的"颤抖"。

　　博纳富瓦还影响了他的朋友菲利普·**雅各泰**（1925 年生于瑞士）等人。雅各泰的诗歌拒绝使读者产生头晕目眩的感觉，他希望通过对话鼓励读者交流和突破约束。因而，他的作品呈现简单和朴实的特点，歌颂空间、空气和光明。同样，安德烈·**弗雷诺**（1907—1993）希望向我们表达生活排斥确定性、凝聚散落于简单事物中的幸福时光的种种迹象。受更具抒情特点的灵感启发，埃玛纽埃尔·**奥卡尔**（生于 1940 年）等诗人重新创作了一些追忆古代的挽歌，用以慰藉心灵、重现生机。弗兰克·**韦纳耶**（生于 1936 年）的作品风格则更为悲惨和凄苦，他希望利用诗歌克服厌恶或痛苦之情。与其说诗歌是一种无根据的文本实践，他更认为诗歌是一种生活方式。后几位作者的介绍可详见第 445 页①。

---

① 此处指原法文版页码，即本书页边码。——编者注

作品与经历

自传文学趋势的发展初期

战后，小说的绝对优势并没有妨碍自传作品的强势回归。而且，在媒体的运作下，作者（或者简言之，是一些名人）被从幕后推向台前介绍自我，自传作品飞速发展的势头更加明显。20世纪70年代至80年代之间，公众人物无不撰写忏悔录或"公开信"。

然而，自传首先是一种文学行为和自我的再塑造。让·热内（1910—1986）深知此界定。他的《盗贼日记》（1949）反映了自己的经历（漂泊、盗窃、监禁等），并将之转化为诗歌或传奇性文字，通过一段不堪回首的经历传递出某种意义和美感。这一萨特式的构想（详见《恶心》的结局）让萨特深受震撼。让-保罗·**萨特**曾为热内（还有福楼拜、波德莱尔等）写过传记。1964年，他创作《文字生涯》。这一部作品以年代为顺序，记录了萨特从出生到投身文学创作这段时间内的真实生活。实际上，"读书""写作"的篇章结构，以及复仇者的刺耳口吻已使作者彻底否定了自己的孩提时光。与其说他是在讲述自己的故事，不如说是在揭露教育造就的"神经官能症患者"的经历。

在写作中，所有的自传作家都意识到无法保持完全镇静，或者将自我"全盘"且"如实"托出。每一位作者都尽力应对这一难题。乔治·**珀雷克**（1936—1982）仅以片段的形式详列了一些零散的记忆（《我回忆》，1978），或是真实记述与虚构间的一场对话（《W或童年回忆》，1975）。伊夫·**纳瓦尔**（1940—1994）等作家视每一部小说为不停记录个人日记的间接形式（《传记》，

1981）。因为，他们深知普鲁斯特所言有误：逝去的时光无法再追回。米歇尔·**莱里斯**（1901—1991）的作品中，写作全力寻求真实性。因而，写作需要运用精神分析法（《人的时代》，1939），尤其是将语言与意识结为一体的方式。《游戏规则》（共包含四卷作品，即《删除》，1948；《杂七杂八》，1955；《小纤维》，1966；《脆弱的声响》，1976）是对词语学习运用期的考查。

部分自传文学的撰写目的也是为了再现集体历史，作家通过书写自己的生存经历来叙述一段历史。如克洛德·鲁瓦（1915—1997）在作品中力证自己的共产主义选择和克己行为（《我，我》，1969）。此外，克洛德·**莫里亚克**（1914—1996）担任过戴高乐将军的秘书，参加过当时的多场战役，他也将自己的私人日记变成一份历史的见证（《固定不变的时代》，1975—1985）。安德烈·**马尔罗**同他的偶像夏尔·戴高乐一样，拒绝自我忏悔，而是通过回忆自己的"介入"生活来思考艺术和命运的意义（《反回忆录》，1967）。玛格丽特·**尤瑟纳尔**（1903—1987）甚至再现了自己的直系亲属家谱，而她书写过去的视角更为宽广，扩展至世界历史的角度（《世界的迷宫》，1974—1987）。

唯有生活

不同于19世纪的伟大作家，现代作家怀疑小说是否能够掌握整个社会的历史。重返现实经历是一种揭示历史发展方向和展露时代概貌的方式。因而，现实主要以一种分解和零碎的方式被感知。另外，公众习惯于壮阔或轰动的效果。小说因而尽力选取"瞬间镜头"、引人注目的逸事。生活的剖面强调不正常性或体统缺失。用综合性新闻或事件的描写代替宽泛的思考。

这一趋势导致分析小说的创作削减，转而写作揭露现代生活缺陷的简洁作品。现实主义作家使自己成为反抗的观察者，如克里斯蒂亚娜·**罗什福尔**（1917—1998）愤慨于郊区孩童的命运。勒内-维克多·**皮耶**（生于1934年）揭示了少数跨国公司支配下的世界的劣势（《控诉者》，1974）。安德烈·**斯蒂**

尔（1921—2004）出生于北方的一个工人家庭，作家的成长环境成为其作品背景（《谎言小说》，1976）。这类文献小说不胜枚举。这些作品类似于控诉类的传记（维奥莱特·勒迪克、阿尔贝蒂娜·萨拉赞、瓦勒里·瓦莱尔），用以强调某些创伤（玛丽·卡迪纳尔、克里斯蒂娜·阿尔诺帝、玛丽·瑟拉）。还有一些作品以战争（埃里·维泽尔、约瑟夫·若福、贝特朗·普瓦罗-德尔佩什）或棘手时事为背景。另有一些将童年经历写成小说（罗伯特·沙巴蒂埃、弗朗索瓦·卡万纳、帕斯卡尔·莱内）或用以唤醒无意识与初始欲望（安热洛·里纳尔迪、帕斯卡尔·基尼亚尔）。这类作品常将私人轶事改写为"仿古的"想象大作，如埃德蒙德·夏尔-鲁（她生于1922年，于1966年出版《忘却巴勒莫》）、多产作家皮埃尔-让·**雷米**与埃尔韦·**巴赞**等。

因而，作家希望以自己的方式成为社会学者。然而，伦理介入并未阻挡一种有力且富有诗意的书写方式的运用，如生于1940年的达妮埃勒·**萨勒纳夫**的作品（《古比奥的房门》《冷春》）。还有一种带有禁欲主义的风格，如埃玛纽埃尔·**卡雷尔**（生于1957年）和安妮·**埃尔诺**（她生于1940年）。后者的作品风格朴实无华，以一种惊人的力量展现出文化教育使她脱离出身阶层（《广场》《一个女人》），或是以乏味的文笔叙述内心情感（《简单的激情》，1991）。参见第432页①。

激情的颂扬

因为激情，生活呈现千姿百态。自然而然，在自传作品中，便产生了围绕该种情感历险而叙述人生的倾向。语调有时污秽下流（让-埃德恩·阿利耶、拉斐尔·比耶杜、米里埃尔·塞尔夫、托尼·迪旺、菲利普·索雷尔、加布里埃尔·马茨耐夫），有时丰富无比（帕特里克·格兰维尔）。一些作品耐心地

---

① 此处指原法文版页码，即本书页边码。——编者注

追溯至情感源头，或者是回忆笼罩在诗意岁月的光晕之下的时光（帕特里克·莫迪亚诺、安热洛·里纳尔迪、伊夫·贝尔热、雅克·拉卡里埃），或者是重新体味那段创伤经历（弗朗索瓦·奥吉拉斯、亚纳·凯费莱克、玛德莱娜·沙普萨尔）。

阿尔贝·科昂（1895—1981）的作品完美代表了这类受激情影响的自传小说。他用抒情和充满魅力的写作方式，表达了热烈、排他和愤慨的激情。《我母亲的书》体现了一种隐秘、压抑的美，而鸿篇作品《上帝之美》（1968）则逐一呈现了一场伟大爱情的所有基调（从初期的吸引，到随后的情感爆发，再到最后的筋疲力尽）。让-马里·古斯塔夫·**勒克莱齐奥**（生于1940年）看似冷淡，可内心深处又不乏狂热，他不停地审视使人类摆脱孤独的欲望。勒克莱齐奥的作品或描述漂泊经历（《另一端的旅行》《寻金者》《逃遁录》），或讲述充满激情的探寻（《发烧》《沙漠》），但均用以致敬那些回归生活中的基本元素（水、大地、空气、火）的激情者，他们的目的是为自己的存在找到方向。他的作品标志着21世纪及其"世界文学"的开始：参见第451页①。

女性书写

小说化的"我"具有性别之分。1968年后，女性运动促进了女权主义书写的萌发，如起表率作用（《第二性》，1949）的西蒙娜·德·波伏娃。女性小说家首先强调的是女性解放中特有的问题（弗朗索瓦丝·吉鲁、弗朗索瓦丝·马莱-若里、克里斯蒂娜·德·里瓦尔、伯努瓦特·格鲁与弗洛拉·格鲁姐妹），有些也强调女性在职场中的困难（克莱尔·埃切勒利）。然而，一旦呼吁赋予女性书写以专属的身份认同时，那么，它便与普通文学作品融为一体。雷吉娜·德福尔热与弗朗索瓦丝·多兰的小说中，独有的"女性"色彩体现在何处呢？我

---

① 此处指原法文版页码，即本书页边码。——编者注

们不得而知。然而，女性话语的采用意味着一种与他人划清界限的意愿。因而，人们拷问无意识（玛丽·卡迪纳尔、让娜·埃夫哈尔）以及与男性之间的冲突关系（安妮·勒克莱尔、米谢勒·佩兰、弗朗索瓦丝·帕蒂里耶）。

20世纪80年代，这场运动几乎并未衰退，还引发了一场针对"女性书写"的特征性的真正思考：茱莉亚·克里斯蒂娃、埃莱娜·西克苏与贝亚特丽丝·迪迪埃强调女性发声的作品中存在的"欲望"。该研究方法的相关影响，参见第432页[1]。

---

[1] 此处指原法文版页码，即本书页边码。——编者注

新知识、新文风

碎片美学

20世纪70年代末期起,几大重要体系(精神分析学、结构主义)开始倾塌。自此之后,评论作家们坚持对所谓的"人文"科学进行"修补",分析现实碎片。思想家或对社会假象提出疑问(克洛德·列维-施特劳斯、米歇尔·福柯、米歇尔·塞尔、让·博得里亚),或思考欲望的无政府主义的演进历程(吉勒·德勒兹、费利克斯·加塔利、让-弗朗索瓦·利奥塔)。关键词便是"解构"(雅克·德里达)。绝大多数作家虽然并非哲学家,可他们也察觉到了这些观点的变化。

当文体之间的区别废除时,上述理论便对写作本身产生了影响。莫里斯·**布朗肖**(1907—2003)及之后的罗兰·**巴特**(1915—1980)都提及"碎片",即争论不休的分散世界的映象,写作拓展了某些"可能"。写作研究符号,解读神话(《写作的零度》《神话学》)。写作运用格言(同沙尔等诗人一样)或缺少连贯性的概述(《文本的快乐》《恋人絮语》)。在《灾难的写作》(1980)中,莫里斯·布朗肖证明文学已意识到世界的空虚与混乱,这点与贝克特不谋而合。同样,埃米尔·米歇尔·**齐奥朗**(1911—1995)以17世纪说教者的方式,有条不紊地列出了有关现代世界末日的复仇模式。

批评的各个方面

针对文学的疑问甚至是怀疑与它的临床研究相伴而生。20世纪正是批评的时代,批评文学发展为一种文学样式。不仅作家自己实践批评,如瓦莱里、朱利安·格拉克和"新小说家们",而且批评还在现代知识中寻找新的依据。因而,批评借鉴精神分析学、语言学、符号学和社会学等学科,且自称更为客观、科学。然而,批评的矛盾性和突然转向也令人怀疑它是否真正具有"科学性"。它主要创作了一些带有刺激作用或用以高等教学的文章。

尽管现代批评呈现多样性,但其关注点却在语言上。自1925年起,作为现代批评开创者之一的让·**波扬**(1884—1968)任职《新法兰西杂志》(*NRF*)主编,他主张作品的研究首先应以字词研究为主。波扬懂汉语且教授马达加斯加语,热衷于语言学和交际。他通晓现代绘画,认为绘画是一种色彩与形状组成的语言。浪漫主义所遗留的偏见认为字词妨碍创造者施展独创性和非凡天分(或所谓的非凡天分),波扬的观点与此相左。回归文学机制的研究,这有利于波扬批判"伟大思想的幻觉"(即一些修辞学家们幻想认为仅需玩弄字眼便可创造一种思想)和"伟大字眼的幻觉"(即认为字词是思想桎梏的现代派们的幻觉)。《塔布之花》(1941)中,他反对这两种"恐怖主义",并且尝试勾勒出一种新的"修辞术",一种"深知底细"的新写作艺术。

现代批评界的重要人物:乔治·普莱、让·斯塔罗宾斯基、让-皮埃尔·理查德(他们是受巴舍拉影响的意识与想象批评家);让·鲁塞、茨维坦·托多罗夫、罗兰·巴特、吉拉尔·热内特(他们是形式与结构、文本"导演"批评家);夏尔·莫龙、让·贝勒曼—诺埃尔、玛尔特·罗伯特(他们是受心理分析学影响下的"心理批评家");罗曼·雅各布森、阿尔吉达斯·朱利安·格雷马斯(他们是来自于语言学和符号学领域的批评家);乔治·吕科、吕西安·戈尔德曼、米哈伊尔·巴赫金、皮埃尔·巴伯里(他们主要受马克思主义社会学的影响）；皮埃尔·布吕内尔（神话批评家）。

作家、作者

这些循环往复导致了某种混乱产生。正如塞尔日·杜布罗夫斯基所指出的：一篇批评文章一旦完成，它本身便也成为一个文学对象，有可能被分析。建立在司汤达的批评方式之上，想象批评家吉尔贝·迪朗创作了一部杰出作品。此外，一些非专业作家（记者、政客、"明星"）因写作而自鸣得意，尽管，他们中的确有人拥有真正的写作才华，可另一些人则由"捉刀人"为其代笔。

我们赞同罗兰·巴特提出的区分方法：作家是"语言的加工者"，注重塑造"风格"，创造一种偏离共同语言、专属于自己的语言；其余的仅是一些"作者"，于他们而言，写作仅是一种表达某些想法或实践的方式。皮埃尔·布尔迪厄（1930—2002）等思想家则表达了自己的虔诚心愿，他们认为"真正"文学的前提是避免落入重视产量的陷阱（通过广告、媒体、讨好大众等方式增产）。

在"文学性"的边缘

实际上，上述分类相当具有任意性。而且，尽管以此为分类依据，"文学性"的概念依然无法界定。因而，我们提出"类文学"：连环画、照片小说、"禾林"出版公司的丛书（1970 年至 1990 年间，共出售 2000 万册）、"OSS 117"系列（6500 万册）等。在实现上述发行记录中，袖珍版本功不可没：袖珍书籍共占四成。吉拉尔·德·维利耶或圣安东尼奥的每部作品的销量均逾百万册。已被人遗忘的居伊·德卡尔的作品销量也与他们相差无几。

然而，将它们一概而论或仅视其为"副产品"并不正确。因为，正如科幻小说一样，侦探小说的质量也可以达到上乘。如乔治·西姆农、意大利人列昂纳多·夏夏、格雷厄姆·格林、约翰·勒卡雷、弗拉基米尔·沃尔科夫等人的作品。"黑色系列"收录了一些内容十分丰富的小说（塞巴斯蒂安·雅普里佐、布瓦洛-纳西雅克、于贝尔·蒙特耶），而真实反映地下阶层的暴力、蛮横的"新侦探小说"）代表作家为：芒谢特、德吉安、阿兰·德勒-加卢比亚洛）诞生了。最后，科幻小说的飞速发展（有赖于一些法国前辈们，如勒内·巴雅韦尔，1911—1985）重新活跃了现代想象，并使乌托邦和神怪题材更富生机（斯滕伯格、安德烈冯、茹阿那、屈瓦尔）。

开放与前景

法语区

20世纪末期，因文学未来而诱发的悲观主义成为一个老生常谈的话题。人们重点强调大众的阅读实践与闭塞于研究及教学的文学间的差距。这是因为短浅的目光使我们无法认识到法国文学已不断壮大并且跨越国界。法语区的存在是法语文学的一种希望所在，而且法语区文学的多产也有目共睹：参见第451页[①]。

自20世纪70年代以来，**魁北克**文学作品琳琅满目，作家有：雅克·费龙、热拉尔·贝塞特、安娜·埃贝尔、玛丽-克莱尔·布莱、雷让·迪沙尔姆、伊夫·泰里奥、雅克·雷诺、保罗·尚贝兰、安东尼娜·马耶、米歇尔·特朗布莱。魁北克歌曲也生机勃勃（费利克斯·勒克莱尔、吉勒·维尼奥特、罗伯特·沙勒布瓦、路易丝·福雷斯捷）。

马格里布地区的作品在继阐述政治独立问题后，拓开了一条更为丰富多姿的创作道路，且思考的内容更为宽泛：塔奥·安鲁什、鲁武德·费劳恩、穆罕默德·迪布、埃尔伯特·梅米、德里丝·克雷比、凯特布·雅辛、拉奇德·布扎德拉、塔哈尔·本·杰伦、阿敏·马卢夫、亚米娜·梅卡科、穆鲁德·马默里。

在一些重要知识分子的作品中，"黑人性"首先是对身份和尊严的探寻，

[①] 此处指原法文版页码，即本书页边码。——编者注

如利奥波德·塞达尔·桑戈尔（塞内加尔人）、艾梅·塞泽尔（安的列斯人）、莱昂·贡特朗·达马斯（圭亚那混血儿）。在解放事业实现后，黑人作家的作品呈现两种趋势：一方面，他们加深了旧殖民地原始文化的统一（杂志《热带地区》与《非洲风采》）；另一方面，他们创造了属于自己国家的民族文学。如科特迪瓦的阿玛杜·库忽玛、海地的勒内·德佩斯特、塞内加尔的塞姆班·乌斯曼、马里的阿玛杜·昂巴蒂·巴、喀麦隆的蒙戈·贝蒂、留尼旺的鲍里斯·卡玛莱亚。

两种发展中的文化：戏剧、诗歌

就在小说看似已征服一切之时，戏剧依然表现出强大的生命力。安托万·维泰、罗歇·普朗雄、帕特里斯·谢罗等导演与作家享有同等的知名度（或者更为著名）。国外的场景设计师也打破了法国戏剧的习惯：美国人朱利安·贝克（生活剧场）、意大利人卢卡·罗科尼或乔治·斯特雷勒、英国人鲍勃·威尔逊或彼得·布鲁克。一些富有想象力的剧团开创了某些更为大胆的事业：阿里亚娜·姆努什金（太阳剧社）或水族馆剧团，以及达尼埃尔·梅斯吉什、吉尔达·布尔代。同时，相关杂志创办（《舞台口》和南方文献出版社的出版物）。最后，众多作家为戏剧创作的复苏做出贡献：劳莱·贝隆、让-克洛德·格兰贝尔、埃莱娜·西克苏、贝尔纳-玛利·科尔代斯（参见第449页①）、米歇尔·维纳威尔、让-克洛德·布里斯维尔、瓦莱尔·诺瓦里纳。

诗歌的传播范围更广，生命力活跃，且保留有自己的忠实读者。诗歌过于执念于自我定义的努力中，因而呈现藐视语言本身的表象；正如"有声诗歌"的现代生命力所呈现的（贝尔纳·埃德西克、让-皮埃尔·博比约、西尔维·内夫、朱利安·布莱那、让-弗朗索瓦·博里、蒂埃里·德索拉），诗歌险些

---

① 此处指原法文版页码，即本书页边码。——编者注

走入穷途末路（克洛德·鲁瓦耶-茹尔努）或沦落为纯粹玩弄能指把戏的体裁。然而，在一些忧心于颂扬现实的文本中，某种演说传统得以保留（玛丽-克莱尔·邦卡尔、克里斯蒂安·博班、居伊·戈费特、贝尔纳·德尔瓦耶、让-皮埃尔·勒迈尔）。现代世界渴求一种新的抒情方式（卢多维克·让维耶、弗兰克-安德烈·雅姆），甚至希望带有宗教口吻（克里斯蒂安·盖、皮埃尔-奥斯托·苏苏埃武、让-克洛德·勒纳尔）。后文（21世纪初期）中将具体阐释这些作品：参见第443页①。

"后现代性"的概念

类同于其他世纪末期，20世纪之末，以往的一切"新事物"都已经显得陈旧和过时。现代性遭遇质疑，因为它涉及某些彻底被拒绝的现实（逾常的科技、异化的进步、政治的残忍、整体的意识等）。因而，"后现代性"的概念诞生，这一定义模糊的术语主要指出：为了实现折衷主义和幻想，可以放弃封闭的体系和确定性。逐渐回归某些传统：小说的某种现实主义（回归"所指事物"）、自传体的某种优势（回归自恋、自我和解脱）、虔诚的浪潮，甚至是厚古文风（回归历史）。这些文学潮流诞生于世纪之交，详细介绍参见第423页②。

然而，这种"一切已说定"的印象要求作家运用"对话主义"、引用和技巧（珀雷克、勒克莱齐奥ˊ），而且米兰·昆德拉和安贝托·艾柯等作家的成功也表明理应如此。对于某些作家来说，这些组合游戏似乎是放弃一切等级差异、崇拜"任何事情"的证据。阿兰·芬基尔克罗谈论"思想失败"，吉勒·利波维茨基论及《空虚的时代》，阿兰·埃切瓜扬（1951—2007）阐释"伦理华尔兹"，埃德加·莫兰徒劳地寻求"方法"，安德烈·格鲁克斯曼提出"第

---

① 此处指原法文版页码，即本书页边码。——编者注
② 同上。

10 条戒律"。因而，淡化的现象看上去更为普及。为了回应此现象，文学作品亟须颂扬历史，就好似是在寻求某种落脚点。世界各地，生态学飞速发展，而且多数情况下，动机一致。

最后，数字化到来之际，时代呈现电脑和视频一统天下的特点。"短片"文化影响了知识和美学。在如此的效率面前，书籍的竞争力堪忧。书籍往往仅限于为某些优秀的电影提供剧本。然而，在这场回归自我的运动中，人们感受到需要重新学习如何安静、独自阅读，以滋养内心深处的想象。虽然，达妮埃勒·萨勒纳夫（《死亡的馈赠》）与达尼埃尔·佩那克（《如同一本小说》）的写作方式各异，但激励读者阅读的热情和信念相同。20 世纪 80 年代，书籍的销量鼓舞人心，发行平台（FNAC 平台、维珍集团 Virgin 等）增多。1990 年，法国的书籍市场虽遇危机，却依然实现了近 35 亿欧元的销售额。一半以上的销售由大型发行机构（超级市场）或各类俱乐部（如法国娱乐书友会）实现，不过，书籍销售也长期受益于线上平台的业绩：自 21 世纪初期以来，线上购物获得飞跃发展，并影响了一切。

因而，在复苏文化消费主义（出入博物馆、音乐活动、文化政策的生命力）的大背景下，文学看似已与真正的大众读者重建联系。麦克·卢汉的信徒曾经宣称印刷时代已经结束，"古腾堡银河"将陷入虚无，坚信文学将失去信任或走向边缘化。然而，文学并未遭遇这一危机。

总之，尽管（或由于）每天问世的各类作品过百部，年印刷总量已逾 3.6 亿册，其中新版书籍占据几近半数市场，但是（或因而），相较于总人口数，每年的人均书籍阅读量依然较低。此外，出版社还需同地方性危机不停斗争，甚至被迫集中组合或采用新型商业策略。书籍市场所面临的不再仅是经济危机，其更深层的困境源于社会或文化秩序。21 世纪的新挑战来自于数字化与联通一切（无所不达）的互联网，以及所伴有的监管和权利保护缺失。

20世纪至21世纪的过渡期（1990—2012）

总年表	516 *397*
主要作家生卒年表	534
创作背景	536
以写作为生？	536
寻求赞助	536
惶恐不安的艺术家	537
"全数字化"与读者	538
有文化修养者反对全面文化	539
总体趋势：克制	541
解构：继续和结束	541
重返情感同化	542
隔阂局面的总体消除	542
记忆虚构	544
坦诚布公的前后联系和吸引力	545
静止不动的游荡	546
回忆一下你自何方来	547
我，我……	549
自传体作品的浪潮袭来	549
驱逐死亡	550

自我虚构	551
这个写作的"我"是谁？	552
性别歧视与女性命运	553

小说：希望化为泡影   555
司汤达和福楼拜的后辈	555
世纪末，时代的流逝	556
关于警察国家	558
传统方法	559
消极的主人公	560

历史的影响   562
一种迷恋	562
世界大战：时代的映象？	563
灰色年代	564
人的二元性	565

从结构破坏的世界到片段写作   567
介于虚拟和残酷之间的现实	567
社会新闻	568
间断与众多瞬间	569
介于纯粹主义和媒介化之间的作家	570

诗歌的在场 572

    活力与神秘 572

    语言游戏 573

    介于神圣与世俗之间 574

    一种反语言？ 576

    文学家的语言 577

    为了拯救内心 578

戏剧、正剧与人物 580

    从幕中到幕前人物 580

    焦虑的幽默感 580

    科尔代斯的典范 581

    现实的政治回声 582

    贝克特的影响依然并一直存在 583

法语地区与团体：新的开放 584

    从黑人性到安的列斯性与克里奥尔性 584

    源自多样性的文学 585

    法语书写的世界文学 586

不同于前文年代较长的历史阶段，这部分仅涉及25年间的文学史，因而并未特制一份政治和文学大事年表，而是提供了数张概览图①。

---

① 此图见本书第666页。——编者注

总年表

时间	政治事件	社会背景
1988 年	弗朗索瓦·密特朗的第二个七年任期	重返过去和保护主义价值观（"茧居族"）。"空虚时代"到来了？ 文学理论与读者所读作品（侦探小说、科幻作品）间的差距越来越大
1989 年	萨尔曼·鲁西迪事件 霍梅尼逝世 柏林墙倒塌 中欧的政治变革 齐奥塞斯库的统治被推翻，其本人被执行死刑	"绿色浪潮"蔓延：生态学成为首选主题 海德格尔在纳粹政权中的作用引发争议
1990 年	南非：服刑 27 年的纳尔逊·曼德拉出狱 米哈伊尔·戈尔巴乔夫获诺贝尔和平奖 卢旺达内战 莱赫·瓦文萨任波兰总统 德国统一后，设柏林为首都	艾滋病在全球范围内造成的灾害；全球化 移动手机与微型电脑在居民家庭中普及

法国文学	外国文学	艺术	时间
埃里克·奥森纳:《殖民展览》 让·埃舍诺:《土地占领》 米歇尔·莱里斯:《号角与尖叫》 贝尔纳-玛利·科尔代斯:《返回沙漠》(戏剧) 弗朗索瓦·邦:《水泥装饰》	托马斯·伍尔夫:《虚荣的篝火》 费尔南多·佩索阿法文版全集出版 安东尼奥·塔布其:《印度小夜曲》	毕加索博物馆 糟糕绘画派与涂鸦艺术(巴斯奇亚、施纳贝尔) 凯斯·哈林与罗伯特·孔巴的作品在多地展览("自由具象派") 克洛德·维尔拉参加威尼斯双年展 吕克·贝松的《碧海蓝天》(电影) 阿维尼翁艺术节创办四十年 巴里·莱温森的《雨人》(电影)	1988年
迪迪埃·德伦克思:《死亡不遗忘任何人》 皮埃尔·贝古尼乌:《那曾是我们》 达尼埃尔·佩纳克:《卖散文的女孩》 塞尔日·杜布罗夫斯基:《破碎之书》 米歇尔·维纳威尔:《最后一跃》(戏剧) 克洛德·西蒙:《洋槐树》 雅克·鲁博:《伦敦大火》 弗朗索瓦·维耶尔冈斯:《我是作家》	安贝托·艾柯:《福柯摆》 萨尔曼·鲁西迪:《撒旦的诗篇》	吉拉尔·加鲁斯特的画作在卡地亚当代艺术基金会展览 达利逝世 "新几何图形派"运用一些家庭用品作为创作材料(杰夫·昆斯的《真空吸尘器》、克里斯蒂安·弗洛凯、弗朗西斯·博德万、弗朗索瓦·佩罗丹) 米歇尔·波特的有关让-皮埃尔·雷诺的电影:《家》	1989年
菲利普·雅科泰:《翠绿笔记》(诗歌) 贝尔纳-玛利·科尔代斯:《罗贝托·祖科》(戏剧) 米兰·昆德拉:《不朽》 让·鲁奥:《沙场》 克里斯蒂安·博班:《颂微不足道》 埃玛纽埃尔·奥卡尔:《挽歌》(诗歌)	奥克塔维奥·帕斯(墨西哥人):获得诺贝尔文学奖	电子音乐与嘻哈歌曲 电子游戏 艺术市场的危机(重新)成为话题 贫穷艺术(Arte Povera) 淡出(雅尼斯·库奈里斯、马里奥·梅尔茨)	1990年

时间	政治事件	社会背景
1991年	海湾战争（1990年，萨达姆·侯赛因攻占科威特） 戈尔巴乔夫下台，叶利钦成为俄国总统 南斯拉夫内战爆发 科索沃宣布成立"共和国" 海湾战争结束 苏联解体（签订《别洛韦日协议》）	转基金生物出现，并引发争议 苏联的档案公开
1992年	《马斯特里赫特条约》	血液污染事件
1993年	欧洲经济共同体（CEE）的12国"统一大市场"生效 国民议会选举：右派胜利；共同执政；爱德华·巴拉迪尔就任总理 皮埃尔·贝雷戈瓦自杀 以色列总理拉宾同巴勒斯坦领导者阿拉法特签署和平协议	缓解冲突的全球性趋势：大国放弃一切形式的核试验 开始回归简洁、低调 诺贝尔和平奖授予曼德拉和戴克拉克 欧洲经济恢复增长

(续表)

法国文学	外国文学	艺术	时间
朱利安·格拉克:《七座山丘旁》 让·塔迪厄:《来接让先生》 丹·弗兰克:《分离》 巴斯蒂安·雅普里佐:《漫长的婚约》 西尔维·热尔曼:《墨杜萨女孩》 克里斯蒂安·博班:《一条节日礼裙》 埃尔韦·吉贝尔:《临终诊疗记录》 若埃诺·如阿诺《左上勾拳》(戏剧) 帕斯卡尔·基尼亚尔:《世间的每一个清晨》	托马斯·伯恩哈德《消除》的法文版问世 迈克尔·斯万维克:《潮汐站》	重返所谓的"自由"具象(罗伯特·孔巴、尚·米榭·巴斯奇亚、让-夏尔·布莱、让-米歇尔·阿尔贝罗拉、德尼·拉热、卡特琳·维奥莱、赫尔维·迪·罗萨等) 马克·富马罗利:《文化国家:一种现代宗教》 伊夫·博纳富瓦:《阿尔贝特·贾科梅蒂:一部作品的传记》 乔纳森·戴米的《沉默的羔羊》(电影)	1991年
帕特里克·夏穆瓦佐:《德士古街区》 让-米歇尔·莫尔波瓦:《蓝色故事》(诗歌) 安妮-玛丽·加拉:《亚丁》 埃莱娜·西克苏:《阿特雷德家族》(戏剧)	艾萨克·阿西莫夫:《金》 科马克·麦卡锡:《所有漂亮的马》	生物艺术(乔治·戈色特、玛尔塔·德·梅内泽斯、奥兰的《自我杂交》)	1992年
克里斯蒂安·博班:《极低》 弗雷德里克·布瓦耶:《又蠢又甜蜜的事》 奥利维耶·热尔曼-托马:《正值童年》 勒内·德·奥巴勒迪亚:《传记》 瓦莱尔·诺瓦里纳:《不安》(戏剧) 克里斯蒂安·普里让:《用刀书写》(诗歌)	托妮·莫里森(美国):获得诺贝尔文学奖 保罗·奥斯特:《利维坦》	新科技(尤其是数字化和视频)的影响:皮耶里克·索朗与莫里斯·贝纳永 打破文化和艺术界限(中欧、中国、海湾地区) 理查德·隆恩(大地艺术)的作品在巴黎市立现代美术馆展出 珍·康萍的《钢琴课》(电影)	1993年

时间	政治事件	社会背景
1994年	《关税与贸易总协定》达成，成立世界贸易组织（WTO） 卢旺达图西族人遭遇屠杀 英吉利海峡隧道开通 纳尔逊·曼德拉当选南非总统	动荡年代开始：反对贝鲁法的游行，之后抗议"年轻人最低工资标准"（就业合同） 围绕是否佩戴"伊斯兰头巾"展开争辩 伊斯兰恐怖主义重现（巴基斯坦塔利班组织成立）；阿尔及利亚飞往巴黎的法航班机遭劫持，后在马赛被法国国家宪兵特勤队（GIGN）成功解救
1995年	雅虎上线 达成《申根协定》：欧盟内部实现自由通行 雅克·希拉克当选法兰西共和国总统 阿兰·朱佩任法国总理 圣米歇尔地铁站遭遇袭击 伊扎克·拉宾遭谋杀 12月份交通运输业大罢工	暴力事件依旧存在：东京地铁毒气事件；美国俄克拉荷马城爆炸案；抗议法国恢复核试验 欧洲社会压力巨大 知识分子界对共产主义末期的讨论（弗朗索瓦·福雷：《虚幻的过往》）
1996年	弗朗索瓦·密特朗逝世 取消义务兵役制 阿尔及利亚堤比邻修道院的苦修会士被杀害 塔利班占领喀布尔 比利时杜特斯案	首次成功克隆哺乳动物，引发"生物伦理"担忧 "非法移民"运动高涨 "精神骚扰"这一概念出现在媒体中

(续表)

法国文学	外国文学	艺术	时间
奥利维耶·罗兰:《苏丹港》 迪迪尔·范·考韦拉尔特:《单程》 若尔热·桑普兰:《写作或人生》 遗作:阿尔贝·加缪的《第一个人》	多丽丝·莱辛:《在我的皮肤之下》	第一代数码相机问世 索尼推出家用电视游戏机 罗伯特·泽米吉斯的《阿甘正传》（电影） 法国建筑师（让·努维尔、让-米歇尔·威尔莫特、保罗·安德鲁、克里斯蒂安·德波宗巴克）和设计师（菲利普·斯塔克）备受关注 昆汀·塔伦蒂诺的《低俗小说》（电影）	1994年
安德烈·马奇诺:《法国遗嘱》 埃玛纽埃尔·卡雷尔:《雪地惊魂》 让·埃舍诺:《高大的金发女郎们》 伊夫·帕热斯:《好过一无所有》	马里奥·巴尔加斯·略萨:《水中鱼》 杨恩·鲍维尔斯:《沉没的红》 瓦西里·阿克肖诺夫:《莫斯科的传奇》	法国国家图书馆落成 比尔·盖茨推出windows 95系统:四天内用户数过百万 身体艺术运动的发起人——米歇尔·裘尼亚逝世 漫画风靡	1995年
卡利斯特·贝亚拉:《失去的荣誉》 洛朗斯·库斯:《面纱之隅》 雷吉斯·德布雷:《且像上帝那样备受崇奉》 阿涅丝·德萨尔特:《无关紧要的秘密》 玛丽·达里厄塞克:《母猪女郎》 弗朗索瓦·邦:《停车场》	柳德米拉·乌利茨卡娅:《索尼奇卡》 理查德·福特:《独立日》	画家弗兰西斯·培根的作品在蓬皮杜中心展览 巴黎东京宫图像和影片馆开幕。科恩兄弟的《冰血暴》（电影）	1996年

时间	政治事件	社会背景
1997 年	国民议会突然解散和左派的胜利：共同执政。利昂内尔·若斯潘任总理："青年职工"合同、"35 小时"工作制改革 帕蓬案	亚洲金融危机 "互联网泡沫"出现 就业压力 京都议定书（美国拒绝批准该协定）
1998 年	科索沃战争 科西嘉省长埃里尼亚克遇刺 努美阿协定 中学生走上街头游行	针对人类克隆和基因操作的争议，首批基因测序实验 石油价格大幅波动；市场的不稳定性 第四季度股票开始暴跌
1999 年	欧元决定与美元平价 教师游行反对克洛德·阿莱格尔 哥伦拜恩高中发生校园枪击事件（美国科罗拉多州利特尔顿市） 《民事互助契约》通过 科索沃战争结束 埃瑞卡号油轮在布列塔尼海岸沉没	社会的紧张情绪 "经济与金融活动"恢复（埃尔夫石油） 密特朗执政时期爱丽舍宫电话窃听事件暴露 反麦当劳、转基因生物的暴力行动；生态运动如火如荼

(续表)

法国文学	外国文学	艺术	时间
菲利普·德莱姆:《第一口啤酒》 帕特里克·朗博:《战役》 莉迪·萨尔瓦伊尔:《幽灵陪伴》 让-克里斯多夫·吕芬:《阿比西尼亚人》 克洛德·西蒙:《植物园》 达尼埃尔·奥斯特:《光荣》	菲利普·罗斯:《安息日的剧院》 查尔斯·弗雷齐尔:《冷山》 君特·格拉斯:《辽阔的田野》 安娜·玛丽·奥尔泰塞:《金雀的痛苦》	美国大型电视系列剧涌入法国(《老友记》、《仁心仁术》……) 毕尔巴鄂古根海姆博物馆落成启用 柯蒂斯·汉森的《洛城机密》(电影),改编自詹姆斯·艾尔罗伊的作品 詹姆斯·卡梅隆的《泰坦尼克号》(电影) 鲍勃·迪伦:《被遗忘的时光》	1997年
雅克·瑞达:《巴黎子午线》 米歇尔·韦尔贝克:《基本粒子》 波勒·康斯坦:《将心比心》 维吉尼耶·德彭特:《悲情城市》 马克·迪甘:《军官室》 奥利维耶·罗兰:《梅洛埃》	安东尼奥·穆尼奥斯·莫利纳:《月满之时》 爱德华多·门多萨:《轻喜剧》 海伦·邓莫尔:《有毒的夏天》 阿玛杜·库鲁马:《等待野兽投票》	谷歌正式上线 开发Woodstock'98组件 雕塑家恺撒逝世 史蒂芬·斯皮尔伯格的《拯救大兵瑞恩》(电影) 安托瓦纳·贡巴尼翁:《理论的恶魔》 罗伯托·贝尼尼的《美丽人生》(电影) 巴黎第一届"铁克诺音乐大游行"	1998年
让·埃舍诺:《我走了》 阿梅莉·诺东:《诚惶诚恐》 雅克·迪潘:《有远见的身体》(诗歌) 七星文库出版亨利·米肖的作品 瓦莱尔·诺瓦里纳:《语言面前》 奥利维耶·皮:《斯雷布雷尼卡安魂曲》(戏剧) 卡特琳·屈赛:《雅内的问题》	菲利普·罗斯:《美国牧歌》 君特·格拉斯:获得诺贝尔文学奖 阿比利奥·埃斯特维斯:《这个王国属于你》	嘻哈音乐从街区走向舞台 萨姆·门德斯的《美国丽人》(电影) 互联网艺术蓬勃发展 乔治·卢卡斯的《星球大战》系列:20年时间打造了一个新神话 达内兄弟的《罗塞塔》(电影)	1999年

时间	政治事件	社会背景
2000 年	全球顺利解决了计算机千年虫问题 弗拉基米尔·普京任俄罗斯总统 协和飞机失事 "圣地-圣殿山"运动，第二次阿克萨群众起义 乔治·沃克·布什当选美国总统	"互联网泡沫"达到峰值期：经济乐观主义与利润 同逃税天堂的斗争付诸东流 法国的监狱环境引起公愤 CAC40 指数达到历史最高纪录，接近 7000 点
2001 年	阿里埃勒·沙龙任以色列总理 国际刑事法庭对米洛舍维奇提起诉讼 纽约"9·11"恐怖袭击 图卢兹化工厂 AZF 爆炸 城市暴力事件此起彼伏	电视"真人秀"节目开播（《阁楼故事》），贝尔纳·皮沃的脱口秀节目停播（《文化汤》） 20 年间，法国独居者的数量翻倍 恐怖主义和不安全因素重又成为重要问题

(续表)

法国文学	外国文学	艺术	时间
卡米耶·洛朗斯:《在男人的怀抱中》 帕斯卡尔·基尼亚尔:《罗马阳台》 容·福塞:《有人将至》(戏剧) 拉斐尔·孔非昂:《浪漫曲笔记》 克里斯蒂安·加尔桑:《信鸽之旅》 克里斯蒂安·普里让:《灵魂》(诗歌) 贝尔纳·潘戈:《夜以继日的书写》 雷吉斯·若弗雷:《人们的生活片段》 艾利特·阿贝加西:《弃妇》 弗朗索瓦·努里西耶:《天资不足》 让-雅克·舒尔:《英格丽·卡文》 洛朗·莫维尼埃:《学会完结》	苏珊·桑塔格:《在美国》 雷沙德·卡普钦斯基:《黑色》 佩尔·奥洛夫·恩奎斯特:《访问皇家医师》	微软发布Windows 2000系统 艾德·哈里斯的《波洛克》(电影) 拉斯·冯·提尔的《黑暗中的舞者》(电影) 日本漫画和动画文化启发,超扁平运动兴起(村上隆) 索菲亚·科波拉的《处女之死》(电影)	2000年
爱丽丝·费尔内:《爱情对话》 让-克里斯多夫·吕芬:《巴西红》 伯努瓦·迪特尔特:《法兰西之旅》 克洛德·埃斯泰邦:《散碎的天空,几近于无》 马蒂厄·兰东:《文学》 路易-勒内·德福雷:《一步一步,直至终点》(诗歌) 马克·富马罗利:《欧洲讲法语之时》 菲利普·索雷尔:《歌咏无限》 皮埃尔·贝古尼乌:《第一个词》 克洛德·西蒙:《有轨电车》	瓦迪斯瓦夫·席皮尔曼:《钢琴师》 约翰·马克斯维尔·库切:《耻》	伊阿尼斯·泽纳基斯逝世 蓬皮杜中心再次开放 热罗姆·兰东逝世(曾任午夜出版社社长一职) 让-皮埃尔·热内的《天使爱美丽》(电影) 布鲁诺·佩纳多的《一个大世界》(塑造了黑色米其林轮胎人) 大卫·林奇的《穆赫兰道》(电影) 美国系列电视:《绝望主妇》《白宫风云》等	2001年

时间	政治事件	社会背景
2002 年	欧元成为 12 国统一货币 免费媒体出现 让·玛利纳·勒庞参加第二轮总统竞选。雅克·希拉克再次当选总统；让-皮埃尔·拉法兰任总理 科特迪瓦内战 亚历山大·仲马的骨灰移至先贤祠 卢拉当选巴西总统 记者德尼·罗伯特揭发明讯银行金融丑闻	"文化冲突"的主题伴随着"历史末日"的话题重现 年轻姑娘索哈内被活活烧死于维特里 整体化和共同价值观的树立重新进入人们的视野
2003 年	非洲达尔富尔地区内战 美军攻占巴格达 教师反对退休改革的大罢工 夏季高温：造成 1.5 万法国人死亡	"反对封闭街区、追求平等的街道妇女游行" 支持镇压（"反乞讨法"）与融合式布局（成立法国穆斯林信仰委员会）的两种观点基本持平 另类全球化运动在法国复苏（2003 年拉尔扎克游行） 约瑟夫·斯蒂格利茨发表《大幻灭》
2004 年	欧盟新增 10 个成员国 马德里发生连环恐怖袭击 大区选举中，左派胜利 乔治·沃克·布什再次当选美国总统	就公民身份的问题依旧意见不一：创建促平等与反歧视高级公署和制定法律禁止在学校佩戴伊斯兰头巾 德意志联邦共和国的"东德情结"

(续表)

法国文学	外国文学	艺术	时间
弗雷德·瓦格斯:《快走!慢回。》 让·罗兰:《篱笆街》 帕斯卡尔·基尼亚尔:《游荡的影子》 德维尔潘·罗兰:《即刻的未来》 阿兰·迪奥:《逝去的夜晚去往何处》(诗歌) 皮埃尔·米雄:《国王的身体》 奥利维耶·罗兰:《纸老虎》 洛朗·戈德:《宗戈国王之死》	格奥尔格·泽巴尔德:《奥斯特里茨》 理查德·拉索:《帝国的崩溃》 菲利普·罗斯:《人性的污秽》 奥尔汗·帕穆克:《我的名字叫红》 凯尔泰斯·伊姆雷(匈牙利人)获得诺贝尔文学奖 威廉·波伊:《赤子之心》	数字图书馆出现 "情色毕加索"在网球场美术馆开展 维克多·雨果诞辰二百周年 丹尼尔·布伦的作品在蓬皮杜中心展览 佩德罗·阿莫多瓦的《对她说》(电影)	2002年
让-诺埃尔·庞克拉齐:《往事如烟》 雷诺·加缪:《古怪》(对话埃玛纽埃尔·卡雷尔与阿兰·芬基克罗) 菲利普·克洛代尔:《灰色的灵魂》 理查德·米勒:《夹在阴影中的人生》 米兰·昆德拉:《无知》	彼得·凯里:《凯利帮真史》 乔纳森·法兰森:《修正》 阿摩司·奥兹:《一样的海》	克林特·伊斯特伍德的《神秘之河》(电影) 让·马克·比斯塔芒特参加威尼斯双年展 贝尔特郎-拉维耶参加里昂双年展 沃尔夫冈·贝盖尔的《再见,列宁》(电影) 马提厄·梅席耶获马赛尔·杜尚奖 格斯·范·桑特的《大象》(电影)	2003年
依蕾娜·内米洛夫斯基:《乱世有情天》 让-马里·古斯塔夫·勒克莱齐奥:《非洲人》 玛丽·尼米耶:《沉默女王》 让-保罗·迪布瓦:《法式人生》 帕特里克·拉佩尔:《恋姐情结》 阿祖·贝加:《扎心之锤》 让·鲁奥:《作者的创造》 米歇尔·比托尔:《流浪诗选》	卡洛斯·鲁依斯·萨丰:《风之影》 安东尼奥·塔布其:《特里斯塔诺故去》	苹果电脑的音乐商店在法国上线 莱埃济的新史前博物馆开放 奥利弗·西斯贝格的《厄舍古厦的倒塌》(电影) 谷歌图书上线 索菲亚·科波拉的《迷失东京》(电影)	2004年

时间	政治事件	社会背景
2005 年	拉菲克·哈里里在黎巴嫩遇刺 欧洲被害犹太人纪念碑在柏林落成 保罗二世逝世，本笃十六世继任教皇 在全民公决中，《欧盟宪法条约》未获通过 多米尼克·德·维尔潘任总理 爱尔兰共和军（IRA）宣布放下武器 塞纳-圣但尼省爆发骚乱暴力事件 安格拉·默克尔成为德国第一位女总理 宣布乌特尔事件中的被告无罪	游行频发的年份：春季的中学生游行、秋季末爆发的郊区骚乱 政教分离法案颁布一百周年之际，针对世俗主义引发争论
2006 年	游行抗议《首次雇佣合同》（CPE），该方案终于4月底撤销 黑山独立 黎巴嫩南部的巴以战争 明讯银行事件后续 萨达姆·侯赛因被处以绞刑	春季，仍是法国青年躁动不安的季节 公共场所禁止吸烟 米歇尔·翁弗雷的《无神论》重新引发了就无神论的讨论
2007 年	尼古拉·萨科齐任法兰西共和国总统；弗朗索瓦·菲永任总理 格勒纳勒环境会议召开 阿尔·戈尔获得诺贝尔和平奖 司法界对政策极为不满	慈善家皮埃尔神父逝世，人们重新意识到需要关注贫困、社会遗弃和住房权利（"堂吉诃德子女会"在巴黎圣马丁运河沿岸搭建帐篷）、贫困街区的社会地位缺失和教育危机（弗朗索瓦·贝戈多：《课堂风云》） 气候变暖和灾难电影登上各类媒体

(续表)

法国文学	外国文学	艺术	时间
弗兰克·维纳耶:《乌啦,死人们!》(诗歌) 弗朗索瓦·维耶尔冈斯:《在母亲家的三天》 让-菲利普·图桑:《逃跑》 米歇尔·韦尔贝克:《一个岛的可能性》 克里斯蒂娜·安戈:《失常者》 菲利普·穆雷:《智人》 帕特里克·莫迪亚诺:《家谱》 雷吉斯·若弗雷:《疯人院》 理查德·米勒:《丑女的品位》 让-克洛德·皮罗特:《在海尔德兰的青春岁月》	布雷特·伊斯顿·埃利斯:《月球公园》 尼尔·加布勒:《绮梦王国》 塞斯·格林兰:《骨头先生》 科尔姆·托宾:《大师》 尤·布依达:《普鲁士新娘》	开发售价100美元的电脑 推出地面数字电视(TNT) 法国电影院重新开放 安托万·孔帕尼翁:《从约瑟夫·德·迈斯特至罗兰·巴特的反现代者们》 伍迪·艾伦:《赛末点》(电影)	2005年
乔纳森·利特尔:《善良者》 七星文库出版克洛德·西蒙的作品 米里埃尔·巴贝里:《刺猬的优雅》 南希·哈斯顿:《断线》 理查德·米勒:《吞》 梅迪·夏夫:《拥抱心灵》 帕特里克·夏穆瓦佐:《在克里奥尔的童年时光》(三卷本) 洛朗·莫维尼埃:《在人群中》	妮可·克劳斯:《爱的历史》 理查德·鲍尔斯:《我们歌唱的时代》 特洛伊·布莱克罗斯:《卡若的男孩》	原始艺术博物馆落成开幕 任天堂推出家用电视游戏机任天堂Wii "达达艺术"在蓬皮杜中心展览 泰伦斯·马力克的《新世界》(电影) 大皇宫博物馆举办了一场以"忧郁"为主题的展览(让·克莱尔)	2006年
达尼埃尔·佩纳克:《学校之痛》 莉迪·萨尔瓦伊利:《家宠式作家的肖像》 丹尼尔·门德尔松:《失踪者》 若埃尔·波默:《商人们》(戏剧) 克里斯蒂安·奥斯特:《沙丘之上》 让·阿兹菲:《羚羊策》 德尔菲娜·德·维冈:《诺与我》 雅尼克·哈内尔:《圈》 克里斯蒂安·普里让:《明日,我故去》	菲利普·罗斯:《凡人》 迈克尔·柯林斯:《秘密生活的E.罗伯特·彭德尔顿》	苹果公司推出的智能电话iphone问世 极简主义艺术家丹·弗莱文回顾展在巴黎举办 在巴黎市立现代美术馆,举办了多米尼克·冈萨雷斯-弗尔斯特以"展览场"为主题的作品展 米歇尔·布拉吉的作品在巴黎东京宫展出 科恩兄弟的《老无所依》(电影)	2007年

时间	政治事件	社会背景
2008 年	尼古拉·萨科齐再婚，第二任妻子是卡拉·布鲁尼 以色列独立 60 周年 左派在市政选举中胜利 英格丽德·贝当古获得自由 法国兴业银行亏损纪录（柯维耶事件） 贝拉克·奥巴马当选美国总统 麦道夫欺诈案	原油价格达每桶 100 美元 次贷危机 年末，失业率上涨：危机全面显现
2009 年	美国银行业危机（8000 亿美元的经济刺激方案） 欧盟—美国峰会在布拉格召开 奥巴马推出改革政策（尤其注重医疗方面的改革） 哥本哈根世界气候大会	全球掀起一股奥巴马热 法国重返北大西洋公约组织 全球经济危机掀起一股"反全球化"风暴

法国文学	外国文学	艺术	时间
让-马里·古斯塔夫·勒克莱齐奥获得诺贝尔文学奖 让·端木松:《我曾做过什么?》 马克斯·加洛:《凶手协约》 雅斯米纳·卡黛哈:《白昼亏欠黑夜的》	科马克·麦卡锡:《路》 克里斯多夫·兰斯梅:《飞翔的山》 戴维·洛奇:《失聪宣判》 阿图洛·贝雷兹-雷维特:《战争画师》 萨沙·斯塔尼希奇:《士兵修好了留声机》 艾丽斯·芒罗:《逃离》 查尔斯·莱温斯基:《梅尔尼茨》	肖恩·潘的《荒野生存》(电影) 索菲·卡尔的以"保重"为主题的展览在法国国家图书馆举办 塔蒂安娜·杜薇在蓬皮杜中心举办展览	2008年
玛丽·恩迪亚耶:《坚强三女性》 让-菲利普·图桑:《玛丽真相》 皮埃尔·米雄:《十一人》 埃玛纽埃尔·卡雷尔:《有别于我的生活》 米歇尔·马尼埃:《偶然还家》 马克·富马罗利:《往返于巴黎与纽约》	戴夫·艾格斯:《什么是什么》 科拉姆·麦卡恩:《让伟大的世界旋转》 安东尼奥·塔布其:《时光匆匆老去》	杰夫·昆斯的作品在凡尔赛宫展出 公共频道不再播放广告 "诞生于街头——涂鸦艺术"展览在卡地亚当代艺术基金会举办 雅克·欧迪亚的《预言者》(电影) 克洛德·莱维柯的作品参加威尼斯双年展 克林顿·伊斯特伍德的《老爷车》(电影) 格扎维埃·威尔汗的作品在凡尔赛宫花园展览	2009年

时间	政治事件	社会背景
2010 年	海地地震 左派在大区选举中得以壮大 退休改革举步维艰 希腊债务危机爆发 维基解密网公布大量机密外交电报 突尼斯革命	弱势群体面临危机；针对"暴利"和"红利"的争执；就业团结收入（RSA）推行缓慢 针对移民与罗姆人的辩论 欧洲各国就摆脱危机的方法见解不一：批评欧洲和全球范围内经济管理的缺失
2011 年	"阿拉伯之春"：突尼斯总统本·阿里下台，埃及总统穆巴拉克下台；利比亚革命开始；叙利亚镇压运动 日本的地震、海啸和核事故 巴博在阿比让遭拘捕：科特迪瓦内战结束 斯特劳斯·卡恩丑闻 左派取得参议院控制权	再次掀起有关核能的辩论 "愤怒者"运动在各地引发游行活动。斯特凡纳·黑塞尔的《请愤怒吧!》售出 250 万册 因预算环境清苦，政治司法界的压力巨大（贝当古献金案等）
2012 年	社会党总统竞选人初选结束 总统竞选：弗朗索瓦·奥朗德当选法国总统 让-马克·艾罗任总理	欧盟摆脱危机的迹象微弱（希腊债务协议、中欧国家经济恢复、意大利经济形势恶化），且欧洲治理分歧和财政赤字很快扼杀了这些迹象

(续表)

法国文学	外国文学	艺术	时间
多米尼克·费尔南德斯：《与托尔斯泰一起》 帕特里克·拉佩尔：《人生苦短，欲望无垠》 埃里克·奥森纳：《哥伦布行动》 勒内·德·奥巴勒迪亚：《秘密》 维吉尼耶·德彭特：《末日宝贝》 让-米歇尔·莫尔波瓦：《乖孩子日记》（诗歌） 米歇尔·韦尔贝克：《地图与疆域》 弗洛朗斯·德莱：《我的烟灰缸》 洛朗·比内：《HHhH：希姆莱的大脑叫做海德里希》	马里奥·巴尔加斯·略萨获得诺贝尔文学奖 索菲·奥克萨宁：《清洗》 保罗·哈丁：《闪电》 贡萨洛·曼努埃尔·塔瓦雷斯：《学着在技术时代祈祷》 汉斯·马格努斯·恩岑斯贝格尔：《哈默斯坦的沉默》 约翰·马克斯维尔·库切：《夏日》 大卫·范恩：《驯鹿岛》	西普里安·加亚尔获得马赛尔·杜尚奖 村上隆的作品在凡尔赛宫展出 苹果图书应用商店发布（发布会以泰德·肯尼迪的《回忆录》为演示作品） 瓦莱里·儒弗的摄影作品在蓬皮杜中心展出 夏维尔·毕沃斯的《人与神》（电影）	2010年
埃玛纽埃尔·卡雷尔：《利莫诺夫》 马蒂厄·兰东：《爱意味着什么》 摩根·斯波尔泰：《一切，马上》 让·克莱尔：《文化之冬》 皮埃尔·诺拉：《现在、国民、记忆》 伊夫·博纳富瓦：《当前时刻》（诗歌） 帕特里克·德维尔：《柬埔寨》 让·罗兰：《布兰妮·斯皮尔斯的狂喜》	科尔姆·托宾：《布鲁克林》 乔伊斯-卡罗尔·欧茨：《我的妹妹，我的爱》 大卫·格罗斯曼：《躲避消息的女人》 乔纳森·科：《孤独无处诉》	苹果公司联合创办人史蒂夫·乔布斯逝世 苹果平板电脑ipad及其他数码平板进入法国市场 波尔坦斯基的作品参加威尼斯双年展 泰伦斯·马力克的《生命之树》（电影）	2011年
马克·迪甘：《巨人街》 埃里克·奥森纳：《一张纸铺开的人类文明史》 让-克里斯多夫·吕芬：《造梦人》 帕特里克·夏穆瓦佐：《鲁滨逊之迹》	奥尔汗·帕慕克：《纯真博物馆》 卡洛斯·富恩特斯在墨西哥逝世	劳伦·格瓦索的作品在法国国立网球场现代美术馆展出 安东尼·塔皮埃斯逝世	2012年

主要作家生卒年表

主要作家生卒年份
莫里斯·布朗肖，1907年生，2003年卒
克洛德·西蒙，1913年生，2005年卒
费利西安·马索，1913年生，2012年卒
路易-勒内·德福雷，1918年生，2000年卒
勒内·德·奥巴勒迪亚，1918年生
米歇尔·德翁，1919年生
安德烈·佘蒂，1920年生，2011年卒
伊夫·博纳富瓦，1923年生
若尔热·桑普兰，1923年生，2011年卒
米歇尔·图尼耶，1924年生
让·端木松，1925年生
米歇尔·比托尔，1926年生
多米尼克·费尔南德斯，1929年生
米兰·昆德拉，1929年生
米歇尔·德吉，1930年生
皮埃尔·诺拉，1931年生
雅克·鲁博，1932年生
马克·富马罗利，1932年生
马克斯·加洛，1932年生
菲利普·索雷尔，1936年生
让-马里·古斯塔夫·勒克莱齐奥，1940年生
安妮·埃尔诺，1940年生
让·克莱尔，1940年生
达妮埃勒·萨勒纳夫，1940年生

(续表)

主要作家生卒年份
安热洛·里纳尔迪，1940 年生
埃玛纽埃尔·奥卡尔，1940 年生
雷吉斯·德布雷，1940 年生
弗朗索瓦·维耶尔冈斯，1941 年生
达尼埃尔·佩纳克，1944 年生
皮埃尔·米雄，1945 年生
帕特里克·莫迪亚诺，1945 年生
爱德华·格力桑，1946 年生，2011 年卒
让·埃舍诺，1947 年生
埃里克·奥森纳，1947 年生
瓦莱尔·诺瓦里纳，1947 年生
帕斯卡尔·基尼亚尔，1948 年生
贝尔纳-玛利·科尔代斯，1948 年生，1989 年卒
阿敏·马卢夫，1949 年生
菲利普·德莱姆，1950 年生
安托万·沃罗迪纳，1950 年生
克里斯蒂安·博班，1951 年生
让-克里斯多夫·吕芬，1952 年生
理查德·米勒，1953 年生
帕特里克·夏穆瓦佐，1953 年生
弗朗索瓦·邦，1953 年生
西尔维·热尔曼，1954 年生
埃尔韦·吉贝尔，1955 年生，1991 年卒
雷吉斯·若弗雷，1955 年生
米歇尔·韦尔贝克，1956 年生
埃玛纽埃尔·卡雷尔，1957 年生
让-菲利普·图桑，1957 年生
克里斯蒂娜·安戈，1959 年生
埃里克-埃玛纽埃尔·施米特，1960 年生
菲利普·克洛代尔，1962 年生
德尔菲娜·德·维岗，1966 年生
洛朗·莫维尼埃，1967 年生
玛丽·恩迪亚耶，1967 年生
迈利斯·德·克朗加尔，1967 年生
玛丽·达里厄塞克，1969 年生
洛朗·戈德，1972 年生

⁴²⁰ 创作背景

以写作为生？

世纪之交,作家的物质生活条件几乎未曾改变,他们鲜少以自己的职业为生。部分作家因大众传媒的关注和宣传而享有盛誉。然而,多数情况下,职业作家的处境并不稳定。竞争全球化:国外名家名作及时译介入法国,他们在全球各大都市巡回推介自己的作品。

文学界人士出身自上流阶层或高学历阶层的事实更令他们倍感社会地位的低落。身兼双职的作家还从事高校教师、记者、评论家、编辑的工作。依据作家所缴纳的社会保险数额推断,在 2000 年,仅 300 位法国作家以写作为生。因为,毕竟畅销作品为数极少,而 90% 的作品销量不超出 2000 册。

寻求赞助

因而,作家需要寻找赞助。他们现身展览会或交易会,依赖出版社,而出版社的财务收益却由母集团监管。无论是否出于自愿,作家转而依靠"写作援助""作家家园"(国内外均一样情形)的帮助,或接受由本土组织、法国国家图书中心、法兰西学院、基金会等颁发的一些奖金资助。作家之家出版《作家援助指南》。然而,曾经的成功并不预示着今后的一帆风顺,甚至诸多龚古尔文学奖得主的作品也鲜少有人问津。

创作背景

这便是单打独斗的独立创作者面临的两难处境,他们唯有听命于市场、出版社、公共资助。众多知名作家(萨特、加缪、雷蒙·阿隆、列维-施特劳斯)已退出舞台。《伟大作家之死》(亨利·拉西莫夫出版于1994年的作品)的观念蔓延开来,而那些知识界的权威思想(存在主义、结构主义、文本理论、心理批评)也已过时,且遭遇彻底质疑。《理论恶魔》(安托万·孔帕尼翁出版于1998年的作品)无法碾压常识。甚至有作品嘲讽弗洛伊德的学说,如米歇尔·翁弗雷的《一位偶像的黄昏:弗洛伊德的无稽之谈》(2010)。

书籍非神圣化的观念普及。书籍日益成为可消费、丢弃或销毁的大众传播物品,不久,数字平板电脑将替代书籍,并存储可交互使用的庞大图书信息。作家创作一些自嘲作品,如弗朗索瓦·**维耶尔冈斯**(1989年出版《我是作家》)、莉迪·**萨尔瓦伊尔**(2007年出版《家宠式作家的肖像》)、格雷瓜尔·**德拉古**(2011年出版《家族作家》)。达尼埃尔·**佩纳克**嘲讽文学权威(《宛如一部小说》,1992;《学校之痛》,2007)或出版市场(《卖散文的女孩》,1989),并博得读者关注。

惶恐不安的艺术家

书籍领域的上述反应仅是一个侧面,其他领域也已感知这种现象。文化自知威信消减。1995年起,让-玛利·多梅纳克在《思想》杂志上发表了一篇名为《法国文化的黄昏》的文章,表达了他对今后无天才出现的痛心。自此以后,让·马丁和让·**克莱尔**(2011年出版《文化之冬》)等经过深思熟虑,来评论当代艺术。受外来艺术表达方式的侵吞,以及全球化和互联网的出现,法国文化深感困惑无措。超越控制的数字网络渗透入各个领域,甚至成为其中必不可少的一部分。正如尖刻、敏锐的皮埃尔·**茹尔德**曾在《无胃文学》(2002)中幽默地指出:全球性的自由逻辑和文化领域的商品化(商品化的文化不再等同于"学问修养")迫切需要商业上的成功。

因而，代表性人物或事件并不突出。在《后现代环境》（1979）中，让-弗朗索瓦·利奥塔曾预言工业时代将让位于"文化时代"，一切都与文化相关，且等级制度和差异将被粉碎。这种思想混沌与前一代的思想大师（萨特、巴特、拉康、阿尔都塞、福柯）时代以及各种"新"理论化（新戏剧、新批评、新小说、新哲学）划清界限。而最后的守护者拒绝启蒙世人或扶持某个体系。新一代讽刺作家不同于不久之前的爱推理的权威者（萨特、阿拉贡）和对一切都发表意见的社论作家（加缪、莫里亚克）。

这是否说明作家已经放弃介入活动了？积极作家（让-皮埃尔·勒当泰克、让·罗兰、弗朗索瓦·萨勒凡）似乎已醒悟。迷失的信仰成为关注自我的主题，如娜塔莎·米歇尔的《我的人生通报》（2005）。正如奥雷莉·**菲利佩蒂**在作品中所见证的，非工业化等敲响了《工人阶级的最后时日》（2003）。一些"波波族"说教者的一致观点成为众人笑柄，甚至帕特里克·**贝松**（于2012年出版《无人学校》）等天才作家也嘲讽这种一致性。诚然，面对其他反对者，一些富有战斗精神者结盟，如恐怖主义、霍梅尼针对萨尔曼·鲁西迪颁发的教令。然而，一种抽象的"愤怒"成为主流情绪。

422 "全数字化"与读者

得益于新技术的发明和推广，上述相对主义、离群索居或蒸发消失的现象继续维持。因为这是一场互联网和数字化的大革命。自此以后，人人都可以阅读来自全球各地的任何文学作品，这尤其离不开法国国家图书馆的数字图书馆的辅助。每个人都开始写作和传播，这些"作者"在社交网络扩散自己的作品。通过脸书（Facebook）或推特（Twitter）等平台，人们可以迅速做出反应或与他人争辩。然而，自由是把双刃剑：因为匿名形式的存在，尖酸刻薄者、神经错乱者或情绪沮丧者都开始笨拙地模仿创作的愤慨或难觅知音的天分。

相反，一些专业网站发挥了批评或启发的作用，而一些脱销作品重又可以

创作背景

找到。这如同搭建起作品与当前时代直接对话的永久性平台，因而也涌现出一些追赶时髦、乐享其中的作家，如弗雷德里克·贝格伯德。可以同时购买到一些作品的电子版本和印刷版本。因此，读者不再那么依赖传统推荐媒介（报刊、批评家、电视节目），一些作品因读者间的私下交流而广为人知，如2006年出版的米里埃尔·巴贝里的《刺猬的优雅》便属此类。读者几乎不再参考书商的建议：他们选择在大型超市（占据一半书籍市场）或线上购物平台（亚马逊、零售平台Fnac.com、苹果电脑音乐商店、网络书店Decitre.fr）购买书籍。

然而，阅读依然富有生命力。四分之一的人口每年至少阅读10本书籍（《书业周刊》，2003），出版量继续增长（2010年约出版750部小说），且记录难以再次超越，作品循环更迭的速度极快。社会生活以文学为中心。除一些重大奖项（龚古尔、费米娜、美第奇、雷诺多等文学奖）外，五大出版社（伽利玛、格拉塞、瑟伊、阿尔班·米歇尔、弗拉玛里翁）推出的各类获奖名单使一些怀才不遇的作家得以证实自己的价值。外省也举办一些文化活动，如布里夫书展。一些大型报刊也拥有自己的"副刊书籍"，并出版最畅销书籍名单。

阅读保护的意识觉醒，如保护自由意愿、抵制因循守旧、反对无知、拒绝全球化。一些知识渊博的唯美主义作家躬先表率，其中，夏尔·**当齐格**创作了《法国文学利己词典》（2005）和《为什么读书？》（2010）。一些协会也发挥积极有效的作用，如亚历山大·雅尔丹创办的"阅读和伴读"协会。

有文化修养者反对全面文化

尽管互联网作品传播和权利保护高级公署出台法令监管网络，但是文化浪潮既没有遭遇阻力，也没有得到控制。这一水平状态的维持创造了一种"世界文化"。然而，悲观主义的乌托邦落空。同样，海德格尔在1950年出版的《关于人道主义的书信》中所预言的技术、合理性和精神共识影响下的"世界祛魅"并未实现。因为意识依然警觉：联合或战斗动员活动频繁，而活跃在其前线的则是知识分子和作家。

世界文化也不再混同于进步主义者所期望实现的理性。非理性主义泛滥，预言者炫耀自己的本领，皈依宗教者满口咒骂。网民们好似更容易受有悖于简单理性的一些理论的吸引。分析家称之为"现在主义"，即无常、易感性与自由的交织，脱离理性和历史而存在。米歇尔·**韦尔贝克**的一部作品便采纳了这些既无禁忌也无文化的失控观念。《哈利·波特》《达·芬奇密码》，马克·李维（《假如这是真的……》，2000）与弗雷德里克·特里斯坦（于1995年出版《梵蒂冈之谜》）的成功不可思议。

因为作家处于文化的浅海区。他们是首先能够监督国家文化行动的人（鲜少感到满意），而且他们维系着知识的传承。这一权威性是最显而易见的高层知识分子所把控的一种介入活动，如马克·**富马罗利**反对《文化国家：一种现代宗教》（1991），追忆《欧洲讲法语之时》（2001）或分析艺术家与思想家的通用语言的丰富作用（《往返于巴黎与纽约》，2009）。深厚文化浸润之下的帕斯卡尔·**基尼亚尔**思考之前的世界（《性与恐怖》，1994；《最后的王国》，2002—2004；《跌倒的人们》，2012）。另有一些作者对话昔日作家，撰写一些才华横溢但难以归类的评论文章，如菲利普·博纳菲与吉拉尔·马赛。米歇尔·**沙尤**沉迷于昔日的言语方式，再现了蒙田（《蒙田家仆》，1980）、普希金（《奥尔尚斯基上尉街》，1991）与米拉博（《惊慌的逞能者》，2002）的语言。而安托万·**孔帕尼翁**总结了《从约瑟夫·德·迈斯特至罗兰·巴特的反现代者们》（2005）如何避免成为保守派或谨小慎微者，反而使自由更为生动。

总体趋势：克制

解构：继续和结束

自20世纪80年代末期，主流趋势是恢复暂时平静或停止不前，有识之士厌倦论战和发布理论宣言。新小说已经过时。1982年，天才乔治·珀雷克离世后，玩弄文字的乌力波派（参见第374、384页①）不再清楚自己还可以实验什么。诗歌中所运用的悖谬、分隔和谜语等技巧已到穷途末路，创作者徒劳地寻求解构的对象。批评界脱离了结构主义不着边际的推论，重又开始使用一种可以为人理解的语言。甚至依据皮埃尔·**布吕内尔**（2001年出版《文学批评》）与洛朗·迪布勒伊（2009年出版《文学的批评状况》）的观点，有人提出语言的"规范化"。

语言学的主导作用遮掩了文学描绘人间百态（死亡、孤独、荣誉、爱情）以及文学通过叙述反映真实世界的功能。厌倦了符号学和文本性理论，人们开始提出"重返主题或真实"与"超越性"。《小说工作坊》《研讨》《风险线》《没文化》等杂志反对意识学或观念学。尖刻的普鲁斯特主义者安热洛·**里纳尔迪**获得成功（《出版服务》，1999；《保持批评的状态》，2010）。在《先锋派追思曲》（1995）中，奉昆德拉为偶像的伯努瓦·**迪特尔特**讽刺出现不久的"文学厌食症"。出于挑战，迪迪尔·范·**考韦拉尔特**自称是"重构小说家"（《单程》，1994）。

---

① 此处指原法文版页码，即本书页边码。——编者注

重返情感同化

这种倒退现象反映了一种平衡机制:当人们步步逼近直至无人地带后,往往陷入一片沉寂中。这种平静反映出:在一个四分五裂和忧虑不安的世界中,需要与人道主义关怀重新建立联系,需要重新提出一种符合人类状况的情感同化。20世纪80年代,东西方对峙的局面结束。1989年,柏林墙的倒塌成为上述变化的起点和象征。其他挑战显现。伊拉克战争、本·拉登的极端主义、艾滋病、"地球村"(麦克卢汉)等均出现在这一时期。经济的持续增长和对进步的普遍认同消失。全球化令人忧心忡忡。厌倦思辨的哲学家吕克·**费里**开始探讨生活艺术、智慧和"美好生活"(《学习生活》,2006;《爱情革命》,2010),他成为众人仿效的对象。

希望幻灭之后,幡然醒悟,必须重新赋予事情以意义。让-米歇尔·莫勒普瓦用"articuler"(清晰发音)这一动词来概括20世纪80年代的十年。这一时期,茨维坦·托多罗夫发表了《批评之批评》,而在此之前,罗兰·巴特逐渐从《批评论文集》与《S/Z》的结构主义过渡到《恋人絮语》与《罗兰·巴特论罗兰·巴特》的情感写作。讽刺伴随这种回归而生:战后年代的怪癖转变方向。仿效新小说的特有嗜好,人们对本无意义的事情大加发挥(皮埃尔·米雄)。这是玩弄滑稽却故作冷面的小说家的双重阴谋,而让·**埃舍诺**的作品正体现了这一点,这位文学高手游刃有余于所有文学类别:侦探小说(《切罗基》,1983)、科幻小说(《我们仨》,1993)、间谍小说(《湖》,1989)、传记小说(《拉威尔》,2006)。

隔阂局面的总体消除

晦涩难懂和中断停止的现象大肆出现后,人们意识到需要重新交流。批评界提到"物质—情绪"(米歇尔·科洛)、"抒情再生"(让-米歇尔·莫勒普瓦，《论抒情》）、"欢庆"。不过，一些作家也贴合现实，继续在一些充满激情的文章中反映事情的荒谬和淫秽，而这些作品的不连续性和不得体则占主流。他们延续詹姆斯·乔伊斯或塞利纳的传统，如让-玛利·格莱兹、多米尼克·富尔卡德、让-米歇尔·埃斯比达列。

由于存在遵循不连贯性的意愿，文学类别之间的区别便模糊不清且频遭争议。为超越这些分类方式，吉拉尔·热内特重返源头（《原型文本引论》，1979）。整个评论界均涉身其中：让-玛利·舍费尔（《何为文学类别?》，1989）、多米尼克·贡布（《文学类别》，1992）、皮埃尔·布吕内尔（《类型的神话诗学》，2003）。人们提出《20世纪文学类别的涌现》（马克·当布尔与莫妮克·戈瑟兰-诺阿，2001）、"形式杂交"、"杂交美学"。逆反的巴洛克趋势（菲利普·**索雷尔**与研究后现代性的社会学家米歇尔·马费索利极为珍视这一趋势）形成，其主题与风格混杂。面对现实的不确定性，放弃以前鼓吹的白板理论，钻研艺术和文化领域的一切可能性，以撰写与古典类型毫不相干的狂想曲。

与图像艺术的混合已经十分常见（巴特、莱里斯、博纳富瓦、布托），现在它又成为文学创造的再生对话：弗朗索瓦·邦与霍普的对话（《外面即城市》，1998）、帕斯卡尔·基尼亚尔与乔治·德·拉图尔的对话（《夜晚与寂静》，1993）、帕特里克·罗杰（《情感的几何学》，1998）、阿兰·弗莱雪（法国国立当代艺术工作室的创建者）。尚不包括同摄影师与电影艺术家合作或亲自制作电影的作家（尤其是诗人）：弗雷德里克·密特朗（于1981年出版《索马里情书》）、吉拉尔·莫迪亚、克里斯多夫·奥诺雷、让-菲利普·图桑。

与此同时，艺术史强势回归，这一现象可在一些学者的研究计划或国立博物馆的展览中窥见一斑，并得到一些名流才俊的赞助，如皮埃尔·罗森伯格（于2007年出版《卢浮宫爱情词典》）、卢浮宫馆长亨利·卢瓦耶特、蓬皮杜中心主席阿兰·塞班、奥赛博物馆馆长居伊·考热瓦尔。

记忆虚构

皮埃尔·**诺拉**是诠释历史与书信间紧密关系的知识分子：他是一名有影响力的编辑（伽利玛出版社），同马塞尔·戈谢共同创办杂志《争鸣》，他罗列了民族记忆的根源所在地（《记忆所系之处》，1984—1992），重新定义了人文科学在文学和哲学领域中的角色（《现在、国民、记忆》，《公共历史学家》，2011）。马克斯·**加洛**是位令人不可思议的多产作家，他提出了一种文学类别："历史小说"，即以历史素材为基础但以小说方式撰写的、个人记忆滋养的虚构作品（《凶手协约》，2008）。

既然意欲无所不谈，那么必须要继承过往，首先承袭最久远的遗产：神话。戏剧继续从中汲取养分（参见第 450 页①）：马克斯·鲁凯特的《梅黛》（1992）、埃莱娜·西克苏的《阿特雷德家族》（1992）、恩佐·科尔曼的《普罗米修斯小说》（1986）、米歇尔·阿扎马的《神圣爱情》（2001）、奥利维耶·皮的《迷宫的颂扬》（2001）等。然而，此时，文本类别间的界限依然模糊不清。最为典型的是帕斯卡尔·**基尼亚尔**的作品，其中交织出现了众多神话人物、历史人物和个人沉思。他成功地运用了这种诸说混合：2002 年，其作品《游荡的影子》荣获龚古尔文学奖，但显然这并非一部小说。亨利·**博绍**将神话与精神分析结合（《安提戈涅》，1997）。同样，通过分析战争、屠杀和极权主义蹂躏的人类历程，西尔维·**热尔曼**重新塑造传说（并且尝试探寻神秘）：《夜之书》（1985）与《墨杜萨女孩》（1991）。热罗姆·**费拉里**从科西嘉小酒馆的喧闹声中反思西方的衰落（《罗马衰落的教训》，获得 2012 年龚古尔文学奖）。埃里克-埃玛纽埃尔·**施米特**的想象一致追溯至希特勒的童年时期（《异地》2001）。在《断线》（2006）等作品中，南希·**哈斯顿**将痛苦时

---

① 此处指原法文版页码，即本书页边码。——编者注

代的各个极限时期交汇再现。

坦诚布公的前后联系和吸引力

众多作家主要通过撰写小说传记或传记小说的方式表达自己与名家前辈的关联，以此来思考文学创作：居伊·戈费特（1996年出版《石板和雨滴的魏尔兰》）、阿兰·博黑（于1984年出版《兰波在阿比西尼亚帝国》）、多米尼克·诺盖（1986年出版《三面兰波》）、皮埃尔·**米雄**（于1991年出版《人子兰波》，1991）、米歇尔·施奈德（1995年出版《波德莱尔：深度岁月》）、贝尔纳·潘戈（于1989年出版《永别卡夫卡》）、皮埃尔·**贝古尼乌**（于2002年出版《止于福克纳》；1992年出版与福楼拜相关的《孤儿》）、达妮埃勒·**萨勒纳夫**（2008年出版有关西蒙娜·德·波伏娃的《战斗的海狸》）。弗雷德里克·**维图**的作品体现了他与司汤达和罗西尼风格的默契（《特拉西纳的喜剧》，1994），而菲利普·**博桑**则亲近卢梭（《爱洛依丝》，1993）。让-保罗·**昂托旺**将自己所痴迷的不同作家的轨迹交融一体（《生在土星》，1996），与热罗姆·加尔桑在《众书一面》（2009）中的手法相同。让-保罗·古将自己的小说建立在文学语言和文学地点挖掘上，而且渐渐深入［《莫刚特的花园》、《纪念》、（《大院》，1990—1999）］。埃里克·**谢维拉尔**用坦诚布公或拐弯抹角的引用来充实自己所拼凑的滑稽叙述：《死亡使我感冒》（1987）、《库克上尉缺席》（2003）、《红耳朵》（2005），之后，他便站在了指责高校传统的最前列（《杀死尼扎尔》，2006）。

这种创作者彼此间既吸引又较量的对话蔓延至各类艺术：帕斯卡尔·基尼亚尔对话马兰·马雷（《世间的每一个清晨》），菲利普·博桑对话吕利或意大利巴洛克派（《斯特拉德拉》，1999），让·弗雷蒙对话20世纪的伟大艺术家们（《形式的光辉》，2005），克里斯蒂娜·**奥尔班**对话库尔贝（《我是世界的起源》，2000），唐吉·维尔对话曼凯维奇和希区柯克（《电影》，1999）。无所不晓的雅克·**德里永**既是一位语言学家、诗人、作家、批评家,又是一位音乐家(《论音乐》,1998)。阿德里安·**格兹**则在作品中提到安格尔和巴尔蒂斯(《那不勒斯的嗜睡女人》,2004)。伊夫·佩雷搭建了《画作与诗歌》(2001)的对话平台。多米尼克·**费尔南德斯**通过"重新塑造"帕索里尼(《在天使手中》获得1982年龚古尔文学奖)、卡拉瓦乔(《奔向深渊》,2003)或托尔斯泰(《与托尔斯泰一起》)从而完善了这一文学类型。让·**埃舍诺**通过将作家与作曲家(《拉威尔》,2006)、长跑运动员埃米尔·扎托佩克(《奔跑》,2008)和疯狂的发明家尼古拉·特斯拉(《电光》,2010)进行比照,来审视作家的不同侧面。

静止不动的游荡

这些回忆作品的涌现导致人们刻意回避,以免总是写作相同的片段。因而,继博尔赫斯之后,让·埃舍诺尝试写作侦探小说和科幻小说。弗雷德里克·维图的《圣路易岛上的不安岁月》(2012)似乎是一场与西默农的重逢。甚至安妮-玛丽·**加拉**以间谍小说的形式创作了一批描述历史的作品(发生于1913年至1914年间):《在魔鬼手中》(2006)。而理查德·**米勒**则再次采用普鲁斯特式的书籍追忆时光的方法,呼吁重返优秀散文、天主教价值观和扎根乡土。他强烈要求塑造一个标准化的混杂文学世界:《文学的祛魅》(2007)与《小说地狱》(2010)便重拾安热洛·里纳尔迪的尖刻批评。

让-马里·古斯塔夫·**勒克莱齐奥**甚至不停地游荡在一个毫不牢靠的世界中,并颂扬这不驻的脚步(《逃遁之书》,1969),忘却殖民历史时期的非洲(《奥尼查》,1991),再次塑造具有普世价值的人道主义神话(《乌拉尼亚》,2006)。离群索居成为文学的指定动机,尤其体现在西尔万·泰松的作品中(《在西伯利亚森林中》,2011)。

然而,在旅行结束后,夏尔·当齐格说道:"什么也没变,我们找到的是我们自己"(《让世纪开启吧》,1996)。在这种自我分析的背景之下,理查德·**米勒**透过令人沮丧的爱情,以敏锐的眼光,成功地解读现实[《丑女的品位》与《吞》(2005 年至 2006 年间)]。这有些类似于夏尔·**当齐格**的作品——《我们的匆忙生活》(2001),这是一幅采集迷茫时代的笑料的尖刻拼图板。同样,安热洛·里纳尔迪以细腻、怀旧的普鲁斯特式的风格,延续心理小说的传统。

回忆一下你自何方来

时代交替时期皆满载回忆。世界的起伏波动让人牢牢攀住已完结的时代的根基。人们唤醒集体历史(参见第 434 页①),表达要继承爱国、道德或宗教遗产的诉求。在《先辈的上帝》(2004)中,德尼·**蒂利纳克**将这一点表达得淋漓尽致。内心情感因而展露无遗。于是出现了一些记录私密日记、吐露真情、原文引用演说词、讲述世家传说、叙述起源、供述各种所为、长篇"博客"等各类形式的文章,其言辞不乏辛辣、博学和善辩的风格,如皮埃尔·科尔马里、皮埃尔·阿苏利纳(《文学共和国》)的文章。

上述趋势发展为忏悔或"自我虚构"(参见第 430 页②)。这种自我崇拜催生了一些建立在怀疑、谦逊、无力基础上的脆弱或消沉的文章,如夏尔·**朱利耶**的《碎片》(1989)。相反,一些作家还建立网站书写文章,以此来表述自我或与人激烈争论,如雷诺·加缪(发表了一篇引人入胜的作品《日记》)、弗朗索瓦·邦、让-米歇尔·莫勒普瓦。尽管处境矛盾,但是这些作品往往用以记载内心生活,保留了面对外部世界时的情感痕迹,因而题目往往自相矛盾,如:《外面的世界》(作者为玛格丽特·杜拉斯)、《外在日记》(作者为安妮·埃尔诺)或《非私人日记》(作者为米歇尔·图尼耶)。

---

① 此处指原法文版页码,即本书页边码。——编者注
② 同上。

这些寻根溯源的作品可追述至祖宗先人时期。所记之事宛如绘制了一棵家谱树。在纳塔莉·萨罗特心中，童年是一片沃土（《童年》，1983）：作家最终回归至此，如拉斐尔·孔非昂（于 2000 年出版《浪漫曲笔记》）、多米尼克·**巴贝里**（2001 年出版《诸神时代》）、帕特里克·夏穆瓦佐（2006 年出版《在克里奥尔的童年时光》）、克洛德-路易·孔贝（2004 年出版《岛与回忆》）。皮埃尔·**贝古尼乌**的作品甚至是对童年感觉的再度适应：《河边树》（1988）、《那曾是我们》（1989）、《万圣节》（1994）、《蛱蝶》（1996）。在《小人物传》中，皮埃尔·**米雄**审视了祖辈与父辈对他的影响。此外，我们无从得知这些祖先是真实存在，还是来源于想象虚构，如安娜·**维亚泽姆斯基**栩栩如生地刻画了布尔什维克主义诞生时期的俄国贵族（《一小撮人》，1998）。

让·**鲁奥**的作品则自成体系。在《沙场》（获 1990 年龚古尔文学奖）中，他回忆了战死沙场的叔祖，之后，他继续写作自己的家族：《名人们》（1993）、《为了你们的礼物》（1998），而最后一部《那一幕如同在天上》（1999）则是祖先间的彼此对话。同时，还有一类源自沮丧情绪、无名亲族、不可告人的家族秘密、丧事等的作品。该类作品的代表作家有克洛德·西蒙、夏尔·朱利耶、皮埃尔·米雄、伊夫·**沙尔内**（《儿子的散文》，1993）、玛丽·**尼米耶**（《沉默女王》，2004）。

作家克里斯多夫·**多内尔**则以不同的笔调将自己的家族故事撰写为系统作品（《房子》《我的叔父》等），然而他的作品并无欢喜之感，而是揭露家事拆分这一系统。让-保罗·**迪布瓦**的灵感同样具有讽刺性且令人出乎意料（《法式人生》）。

我，我……

自传体作品的浪潮袭来

20世纪末期，自传成为老生常谈的文学作品。费利佩·勒热纳曾对此做出过预言：《自传的契约》（1975）、《我是他者》（1980）。某些一直蔑视铺陈内心的作家也开始撰写自传，如罗兰·巴特（《罗兰·巴特论罗兰·巴特》）、皮埃尔·居约塔（《成长》），甚至是皮埃尔·布尔迪厄（《自我分析初稿》）。阿兰·**罗布-格里耶**是提出《为了一种新小说》（1963）的理论家，他撰写了一部题目坦率的作品——《重现的镜子》（1984）借以回顾加缪（《局外人》）和萨特（《恶心》）的贡献。之后，他致力于三卷本自传作品（《传奇三部曲》）的创作，而《反复》（2001）则是一份概述或对部分重要内容的总结。同克洛德·**朗兹曼**的《巴塔哥尼亚野兔》（2009）一样，这些作品的风格徘徊于记录私人日记和重构普鲁斯特式个体历史之间。这种趋势体现了以自我为中心、患有偷窥癖的时代形象，也代表了一种创作的无力、虚构的倒退，正如吉拉尔·热内特所言，自传体是"语言必然成为艺术品的唯一方式"（《虚构与行文》，1991）。

作为这一时期的标记——个人主义（吉尔·利伯维茨基曾明确指出过）重返文学领域。它也见证了一切都在飞速发展的世界所经历的忧虑。这一挥之不去的烦扰曾困惑过现代文学事件的先知——马拉美。而现在这一萦念纠缠着让-马里·古斯塔夫·勒克莱齐奥。为了提醒读者写作是沿深渊行走，在《沙漠》（1980）中，他选择半页篇幅用以留白。

因媒体的介入，"说什么？"或"有何用？"的问题被放大。勒克莱齐奥尽可能选择退避三舍。朱利安·格拉克以罗马式的失望结束（《七座山丘旁》，1991）。其余作家，尤其是诗人则生活在与世隔绝的世界中，如路易-勒内·德福雷（1918—2000）。与此截然相反，作家菲利普·索雷尔不满足于现状，他现身媒体宣传，作品源源不断。然而，所有处境都揭示了他们对空虚怀有同样的惧怕。

驱逐死亡

一些关于临床疾病主题的出现强化了描述自我的倾向。20世纪末可怕的瘟神——艾滋病成为标志性主题之一：在《临终诊疗记录》（1991）中，埃尔韦·吉贝尔分析了艾滋病诊疗的日常，并在《给没有救我命的朋友》（1990）中继续描述自己的这一疾病。此处，写作试图实现死亡驱逐者的任务，如西里尔·科拉尔（1989年出版自传小说《狂野之夜》，后导演同名电影并在其中扮演男主人公）、克里斯蒂安·吉迪斯里（1996年出版《离去的人》）、居伊·奥康让（1994年出版《死人的圆形剧场》）的作品。特里斯坦·加西亚的作品（《人最好的部分》，2008）灵感源于作家兼编辑纪尧姆·迪斯坦的传记，加西亚在作品中重温了恰逢自己幼年时期的"艾滋病"年代（加西亚生于1981年）。

疾病与死亡启发作家回归批评和清晰，甚至自嘲：让-诺埃尔·**庞克拉齐**惋惜一个被癌症晚期击溃的生命（《往事如烟》，2003）；在《天资不足》（2000）和《水果香糖王子》（2003）中，身患帕金森的弗朗索瓦·**努里西耶**嘲笑自己年轻时的写作野心和混迹在上流社会的游刃有余。对亡故者，尤其是对夭折孩童的哀悼是为了寻求慰藉：贝尔纳·尚巴兹（1994年出版的《今夏的马丁》）、菲利普·福雷斯特（1997年出版《永恒的孩子》，于1999年出版《整夜》）、洛朗斯·塔迪厄（2006年出版《绝无永恒之物》）、洛尔·**阿德勒**（2001年出版《今晚见》）、卡米耶·**洛朗斯**（1995年出版《菲利普》）的作品，以及玛丽·达里厄塞克的《汤姆死了》（2007，卡米耶·洛朗斯曾控诉其剽窃）。作家用文字哀悼的故人还有自己的直系尊亲，达妮埃勒·巴塞创作的《墓》便是此类追思之作。

因为尽管周围环境存有相对主义，作家却依然严肃对待写作的禁欲。显而易见，绝大多数重要诗人的作品中，这份自我给予作品的馈赠依然是一个不易忘怀的主题。《写作》（1993）中的玛格丽特·杜拉斯成为絮叨的做作之人。贝尔纳·**潘戈**（2000年出版《夜以继日的书写》）自称为一个"着魔的写作者"。让·**鲁奥**甚至从中发现了一个根本原则：书写的一切欲望深埋于"童年的痛苦"中（《作者的创造》，2004）。

自我虚构

正是在上述背景下，出现了"自我虚构"的写作类型，即涌现于正在进行的写作运动中的一种自我分析的个人叙述。这一新词由塞尔日·杜布罗夫斯基所创，用以归类他的《儿子》（1977），这部作品便是一类将现实主义汇报和虚构情节交织一体的"个人小说"，作者借此找寻自我归属感。确切而言，在《W.或童年回忆》（1975）中，乔治·珀雷克便已使用过这种赋格曲的体制，在文中，他将自己设想的"W"的青年时期与自己在德军占领时期的童年经历相融合。

这种自我分析启发作家创作了许多优美文章，如杜布罗夫斯基的门徒菲利普·**维兰**（《巴黎下午》，2006）和卡米耶·**洛朗斯**（《在男人的怀抱中》，2000）的作品。在自我虚构的标签下，突然出现了一种暴露癖好：克里斯蒂娜·**安戈**的《情人市场》（讲述了她与多克·吉内科的情感）或卡特琳·米勒的《卡特琳·M.的性生活》。作为一种解放手段（参见432页①），女性写作

---

① 此处指原法文版页码，即本书页边码。——编者注

也开始发展：安妮·**埃尔诺**的《位置》、《单纯的激情》和《耻辱》。

然而，这是全新的吗？一切作品都是生活或企图的反映，以此重新获取其意义。成熟的小说家总是重返上述目的。朱利安·格拉克在《一个城市的形式》（1985）中，再现了他在南特的青春岁月。帕特里克·**莫迪亚诺**在《家谱》（2005）中叙述了德军占领时期下的童年时光。在让-马里·古斯塔夫·勒克莱齐奥 的《寻金者》（1985）与《非洲人》（2004）中，可以分别找到其祖父和父母的影子。弗朗索瓦·**维耶尔冈斯**以诙谐幽默的方式，讲述了他与父亲（《弗朗斯与弗朗索瓦》，1997）、母亲（《在母亲家的三天》，2005）间的复杂关系。热罗姆·**加尔桑**的《坠马》（1998）与迪迪尔·**范**·**考韦拉尔特**的《被收养的父亲》均描述了自己父亲的死亡。弗洛朗斯·**德莱**通过内瓦尔来追忆自己的父亲——法兰西学术院院士精神病学专家让·德莱（2000年出版《姓内瓦尔》）。达尼·**拉费里埃**重回海地找寻回忆（《回乡之谜》，2009）。德尔菲娜·**德**·**维冈**从母亲的间歇性精神疾病中着手，写出了一本令人心碎的书——《无以阻挡黑夜》（2011）。面对患有阿尔兹海默病症的母亲，克里斯蒂娜·**奥尔班**也选择以此为题进行创作（《分离之地》，2011）。格温内勒·**奥布里**将丧父之痛记录在日记中（《人》，2009）。

有时，这些自传体式的怀念之作类似于人生的最终总结。《植物园》（1997），尤其是以第一人称书写的《有轨电车》（2001）是晚年的克洛德·西蒙 为回忆母亲、自己的青春及所患疾病而写的。

这个写作的"我"是谁？

没人因此上当受骗：正如让·里卡杜所言，一部作品依然是一种写作的历险，而非一种历险的写作。作家思考这位尝试写作的"我"。米歇尔·**莱里斯**（《1922年至1989年间的日记》）的一生都奉献其中，并且重点研究语言与声音如何编织他的意识。他的最后一部作品《号角与尖叫》（1988）便是三个动我，我……

词的"赋格曲"：喊叫、讲话、歌唱。

这种针对身份的思考催生了一些无规律的充满疑问的作品，其中的叙述会突然转向或解构。这一思考还吸引了一些徘徊于小说和诗歌间的作家，如路易-勒内·**德福雷**：《固定音》（1997）和《一步一步，直至终点》（2001，贝克特式标题）将一些传记片段、抒情瞬间和焦虑复述交织在一体。这种论述自我的作品总有自己的借口：如弗洛朗斯·**德莱**从自己的烟灰缸（《我的烟灰缸》，2010）开始说起，而烟则意味着一种绘画中的"万物虚空画"。另一位多产作家达尼·**拉费里埃**创作了引起轰动的《如何与黑人相爱而心无厌倦》（1985），自此之后，他将"我""我是"或重读形式的"我"用在多篇作品题目中，描写自己家族在美洲的传奇故事。

这种界线的脆弱性体现了全球化的趋势（参见第 452 页①），然而复杂性正是模仿了寻找个人历史中的混乱无序和摸索尝试。雅克·**鲁博**将其发展为一个有关自我的主题：他通过书写失败的自传来记录生平。自《伦敦大火》（1989）之后，他相继出版的作品既无连续性，也无年代顺序，而是运用了最为混杂的形式和参考资料。这一再现过去的冗长书写也会借助图画和照片，如让-马里·古斯塔夫·勒克莱齐奥的《非洲人》和安妮·埃尔诺的《照片的用途》。

性别歧视与女性命运

432

《女性写作》（贝亚特丽丝·迪迪埃出版于1981的作品，参见第 389 页②）的风格与科莱特的相去甚远，但却是对西蒙娜·德·波伏娃的追随，这一时期"女性写作"的作品依旧丰富。弗朗索瓦丝·萨冈是一颗划过时空苍穹的彗星，其后期作品（《厌倦的战争》，1985；《水彩画的思考》，1987）是一些脆

---

① 此处指原法文版页码，即本书页边码。——编者注
② 同上。

弱乏力的叙述。一些充满力量的复杂作品值得一提：安德烈·佘蒂、玛丽-克莱尔·**邦尔卡**、弗洛朗斯·**德莱**、埃莱娜·西克苏、达妮埃勒·萨勒纳夫、艾利特·**阿贝加西**、尚塔尔·**托马**、阿涅丝·德萨尔特的作品。主题依然是有关资本社会中的女性命运，但却没有之前喋喋不休的说教。主要体现精神的自由和优雅——如爱丽丝·**费尔内**的《爱情对话》，或是突出表达幽默——如阿梅莉·**诺东**创作的叙述一家日本公司女职员坠入地狱般经历的《诚惶诚恐》（获得1999年法兰西学术院小说大奖）。《富与轻》（获得1983年费米娜文学奖）表面看来是一个爱情征服的玩笑，但在其中，弗洛朗斯·**德莱**采用现代和隐喻的写作方式重新勾画了中世纪典雅爱情式的主线，并大获成功。

然而以下主题均无法引人捧腹，如艾利特·**阿贝加西**的要求苛刻的作品：《我的父亲》（2002）、《一件幸事》（2005）、《母女》（2008）；或在维罗尼克·**奥瓦尔德**的作品中：《我所知道的薇拉·康迪德》（2009）。最后，自从开始谈论爱情，自传作品便再次出现。在多米尼克·**罗兰**（1913—2012）的作品中，这一迹象十分明显。她之前的作品受追悼写作的吸引，笔触不连贯、散碎，在《爱情日记》（2000）中却运用了生活叙述。玛丽-克莱尔·**邦卡尔**重返乡土和家庭题材（《全家福》，1989）。

女性写作也通过性显示出来。卡特琳·屈赛选择了一个直白的题目：《享受》（1998）。安妮·**埃尔诺**的《单纯的激情》（1990）对欲望进行了盘点。甚至，这类揭露性的作品有时显得混乱无章或带有挑唆性：如克里斯蒂娜·安戈的《乱伦》（1999）、《一周假期》（2012）、《失常者》（2004）或《情人市场》（2008）；维吉尼耶·德彭特的作品则更为激进露骨，如《悲情城市》（1993）或《金刚理论》（2006），后又出版诙谐幽默的《末日宝贝》（2010）。

小说：希望化为泡影

司汤达和福楼拜的后辈

1956 年，四位年轻作家——米歇尔·德翁、罗歇·尼米耶、安托万·布隆丹与雅克·洛朗为安德烈·弗雷尼奥的《流浪的爱情》撰写前言。他们被称作"轻骑兵派"（参见第 373 页①），所希望的是沿用司汤达或福楼拜的写作传统。教育小说（罗歇·尼米耶的《蓝色轻骑兵》已经是对教育小说的颂扬）因米歇尔·**德翁**的《弃儿》（1975）而复苏。该小说的主人公让幼年时惨遭遗弃，为了解开自己的身世之谜，他遍览德国（通过阅读歌德的作品）和意大利（通过阅读司汤达的作品）。德翁作品的销量一直可观（自《小野驹》和《一辆淡紫色出租车》开始），他继续创作有关爱情追求和不现实幸福的优雅作品（1984 年出版《我在意大利给您写信》，1987 年出版《夜幕降临》，1996 年出版《名望圈》）。

雅克·**洛朗**作品的情节更为复杂，围绕一些爱情或两性故事展开，如《尘封岁月的陌生人》（1994）描述一个风流浪荡子逐渐厌倦"两性游戏"。埃里克·**纳奥夫**的辛辣尖刻的叙述作品常具有讽刺性（《极好》，2001）或充满苦涩（《抚养费》，2007），但均将激情放在中心位置。

帕特里克·**莫迪亚诺**的视野往往聚焦在德军占领时期的黑暗岁月上，因而这位阴郁的作家描绘了一些忧虑或迷失的人物，如拉孔布·吕西安——路易·

---

① 此处指原法文版页码，即本书页边码。——编者注

马勒导演、莫迪亚诺编剧的同名电影（1975 年）中的主人公。这位年轻愚笨的附敌分子是对《星形广场》（1968）中的拉斐尔·什勒米洛维奇的延续。莫迪亚诺笔下的主人公变化不定，如居于瑞士附近的维克多·克马拉（1975 年出版的《凄凉别墅》中的人物）准备逃往美国。人们渴望逃避错综复杂的内心，为了摆脱这种需求必须告别过去。《暗店街》（获得 1978 年龚古尔文学奖）中患健忘症的侦探便是如此。也可参考第 439 页①的介绍。

埃里克·**奥森纳**凭借精湛技艺、渊博文化和幽默吸引了博学之士和普通大众，他也因此成为无所不涉的叙述者之一：《殖民展览》（获得 1988 年龚古尔文学奖）、《巴太太》（2002）、《哥伦布行动》（2010）。作为叙述者，他乐于分享自己的所感所想，好似依然保留着某种渴望讲述"从前，有一次……"的怀旧情结；因而他创作了一些佯装与孩童对话的叙述（《语法是一首甜美的歌》，2001；《虚拟式骑士》，2004；《音符大逃亡》，2007）或是令人渴望逃往远方的作品（《你好，最南端》，2010），或是展现全球化时代的世界概貌的作品（《棉花国之旅》《水的未来》《一张纸铺开的人类文明史》）。

世纪末，时代的流逝

时间流逝的标志——"世纪末"成为一个主题。让-埃德恩·**阿利耶**的一部优美小说便以此为题目，讲述"自美好坠向痛苦"的经历。人们总会将它与一些有关帝国解体或文明没落的作品对照，如勒内-维克多·皮耶的《庞贝》（1985）。科幻作品（常带有悲观色彩）也得以发展，部分作品成功打动大众，如贝尔纳·威尔贝的《蚂蚁》。有些作品嘲笑无视骚乱来临的政客（马克·**布雷桑**的《最后会议》，2008），有些则重新刻画寻找他处和处女地的人物：可详见网址 www.ecrivains-voyageurs.net。这便又回到乌托邦的主题：米歇

---

① 此处指原法文版页码，即本书页边码。——编者注

尔·韦尔贝克用未来主义的黑色故事——《一个岛的可能性》（2007）嘲讽秘密教派和克隆技术。

在这一混杂的背景下，安托万·**沃罗迪纳**的作品令人着迷，且占据一个特殊却又难以归类的位置，他将自己的作品称为"后异域主义"。其笔下人物逃避过去的纠缠或某一劳动收容所（他翻译过俄国作家的作品），为的是逃至仙境或出入一些平行世界。因而便从科幻作品（《蔑视之仪式》，1987）过渡到乌托邦的、分散的和令人困惑的叙述——沃罗迪纳称之为"小叙"（《卑微的天使》，2000），其主题多涉及游荡、魔幻和痛苦。

这些逃亡者甚至重温殖民时期或幻想的过去，如奥利维耶·**罗兰**的作品：《苏丹港》（1994）、《梅洛埃》（1998），再如帕特里克·**德维尔**的《柬埔寨》（2011）。然而，概括这类反差强烈的想象事物的出类拔萃者当属让-克里斯多夫·**吕芬**，他选择埃塞俄比亚（《阿比西尼亚人》、获 1999 年行际盟友奖的《阿斯马拉或失败的事业》）、巴西（获 2001 年龚古尔文学奖的《巴西红》）、毛里塔尼亚（《卡迪巴》，2010）为作品背景。他的作品也偶尔触及一些乌托邦主题，比如科幻类作品（《格罗巴利亚》，2005），或塑造兼具神话与历史色彩的人物的作品（《造梦人》，2012）。

其他一些作家延续了旅游文学作家（夏多布里昂、司汤达、莫朗）的写作传统，以回应对他处的憧憬，如尼古拉·博维耶、吉勒·拉普热、雅克·拉卡里埃尔、达尼埃尔·**龙多**、让-保罗·考夫曼、克里斯蒂安·加尔桑、让·罗兰、埃里克·奥森纳。有些作家梦想逃避，如迪迪耶·**德库安**（《海景》，2005）。另一些作家再次以西伯利亚为背景，如于 2010 年出版作品的多米尼克·费尔南德斯、达妮埃勒·萨勒纳夫、奥利维耶·罗兰、西尔维·热尔曼和迈利斯·德·克朗加尔等。每年，米歇尔·**勒布里**（《脚底生风的人》，1977）都会与新史蒂文森们齐聚圣马洛（或巴马科、布拉柴维尔），共度"惊奇旅客"节。作品的这一漂泊风格也是对"后 1968 思潮"思想的延续：去往"外面"，去除资产阶级习性，面对他者。

然而，非得去往如此遥远的地方吗？或许未必，有些作家仅是闲步而行，如走遍巴黎大街小巷的雅克·**瑞达**（1998年出版《巴黎子午线》）与德尼·**蒂利纳克**（《元帅大街》，2000）。此外，部分作品类似旅行指南，如雷诺·**加缪**（《法兰西行记》，1981）和米歇尔·**沙尤**（《离去的法国》，1998）的作品。还有一些作品成为风景文选，如让-皮埃尔·**勒当泰克**（《花园诗意》，2011）。当然，也有作家所开启的或许是一场内心之旅，如米歇尔·**比托尔**：《流浪诗选》（2004）、《巡回园艺家》（2004）。

435 关于警察国家

小说叙述因自身的良好适应性而成为主流形式。读者（常出入电影院，品位受此影响）喜欢阅读令人全神贯注的故事。这是称谓繁多（如新侦探小说或惊悚读物）的侦探小说保持活力的原因。不同领域的作家振兴了这一题材，尤其是一些激进者将社会批评建立在警察、犯罪和走私阶层的描绘上：迪迪埃·**德伦克思**（1996年出版《地铁上的纳粹分子》）、帕特里克·雷纳尔（1990年出版《紧急制动》）和蒂埃里·容凯（1998年出版《摩洛》）。

因为侦探小说可以理想地契合受消极力量（暴力、异常、性、毒品、社会排斥、死亡：详见下页中的"消极的主人公"和第440页中的"社会新闻"）鼓动的现代世界的悲观主义画面，也可以把侦探小说概括为政治司法界的缩影。即便未将外国译作——玛丽·希金斯·克拉克、帕特西亚·康薇尔、迈克尔·康纳利、史迪格·拉森等人的作品——计算在内，这一类型的作品销量已经十分惊人，如弗雷德·瓦格斯的作品。一件物品失而复得或一次碰面的偶然性导致分离的人物相遇，这依然是一个多产的叙述引线，如让-保罗·**昂托旺**的《情感假设》（2012）、德尔菲娜·**德**·**维冈**的《诺与我》（2007）——讲述超智商女孩与街头流浪姑娘相遇的经历。

传统方法

小说是在其惯用形式下发展。知名作家不愿冒犯传统,如让·**端木松**,他甚至创作大型作品组集以一览人类历史概貌,其野心也越来越清晰明确。他从一部大型三部曲的创作开始(1985年至1987年间出版:《夜风》《万人迷》《在圣米尼亚托的幸福》),后又俯瞰过往历史(《永世流浪的犹太人史》,1990)或其中的主人公(《海关》,1993),甚至是描写上帝(《近乎一切中的几近于无》,1996;《创世》,2006)。自传体的灵感来源仍旧且总是非常强势(《我曾做过什么?》,2008;《对话》,2011),同类作家还有埃克托尔·**比安科**(1930—2012):《爱情的姗姗脚步》(1995)、《上帝家中的思念》(2003)。

除却这些知名作品外,小说的活力还显现在19世纪时便已为人所知的创作方向中:乡村小说,其中,以克洛德·米舍勒和德尼·蒂利纳克为中心形成了称作"布里夫"的流派;帕特里克·格兰威尔或让·沃捷的人道主义巨著;大众小说,代表作家有罗伯特·萨巴捷、亚历山大·雅尔丹(1988年出版《斑马》,1990年出版《芳芳》)、米歇尔·拉贡、"新虚构"团体的创立者弗雷德里克·特里斯坦(《迷惘者》,获得1983年龚古尔文学奖);寻求形形色色读者的认同感的小说,如安娜·加瓦尔达的作品;幻想小说(不考虑一直多产的科幻作品),代表作家如弗朗索瓦·库普里、埃里克·费伊(《我是灯塔看守人》,1997;《长崎》,2010)、乔治-奥利维耶·夏多莱诺(《梦幻学院》,获得1982年雷诺多文学奖;《岛中花园与其他小说》,1996);有关世界多样性的随笔式小说继承了狄德罗《定名论者雅克》的传统:米兰·昆德拉(原籍捷克)将小说的这一功能理论化(《小说艺术》,1986),并用作品出色地予以诠释,主要代表作是《不朽》(1990)和《无知》(2000)。

消极的主人公

作为能够吸引一切读者的文学类型——小说的发展经历了主题的逐渐转变。多数情况下,主人公是一些迷惘者或受排斥者,甚至是一些转行者,其身上发生的一切往往最先令他们自己错愕不已。描写这些慌乱的作家中,佼佼者当推玛丽·**达里厄塞克**:她抑或化身为母猪(《母猪女郎》,1996),抑或隐匿于幽灵般(《幽灵诞生》,1998)或无形的(《晕海》,1999;《白》,2003)背景中,而这种背景则是地狱甚至死亡本身(《汤姆死了》,2010)的预示。

这种描述原有秩序被打乱的主题也出现在伯努瓦·**迪特尔特**的作品中,他以巴尔扎克式的方法(《巴黎,来场较量吧》,2012)展现了变动社会中的凡夫俗子的束手无策:《法兰西之旅》(2001)和《幸福城》(2007)。弗雷德里克·**布瓦耶**作品的内容多为挥之不去的情感,抒情语调更为冷静,以此来勾勒一些困扰于犯罪感的孤独者:丧失希望的囚犯(《又蠢又甜蜜的事》,1993)、刚刚埋葬母亲又陷入童年的恐惧回忆中的士兵(《无人死亡》,2012)。

向所经历的他性逐渐转移是埃玛纽埃尔·**卡雷尔**的多数作品的主题。这位优秀作家是时代的代表,毫不费力便可改变一切,就如同将自己的胡须剃光(《胡须》,1986)。然后,幔布扯破,直至发现一个父亲(《雪地惊魂》,1995)或一个假医生(《对面的撒旦》,参见第 441 页①)恶意而为的可怕行径。玛丽·**恩迪亚耶**的创作道路如出一辙:描写一个不被家庭承认的年轻姑娘(《在家中》,1990)或面对谣言的一对教师(《我的心在狭窄之处》,2007)。明智的皮埃尔·**茹尔德**则更为夸张,如在《消失的地方》(2003)中,他描述了康塔勒省的一个村庄的衰落,曾在当地引起轰动。马克·**迪甘**则深入连环杀人案凶手的内心(《巨人街》,2012)。理查德·**米勒**的《安德斯·布雷维克

---

① 此处指原法文版页码,即本书页边码。——编者注

的文学颂歌》（2012）出版后，曾遭遇抗议，因为布雷维克是一位疯狂射手。这种病态的魅力是时代的一种特征：某些外国小说也同样暴露出一种残忍的恐惧，如瑞典作家史迪克·拉森的侦探三部曲《千禧年》的成功令人瞠目（全球共销售 5000 万册），此外还有美国的系列作品，如情节残忍的《戴克斯特》。

因而，读者进入到一种虚幻的形式中，对自己所读内容的身份倍感迟疑。在雷吉斯·**若弗雷**的短篇小说中，作品人物是一些饱受孤独纠缠者（《人们的生活片段》，2000），甚至是一些精神错乱者（《疯人院》，2005）。苦恼不安有增无减，这导致故事叙述与作品接受的稳定性缺失。在马克-爱德华·**纳贝**的随笔与小说交织组成的作品中，这种悲观主义情绪与现实错位，而且充满挑衅性，以致引发一些论战（《寄生虫的盛宴》，1985），这正属于莱昂·布卢瓦的派系。因而，克里斯蒂安·加尔桑（《树丛中的声响》，2002）与弗雷德里克-伊夫·让内（《自然光》，2002）等折衷主义作家便从内部颠覆了一种迟钝呆板且无法回避的文学类型。

历史的影响

一种迷恋

在文学领域，回归历史的趋势发轫于20世纪70年代（参见第362页①），其中，读者的刺激作用功不可没，大受读者欢迎的历史小说常跻身畅销书榜单。仅举一例：弗朗索瓦丝·**尚德纳戈尔**在参阅周详的历史文献后所创作的作品广受欢迎：《王家之路》（1981）、《房间》（2002）、《亚历山大城的王族后裔》（2011）、《罗马贵妇》（2012）。在**多米尼克·博纳**的作品中，罗曼·加里、斯蒂芬·茨威格、卡米耶·克洛岱尔、鲁阿尔家族两姐妹再次复活。人们认为历史可以把握一切，因而，杰出作家沉浸于历史中，有些作品触及充满神话色彩的过去。继乔伊斯的《尤利西斯》后，克洛德·西蒙也开始创作类似作品：《弗兰德公路》（1960）中对于部队溃败撤退的描写再次复活了阿特雷德家族的希腊神话，后来创作的《农事诗》（1981）是对维吉尔的映射。然而，米歇尔·图尼耶（参见第375页②）与莫里斯·**德吕翁**（2002年出版《宙斯回忆录》）已写过"神话小说"，这一类型的小说也吸引了科幻、神话或超自然（参见第426页③）的元素，而且主要在大众文学中蓬勃发展，如埃玛纽埃尔·**格伦**的奇异小说《欧洲，我的爱》（2010）。

文学传播的头面人物是一些历史学家，如阿兰·**德科**影响下的让·**蒂拉**

---

① 此处指原法文版页码，即本书页边码。——编者注
② 同上。
③ 同上。

尔、埃莱娜·**卡雷尔·德·昂科斯**、马克斯·**加洛**。出版业的成功也由属于历史范畴的书籍所创造，如讲述法兰西的王后西蒙·贝尔蒂埃（尚塔尔·托马）或拿破仑丰功伟绩（帕特里克·**朗博**的有关艾斯林之战的《战役》，1997）的作品。第二次世界大战和纳粹对犹太人的大屠杀依然是"灾难写作"——莫里斯·布朗肖的一部作品便如此命名——难以忘却的动机，先后出版的反响强烈的作品有：罗伯特·安泰姆的《人类物种》、大卫·鲁塞的《我们死亡的日子》、若尔热·**桑普兰**的《写作或人生》（1994）、乔纳森·**利特尔**的《善良者》（2006）。可参考后文的"灰色年代"。

在作品中，文人墨客——作家们引用、回忆前人的作品。为了有所革新，他们也会深入研究一些人们鲜少重视的时期或追忆世人遗忘的轶事趣闻。如贝尔纳·迪布舍龙成功创作了一部黑色历史小说，描述16世纪的一位宗教审判官前往格陵兰岛重新传播基督教的历程（《短蛇号》，2004）；卡罗勒·马蒂内则使读者迷失在奇特的《中世纪呢喃城堡》（2011）中。

438

世界大战：时代的映象？

一些重大事件——尤其是两次世界大战——依然是这一时期的主要作品背景。或许是由于代际差距（这迫使后人唤醒回忆），1980年至2010年间的作品中，世界大战的身影无处不在，同时代的电影（如贝特朗·塔维尼耶导演的《只是人生》或《柯南上尉》）和连环画（雅克·塔尔迪）亦是如此。

除了它的悲剧性力量外，第一次世界大战好似一个邪恶的熔炉，从中诞生了一个完结的世纪。因而，作家思索一个恐惧遍布的时代的滥觞。除获得1990年龚古尔文学奖的让·**鲁奥**（《沙场》）外，另有不胜枚举却风格各异的作家，如克洛德·西蒙（《杨槐树》，1989）、马克·迪甘（1998年出版《军官室》，2001年该作品拍摄为电影）、巴斯蒂安·雅普里佐（1991年出版《漫长的婚约》，2004年该作品拍摄为电影）、西尔维·热尔曼（《夜之书》，

1985)、理查德·米勒(《皮特尔家族的荣耀》,1995)、格扎维埃·阿诺特(2000年出版《丘陵之后》)、菲利普·克洛代尔(2003年出版《灰色的灵魂》)、让·埃舍诺(《14》,2012)、皮埃尔·勒迈尔(《天上再见》,获得2013年龚古尔文学奖)。

自传体作品也无法摆脱这类主题(参见第429页①)。因为世界大战的主题便于深入了解家族的秘密,揭露官方版本的言论,赋予历史进程中的平凡匿名者以话语权。这正是伊夫·**帕热斯**在《好过一无所有》(1995)中所诠释的,他在这部令人惊愕的复调作品中,刻画了一个找寻父亲——喜爱饲养信鸽的炮手——尸体的主人公。

灰色年代

战后,第二次世界大战立刻成为作品的主题,主要涉及造成法国分裂的国内不和因素以及纳粹大屠杀的恐怖,但这类作品并没有见证书籍中的描写准确。

1980年至2010年期间,灭绝营依然是令人瞠目结舌和沉思默想的对象。幸存者的叙述逐渐让位于死难者后代的绝望无助的虚构形式,如珀雷克的后继者亨利·哈克茨莫夫创作《无声的叫喊》(1985)。随后出现一些随笔,用以论及文学中的难以描述(继莫里斯·布朗肖、埃玛纽埃尔·勒维纳之后的作品)或文学如何追忆过往:这正是让·**克莱尔**描写曾关押在达豪集中营的画家佐兰·穆希奇(《寻常野蛮》,2001)的意图,也是若尔热·**桑普兰**创作《写作或人生》(1994)以及与埃利·威塞尔对话(《无法缄默不语》,1995)的初衷。

然后,一些作品尝试描写这场集体悲剧的经历者——包括刽子手——的踪

---

① 此处指原法文版页码,即本书页边码。——编者注

迹（2006年，迪迪埃·**德伦克思**的《寻常恶棍的历程》出版）。此外，这一时期先后发生了指控克劳斯·巴比（1985）以及莫里斯·帕蓬（1997—1998）的诉讼案、谋杀勒内·布斯凯尔的凶杀案。乔纳森·**利特尔**的沉闷小说《善良者》（2006）也描写这类可怕却常见的施虐者。这一时期，作品倾向于撰写附敌分子，但与此同时，一些作家沿着克洛德·西蒙（《弗兰德公路》）与朱利安·格拉克（《林中阳台》）开辟的道路，继续描写军队的溃败撤退。作家深入挖掘的是一段灰色时期，其中的主人公逐渐妥协，因为每个人都渴望生存。早在马塞尔·艾梅和让·迪图尔的作品中，就已兼具失望的犬儒主义和黑色幽默的风格，体现了这种双重游戏。马克·**朗布龙**的《1941》（1997）也继承这种风格，而其余作家则分析含混不清的角色分类：莉迪·**萨尔瓦伊尔**的《幽灵陪伴》（1997）、皮埃尔·**阿苏利纳**的《女顾客》（1998）、雅克-皮埃尔·阿梅特的《两头豹子》（1997）。

人的二元性

因而，德国占领时期的法国常成为作品难以避绕的题材，人的二元性成为惯用的文学主题。让-玛利·**鲁阿尔**在《战前》（获得1983年雷诺多文学奖）中塑造的主人公——1944年被执行枪决的皮埃尔·伦哈特便是典型代表。当人们思考自己的身份时，便已回到原点，正如雅克·弗雷蒙捷在《名字与皮囊》（2004）中的处理或亚历山大·雅尔丹在《正派的人》（2011）中的手法。帕特里克·**莫迪亚诺**则天才般地复原了这段幽灵似的时期和这种混乱不安，占领时期成为一个浑浊的实验室，如《户口簿》（1977），及其后的《暗店街》（获得1978年龚古尔文学奖）。为了辨明过去，小说家莫迪亚诺最终成为一名调查者（《走出黑暗》，1996；《多哈·布慧德》，1997），这种调查使一些痛苦再现，如法西斯父亲的痛楚：米歇尔·塞翁内的《父亲的记认》（2007）、多米尼克·**费尔南德斯**的《拉蒙》（2009）、米歇尔·德尔·卡斯蒂略的《我的父亲是法国人》（1998）。

  出于同样的思想，其他作家运用追溯既往的研究技巧，将黑暗年代视为眼下时代的揭露者，而其中的人不再有绝对的是非黑白之分，如作家米歇尔·沙尤（《1945》，2004）或米歇尔·坎（《恐怖花园》，2000）。可与此相提并论的还有雅斯米纳·卡黛哈处理阿尔及利亚战争的方式（《白昼亏欠黑夜的》，2008）。如出一辙者还有描写爱尔兰内战（《我的背叛者》，2008；《回到基利贝格斯》，2011）的索尔·**夏朗东**，这位敏感、简练却深刻的作家也从未忘却描写抵抗运动时期明暗交织的法国（《我们父辈的传奇》，2009）。最后，《不可救药的乐天主义者俱乐部》（2009）向我们呈现了一部激动人心的小说，其作者让-米歇尔·格纳西亚正是20世纪60年代初期的法国大地上既难忘战争重压（冷战或阿尔及利亚战争）又发现早期摇滚乐的一代人。

从结构破坏的世界到片段写作

介于虚拟和残酷之间的现实

1985 年的诺贝尔文学奖授予克洛德·**西蒙**(1913—2005),强调作品要反映时代,打破叙述的传统结构,然而却保留福克纳式的强烈情感及宽泛手法。他的《农事诗》(1981)诠释了写作中的农田观念:收集陈年种,翻耕土地,让作物生长。然而自然并不任由人类控制。杂乱无章犹如雨后春笋般蔓延。生活如一棵大树(克洛岱尔的比喻)般抽条展叶,对抗自然力,之后复得平静。对于今日的文学而言,这一形象化的比喻也极具价值,如弗雷德里克·**特里斯坦**的作品(《来自彼世的最后消息》,2007),以及伯努瓦·**迪特尔特**笔下竭力适应变化不定且超脱控制的世界的人物(《我的美好年代》,2007)。

20 世纪 80 年代的"重返现实"并非名副其实的革新,因为作家从未放弃过回归现实。然而,在现代世界的动荡不安的刺激下,他们正处于一段行将结束的时期,此时,协同一致的经济增长掩盖一切道德和社会的解体。异化、剥削和《世界的苦难》(皮埃尔·布尔迪厄于 1993 年出版的作品)并未因此而消失。正是这种粗暴的现实令我们猝不及防,如弗朗索瓦·**邦**在《界线》(1985)和《水泥装饰》(1988)中、德尔菲娜·**德·维冈**在《地下时光》(2009)中、雷吉斯·**若弗雷**在《人们的生活片段》(2000)中的所作所为,科尔代斯等人的戏剧也如出一辙(参见第 449 页①)。

---

① 此处指原法文版页码,即本书页边码。——编者注

然而作家自觉无力，全球化碾压之下的情感占主流，贝克特的虚无主义重现。作品本身变化不定，倾向于描写社会边缘者、遭排斥者、非法占地者，代表作如迪迪埃·**德伦克思**的《超越界线》（1992）、让·**埃舍诺**的《一年》（1997）、让·**罗兰**的《篱笆街》（2002）、马蒂亚斯·**埃纳尔**的《区域》（2008）——共500多页的小说仅包含一个句号。疾病与寿终成为作品主旋律（1988年，达妮埃勒·**萨勒纳夫**出版《永别》；1997年，让·德拉布出版《在生者家中勿忘提及我们》），还有作品涉及更具普遍意义的衰败形象，如手足深情的破裂（洛朗·莫维尼埃的《远离他们》）。这便是《事物的顺序》（多米尼克·科普于2006年出版）。而爱恋激情的缩影则象征这些灾祸，如亚纳·**凯费莱克**所描写的感觉：《未成年少女》（2006）、《爱情是疯狂的》（2007）、《罪恶激情》（2008）。

社会新闻

为了摆脱这种失望情绪，一些作家尝试与传统叙述划清界限，以不同的方式利用现实，因而倾向于使用片段形式（参见下页的介绍）。弃小说虚构后，又该书写什么呢？作为记者或社论作者的作家转向描写时事及其中发生的悲惨事件和存在的恐惧。埃玛纽埃尔·**卡雷尔**在《对面的撒旦》（2000）中重又提及罗芒事件（罗芒一直自称是名医生，谎言被戳穿后，他竟将自己的家人一一杀死），他还记述《利莫诺夫》（2011）的生平以略述俄国近几年的历史。雷吉斯·若弗雷的作品（《囚地利》，2012）人物原型为奥地利人弗里兹尔——非法囚禁亲生女儿长达24年，并致使她生孕7个孩子。阿蒂尔·德雷富斯的作品（《美好家庭》，2011）则夸张地再现了2007年小女孩玛德琳于葡萄牙失踪的事件。摩根·斯波尔泰的作品（《一切，马上》，2011）则有关"野蛮帮派"。

作品通过上述方式再现社会新闻中的主题。然而，写作竭尽全力进行调查研究，将无意识的动机公之于众，诠释代表现实症状的诸种行为。擅长这类写作方式的作家当属弗朗索瓦·邦，他的《一则社会新闻》（1994）尤为出类拔萃。悲剧的发生揭示出瓦解的普遍存在：蒂埃里·埃斯的《美国墓地》（2003）立足于一个年轻女孩的失踪（可能遭遇强奸和谋杀），以此"解读"摆脱工业化的孚日地区。（参见第436页①"消极的主人公"）然而，作品风格常与这些粗暴主题形成反差，风格往往采用"残酷故事"的方式（请见第305页②），呈现"纯洁"、冷淡、失望的特点。

间断与众多瞬间

这种无拘无束和碎片化象征着因大事发生而左右摇摆的世界，历史的发展方向迷失其中。作家们开始着手书写形式简短和主题细微的作品，因为他们无法超越前人的表率（巴尔扎克、福楼拜或福克纳），而且希望与保罗·贝尼舒所谓的"公认"作家——浮夸华丽、无所不知、创造世界、囊括各个时期的作家——划清界限。菲利普·**德莱姆**的畅销作品《第一口啤酒与其他细微乐趣》（1997）是对皮埃尔·米雄《小人物传》（1984）中微小生活的延续。

书籍的篇幅也有所缩减：米歇尔·奥赛尔写作一些"微型小说"，如《上升》（1996）。然而，这种空虚和这些短暂的瞬间发展为一种主题，以弥补全球化世界中消费者的狂热。让-菲利普·**图桑**则刻画了一个在《浴室》（1985）中消磨时光的人物，浴室是不被人世喧嚣搅扰的地方。他重新激活了与外界的实践主义不相适应的"云雾"（《照相机》，1988）。克里斯蒂安·**奥斯特**在描写这些微不足道的事物时的天赋异禀：《远离奥迪勒》（1998）中的主人公与一只苍蝇共享自己的公寓，《沙丘之上》（2007）中的主人公并未成功清除朋友房子中的淤沙。

无价值之事的诱惑力在于仅通过嘲讽人的私密生活中的细枝末节，便足以将

---

① 此处指原法文版页码，即本书页边码。——编者注
② 同上。

一个人的方方面面展露无遗，如阿涅丝·**德萨尔特**的《无关紧要的秘密》（1996）。克里斯蒂安·**博班**的作品采用了这种心甘情愿的艰苦，其中，《颂微不足道》（1990）回答了如下问题："什么赋予您的生活以意义？"他的作品题目拒绝造作或短暂的渺小：《虚无的统治权》《极低》《缺失的部分》。这种对几近于无的关注营造了一种充盈感，如让·埃舍诺在《土地占领》（1988）中所提出的。数位作家从中寻觅到一种舍弃繁重创作的女性写作方式，如米雷耶·卡勒-格吕贝的《阿拉伯式花饰》（1985）和《南方——遗忘岸边的景色》（2000）。

因遍览细节而导致的这种分散性反映了文学样式的交织，而这正是当时作品的特点（参见第425页①）。作家们并不局限于一种类型：他们混合运用肖像描写、自传、随笔、虚构、幻想、评论和自嘲。篇章也混乱交杂着从叙述散文到其他表达形式或插画等各色内容。

介于纯粹主义和媒介化之间的作家

时代转折之时，文学史上的传统主题便会复活，尤其体现在19世纪的文学中：作家踟蹰在自闭孤傲和参与介入活动之间。作家专心致志于自己的工作，远观社交界的骚动不宁，而面对商业逻辑，他们难免滋生沉迷与反感并存的态度，媒介化与互通互联则进一步加剧了这种矛盾感。间或，这一既渴望置身其中又乐意退避三舍的态度会与对卓越，甚至是神圣的向往交织一体。如克里斯蒂安·**博班**（见上文介绍）的作品。通过运用所有的文学类型（小说式传记、叙述、诗歌），他再现了于寂静和纯粹中获得的"愉悦"：《缺失的部分》（1989）、《一条节日礼裙》（1991）、《暖气片上的自画像》（1997）。

然而社会的分裂或许会转化为一种轻微的享乐主义，如菲利普·**德莱姆**及其"细微乐趣"。因而，一些回归寂静场景的作品颂扬朴素的幸福，如皮埃

---

① 此处指原法文版页码，即本书页边码。——编者注

尔·奥坦-格勒尼耶带有讽刺口吻的作品——《碌碌无为的一生》（1997）。其他作家则更喜欢描写色情，然而总是怀有一种对世间惯俗的藐视，如自1976年起开始撰写《私密日记》的加布里埃尔·**马特奈夫**、喜爱萨德和唐璜的菲利普·**索雷尔**（《女人》，1983；《非凡的卡萨诺瓦》，2000）。

这种对文明的揭露也催生了一些恶语相向和咄咄逼人的作品。这一类型的典范作家是米歇尔·**韦尔贝克**，其丰富作品论及失去常态的世界中存在的萦念和异常，尤其性方面的：《基本粒子》（1998）讲述社会关系的解体、对享乐的无度及沮丧的追求、大众娱乐充满悲怆的虚荣。因而，他与那些谴责现时没落的编年史作者类似，如多米尼克·**诺盖**（《遗体防腐师》，2004）、菲利普·**谬莱**（1945—2006）及其"精神驱魔术"。菲利普·谬莱的风格富有创造性，其夸大笑料的才华令人惊愕，他揭露了一个"欢庆无度"的社会（《智人》，2005），这种社会脱离常规或沉浸于怪诞癖好，并为其中的一切制定规则（《巴汝奇的反叛者们》，1998）。这些作品所批判的民主政体实则为建立在愚民消遣之上的极权主义，这令人联想到塞利纳的创作倾向，并且吸引了一些思想反动者。

诗歌的在场

活力与神秘

人们错误地认为诗歌创作枯竭，出版业力量分散，再无大家出现。实际上，它们的生命力偶尔隐于表面之下，其硕果依旧累累。弗洛朗斯·特罗克梅创建的用以记录每日诗歌的《诗歌报》网站正是这种创作性的日常体现，同类的还有悉数罗列诗歌来源链接的 repertoiredepoesie.free.fr 网站。人们偏好诗歌（举办各类诗歌研讨会、双年节、"诗歌三级会议"、"诗人之春"）或许是因为它是文学中最为脆弱却最为完善的形式。

然而，诗歌却并未因此特征而成为远离其他文学产物的孤岛。诗歌反映文学的整体趋势，尤其是体现了文学重返主体和自我虚构的潮流。然而，大众诗人的身份往往难以界定（如普雷韦的努力），除非他们发展为才华横溢的词作者而且作品收录入学校教科书，如全才的让-卢普·**达巴迪**、塞尔日·**雷兹瓦尼**，其他转向民歌、说唱和俚语写作的诗人。诗人是否得到公众认可不再取决于是否完成替国家发声的"神圣遐想者"的使命，因为国家已经在全球化中日益消融。自此之后，诗歌以高校或学术性机构发表的文章和举办的研讨会为媒介进行传播、寻求认可。

获得认可的诗人往往自己也会成为传播媒介，如音乐学家阿兰·**迪奥**（生于1949年）与他人（米歇尔·德吉、雅克·鲁博）共同创办杂志《诗之歌》。阿兰·迪奥将大段无标点的紧凑诗句置于纸面之上，展现了一种力量感和咒语般的魔力。他的抒情方式运用了语言的影射和暗示作用：《逝去的夜晚去往何处》（获得 2002 年法兰西学术院诗歌大奖）、《冰封大海的斧头》（2006）、《黑暗的惊人内心》（2008）、《忘却后的遗留》（2010）。

语言游戏

第二次世界大战过后，面对形式的陈旧，尤其是它赖以支撑的伟大情感的衰亡，诗人们已经放弃扮演说教者的角色，试图最大限度地利用语言（参见第 384 页①）：雷蒙·凯诺（1903—1976）及**乌力波**的其他成员、让·塔迪厄（1903—1995）。这一道路的追随者勒内·**德·奥巴勒迪亚**（生于 1918 年）创作了幽默且精致的作品：《孩童般的天真》（1969）、《在寡妇鸟的肚皮上》（1989）、《秘密》（2010）。这种处理语音和运用符号的传统手法依然生机勃勃。嗜玩的数学家和"解构主义者"雅克·**鲁博**（生于 1932 年）游刃有余地运用诗歌的固定形式（十四行诗、回旋曲、六节诗……）并创造出大量遵循某些约束规则的作品：《黑色物体》（1986）。

动词的乐趣还令众多标榜创作"声音诗"的诗人活跃起来，如贝尔纳·**埃德西克**（生于 1928 年）及其门徒。朱利安·布兰也是一位"表演诗"的大师，语言和叫喊交织在各种独创的表演中。不乏幽默的雅克·勒博捷（生于 1950 年）也创作了接近于戏剧表演的、融合声音与姿态的诗歌：《语言的无序第一、第二和第三部》（1999）。

这些肢体动作需要当众演出，而且一部分是即兴表演，因此无法一成不变地书写在一页纸上。创作这些诗歌的团体力量分散，并无重要作品传世，尽管以前的伊西多尔·伊祖（原名让-伊西多尔·戈德斯坦，1925—2007）的"字母派"就已提出"实践主义"。然而，这些团体的存在活跃了一种积极的生活和艺术。它们的影响真实存在，如皮埃尔·**居约塔**（生于 1940 年）混用各种

---

① 此处指原法文版页码，即本书页边码。——编者注

语言和声响创作了:《目标女性》(1996)。这种解构趋势,甚至是自我毁灭的趋势,建立在传统诗歌的坍塌之上,继承了赋予诗歌宏大野心的作家的衣钵,如德尼·罗什、克洛德·**鲁瓦耶-茹尔努**(《诗歌是介词》,2007)、亨利·**梅绍尼克**、米歇尔·**德吉**。

在"解构主义"的背景下,为了推进副文学语言的形式探索,富有创造性的写作手法之一便是淡化作者。可以切实感受到美国客观主义的影响。创办于1989年的杂志《Java》发表的文章就属于此类,如皮埃尔·阿尔菲耶里(生于1963年)、纳塔莉·坎塔内尔(生于1964年)的文章。其中最为多产的是剧作家奥利维耶·**卡迪奥**(生于1956年):由于"分隔"技巧的存在,他并置一些富有冲击力的意象和出人意料的声音联想,仿佛语言是具有独立的动物生命般的存在。难以归类的反传统者让-米歇尔·**埃斯皮塔利耶**(生于1957年)以自己的方式研究停滞不前的语言——类似于重复且(或)堆砌的音乐——的封闭性。读者通过奇怪的列单、模仿、节律不规则、荒诞的提议、跳跃的诡辩再次领略到语言的古怪和限制:《关于生死的148条提议和其他小文论》(2011)。杂志《TXT》(1969—1993)的影响显而易见,如雅克·西旺(生于1955年)的作品以纯粹的语音形式描绘了一些口述见证:《市政厅百货商店》(2006)。瓦尼娜·马埃斯特里(生于1954年)也希望"以建议的方式排版字词"以此"释放其陈腐的意义"(《流动2》,2006)。

伴随数字和多媒体技术的发展,其他的写作轨迹也逐渐显现。人们开始以多种方式命名这些混合形式,如"空间诗歌"、"数字工程"或"生成诗歌"。

介于神圣与世俗之间

在这一纯洁化的努力中,诗歌经常触及精神需求。诗歌中再次出现源于基督教的灵感,如皮埃尔·埃玛纽埃尔(1916—1984)或帕特里斯·德·拉图尔·迪潘(1911—1975)等人的作品。出于表达福音书野心的需要,他们重新创造了一种如咒语般的礼拜式诗歌。菲利普·**德拉沃**（生于1950年）逃脱一切浮夸，满怀热情地创作，这类诗歌因此而生生不息（《恋爱的守夜者》，1993）。在《世界内部》（2002）和《人物》（2008）中，让-皮埃尔·**勒迈尔**（生于1948年）选择了一种纯洁腼腆的写作方式，与之前的作品《雪中行走》（2000）对比明显。两人均受来自让·**格罗让**（1991年出版《基督的讽刺》）的影响。

还有一些诗人仅仅希望与生活和解。他们试图寻找到一处落脚扎根之地，即伊夫·**博纳富瓦**（生于1923年）所称的"真正地点"。他怀疑枯燥、虚幻的理智主义，他的艺术拒绝抽象（《反柏拉图》，1949；《阿蒂尔·兰波》，1961）。他继续歌颂在场：一种声音、一束光线、一处风景、一幅图画（《曾经无光的一切》，1987；《当前时刻》，2011）。在同样的影响下，菲利普·**雅科泰**（生于1925年）继续一种简洁朴实的写作方式以歌颂空间、空气和光线：《翠绿笔记》（1990）、《这些微声响》（2008）。而研究西班牙的杰出学者克洛德·**埃斯泰邦**（1935—2006）尝试通过怀旧和清晰的写作方式将散落、消失或分裂的事物聚集起来：《散碎的天空，几近于无》（2001）、《难以书写的白昼》（2006）。

另有一些作家探索写作一种几近哀歌的诗歌，以抚慰疑虑或融入存在的幸福，如安德烈·弗勒诺（1907—1993）和皮埃尔·**奥斯特**（《万物的风景》，2000）。埃玛纽埃尔·**奥卡尔**（生于1940年）的作品也属于这种新抒情诗。在美国客观主义的影响下，他反对主观主义和超现实主义，因为这有碍于写作融入现实：《挽歌》（1990）、《孤独考验》（1998）。达尼埃尔·比加（生于1940年，《诗人不捐助社会保障：诗选（1962—2002）》）与弗兰克·**维纳耶**（生于1936年）的写作角度与此类同。作为一流作家弗兰克·维纳耶的作品带有不受欢迎的悲惨语调：《埃斯科河的入海处》（1995）、《马匹审判》（2000）、《混沌》（2006）、《这》（2009）。

因而，诗人并未暂停颂扬人类的伟大情感。其中一些诗作带有宗教口吻，如让-克洛德·勒纳尔（1922—2002）的作品。某些诗篇为营造抚慰感而重新呈现"世俗"风格，但语调不失雄辩，如玛丽-克莱尔·邦尔卡或居伊·**戈费特**的作品（《林界上的告别》，2007）。伊夫·**佩雷**领唱了一首精妙绝伦的大地之歌（《世界的地平线》，2003），贝尔纳·**德尔瓦耶**歌颂了自然的力量（在他逝世后，其《诗歌作品》于2006年再版）。

雅克·**瑞达**（生于1929年）完美地诠释了这一经久不衰的趋势。他游移于郊区和乡间，于其间寻找童年的痕迹，捕捉平凡的美丽。他的作品如同一幅照片，采用抓怕或快镜的形式体现挥之不去的时间流逝，作品语言情绪激动、富有节奏感，令人联想到爵士乐，而他也的确是一位出色的爵士乐评论家。而若埃勒·**巴斯塔尔**（生于1955年）是一位游荡于科西嘉岛（《卡萨鲁纳》，2007）和汝拉山脉（《野兔的情感》，2010）的爵士乐评论家。

一种反语言？

精通诗歌的知识分子深受保罗·**塞朗**（1920—1970）的影响。同珀雷克一样，塞朗作品的特点在于体现犹太血统、亲人遭遇迫害、大屠杀和流亡，失望至极的他最终选择自杀（1970年4月末，溺亡于塞纳河）。他先是用德语写作，而后改用法语，通过解构语言来创造一种晦涩、颓败的语言（他称之为"反语言"），以表达情绪、秘密，见证内心。诗句好似经过加密处理而且支离破碎。勒内·**沙尔**（参见第385页①）的一部作品也可归类于此，而多米尼克·**富尔卡德**（生于1938年）也擅长片段化描写和拼贴散碎语言：《极端话语》（1990）、《没有套索没有闪光》（2005）。

这种素体诗歌或极简主义诗歌悖逆于惯用的抒情诗体，一些诗人延续了这一风格，如安德烈·**迪布歇**（1924—2001）——他于1967年，同伊夫·博纳富瓦、路易-勒内·德福雷和雅克·迪潘共同创办《蜉蝣》杂志。他的"无声言论"与

---

① 此处指原法文版页码，即本书页边码。——编者注

不幸相抗衡：《孔洞》（1998）、《这儿两两成对》（2011）。他的《记事簿》是对一个以诗为生者细观世界的独一无二的见证。然而这种满纸空言的本领遭到一些作家的排斥，他们擅长运用激烈、绝望的表现主义，如伯努瓦·**科诺尔**，他敬佩茹夫，选用语言尖刻的黑色抒情方式：《这种生活属于我们》（2001）。

通过采撷日渐消损的世界中的话语片段，诗歌作品走向停滞或发展为高深莫测、难以框定的散碎集合。一些杰出的创作者已经发现这种风险，他们既要保持创新性，又为不否定任何事物而担忧。米歇尔·**德吉**（生于1930年）正是这种双重性的代表。他是杂志《诗之歌》的主编，这位知识分子、哲学家和大学学者曾与《评论》和《现代》杂志合作，之后担任国际哲学学院院长和作家之家主席。他的写作方式具有音乐性，将糅杂深刻文化内涵的思想与闻所未闻且令人印象深刻的固化形式交织一体（《世界末日》，2009）。

某些运用坚固的隐喻体系的作品中，也存在与此类似的复杂性。如崇拜米罗的雅克·**迪潘**（生于1927年）的作品：《有远见的身体（1963—1982）》（1999）。与他默契相通者是喜欢凝神观现代造型艺术作品的让·弗雷蒙。同样，与让-吕克·斯坦梅兹共同创办《TXT》杂志的克里斯蒂安·**普里让**（生于1945年）也是一位创新者，为了反对"讲假话"的僵化思想，他的作品运用了一种艰难繁复的形式和一些粗鲁原始的意象，他将违悖视作文本欲望的基础：《挽歌》（1983）、《用刀书写》（1993）、《灵魂》（2000）。粗犷的让-皮埃尔·**沃尔根**（生于1942年）致力于具有暗示性意义的解构，偏爱运用双关语和形式变换：《可笑的人生》（1994）、《所多玛与语法》（2008）。受照相技术影响的德尼·罗什（生于1937年）看似更为激进：命名为《诗歌是无法容忍的》（1995）先锋派作品集是对一些文字片段的拼凑，他擅长以不合时宜的方式处理一些错乱怪异的语言碎片。

文学家的语言

诗歌创作中的文学性逐步明确，因而，诗人们往往是精通文学事实的行家（如翻译家）。让·格罗让（1912—2006）便属此类学者，这位谨慎的博学之士关注神修问题（1950年之前，他拥有教士身份），翻译过《圣经》与《古兰经》。语言历史学家、高校教员亨利·**梅绍尼克**（1932—2009）是诗歌问题理论化的主要人物，他也翻译过一些圣经章节并且撰写了一部主张"节奏言明主题"的著作（《声音的旅者》，1985）。让-吕克·**斯坦梅兹**（生于1940年）研究兰波、马拉美、洛特雷阿蒙和阿洛瓦斯·贝特朗，撰写了一部清晰明了的著作（《虎皮纹饰游戏》，2006）。

此外，还有：杂志《欧洲》的主编、里尔克与马雅可夫斯基作品的译者夏尔·**多布赞斯基**（生于1929年）：《直面死亡》（2011）；弗拉马里翁出版社"诗歌"文丛的主编伊夫-迪马诺（生于1954年），他与埃兹拉·普内、威廉-卡洛斯·威廉姆斯均为美国诗歌专家；陀思妥耶夫斯基及其他俄国重要作家作品的杰出译者安德烈·马科维奇（生于1960年）；传递背负生活重压者声音的安托万·埃马兹（生于1955年）；以生硬尖刻的笔触、克制的情感描写失去与分离的马加尔·蒂利耶（生于1972年）。夏尔·**当齐格**（1961年生于塔布市）是一位渊博的亲英批评家、反论与格言的爱好者，他的写作"频繁转换"于高雅博学与令人反感的现代性的瞬间景象之间，以此寻求落脚点。《泳者》展现的是一个外表光鲜的世界，其中的人们经历着短暂却美妙的超时光瞬间。

为了拯救内心

甚至一些受过良好教育的渊博读者也创作诗歌，于诗人——尤其是那些视阅读重要美学或文学作品为使命的诗人——而言，重返抒情依然魅力不减，如阿兰·**茹弗鲁瓦**（生于1928年），这位先锋派诗人钟情日本和禅宗：《此地无处不在》（2001）。因为，一切矫揉造作殆尽之后，高唱赞歌的美好、迎合生命物体的欢愉、高雅情感的颂扬、存于人世的幸福、乡土的依恋总会逐渐显现。吉拉尔·**努瓦雷**（生于1948年）选择清晰明快、韵律优美的诗句描绘日常之美，于微不足道或荒诞背后寻求人性的一致：《置身事内》（2003）。

通常，这种抒发内心微妙感情的方式折射出光彩绚丽的鲜艳，如让-米歇尔·**莫勒普瓦**（生于1952年）天赋异禀、才华超群，作品引人入胜，是数个创作社团的活跃者。他的网站是一座文献与知识宝库。其诗歌围绕内心情感的抒发而变换主题，探寻难以捕捉的一切：《蓝色故事》（2005）、《乖孩子日记》（2010）。明快之光也闪耀在雅姆·**萨克雷**（生于1939年）的作品中，他善于捕捉迅速凝滞于时光中的苦乐参半的感觉（往往是回忆早年岁月），而旅行是慰藉这种来自肉体的短暂感觉的良方（尤其是在马格里布地区的旅行），也是新关系搭建的约定：《有人说道："来"》（1996）。乔治-路易·戈多（1921—1999）居于普瓦图沼泽地区附近，他的作品吝啬于明快清晰的表达，段落单薄无力，事物衰败无光，亲近低调的日常生活：《度日》（2002）。

某些作品中，篇章中闪烁的微光是用以反映图画等艺术杰作中的耀眼炫目，如小说家、随笔作者、艺术评论家、多产作家、绘画迷恋者贝尔纳·**诺埃尔**（生于1930年）的诗歌：《厄洛斯的羽毛》（2010）。同样的艺术关系也丰富活跃了雕塑家让-吕克·帕朗（生于1944年）的诗歌，他身兼作家与造型艺术家双重职业，作品与球体（眼睛、球）有关。总而言之，诗歌并不局限于永无休止的文本释义，而是频繁介入热闹生动的创作领域以谋得生生不息。诗歌是连接一切文学性和半成品艺术的桥梁。

戏剧、正剧与人物

从幕中到幕前人物

20世纪末期的戏剧发展缓慢、不断重复,乃至停滞不前。的确,舞台写作处于文学的边缘地带,重要出版社以及最为多产或知名的作家鲜少问津戏剧创作。然而评价这一文学类型不应仅局限在作家上。

戏剧的生命力首先归功于一些导演、剧场或戏剧节主席。首先是观众熟知的让·维拉尔和罗伯特·威尔逊之列的作家,难以一一列举:安托万、奥利维耶·皮、博布·威尔逊、克劳斯·米夏埃尔·格吕贝、安东尼·瓦西利埃、帕特里奥·谢罗、弗兰克·卡斯托、皮特·塞兰、德博尔·瓦尔内、托马·奥斯特迈尔、格扎维埃·杜林格、让-玛利·维莱吉耶、罗歇·布兰、吕克·邦迪、若尔热·拉韦尔、吉尔达·布尔代、达尼埃尔·梅斯吉什、阿里亚纳·姆努什金、斯坦尼斯拉斯·诺尔德、居伊·雷托雷、让-皮埃尔·樊尚等。上述作家均改编或重温过偶被遗忘的戏剧剧目。在荣膺莫里哀戏剧奖之前,他们便已收获众多读者的热忱追捧。

同时,一些热衷戏剧的批评家依旧激情洋溢,如主编了《幕前戏剧》的菲利普·泰松。

焦虑的幽默感

此外,戏剧写作并未停止,有些创作发生于悄无声息中。尤奈斯库(卒于1994年)的作品已属不断上演的经典,尤其是《犀牛》(1960)和《国王正在死去》（1962）。然而不应该将20世纪末期的戏剧简单视为"荒诞戏剧"。一些戏剧好似是借用舞台以驳斥新小说的技巧（杜拉斯、潘热、萨罗特），然而不乏幽默感（罗兰·迪比亚尔、弗朗索瓦·比耶杜、勒内·德·奥巴勒迪亚）。

出现了几位一流作家，如多产作家兼诗人瓦莱尔·**诺瓦里纳**。他的作品题目便阐释了这种演变关系：《不安》（1993）、《人之罪》（1995）、《狂怒空间》（1997）、《倒数第二个人》（1998）、《语言面前》（1999）、《真正的血》（2010）。米歇尔·**维纳威尔**的作品也频繁搬上舞台，如讲述莫里哀之死的不断变化的作品《最后一跃》（1989）和《常规》（2009年于法兰西喜剧院上演）。

最后，大众投票选出了升华林荫道戏剧传统的剧目，如雅斯米纳·雷扎的《艺术》（1994）。而戏剧也受益于历史学倾向的文学潮流：让-克洛德·布里斯维尔（1989）的《晚餐》、让-诺埃尔·费尼克的《舒尔茨先生的荣誉》、埃里克-埃玛纽埃尔·施米特的《访客》（1993）。

科尔代斯的典范

贝尔纳-玛利·**科尔代斯**（感染艾滋病的科尔代斯英年早逝于1990年）无疑是当时最为耀眼的创作者。他的作品再现了一些挣扎搏斗于永恒、肮脏和危险世界中的社会边缘者。这令人联想到热内、毕希纳的《沃伊采克》和帕索里尼。自杀、贴身肉搏、毒品、谋杀的主题无休止地再次出现于《黑人与狗的战斗》（1980）、《返回沙漠》（1988）、《棉花地的孤寂中》（1986）。

科尔代斯将所有这些主题集中再现于最后一部戏剧《罗贝托·祖科》中，作品的同名主人公是一个连环凶杀案的凶手（他杀死自己的母亲、父亲、一名警察和一个孩子），艳阳高照的一天，这位渴望纯洁的新伊卡洛斯最终坠落空虚。虽然这部戏剧处于现代背景，祖科却是典型神话人物的再生（俄狄浦斯、俄瑞斯忒斯；他还引用了哥利亚和参孙）、社会底层的哈姆雷特的重塑。让-吕克·拉加尔斯（1957—1995）所创作的最后一部悲剧《遥远地域》（1995）也是讲述一个行将就木的儿子重归故里的故事，后于2008年，他的一部作品成为法兰西喜剧院保留剧目之一（《只是世界尽头》）。

现实的政治回声

戏剧属于一种集体实践，因而，它充当社会回声的角色。戏剧介入社会生活是因为它可以让人直面现实的猥琐。这面镜子和这种"间离效果"体现出布莱希特的著名理论对舞台戏剧的影响。令现代意识苦恼的问题依然交替出现，而且倾向于对经济自由主义和全球化的尖刻批判。若埃尔·**波默拉**甚至指责成年人的话语，因为这是统治者的象征（《这个孩子》，2006；《我的冷房》，2011），而帕斯卡尔·朗贝尔揭示了顺从的各种形式（《世界经济波动的微观历史》，2010）。

社会痛苦的描绘延续了布尔迪厄或"愤怒者"黑塞尔等知识分子领路人的研究：多米尼克·**萨拉赞**导演的《有些迷失》（2003）。然而，批评的视野更为开阔并即刻回应世界政治危机，从阿维尼翁等一些大型戏剧节的节目单中可窥见一斑。主要从中可以找到大屠杀的主题（帕特里克·凯尔马：《黑暗课程》，1999）和种族战争（让-玛利·皮耶蒙：《卢旺达》，1999。洛朗·**戈德**：《手上的骨灰》，2001。格扎维埃·**杜林格**：《未婚妻》，2001；《流亡者》，2005）。通过追述古代神话故事、其中的悲剧人物（美狄亚、淮德拉、俄狄浦斯）与其动机（迷宫、违抗、乱伦、游荡、复仇等，详见第425页[①]的"记忆虚构"）来揭露恐惧。

[①] 此处指原法文版页码，即本书页边码。——编者注

贝克特的影响依然并一直存在

戏剧是一种语言。剧作家难忘贝克特和安托南·阿尔托，他们展现了语言的束缚、啰唆乏味的通俗对白、同义反复的日常话语。温妮的困境（贝克特：《啊，美好的日子》）正是对这一循环往复模式的形象呈现，一点点沦入灭亡境地的温妮一再重复着平淡乏味、空洞无物的话语。荒谬不断绵延、慢慢积攒，替代了戏剧的进程。剧中人物言语不清，身陷困局，如同落入残余生命的愚弄机制中难以脱身。雷诺多·**诺埃勒**的《卡太太》（1999）是这类体系的典型成功之作，就如让-吕克·拉加尔斯（1957—1995）的《只是世界尽头》中的言语吞吐者。法布里斯·**梅尔基**具有类似的简练意识，他深入挖掘罪恶问题（《马尔西·埃斯》，2005；《寻找佩杜拉》，2010）。

确切而言，戏剧文学将语言的支离破碎视为现代社会危机的反映，因而，其中变化不定且言语含混的人物代表了遭社会排斥者、黑户、移民和各类难民，在压榨、拘捕和驱逐弱者的全球化和经济学逻辑的环境中，他们成为受害者。奥利维耶·**皮**的《斯雷布雷尼卡安魂曲》（1999）、若埃尔·**如阿诺**的《左上勾拳》与黎巴嫩裔魁北克作家瓦吉帝·**穆阿瓦德**的《海滨》（1997）均体现了上述现象。

法语地区与团体：新的开放

从黑人性到安的列斯性与克里奥尔性

德军占领法国时期涌现的作品已经证明文学并未在任何知识和政治斗争中袖手旁观。法语区的黑人写作便属这类政治文学的筹码之一。黑人性（战后重要主题）发展为"克里奥尔性"。1934年9月，艾梅·**塞泽尔**（1913—2008）与安的列斯、圭亚那和非洲的大学生一起创办报刊《黑人大学生》（参见第392页）①。"黑人性"这一术语从此诞生。这一观念的目标是拒绝文化同化，以此推广因殖民意识的种族主义而贬值的非洲及其文化。一些杰出作家虽未自贴如此标签，但依旧避免人们遗忘压迫和种族灭绝，如卢旺达作家斯科拉斯蒂克·**姆卡松**（《尼罗河圣母院》，获得2012年雷诺多文学奖）、刚果裔法国作家阿兰·**马邦库**（《黑人的呜咽》，2012）。

黑人性是对所有被压迫者的人道主义关怀。20世纪80年初期，爱德华·**格力桑**（1928—2010）以"安的列斯性"的概念来重新诠释黑人性（《安的列斯陈述》，1981）。然而，流行的方式不再是置于变化或不容置疑的宣言中。安的列斯作家小说叙述的灵感源于自身的历史，他们以此作为自己的文学特征：帕特里克·**夏穆瓦佐**的《德士古街区》（获得1992年龚古尔文学奖）、《在克里奥尔的童年时光》（2000）、《莫纳-比什万》（2002）与《鲁滨逊之迹》（2012）受众甚广。约瑟夫·祖贝尔的《黑人小茅屋街》（1950）则展现了一幅宏大的精神图景，类似

---

① 此处指原法文版页码，即本书页边码。——编者注

的还有爱德华·**格力桑**的《统帅的茅屋》（1981）和《玛阿格尼》（1987）。拉斐尔·**孔非昂**的《黑人与海军上将》（1988）和《发光云》（2002）更直截了当地论及历史。

然而，所有人都用幻想和魔幻手法来颂扬自己的语言、文化、味道和景象的魅力，其中的超自然好似总能呈现一丝现实的意味，如吉塞勒·**皮诺**的《精神的漂流》（1993）和《肉体的刺激》（2002）。因而，其中常出现闻所未闻的词汇、故事或口语叙述的节奏。就如同舞蹈和音乐中所呈现的，人们逐渐接受一种模仿现代世界的烦躁与混杂的新法语。

源自多样性的文学

正如以前的奥克语或普罗旺斯方言地区的作家一样，20世纪80年代之后，最后一代移民作家开始形成文学中心。一些重要作家早已开辟道路，如塔哈尔·**本**·**杰伦**用《沙的孩子》（1985）和《神圣的夜晚》（1987）讲述摩洛哥女性的地位。他的追随者阿祖·**贝加**（《贫民窟的孩子》，1986；《扎心之锤》，2004）和梅迪·夏夫（《问题少年》，1984；《拥抱心灵》，2006）深受大众欢迎。

正如作品中的人物，作家纠结于融入（实现语言、教育、习俗、社会融入的一体化）和回忆（出身、代际冲突、宗教）之间，呈现了郊区居民阴郁、讽刺的视角。书籍见证了一种剥夺、艰难的中间状态，甚至是衰亡，如让-诺埃尔·**庞克拉齐**的作品（《冬季街区》，1990）。在年轻女性的作品中，这便尤为明显：蕾拉·**阿瓦希**的《荡然无存的蕾拉》（2001）、妮娜·**布拉维**的《偷窥的女孩》（1991）。然而，作品也呼吁尊重，抵制社会排斥，表达渴望成功的意愿。间或，作品运用教育小说的结构。阿西·**杰巴尔**的《爱情幻想曲》（1985）便是一篇典范之作，后来，阿伊莎·贝奈萨（《生于法国》，1991）、法兹娅·祖阿莉（《令我丧命的国度》，1999）和索拉娅·尼尼（《他们说我是马格里布后裔》，2011）纷纷效仿。

法语书写的世界文学

最终，人们突破"法语区"的概念，不再将它囿于一种放大化或异域化的法国文学变体。撕去新殖民主义残迹的标签后，一种更为宽泛的概念出现，即法语书写的"世界文学"。这一概念最初源自一次宣言的标题（2007年3月），后又作为一部作品名称出现——《为了一种世界文学》，数位作家联合签名：塔哈尔·本·杰伦、玛丽斯·孔戴、迪迪埃·德伦克思、爱德华·格力桑、南希·哈斯顿、达尼·拉费里埃、吉勒·拉普热、让-玛利·勒克拉维狄纳、米歇尔·勒布里、让-马里·古斯塔夫·勒克莱齐奥、阿敏·马卢夫、埃里克·奥森纳、帕特里克·朗博、让·鲁奥、里昂奈·特鲁约。

此后，这一世界文学成为外国高校尤其是美国大学青睐的研究领域。研究对象不再仅局限于法国本土的法语文学，而是扩展至性别形式下的法语区和后殖民主义地区，即请愿中所呼吁的艺术统一体：如阿兰·**马邦库**是洛杉矶大学的教授，而几内亚作家提尔诺·**蒙内内博**（《卡赫尔之王》，2008）是美国佛蒙特大学的客座教授。

人们指摘法国出版业仅针对国内作品，难以推动法语文学的发展。然而，这一观点有待商榷：法国读者阅读法语区的作家作品（而且法国出版社经常出版法语区尤其是比利时作家的作品）。然而，利害关系是深层次的：自此，我们的文学冲破了它所维系的（至少始自19世纪）与国家及其价值观、理想间的有利关系。正处于一个移居现象普遍化、互联网消弭疆界的世界中，作家实现独立自主，拒绝置于某一类别之下或受控于他人。作家摒弃"法语区"民俗范围与"民族"文学的拘囿。作家自视为世界公民。日本作家水林章指出法语——这一《他言》（2011）引导了他的文化的世界视野。

仅列举四位作家：希腊裔法语作家瓦西里斯·**阿列克扎基斯**用双语写作，

凭借一部以东正教君主制为背景的作品（《公元后》，2007）获得法兰西学术院小说大奖。精通多语种的黎巴嫩裔法国作家阿敏·**马卢夫**居于约岛写作，回忆欧玛尔·海亚姆（1988年出版《撒马尔罕》）、童年时的山区（获得1993年龚古尔文学奖的《塔尼奥斯巨岩》；《迷失的人》，2012）、黎巴嫩内战（《地中海东岸诸港》，1996）。1971年加入法国国籍的弗朗索瓦·**程**（程抱一，生于1929年）是一位简练、精致和高雅的杰出法语诗人：《万有之东》（2005）、《游魂归来时》（2012）。上述最后两位作家均为法兰西学术院院士。1961年出生的华裔加拿大法语女作家**应晨**祖籍上海，现居于温哥华，能用六国语言写作，自我标榜为普鲁斯特式作家（《再见，妈妈》，1996）。因而，全球化也体现在文学上。

挚友巴黎—索邦大学名誉教授皮埃尔·布吕内尔和法国研究院书籍、思想与知识处处长保罗·德·西内提阅读了本书的最后一章并提出了宝贵的修改意见，在此一并谢忱！

生平表[1]

---

[1] 该表按作家笔名姓氏而非原名姓氏字母顺序排列。

纪尧姆·阿波利奈尔

年份	生平事件	作品
1880	8月26日，生于罗马，原名威廉·阿波利纳里·德·科斯特罗维斯基，母亲安杰莉卡·德·科斯特罗维斯基为波兰人。生父弗朗西斯科·孚卢奇·达斯普蒙特拒绝与他相认	
1887	迁居摩纳哥，漂泊的母亲共同生活	
1897	先后赴戛纳、与尼斯求学；会考失败。自由生活的他开始阅读大量书籍	
1899	他的母亲与情人于勒·魏尔出入赌场。之后，她投奔在巴黎的纪尧姆及其弟阿尔贝托，并改掉恶习	
1900	写一些稿件或从事待办事件	
1901	作为米约伯爵夫人之女的家庭教师远赴德国。爱上家庭女教师安妮·普雷登 在莱茵兰，向安妮求婚失败。赴伦敦游历	
1903	返回巴黎	
1904	成为《食利者指南》的主编 与毕加索、德兰、马克斯·雅各布结下友谊 漫游欧洲，写作大量作品	《腐朽的魔术师》
1905		在《韵文与散文》上发表《兰多大道的侨民》《五月》等
1907	与女画家玛丽·罗兰珊往来 支持画家海关职员卢梭	《一万一千鞭》
1909		在《法兰西信使报》上发表《失恋者之歌》
1910		《异端派首领与公司》（故事）
1911	与艺术领域的创新者关系密切 开始崭露头角 因窝藏被盗画作而被捕（不久，无罪释放）	《动物小唱》
1912	玛丽·罗兰珊离开他 与立体派和未来派等关系密切	《米拉波桥》《区域》
1913	与艺术家德劳内合作 艺术批评活动	《立体派画家》 《醇酒集》 《未来派的反传统》（宣言）
1914	竭力加入法国国籍并参军入伍 邂逅露（即路易丝·德·科利尼-沙蒂永）：短暂但非常刻骨的肉体激情	早期图像诗
1915	在尼姆应征入伍，被派往前线担任炮手 邂逅玛德莱娜·帕热斯，不断寄信给她，后向她求婚	
1916	与玛德莱娜·帕热斯在奥兰共度新年 在3月份的战事中，头部负伤 在巴黎入院接受环钻手术治疗 被授予英勇十字勋章 深得年轻艺术家（勒韦迪、布勒东、查拉、科克托等）的尊敬	《被害的诗人》
1917	退伍 致力于推广自己的作品和新艺术	《蒂雷西亚的乳房》（超现实主义戏剧） "新思想"研讨会
1918	身患疾病 5月份，与吕比（即雅克琳娜·科尔布）结婚 毕加索为其证婚 11月9日，因身染西班牙流感而病故	《爱之生诗集》 《图像诗》

路易·阿拉贡

年份	生平事件	作品
1897	出生	
1914	通过会考。开始学医	
1917	相识安德烈·布勒东 阅读洛特雷阿蒙、阿波利奈尔的作品	
1918	派往前线 结识保罗·艾吕雅、菲利普·苏波	
1920	结识特里斯坦·查拉 加入达达主义运动	《欢乐之火》
1921		《阿尼塞或概览》
1922	与达达派断交	《忒勒玛科斯的遭遇》
1924	与安德烈·布勒东共同发起超现实主义运动	
1926		《巴黎乡人》
1928	邂逅埃尔莎·特丽奥莱 与法共共产党亲近	
1932	加入法国共产党,与安德烈·布勒东断交	
1934	开启苏联之旅	《乌拉乌拉尔》,《巴塞尔的钟声》
1935		《争取社会主义现实主义》
1936	法国人民阵线胜利	《高等住宅区》
1937	主编法共报刊《今晚晚报》	
1938	德国签订《慕尼黑协定》	
1939	苏联与德国签订《苏德互不侵犯条约》。阿拉贡应征入伍	
1940	参加法国南部地区的抵抗运动	
1941		《断肠集》
1942		《爱尔莎的眼睛》
1944	法国解放期间重返巴黎 成为作家国家委员会的积极成员	《奥雷利安》 《双层车上的旅客》
1946		《法兰西晨号》
1947	再任法共报刊《今晚晚报》主编 重振《法国文学》杂志 捍卫社会主义现实主义	
1949—1951		《共产党人》
1950	成为法国共产党中央委员会委员	
1953	《今晚晚报》停刊。成为《法国文学》杂志主编	
1954		《眼睛和记忆》
1956	苏联共产党第二十次代表大会召开 去斯大林化开始	《未完成的传奇》
1958		《圣周》。《爱尔莎》
1960		《诗人们》
1963	反对苏联干涉捷克斯洛伐克的决策	《爱尔莎的迷恋者》
1965		《处死》
1967		《布朗什或遗忘》
1969		《我从未学会书写或开头词》
1970	埃尔莎·特丽奥莱去世	
1971		《亨利·马蒂斯,小说》
1972	《法国文学》杂志停刊	
1974		《戏剧/小说》
1979	电视访谈系列节目	
1982	逝世	《告别集与其他诗歌》

泰奥多尔·阿格里帕·多比涅

年份	生平事件	作品
1552	生于信奉新教的贵族家庭。母亲因生产他亡故。在让娜·达尔布雷身边接受良好教育	
1560	赴巴黎求学的路上,目睹昂布瓦斯被斩首者的头颅:父亲令他发誓为死者复仇	
1563	父亲去世 游历(日内瓦、里昂),军队生涯开始	
1571	热恋迪亚娜·塞尔维亚提	撰写《春天》
1572	逃过圣巴多罗买大屠杀及数次谋杀 在布斯地区发生的战斗中负伤 与迪亚娜不再往来	
1577	在卡斯泰勒雅卢市发生的战斗中负伤	
1577—1598		撰写《惨景集》,该诗集于1616年出版
1590	参加亨利四世的巴黎围城战	
1593	他发誓弃绝国王,两人最终为敌 隐居迈勒泽	
1607	成为新教徒派的领袖,并拒绝一切教派和解	
1616		《惨景集》第1版秘密发行
1618		《普世历史》第1卷
1620	流亡日内瓦 其子(曼特农夫人的父亲)发誓弃绝新教	
1623		《惨景集》第2版 《论内战》 《论国王与臣民的责任》
1630	逝世于日内瓦附近	出版《短篇作品汇编》

奥诺雷·德·巴尔扎克

年份	生平事件
1799	生于图尔；父亲供职于图尔，并且是一位充满热情的"哲学家" 在巴黎心不在焉地学习法律
1821	任职公证处文员期间，与同时代所有人一样，他尝试写作一些中世纪故事、魔幻故事
1825	开办出版社和印刷厂，但均告失败
1829	初期代表作：从《朱安党人》到《欧也妮·葛朗台》 成为巴黎上流社会文学沙龙的座上客
1834	开创自己的方式：将虚构的人性刻画得栩栩如生；回归人物 与波兰仰慕者汉斯卡夫人通信
1835	与汉斯卡夫人相约维也纳
1842	拟定题目《人间喜剧》；充满激情地写作 成为文人协会主席 与雨果结下友谊 游历德累斯顿和乌克兰，约会汉斯卡夫人 身患慢性疾病（脑膜炎）
1850	3月份，与汉斯卡夫人结婚 8月份，筋疲力尽、负债累累的作家撒手人寰

---

① 巴尔扎克的作品，请参阅第276页至第279页表格。

夏尔·波德莱尔

年份	生平事件	作品
1821	生于巴黎	
1827	父亲逝世	
1828	母亲与指挥官奥皮克再婚	
1828—1839	就读路易大帝中学 通过会考	
1841	偏爱纨绔主义 远赴加尔各答 短居波旁岛（莫里斯岛）	
1842—1844	邂逅黑白混血儿让娜·杜瓦尔 企图自杀 财产被监管 与女演员玛丽·多布伦往来 从事记者工作	
1845—1846		《1845年沙龙画评》 《1846年沙龙画评》
1848	失望于法国大革命，不问政治	
1851		《冥府》（共11首诗歌） 《迸发》
1852	与萨巴捷夫人往来	
1854		翻译埃德加·坡的《怪异故事集》和《怪异故事续集》
1857	奥皮克将军逝世 《恶之花》遭遇诉讼	《恶之花》
1860		《人造天堂》
1864—1865	穷困潦倒，疾病缠身（感染梅毒） 暂居比利时两年	
1865		翻译埃德加·坡的《滑稽与严肃故事集》
1867	疾病发作导致半身不遂及失语症 逝世于8月31日	
1869		《散文体小诗》（去世后出版）

皮埃尔-奥古斯丁·卡龙·德·博马舍

年份	生平事件	作品
1732	出生于巴黎	
1757—1763		滑稽表演:《科兰与科莱特》《七里之靴》《集市上的让-贝特》
1759—1761	经引荐入宫。成为路易十五宫中公主们的音乐老师。担任国王秘书	
1767		正剧《欧仁妮》首次演出
1770		正剧《两个朋友》首次演出
1773	戈埃茨曼事件:这位法官撤销了博马舍继承的一笔遗产。博马舍遭遇诉讼、丑闻与指责	
1773—1774		《反抗戈埃茨曼回忆录》
1775		《塞维勒的理发师》首次演出
1776	援助美国独立战争的"起义军"	
1781—1784		《费加罗的婚礼》接受审查
1783	出版伏尔泰的作品《费加罗的婚礼》遭禁	
1784	莫扎特的《费加罗的婚礼》在维也纳首演	《费加罗的婚礼》首次演出
1786		
1787		歌剧《塔拉尔》首次演出
1792		《有罪的母亲》首次演出
1792—1793	牵涉进"荷兰步枪"事件 被捕入狱 移居汉堡	
1796	返回巴黎	
1799	逝世	

萨米埃尔·贝克特

年份	生平事件	作品
1906	3月13日，出生于都柏林的郊区 学习法语和意大利语	
1928	成为法国巴黎高等师范学院的外教 与乔伊斯相识并结下友谊 研究普鲁斯特	
1931	返回都柏林，担任教师，但不久便辞职	
1933	居无定所，四处游历 父亲去世 移居伦敦	
1937	短居德国后，赴巴黎定居，以翻译谋生 与杜尚、贾科梅蒂等人结下友谊	
1938		《穆尔菲》
1940—1945	盲目"抵抗"，避于沃克吕兹省成为一名农业工人 用英文写作《瓦特》	
1949	千思熟虑之后，决定只用法文创作 结婚	
1950	母亲去世 开始得到认可（巴塔伊、罗布-格里耶发表文章颂扬他的才华）	
1951		《莫鲁瓦》 《马洛纳之死》
1952		《等待戈多》（1953年1月首演）
1953	写作和翻译 声名远播，笔耕不辍	
1957		《一局终了》
1960		《最后一盘录音带》
1961	与博尔赫斯共同获得国际出版奖	《怎会如此》
1963		《啊，美好的日子》（由玛德莱娜·雷诺主演）
1969	获诺贝尔文学奖	法文版《瓦特》
1976		《为了结束……》
1978		《脚步》
1980		《陪伴》
1989	逝世	

若阿基姆·杜贝莱

年份	生平事件	作品
1522	出生于安茹省利雷的名门世家	
1523—1531	父母双亡 由兄长勒内监护抚养 童年虽孤单却阅读了马罗与其他诗人的作品	
1545	于普瓦捷学习法律	
1547	结识龙萨 就读于高克雷学院的让·多拉门下 学习其他古代作家的作品	
1549	创建"诗人旅团"("七星诗社"的前身)	《捍卫和弘扬法兰西语言》 《橄榄集》初版
1550		《橄榄集》增补版
1551	兄长勒内去世 负责照顾侄子 面临诉讼,身患疾病,出现重听症	
1553—1556	成为红衣主教让·杜贝莱的主管,共赴罗马暂居	
1557	与有夫之妇福斯蒂娜往来,后返回巴黎	
1558	健康衰损 擢任巴黎总主教的代理副主教	《憾然集》 《村戏集》 《罗马怀古集》 《诗歌集》(拉丁语版)
1559	疾病恶化 双耳完全失聪	《宫廷诗人》和数篇时论作品
1560	逝世于1月1日晚	

伊夫·博纳富瓦

年份	生平事件	作品
1923	6月24日，生于图尔。 父亲为法国国营铁路公司工人，母亲为小学教师 就读于图尔中学 在洛特省的图瓦拉克度假，该地便是最初的"真正地点"	
1941	通过会考（初等哲学与数学），之后进入预科班学习高等数学和专业数学	
1943	在巴黎：接触超现实主义运动 与一些画家（维克多·布罗内、拉乌尔·于巴克、汉斯·贝尔梅等）结下深厚友谊	
1946	创办杂志《深夜革命》，但很快与超现实主义者分道扬镳，主要因为布勒东的"魔幻"倾向	
1953	初期作品出版，深受欢迎 放弃数学，改听对他影响深远的巴舍拉的课程 研究波德莱尔和克尔凯郭尔	《论杜弗的动与静》
1954	旅行 迷恋意大利 主要研究文艺复兴时期的绘画	《哥特式法国壁画》
1956—1960	翻译大量莎士比亚的作品，出版译作	
1958		《昨日，大漠一片》
1959		《不可能的》（绘画与诗歌中的时间和死亡）
1960—1965	与茹夫、迪布歇、雅科泰，以及批评家皮康、斯塔罗宾斯基结下友情 继续研究绘画，翻译作品	
1961		《阿蒂尔·兰波》
1962		《反柏拉图》
1965		《写字石》 《米罗》
1967		《曼托瓦之梦》（对绘画等的默想）
1968—1975	在上普罗旺斯阿尔卑斯省觅到"真正地点" 任教于日内瓦、万塞讷、尼斯	
1970		《罗马1630》
1972		《隐蔽之地》（有关意大利、中国西藏等地的文章和照片）
1975		《在门槛的圈套中》
1977—1980	在美国教书，主要任教于耶鲁大学	《红云》 《横马路》 《论色彩》
1981	当选法兰西学院的诗歌讲师	《诗歌谈话》
1983		《在场与图像》
1991		《贾科梅蒂》
1997		《诗歌与修辞》
1998	出版他在法兰西学院教授的课程	《戏剧与诗歌：莎士比亚与叶芝》
2001	组织"诗歌的自我意识"系列研讨会	《弯曲的船板》
2005		《诗歌，回忆与忘却》
2010	获得卡夫卡奖	《继续涂改》
2011		《当前时刻》

	安德烈·布勒东		
年份	生平事件	作品	超现实主义运动（标志性事件）
1896	生于奥恩省 后生活在圣布里厄，由祖父抚养		
1906	就读于夏普塔初中		
1913	开始学医		
1914	拜访瓦莱里 动员入伍，成为一名军队护士		
1916	结识阿波利奈尔 成为精神病医生，阅读弗洛伊德		
1917	与阿拉贡和苏波成为好友		艾吕雅：《责任与不安》 菲利普·苏波：《水族馆》
1919	与查拉交往 探索自动书写 创办《文学》杂志		马克斯·恩斯特的早期拼贴画作品
1920	查拉来到巴黎 加入达达派 与西蒙娜·卡恩结婚 与艾吕雅结下友情	《磁场》	
1921	达达派模仿"审判"巴雷斯的场景 意见分歧 成为服装设计师兼文艺赞助者雅克·杜塞的图书管理员和"买主"		阿拉贡：《阿尼塞或全景图》
1922	与查拉断绝关系 探索催眠和创作游戏（精致的尸体等）		汉斯·阿尔普与马克斯·恩斯特定居法国
1923	法国达达运动结束	《地球之光》	查拉：《气动之心》
1924	撰写抨击阿纳托尔·法朗士的文章《一具死尸》，导致布勒东失去在杜塞处的工作	《超现实主义宣言》	"超现实主义研究室"成立
1925		主编杂志《超现实主义革命》	
1926			艾吕雅：《痛苦之都》
1927	加入法国共产党		
1928		《超现实主义与绘画》，《娜嘉》	阿拉贡：《风格论》
1929	针对政治介入活动的主题展开辩论 一些超现实主义者奋起反对他	发表第二次《宣言》	
1930	反对者撰写《一具死尸》（强烈攻击他）	《放慢工作》	布努埃尔：《黄金时代》
1931		《自由结合》	反殖民主义展览举办
1932	与阿拉贡断交	《白发手枪》	
1933	脱离共产党。反法西斯行动主义。与雅克琳娜·朗巴结婚，后生育一女奥布（1935年）		杂志《牛头怪》创办

(续表)

年份	生平事件	作品	超现实主义运动（标志性事件）
1934		《黎明》	阿拉贡：《乌拉乌拉尔》 沙尔：《无主之锤》
1935		《超现实主义的政治立场》	
1936	在伦敦举办超现实主义展览 反对莫斯科审判		
1937		《疯狂的爱情》	毕加索：《格尔尼卡》 阿尔托：《戏剧及其二重性》
1938	在巴黎举办超现实主义国际展览 与艾吕雅断交 在墨西哥城结识托洛茨基		
1939			格拉克：《在阿尔戈尔古堡》
1940		《黑色幽默文选》	
1941	离开法国 来到马提尼克 结识塞泽尔 抵达纽约		阿拉贡：《断肠集》和《艾尔莎的眼睛》
1942	在马塞尔·杜尚的帮助下，在纽约举办展览	创办"三V"杂志：《VVV》	
1944—1945			马克斯·雅各布和罗伯特·德斯诺斯相继逝世
1945	与埃莉萨·布兰多夫结婚 暂居海地		
1946	返回法国		
1947			萨特：《作家的境况》
1948		《诗歌集》	格拉克：《安德烈·布勒东》
1949	积极支持拒服兵役者，捍卫超现实主义的"正统性"	《现行犯罪》（有关兰波）	
1951			加缪：《反抗者》
1952		与安德烈·帕里诺的电话交谈	艾吕雅逝世
1953		《田野的钥匙》	
1955	排斥马克斯·恩斯特		
1956			阿拉贡：《未完成的小说》
1957		《魔幻艺术》	
1959	在巴黎举办有关超现实主义色欲的展览		
1960	先后在纽约、米兰举办展览		
1963			查拉逝世
1965		新版《超现实主义与绘画》	
1966	于9月28日离世		维克多·布罗内、贾科梅蒂、让·阿尔普逝世

阿尔贝·加缪

年份	生平事件	作品
1913	生于阿尔及利亚的蒙多维	
1933	于阿尔及尔学习哲学	
1936	创办劳动剧院	
1937		《反与正》
1938	任报刊《阿尔及尔共和党人》记者	
1939	因身体状况而未服兵役，返回奥兰	《婚礼集》
1942	患结核病	《局外人》《西西弗斯的神话》
1943	任地下刊物《战斗报》记者	
1944	解放运动期间，成为《战斗报》主编	
1945		《卡利古拉》《致一个德国朋友的信》
1947		《鼠疫》
1948		《戒严》
1949		《正义者》
1950		《时文集 1》《评论集（1944—1948）》
1951		《反抗者》
1952	与萨特不和	
1953		《时文集 2》《评论集（1948—1953）》
1954	阿尔及利亚战争开始	《夏天》
1956	供职于《快报》	《堕落》
1957	获得诺贝尔文学奖	《流亡与王国》《关于断头台的思考》
1958		《瑞典演说》《时文集 3》《阿尔及利亚评论集（1939—1958）》
1960	死于一场交通事故	

路易-费迪南·德图什，又名塞利纳

年份	生平事件	作品
1894	5月27日，出生于库尔贝瓦 父亲为保险公司职员，母亲经商	
1907	多次赴德国和英国学习语言 学习经商	
1912	突然入伍参军，进入第12骑兵团	
1914	晋升中士 在佛兰德地区的战役中负伤 被授予英勇十字勋章和军功十字勋章 退役	
1916	远赴喀麦隆工作（在林业公司任代理人）	
1918	任职于洛克菲勒慈善基金会结核病防治处	
1919	参加会考 与埃迪特·福莱结婚 学医	
1920	女儿科莱特出生	
1924	获得医学博士学位 定居日内瓦，供职于国际联盟	
1927	先后出使古巴、美国和非洲等地，后离开国际联盟，在克利希开办诊所	
1929	就职于克利希的一家医务室	
1932	父亲去世 与多位女性往来	《茫茫黑夜漫游》（与龚古尔文学奖失之交臂后，获得雷诺多奖）
1936	漫游欧洲 暂居苏联 结识舞女吕塞特·阿尔芒祖尔	《缓期死亡》 《我的罪过》
1937	发表反苏维埃和反犹抨击册子 不得不辞去克利希医务室的工作	《屠杀琐事》
1938		《尸体学校》
1939	与左派报刊间的论战	
1940	结束一份短暂的军医工作后，乘船离开 返回巴黎；成为贝宗市（位于瓦勒德瓦兹省）的主任医生	
1941	彻底向附敌分子妥协	《漂亮床单》
1943	与吕塞特·阿尔芒祖尔结婚	
1944	与德国人一起撤离 抵达西格玛林根	《木偶剧团》
1945	抵达哥本哈根 法方出具逮捕令和引渡申请后，遭遇监禁	
1947	获释 在哥本哈根开办诊所	《瓶中的烦躁者》（攻击萨特）
1948		《射击场》
1950	巴黎缺席判决	
1951	获赦免 返回法国 在默东开办诊所	
1957		《从一个古堡到另一个古堡》
1959		芭蕾舞剧全集再版
1960		《北方》
1961	于7月1日骤然离世	
1969		《里戈东》

弗朗索瓦-勒内·德·夏多布里昂

年份	生平事件	作品
1768	生于圣马洛 先后在多勒（Dol）和雷恩求学	
1784—1786	短居于孔堡的城堡	
1788	引荐给路易十六	
1789	目睹巴黎的骚乱	
1791	逃往美国	《论革命》
1792	回国 与流亡贵族会合	
1793	流亡英国；生活艰辛	
1798	母亲去世	
1800	返回法国	
1801	先后担任驻罗马、瑞士的外交官	《阿塔拉》
1802		《勒内》 《基督教真谛》
1804	辞职 反对波拿巴	
1806	远赴东方	
1807	到达西班牙	
1809		《殉教者》
1811	入选法兰西学术院	《巴黎到耶路撒冷纪行》 开始撰写《墓外回忆录》
1814	任驻瑞典大使	
1815	在法兰西王室朝内为官 先后出任驻柏林、伦敦外交官	
1822	就任外交大臣	
1824	被罢免	
1828	就任驻罗马大使	
1830	拒绝宣誓效忠国王 旅行并写作	
1844		《朗塞传》
1848	逝世于7月4日	计划连载《墓外回忆录》

安德烈·谢尼埃

年份	生平事件	作品
1762	生于君士坦丁堡，原名安德烈·德·谢尼埃	
1765	举家返回法国	
1773—1780	投奔卡尔卡松的姑丈	
1783—1787	抵达巴黎 外出旅行 情感经历	
1786—1787		重要文学活动：《文学共和国》《创造》《自由》《正义颂》
1789	狂热崇拜大革命	
1790	积极活跃于温和派的活动中	
1792	反雅各宾的文章和活动 8月10日后，感到身陷险境 与《巴黎日报》合作	
1793	安顿于凡尔赛	马拉遇刺（7月13日）后，撰写《献给夏绿蒂·科黛的颂歌》
1794	3月7日被逮捕 7月27日被处死	《讽刺诗》 《年轻的女囚》

保罗·克洛岱尔

年份	生平事件	作品
1868	8月6日,生于埃纳省 先后在巴勒迪克、朗布依埃、贡比涅度过童年	
1882	就读于巴黎的路易大帝中学。阅读波德莱尔的作品	
1886	会考结束后,开始在巴黎政治自由学堂学习法律。迷恋兰波的作品。经历迟疑后,在圣诞日彻底信奉宗教	
1890	选拔考试名列第一,进入外交部	
1893		《城市》
1893—1894	先后任驻纽约和波士顿副领事	
1896	赴远东任职 先后在福州和汉口任职	
1898		《小女孩维奥莱娜》
1899	倾心一位投机商的妻子韦奇夫人	
1900	乘船返回法国。尝试在索莱姆修道院和利古吉修道院过隐修生活	
1901	抵达福州。与罗丝·韦奇的私情愈发浓烈。坐落于奥赛码头的法国外交部对此深感忧虑。得到时任总领事长的好友菲利普·贝特洛的保护	《树》
1904		《认识东方》
1905	与罗丝·韦奇痛斩私情,返回法国	《正午的分界》
1906	成婚,暂居天津	
1908		《五大颂歌》
1909	任驻布拉格领事	
1911	任驻法兰克福领事	《人质》
1912		《向圣母报信》
1913	抵达汉堡。姐姐——雕塑家、罗丹的旧情人卡米耶被关进精神病院。父亲去世	《三声部大合唱》
1914		《硬面包》
1915		《天主之年的仁慈之冠》
1916		《受辱的父亲》
1917	抵达里约热内卢。达律斯·米约任其秘书	
1919	抵达哥本哈根	
1921	就任驻东京大使	
1925		《法语诗歌的思考与建议》
1926	暂居法国,结束在东方的任职	
1927	就任驻华盛顿大使	
1929	母亲去世	《缎子鞋》(1919年开始撰写)
1933	就任驻布鲁塞尔大使	
1935	落选法兰西学术院。闭居伊泽尔省。从事有关宗教经典的工作	
1938		《火刑堆上的贞德》
1942		《存在与先知》 出版众多有关《圣经》的文章或广播节目
1943	姐姐卡米耶去世 让-路易·巴罗导演《缎子鞋》	
1946	成功入选法兰西学术院,虽为时较晚 2月23日,逝世	
1955	法兰西喜剧院上演《向圣母报信》	

皮埃尔·高乃依

年份	生平事件	作品
1606	生于鲁昂	
1610	亨利四世遇刺	
1624	黎塞留的权威无可争议	
1629		《梅丽特》（喜剧）
1632		《克利唐德尔》（悲喜剧）
1633		《寡妇》（喜剧） 《法院长廊》（喜剧）
1634		《女仆》（喜剧） 《王家广场》（喜剧） 《梅黛》
1635		《可笑的幻觉》（喜剧）
1636		《熙德》（悲喜剧）
1637	《熙德》之争	
1639	父亲去世	
1640	与玛丽·德·朗佩里埃结婚	《贺拉斯》《西拿》《波利厄克特》演出（均为悲剧）
1642	黎塞留去世	《西拿》出版
1643		《波利厄克特》出版
1644		出版《庞培之死》（1641年开始演出） 出版《说谎者》（1642年开始演出的喜剧）
1645		出版《说谎者续集》（1644年开始演出的喜剧） 出版《罗多古娜》
1646		《泰奥多尔》
1647	入选法兰西学术院	《埃拉克琉斯》
1649		《正义者路易的胜利》
1650	任命为诺曼底地区的诉讼代理人	《安特洛梅德》 《唐·桑乔·德·阿拉贡》（英雄主义喜剧）
1651	离任代理人职务	《尼科梅德》 《效仿基督译文》
1652		《佩塔里特》
1655	散布有关他去世的虚假消息	
1658	莫里哀剧团在鲁昂大受欢迎；并非对迪帕克（"侯爵夫人"）的魅力无动于衷	
1659	获得富凯的年金	《俄狄浦斯》
1660		《金羊毛》
1662	获得2000利佛尔的年金	《塞多留》
1663		《索福尼斯布》
1664		《奥托》
1665	儿子夏尔去世	
1666		《阿格西劳斯》
1667		《阿提拉》
1670		《蒂特和贝蕾妮丝》
1671		《普绪喀》（芭蕾喜剧）
1672		《普尔喀丽亚》
1674		《苏雷那》
1684	10月1日，溘然长逝	

萨维尼安·德·西拉诺·德·贝热拉克

年份	生平事件	作品
1619	生于巴黎 贝热拉克是一处位于谢弗勒兹附近的村庄	
1632	拜师拉丁区让·格朗热,在《出丑的学究》中他讽刺了自己的老师	
1638	出入小酒馆和"放荡者"的饭馆	
1639	加入卡尔邦·德·卡斯特尔·雅卢的卫兵队	
1640	在阿拉斯市的战役中负伤,离开部队	
1641	与伽桑迪来往密切 成为斯卡龙、达苏西、特里斯坦·莱尔米特、沙佩勒的挚友	
1645		《出丑的学究》(喜剧)
1648	父亲去世 很快,所继承的财产(10450利佛尔)挥霍一空	撰写《另一个世界》
1651	支持马扎然 与朋友们不和	《反对投石党的信函》
1653	被视作无神论者	《阿格丽萍之死》(悲剧)
1654		《书信集》和《杂集》
1655	经历一场事故后不治身亡;被一根梁砸中头部,一些人认为这是一场蓄意谋杀	
1662		去世后,以《另一个世界》为题,出版《月球上的国家和帝国》以及《太阳上的国家和帝国》

德尼·狄德罗

年份	生平事件	作品
1713	生于朗格勒市	
1728	定居巴黎	
1743	与安娜-图瓦纳结婚	
1746		《哲学思想录》
1748	结识达朗贝尔、孔狄亚克	《泄露隐情的首饰》
1749	在万塞讷度夏	《给明眼人看的论盲人的信》
1751		开始编纂《百科全书》（直至1764年暂停）。《给看清听明者的论聋哑人书信——寄给某某阁下》
1752	喜歌剧论战	
1755	结识索菲·沃兰	
1757	与卢梭断交	《私生子或美德的考验》（喜剧）
1758	《百科全书》遭遇困境	《一家之主》（喜剧）
1759		
1760		第一部《画展评论》（之后每两年一部）
1762		小说草稿：《拉莫的侄儿》（去世后出版）
1765	接受叶卡捷琳娜二世的年金	《定命论者雅克和他的主人》（去世后出版）
1769		《达朗贝尔的梦》
1772—1773		《布干维尔之行补篇》
1773—1774	俄国之行	《喜剧演员奇谈》（去世后出版）《叶卡捷琳娜二世回忆录》《驳爱尔维修》
1776		《一个哲学家同某元帅夫人的谈话》
1777		《孰好孰坏》（喜剧，去世后出版）
1779—1782		《论塞涅卡生平》《论克洛狄乌斯和尼禄的时代》
1780		《修女》（去世后出版）
1784	索菲·沃兰、狄德罗（7月份）先后逝世	
1796		出版《定命论者雅克和他的主人》和《修女》
1830		出版《喜剧演员奇谈》
1891		出版《拉莫的侄儿》

保罗·艾吕雅

年份	生平事件	作品
1895	出生于圣但尼,原名埃米尔-保罗·格林戴尔 先后就读于奥尔奈和巴黎的中学	
1912	身染结核病	
1913	在瑞士结识加拉 立即坠入爱河	
1914	入伍,成为军队护士	
1917	短暂假期间,与加拉结婚	
1918	女儿塞利娜出生	
1919	逐渐与布勒东和阿拉贡成为好友	
1920	参加巴黎达达派的活动	《为了在这里生活》(俳谐诗)
1921	与布勒东共同拜访弗洛伊德 与马克斯·恩斯特成为挚友 在超现实主义运动的影响下生活 与加拉多次外出旅行	
1924	疾病发作,突然独自逃往塔希提岛 在西贡,与加拉和恩斯特会合 九月回国 频繁参加艺术活动	
1925		《152句时髦谚语》
1926		《痛苦之都》
1929	加拉因达利而离开他	《爱情,诗歌》
1930	与开朗、美丽的喜剧演员努什间忠诚、甜美且充满默契的爱情 幸福时期	《放慢工作》(与布勒东、沙尔合著)
1932	与阿拉贡的观点产生分歧	《当前的生活》
1933	与布勒东同被开除法共党籍	
1934	与努什结婚 与超现实主义者间的不和及紧张关系	《公共的玫瑰》
1936	与毕加索成为至交(其余生,一直维系这段友情)	
1937	与布勒东及杜尚组织超现实主义国际展览	
1939	入伍成为中尉	《完整的歌》
1940	停战 反贝当派	
1942	再次加入法共 抵抗运动 组织作家国家委员会(北方地区)	《诗与真》 《无意诗歌与有心诗歌》
1943		与他人合著《诗人的荣誉》
1945		《致巴勃罗·毕加索》 《爱情的漫长思索》
1946	努什去世 完全绝望:企图自杀 结识雅克琳娜:无私的爱情	《不竭的诗篇》 《活下去的艰难欲望》
1947		《时间漫溢》 《难忘的身体》

(续表)

保罗·艾吕雅

年份	生平事件	作品
1948		《看》（*Voir*）
1948—1949	与毕加索等人共同参与和平主义运动和支持共产党的活动	《政治诗集》
1950	得到新女伴多米尼克·洛尔的照顾 苏联之行	《致敬》
1951	与多米尼克结婚	《和盘托出》 《旧诗新选》
1952	先后短居于莫斯科和布拉格 11月18日，骤然离世	《艺术文选》
1953		《不竭的诗篇2》

生平表

弗朗索瓦·德·萨利尼亚克·德·拉莫特-费奈隆

年份	生平事件	作品
1651	出生于佩里戈尔德的费奈隆城堡	
1664—1665	先后在卡奥尔及巴黎读书	
1675	被授予神甫圣职 希望赴中东传教	
1678	任新天主教圣会会长	
1684		《论雄辩对话录》
1685	向圣东日新教徒传教 成为曼特农夫人和柯尔贝尔女儿们的忏悔神甫	
1687		《论女子教育》
1689	成为路易十四之孙——勃艮第公爵的家庭教师 成为居永夫人的朋友 在曼特农夫人所管理的圣西学校,向其被保护者秘密传授寂静主义	撰写《忒勒玛科斯》、《童话》 《已故者对话录》
1693	沙特尔主教将居永夫人逐出圣西学校	
1695	博絮埃授任费奈隆为康布雷大主教	
1696		
1697	伊西会议召开,寂静派的信条遭驳斥	《圣人箴言录阐释》
1697—1699	博絮埃与费奈隆的争执再起,且愈演愈烈;互相撰写论战文章抨击对方 国王不再宠爱费奈隆,罗马教会禁止寂静主义传播	
1698		《就寂静主义回复莫城阁下》
1699		出版《忒勒玛科斯历险记》
1705—1712		《论上帝的存在》
1711	大太子去世 费奈隆重燃希望	《绍讷列表》(振兴法兰西王国的改革策略列表)
1712	太子去世	
1714		《致学士院的信》
1715	费奈隆逝世	

居斯塔夫·福楼拜

年份	生平事件	作品
1821	生于鲁昂 在父亲任外科医生的鲁昂主宫医院长大	
1831	入学 将学校视为充满不公、愚蠢、独裁及残酷的地方	
1836	结识史雷辛格夫人,对她一见钟情,但这份激情虽澎湃但并未表露	
1838		《狂人回忆》(自传体作品)
1841	通过中学毕业会考,开始学习法律;但却心生厌倦,荒废学业	
1844	神经疾病(癫痫)发作 辍学,定居鲁昂附近的克鲁瓦塞,潜心写作	
1849—1851	与马克西姆·迪康结伴同游东方 与路易丝·科莱往来	
1857	《包法利夫人》诉讼案件 宣告无罪	《包法利夫人》
1858	与勒南、龚古尔兄弟、乔治·桑成为好友 开始频繁通信	
1862		《萨朗波》
1869		《情感教育》
1873	莫泊桑在他门下生活 经济十分拮据	《布瓦尔与佩居谢》(未完成)
1874		《圣安东的诱惑》
1877		《三故事》
1880	5月8日,骤然离世(脑出血)	

安托万·菲勒蒂埃

年份	生平事件	作品
1619	生于巴黎	
1641—1645	学习法律 成为律师和检察官	《讽刺集》（讥讽各类团体，尤其是司法界）
1649	与拉封丹和吉勒·布瓦洛的文学友谊	《埃涅阿斯的滑稽模仿》
1655	为获取酬劳，成为修道院院长	《诗集》
1658		《新讽喻》
1662	入选法兰西学术院 与拉辛、布瓦洛、拉封丹等参加所有的文学论战	
1666	《市民小说》遭遇失败	《市民小说》
1671	得到柯尔贝尔资助	《寓言故事集》
1684	《词典》丑闻 法兰西学术院将其除名 撰写大量《事实陈述书》、回忆录和抨击文章，试图为自己辩白，但徒劳无益	
1688	去世	
1690		培尔出版"菲勒蒂埃"的词典

安德烈·纪德

年份	生平事件	作品
1869	生于巴黎 父亲是法律教师 资产阶级新教徒家庭	
1880	父亲逝世	
1891	结识马拉美、奥斯卡·王尔德等人	《安德烈·瓦尔特的笔记本》
1893	北非之旅 与画家保罗·洛朗往来	
1895	与表妹玛德莱娜·龙多结婚	《帕拉德》
1897		《人间食粮》
1898—1904	数次游历北非和欧洲	
1902		《背德者》
1908	创办《新法兰西杂志》	
1914		《梵蒂冈的地窖》
1918	与马克·阿莱格雷往来 他的妻子独居	
1919		《田园交响曲》
1920		《如果种子不死》
1923	他与伊丽莎白·凡·里斯尔伯格的私生女卡特林娜出生	
1925—1926	刚果之旅和反殖民主义运动	
1926		《伪币制造者》
1927		《刚果纪行》 《乍得归来》
1932—1936	同情共产主义,但在苏联之行结束后对此倍感失望	
1935		《新食粮》
1936		《从苏联归来》
1938	妻子玛德莱娜去世	
1939		开始发表《日记》
1941—1943	戴高乐派 退居突尼斯和阿尔及尔	
1946		《忒修斯》
1947	获得诺贝尔文学奖	
1949	广播采访 其赫赫之光影响广泛 患病	
1951	2月19日,于巴黎逝世	

让·吉罗杜		
年份	生平事件	作品
1882	生于贝拉克（上维埃纳省）	
1903	被巴黎高等师范学院录取	
1909		《外省女人》
1910	通过外交部"考试"，被录取	
1914	战争中受伤	
1916	出使葡萄牙和美国	
1917		《为亡灵阅读》
1918		《悲怆的西蒙》
1919		《埃尔佩诺》
1920		《可爱的克利俄》
1921	结婚；获外交部提拔	《苏珊娜和太平洋》
1922		《齐格弗里德和里摩日人》
1924		《男人之地的朱丽叶》
1926	供职于土耳其联盟损失评估委员会，郁郁不得志	《贝拉》
1927		《艾格朗蒂娜》
1928	结识路易·茹韦	《齐格弗里德》
1929		《安非特律翁38号》
1930		《热罗姆·巴尔迪尼的冒险》
1931		《犹滴》
1933		《间奏曲》
1934	重回法国外交部	《泰萨》
1935		《特洛伊战争不会爆发》
1936	作为外交官和领馆总视察，走遍全球	
1937		《厄勒克特拉》
1938		《拉封丹的五种诱惑》
1939	任命为信息部委员	《昂蒂娜》和《实权》
1941		《文学》
1943		《索多姆和戈摩尔》
1944	逝世于巴黎	
1945		《沙约的疯女人》（遗作）
1946		《无权》（遗作）
1953		《为卢克莱修一辩》（遗作）
1969		《撒谎女人》（遗作）

维克多·雨果

年份	生平事件	作品
1802	出生于贝尚松,父亲是第一帝国的将军 先后生活在那不勒斯、西班牙、巴黎 就读于路易大帝中学	
1820	得到路易十八授予的奖金。与阿黛尔·富歇结婚 很快,成为家喻户晓的人物。"文学社"成立	《布格-雅加尔》
1822		
1822—1828		《颂歌与民谣集》
1823		
1824		《冰岛凶汉》
1827		《新颂歌集》
1829		《克伦威尔》
1830	《欧那尼》之战。支持革命 希望成为时代的"回声"	《东方集》 《欧那尼》
1831		《巴黎圣母院》、《秋叶集》、《玛丽蓉·德洛尔姆》
1833	开始与朱莉·德鲁埃往来	《吕克莱丝·波集亚》、《玛丽·都铎》
1835		《晨暮曲》
1837		《心声集》
1838		《吕依·布拉斯》
1840		《光与影集》
1841	经历三次失败后,雨果入选法兰西学术院	
1843	女儿雷奥波尔迪娜与女婿夏尔·瓦克里意外溺亡于维尔基尔	《城堡卫戍官》
1846	贵族院议员	
1848	虽当选保守派,但却作为自由派投票进步法案:"憎恨无政府主义,热爱人民"	
1851	反对争辩。先后流亡比利时和泽西岛	
1852		《小拿破仑》(抨击文章)
1853		《惩罚集》
1856		《静观集》
1859	拒绝接受赦免	
1859—1865		《路与林歌集》
1859—1883		《历代传说》
1862	游历欧洲;暂居布鲁塞尔	《悲惨世界》
1866		《海上劳工》
1868	妻子去世	
1869		《笑面人》
1870	返回巴黎	
1871	入选国民大会代表,但后来辞职并返回根西岛	
1872		《凶年集》
1874		《九三年》
1876	被任命为参议院议员。属于左派席位,但不再干涉公共生活	
1877		《祖父乐》
1885	去世。为其举办国葬,安葬于先贤祠	
1886		《撒旦的末日》
1888—1893		《诗艺集》
1891		《上帝》
1886		《自由戏剧》
1971		《克伦威尔》首演

欧仁·尤奈斯库

年份	生平事件	作品
1912	11月26日,生于罗马尼亚	
1913	举家迁往法国	
1927	返回罗马尼亚 就读于布加勒斯特市,获得文凭,成为法语教师	
1938	婚后,定居巴黎写作博士论文《现代法语诗歌中的罪孽与死亡》	
1945	返回巴黎(马赛战争结束后) 生活贫穷艰难	
1950	结识布勒东、布努埃尔、阿达莫夫 与流亡在外的罗马尼亚人齐奥朗、伊利亚德成为好友 早期作品引起议论	《秃头歌女》
1952		《椅子》
1953		《上课》 《责任的受害者》 《待嫁姑娘》
1954	让·阿努依在《费加罗报》上发表文章 逐渐获得一致认可	《阿麦迪》
1955		《雅克或屈服》
1956		《阿尔玛的即兴剧》
1960	让-路易·巴罗导演的《犀牛》在奥德翁剧院上演 尤奈斯库的作品在全球演出	《犀牛》
1962		《国王之死》
1966	法兰西喜剧院表演《渴与饥》,随后上演《国王之死》 获得公众认可	《渴与饥》
1970	入选法兰西学术院	《屠杀游戏》
1972		《麦克白》
1978	在瑟里西举办尤奈斯库作品研讨会	
1989	罗马尼亚革命推翻了齐奥塞斯库的独裁统治,尤奈斯库积极支持罗马尼亚恢复脆弱的民主制	
1994	逝世于巴黎	

弗朗西斯·雅姆

年份	生平事件	作品
1868	生于图尔奈（上比利牛斯省） 童年在圣帕莱度过，之后借住在波城的祖父母家 先后在波城、奥尔泰读书，成绩平平	
1880	举家迁往波尔多，父亲被任命为当地的税务员 难以适应波尔多"这座忧伤的港口城市的黯淡" 阅读大量著作，痴迷波德莱尔的作品	
1888	会考失败，被劝退 年底，父亲去世 失望、挫败感强烈 返回奥尔泰，自此与母亲共同生活	
1891	走出消沉状态，开始积极生活 他的诗歌创作真正开始	
1894		《诗文集》
1896	阿尔及利亚之行 结识纪德夫妇	
1897	"雅姆主义"宣言 爱上一个名为马莫尔的女人，并执意要其为妻 遭遇母亲反对 强烈的精神痛苦挥之不去	《法兰西信使报》上发表宣言
1898		《黎明三钟经至夜晚三钟经》
1899		《克拉拉·黛尔博兹》
1901		《报春花的葬礼》
1905	名声远播 克洛岱尔帮助他重新参加宗教活动 多篇田园诗均告失败	《信仰沉思》
1906		《天上的林中空地》
1907	与一位年轻的虔诚仰慕者结婚	
1911		《基督教农事诗》
1920		《乡村诗人》
1921	定居巴斯克地区的阿斯帕朗	
1924	第二次落选法兰西学术院；此后便放弃	《四行诗集》
1934	母亲逝世	
1935		《从一直到永远》
1938	去世于阿斯帕朗	

路易丝·拉贝

年份	生平事件	作品
1524	生于里昂的枯树街 母亲去世 父亲是制绳匠人，他丧妻后与屠户之女再婚	
1534	父亲成为里昂的"行会师傅" 她接受良好的教育，主要学习拉丁文和意大利文；擅长弹奏诗琴	
1542	女扮男装参加佩皮尼昂举办的比武 娴于骑术和剑术 与佩尔内特·杜吉耶成为好友，后者启发了莫里斯·塞夫的创作灵感	
1545	嫁给地位卑微的制绳匠埃内蒙·佩兰 与塞夫的朋友们结下友谊	
1548	亨利二世和卡特琳·德·美第奇抵达里昂，当地举办隆重的迎接仪式 父亲去世	
1551	开始写作诗歌	
1552	日内瓦的加尔文视她为"荡妇"	
1553—1554	结识时任使节让·达旺松秘书的奥利维耶·德·马尼骑士 两人坠入爱河	
1555	路易丝的诗歌获得国王许可出版权 题献给领主之女——里昂派贵妇人克莱芒丝·德·布尔热	《里昂派路易丝·拉贝作品集》
1556		《作品集》第2版
1557	一首编造路易丝和意大利银行家私情的匿名歌谣引起轰动。丈夫去世	
1559		奥利维耶·德·马尼的《颂歌集》中收录了几首路易丝·拉贝的诗歌
1561	奥利维耶·德·马尼去世	
1564	里昂爆发鼠疫 路易丝避居于友人——富裕的意大利银行家弗尔提尼家中	
1566	2月，去世	

让·德·拉布吕耶尔

年份	生平事件	作品
1645	生于巴黎的一个小地主家庭,其家族通过购买债务,成为转产为"公共功能"土地的地产主人	
1665	在奥尔良获得法律学士学位 原本打算从事律师职业,但最终大概并未实现	
1673	购买卡昂发行的一小笔债务(典当2350利佛尔) 单身的他与兄弟姐妹生活在巴黎,靠利息度日,生活闲散,风平浪静	
1684	在博絮埃的引荐下,成为大孔代之孙年轻的路易·德·波旁的家庭教师,之后又成为路易十四与蒙特斯庞夫人之女南特小姐的家庭教师	
1687	依附于路易·德·波旁:成为"公爵阁下的侍从"和图书管理员 领取3000利佛尔的年金 在宫廷当差,亲近君主制上层	
1688	声名显赫 "厚今派"的激烈攻击 得到虔诚者和耶稣会士的支持	《品格论》出版 接连出版三次,之后分别在1689年(第4版)、1690年(第5版)、1691年(第6版)、1692年(第7版)与1694年(第8版)再版
1693	权力逼迫。拉布吕耶尔进入法兰西学术院,几乎完全同意厚今派的观点。他在入选典礼上,发表了控诉反厚今派的演讲,丰特内勒及其拥护者对此大发雷霆	
1696	介入寂静主义者的迫害运动中 5月10日,猝死于凡尔赛	《论寂静主义对话录》

皮埃尔·肖代洛·德·拉克洛

年份	生平事件	作品
1741	生于亚眠	
1763	度过忧郁消沉的军校和驻军生活	
1779	奉命前往埃克斯岛	几首诗歌:《遇阻的欲望》《回忆集》。几篇故事:《仪式队伍》
1782	成功与议论	《论女子教育》(初期文章)
1786	撰写陈诉状,抗议沃邦的防御工程	
1789	成为路易-菲利普二世的秘书	
1790		《奥尔良公爵阁下的品行论》
1792	任准将 陷入恐怖时期,拉洛克被捕	
1795		《论战争与和平》
1800	追随波拿巴征战(莱茵、意大利)	
1803	任那不勒斯法军炮兵指挥官 因身患痢疾,逝世于塔兰托	

德·拉法耶特夫人

年份	生平事件	作品
1634	生于巴黎,原名玛丽-玛德莱娜·皮奥什·德·拉维尔涅	
1638—1640	先后生活在蓬图瓦兹、勒阿弗尔	
1649	父亲去世	
1650	母亲改嫁赛维涅夫人的叔叔——雷诺·德·赛维涅 接受扎实的教育 与亲近矫饰派的学者梅纳热共同处事 阅读巴洛克和矫饰派小说	
1655	嫁给拉法耶特伯爵,定居奥弗涅 与赛维涅夫人关系密切	
1659		在《肖像画廊》中刻画赛维涅夫人的肖像
1660	两个儿子出生后,定居巴黎 母亲去世,依附王后家族 与童年好友殿下夫人成为密友	
1662		《蒙庞西埃王妃》(以瑟格莱为笔名出版)
1670	与拉罗什富科关系亲近,两人曾往来15年之久 拜访凡尔赛宫	《查依德》(第2卷)
1678		《克莱夫王妃》
1680	拉罗什富科去世 招揽布瓦洛、拉封丹	
1683	生活在奥弗涅的丈夫逝世	
1693	逝世于巴黎	
1720		《亨丽埃塔·德·英格兰生平》(去世后出版)
1724		《唐德伯爵夫人》(去世后出版)
1731		《1688—1689年法国宫廷回忆录》(去世后出版)

让·德·拉封丹

年份	生平事件	作品
1621	生于沙托蒂耶里	
1654	成为位于圣芒代和沃镇的富凯府邸的常客	翻译并改编泰伦提乌斯的《阉奴》
1658—1661		
1659		开始撰写《沃镇之梦》
1660		闹剧《博-理查德广场的笑客们》
1661	富凯失宠 马扎然去世 路易十四开始独自掌权	
1662		《献给沃镇林神的哀歌》（写给路易十四，恳请他宽赦狱中的富凯）
1663		《利穆赞的信件》
1664	效忠享有亡夫遗产的奥尔良公爵夫人	
1665		第1卷《故事诗》 翻译圣奥古斯丁的《上帝之城》
1666		第2卷《故事诗》
1668		第1卷《寓言诗》
1669		《普叙刻和丘比德的爱情》 《阿多尼斯》
1671		《基督教及其他各类诗歌》 第3卷《故事诗》 《新寓言诗及其他诗歌》
1673	成为德·拉萨布利埃夫人的门客	宗教诗：《圣马尔克被俘》
1674		创作歌剧剧本《达芙妮》 出版《新故事诗》
1678		第2卷《寓言诗》
1682		以科学为志向的诗歌《金鸡纳霜》
1683	入选法兰西学术院	开始创作《阿希尔》（未完悲剧）
1687		《给于埃的书简诗》（有关古今之争）
1691		《阿斯特蕾》（音乐悲剧）上演
1693	德·拉萨布利埃夫人逝世 公开宣布放弃撰写和发表《故事诗》	注解改写《末日经》
1694		
1695	逝世于4月13日	最后一卷《寓言诗》

阿方斯·德·拉马丁

年份	生平事件	作品
1790	生于马孔 生活在米利	
1802	在贝莱学习	
1811	意大利之游 在博韦服兵役	
1816	一段艳遇：于艾克斯莱班结识夏尔夫人（即《沉思集》中的埃尔维）	
1819	与富有的英国人玛丽亚·伯齐结婚	
1820		《沉思集》
1823		《新沉思集》
1830	抒情诗大获成功 担任驻意大利外交官职务	《诗与宗教和谐集》
1832	东方之行	
1832年末	当选议员 加入自由派基督教运动	
1835		《东方游记》
1836		《若瑟兰》
1838		《天使谪凡》
1839		《诗歌冥想集》
1847		《吉伦特党史》
1848	成为外交部长 深得民心	
1848	惨败于总统竞选	
1849		《知心话》 《第三部诗歌沉思集》
1851	结束政治生涯 退休，致力于文学创作	
1852		《葛莱齐拉》
1856—1869		《文学函授教程》
1869	于2月28日离世	

弗朗索瓦·德·拉罗什富科

年份	生平事件	作品
1613	马尔西拉克王弗朗索瓦六世，即拉罗什富科公爵出生于巴黎的一个享有封建特权的古老贵族家庭	
1628	娶朗布依埃侯爵夫人的表妹安德烈·德·维沃娜为妻。他们共生育八个子女 出征意大利、佛兰德地区。任奥弗涅兵团长	
1637	与谢弗勒兹公爵夫人开始往来	
1639	团结孔代家族对抗黎塞留 同辛马斯妥协	
1643—1649	从马扎然手中买取普瓦图省长的一职。参加投石党运动；成为隆格维尔公爵夫人的情夫，从而归入德·昂甘公爵的阵营下，成为叛军中将	
1650	几位王公贵族（孔代、孔蒂、隆格维尔）被逮捕 备战保卫波尔多 王室军队将其在韦尔特伊的城堡夷为平地 拉罗什富科最终被赦免	
1652	在蒂雷纳子爵与孔代亲王交战的巴黎动乱中负伤 冲突结束 退隐	
1657		撰写肖像作品
1659	领取国王发放的年金 出入文学沙龙（斯屈代里小姐、蒙邦斯耶小姐和萨布莱夫人的沙龙） 与拉法耶特夫人成为好友 与赛维涅夫人的关系 身患痛风，难以行走 开始撰写《箴言录》	《肖像集》 《沉思集》《回忆录》
1665	重建韦尔特伊城堡	在多部不完整或非法版本出现后，终于正式出版《箴言集》
1670	妻子去世	
1679	拒绝加入法兰西学术院	
1680	去世，"博絮埃为他涂圣油"	

让-马里·古斯塔夫·勒克莱齐奥

年份	生平事件	作品
1940	生于尼斯,其家族原籍为布列塔尼,后移居漂泊者、水手、岛民居住的莫里斯岛	
1946—1948	和母亲乘船远行,与在尼日利亚的父亲("非洲人")会合 先后在普罗旺斯地区艾克斯和英国求学 撰写论文《亨利·米肖作品中的孤独》,获得高等学业文凭	
1963	获雷诺多文学奖,一举成名	《诉讼笔录》
1965—1966	喜欢他处、旅行、梦境(包括各种原因引起的梦幻)的主题	《发烧》 《洪水》
1967	暂居泰国,但因揭发雏妓现象而被驱逐出境	《可爱的土地》
1969	在墨西哥,研究玛雅语和纳瓦特尔语,成为米却肯州地区(墨西哥中部)专家	《逃遁之书》
1970—1974	四年期间,他在巴拿马与印第安人一同生活。揭露少数民族所经历的战争和殖民化	《战争》 《巨人》
1975	翻译玛雅神话作品	《另一端的旅行》
1978		《大地上的陌生人》
1980	获得法兰西学术院文学大奖 在佩皮尼昂墨西哥研究所通过博士论文答辩	《蒙多和其他故事》 《三座圣城》 《沙漠》
1982		《飙车》
1983—1984	开始为年轻人写书,如《树国之旅》《没见过海的人》。摆脱新小说的理论	
1985	在多部杂志中表明自己的生态忧虑,揭露城市社会和利益社会	《寻金者》
1988		《墨西哥之梦或中断的思考》
1991	推出"民族之初"系列丛书(伽利玛出版社) 丰富神话传说的知识(从阿兹特克人到朝鲜族人的神话)	《奥尼查》
1993		《迭戈和弗里达》(介绍迭戈·里韦拉和弗里达·卡洛)
1994	《读书》杂志的读者称他为"在世的最伟大法语作家"	
1997		《金鱼》 《欢歌的节日》
1999		《偶然》《安哥里·马拉》
2000	越来越多地批判西方社会,甚至走向尖刻,成为反全球化的象征	《燃烧的心》
2003		《革命》
2004	创作主题回归他的个人家族故事和传统叙述	《非洲人》
2006		《乌拉尼亚》
2007	在"为了一个法语书写的世界文学"宣言上签字(法语作家的欢迎、"异域主义"的恢复)	
2008	获得诺贝尔文学奖	《饥饿间奏曲》
2011		《脚的故事》

弗朗索瓦·德·马莱布

年份	生平事件	作品
1555	出生于卡昂,父亲是初等法院推事;在卡昂接受严格的教育,之后在巴塞尔和海德堡攻读大学	
1577—1586	在艾克斯,发誓弃绝新教,开始效忠普罗旺斯省长昂古莱姆公爵 成为人文主义贵族和诗人阶层的一员	
1589	宗教冲突,其保护人亨利三世遇刺	
1586—1595	返回卡昂,成为助理法官 小有名声,撰写时论文章歌颂"大贵族"(玛丽·德·美第奇、亨利四世)	
1587		《圣彼得的眼泪》
1595—1605	第二次短居于艾克斯	
1596		《献给国王亨利的颂歌》 《占领马赛颂歌》
1598		《抚慰迪佩里埃阁下》
1600		《献给王后的颂歌》
1605	在迪佩隆红衣主教的保护之下,他返回巴黎,成为宫廷诗人 树立文学声望,门徒围绕,如拉康和迈依纳 深得王后宠爱	《颂谋杀》
1606		《为奔赴利穆赞地区的亨利王祈祷》
1608		《献给贝勒加德的颂歌》
1610		《献给王后,致敬她摄政期间的成功》
1614		《给孔蒂公主的安慰信》
1628	于巴黎离世	

斯特凡纳·马拉美

年份	生平事件	作品
1842	生于巴黎	
1847	母亲去世 在欧特伊和巴黎求学 阅读波德莱尔的作品	
1862	成为英语教师 父亲去世	
1863	居于图尔农 结婚	
1864		开始撰写《希罗狄亚德》
1866	居于贝尚松	在三卷本诗集《当代巴那斯》中共发表11首诗歌
1867	居于阿维尼翁	
1869		《伊纪杜尔》
1871	居于巴黎	
1873	与马奈成为好友	《葬礼祝酒词》
1876		《牧神的午后》
1877	居于罗马街道,并于每周二接待青年诗人,备受他们敬仰	《埃德加·坡墓》
1882	与于斯曼成为好友	
1885		《献给德埃森特的散文诗》 《致瓦涅》
1890	在比利时召开巡回演讲 与王尔德和保罗·瓦莱里成为好友	
1891		《纸页》
1893		《诗歌与散文》 《骰子一掷消灭不了偶然》
1894	赴英国旅行并举办演讲	
1896	继魏尔兰之后,当选为"诗坛泰斗"	
1898	于9月9日离世	

生平表

安德烈·马尔罗

年份	生平事件	作品
1901	生于蒙马特 祖父自杀 先后就读于孔多塞中学和东方语言学院	
1921	与克拉拉·戈尔德施密特结婚	《纸月》
1923	远赴柬埔寨考查高棉寺庙	
1925	暂居印度支那 反对殖民制度 游历（波斯、东方、美国、日本）	
1926		《西方的诱惑》
1928		《荒诞王国》 《征服者》
1930		《王家大道》
1933		《人类的命运》
1935		《轻蔑的时代》
1936	参加反法西斯运动 拥护托洛茨基派	
1937		《希望》
1940	参加抵抗运动	
1943		《阿膝堡的胡桃树》
1944—1945	统帅阿尔萨斯-洛林旅	
1945—1946	戴高乐将军政府的信息部长	
1947年起		多部关于艺术的著作： 《想象博物馆》（1947） 《寂静之声》（1951） 《世界雕塑的想象博物馆》（1952—1956） 《天神的变形》（1957） 《非现实》（1974）
1958	戴高乐将军重返政坛 马尔罗成为文化部长。1969年（戴高乐将军卸任）前，一直就任该职	
1967		《反回忆录》
1976	逝世	《绳与鼠》（该作品又包括：《过客》《砍倒的橡树》《黑曜岩之首》《拉撒路》）构成《灵簿狱之镜》
1977		《命运未卜的人和文学》
1996	迁入先贤祠	

皮埃尔·卡莱·德·尚布兰·德·马里沃

年份	生平事件	作品
1688	生于巴黎	
1710—1713	学习法律	
1712		《法萨蒙》（小说）
1714—1716	在"论战"中，支持厚今派	
1717	与科隆布·博洛涅结婚	《乔装的伊利亚特》
1719		发表于《新信使报》上的文章
1720	罗建立的银行体系失败，马里沃破产	《因爱情而彬彬有礼的阿尔勒甘》
1721—1734		出版报刊《法国观众》
1722		《爱情的突袭》
1723	妻子去世	《朝秦暮楚》
1724		《乔装的亲王》《虚假女仆》《出人意料的结局》
1725		《村庄继承人》
1727		《理智岛》《爱情的第二次突袭》
1729		《移民地》
1730	出入文学沙龙（德·唐森夫人、迪德方夫人、若弗兰夫人的沙龙）	《爱情与偶然的游戏》
1731		开始撰写《玛丽亚娜的一生》（共11部分的小说，完成于1741年）
1732		《爱情的胜利》《冒失的誓言》
1733		《幸福策划》
1734		《爆发的农民》（小说）
1736		《遗产》
1737		《假心腹话》
1739		《真诚的人》
1740		《考验》
1742	入选法兰西学术院	
1744		《争执》
1745	唯一的女儿进入修道院	
1746		《克服偏见》
1757		《好心的演员》
1763	去世	

克莱芒·马罗

年份	生平事件	作品
1496	生于卡奥尔；父亲是诗人让·马罗	
1506	与父亲生活于安娜·德·布列塔尼的宫中	
1514	先后在布卢瓦和巴黎求学；成为国王秘书的侍从	《丘比特的神庙》（有关弗朗索瓦一世的婚姻）
1519	效忠弗朗索瓦一世的姐姐玛格丽特·德·阿朗松 陪伴德·阿朗松公爵游历多地	
1526	因封斋期间沾了荤腥而被拘禁在夏特莱 转移至夏特尔，后被释放 爱上安娜·德·阿朗松（玛格丽特的侄女）	《致好友利翁书简诗》 撰写《地狱》（1542年，未经他同意，该作品出版，激怒索邦神学院）
1527	父亲去世后，他继任国王的随身侍从	
1529	结婚，皮卡第之行	
1532	生病，仆人偷窃他的财产 1526年，因同样原因再次入狱	《因被盗致国王书简诗》
1533		出版弗朗索瓦·维永的作品 《克莱芒的青年时代》
1534	布告事件 被当作嫌疑犯搜查，不得不逃亡 因抗传而被判刑，先后流亡瑞士和意大利。在费拉拉的宫廷中，勒妮·德·法兰西收留他	《挽歌集》
1536	因被怀疑支持路德，而不得不逃离费拉拉。流亡威尼斯、日内瓦，之后返回法国 在里昂发誓弃绝原信仰，再次入宫 在宫中，深受宠信 与对手萨贡的激烈论战	《美乳赞》和细描诗大赛
1538		《全集》出版 早期圣经译文：《圣诗集》
1541		其余《圣诗集》（均被查禁）
1542—1543	再次被控诉信仰新教，逃往日内瓦，但很快，因不得加尔文信任，返回都灵	
1554	在都灵逝世	

居伊·德·莫泊桑

年份	生平事件	作品
1850	生于费康或米罗梅尼尔 童年在诺曼底度过	
1859	定居巴黎 被伊夫托小修院录取	
1868	因言行失礼而被小修院开除 结识福楼拜,福楼拜为他修改初期作品	
1870	应征入伍 目睹法军溃败	
1872	供职于海军部 心不在焉地学习法律	
1873	热爱运动,过着风流倜傥的生活 与福楼拜一起进行创作,后者给他提供了"学监似的提点"	
1875	与左拉、屠格涅夫、于斯曼成为好友 出入自然主义沙龙	
1878	健康出现问题 治疗疾病和旅行(比利牛斯山、布列塔尼、科西嘉等)	
1880	福楼拜去世 阅读叔本华的作品,赴阿尔及利亚旅行	《羊脂球》(出版于《梅塘之夜》) 《诗行》(诗集)
1881		《泰利埃公馆》
1883		《一生》 《山鹬的故事》
1885	收获财富和成功,但身患慢性疾病 数次赴北非旅行	《漂亮朋友》
1887		《故事集》 《温泉》 《奥尔拉》
1888		《皮埃尔和让》
1890	开始出现严重的精神疾病 瘫痪前兆	《我们的心灵》
1892	企图自杀 疾病严重,出现痉挛	
1893	于7月6日离世	

弗朗索瓦·莫里克亚

年份	生平事件	作品
1885	生于波尔多 其家庭比较富裕（拥有多处地产，并从事批发行业）	
1887	父亲去世	
1908	就读于文献学院 积极参加以《犁沟》为核心发起的运动（社会基督教）	
1913	与让娜·拉丰结婚 共生育二子（克洛德、让）二女（克莱尔、吕斯）	
1915	积极参加红十字会的活动	
1918	结识普鲁斯特 生活在巴黎	
1922		《给麻风病人的吻》
1923		《热尼特里克丝》
1925		《爱的荒漠》
1926	享有一定名声 从事戏剧批评活动；文学记者	
1927		《黛莱丝·德克罗》
1928		《命运》
1929	母亲去世	
1932	患喉癌	《蝮蛇结》
1933	入选法兰西学术院	《弗隆特纳克家的秘密》
1934	供职于《费加罗报》 参加反佛朗哥和反犹太活动	
1935		《黑夜的终止》
1939	就自由和小说与萨特展开论战	
1940		《法利赛女人》
1940—1945	遭维希政府怀疑 成为"坚定的戴高乐派"	
1952	获得诺贝尔文学奖	开始在《快报》发表 系列文章《拍纸薄》
1954	支持非殖民化 支持孟戴斯-弗朗斯	
1958	绝对支持戴高乐	
1959		《内心回忆录》
1962		《我所认为的》
1964		《戴高乐》
1969		《昔日一青年》
1970	于9月1日离世	

让-巴蒂斯特·波克兰,笔名莫里哀

年份	生平事件	作品
1622	出生,原名让-巴蒂斯特·波克兰 成为克莱蒙耶稣会学校的学生,之后学习法律	
1643	创办"光耀剧团"	
1645	剧团离开巴黎,穿梭在法国西南部和东南部的外省地区	
1654		《冒失鬼》
1656		《情怨》
1658	返回巴黎;获得国王的大弟——殿下的资助;初次在国王面前和宫廷中表演	
1659		《可笑的女才人》
1660		《斯夏纳雷尔或想象的戴绿帽丈夫》
1661		《堂·加尔西·德·纳瓦尔》 《丈夫学堂》 《讨厌鬼》
1662	与阿芒德·贝雅尔结婚	《太太学堂》
1663	被赐予赏金 《太太学堂》引发争论	《太太学堂的批评》 《凡尔赛即兴》
1664	参加凡尔赛王室的庆典 《答丢夫》遭查禁	《逼婚》 《艾丽德公主》 《答丢夫或伪君子》(三幕剧初版)
1665	患病 与阿芒德·贝雅尔分开 与拉辛不和	《唐璜或石像的盛宴》 《爱情医生》
1666		《恨世者或郁闷易怒的恋人》 《屈打成医》 《梅里塞特》
1667	以《伪君子》为题的新版《答丢夫》上演	《牧歌喜剧》 《西西里人》
1668	"虔诚者阵营"全力攻击莫里哀	《昂菲特里荣》 《乔治·唐丹》 《吝啬鬼》
1669	父亲去世后,继承了王室地毯商和国王贴身仆从的职务 禁止《答丢夫》演出的命令取消	《普索涅克先生》
1670		《大方的情人》 《贵人迷》
1671		《普叙刻》 《司卡班的诡计》 《埃斯卡巴涅斯伯爵夫人》
1672		《女博士》
1673	第四次演出《没病装病》时,身体突感不适,最终因此而亡	《没病装病》

米歇尔·埃康,德·蒙田领主

年份	生平事件	作品
1533	2月28日,出生于蒙田,父亲是波尔多的一名法官	
1539	在家庭教师德国医生豪斯特讷斯的教导下,能够讲流利的拉丁语 就读于波尔多的奎恩中学	
1546	学习哲学 波尔多民众反对王室赋税;残酷镇压	
1554	佩里格间接税最高法院推事 父亲皮埃尔·埃康当选波尔多市长	
1557	供职于波尔多最高法院	
1558	结识拉波埃西,两人立即成为好友	
1560—1561	在巴黎宫廷担任外交职务	
1563	拉波埃西去世	
1565	结婚	
1568	父亲去世 米歇尔承袭爵位及地产	
1570	卸任波尔多最高法院职务	
1571	归隐家乡	
1574—1575	短居巴黎	
1575		开始撰写《雷蒙·塞蓬德颂》
1577	成为纳瓦尔国王的御前常任侍从	
1578	身患"结石症"结肠炎	
1580	途经巴黎 亨利三世为蒙田庆祝《随笔集》(*Essais*)的出版 途经德国和奥地利,抵达意大利	《随笔集》(A版)出版
1581	到达罗马 生活在意大利南部,迁居不定 波尔多选举蒙田为市长 为了让蒙田接受任职,亨利三世介入	
1583	再次当选为波尔多市长	
1584	成为亨利·德·纳瓦尔的外交官	
1585	波尔多鼠疫爆发 逃离	
1586—1587		在原有版本上增添多处内容,并撰写第三卷
1587	亨利·德·纳瓦尔逗留蒙田城堡用膳	
1588	蒙田来到巴黎,深陷骚乱中 结识德·古尔奈小姐 回到自己的"图书馆" 与德·古尔奈小姐往来频繁 女儿蕾奥诺(生于1571年,五姐妹中唯一的幸存者)出嫁	《随笔集》(B版)出版
1592	9月13日弥撒时,去世	
1595		德·古尔奈小姐为其出版《随笔集》(C版)

夏尔·德·孟德斯鸠

年份	生平事件	作品
1669	生于拉布雷德,原名夏尔·德·塞孔达,拥有爵位:拉布雷德男爵兼孟德斯鸠男爵	
1705—1708	在波尔多学习法律	
1716	成为波尔多最高法院的一名庭长 入选波尔多学术院	在波尔多学术院中演讲《论罗马人的宗教政策》
1717—1721		《学术院演讲》
1721		《波斯人信札》
1722	参加巴黎沙龙的文学活动	
1725		《尼德的神殿》
1728	入选法兰西学术院	
1728—1731	环游欧洲	
1731		
1734	返回拉布雷德	《罗马盛衰原因考》
1745		《西拉和厄克拉特的对话》
1748		《论法的精神》
1755	去世于巴黎	

阿尔弗雷德·德·缪塞

年份	生平事件	作品
1810	11月11日，生于巴黎	
1822	就读亨利四世中学，学业优异	
1829	学习法律 与雨果成为好友 加入"文学社"和巴黎人的文学生活 戏剧批评	
1830		《西班牙和意大利故事诗》（诗歌） 《威尼斯之夜》（戏剧） 《落空的心愿》（戏剧）
1832		《椅中观剧集》（戏剧）
1833		《罗拉》（诗歌） 《安德烈亚·德尔·萨尔托》（戏剧） 《马里亚娜的任性》（戏剧）
1833—1834	与乔治·桑往来 意大利之行	
1834		《勿以爱情为戏》（戏剧） 《罗朗萨乔》（戏剧）
1835	多部作品问世后，戏剧创作暂告一段落 经历多段令人失望的爱情 成为内政部图书管理员	《五月与十二月之夜》（诗歌）
1836		《致信拉马丁》 《八月之夜》（诗歌） 《一个世纪儿的忏悔》
1837		《十月之夜》（诗歌） 《狄皮耶和孔托奈通信集》
1840	身患疾病，且情绪烦闷 生活放荡（酗酒，且拈花惹草）	《戏剧和谚语》（戏剧）
1841		《回忆》（诗歌）
1852	入选法兰西学术院 搁笔，独居 继续饮酒	《逢场作戏》（戏剧）
1857	于5月4日离世	几部次要戏剧作品问世

玛格丽特·德·纳瓦尔

年份	生平事件	作品
1492	生于昂古莱姆,年长弗朗索瓦一世两岁 是夏尔·德·奥尔良的侄孙女	
1496	父亲去世 在昂布瓦斯长大 勤奋好学,文化教养扎实	
1509	与夏尔·德·阿朗松公爵结婚 主要居住在诺曼底地区	
1515—1519	在弗朗索瓦一世宫中的奢靡生活 与国王多次外出旅行 马罗成为她的贴身仆从 保护人文主义作家和思想家,对福音主义感兴趣	
1525	为了解救帕维亚战役溃败后被俘的弗朗索瓦一世而奔赴西班牙 丈夫去世	
1525—1526		祷告和宗教作品,如《虔诚心灵的祷告》
1527	嫁给纳瓦尔王亨利·德·阿尔布雷,之后他们生育一女让娜(未来亨利四世的母亲)	
1530		宗教戏剧:与圣诞节等有关的"圣经四部曲"
1531		《罪恶心灵之镜》(1533年,被索邦神学院查禁)
1534	布告事件 马罗和加尔文避难于她在内拉克的府邸	
1537	离开宫中 四处游历,生活在纳瓦尔	
1540		大约于此时开始撰写《七日谈》
1547	弗朗索瓦一世驾崩	《王妃的宝中之宝》
1548	女儿让娜嫁给安托万·德·波旁	多部闹剧和喜剧
1549	于塔布附近的奥多斯辞世	
1559		去世后,《七日谈》出版

热拉尔·德·内瓦尔

年份	生平事件	作品
1808	生于巴黎	
1810	母亲去世 成长于瓦卢瓦地区,由舅公抚养	
1820	就读查理曼中学 与戈蒂埃成为好友 开始翻译德国作品	
1826		翻译歌德的《浮士德》
1828	结识雨果和浪漫主义作家 参加《欧那尼》论战	
1831	精神病第一次发作 加入"文学社"	
1834	意大利之行 结识热妮·科隆 创办文学报刊(《戏剧世界》),经历破产	
1836—1838	挚爱并追求热妮·科隆;频繁通信	
1839	德国之行 结识李斯特和玛丽·普莱耶尔	
1841	在《报刊》上发表文学批评文章;精神病加重	
1843	远赴东方旅行,之后短居伦敦	
1851		《东方游记》
1852		《幻象教派》
1853	精神病数次发作,最终被关进精神病院 几次短暂旅行(荷兰、德国),暂居瓦卢瓦地区	《波西米亚的小城堡》
1854		《火的女人》 《幻想集》
1855	1月26日,于老灯笼街的寓所内自缢身亡	《奥蕾莉亚》 《潘多拉》

布莱兹·帕斯卡尔

年份	生平事件	作品
1623	生于卡莱蒙	
1626	母亲去世	
1631	举家迁往巴黎	
1635	年轻的帕斯卡尔显露数学天分 被梅森神父的科学学会录取	
1639	父亲艾蒂安·帕斯卡尔是诺曼底地区的税务代办 定居鲁昂	
1640		《圆锥曲线论》
1642	身患疾病（骨结核）	
1645	校准他所发明的"帕斯卡尔计算器"	《给机器参观者和使用者的忠告》
1646	结识冉森派的德尚兄弟	
1648	在多姆山实现了托里切利的实验	《圆锥曲线论》 《论液体平衡的重要实验》
1651	父亲去世	《论真空》
1652	妹妹雅克利娜进入波尔-罗亚尔修道院	
1653	出入上流社会，与梅雷成为好友	
1654	彻底皈依	《论算数三角形》
1656	阿尔诺被索邦神学院审判 外甥女玛格丽特·佩里耶在触碰了圣荆棘刺后，疾病奇迹治愈	《外省通信》（第1部分至第16部分）
1657	耶稣会士与冉森教徒间的论战 罗马教廷禁止《外省通信》出版	最后几篇《外省通信》 《论几何学精神》 《论说服艺术》
1658	主要工作于波尔-罗亚尔修道院 组织一次有关摆线曲线问题的竞赛	《摆线历史》
1660	患病 开始撰写《思想录》	《贵族处境论》
1661	箴言事件 妹妹雅克琳娜去世	
1662	组建公共运输公司，实践"五文公共马车"理念 于8月19日离世	
1669—1670		《思想录》首次出版

夏尔·佩吉

年份	生平事件	作品
1873	1月7日生于奥尔良；父亲是一位细木工匠，母亲是一位椅垫修理工 11月份，父亲去世 出身于劳动人民阶层和教徒家庭	
1885	获得奖学金，就读于奥尔良中学 成绩出色 数次获奖	
1891	获得学士 开始备考巴黎高等师范学院	
1892	未通过高师入学考试 提前应征，服兵役 失去宗教信仰，关注社会问题	
1894	被高师录取 攻读哲学学士学位 学校的图书管理员社会党人吕西安·埃尔的影响	
1897	与夏洛特·博杜安结婚 开始专心致力于出版业和图书业 与饶勒斯、左拉关系密切 与达尼埃尔·阿莱维成为好友	在《社会主义杂志》上发表文章 《贞德》（正剧）
1898	哲学教师资格会考失败 儿子马塞尔出生 积极参加社会主义运动，但不久便中断活动	在《白色杂志》上发表支持德雷福斯案的文章
1900	《半月丛刊》杂志社坐落在索邦大街 喜得一女一子：夏洛特出生于1901年，皮埃尔出生于1903年 反对社会主义混同于唯科学主义和无神论	开始创办《半月丛刊》：直至其去世前，该刊物一直定期出版（共计229刊）
1907	重新信仰宗教 与雅克·马里坦成为好友 大量作品完成与出版 生活贫困 爱国主义情绪越来越高涨，反对和平主义者和国际主义者	
1910		《贞德仁爱之秘》 《维克多-玛丽，雨果伯爵》
1911	获得法兰西学术院的奖项 十分崇拜伯格森	《第二美德奥秘之门廊》
1912	去沙特尔朝圣	《圣婴的秘密》 《卢瓦尔城堡》 《圣热纳薇艾芙和贞德挂毯像》
1913		《金钱》 《圣母像挂毯》、《夏娃》
1914	8月，入伍成为中尉 9月5日，在维尔鲁瓦的一场战役中，他头部中弹牺牲	《论伯格森先生》和《论笛卡尔先生》
1915	遗腹子夏尔-皮埃尔出生	

安东尼-弗朗索瓦·普雷沃·德克西勒

年份	生平事件	作品
1697	生于埃斯丹	
1711	母亲和姐姐相继去世 入伍参军,但后又开小差脱离队伍 爱情经历 与父亲的冲突	
1721	入本笃会前的发愿仪式	
1726	授为神甫	
1727—1732		《一个贵族的回忆》
1728	逃往伦敦 生活放纵,远赴荷兰 结识一位叫"朗齐"的冒险家	
1729—1733		《克利夫兰》 《德格里厄骑士与玛农·莱斯科的故事》
1733—1740		出版报刊《赞成与反对》
1734	返回法国	《科尔雷恩教长》
1736	成为无神论者孔蒂亲王的指导神甫 与伏尔泰成为好友 出版大量历史作品	
1740	破产,逃往比利时和德国 结束与"朗齐"的关系	
1742	获准重返巴黎	
1745	到达意大利	
1746	与"女管家"德·让蒂定居巴黎附近 与卢梭成为好友 翻译理查森等作家的作品	15卷本《行记》
1763	逝世	

马塞尔·普鲁斯特

年份	生平事件	作品
1871	7月10日，出生于巴黎 父亲是一位医学教师 母亲出身上层资产阶级，是一位犹太人（让娜·韦尔）	
1880	初犯哮喘	
1889	毕业于孔多塞中学，通过会考	
1890	为获得仅服一年兵役的权利，提前入伍	
1895	学习法律 攻读文学学士学位 受聘于马扎然图书馆，但几乎未在那里当值 出入施特劳斯夫人和德·卡雅夫人的沙龙。认识不少人物：夏尔·阿斯（作品中的斯万?）、阿纳托尔·法朗士（作品中的贝尔戈特?）、罗伯特·德·孟德斯鸠（作品中的夏吕斯?）、马蒂尔德亲王夫人、格雷菲勒伯爵夫人、波利尼亚克夫妇、布朗科沃夫妇、卡拉曼－希迈夫妇	
1896		《欢乐与时日》 撰写《让·桑特伊》（出版于1952年）
1899	上流生活 结交许多人士，成为其日后作品的原型人物 德雷福斯派 与雷纳尔多·哈恩交往密切	
1900	翻译罗斯金的作品 威尼斯之行	
1903	荷兰之行 父亲去世	在《费加罗报》上发表一些有关上流社会的文章：《沙龙》
1904		翻译并研究约翰·罗斯金的《亚眠圣经》
1905	母亲去世 失望至极 身体虚弱	
1906	正式开始创作 认识出租车司机阿戈斯蒂奈利，后者成为他的"秘书"	
1909	紧张创作 每年，在卡布尔度夏	
1913		《在斯万家那边》（格拉塞出版社出版）
1914	阿戈斯蒂奈利乘坐飞机失事	
1916	与《新法兰西杂志》签订合同	
1918		《在少女们身旁》（获龚古尔文学奖）
1919	闭居于阿姆兰街一个门窗封闭严实的房间，由女管家塞莱斯特·阿尔巴雷照顾	《仿作与杂记》
1920		《盖尔芒特家那边》
1921—1922		《索多姆和戈摩尔》
1922	精疲力竭，感冒后拒绝医治，最终于11月18日离世	
1923		《女囚》
1925		《失踪的阿尔贝蒂娜》
1927		《重现的时光》

弗朗索瓦·拉伯雷

年份	生平事件	作品
约1494	可能生于希农附近	
1520	在丰特奈-勒孔特成为方济各会修士 认真学习希腊语和拉丁文。与纪尧姆·比代通信	
1524	来到马伊泽的本笃会修道院 成为若弗罗瓦·德·埃斯蒂萨克主教的秘书	
1528	"弃教":成为在俗教士 与一位寡妇生活,共生育两个孩子:弗朗索瓦和朱尼	
1530	在蒙彼利埃学习医学	
1532	成为里昂主宫医院的医生 与伊拉斯谟通信	《庞大固埃》
1533		《庞大固埃的预示》 《年鉴》
1534	陪同让·杜贝莱红衣主教抵达意大利	《卡冈都亚》 《古罗马地形》
1535	再次暂居罗马	《年鉴》
1537	返回蒙彼利埃,完成医学学业(博士)	
1539—1542	与其保护人皮埃蒙特大区区长纪尧姆·杜贝莱暂居都灵	
1541		《年鉴》
1543	索邦神学院查禁他的作品	
1544		《1544年的真正大预测》
1546	暂居梅斯,成为市长秘书(尚未归属法兰西王国)	《第三部书》
1547—1548	与让·杜贝莱红衣主教第三次游历罗马	
1549		《模拟战斗》(记述了罗马的一场庆典)
1551	加尔文猛烈攻击他,之后他成为本堂神甫	
1552	《第四部书》被查禁	《第四部书》
1553	4月9日,逝世于巴黎	
1554—1564		《第五部书》于其去世后出版

让·拉辛

年份	生平事件	作品
1639	生于拉费尔泰-米龙	
1641	母亲去世	
1643	父亲去世 祖父收留他	
1649—1659	祖父去世；拉辛成长于波尔-罗亚尔修道院的小学校	《颂歌集》
1661—1663	他的叔叔在于泽斯当代理主教，拉辛希望从他那里领取一份教士俸禄（宗教职位的收入），但未能如愿以偿	
1664	回到巴黎 与莫里哀和布瓦洛成为好友 得到王室奖金	《底比斯故事》
1665		《亚历山大》
1667		《安德洛玛克》
1668	拉辛的情妇、演员、迪帕克侯爵夫人逝世	《讼棍》（唯一一部悲剧）
1669	获得科尔贝尔的资助	《布里塔尼居斯》
1671		《贝蕾妮丝》
1672		《巴雅泽》
1673	入选法兰西学术院。获得一份法兰西国库官员的职位（在穆兰）	《米特里达特》
1675		《依菲革妮亚》
1677	与卡特琳娜·德·罗马内结婚 与布瓦洛共同成为国王史官（俸禄高达6000利佛尔）	《费德尔》
1679	投毒事件：拉瓦赞指责是拉辛毒杀了迪帕克侯爵夫人；事件被平息 重与波尔-罗亚尔修道院联系	拉辛的主要作品被翻译为外文
1683	陪同国王巡访阿尔萨斯 获得1万利佛尔的奖金	
1685	参加索镇举办的献给国王的庆祝活动 陪同国王巡访卢森堡	《和平牧歌》
1689	得以入住马尔利的王室府邸 与曼特农夫人往来密切	《爱丝苔尔》
1690	成为国王的御前常任侍从	
1691		《阿塔莉》
1693	陪同国王出征荷兰地区	
1694	参加大阿尔诺的葬礼 因支持波尔-罗亚尔修道院而受牵连	《宗教圣歌》
1699	于4月21日离世 葬于波尔-罗亚尔修道院，紧邻他的老师让·阿蒙	《波尔-罗亚尔简史》
1711	尸骨迁至圣斯德望堂	

阿图尔·兰波

年份	生平事件	作品
1854	生于沙尔维尔 两个妹妹先后出生 父亲是个军官,经常外出 母亲专制	
1865	天赋异禀的学生 写作一些拉丁文诗歌	
1870	老师伊赞巴尔发现他的才华,并给予指导 兰波多次离家出走,被视为叛逆的"野蛮孩子"	开始在《当代巴那斯》上发表诗歌
1871	受魏尔兰之邀,兰波抵达巴黎 与魏尔兰的妻子争吵	"通灵者"信件和《醉船》
1872	与魏尔兰一起离开 "地狱之季"	数篇诗歌(主要完成于两年间)
1873	魏尔兰用枪打伤他	撰写《地狱一季》和《彩图集》(年份不详)
1874	与日耳曼·努沃前往伦敦	
1875	再次与魏尔兰见面	
1876—1879	旅行(意大利、奥地利、荷兰、斯堪的纳维亚) 试图加入荷兰的殖民地军队 在巴塔维亚脱离部队	
1880	出发前往亚历山大港和埃塞俄比亚 从事各类商业活动	
1885	开始贩卖军火	
1886		《时尚》杂志刊登了1873年的作品
1889	抵达亚丁	
1891	仓促返回法国 截去一只腿 癌细胞扩散 于11月10日离世	
1895		作品全集首次出版

皮埃尔·德·龙萨

年份	生平事件	作品
1524	生于旺多姆的拉波松涅尔	
1533	在纳瓦尔中学读了一学期书	
1536	成为弗朗索瓦王太子（弗朗索瓦一世之子）的侍从，但不久王太子去世	
1537	成为夏尔·德·奥尔良（弗朗索瓦一世的三儿子）的侍从。跟随詹姆斯五世的妻子玛德莱娜·德·法兰西抵达苏格兰	
1539	再次短居苏格兰	
1540	双耳出现重听。行剃发礼，初衷是为领取教士俸禄，而非成为教士	
1543	短居都兰	
1544	与安托万·德·巴伊夫成为好友，跟随多拉学习希腊文	
1545—1550	成为坐落于圣热纳维耶夫山的高克雷学院的寄宿生，多拉在那里任校长	
1550		《颂歌集》
1552		《爱情集》（咏唱卡桑德尔）
1553		《嬉戏》
1554	成为"御用诗人"（亨利二世）。计划撰写《法兰西亚德》	《小树林》
1555		《杂诗集》《歌集》
1556		《爱情集续篇》
1557	兄弟克洛德去世，成为侄子们的监护人	
1558	远离宫廷，放弃撰写《法兰西亚德》，之后重被召回宫中，成为国王的指导神父	
1558—1559	开始生活在国王的保护下，成为宫廷诗人	
1560	领取教士俸禄，准备出版全部作品	《全集》出版
1562	反对胡格诺派，因而也受到他们的猛烈攻击	《时艰录》
1563		《对辱骂和诽谤的回应》
1564	和解。枫丹白露庆典。获赏图尔附近的圣科姆修院，并在那里接待王室成员	
1565—1569	陪同卡特琳·德·美第奇和查理九世母子出访外省。身患重病	
1565		《哀歌、假面舞会诗和牧歌》
1567		第二版《全集》
1569		第6和第7部《诗歌集》
1570	返回久别的宫中 结识埃莱娜·德·叙热尔	
1572		《法兰西亚德》前四部
1574	奉命写作（官方庆典等）。尽量远离巴黎。身患数病（痛风、风湿病），生活在位于乡间的修院中	
1578		改写《全集》，添加《埃莱娜的爱情诗集》
1585	去世（12月27日或28日）	

让-雅克·卢梭

年份	生平事件	作品
1712	出生 母亲去世	
1722	寄宿在朗贝斯耶家	
1724	在日内瓦当雕刻工	
1728—1731	生活漂泊不定	
1731	结识德·瓦朗夫人：在尚贝里和夏迈特生活时，两人关系亲密	
1742	抵达巴黎 与狄德罗成为好友	
1743	任驻威尼斯使馆秘书	
1745	开始与泰蕾兹·勒瓦瑟尔来往	第一部歌剧：《风流的诗神》
1749	参与编纂《百科全书》（音乐词条）	
1750		《论科学和艺术》
1752		第一部歌剧：《乡村卜师》
1754	抵达日内瓦 发誓弃绝天主教	
1755		《论不平等的起源》
1756	在埃米塔热，德·埃皮奈夫人收留他	
1757	与狄德罗和百科全书派反目	
1758		《致达朗贝尔论戏剧的信》
1761	身患膀胱疾病，试图自杀	《爱弥儿》 《社会契约》（很快遭查禁）
1762	不得不逃往莫提埃	《致马勒泽布先生的信件》
1764		《山中来信》
1765	被逐出莫提埃 抵达圣-皮埃尔岛	《科西嘉岛制宪意见书》
1767—1770		撰写《忏悔录》
1770	返回巴黎	
1771	与贝尔纳丹·德·圣皮埃尔成为好友	
1772		《植物学通信》 《对话录》
1776	希望将《对话录》的手稿存放于圣母院中	
1776—1778		《孤独漫步者的遐想》
1778	定居埃尔芒翁维尔，亡故于此	
1782—1789		出版《忏悔录》
1794	骨灰盒移入先贤祠	

多纳西安·阿方斯·弗朗索瓦·德·萨德

年份	生平事件	作品
1740	生于巴黎 开始军队生涯	
1763	退役 结婚	
1768	第一次丑闻事件发生 强奸一位妇女,复活节辱骂宗教 关押在拉科斯特城堡中	
1772	再次发生丑闻事件 遭妓女起诉,被判死刑 关押在米奥朗堡垒监狱中 越狱逃往意大利	
1775		《意大利游记》
1777	在巴黎被逮捕,关押在万桑监狱中	
1782		《所多玛的120天》
1784	大革命之前一直被关押在巴士底监狱	《美德的不幸》
1788		《欧仁妮·德·弗朗瓦尔》(出版于1795年)
1790	被释放,参加革命派的动乱 甚至成为革命法庭的法官	
1791		《朱斯蒂娜或美德的诸多不幸》
1794	被判施以断头刑,但因罗伯斯皮尔下台而获救	
1795		《闺房中的哲学》
1797	生活几近赤贫	《朱丽叶的故事或罪恶的兴盛》的续集《新朱斯蒂娜》
1800		《爱情之罪》
1801	被逮捕并关押在圣佩拉吉和沙朗东	
1814	去世于巴黎	

圣-琼·佩斯

年份	生平事件	作品
1887	出生于瓜德普罗，原名亚历克西·圣莱热·莱热。童年自由自在，亲近自然（马术和帆船运动）	
1895	妹妹去世	
1895—1899	入读皮特尔角城中学。瓜德罗普发生经济危机：佩斯的家庭因此致贫，决定返回法国本土	
1900—1905	定居波城。学业优异。结识弗朗西斯·雅姆。开始在波尔多学习法律	
1906	与克洛岱尔成为好友。在波城服兵役。生活中喜爱运动（爬山、游泳）	
1907	父亲突然病故	
1909	继续学习法律并毕业。在雅克·里维埃的帮助下，与《新法兰西杂志》保持联系。热爱音乐	
1911		《颂歌》
1911—1914	多次外出旅行（西班牙、英国），并结识纪德、瓦莱里。通过外交部的录取考试	
1916—1921	第一份工作便是远赴中国。穿越整个中国。途经日本和美国返回法国	
1924		《阿纳巴斯》
1925—1932	任外交部长阿里斯蒂德·白里安的办公室主任。外交活动频繁	
1933—1939	任外交部秘书长	
1940—1941	被维希政府罢免所有的官衔和权力。定居美国	
1944	重新加入戴高乐政府	《流亡集》
1945	穿越美国的长途旅行。热爱动植物	
1946		《风》
1948	母亲去世于法国。获得美国永久居留权	
1950	领取大使退休金。在大西洋彼岸享有极高的文学声望。脚步不停地外出和航行。研究鸟类。积极参加"生态"运动	
1957	他的朋友们和崇拜者们送给他一处位于普罗旺斯的房子（日安半岛）。返回法国	《航标》
1958	结婚。每年夏天都住在日安半岛的寓所里	
1959	获得法国国家文学大奖	
1960	获得诺贝尔文学奖。声名远播，作品受热捧并被译为多国语言	《纪事篇》
1962	旅行、讲座、研究自然成为他的生活内容	《群鸟》
1963	在欧洲各地巡游，主要停留意大利。之后逐渐回归孤寂的生活	
1969		《那边的她唱出的歌》
1971		《春秋分之歌》
1975	遐迩闻名的佩斯与世长辞	

乔治·桑

年份	生平事件	作品
1804	生于巴黎,原名奥萝尔·迪潘	
1808	父亲去世 在诺昂市度过童年,就读于巴黎	
1822	与卡西米·迪德望结婚 多次外出旅行,并频繁短居诺昂	
1831	与丈夫分居,主要生活在巴黎 与于勒·桑多、阿尔弗雷德·德·缪塞、夏尔·迪迪埃往来	
1832		《安蒂亚娜》
1833		《莱莉亚》
1837	母亲去世 与肖邦往来 赴马略卡岛旅行	
1840		《木工小史》
1842	与德拉克鲁瓦成为好友 关注乌托邦社会主义的思想	《康素爱萝》
1845		《安吉堡的磨工》
1846	离开肖邦	《魔沼》
1848	参与政治活动 支持大革命,之后返回诺昂	《弃儿弗朗索瓦》
1849		《小法岱特》
1852	反对拿破仑二世 与莫里斯·芒索往来 多次外出旅行,创作大量小说作品	
1853	与福楼拜和屠格涅夫成为好友	《笛师》
1854		《我的自传》
1858		《金林的爵爷》
1862		《拉坎蒂尼小姐》
1876	6月8日,在诺昂离世	

让-保罗·萨特

年份	生平事件	作品
1905	生于巴黎	
1924	就读于巴黎高等师范学院	
1933—1934	短居柏林,接触现象学	
1937	在塞纳河畔纳伊任哲学教师	《论自我的超越性》
1938		《恶心》
1939		《墙》
1940	成为战俘	《想象》
1943	成为《战斗报》的记者,与加缪一起工作	《苍蝇》《存在与虚无》
1944		《禁闭》
1945	创办杂志《现代》	《不惑之年》《延期执行》
1946		《存在主义是一种人道主义》《死无葬身之地》《可敬的妓女》《犹太问题思考录》
1947	与雷蒙·阿隆不和	《境遇集1》《波德莱尔》
1948		《脏手》《境遇集2》《巧合》
1949	同莫里亚克论战	《痛心疾首》《境遇集3》
1951		《魔鬼与天主》
1952	与加缪不和,亲近共产党人	《圣徒热奈,演员与殉道者》
1953		《凯恩》
1954—1955	远行苏联和中国	
1955		《涅克拉索夫》
1959		《阿尔托纳的死囚》
1963		《文字生涯》
1964	拒绝接受诺贝尔奖	《境遇集4、5、6》
1965		《特洛亚妇女》《境遇集7》
1968	支持学生运动:散发毛泽东主义的报刊《人民事业报》	
1971	主编报纸《革命》	《家庭的白痴》
1972		《境遇集8、9》
1973	创办日报《解放报》	
1976	双目失明	《境遇集10》
1980	于巴黎离世	

保罗·斯卡龙

年份	生平事件	作品
1610	生于巴黎	
1629	成为修士	
1633	依附于芒斯主教	
1638	出现瘫痪症状	
1640	定居巴黎 成为"职业"作家	
1644		《堤丰或巨人之战》（滑稽史诗）
1645		《若德莱或主仆合一》（喜剧）
1647—1648		《滑稽作品》 《乔装后的维吉尔》
1651		《马扎然之歌》 《滑稽小说1》
1652	与弗朗索瓦斯·多比涅（后来被封为曼特农夫人）结婚	
1653	从富凯处领取年金（每年1600利佛尔）	
1655		《短篇小说集》 《滑稽故事》
1657	经济拮据	《滑稽小说2》
1660	去世	

莫里斯·塞夫

年份	生平事件	作品
1501	大概生于这一时期 出身于里昂的一个有权势的富裕大家族：父亲在当地担任要职 学习扎实的希腊文、拉丁文、西班牙语、意大利语 法律博士	
1533	认为彼特拉克笔下劳拉的坟墓藏匿于阿维尼翁的一座教堂中	
1535	结交艾蒂安·多莱 与马罗成为好友 翻译作品	《弗拉迈克的可悲结局》（改编薄伽丘的作品）
1536	参加细描诗赛 迷恋佩尔内特·杜吉耶 参加追悼弗朗索瓦王太子亡故的诗歌集创作	
1536—1539		《细描诗集》（眉黛、泪花、额头、玉颈、气息）
1537	佩尔内特出嫁他人 撰写诗歌，追记强烈却破灭的爱情	
1544		《德莉，至高美德的对象》
1545	佩尔内特去世 孤寂的避世生活，颂扬在巴布岛的冥思生活	
1547		《田园诗，孤独生活牧歌》（歌颂乡间冥思生活）
1548	到达里昂，为亨利二世驾临里昂筹备	
1562	撰写《小宇宙》 之后，便杳无音讯	《小宇宙》（三卷本，共1000诗行，关于世界起源、宇宙论、科学和进步）
约1564	去世	

克洛德·西蒙

年份	生平事件	作品
1913	生于塔那那利佛（马达加斯加）的一个军官家庭	
1914	8月，父亲在凡尔登战役中牺牲 母亲独自抚养她长大，生活在佩皮尼昂大区	
1924—1925	母亲患癌症去世。自此，西蒙由外祖母教养	
1925—1930	先后就读于佩皮尼昂中学、巴黎圣路易中学	
1931	开始学习绘画和摄影	
1934	服兵役	
1936	在巴塞罗那，加入反佛朗哥阵营。之后，数次游历中欧各地	
1939	入伍参军，被德军俘虏，从萨克森地区逃出，再次抵达佩皮尼昂。之后，到达巴黎，加入抵抗运动	
1945	继承鲁西隆地区的地产，种植葡萄，利润十分可观	《作弊者》
1960	批评界把他划给为新小说派。他的写作方式倾向运用停滞不前、混乱、间断和陷入困境、历史意象的方式	《弗兰德公路》
1966		《女人》
1967	在有关法国人有权拒绝参加阿尔及利亚战争的《121人宣言》上签字 获得美第奇奖	《历史》
1969		《法萨尔战役》
1975		《常识课》
1981		《农事诗》
1983		《贝雷尼丝的秀发》
1985	获得诺贝尔文学奖	
1986	将自己的作品定义为仿照普鲁斯特和福克纳的"情绪大杂烩"	《斯德哥尔摩演讲》
1989		《洋槐树》
1995	与日本诺贝尔奖获得者大江健三郎论战，他支持法国恢复核试验	
1997		《植物园》
2001	身患癌症	《有轨电车》
2005	7月6日，逝世	
2006	七星文库收录其全部作品并出版	
2010	2011年，《弗兰德公路》成为高等师范学院考查内容之一	

让·德·斯蓬德

年份	生平事件	作品
1557	生于莫雷翁（位于巴斯克地区）。父亲是一位加尔文派的律师，胡安娜三世的秘书	
1565—1575	就读于莱斯卡	
1580	在巴塞尔跟随泰奥多尔·德·贝兹学习古代历史、炼金术、哲学	
1582	返回纳瓦尔宫廷中 阅读马罗翻译的《圣诗集》	
1583	成为亨利·德·纳瓦尔的谋臣	
1588		《圣诗沉思录》 《基督教诗歌随笔》
1589	抵达巴黎，被天主教联盟关押 释放后，成为拉罗什军队的中将	《评赫西俄德》
1592	离开自己的职务，失去亨利四世的宠信	
1593	皈依天主教（不再宠信他的国王也皈依天主教）	《罗马教廷天主教徒对改革派新教徒的回复》（及其他论及斯蓬德信仰的作品）
1594	在图尔，再次被捕，似乎两派都不信任他	
1595	退隐波尔多，生活贫困，英年早逝，享年38岁	

| 亨利·贝尔，笔名司汤达 |||
年份	生平事件	作品
1783	生于格勒诺布尔	
1790	母亲去世 "拉亚纳的专横时期"（他的家庭教师是拉亚纳神父） 厌恶父亲，天性不服约束 得到思想"贤明"的外祖父加尼翁的保护	
1796	就读于格勒诺布尔的中央学校	
1799	抵达巴黎 放弃考取巴黎综合理工学院	
1800	得到叔叔达吕的帮助 追随波拿巴的军队前往意大利（担任少尉）	
1802	离开军队 热爱音乐和戏剧 在格勒诺布尔和马赛经历多段交情	
1806—1813	追随拿破仑，作为军需官参加多场战役，后遭遇在俄国的溃败 复辟王朝时期，他的军事生涯结束	
1817		《罗马、那不勒斯和佛罗伦萨》
1818	短居米兰，数次外出游历；之后，他与浪漫主义作家往来密切 倾心于梅蒂尔德·当博斯基	
1822		《论爱情》
1823		《拉辛与莎士比亚》
1825	结束意大利之行 梅蒂尔德去世 数次短居英国	
1827		《阿尔芒丝》
1829		《罗马漫步》
1830		《红与黑》
1831	几年艰苦生活过后，终于谋得一份驻外领事的工作（意大利：的里雅斯特、奇维塔韦基亚）	
1832		《自恋者回忆录》
1833		发掘一些意大利手抄本
1834	结识缪塞和乔治·桑	开始撰写《亨利·布吕拉的生平》。《吕西安·娄凡》（未完成，出版于其去世后）
1835	被授予法国荣誉军团勋章	
1837	返回法国	撰写《意大利遗事》（出版于1839年）
1838		撰写《帕尔马修道院》（出版于1839年）
1839	与梅里美同游那不勒斯	开始撰写《拉米埃尔》（未完成，出版于1842年）
1842	3月15日，猝死	

于勒·叙佩维埃尔

年份	生平事件	作品
1884	生于蒙得维的亚（乌拉圭）。不久，其父母意外身亡（中毒）	
1887	由其伯父与伯母抚养	
1894	得知抚养人并非自己的亲生父母 面临身份认同困惑："我是一个外来者" 在巴黎读中学（詹森萨伊中学）	
1901	返回南美居住两年	
1906	获得西班牙语学士文凭 其父母的银行收益为他提供了一份定期收益	
1907	结婚	
1909	短居乌拉圭	
1914	入伍参军 在"第2局"工作	
1919	居于巴黎，定期返回南美 物质生活富足	
1922		《码头》
1923	友情与文学活动（纪德、瓦莱里、波扬、米肖、里维埃、埃蒂安布勒、《新法兰西杂志》等）	《潘帕斯草原的汉子》
1925		《万有引力》
1926		《拐孩子的人》（小说）
1929		《高海上的孩子》
1930		《无辜的苦役犯》
1934		《陌生的朋友》
1938		《诺亚方舟》 《世界的童话》
1939—1946	"二战"期间，一直居于乌拉圭 被任命为乌拉圭驻巴黎文化专员 患心脏病	
1941		《苦难的法兰西之诗》
1949		《健忘的记忆》
1951		《出生》
1955	获得法兰西学术院大奖	
1959		《悲惨的身体》
1960	于5月17日离世	

保罗·瓦莱里

年份	生平事件	作品
1871	生于塞特	
1884	定居蒙彼利埃。阅读大量书籍,主要是象征主义者的作品(魏尔兰、于斯曼等)	
1887	通过会考。父亲去世	
1888	开始学习法律	
1890	与皮埃尔·路易成为好友,后者为他引荐多位作家(纪德、马拉美、埃雷迪亚等) 与德彪西往来密切	
1892	经历"不安之夜":因激情难以满足且情感痛苦,决定让感觉服从理性,致力于知识活动	
1895	成为军队部的公文拟稿员。与德加往来。与马拉美成为好友	《达·芬奇方法导论》
1896		《与泰斯特先生共度的夜晚》
1898	马拉美逝世	
1900	与贝尔特·莫里索的外甥女雅妮·戈比亚尔结婚。成为哈瓦斯通讯社的主管爱德华·勒贝的秘书和亲信	
1908	开始整理和誊写他的《笔记》。生活在所谓的"知识隐修院"中。勤奋创作,但也经常气馁	
1912	纪德和伽利玛要求他出版一首诗歌	
1914—1918	与纪德关系亲密。撰写《年轻的命运女神》	
1919	小有成就。写作大量作品,主要是为一些杂志撰稿(《韵文与散文》《新法兰西杂志》等)	《那喀索斯断篇》《皮提亚》《圆柱之歌》
1920		《海滨墓园》《旧诗稿》
1921	《知识》杂志称他为在世的最伟大诗人。结识里尔克	《欧帕里诺斯或建筑师》
1922	勒贝去世。瓦莱里从此以写作为生。开始在整个欧洲演讲(直至去世前)	《幻美集》
1924		《文艺杂谈》
1926		《水仙》《罗盘针上之诸点》
1927	母亲去世。入选法兰西学术院。成为某种意义上的官方知识分子,即他所说的"国家诗人"。成为法国笔会的主席。地中海大学中心的管理人等	《论司汤达》
1929		《文艺杂谈2》
1931		《当今世界一瞥》
1936		《文艺杂谈3》《德加·舞蹈·素描》
1937	成为法兰西学院的诗歌讲师,该职位专为他创建	
1938		《文艺杂谈4》《象征主义的存在》
1941	为法兰西学术院的伯格森撰写赞歌。受到维希政府的怀疑。加入作家国家委员会	《如是》《论伯格森》
1943		《如是2》
1944		《文艺杂谈5》
1945	7月20日,逝世。举行国葬。葬于赛特的"海滨公墓"	《我的浮士德》

保罗·魏尔兰

年份	生平事件	作品
1844	生于梅斯	
1851	定居巴黎	
1862	中学会考及格 出入文学咖啡馆 欣赏巴那斯派	
1865	父亲去世 成为初级办事员 酗酒，殴打母亲，梦想与马蒂尔德·莫泰保持纯美爱情	
1866		《农神体诗》
1869		《佳节集》
1870	与马蒂尔德结婚 夫妻间常发生家暴	《美好的歌》
1872	与兰波先后逃往英国和比利时	
1873	射伤兰波（中弹两发） 入狱两年	
1874	马蒂尔德与他离婚 牢狱中，魏尔兰逐步改变。成为一所天主教中学的教师	《无言的情歌》
1878	生活更为寂静 与一位学生雷蒂努瓦	
1881		《明智集》
1883	母亲去世 酗酒，日益消沉	《被咒诗人》
1884		《往日和不久以前》 《并行集》
1888	数次住院治疗 大器晚成 被选为"诗坛泰斗"，举办几次演讲	
1896	1月8日，逝世	《忏悔集》

阿尔弗雷德·德·维尼

年份	生平事件	作品
1797	3月27日,出生于洛什 出身于一个军官和海滨贵族家庭	
1810	就读拿破仑中学,备考巴黎综合理工学院	
1816	军事生涯开始(驻扎凡尔赛、库尔贝瓦和奥尔泰)	
1826		《古今诗集》
1827	婚后一年退役 与女演员玛丽·多瓦尔往来	
1829		《威尼斯的摩尔人》
1832	被染霍乱 频繁的文学活动	《斯泰洛》
1835		《查铁敦》 《军事奴役与荣誉》
1838	母亲去世;与玛丽·多瓦尔断交;隐居迈讷-吉约城堡(夏朗德)	
1839	伦敦之行	
1841	接连落选法兰西学术院,但最终于1845年成功入选	
1848	惨败于夏朗德众议员竞选	
1851	尽管不遗余力的尝试,但是依然不被拿破仑三世赏识	
1860	身患肿瘤	
1863	去世于巴黎	
1864		《命运集》(遗作)

弗朗索瓦-玛丽·阿鲁埃,笔名伏尔泰

年份	生平事件	作品
1694	原名弗朗索瓦-玛丽·阿鲁埃,出生于一个富裕的资产阶级家庭,父亲是一位公证员	
1701	母亲去世	
1704	就读耶稣会掌管的路易大帝中学。与文学阶层和放荡主义者往来频繁	
1717	因创作反对摄政王朝的诗歌而被关入巴士底狱	
1718		以伏尔泰为笔名创作悲剧《俄狄浦斯》
1723		《亨利亚德》(1728 年,出版于伦敦)
1726	与罗昂骑士发生争执。1735 年前,一直流亡英国	
1729	短居巴黎	
1731		《查理十二史》
1732		悲剧《扎伊尔》
1733		《趣味的圣堂》
1734	到达西雷,住在夏特莱侯爵夫人家中	《哲学通信》
1736		《上流人士》
1738		诗歌《论人》
1740	柏林之行	
1741		《穆罕默德或狂热》
1745	获赦免,返回法国,定居巴黎	
1746	入选法兰西学术院	
1747		故事《查第格》
1748		故事《如此世界》
1749	夏特莱侯爵夫人去世	
1750—1753	暂时供职于普鲁士国王腓特烈二世身边	
1752		哲理故事《小大人》
1755	在瑞士购买他称之为"乐园"的房产,并定居此处	
1756		《里斯本灾难诗歌》《论风俗》
1758	购买瑞士附近的费尔内的一处地产	
1759		《老实人》
1760	最终定居费尔内	
1761	与卢梭不和	
1762	介入卡拉斯事件	
1763		《论容忍》
1764		《哲学辞典》
1766		《记骑士拉巴雷之死》
1767		《天真汉》和其他多部故事
1770—1774		《百科全书上的疑问》
1772		《给贺拉斯的诗体信:我成为有益之人,这是我的唯一作品》
1775	得到杜尔哥的资助	
1778	荣归巴黎 5 月 30 日,去世	悲剧《伊雷娜》
1791	骨灰盒移入先贤祠	

埃米尔·左拉	
年份	生平事件[1]
1840	生于巴黎的一个移民家庭，父亲是意大利工程师
1843	定居艾克斯 生活贫困
1847	父亲去世 历经多次上诉，母亲依旧无经济来源
1859	会考失败 放弃学业 从事各种职业
1860	失业，生活几近贫苦
1861	加入法国国籍
1862	被阿歇特出版社录用，之后成为一名记者
1864	与画家（尤其是后来的一些印象主义画家）往来频繁
1866	与马奈和福楼拜成为好友
1870	结识都德、屠格涅夫、莫泊桑和龚古尔兄弟
1877	《梅塘之夜》创办，自然主义开始多次发表宣言
1880—1890	尽管健康状况堪忧，但依然高强度工作
1894	德雷福斯案件
1895	成为文人协会主席
1897	坚信德雷福斯无罪，左拉为其积极奔走
1898	因诽谤罪，被判入狱一年 流亡伦敦 撤销其法国荣誉军团勋章
1899	返回法国 第二次判刑，之后德雷福斯被赦免
1902	窒息而死，死因依然成谜

---

[1] 左拉作品目录请见第298—301页表格。

概览图

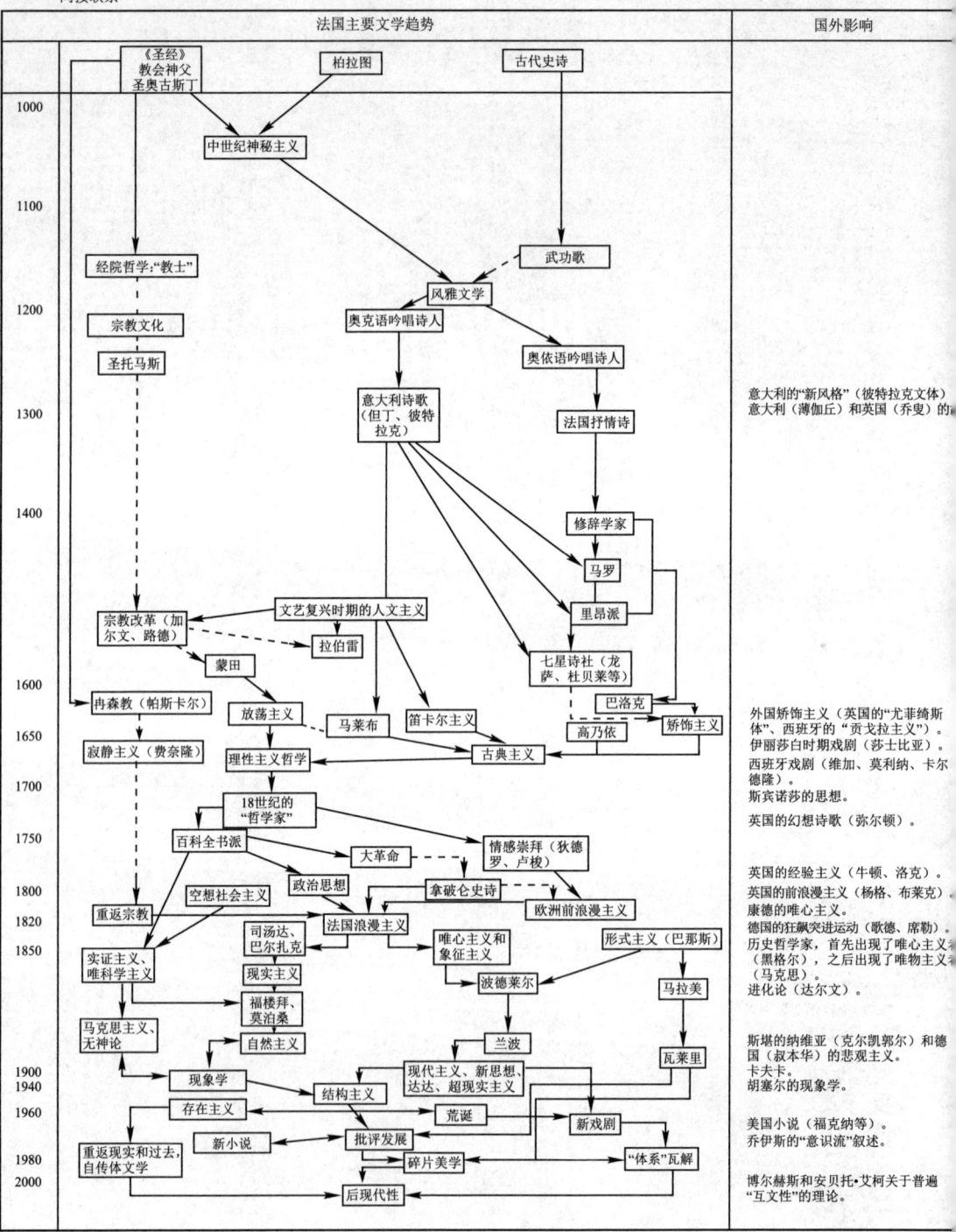

索引

537 # 基本概念索引①

A

absurd 荒诞：77、169、197、203、231、235、280、323、346、363、368、370—380、382、448—449、533；另见"荒诞戏剧"（théâtre de l'absurde）

allégorie 讽喻、allégorique 讽喻的：41、50、208、309、354、372、376、381—382、480

analogie 类比：269、306、351

Anciens 古代人、古代经典作家、崇古派：19、60、91、93、97—98、109、113、116、155、166—167、194—195、199、225、490、523

anthropocentrisme 人类中心主义：137

antillanité 安的列斯性：451

antinomie 悖论、antinomique 相互矛盾的：121、147、346

antithèse 反衬：89、95、122、147、200

aphorisme 格言：160、385、390

apologie 颂扬：38、51、101、140、149、154、162、191—192、202、207、222、245、261、337、339、352

architexte 原型文本：425

art nouveau 新艺术：128、272、290、307、348—349、353、457

art pauvre 贫穷艺术：329

Art pour l'Art (L') 为了艺术而艺术：257、287

athéisme 无神论：120、136、138、183、207、412、508

autobiographie 自传、autobiographique 自传体：51、111、135、145、173、214、221、224、237、260—262、265、274、281—282、286、302、327、340、352、357、362、364、371—372、379、386—388、393、429、431—432、435、438、442、479、533

autofiction 自我虚构：428、430、443

---

① 本部分页码为原书页码，即本书页边码。——编者注

B

baroque 巴洛克：63、95—97、100、111、117、121—123、125—128、131—133、137—139、141、156、162、165、201、267、341、346、364、425、427、489、533

biographie 传记、biographique 传记体：47、262、289、340、348—349、363、375、387—388、403、424、426、442

burlesque 滑稽：45、54、79—80、111、123、133—136、138、151、293、520

C

chanson 歌曲：11、23、25、28—32、40、47—51、53、96、130、267、269、344、374、383、392、433、486；另见"武功（歌）"［geste（chanson de）］

classicisme 古典主义：93、111、113、120、123、126、128、139、259、271、186、353、533

clerc 教士：25—26、34—35、37、39、43、51、69、532

comique 喜剧性/诙谐：21、27、36—37、39—42、77、79、111、113、115、134—135、140—141、152、154—156、201、226、228—229、272、293、382—383

communisme 共产主义：322、328、337、356—358、360、363—364、370、387、400、404、421、458、466、476、481、519

confession 忏悔：51、73、89、161、222、286、338、353、386—387、428

consumérisme 保护消费者权益运动、consumériste 消费者：324、394、441

conte 故事：15、25、32、35—36、74、77—78、81—83、144、160—162、181、192—193、195、203、213—214、230、235、245、247、264、267、287、292、302—305、365、434、441、452、460、488、490、499、504、529

correspondance 通信：86、116、122、161、172、185、193、195、197、202、217—218、224、233—234、460、479、506

correspondances 应和：263、268、290—291、306、351

cosmopolite 世界主义者、cosmopolitisme 世界主义：73、172—173、195、235、259、336

cruauté 残酷：另见"残酷戏剧"（Théâtre de la cruauté）

culturel 文化的、文化领域：31、54、68—72、84—85、87、117—118、138—139、162、167、336、364、392、294、403、421—423、425、451

culture-monde 世界文化：422—423

D

Dada 达达派、dadaïsme 达达主义：319、331、349、354—355、358、363、380、413、458、466、

476、533

décadentisme 颓废主义：257、312

décloisonnement 消除隔阂：425

déconstruction 解构：138、375、390、423、444、446—447

désenchantement 醒悟：113、144、310、324、350、422、424、427

déterminisme historique 历史决定论：197

déterminisme universel 世界决定论：203

dialogisme 对话主义：393

didactisme 说教性：380

diversité (de la littérature)（文学的）多样性：452

dogmatique 教条主义的、dogmatisme 教条主义：14、120、172、233、355

drame 正剧：42—43、157、159、207、224—226、228、230、247、257、265—266、268、271—273、293、305、343—344、346、351、367、441、448、457、462、508

E

écologie 生态：394、400

Écriture-Femme 女性书写：432

éditeur 出版商、出版社：84、118、257、420、422

édition 出版、版本：69、192—193、259、336、338、394、420、443、453

égotisme 自恋：245、282、352、524

élégie 挽歌：91、159、224、386

éloge 颂歌：42、79、166、202、212、355、388、521、526

empirisme 经验主义：191、195、533

engagement 介入活动：80、102、183、195、205、209、265、310、323、340、356—358、362—364、369—370、388、421、423、442、466

épicurisme 伊壁鸠鲁主义：72、93

épique 史诗的：15、28、93—94、156、203、270—271

épistolaire 书简：131、160、217—219。另见 "书信体（小说）" lettres (roman par)

épopée 史诗：11、13、28—30、46、94、133、167、255、264、270—271、310、437、520、533

esprit nouveau 新思想：61、71、74、78、195—196、199、341、347、352、457、533

éthique 伦理：113、155、361、388、393

euphuisme 尤菲绮斯体：128、533

évangélisme 福音主义：71、77、81—82、505

基本概念索引

existentialisme 存在主义、existentialiste 存在主义的：323、337、352、364、369—373、420、519、533

exotisme 异域主义：185、215、224、228、288、344、347

F

fait divers 社会新闻：83、125、155、161、281、296、302—303、305、387、440—441

farce 闹剧：37、40—42、140、152、200、227、345—346、367、381、505

féminisme 女权主义、féministe 女权的：53、86、129—130、217—218、226、234、284、326、366、372、389；另见"女性书写"Écriture-Femme

féodalité 多产性：10、13、24、28、37、39、46

formalisme 形式主义：287—289、533

fragment 碎片、fragmentation 碎片化：101、117、122、138、145、147、149、208、292、348、354、387、389—390、440—441、446—447、533

francophonie 法语区：392、451—453

G

genres 类别、类型；体裁：17、19、25、49—50、70、74、160、232、260、425、442

géocentrisme 地球中心说：117、137

geste（chanson de）武功（歌）：11、19、25—30、35、532

globalisation 全球化：421、440

gongorisme 贡戈拉主义：533

H

hédonisme 享乐主义：324、442

hermétisme 晦涩难懂：50、85、308、358、425

Histoire 历史、历史学、histoire 历史、故事：23、37—38、45、115—116、169、172—173、189、196—197、202、212—213、229—230、244、246、253、255—256、260—262、271、274、283—286、336、341、362—363、379、387、393、410、423、425—426、435、437—438、441、452、459、522、533；另见"回忆"（mémoire）

histoire comique 滑稽故事：134—135

humanisme 人文主义、humaniste 人文主义者、人文主义的：19、58、60、70—71、73、75—76、78、81—84、86—89、91—92、95、97、100、155、341、361、363、366、371、373、423—

424、427、435、451、494、505、519、532

humour 幽默：75、131、160、162、169、173、196、269、273、307、340—342、356—357、368、374、382、421、432—433、439、444、449

Hussard 轻骑兵：373—374、432—433

I

idéalisme 理想主义、唯心主义：51—52、85、89、132—133、307、340、533

idéologie 思想体系、idéologue 观念学家：10、24—25、28、34、39、144、147、151、154、166、186、196、209—210、233、256、258、281、287、324、328、336—339、363—364、370、374、380、384、424、440、451

innutrition 无意识的灵感源泉：70、90

internet 互联网：394、406、408、421—423、428、453

intertextualité 互文性：338、533

ironie 讽刺：49、51、83、149、160、165、185、205、257、265、281、287、295、340、342、424、433、442、445

irrationalisme 非理性主义：249、257、423

italianisme 意大利风格：60、70—71

J

journal 日记、报纸：91、120、145、199、214—215、234、257、260、264、283—285、296、302—303、311、347、353、362、371、386—387、422、428—429、431—432、442—443、448、451

L

lettres（roman par）书信体（小说）：160、163、215、217—218、235；另见"书简"（épistolaire）

lettrisme 字母派：444

libelle 诽谤短文：222、480

libéralisme 自由主义：196、201、450

libertin 放荡的、libertinage 放荡：111、123、130、134—137、139、152、160、172、178、193、201、216、219、226—227、238、273、323、373、474、529、533

lipogramme 避用某字母的作品：374、384

littérarité 文学性：391、447—448

Lumières 启蒙运动：166—173、194—195、214、232、259

lyonnaise 里昂派：166—173、194—195、214、232、259

lyrique 抒情的、lyrisme 抒情：13、17、21、26—28、32、43、46—53、55、74、91、98、126—127、138、164、209、218、223、260—262、264—265、271、285、288—289、294、341—342、344、346、348、358、360、365、367、372、384—386、388、389、393、425、431、436、443、446、448、491、532

M

matérialisme 唯物主义、matérialiste 唯物主义的、微微主义者：136—137、207、209、283、305、346、533

médiatisation 媒介化：442

Mémoires 回忆录：38—39、135、145、173、189、217、228、233、236、261—262、272、375、437

mémorialiste 回忆录作者：21、38、84、173、258

merveilleux 神奇的：30、32、81、97、125、159、167、259、261、291、303、359、365

métaphore 形而上学、métaphorique 形而上学的：55、89、159、341、351、384、424、432、440、447

militantisme 战斗精神：191、360、369、466—467、508、517

Modernes 厚今派：109、113、116、162、166—167、199、226、229、487、490、497

modernité 现代性：256、290—291、328、342—343、347—348、350、354、368、374、393、447

moi（culte du）自我（崇拜）：245、254、258、310、339、428

mondialisation 全球化：326、414、422、424、433、443、450—451、453

mythe 神话：33、38、54、93、96、141、171、259、267—268、295、297、303、338、346、355、360、365、367、369、371—373、375—376、390、426、437、450

mythologie 神话学、mythologique 神话的：74、90、124、154、156、159、170、208—209、225、268、271、327、353、375—376、390、407、426—427、437、493

N

narcissisme 自恋：343、388、393

naturalisme 自然主义、naturaliste 自然主义者、自然主义的：194、249、256—257、293、295—297、302、305、310—312、344、360、499、517、530、533

néologisme 新词：128、430

nihilisme 虚无主义：138、259、294—295、355—356、440

Nouveau Roman 新小说：138、207、325、328、334、337、375—380、421、423—424、429、449、493、522、533

nouvelle 中短篇小说：125、140、144、162—163、165、303—305、371、373、435—436

numérique 数字的、numérisation 数字化：394、403、405、411、417、421—422、445

O

objectivisme 客观主义：444—445

occultisme 神秘主义：270

oulipien 乌力波成员、乌力波的、Oulipo 乌力波：335、374、381、384、423、444

P

pamphlétaire 抨击文章的作者：173、234、265、311、323

panthéisme 泛神论：366

parnasse 巴那斯、parnassien 巴那斯派、巴那斯的：288—289、306—307、353、495、527、533

parodie 仿讽作品：35—36、41、80、123、133—134、138、203、227、424

pastiche 仿效：77、80、234、342、349、364、374、510

pathétique 悲怆哀婉：32、43、46、54、99、124、126、142—143、156、164、207—208、218、225、273、280、442

périphrase 迂回说法：159

pessimisme 悲观主义：51、97、111—112、118、126、138、143、147、158、160、165、193、224、228、266、274、288、295、302、305、311、321、368、383、392、422、437、533

polémique 论战：19、93、130、134、143、145、149、151、171、182、192、201、211、220、256、285、339、356—357、362、423、428、437、498、500、507、519、522

policier (roman) 侦探（小说）：391、427、435

polysémie 一词多义：353

populaire (roman) 大众（小说）：247、257、260、274—275、435

portrait 肖像描写、肖像猜谜、肖像：118、123、130、133、138、144—145、160—161、165、169、171、199、202、215、262、277、280、282、286、293、442、489、492

positivisme 实证主义、positiviste 实证主义者、实证主义的：245、258、280、283、286—287、292、296、305—306、311、339、533

postmoderne 后现代的、postmodernité 后现代性：329、338、393、421、425、533

préciosité 矫揉造作、矫饰主义：90、118、120、123、128—130、132—134、160、307、312、533

psychocritique 精神分析：391、420

R

rationalisme 理性主义、rationaliste 理性主义的、理性主义者：136、172—173、191、194、196、

206、209、218、235、259、283、305、344、533

réalisme 现实主义：41、133—134、140、155、163、199、203、208、214、228、236、256、274、281、292—295、327、339、344、351、364、374、378、393、458、533

réaliste 现实主义者、现实主义的：125、131、207、214、226、249、271、280、292—293、340、345、376、388、430

récit 叙述：28、81、97、215、229、236—237、275、284、352—353、379、386—388、430—431、440、533

réécriture 重写：101

Résistance 抵抗运动：357、369—371、373、385、439、458、476、496、522

rhétorique 修辞：11、45、52、82、90、133、232—233、390、465

rhétoriqueur (grand)（大）修辞学家：21、52—55、74

roman 小说：另见"书信体（小说）"[lettres (roman par)]、"侦探（小说）"[policier (roman)]、"大众（小说）"[populaire (roman)]

roman-fleuve 长河小说：132、162、361

romantisme 浪漫主义：48、83、93、216、247、255—256、259、261—168、271、274—283、285—289、292—293、374、390、533

S

salon 沙龙：84、118—119、123、129、131、144、151、160—161、166、182、193—194、196、200—201、217、219、224、232、234—236、259、265、271、274、497、499、503、510

satire 讽刺：15、35、37、41、51、79、88、92、113、115—116、123、130、133、144、151—152、172、216、228、293、305、312、344、383、480

scepticisme 怀疑主义：70、103、136、191、203、266、352

science-fiction 科幻：137、230、303、329、336、391、400、424、427、433—434、436—437

scientisme 唯科学主义：508、533

scolastique 经院派：69、71、77、532

sensualisme 感觉主义、sensualiste 感觉主义者、感觉主义的：209、221、223

sexualité 性欲：36、89、96、127、207、302、309、386、433

sida 艾滋病：400、424、429—430、449

socialisme 社会主义、socialiste 社会主义者、社会主义的：171、198、250、258、270、275、283—285、296—297、302、310、343、362、364、416、458、508、518、533

sotie 滑稽剧：15、40、42、353

spiritualisme 唯灵论：258、339

structuralisme 结构主义、structuraliste 结构主义者、结构主义的：337—338、389、420、424、533

subjectivisme 主观主义：287、310—311、445

surréalisme 超现实主义、surréaliste 超现实主义者、超现实主义的：130、237、267、309—310、319、321、331、336—337、341、346、349、353—360、364、367、374—375、381、383、385、445、457—458、465—467、476、533

symbolisme 象征主义、symboliste 象征主义者、象征主义的：46、249、256、263、287、291、305—308、311、340—342、345、348、359、526、533

synesthésie 联觉：291

T

tautologie 重言式：450

textualité 文本性：380、424

théâtre de L'absurde 荒诞戏剧：449

théâtre de la cruauté 残酷戏剧：357、367

thriller 惊悚读物：435

tiers-mondisme 支持第三世界主义：326

tragique 悲剧的、悲惨的：33—34、45、63、70、95—97、111、123—126、136、139、152、155—157、159—160、162、165、199、215、224—225、255、272、289—290、304、339—340、346、363、367—368、381—382、386、445、450、459、525

transformisme 进化论：209、213

transtextualité 跨文本性：329

U

unanimisme 一致主义、unanimiste 一致主义者、一致主义的：342—343、359、361

utopie 乌托邦；utopique 乌托邦的、空想社会主义的；utopiste 乌托邦主义者、空想社会主义者：51、61、78、80、84、113、131、137、153、170—172、183—184、229—231、235、237、245、258、275、288、343、355、383、392、422、434、518、533

V

vitalisme 生机论：137

作家索引[①]

A

Abécassis Aliette 艾利特·阿贝加西：409、432

Achard Marcel 马塞尔·阿沙尔：366

Adamov Arthur 阿图尔·阿达莫夫：327、381、484

A. D. G. 阿兰·德勒-加卢：391

Adler Laure 洛尔·阿德勒：430

Alain-Fournier 阿兰-富尼耶：331、340

Alembert Jean Le Rond d' 让·勒朗·达朗贝尔：189、193、204、207、210—212、220、475、515

Alexakis Vassilis 瓦西里斯·阿列克扎基斯：453

Alféri Pierre 皮埃尔·阿尔菲耶里：444

Amette Jacques-Pierre 雅克-皮埃尔·阿梅特：439

Andrevon Jean-Pierre 让-皮埃尔·安德烈冯：392

Angot Christine 克里斯蒂娜·安戈：413、419、430、432

Anouilh Jean 让·阿努依：201、332、368、370、484

Antelme Robert 罗伯特·安泰尔姆：370、437

Apollinaire Guillaume 纪尧姆·阿波利奈尔：319、330—331、341、346—349、355—356、359、457—458、466

Aquitaine Guillaume d' 纪尧姆·德·阿基坦：22、31、47—48

Aragon Louis 路易·阿拉贡：321、323、330—331、333—334、357—358、360—361、364、369—370、383、421、458、466—467、476

Arcos René 勒内·阿科斯：343

Aristote 亚里士多德：15、19、124、140、156、194

Arnothy Christine 克里斯蒂娜·阿尔诺帝：388

[①] 本部分法文姓在后，名在前。中文则姓在前，名在后。

Amrouche Taos 塔奥·安鲁什：392

Arrabal Fernando 费尔南多·阿拉巴尔：381

Artaud Antonin 安托南·阿尔托：332、357、367、380、450

AsimovIsaac 艾萨克·阿西莫夫：403

Assoucy Charles d' 夏尔·达苏西：134—135、474

Assouline Pierre 皮埃尔·阿苏利纳：428、439

Aubignac François abbé d' 弗朗索瓦·多比涅克神甫：139、141

Aubigné Agrippa d' 阿格里帕·多比涅：63、66—70、72、94—97、99、123、126、134、160、385、520

Aubry Gwenaëlle 格温内勒·奥布里：431

Audiberti Jacques 雅克·奥迪贝尔蒂：381

Augier Émile 埃米尔·奥吉耶：247、293

Augieras François 弗朗索瓦·奥吉拉斯：388

Aulnoy Mme d' 奥努瓦夫人：214

Auster Paul 保罗·奥斯特：403

Autin-Grenier Pierre 皮埃尔·奥坦-格勒尼耶：442

Axionov Vassili 瓦西里·阿克肖诺夫：405

Aymé Marcel 马塞尔·艾梅：365、370、439

Azama Michel 米歇尔·阿扎马：426

B

Bachelard Gaston 加斯东·巴舍拉：332、391、465

Baïf Jean-Antoine de 让-安托万·德·巴伊夫：66、89、95、514

Bakhtine Mikhaïl 哈伊尔·巴赫金：79、391

Ballanche Pierre-Simon 皮埃尔-西蒙·巴郎什：258

Balzac Honoré de 奥诺雷·德·巴尔扎克：245、252—253、255、257、275—277、280—281、292、297、304、340、361、441、460、533

Bancquart Marie-Claire 玛丽-克莱尔·邦卡尔：393、432、445

Banvlle Théodore de 泰奥多尔·德·邦维尔：288

Barberis Pierre 皮埃尔·巴伯里：391

Barbéris Dominique 多米尼克·巴贝里：428

Barbery Muriel 米里埃尔·巴贝里：413、422

Barbey d'Aurevilly Jules 于勒·巴尔贝·多尔维利：249、254、304

作家索引

Barjavel René 勒内·巴雅韦尔：392

Barrès Maurice 莫里斯·巴雷斯：249、251、254、258、310、319、337、339、466

Bartas Guillaume du 纪尧姆·杜巴尔塔斯：94—95

Barthes Roland 罗兰·巴特：159、325、327、330、333—335、390—391、413、421、423—425、429

Basset Danièle 达妮埃勒·巴塞：430

Bastard Joël 若埃勒·巴斯塔尔：446

Bataile Georges 乔治·巴塔耶：334、375

Bataille Henry 亨利·巴塔伊：345

Bauchau Henri 亨利·博绍：426

Baudelaire Charles 夏尔·波德莱尔：208、247、249、252、254、256—257、263、267—269、287—292、303—306、308—309、348、387、426、461、465、472、485、495、519、533

Baudrillard Jean 让·博得里亚：335、389

Bayle Pierre 皮埃尔·培尔：113、114、116、166、168、173、194、480

Bazin Hervé 埃尔韦·巴赞：388

Beaumarchais Pierre-Auguste Caron de 皮埃尔-奥古斯丁·卡龙·德·博马舍：185、188、190、192、199、226—229、235、462

Beaumont Mme de 德·博蒙夫人：213、217、262

Beaussant Philippe 菲利普·博桑：426、427

Beauvoir Simone de 西蒙娜·德·波伏娃：333—334、372、389、426、432

Beckett Samuel 萨米埃尔·贝克特：325、330、333—334、368、380—383、390、440、450—451、463

Beckford William 威廉姆·贝克福德：190、236

Becque Henri 亨利·贝克：251、293

Begag Azouz 阿祖·贝加：410、452

Beigbeder Frédéric 弗雷德里克·贝格伯德：422

Bellay Joachim du 若阿基姆·杜贝莱：66—67、70、78、87、89—92、94—95、464、491、511、533

Belleau Rémy 雷米·贝洛：67、89、95—96

Bellemin-Noël Jean 让·贝勒曼-诺埃尔：391

Bellon Loleh 劳莱·贝隆：393

Benaïssa Aïcha 阿伊莎·贝奈萨：452

Benda Julien 朱利安·邦达：369

Bénichou Paul 保罗·贝尼舒：441

Ben Jelloun Tahar 塔哈尔·本·杰伦：392、452—453

BenseradeIsaac de 伊萨克·德·邦瑟拉德：119、167

Berger Yves 伊夫·贝尔热：388

Bergounioux Pierre 皮埃尔·贝古尼乌：401、409、426、428

Bergson Henri 亨利·伯格森：251、311、339、508、526

Berl Emmanuel 埃玛纽埃尔·贝尔：360

Bernanos Georges 乔治·贝纳诺斯：321、332、336、362、370

Bernard Tristan 特里斯坦·贝尔纳：345

Bernardin de Saint-Pierre Jacques-Henri de 雅克-亨利·德·贝尔纳丹·德·圣皮埃尔：185、188、190、231—232、261、515

Bernhard Thomas 托马斯·伯恩哈德：403

Bernstein Henry 亨利·伯恩斯坦：345

Bertière Simone 西蒙·贝尔蒂埃：437

Bertin Antoine de 安托万·德·贝尔坦：224

Bertrand Aloysius 阿洛瓦斯·贝特朗：253、267、291、447

Bessette Gérard 热拉尔·贝塞特：392

Besson Patrick 帕特里克·贝松：421

Béthune Conon de 科农·德·贝蒂讷：50

Beti Mongo 蒙戈·贝蒂：392

Beyala Calixthe 卡利克斯特·贝亚拉：405

Beyle Henri 亨利·贝尔：281、524；另见"司汤达"Stendhal

Bèze Théodore de 泰奥多尔·德·贝兹：63、66、98—100、523

Biancotti Hector 埃克托尔·比安科：435

Biga Daniel 达尼埃尔·比加：445

Billetdoux François 弗朗索瓦·比耶杜：382、449

Billetdoux Raphaëlle 拉斐尔·比耶杜：388

Blacklaws Troy 特洛伊·布莱克罗斯：413

Blaine Julien 朱利安·布莱那：393、444

Blais Marie-Claire 玛丽-克莱尔·布莱：392

Blanchot Maurice 莫里斯·布朗肖：325、333、390、418、437—438

Blin Roger 罗歇·布兰：449

Blondin Antoine 安托万·布隆丹：374、432

Bloy Léon 莱昂·布卢瓦：249、311、339、437

Bobillot Jean-Pierre 让-皮埃尔·博比约：393

作家索引

Bobin Christian 克里斯蒂安·博班：393、400、402、419、441—442

Bodel Jean 让·博代尔：22—23、36、40、44

Boileau-Despréaux Nicolas 尼古拉·布瓦洛-德普雷奥：113—114、116、118—119、126、128、144、151、161、167、195、286、489、512

Boileau-Narcejac 布瓦洛-纳西雅克：391

Boisdeffre Pierre de 皮埃尔·德·布瓦代弗尔：380

Böll Heinrich 海因里希·伯尔：327、336

Bon François 弗朗索瓦·邦：401、419、425、428、440—441

Bona Dominique 多米尼克·博纳：437

Bonald Louis de 路易·德·博纳德：258

Bondy Luc 吕克·邦迪：449

Bonnefis Philippe 菲利普·博纳菲：423

Bonnefoy Yves 伊夫·博纳富瓦：333—334、386、403、417—418、425、445—446、465

Borel Petrus 彼得吕斯·博雷尔：267

Borer Alain 阿兰·博黑：426

Borgès Jorge Luis 豪尔赫·路易斯·博尔赫斯：329、336、427

Born Bertran de 博尔纳·德·贝特朗：22—23、48

Bory Jean-François 让-弗朗索瓦·博里：393

Bosco Henri 亨利·博斯科：374

Bossuet Jacques-Bénigne 雅克-贝尼涅·博絮埃：113—114、116、118、122、145—146、160、167—168、170—171、197、261、478、487、492

Boucheron Bernard du 贝尔纳·迪布舍龙：437

Bouchet André du 安德烈·迪布歇：385 446、465

Boudjedra Rachid 拉奇德·布扎德拉：392

BouïdaIouri 尤·布依达：413

Bouraoui Nina 妮娜·布拉维：452

Bourdet Édouard 爱德华·布尔代：366

Bourdet Gildas 吉尔达·布尔代：393、449

Bourdieu Pierre 皮埃尔·布尔迪厄：391、429、440、450

Bourget Paul 保罗·布尔热：287、311、339

Boursault Edme 埃德姆·布尔索：217

Bouvier Nicolas 尼古拉·博维耶：434

Boyd William 威廉·波伊：411

Boyer Frédéric 弗雷德里克·布瓦耶：403、436

Brantôme Pierre de Bourdeilles, dit 皮埃尔·德·布尔代耶，又称布朗托姆：84

Brasillach Robert 罗伯特·布拉西雅：369、374

Brecht Bertolt 贝尔托·布莱希特：321、323、336、450

Bressant Marc 马克·布雷桑：434

Breton André 安德烈·布勒东：330—332、341、349、355—359、457—458、465—467、476、484

Brisville Jean-Claude 让-克洛德·布里斯维尔：393、449

Brouwers Jeroen 杨恩·鲍维尔斯：405

Brunel Pierre 皮埃尔·布吕内尔：391、424—425、454

Brunetière Ferdinand 费迪南·布吕内蒂埃：249、286

Büchner Georg 格奥尔格·毕希纳：449

Buffon Georges-Louis Leclerc de 乔治-路易·勒克莱尔·德·布丰：189、191、194、213

Bussy-Rabutin 比西-拉比坦：169—170

Butor Michel 米歇尔·比托尔：334、376—378、411、418、425、434

Byron George Gordon 乔治·戈登·拜伦：245、259、264

C

Cabanis Pierre-Jean Georges 皮埃尔-让·乔治·卡巴尼斯：258

Cadiot Olivier 奥利维耶·卡迪奥：444

Caillois Roger 罗歇·凯卢瓦：357

Calle-Gruber Mireille 米雷耶·卡勒-格吕贝：442

Calvin Jean Cauvin, dit 约翰·克尔文，又称加尔文：60—61、66—67、70、72—73、75、81、86、99—100、147、486、498、505、511、533

Camus Albert 阿尔贝·加缪：325、330、332—334、336—337、369—373、378、405、420—421、429、467—468、493、519

Camus Jean-Pierre 让-皮埃尔·加缪：123、125

Camus Renaud 雷诺·加缪：411、428、434、

Carco Francis 弗朗西斯·卡尔科：342、361

Cardinal Marie 玛丽·卡迪纳尔：389

Carey Peter 彼得·凯里：411

Carrère d'Encausse Hélène 埃莱娜·卡雷尔·德·昂科斯：437

Carrère Emmanuel 玛纽埃尔·卡雷尔：388、405、411、415、417、419、436—437、441

Cars Guy des 居伊·德卡尔：391

Casanova 卡萨诺瓦：236、442

作家索引

Castorf Frank 弗兰克·卡斯托：449

Cavanna François 弗朗索瓦·卡万纳：388

Cazotte Jacques 雅克·卡佐特：188—189、236

Celan Paul Antschel, dit 保罗·安切尔，又称塞朗：446

Céline Louis-Ferdinand Destouches, dit 路易-费迪南·德图什，又称塞利纳：321、323、330、332、336—337、363—365、369、374、378、425、469

Cendrars Blaise 布莱兹·桑德拉尔：331、333、336、347—348

Cerf Muriel 米里埃尔·塞尔夫：388

Cervantès 塞万提斯：111、125、234

Césaire Aimé 艾梅·塞泽尔：334、392、451、467

Chaillou Michel 米歇尔·沙尤：423、434、439

Chalandon Sorj 索尔·夏朗东：439

Chambaz Bernard 贝尔纳·尚巴兹：430

Chamberland Paul 保罗·尚贝兰：392

Chamfort Nicolas Sèbastien Roch, dit 尼古拉·塞巴斯蒂安·罗克，又称尚福：187、234—235

Chamoiseau Patrick 帕特里克·夏穆瓦佐：403、413、417、419、428、451

Champfleury Étienne 艾蒂安·尚弗勒里：274

Champfleury Jules 于勒·尚弗勒里：292

Chamson André 安德烈·尚松：360

Chandernagor Françoise 弗朗索瓦丝·尚德纳戈尔：437

Chapelain 沙普兰：53、119、130、151、167

Chapsal Madeleine 玛德莱娜·沙普萨尔：388

Char René 勒内·沙尔：330、332—333、385、390、446、467、476

Chardonne Jacques 雅克·沙尔多纳：365、369

Charef Mehdi 梅迪·夏夫：413、452

Charles-Roux Edmonde 埃德蒙德·夏尔-鲁：388

Charnet Yves 伊夫·沙尔内：428

Chassignet Jean-Baptiste 让-巴蒂斯特·沙西涅：123、126

Chateaubriand François-René de 弗朗索瓦-勒内·德·夏多布里昂：187、208、231、241、245、252—253、255—256、259—262、268、282、284、290、434、470

Châteaureynaud Georges-Olivier 乔治-奥利维耶·夏多莱诺：436

Chédid Andrée 安德烈·佘蒂：418、432

Chen Ying 应晨：453

Cheng François-Bàoyī 程·弗朗索瓦-抱一：453

Chénier André 安德烈·谢尼埃：185、188、190、224—225、232、471

Chennevière Georges 乔治·舍纳维埃：342

Chéreau Patrice 帕特里斯·谢罗：392、449

Chevillard Éric 埃里克·谢维拉尔：426

Chraibi Driss 德里丝·克雷比：392

Chrétien de Troyes 克雷蒂安·德·特鲁瓦：15、22—23、32、34

Cioran Emil Michel 埃米尔·米歇尔·齐奥朗：333 335、337、390、484

Cixous Hélène 埃莱娜·西克苏：389、393、403、426、432

Clair Jean 让·克莱尔：413、417—418、421、438

Claudel Paul 保罗·克洛岱尔：319、330—331、336、339、341、344、346、344、346—347、370、383、472、485、517

Claudel Philippe 菲利普·克洛代尔：411、419、438

Cocteau Jean 让·科克托：330、333、341、349、367、457

Coe Jonathan 乔纳森·科：417

Coetzee John Maxwell 约翰·马克斯维尔·库切：409、417

Cogeval Guy 居伊·科热瓦尔：425

Cohen Albert 阿尔贝·科昂：334、388

Colette Sidonie Gabrielle 西多妮·加布里埃尔·科莱特：319、331、341、366、432

Collard Cyril 西里尔·科拉尔：429

Collins Michael 迈克尔·柯林斯：413

Collot Michel 米歇尔·科洛：425

Combe Dominique 多米尼克·孔布：425

Combet Claude-Louis 克洛德-路易·孔贝：428

Commynes Philippe de 菲利普·德·科米纳：21、39

Compagnon Antoine 安托瓦纳·贡巴尼翁：407、413、420、423

Comte Auguste 奥古斯特·孔德：245、283

Conchon Georges 乔治·孔雄：336

Condillac Étienne Bonnot de 艾蒂安·博诺·德·孔狄亚克：191、194、209、221、223、475

546　Condorcet Marie-Jean de Caritat, marquis de 玛利-让·德·卡里塔，又称孔多赛侯爵：136—187、192、194、232—233、496

Confiant Raphaêl 拉斐尔·孔非昂：409、428、452

Connelly Michael 迈克尔·康纳利：435

Conort Benoît 伯努瓦·科诺尔：446

Constant Benjamin 邦雅曼·康斯坦：260

作家索引

Constant Paule 波勒·康斯坦：407

Coppée François 弗朗索瓦·科佩：289

Corbière Tristan 特里斯坦·科比埃尔：307、342

Cormann Enzo 恩佐·科尔曼：426

Cormary Pierre 皮埃尔·科尔马里：428

Corneille Pierre 皮埃尔·高乃依：111、114—115、118—119、121、123—124、132、138—144、152、155—156、158、161、167、173、201、225、473、533

Cornwell Patricia 帕特西亚·康薇尔：435

Cossé Laurence 洛朗斯·库斯：405

Coupry François 弗朗索瓦·库普里：436

Courteline Georges 乔治·库特利纳：251、345

Cousin Victor 维克多·库赞：283

Crébillon Claude Prosper Jolyot de 克洛德·普罗斯珀·若利奥·德·克雷比永：189、216—217、226

Crevel René 勒内·克勒韦尔：357

Crommelynck Fermand 费尔南·克罗梅兰克：367

Cros Charles 夏尔·克罗：307、311

Curval Philippe 菲利普·屈瓦尔：392

Cusset Catherine 卡特琳·屈赛：407、432

Cyrano de Bergerac Savinien de 萨维尼安·德·西拉诺·德·贝热拉克：114—115、117、123、137—138、152、160、172、230、254、345、474

D

Dabadie Jean-Loup 让-卢普·达巴迪：443

Dabit Eugène 欧仁·达比：360—361

Daeninckx Didier 迪迪埃·德伦克思：401、435、439—440、453

Damas Léon-Gontran 莱昂·贡特朗·达马斯：392

Dambre Marc 马克·当布尔：425

Daniel Arnaut 阿尔诺·达尼埃尔：47

Dante Alighieri 但丁·阿利吉耶里：19、48、532

Dantzig Charles 夏尔·当齐格：422、427、447

Darrieussecq Marie 玛丽·达里厄塞克：405、419、430、436

Daudet Léon 莱昂·都德：249、339、530

Debray Régis 雷吉斯·德布雷：405、418

Decaux Alain 阿兰·德科：437

Decoin Didier 迪迪耶·德库安：434

Deffand Mme du 迪德方夫人：193—194、224、497

Defoe Daniel 丹尼尔·笛福：181、196

Deguy Michel 米歇尔·德吉：384、418、443—444、446

Delabroy Jean 让·德拉布：440

Delacourt Grégoire 格雷瓜尔·德拉古：421

DelaveauPhilippe 菲利普·德拉沃：445

Delay Florence 弗洛朗斯·德莱：417、431—432

Del Castillo Michel 米歇尔·德尔·卡斯蒂略：439

Delerm Philippe 菲利普·德莱姆：407、419、441—442

Deleuze Gilles 吉勒·德勒兹：390

Delille Jacques 雅克·德利勒：224

Delvaille Bernard 贝尔纳·德尔瓦耶：393、446

Déon Michel 米歇尔·德翁：327、335、373、418、432—433

Depestre René 勒内·德佩斯特：335、392

Derrida Jacques 雅克·德里达：390

Desarthe Agnès 阿涅丝·德萨尔特：404、432、441

Desbordes-Valmore Marceline 马塞利娜·德·博尔德-瓦尔莫：265

Descartes René 勒内·笛卡尔：111、115、123、139、151、194、508

Deschamps Émile 埃米尔·德尚：26

Deschamps Eustache 厄斯塔什·德尚：22、52、54

Desforges Régine 雷吉娜·德福尔热：389

Desnos Robert 罗伯特·德斯诺斯：332、357、370、467

Despentes Virginie 维吉尼耶·德彭特：407、417、432

Des Périers Bonaventure 博纳旺蒂尔·德佩里埃：83

Desportes Philippe 菲利普·德波特：66—67、94—96、128

Dessolas Thierry 蒂埃里·德索拉：393

Destouches Philippe 菲利普·德图什：199、227

Destutt de Tracy Antoine 安托万·德斯蒂·德·特拉西：258

Deville Patrick 帕特里克·德维尔：417、434

Dib Mohamed 穆罕默德·迪布：392

Diderot Denis 德尼·狄德罗：137—138、170、172、183、188—189、191—193、197、205—212、214、216—217、223、224、226、228、230、436、475、515、533

作家索引

Didier Béatrice 贝亚特丽丝·迪迪埃：389、432

Di Manno Yves 伊夫-迪马诺：447

Djebar Assla 阿西·杰巴尔：452

Djian Philippe 菲利普·德吉安：391

Dobzynski Charles 夏尔·多布赞斯基：447

Domenach Jean-Marie 让-玛利·多梅纳克：421

Dondey Théophile 泰奥菲勒·东代：268

Donneau de Visé Jean 让·多诺·德·韦塞：167

Donner Christophe 克里斯多夫·多内尔：428

Dorin Françoise 弗朗索瓦丝·多兰：389

Doriot Jacques 雅克·多里奥：70

Dos Passos John 约翰·多斯·帕索斯：336、371

Dostoïevski Fiodor 费奥多尔·陀思妥耶夫斯基：247、249、447

Doubrovsky Serge 塞尔日·杜布罗夫斯基：391、401、430

Dreyfus Arthur 阿蒂尔·德雷富斯：441

Drieu La Rochelle Pierre 皮埃尔·德里厄·拉罗谢勒：321、332、362—365、369

Drillon Jacques 雅克·德里永：427

Druon Maurice 莫利斯·德吕翁：365、437

Duault Alain 阿兰·迪奥：411、443

Dubillard Rolland 罗兰·迪比亚尔：382、449

Dubois Jean-Paul 让-保罗·迪布瓦：411、428

Dubreuil Laurent 洛朗·迪布勒伊：424

Ducharme Réjean 、雷让·迪沙尔姆：392

Duclos Charles 夏尔·杜克洛：210、216

Dugain Marc 马克·迪甘：407、417、436、438

Duhamel Georges 乔治·杜亚美：321、336、341—342、361

Dumas Alexandre 亚历山大·仲马：47、253、257、272、274—275、410

Dumas fils Alexandre 亚历山大·小仲马：293

Dunmore Helen 海伦·邓莫尔：407

Dupin Jacques 雅克·迪潘：407、446—447

Durand Étienne 艾蒂安·迪朗：123

Durand Gilbert 吉尔贝·迪朗：391

Duranty Louis 、路易·迪朗蒂：292

Duras Marguerite 玛格丽特·杜拉斯：317、325、334—335、337、378—379、428、430、449

Durringer Xavier 格扎维埃·杜林格：449—450

Duteurtre Benoît 伯努瓦·迪特尔特：409、424、436、440

Dutourd Jean 让·迪图尔：370、439

Duvert Tony 托尼·迪旺：388

E

Easton Ellis Bret 布雷特·伊斯顿·埃利斯：413

Échenoz Jean 让·埃舍诺：401、405、407、419、424、427、438、440、442

Eco Umberto 安贝托·艾柯：329、393、401、533

Eggers Dave 戴夫·艾格斯：415

Eliott Thomas 托马斯·艾略特：336

Elskamp Max 马克斯·埃尔斯康普：343

Eluard Paul 保罗·艾吕雅：330、332—333、357—358、370、383、458、466—467、476—477

Emaz Antoine 安托万·埃马兹：447

Emmanuel Pierre 皮埃尔·埃玛纽埃尔：370、385

Énard Mathias 马蒂亚斯·埃纳：440

Enquist Per Olov 佩尔·奥洛夫·恩奎斯特：409

Enthoven Jean-Paul 让-保罗·昂托旺：426、435

Érasme 伊拉斯谟：61、66—67、73、80、83、97、511

Ernaux Annie 安妮·埃尔诺：335、388、418、428、430—432

Espitallier Jean-Michel 让-米歇尔·埃斯皮塔利耶：425、444

Esteban Claude 克洛德·埃斯泰邦：409、445

Estévez Abilio 阿比利奥·埃斯特维斯：407

Etchegoyen Alain 阿兰·埃切瓜扬：393

Etcherelli Claire 克莱尔·埃切勒利：389

F

Fabre Émile 埃米尔·法布尔：344

Faguet Émile 埃米尔·法盖：287

Fail Noël du 诺埃尔·迪法伊：83—84

Faretet Nicolas 尼古拉·法雷特：123

Faulkner William 威廉姆·福克纳：321、336、371、376、426、440—441、522、533

Faye Éric 埃里克·费伊：436

Fénelon François de Salignac de la Mothe- 弗朗索瓦·德·萨利尼亚克·德·拉莫特-费奈隆：113—114、116、118、145—146、160、166—167、170—172、181、195、286、478、533

Fenwick Jean-Noël 让-诺埃尔·费尼克：449

Feraoun Lououd 鲁武德·费劳恩：392

Fernandez Dominique 多米尼克·费尔南德斯：417—418、427、434、439

Ferney Alice 爱丽丝·费尔内：409、529

Ferrari Jérôme 热罗姆·费拉里：426

Ferron Jacques 雅克·费龙：392

Ferry Luc 吕克·费里：424

Feuillet Octave 奥克塔夫·弗耶：292

Féval Paul 保罗·费瓦尔：257

Feydeau Georges 乔治·费多：251、293、319、345

Fichet Roland 罗兰·菲谢：450

Filipetti Aurélie 奥雷莉·菲利佩蒂：421

Finkielkraut Alain 阿兰·芬基尔克罗：335、393、411

Flaubert Gustave 居斯塔夫·福楼拜：80、247、249、252、254—257、292—295、302、387、426、432—433、441、479、499、518、530、533

Fleischer Alain 阿兰·弗莱谢：425

Florian Jean-Pierre Claris de 让-皮埃尔·克拉里斯·德·弗洛里安：234

Foigny Gabriel de 加布里埃尔·德·富瓦尼：113、116、172、230

Follain Jean 让·福兰：333、383

Fontenelle Bernard Le Bovier de 贝尔纳·勒博维耶·德·丰特内勒：113—114、116、166—168、173、191、193—194、199、217、487

Ford Richard 理查德·福特：405

Forest Philippe 菲利普·福雷斯特：430

Forêts Louis-René des 路易-勒内·德福雷：409、418、429、431、446

Forneret Xavier 格扎维埃·福内雷：267

Fort Paul 保罗·福尔：342、345

Fosse Jon 容·福塞：409

Foucault Michel 米歇尔·福柯：324—325、334、389、421

Fourcade Dominique 多米尼克·富尔卡德：425、446

Fourest Georges 乔治·富雷：342

Fourier Charles 夏尔·傅立叶：245、258、274、283—284、288、343

Fraigneau André 安德烈·弗雷尼奥：374、432

France Anatole 阿纳托尔·法朗士：249、251、287、339—340、352

France Marie de 玛丽·德·法兰西：22—23、32、35

Franck Bernard 贝尔纳·弗兰克：373

Franck Dan 丹·弗兰克：403

François de Sales saint 圣方济各·沙雷氏：70、145

Franzen Jonathan 乔纳森·法兰森：411

Frazier Charles 查尔斯·弗雷齐尔：407

Frémon Jean 让·弗雷蒙：427、447

Frémontier Jacques 雅克·弗雷蒙捷 439

Frénaud André 安德烈·弗雷诺：386、445

Freud Sigmund 西格蒙德·弗洛伊德：251、331、353、356、420、466、476、533

Froissart Jean 让·付华萨：19、22—23、38—39

Fromentin Eugène 欧仁·弗罗芒坦：254、256

Fumaroli Marc 马克·富马罗利：403、409、415、418、423

Furetière Antoine 安托万·菲勒蒂埃：114、116、138、480

Fustel de Coulanges Numa Denis 尼马·德尼·菲斯泰尔·德·库朗热：284

G

Gabler Neal 尼尔·加布勒：413

Galiani Ferdinando 费迪南德·加利亚尼：235

Galland Antoine 安托万·加朗：196

Gallo Max 马克斯·加洛：415、418、426、437

Gamaleya Boris 鲍里斯·卡玛莱亚：392

Garat Anne-Marie 安妮-玛丽·加拉：403、427

Garcia Marquez Gabriel 加夫列尔·加西亚·马尔克斯：327、336、430

Garcin Christian 克里斯蒂安·加尔桑：409、434、437

Garcin Jérôme 热罗姆·加尔桑：426、431

Garnier Robert 罗贝尔·加尼耶：63、66—67、98—99

Gary Romain 罗曼·加里：327、335、370、437

Gassendi Pierre 皮埃尔·伽桑迪：137、152、172、474

Gatti Armand 阿尔芒·加蒂：381

Gauchet Marcel 马塞尔·戈谢：425

Gaudé Laurent 洛朗·戈德：411、419、450

Gautier Théophile 泰奥菲勒·戈蒂埃：247、254、267、287—290、303、506

Gavalda Anna 安娜·加瓦尔达：435

Genet Jean 让·热内：330、333、381、386—387、449

Genette Gérard 吉拉尔·热内特：391、425、429

Genevoix Maurice 莫里斯·热纳瓦：365

Germain Sylvie 西尔维·热尔曼：403、419、426、434、438

Germain-Thomas Olivier 奥利维耶·热尔曼-托马：403

Ghelderode Michel de 米歇尔·德·盖尔德罗德：367

Ghil René 勒内·吉尔：307

Gide André 安德烈·纪德：254、319、321、330—331、336—337、341、343、352—353、360、370、376、481、485、517、525—526

Gilbert Nicolas 尼古拉·吉尔贝：224

Giono Jean 让·吉奥诺：323、330、332、366、373

Giraudoux Jean 让·吉罗杜：319、330、332、338、361、367—370、482

Giroud Françoise 弗朗索瓦丝·吉鲁：389

Gleize Jean-Marie 让-玛利·格莱兹：425

Glissant Édouard 爱德华·格力桑：419、451—453

Gluksmann André 安德烈·格鲁克斯曼：394

Gobineau Joseph Arthur de 约瑟夫·阿蒂尔·德·戈比诺：249、305

Godeau Georges-Louis 乔治-路易·戈多：448

Goethe Johan Wolfgang von 约翰·沃尔夫冈·冯·歌德：185、187、245、259—260、267、433、506、533

Goetz Adrien 阿德里安·格茨：427

Goffette Guy 居伊·戈费特：393、426、445

Goldmann Lucien 吕西安·戈尔德曼：391

Gombauld Jean Ogier de 让·奥吉耶·德·贡博：119、124

Gomberville Marin Le Roy de 马兰·勒鲁瓦·德·贡贝维尔：123、132

Goncourt Edmond et Jules Huot de 埃德蒙和于勒·于奥·德·龚古尔：249、254、296、479、530

Gorki Maxime 马克西姆·高尔基：319、336

Gosselin-Noat Monique 莫妮克·戈瑟兰-诺特：425

Gouges Olympe de 奥兰普·德·古热：234

Goux Jean-Paul 让-保罗·古：426

Gracq Julien 朱利安·格拉克：34、327、330、333、335、337、375、390、403、429—430、439、467

Graffigny Françoise de 弗朗索瓦丝·德·格拉菲尼：217—218、230

Grainville Patrick 帕特里克·格兰维尔：388、435

Grass Günter 君特·格拉斯：325、407

Gréban Arnoul 阿尔努·格雷邦：44—46

Green Julien 朱利安·格林：362、379

Greene Graham 格雷厄姆·格林：391

Greenland Seth 塞斯·格林兰：413

Grégoire abbé Henri 亨利·格雷瓜尔神父：232

Greimas Algirdas Julien 阿尔吉达斯·朱利安·格雷马斯：391

Grimm Jacob et Willem 雅各布·格林和威廉·格林：193、208、245

Grosjean Jean 让·格罗让：445、447

Grossman David 大卫·格罗斯曼：417

Groult Benoîte et Flora 伯努瓦特·格鲁与弗洛拉·格鲁：389

Grüber Klaus Michael 克劳斯·米夏埃尔·格吕贝：449

Grumberg Jean-Claude 让-克洛德·格兰贝尔：393

Grün Emmanuelle 埃玛纽埃尔·格林：437

Guattari Félix 费利克斯·加塔利：390

Guéhenno Jean 让·盖埃诺：370

Guenassia Jean-Michel 让-米歇尔·格纳西亚：439

Guérin Maurice de 莫里斯·德·介朗：268

Guez Christian 克里斯蒂安·盖：393

Guez de Balzac 盖·德·巴尔扎克：123、145、160

Guibert Hervé 埃尔韦·吉贝尔：403、419、429

Guidicelli Christian 克里斯蒂安·吉迪斯里：429

Guilleragues 盖伊拉戈：113、116、163—164、217

Guillet Pernette du 佩尔内特·杜吉耶：66—67、84—86、486、521

Guillevic Eugène 欧仁·吉耶维克：334、384

Guilloux Louis 路易·吉尤：360—361

Guimard Paul 保罗·吉马尔：375

Guitry Sacha 萨沙·吉特里：366

Guyotat Pierre 皮埃尔·居约塔：429、444

H

Haedens Kléber 克莱贝尔·阿埃坦：375

Haenel Yannick 雅尼克·哈内尔：413

Halle Adam de la 亚当·德·拉阿勒：17、19、23、40、42

Hallier Jean-Edern 让-埃德恩·阿利耶：388、433

Hampaté Bâ Amadou 阿玛杜·昂巴蒂·巴：392

Hanotte Xavier 格扎维埃·阿诺特：438

Haouari Leila 蕾拉·阿瓦希：452

Harding Paul 保罗·哈丁：417

Hardy Alexandre 亚历山大·阿尔迪：115、123—124、156

Hatzfeld Jean 让·阿兹菲：413

Hébert Anne 安娜·埃贝尔：392

Heidegger Martin 马丁·海德格尔：400、423

Heidsieck Bernard 贝尔纳·埃德西克：393、444

Helvétius Claude Adrien 克洛德·阿德里安·爱尔维修：191、209、475

Hennequin Émile 埃米尔·埃内坎：287

Heredia José-Maria de 若瑟-马里亚·德·埃雷迪亚：289、341、526

Hesse Thierry 蒂埃里·埃斯：441

Hessel Stephane 斯特凡纳·黑塞尔：416、450

Hévrard Jeanne 让娜·埃夫哈尔：389

Higgins Clark Mary 玛丽·希金斯·克拉克：435

Hocquard Emmanuel 埃玛纽埃尔·奥卡尔：386、401、418、445

Hocquenghem Guy 居伊·奥康让：429

Hoffmann Ernst Theodore Amadeus 恩斯特·特奥多尔·阿玛迪斯·霍夫曼：245、266

Holbach Paul-Henri d' 保尔-亨利·道尔巴克：209、211

Hölderlin Friedrich 弗里德里希·荷尔德林：187、355

Honoré Christophe 克里斯多夫·奥诺雷：425

Houellebecq Michel 米歇尔·韦尔贝克：407、413、417、419、434、442

HugoVictor 维克多·雨果：79、97、245、247、252—257、261、264—272、286、289—191、294、355、385、411、460、483、504、506、508

Huston Nancy 南希·哈斯顿：413、426、453

Huysmans Joris-Karl 若里-卡尔·于斯曼：251、254、258、296、311—312、495、499、526

I

Ibsen Henrik 亨利克·易卜生：249、345、367

Ionesco Eugène 欧仁·尤奈斯库：325、327、330、333—334、367、380—382、449、484

Isou Isidore 伊西多尔·伊苏：384、444

J

Jabès Edmond 埃德蒙·雅贝斯：385

Joccottet Philippe 菲利普·雅各泰：386、401、445、465

Jacob Max 马克斯·雅各布：331、341、349、359、457、467

Jakobson Roman 罗曼·雅各布森：391

Jamme Franck-A 弗兰克-安德烈·雅姆：393

Jammes Francis 弗朗西斯·雅姆：342、359、485、517

Janvier Ludovic 卢多维克·让维耶：393

Japrisot Sébastien 塞巴斯蒂安·雅普里佐：391、403、438

Jardin Alexandre 亚历山大·雅尔丹：422、435、439

Jarry Alfred 阿尔弗雷德·雅里：251、319、346、356、367、380

Jaucourt Louis de 路易·德·若古：211

Jauffret Régis 雷吉斯·若弗雷：409、413、419、436、440—441

Jeannet Frédéric-Yves 弗雷德里克-伊夫·让内：437

Jérôme Garcin 热罗姆·加尔桑：426、431

Jodelle Étienne 艾蒂安·若代勒：63、67、89、96—98

Joffo Joseph 约瑟夫·若福：388

Joinville Jean de 让·德·儒安维尔：19、22—23、38

Jonquet Thierry 蒂埃里·容凯：435

Jouanneau Joël 若埃尔·如阿诺：403、451

Jouffroy Alain 阿兰·茹弗鲁瓦：448

Jouhandeau Marcel 马塞尔·茹昂多：365

Jourde Pierre 皮埃尔·茹尔德：421、436

Jouve Pierre-Jean 皮埃尔-让·茹夫：332、359、365、446、465

Joyce James 詹姆斯·乔伊斯：319、336、347、376、425、437、463、533

Juliet Charles 夏尔·朱利耶：428

K

Kafka Franz 弗朗茨·卡夫卡：319、321、376、381、383、533

Kahn Gustave 居斯塔夫·卡恩：307

Kapuściński Ryszard 雷沙德·卡普钦斯基：409

Kauffmann Jean-Paul 让-保罗·考夫曼：434

Kermann Patrick 帕特里克·凯尔马：450

Kertész Imre 凯尔泰斯·伊姆雷：411

Kessel Joseph 约瑟夫·凯赛尔：321、336、370

Khadra Yasmina 雅斯米纳·卡黛哈：415、439

Koltès Bernard-Marie 贝尔纳-玛利·科尔代斯：393、401、419、440、449

Kopp Dominique 多米尼克·科普：440

Kourouma Ahmadou 阿玛杜·库忽玛：392、407

Krauss Nicole 妮可·克劳斯：413

Kristeva Julia 茱莉亚·克里斯蒂娃：389

Kundera Milan 米兰·昆德拉：327、329、335、393、401、411、418、424、436

L

Labé Louise 路易丝·拉贝：61、66—67、84、86、486

Labiche Ernest 埃内斯特·拉比什：247、293

La Boétie Étienne de 艾蒂安·德·拉波埃西：63、67、72—73、103、502

La Bruyère Jean de 让·德·拉布吕耶尔：113—114、116、118、146、154、167—169、487

La Calprenède Gautier de Costes de 戈蒂埃·德·科斯特·德·拉卡尔普勒内德：123、133

Lacarrière Jacques 雅克·拉卡里埃：388、434

La Ceppède Jean de 让·德·拉塞佩德：123、126

Laclos Pierre Choderlos de 皮埃尔·肖代洛·德·拉克洛：185、188、190、216—217、219、488

Lafayette Mme de 拉法耶特夫人：113—114、116、118、130、160，164—165、489、492

Laferrière Dany 达尼·拉费里埃：431、453

La Fontaine Jean de 让·德·拉封丹：83、113—114、118、131—132、161—162、167、234、480、482、489—490、514

Laforgue Jules 于勒·拉福格：249、254、307、311、341

Lagarce Jean-Luc 让-吕克·拉加尔斯：450—451

Laîné Pascal 帕斯卡尔·莱内：388

Lamartine Alphonse de 阿方斯·德·拉马丁：224、245、252—253、262—264、268、491、504

Lambron Marc 马克·朗布龙：439

Lamennals Félicité de 费利西泰·德·拉梅内：247、274、284

La Mothe Le Vayer François de 弗朗索瓦·德·拉莫特-勒瓦耶：136—137、170

Lanson Gustave 居斯塔夫·朗松：287

Lanzmann Claude 克洛德·朗兹曼：429

Lapeyre Patrick 帕特里克·拉佩尔：411、417

Lapouge Gilles 吉勒·拉普热：434、453

Larbaud Valéry 瓦莱里·拉尔博：331、347

La Rochefoucauld François de 弗朗索瓦·德·拉罗什富科：113—114、116、118、130、145—147、154、158、160—161、492

Larsson Stieg 史迪克·拉森：435—436

Latouche Henri de 亨利·德·拉图什：225

La Tour du Pin Patrice de 帕特里斯·德·拉图尔·迪潘：385、445

Laurens Camille 卡米耶·洛朗斯：409、430

Laurent Jacques 雅克·洛朗：373、432—433

Lautréamont Isidore Ducasse, comte de 伊西多尔·迪卡斯，洛特雷阿蒙伯爵：249、258、267、306、310、355、447、458

La Varende Jean de 让·德·拉瓦朗德：365

Lavelli Jorge 若尔热·拉韦尔：449

Le Bris Michel 米歇尔·勒布里：434、453

Le Carré John 约翰·勒卡雷：391

Leclerc Annie 安妮·勒克莱尔：389

Le Clézio Jean-Marie Gustave 让-马里·古斯塔夫·勒克莱齐奥：327、335、389、393、411、415、418、427、429—431、453、493

Leconte de Lisle Charles René Marie 夏尔·勒内·玛利·勒孔特·德·利勒：247、288—289

Le Dantec Jean-Pierre 让-皮埃尔·勒当泰克：421、434

Leduc Viollette 维奥莱特·勒迪克：388

Leiris Michel 米歇尔·莱里斯：327、330、333、335、337、357、387、401、425、431

Lejeune Philippe 费利佩·勒热纳：429

Lemaire Jean-Pierre 让-皮埃尔·勒迈尔：393、445

Lemaître Jules 于勒·勒迈特：287

Lemaître Maurice 莫利斯·勒迈特：384

Lenhart Pierre 皮埃尔·伦哈特：439

Léonard Nicolas-G 尼古拉-热尔曼·莱昂纳尔：224

Leprince de Beaumont Jeanne-Marie 让娜-玛丽·勒普兰斯·德·博蒙：213

Le Roy de Gomberville Marin 马兰·勒鲁瓦·德·贡贝维尔：123、132

Lesage Alain-René 阿兰-勒内·勒萨热：178、181、188—189、199、215

Lescure Jean 让·莱斯屈尔：384

Lescure Pierre de 皮埃尔·德·莱斯屈尔：370

Lespinasse Julie de 朱莉·德·莱斯皮纳斯：194、224

Lessing Doris 多丽丝·莱辛：405

Levinas Emmanuel 埃玛纽埃尔·勒维纳：438

Lévi-Straus Claude 克洛德·列维-施特劳斯：324、333、337、389、420

Lévy Marc 马克·李维：423

Lewinsky Charles 夏尔·莱温斯基：415

Lewis Matthew-Grégory 马修-格雷戈里·路易斯：236

L'Hermite Tristan 特里斯坦·莱尔米特：115、123、127、134—135、474

Ligne Charles de 查理·德·利涅：235

Lindon Jérôme 热罗姆·兰东：409

Lindon Mathieu 马蒂厄·兰东：409、417

Lingendes Jean de 让·德·兰让特：123

Lipovetsky Gilles 吉勒·利波维茨基：393、429

Littell Jonathan 乔纳森·利特尔：413、437、439

Locke John 约翰·洛克：113、172、195、202、533

Lodge David 戴维·洛奇：415

Lorris Guillaume de 纪尧姆·德·洛里斯：17、22—23、50

Loti Pierre 皮埃尔·洛蒂：249、311、336、339—340

Loyrette Henri 亨利·卢瓦耶特：425

Lukacs Georg 乔治·吕科：391

Lyotard Jean-François 让-弗朗索瓦·利奥塔：390、421

M

Maalouf Amin 阿敏·马卢夫：419、453

Mabanckou Alain 阿兰·马邦库：451、453

Macé Gérard 吉拉尔·马赛：423

Machaut Guillaume de 纪尧姆·德·马肖：19、22—23、52

Maestri Vannina 瓦尼娜·马埃斯特里：444

Maeterlinck Maurice 莫里斯·梅特林克：307、343、345

Maffesoli Michel 米歇尔·马费索利：425

Magnus Hans 汉斯·马格努斯：417

Maillet Antonine 安东尼娜·马耶：392

Maine de Biran 迈内·德·比朗：258

Maintenon Mme de 曼特农夫人：134、146、160、168、170、198、459、478、512、520

Mairet Jean 让·迈雷：124、152

Maistre Joseph de 约瑟夫·德·迈斯特：258、413

Maistre Xavier de 格扎维埃·德·迈斯特：260

Makine Andreï 安德烈·马奇诺：405

Malesherbes Chrétien Guillaume de Lamoignon de 克里蒂安·纪尧姆·德·拉穆瓦尼翁·德·马勒泽布：192—193、211、222、515

Malfilâtre Jacques Charles Louis 雅克·夏尔·路易·马尔菲拉特：224

Malherbe Pierre de 皮埃尔·德·马莱布：111、114—115、126—128、494、533

Mallarmé Stéphane 斯特凡纳·马拉美：85、249、254、256、288、290、305—306、308、343、429、447、481、495、526、533

Mallet-Jorris Françoise 弗朗索瓦丝·马莱-若里：389

Malleville Claude de 克洛德·德·马勒维尔：126

Malraux André 安德烈·马尔罗：321、327、330、332、334—337、363、365、370、387、496

Mammeri Mouloud 穆鲁德·马默里：392

Manière Michel 米歇尔·马尼埃：415

Mann Thomas 托马斯·曼：321、336

Marbeuf Pierre de 皮埃尔·德·马尔伯夫：123、126

Marceau Félicien 费利西安·马索：418

Marcel Gabriel 加布里埃尔·马塞尔：370

Marivaux Pierre Carlet de 皮埃尔·卡莱·德·马里沃：178、181、188—189、193、199—201、214—215、217、226、230、273、368、497

Markowicz André 安德烈·马科维奇：447

Marmontel Jean-François 让-弗朗索瓦·马蒙泰尔：190、193—194、211、231

Marot Clément 克莱芒·马罗：61、66—70、72、74—76、83—84、87—88、464、498、505、521、523、532

Martin du Gard Roger 罗歇·马丁·杜加尔：268、331、361

Martinez Carole 卡罗勒·马蒂内：438

Martin Jean 让·马丁：421

Marx Karl 卡尔·马克思：255、283、336、353、360、362、373、381、389、391、440、533

Mathieu Pierre 皮埃尔·马蒂厄：126

Matzneff Gabriel 加布里埃尔·马茨耐夫：388、442

作家索引

Maulpoix Jean-Michel 让-米歇尔·莫勒普瓦：403、417、424—425、428、448

Maupassant Guy de 居伊·德·莫泊桑：249、252、254、257、267、292、296、302、304、311、479、499、530、533

Mauriac Claude 克洛德·莫里亚克：387

Mauriac François 弗朗索瓦·莫里亚克：321、331—332、341、362、369、371、379、421、500、519

Maurois André 安德烈·莫鲁瓦：365

Mauron Charles 夏尔·莫龙：391

Maurras Charles 夏尔·莫拉斯：249、251、308、310、339

Mauvignier Laurent 洛朗·莫维尼埃：409、413、419、440

Maynard François 弗朗索瓦·迈依纳：111、127—128、494

McCann Colum 科拉姆·麦卡恩：415

McCarthy Cormac 科马克·麦卡锡：403、415

Mechraka Yamina 亚米娜·梅卡科：392

Melquiot Fabrice 法布里斯·梅尔基：451

Memmi Albert 埃尔伯特·梅米：392

Ménage Gilles 吉勒·梅纳热：119、130、139、489

Mendelsohn Daniel 丹尼尔·门德尔松：413

Mendès Catulle 卡蒂勒·孟戴斯：288

Mendoza Eduardo 爱德华多·门多萨：407

Mercier Louis-Sébastien 路易-塞巴斯蒂安·梅西耶：188—189、226、230

Mérimée Prosper 普罗斯珀·梅里美：247、253、267、284、290、303—304、524

Merle Robert 罗伯特·梅尔：370

Merrill Stuart 斯图尔特·美林：307、341

Meschonnic Henri 亨利·梅斯肖尼克：384、444、447

Mesguich Daniel 达尼埃尔·梅斯吉什：449

Meung Jean de 让·德·默恩：17、22—23、50

Michaux Henri 亨利·米肖：330、332、385、407、493、525

Michel Jean 让·米歇尔：44、46

Michel Louise 路易丝·米歇尔：284

Michel Natacha 娜塔莎·米歇尔：421

Michelet Claude 克洛德·米舍勒：435

Michelet Jules 儒勒·米什莱：245、252—253、255、284—286、297

Michon Pierre 皮埃尔·米雄：414、415、418、424、426、428、441

Millet Catherine 卡特琳·米勒：430

Millet Richard 理查德·米勒：411、413、419、427、436、438

Mirbeau Octave 奥克塔夫·米尔博：296、310、344

Mitterrand Frédéric 弗雷德里克·密特朗：425

Mizubayashi Akira 水林章：453

Mnouchkine Ariane 阿里亚娜·姆努什金：393、449

Modiano Patrick 帕特里克·莫迪亚诺：327、388、413、419、430、433、439

Molière, Jean-Baptiste Poquelin, dit 让-巴蒂斯特·波克兰，又称莫里哀：111、113—116、118—120、130、134、138、144、146、152—155、199、201、449、473、501、512

Molinet Jean 让·莫利内：55

Monénembo Tierno 提尔诺·蒙内内博：453

Monnier Henri 亨利·莫尼耶：292

Montaigne Michel Eyquem, seigneur de 米歇尔·埃康，德·蒙田领主：51、65—67、69—73、84、95、100—104、117、135、148、197、282、286、423、502、533

Montchrestien Antoine de 安托万·德·蒙克莱田：98

Montesquieu Charles-Louis de Secondat, baron de 夏尔·路易·德·塞孔达，孟德斯鸠男爵：181、183—184、188—189、191、193、195—198、203、211—212、217、229、503

Montesquiou Robert de 罗贝尔·德·孟德斯鸠：307、510

Montheillet Hubert 于贝尔·蒙特耶：391

Montherlant Henry de 亨利·德·蒙泰朗：321、330、333、363、368—369

Morand Paul 保罗·莫朗：331、335—336、349、370、374、434

Mordillat Gérard 吉拉尔·莫迪亚：425

More Thomas 托马斯·莫尔：61、66、73、171

Moréas Jean 让·莫雷亚斯：249、306—308

Morin Edgar 埃德加·莫兰：393

Morrison Toni 托妮·莫里森：403

Motin Pierre 皮埃尔·莫坦：123、126

Mouawad Wajdi 瓦吉帝·穆阿瓦德：451

Mukasonga Scholastique 斯科拉斯蒂克·姆卡松：451

Muñoz Molina Antonio 安东尼奥·穆尼奥斯·莫利纳：407

Munro Alice 艾丽斯·芒罗：415

Muray Philippe 菲利普·谬莱：413、442

Musil Robert 罗伯特·穆齐尔：321、336

Musset Alfred de 阿尔弗雷德·德·缪塞：94、226、245、247、252—253、256、265—266、273—

274、518、524

N

Nabe Marc-Édouard 马克-爱德华·纳贝：437

Naudé Gabriel 加布里埃尔·诺代：136—137

Navarre Marguerite de 玛格丽特·德·纳瓦尔：66—67、70—71、81—84、505

Navarre Yves 伊夫·纳瓦尔：335、387

Ndiaye Marie 玛丽·恩迪亚耶：415、419、436

NémirovskyIrène 依蕾娜·内米洛夫斯基：411

Neruda Pablo 巴勃罗·聂鲁达：336

Nerval Gérard de 热拉尔·德·内瓦尔：247、252、254、267—268、340、355、431、506

Neuhoff Éric 埃里克·纳奥夫：433

Nève Sylvie 西尔维·内夫：393

Nimier Marie 玛丽·尼米耶：411、428

Nimier Roger 罗歇·尼米耶：323、373、432—433

Nini Soraya 索拉娅·尼尼：452

Nivelle de La Chaussée Pierre-Claude 皮埃尔-克洛德·尼韦勒·德·拉肖塞：226

Nizan Paul 保罗·尼赞：360、363—364

Noailles Anna de 安娜·德·诺瓦耶：341

Nodier Charles 夏尔·诺迪埃：83、137、253、256、264—267、303

Noël Bernard 贝尔纳·诺埃尔：448

Noëlle Renaude 雷诺多·诺埃勒：451

Noguez Dominique 多米尼克·诺盖：426、442

Noiret Gérard 吉拉尔·努瓦雷：448

Nora Pierre 皮埃尔·诺拉：338、417—418、425

Nordey Stanislas 斯坦尼斯拉斯·诺尔德：449

Nothomb Amélie 阿梅莉·诺东：407、432

Nourrissier François 弗朗索瓦·努里西耶：373、409

Nouveau Germain 日耳曼·努沃：307、513

Novalis Friedrich, baron von Hardenberg, dit 冯·哈登柏格男爵，又称弗里德里希·诺瓦利斯：245、266、355

Novarina Valère 瓦莱尔·诺瓦里娜：393、403、407、419、449

O

Oates Joyce-Carol 乔伊斯-卡罗尔·欧茨：417

Obaldia René de 勒内·德·奥巴勒迪亚：381、403、417—418、444、449

Oksanen Sofi 索菲·奥克萨宁：417

O'Neddy Philothée 菲洛戴·欧奈迪：268

Onfray Michel 米歇尔·翁弗雷：420

Orban Christine 克里斯蒂娜·奥尔班：427、431

Orcel Michel 米歇尔·奥赛尔：441

Orléans Charles d' 查理·德·奥尔良：20—22、53—54、505、514

Ormesson Jean d' 让·端木松：415、418、435

Orsenna Éric 埃里克·奥森纳：335、401、417、419、433—434、453

Ortese Anna Maria 安娜·玛丽·奥尔泰塞：407

Oster Christian 克里斯蒂安·奥斯特：413、441

Oster Daniel 达尼埃尔·奥斯特：407

Oster Soussouev Pierre 皮埃尔·奥斯托·苏苏埃武：393、445

Ostermeier Thomas 托马·奥斯特迈尔：449

Oulitskaïa Lioudmila 柳德米拉·乌利茨卡娅：405

Ousmane Sembene 塞姆班·乌斯曼：392

Ovaldé Véronique 维罗尼克·奥瓦尔德：432

Oz Amos 阿摩司·奥兹：411

P

Pagès Yves 伊夫·帕热斯：405、438

Pagnol Marcel 马塞尔·帕尼奥尔：367

Palissot Charles 夏尔·帕利索：227

Pamuck Orhan 奥尔汗·帕穆克：411、417

Pancrazi Jean-Noël 让-诺埃尔·庞克拉齐：411、430、452

Panny Évariste de 埃瓦里斯特·德·帕尼：224

Papillon de Lasphrise Marc de 马克·德·帕皮永·德·拉斯普里斯：96

Parant Jean-Luc 让-吕克·帕朗：448

Parturier Françoise 弗朗索瓦丝·帕蒂里耶：389

Pascal Blaise 布莱兹·帕斯卡尔：111、114—118、137、144—146、148—151、169、195、202、

261、359、362、507、533

Pasolini Pier Paolo 皮埃尔·保罗·帕索里尼：427、449

Passeur Stève 斯泰弗·帕瑟：367

Paulhan Jean 让·波扬：332、370、390、525

Paz Octavio 奥克塔维奥·帕斯：401

Péguy Charles 夏尔·佩吉：319、330—331、339、343—344、508

Peletier du Mans Jacques 雅克·佩尔杰·德·勒芒：89

Pellerin Jean 让·佩尔兰：342

Pennac Daniel 达尼埃尔·佩那克：394、401、413、418、421

Perec Georges 乔治·珀雷克：327、330、334—335、374、384、387、393、423、430、438、446

Péret Benjamin 邦雅曼·佩雷：357、369

Pérez-Reverte Arturo 阿图洛·贝雷兹-雷维特：415

Perrault Charles 夏尔·佩罗：114、116、119、161—162、166—167、214

Perrein Michèle 米谢勒·佩兰：389

Pessoa Fernando 费尔南多·佩索阿：401

Pétrarque 彼特拉克：19、74、85、89—90、94、521、532

Peyré Yves 伊夫·佩雷：427、446

Picabia Francis 弗朗西斯·皮卡比亚：349、355

Piemme Jean-Marie 让-玛利·皮耶蒙：450

Pieyre de Mandiargues André 安德烈·皮埃尔·德·芒迪亚尔格：375

Pilhes René Victor 勒内-维克多·皮耶：388、433

Pineau Gisèle 吉塞勒·皮诺：452

Pingaud Bernard 贝尔纳·潘戈：409、426、430

Pinget Robert 罗伯特·潘热：377、379、449

Pirandello Luigi 路伊吉·皮兰德娄：319、367

Pirotte Jean-Claude 让-克洛德·皮罗特：413

Pisan Christine de 克里斯蒂娜·德·皮桑：19、22、52—54

Pleynet Marcelin 马塞兰·普雷奈：384

Poirot-Delpech Bertrand 贝特朗·普瓦罗-德尔佩什：388

Pommeau Joël 若埃尔·波默：413

Pommerat Joël 若埃尔·波默拉：450

Ponge Francis 弗朗西斯·蓬热：332、334、343、383

Ponsard François 弗朗索瓦·蓬萨尔：293

Ponson du Terrail Pierre-Alexis 皮埃尔-亚历克西·庞松·迪泰拉伊：257

Pontus de Tyard 蓬蒂斯·德·蒂亚尔：89、95—96

Porto-Riche Georges 乔治·波托-里什：345

Pouchkine Alexandre 亚历山大·普希金：247、423

Poulet Georges 乔治·普莱：390

Pound Ezra 埃兹拉·普内：447

Powers Richard 理查德·鲍尔斯：413

Prévert Jacques 雅克·普雷维尔：333、383、443

Prévost abbé 普雷沃神父：181、189、193、214—216、218、509

Prigent Christian 克里斯蒂安·普里让：385、403、409、413、447

Proudhon Pierre 皮埃尔·蒲鲁东：274、284

Proust Marcel 马塞尔·普鲁斯特：173、222、286、295、330—331、338、349—351、371、378、387、427、429、453、463、500、510、522

Py Olivier 奥利维耶·皮：407、426、449、451

Q

Queffélec Yann 亚纳·凯费莱克：388、440

Queneau Raymond 雷蒙·凯诺：325、330、333—334 337、374、381、384、444

Quignard Pascal 帕斯卡尔·基尼亚尔：329、388、403、409、411、419、423、425—427

Quint Michel 米歇尔·坎：439

Quintanne Nathalie 纳塔莉·坎塔内尔：444

R

Rabelais François 弗朗索瓦·拉伯雷：42、51、61、66—70、73、76—81、83—84、87、90、134、348、511、533

Racan Honorat de 奥诺拉·德·拉康：111、124、127—128、494

Racine Jean 让·拉辛：99、113—114、116、118—119、124、134、139、142、144、147—148、151、155—159、161、164、167、195、225—226、271—272、480、501、512

Raczymov Henri 亨利·哈克茨莫夫：438

Radcliffe Ann 安·拉德克利夫：187

Radiguet Raymond 雷蒙·拉迪盖：331、338、365

Ragon Michel 米歇尔·拉贡：435

Rambaud Patrick 帕特里克·朗博：407、437、453

Rambert Pascal 帕斯卡尔·朗贝尔：450

作家索引

Ramuz Charles-Ferdinand 夏尔－费迪南·拉米：366

Ransmayr Christoph 克里斯多夫·兰斯梅：415

Raynal Patrick 特里克·雷纳尔：435

Rebatet Lucien 吕西安·勒巴泰：323、370

Réda Jacques 雅克·雷达：384、407、434、446

Regnard Jean-François 让-弗朗索瓦·勒尼亚尔：199

Régnier Jehan 让·雷尼耶：22

Régnier Henri de 亨利·德·雷尼耶：341

Régnier Mathurin 马蒂兰·雷尼耶：111、114—115、123

Rémy Pierre-Jean 皮埃尔-让·雷米：388

Renan Ernest 埃内斯特·勒南：256、283、479

Renard Jean-Claude 让-克洛德·勒纳尔：384、393、445

Renard Jules 于勒·勒纳尔：254、311、344

Renaud Jacques 雅克·雷诺：392

Restif de La Bretonne Nicolas 尼古拉·雷蒂夫·德·拉布勒冬：170、185、188、190、217、230—231、237

Rétoré Guy 居伊·雷托雷：449

Retz cardinal de 雷斯主教：113—114、118、145、160

Reverdy Pierre 皮埃尔·勒韦迪：330、349、356、359、457

Révéroni Saint-Cyr Jacques-Antoine 雅克-安托万·雷韦罗尼·圣西尔：190、237

RezaYasmina 雅斯米纳·雷扎：449

Rezvani Serge 塞尔日·雷兹瓦尼：443

Ricardou Jean 让·里卡杜：377、380、431

Riccoboni Marie-Jeanne de 玛丽-让娜·德·里乔博尼：217—218

Richard Jean-Pierre 让-皮埃尔·理查德：390

Rilke Rainer Maria 莱纳·玛利亚·里尔克：319、447、526

Rimbaud Arthur 阿蒂尔·兰波：249、252、254、256、258、290、306—311、344、355、426、445、447、465、467、472、513、527、533

Rinaldi Angelo 安热洛·里纳尔迪：388、418、424、427

Rivarol Antoine Rivaroli, dit 安托万·里瓦罗利，又称里瓦洛：187、235

Robbe-Grillet Alain 阿兰·罗布-格里耶：325、330、333—335、337、376—379、429、463

Robert Marthe 玛尔特·罗伯特：391

Roblès Emmanuel 埃玛纽埃尔·罗布莱斯：336

Roche Denis 德尼·罗什：384、444、447

Rochefort Christiane 克里斯蒂亚娜·罗什福尔：388

Rodenbach Georges 乔治·罗登巴赫：307、343

Roegiers Patrick 帕特里克·罗杰：425

Roland Mme 罗兰夫人：224

Rolin Dominique 多米尼克·罗兰：432

Rolin Jean 让·罗兰：411、417、421、440

Rolin Olivier 奥利维耶·罗兰：405、407、434

Rolland Romain 罗曼·罗兰：331、339—340、361、370

Rollinat Maurice 莫里斯·罗利纳：311

Romains Jules 于勒·罗曼：319、331—332、341—342、361、366

Rondeau Daniel 达尼埃尔·龙多：434

Ronsard Pierre de 皮埃尔·德·龙萨：63、66—67、69—70、72、87、89—96、464、514、533

Rosenberg Pierre 皮埃尔·罗森伯格：425

Rosset François de 弗朗索瓦·德·罗塞：111、115、123、125

Rostand Edmond 埃德蒙·罗斯唐：137、254、345

Roth Philip 菲利普·罗斯：407、411、413

Rotrou Jean 让·罗特鲁：123、152、156

Rouart Jean-Marie 让-玛利·鲁阿尔：437、439

Rouaud Jean 让·鲁奥：335、401、411、428、430、438、453

Roubaud Jacques 雅克·鲁博：384、401、418、431、443—444

Rouquette Max 马克斯·鲁凯特：426

Rousseau Jean-Jacques 让-雅克·卢梭：135、182—185、188—193、195—197、203—205、209—212、214—215、217—223、229—230、233—234、237、259、282、286、426、475、509、515、529、533

Roussel Raymond 雷蒙·鲁塞尔：349

Rousset David 大卫·鲁塞：370、437

Rousset Jean 让·鲁塞：121、391

Roux Pierre-Paul, dit Saint-Pol 皮埃尔-保罗·鲁，又称圣珀尔·鲁：341

Roy Claude 克洛德·鲁瓦：336、370、373、387

Royet-Journoud Claude 克洛德·鲁瓦耶-茹尔努：393、444

Rudel Jaufré 若弗雷·吕德尔：22—23、47

Rufin Jean-Christophe 让-克里斯多夫·吕芬：407、409、417、419、434

Rushdie Salman 萨尔曼·鲁西迪：400—401、421

Russo Richard 理查德·拉索：411

Rutebeuf 吕特伯夫：17、22、27、36、44、51—52、54

S

Sabatier Robert 罗伯特·萨巴捷：388、435

Sacré James 雅姆·萨克雷：448

Sade Donatien Alphonse François de 多纳西安·阿方斯·弗朗索瓦·德·萨德：185、187—188、190、216、236—238、348、355、516

Sagan Françoise 弗朗索瓦丝·萨冈：325、333、373、375、432

Saint-Amant Marc-Antoine Girard de 马克-安托万·吉拉尔·德·圣阿芒：114—115、118、123、127、134

Saint-Cloud Pierre de 皮埃尔·德·圣克卢：35

Sainte-Beuve Charles-Augustin 夏尔-奥都斯丁·圣伯夫：245、247、253、256、264—265、286、349

Saint-Évremond Charles de 夏尔·德·圣埃夫勒蒙：113、116、167、172

Saint-Exupéry Antoine de 安托万·德·圣埃克絮佩里：321、332—333、363

Saint-John Perse Alexis Léger, dit 亚历克西·莱热，又称圣-琼·佩斯：330—331、349、360、517

Saint-Lambert Jean-François de 让-弗朗索瓦·德·圣朗贝尔：211、224

Saint-Réall'abbé 圣雷阿尔神甫：113、116、165—166

Saint-Simon Claude-Henri de 克洛德-亨利·德·圣西蒙：258、283

Saint-Simon Louis de Rouvroy, duc de 路易·德·鲁弗鲁瓦，德·圣西蒙公爵：109、118、160、173、188—189、196

Salacrou Armand 阿尔芒·萨拉克鲁：319、368

Sallenave Danièle 达妮埃勒·萨勒纳夫：335、388、394、418、426、432、434、440

Salmon André 安德烈·萨尔蒙：349

Salvaing François 弗朗索瓦·萨勒凡：421

Salvayre Lydie 莉迪·萨尔瓦伊尔：407、413、421、439

San Antonio Frédéric Dard, dit 弗雷德里克·达尔，又称圣安东尼奥：391

Sandeau Jules 于勒·桑多：292、518

Sand George 乔治·桑：247、252—253、256—257、266、274—275、283、479、504、518、524

Santeul Jean de 让·德·桑特勒：144

Sarasin Jean-François 让-弗朗索瓦·萨拉赞：126

Sardou Victorien 维克托里安·萨尔杜：247、293

Sarraute Nathalie 纳塔莉·萨罗特：332、334、376—379、428、449

Sarrazin Albertine 阿尔贝蒂娜·萨拉赞：388

Sarrazin Dominlque 多米尼克·萨拉赞：450

Sartre Jean-Paul 让-保罗·萨特：321、323、327、330、332—335、337—338、363—364、369—373、378、380、386—387、420—421、429、467—469、500、519

Scarron Paul 保罗·斯卡龙：114—115、123、134—135、138、152、160、474、520

Scève Maurice 莫里斯·塞夫：61、66—67、70、76、84—86、94、486、521

Schaeffer Jean-Marie 让-玛利·舍费尔：425

Schlemilovitch Raphaël 拉斐尔·什勒米洛维奇：433

Schmitt Éric-Emmanuel 埃里克-埃玛纽埃尔·施米特：419、426、449

Schneider Michel 米歇尔·施奈德：426

Schopenhauer Arthur 阿图尔·叔本华：302、499、533

Schuhl Jean-Jacques 让-雅克·舒尔：409

Sciascia Leonardo 列昂纳多·夏夏：391

Scott Walter 沃尔特·司各特：245、275

Scribe Eugène 欧仁·斯克里布：247、293

Scudéry Madeleine de 玛德莱娜·德·斯屈代里：114、123、133、160、492

Sebald Winfried Georg 温弗里德·格奥尔格·泽巴尔德：411

Seban Alain 阿兰·塞班：425

Sedaine Michel-Jean 米歇尔-让·塞代纳：226

Segalen Victor 维克多·谢阁兰：331、336、347

Sellars Peter 皮特·塞兰：449

Semprun Jorge 若尔热·桑普兰：405、418、437—438

Sénac de Meilhan Gabriel 加布里埃尔·塞纳克·德·梅杨：187、190、217、235

Senancour Étienne Pivert de 艾蒂安·皮韦尔·德·塞南库尔：245、253、260

Senghor Léopold Sédar 利奥波德·塞达尔·桑戈尔：392

Séonnet Michel 米歇尔·塞翁内：439

Serres Michel 米歇尔·塞尔：389

Seurat Marie 玛丽·瑟拉：388

Sévigné marquise de 赛维涅侯爵夫人：114、116、118、130—132、145、160—161、489、492

Shakespeare William 威廉姆·莎士比亚 65—66、98、111、201、260、264、271、346、367、465、533

Simenon Georges 乔治·西姆农：361、370、391、427

Simon Claude 克洛德·西蒙：329、334—335、377、379、401、407、409、413、418、428、431、437—440、522

Sivan Jacques 雅克·西旺：444

Soljenitsyne Alexandre 亚历山大·索尔仁尼琴：327、336

Sollers Philippe 菲利普·索雷尔：327、334、380、388、409、418、425、429、442

Sontag Susan 苏珊·桑塔格：409

Sorel Charles 夏尔·索雷尔：115、123、134

Soupault Philippe 菲利普·苏波：357、458、466

Spinoza Baruch 巴鲁赫·斯宾诺莎：113、172、195、533

Sponde Jean de 让·德·斯蓬德：63、66—67、95、97、523

Sportès Morgan 摩根·斯波尔泰：417、441

Staël Mme de 斯塔埃尔夫人：245、253、259—260、264、286

Stanišić Saša 萨沙·斯塔尼希奇：415

Starobinski Jean 让·斯塔罗宾斯基：390、465

Steinmetz Jean-Luc 让-吕克·斯坦梅兹：447

Stendhal 司汤达：166、242、245、252—253、255、259、271、281—283、292、303、373、391、397、426、432—434、526、533。另见"亨利·贝尔"

Sternberg Jacques 雅克·斯滕伯格：392

Stil André 安德烈·斯蒂尔：388

Strindberg Auguste 斯特林堡·奥古斯都：345

Sue Eugène 欧仁·休：245、253、257、274

Sully Prudhomme 叙利·普吕多姆：289

Supervielle Jules 于勒·叙佩维埃尔：332、359、525

Swanwick Michael 迈克尔·斯万维克：403

Swift Jonathan 乔纳森·斯威夫特：181、203

Szpilman Wladyslaw 瓦迪斯瓦夫·席皮尔曼：409

T

Tabucchi Antonio 安东尼奥·塔布其：401—411

Taine Hippolyte 伊波利特·泰纳：249、256、286

Tallemant des Réaux Gédéon 热代翁·塔勒芒·德雷奥：170

Tardieu Jean 让·塔迪厄：335、338、381、403、444

Tardieu Laurence 洛朗斯·塔迪厄：430

Tavares Gonçalo M. 贡萨洛·曼努埃尔·塔瓦雷斯：417

Tchekhov Anton 安东·契诃夫：251、367

Tencin Claudine de 克洛迪娜·德·唐森：193、210、217、497

Tesson Philippe 菲利普·泰松：449

Tesson Sylvain 西尔万·泰松：427

Théophile de Viau 泰奥菲勒·德·维奥：120、123—124、127、134—137、156

Thériault Yves 伊夫·泰里奥：392

Thierry Augustin 奥古斯丁·蒂埃里：284

Thiers Adolphe 阿道夫·梯也尔：248、284—285

Thomas Chantal 尚塔尔·托马：432、437

Thuillier Magali 马加尔·蒂利耶：447

Tillinac Denis 德尼·蒂利纳克：428、434—435

Tocqueville Alexis de 亚历克西·德·托克维尔：247、253、255、285

Todorov Tzvetan 茨维坦·托多罗夫：391、424

Tóibín Colm 科尔姆·托宾：413、417

Tolstoï Léon 莱昂·托尔斯泰：247、249、340、345、417、427

Toulet Paul-Jean 保罗-让·图莱：341—342

Tourgueniev Ivan 伊万·屠格涅夫：247、292、345、499、518、530

Tournier Michel 米歇尔·图尼耶：327、334、338、375—376、418、428、437

Tours Grégoire de 格雷古瓦·德·图尔：37

Toussaint Jean-Philippe 让-菲利普·图桑：413、415、419、425、428、441

Tremblay Michel 米歇尔·特朗布莱：392

Tristan Flora 弗洛朗·特里斯坦：284

Tristan Frédérick 弗雷德里克·特里斯坦：423、435、440

Trocmé Florence 弗洛朗斯·特罗克梅：443

Trouillot Lionel 里昂奈·特鲁约：453

Tulard Jean 让·蒂拉尔：437

Tzara Tristan 特里斯坦·查拉：331、354、358、457—458、466—467

U

Urfé Honoré d' 奥诺雷·迪尔费：114—115、123、131

V

Vailland Roger 罗歇·瓦扬：323、333—334、370、373

Valère Valérie 瓦勒里·瓦莱尔：388

Valéry Paul 保罗·瓦莱里：85、330—331、337、341、353—354、359、370、383、390、466、

495、517、525—526、533

Vallès Jules 于勒·瓦莱斯：302

Van Cauwelaert Didier 迪迪尔·范·考韦拉尔特：405、424、431

Van Lerberghe Charles 夏尔·范·瓦勒尔博赫：343

Vann David 大卫·范恩：417

Vargas Fred 雷德·瓦格斯：411、435

Vargas Llosa Mario 马里奥·巴尔加斯·略萨：405、417

Vassiliev Anatoli 安东尼·瓦西利埃：449

Vaugelas Claude Fabre de 克洛德·法布尔·德·沃热拉：115、120、123、139

Vauquelin des Yvetaux Nicolas 尼古拉·沃克兰·德伊夫特奥：123、130

Vautrin Jean 让·沃捷：435

Veilhan Xavier 格扎维埃·威尔汗：415

Veiras Denis 丹尼丝·维依哈：113、116、172、230

Venaille Franck 弗兰克·韦纳耶：386、413、445

Ventadour Bernard de 贝尔纳·德·旺塔杜：48

Vercors Jean Bruller, dit 让·布吕莱，又称韦尔科尔：332、370

Verhaeren Émile 埃米尔·凡尔哈伦：307、343

Verheggen Jean-Pierre 让-皮埃尔·沃尔根：447

Verlaine Paul 保罗·魏尔伦：51、249、254、256、258、265、288、290、305—307、309、311、426、495、513、526—527

Vian Boris 鲍里斯·维安：333、368、374、380

Viau Théophile de 泰奥菲勒·德·维奥：114—115、120、123—124、127、134—137、156

Viel Tanguy 唐吉·维尔：427

Vielé-Griffin Francis 弗朗西斯·维耶勒-格里芬：307、359

Vigan Delphine de 德尔菲娜·德·维冈：413、419、431、435、440

Vigny Alfred de 阿尔弗雷德·德·维尼：245、252、254、256、258—259、264、266、272—273、290、528

Vilain Philippe 菲利普·维兰：430

Vilar Jean 让·维拉尔：381、449

Vildrac Charles 夏尔·维尔德拉克：342

Villégier Jean-Marie 让-玛利·维莱吉耶：449

Villehardouin Geoffroy de 若弗鲁瓦·德·维尔阿杜安：15、22—23、38

Villiers Gérard de 吉拉尔·德·维利耶：391

Villers de L'Isle-Adam Auguste de 奥古斯特·德·维利埃·德·利勒-亚当：249、305、310—311

Villon François 弗朗索瓦·维永：21—23、27、51、53—54、498

Vinaver Michel 米歇尔·维纳威尔：393、401、449

Vincent Jean-Piere 让-皮埃尔·樊尚：449

Vion Dalibray Charles de 夏尔·德·维翁-达利布雷：126

Virgile 维吉尔：31、134、167、437

Vitez Antoine 安托万·维泰：392、449

Vitoux Frédéric 弗雷德里克·维图：426、427

Vitrac Roger 罗歇·维特拉克：367、380

Vivien Renée 勒妮·维维安：341

Voiture Vincent 樊尚·瓦蒂尔：114、118、130—131、134、145、160

Volkoff Vladimir 弗拉基米尔·沃尔科夫：391

Volney Constantin François 康斯坦丁·弗朗索瓦·沃尔内：233

Volodine Antoine 安托万·沃罗迪纳：434

Voltaire François-Marie Arouet, dit 弗朗索瓦-玛利·阿鲁埃，又称伏尔泰：51、166、181—184、188—189、191—193、195—197、201—205、207、209—211、213、220、222、225、230—231、234、462、509、529

W

Walpole Horace 霍勒斯·沃波尔：183、224、236

Warner Deborah 德博尔·瓦尔内：449

Werber Bernard 贝尔纳·威尔贝：433

Weyergans François 弗朗索瓦·维耶尔冈斯：401、413、418、421、431

Wiazemsky Anne 安娜·维亚泽姆斯基：428

Wiesel Elie 埃里·维泽尔：388、438

Wilde Oscar 奥斯卡·王尔德：251、311、367、481、495

Williams William Carlos 威廉-卡洛斯·威廉姆斯：447

Wilson Robert 罗伯特·威尔逊：393、449

Wolfe Tom 汤姆·沃尔夫：329、401

Y

Yacine Kateb 凯特布·雅辛：392

Yourcenar Marguerite 玛格丽特·尤瑟纳尔：327、333—334、375、387

Z

Zafón Carlos Ruiz 卡洛斯·鲁依斯·萨丰：411

Zobel Joseph 约瑟夫·祖贝尔：452

Zola Émile 埃米尔·左拉：249、251—252、254—255、257、283、293、295—298、302、312、318、339—340、361、499、508、530

Zouari Fawzia 法兹娅·祖阿莉：452

作品索引

A

Abraham sacrifiant《亚伯拉罕的牺牲》：100、430

À bras le cœur《拥抱心灵》：413、452

Absences du capitaine Cook（Les）《库克上尉缺席》：430

Abyssin（L'）《阿比西尼亚人》：430

Acacia（L'）《洋槐》：335、377、379、401、438、522

À ce soir《今晚见》：430

À cor et à cri《号角与尖叫》：401、431

Actuelles《时文集》：468

À défaut de génie《天资不足》：409、430

Aden《亚丁》：403、513

Aden-Arable《阿拉伯的亚丁》：364

Adieu《永别》：276、426、440、445

Adieu aux lisières（L'）《林界上的告别》：445

Adieu Kafka《永别卡夫卡》：426

Adieux à la vie《再见，生命》：224

Adolphe《阿道夫》：253、260、284

Adrienne Mesurat《阿德丽爱娜·默聚拉》：362

Adversaire（L'）《对面的撒旦》：436、441

Africain（L'）《非洲人》：411、431、493

Âge de raison（L'）《不惑之年》：371、519

Âge d'homme（L'）《人的时代》：387

Aigle à deux têtes（L'）《双头鹰》：367

Aiglon（L'）《雏鹰》：345

Ajour（L'）《孔洞》：446

À l'ami qui ne m'a pas sauvé la vie《给没有救我命的朋友》：429

作品索引

À la recherche du temps perdu《追忆似水年华》：331、350

À livre ouvert《赤子之心》：411

Allée du roi (L')《王家之路》：437

Alouette (L')《云雀》：368

Amant (L')《情人》：114—115、118、123、127、134、335、379

Amaranthe《阿玛朗特》：124

Âme (L')《灵魂》：211、271、409、447

Âmes grises (Les)《灰色的灵魂》：411、438

Aminta《阿明达》：124

Amour est fou (L')《爱情是疯狂的》：440

Amour fou (L')《疯狂的爱情》：332、467

Amour la Fantasia (L')《爱情幻想曲》：452

Amours《爱情诗集》：67、93、96、224、307、490

Amours d'Hippolyte《希波吕托斯的爱情诗集》：67、96

Amours jaunes (Les)《黄颜色的爱情》：307

Amours (Les)《爱情集》：514

Amour suprême (L')《崇高的爱情》：305

Amour vagabond (L')《流浪的爱情》：432

Amphithéâtre des morts (L')《死人的圆形剧场》：430

Amphitryon《安菲特律翁》：154、369、482、501

An 2450 ou Rêve s'il en fut jamais (L')《2450年，或一个似有若无的梦》：230

Ancien Régime et la Révolution (L')《旧制度与大革命》：285

Andromaque《安德洛玛克》：116、155—157、512

Annonce faite à Marie (L')《向圣母报信》：331、346、472

Anthologie nomade《流浪诗选》：434

Antigone《安提戈涅》：98—99、323、332、367—368、426

Antimémoires《反回忆录》：334、387、496

Antimodernes (Les)《反现代者们》：413、423

Anti-Platon (L')《反柏拉图》：445、465

Antiquités de Rome (Les)《罗马怀古集》：67、90、464

Antoine Bloyé《安托万·布鲁瓦耶》：364

Ap. J.-C.《公元后》：453

Apocalypse Bébé《末日宝贝》：417、432

Appareil-photo (L')《照相机》：441

Apprendre à finir《学会完结》：409

Apprendre à prier à l'heure de la technique《学着在技术时代祈祷》：417

Apprendre à vivre《学习生活》：103、424

Arabesques《阿拉伯式花饰》：442

Arbre sur la rivière（*L'*）《河边树》：428

À rebours《逆流》：254、258、312

Arrêt d'urgence《紧急制动》：435

Arria Marcella《阿里雅·玛赛拉》：303

Art《艺术》：449

Art du roman（*L'*）《小说艺术》：436

Arthur Rimbaud《阿蒂尔·兰波》：308、445、465

Art poétique《诗歌艺术》：87、98、116、144、151、167、307

Asile de fous《疯人院》：413、437

Asmara《阿斯马拉》：434

Assommoir（*L'*）《小酒店》：296—297、299、301

Astrée（*L'*）《阿斯特蕾》：107、111、115、123—125、127、129、131—132、140—141、490

Atala《阿达拉》：261—262、470

Athalie《阿塔莉》：116、155、512

Atrides（*Les*）《阿特雷德家族》：403、426、437

Attila《阿提拉》：143、473

Au cœur de l'enfance《正值童年》：403

Au régal des vermines《寄生虫的盛宴》：437

Aurélia《奥蕾莉亚》：254、268、506

Aurélien《奥雷利安》：333、364、458

Au Roi, pour avoir été dérobé《因被盗致国王书简诗》：75

Austerlitz《奥斯特里茨》：245、411

Autoportrait au radiateur《暖气片上的自画像》：442

Autour das sept collines《七座山丘旁》：403、429

Autre Monde ou les États et Empires de la Lune et du Soleil（*L'*）《另一个世界或月球上与太阳上的国家和帝国》：115、137

Autres Vies que la mienne（*D'*）《有别于我的生活》：415

Avant-Dernier des hommes（*L'*）《倒数第二个人》：449

Avant-Guerre《战前》：439

Avec Tolstoï《与托尔斯泰一起》：417、427

作品索引

Avec vue sur la mer《海景》：434

Avenir de la science（*L'*）《科学的未来》：283

Avenir de l'eau（*L'*）《水的未来》：433

Aventures de Jacques Sadeur（*Les*）《雅克·萨德尔冒险记》：230

Aventures de Télémaque《忒勒玛科斯的遭遇》：116、170—171、364、458、478

Avenue des Géants《巨人街》：436

B

Babouc《巴布可》：203

Babylone《巴比伦》：124、357

Bachelier（*Le*）《中学毕业生》：302、479、508、527

Baise-moi《悲情城市》：407、432

Bajazet《巴雅泽》：157、512

Balcon（*Le*）《阳台》：381

Balcon en forêt（*Un*）《林中阳台》：375、439

Bal des voleurs（*Le*）《窃贼舞会》：368

Ballade des folles amours《疯狂爱情谣曲》：54

Ballade des pendus《绞死者谣曲》：54

Ballade du concours de Blois《布卢瓦诗会之歌》：54

Ballades françaises《法国谣曲》：342

Barbier de Séville（*Le*）《塞维勒的理发师》：190、227—229、245、462

Bataille（*La*）《战役》：407、437

Bataille de Pharsale（*La*）《法萨尔战役》：334、377、522

Bataille Loquifer（*La*）《洛吉费尔战役》：30

Baudelaire《波德莱尔》：519

Baudelaire : les années profondes《波德莱尔：深度岁月》：426

Bazar de l'Hôtel de Ville（*Le*）《市政厅百货商店》：444

Beckett《贝克特》：368

Bélisaire《贝利萨留》：231

Bella《贝拉》：361、482

Belle du Seigneur《上帝之美》：334、388

Belle et la Bête（*La*）《美女与野兽》：213

Bérénice《贝蕾妮丝》：116、141、157、473、512、522

Bergeries《田园牧歌集》：96、124、514

Bestiaire（*Le*）《动物小唱》：457

Bestiaire ordinaire（*Le*）《寻常斗兽者》：438

Bestiaires（*Les*）《斗兽者》：363

Bête humaine（*La*）《人面兽心》：297、299、301

Bienveillantes（*Les*）《善良者》：413、437、439

Bijoux indiscrets（*Les*）《泄露隐情的首饰》：216、475

Blason du beau tétin《美乳赞》：76、498

Blason du sourcil《眉黛赞诗》：76

Bœuf sur le toit（*Le*）《屋顶的牛》：367

Bonheur à San Miniato（*Le*）《在圣米尼亚托的幸福》：435

Bonheur de Barbezieux（*Le*）《巴尔贝其厄的幸福》：365

Bonne Chanson（*La*）《美好的歌》：306、527

Bonnes（*Les*）《女仆们》：381

Boule de suif《羊脂球》：302

Boulevard des maréchaux《元帅大街》：434

Bouquet inutile（*Le*）《无用的花束》：342

Bouquets et Prières《花束和祈求》：265

Bourgeois de Molinchart（*Les*）《莫兰沙尔的资产阶级》：274

Bourgeois gentilhomme（*Le*）《贵人迷》：153—154、200、501

Bouvard et Pécuchet《布瓦尔与佩居谢》：295、479

Bradamante《布拉达曼特》：67、99

Britannicus《布里塔尼居斯》：157、512

Brooklyn《布鲁克林》：417

Brouette du vinaigrier（*La*）《卖醋人的独轮车》：226

Bruges la Morte《死去的布鲁日》：343

Bûcher des vanités（*Le*）《虚荣的篝火》：329、401

Bucoliques《田园诗》：225

Bug-Jargal《布格-雅加尔》：268

Burgraves（*Les*）《城堡卫戍官》：272、293、483

C

Ça《这》：445

作品索引

Cafetière est sur la table (*La*)《咖啡壶在桌上》：380

Cagnotte (*La*)《置钱箱》：293

Cahier de romances《浪漫曲笔记》：428

Cahier de verdure《翠绿笔记》：445

Cahiers de la Quinzaine《半月丛刊》：508

Caligula《卡利古拉》：333、372—373、468

Campagnes hallucinées (*Les*)《虚幻的乡村》：343

Candide《老实人》：189、192、194、203、230、529

Cantatrice chauve (*La*)《秃头歌女》：333、382、484

Canzoniere《抒情诗集》：89

Capitaine Fracasse (*Le*)《弗拉卡斯好汉》：287

Caprices de Marianne (*Les*)《玛丽亚娜的任性》：273、504

Caractères《品格论》：116、168—169、235、487

Carmen《卡门》：304

Carnac《卡尔纳克城》：334、384

Carte et le Territoire (*La*)《地图与疆域》：417

Casaluna《卡萨鲁纳》：446

Casanova l'admirable《非凡的卡萨诺瓦》：442

Case du commandeur (*La*)《统帅的茅屋》：452

Cassandre《卡桑德尔》：92、94、96、133、514

Castor de guerre《战斗的海狸》：426

Causeries (*Les*)《漫谈》：253、286

Causes perdues (*Les*)《失败的事业》：434

Caves du Vatican (*Les*)《梵蒂冈的地窖》：331、352、481

Célibataires (*Les*)《单身汉》：363

Celui qui s'en va《离去的人》：429

Cendres sur les mains《手上的骨灰》：450

Cent Mille Milliards de Poèmes《百万亿首诗》：384

Cent Quarante-Huit Propositions sur la vie et la mort et autres petits traités《关于生死的 148 条提议和其他小文论》：444

Ce pays dont je meurs《令我丧命的国度》：452

Ce peu de bruits《这些微声响》：445

Ce qu'aimer veut dire《爱意味着什么》：417

Ceque c'est que la France toute catholique sous le règne de Louis le Grand《论伟大路易大帝治下的全天主

教法国》：173

Ce que je sais de Véra Candide《我所知道的薇拉·康迪德》：432

Ce que le jour doit à la nuit《白昼亏欠黑夜的》：415、439

Ce qui fut sans lumière《曾经无光的一切》：445

Ce qui reste après l'oubli《忘却后的遗留》：443

Cercle《圈》：413

Ce royaume t'appartient《这个王国属于你》：407

César《赛查》：367

C'est, partout, ici《此地无处不在》：448

C'était nous《那曾是我们》：401、428

Cet Enfant《这个孩子》：450

Cette vie est la nôtre《这种生活属于我们》：446

Chagrin d'école《学校之痛》：413、421

Chair de l'homme (La)《人之罪》：449

Chair piment《肉体的刺激》：452

Chaises (Les)《椅子》：484

Chambre (La)《房间》：437

Chambre des officiers (La)《军官室》：407、438

Champavert《尚帕瓦尔》：267

Champs d'honneur (Les)《沙场》：335、401、428、438

Chanson de Guillaume (La)《纪尧姆之歌》：23、30

Chanson de Jérusalem (La)《耶路撒冷之歌》：30

Chanson de Roland (La)《罗兰之歌》：8、11、23、28—30

Chanson des Saisnes (La)《撒克逊人之歌》：30

Chansons des rues et des bois《路与林歌集》：483

Chant du monde (Le)《人世之歌》：332、366

Chants de Maldoror (Les)《马尔多罗之歌》：310

Chaos《混沌》：164、445

Charmes《幻美集》：331、354、526

Chartreuse de Parme (La)《帕尔马修道院》：253、281—282、373、524

Chaste Isabelle (La)《贞洁的伊莎贝尔》：227

Château des murmures (Le)《中世纪呢喃城堡》：438

Château d'Otrante (Le)《奥特兰托城堡》：183、236

Châtiments《惩罚集》：97、270、483

作品索引

Chatte（La）《牝猫》：366

Chatterton《查铁敦》：259、266、273、528

Chef-d'œuvre inconnu（Le）《不为人知的杰作》：276、280

Chemins de la liberté（Les）《自由之路》：371

Chercheur d'or（Le）《寻金者》：389、430、493

Cherokee《切罗基》：424

Chevalier à la Charrette（Le）《坐囚车的骑士》：23、32、34

Chevalier au Lion（Le）《狮骑士》：23、34

Chevalier Des Touches（Le）《德图什骑士》：304

Chevaliers du subjonctif（Les）《虚拟式骑士》：433

Chèvrefeuille（Le）《金银花》：32

Chiens de garde（Les）《看门狗》：364

Chimères（Les）《幻想集》：254、268、506

Choses（Les）《物》：334、374

Chronique des ducs de Normandie《诺曼底诸公爵纪事》：38

Chronique des Pasquier《帕基耶家族纪事》：361

Chronique du règne de Charles IX《查理九世时代轶事》：303

Chroniques《史记》：23、39

Chute（La）《堕落》：325、334、373、468

Chute de cheval（La）《坠马》：431

Cid（Le）《熙德》：115、129、140、142—143、473

Cinéma《电影》：427

Cinna《西拿》：115、118、141—143、473

Cinq-Mars《散-马尔斯》：121、266、492

Cinquième Livre《第五部书》：79、511

Circulaire à toute ma vie humaine《我的人生通报》：421

Cité antique（La）《古代城邦》：284

Cité des Dames（La）《淑女之城》：53

Cité heureuse（La）《幸福城》：436

Clairières dans le clel《天上的林中空地》：342、485

Classe de neige（La）《雪地惊魂》：405、436

Claustria《囚地利》：441

Clélie《克莱莉》：133

Cléopâtre《克莱奥帕特》：67、133

Cléopâtre captive《被俘的克莉奥帕特拉》：97

Cliente (*La*)《女顾客》：439

Cligès《克里赛》：23、34

Clitandre《克利唐德尔》：140—141、473

Clôture (*La*)《篱笆街》：411、440

Club des incorrigibles optimistes (*Le*)《不可救药的乐天主义者俱乐部》：439

Coffret de Santal (*Le*)《檀香盒》：307

Coin du voile (*Le*)《面纱之隅》：405

Colline《山岗》：339、366

Colline inspirée (*La*)《受神灵启示的山岗》：339

Colomba《高龙巴》：304

Colombe (*La*)《科隆布》：368、497

Colonie (*La*)《移民地》：226、230、497

Combat de nègres et de chiens《黑人与狗的战斗》：450

Comédie du pape malade《抱恙教皇喜剧》：100

Comédie humaine (*La*)《人间喜剧》：242、275—277、279—280、460

Commémoration (*La*)《纪念》：426

Commentaire philosophique sur ces paroles de Jésus-Christ : «Contrains-les d'entrer»《关于耶稣—基督话语"强迫他们皈依"的哲学评论》：173

Comment faire l'amour avec un nègre sans se fatiguer《如何与黑人相爱而心无厌倦》：431

Comme un roman《如同一本小说》：394、421

Communistes (*Les*)《共产党人》：364、458

Compagnie des spectres (*La*)《幽灵陪伴》：407、439

Compagnon du Tour de France (*Le*)《木工小史》：275、518

Complaintes (*Les*)《怨诉》：51、254、311

Comte de Monte-Cristo (*Le*)《基督山伯爵》：274

Concile de Basle《巴塞尔主教会议》：44

Condition humaine (*La*)《人类的命运》：332、363、496

Confession d'un enfant du siècle《一个世纪儿的忏悔》：266、504

Confessions (*Les*)《忏悔录》：189、218、221—223、515

Confessions du comte de《某某伯爵的忏悔录》：216

Confidences pour confidences《将心比心》：407

Confort intellectul (*Le*)《思想安逸》：365

Conquête de Constantinople (*La*)《君士坦丁堡征服记》：38

作品索引

Considerations sur les causes de la grandeur des Romains et de leur décadence《罗马盛衰原因考》：189、197、503

Conspiration（*La*）《阴谋》：364

Conte du Graal（*Le*）《圣杯的故事》：23、34

Contemplations（*Les*）《静观集》：254、269—271、483

Contes《故事诗》：161—162、235、245、247、253、490、499

Contes cruels《残酷的故事》：305

Contes de Canterbury《坎特伯雷故事集》：19、37

Contes d'Espagne et d'Italie《西班牙和意大利故事诗》：265、504

Contes immoraux《不道德的故事》：267

Contrat social（*Le*）《社会契约》：189、220、515

Contrerimes（*Les*）《反韵集》：342

Contr'un ou De la servitude volontaire《论自愿为奴》：67、73

Conversation（*La*）《对话》：435

Conversation amoureuse（*La*）《爱情对话》：409、432

Corbeaux（*Les*）《乌鸦》：293

Corinne ou l'Italie《科琳娜或意大利》：260

Coriolan《科廖兰》：124

Cornélie《科尔纳利》：99

Corps clairvoyant（*Le*）《有远见的身体》：407、447

Corps du roi《国王的身体》：411

Corps et Biens《身体与财富》：357

Corrections（*Les*）《修正》：411

Correspondance de prison《狱中通信》：234

Cour des grands（*La*）《名望圈》：433

Courir《奔跑》：427

Courrier Sud《南线航班》：363

Course à L'abîme（*La*）《奔向深渊》：427

Court Serpent《短蛇号》：438

Création du monde（*La*）《创世》：435

Crispin rival de son maître《与主为敌的克里斯平》：199

Critique de la critique《批评之批评》：424

Critique littéraire（*La*）《文学批评》：424、506

Critiques《批评》：286

Cromwell《克伦威尔》: 241、264、268、271—272、483

Culte du moi（*Le*）《自我崇拜》: 254、339

Cymbalum Mundi《世界钟声》: 83

Cyrano de Bergerac《西拉诺·德·贝热拉克》: 107、114—115、117、123、137、152、160、172、230、254、345

D

Dame aux camélias（*La*）《茶花女》: 293

Dame de chez Maxim（*La*）《马克西姆家的夫人》: 293

Dames de Rome（*Les*）《罗马贵妇》: 437

Dans ces bras-là《在男人的怀抱中》: 409、430

Dans la foule《在人群中》: 413

Dans la main de l'ange《在天使手中》: 427

Dans la main du Diable《在魔鬼手中》: 427

Dans la solitude des champs de coton《棉花地的孤寂中》: 450

Dans le leurre du seuil《在门槛的圈套中》: 465

Dans les forêts de Sibérie《在西伯利亚森林中》: 427

Dans un état critique《文学的批评状况》: 424

Da Vinci Code《达芬奇密码》: 423

Déclaration des droits de la femme et de la citoyenne《妇女和公民权利宣言》: 234

Déclaration des droits de L'homme《人权宣言》: 234

Déclin de l'empire Whiting（*Le*）《帝国的崩塌》: 411

Décor ciment《水泥装饰》: 401、440

Découverte australe（*La*）《南半球的发现》: 190、230—231

Défense et illustration de la langue française《捍卫和弘扬法兰西语言》: 59、68、87、90、464

Degrés《度》: 377—378

Degré zéro de L'écriture（*Le*）《写作的零度》: 333、390

De guerre lasse《厌倦的战争》: 432

Dehors est la ville《外面即城市》: 425

De la démocratie en Amérique《论美国的民主》: 253、285

De la littérature considerée dans ses rapports avec les institutions sociales《从社会制度与文学的关系论文学》: 253、259

De l'Allemagne《论德意志》: 253、259

De la mélancolie《论忧郁》: 224

De l'amour《论爱情》: 253、281、524

De la musique《论音乐》: 243、306、427

De l'angélus de l'aube à l'angélus du soir《黎明三钟经至夜晚三钟经》: 342

De la poésie dramatique《论戏剧诗》: 206

De l'esprit des lois《论法的精神》: 177、189、198、503

De l'horrible danger de la lecture《论阅读的严重危险性》: 205

Délie, objet de plus haute vertu《德莉，至高美德的对象》: 85、521

Delphine《德尔菲娜》: 260、413、419、431、435、440

Demain je meurs《明日，我故去》: 413

Démolir Nisard《杀死尼扎尔》: 427

Démon de la théorie (Le)《理论的恶魔》: 420

Démon de midi (Le)《中年的魔鬼》: 339

De père français《我的父亲是法国人》: 439

Déplacés (Les)《流亡者》: 450

Déracinés (Les)《背井离乡者》: 310、339

Dernière Conférence (La)《最后会议》: 434

Dernières Nouvelles de l'au-delà《来自彼世的最后消息》: 440

Dernier Royaume《最后的王国》: 423

Derniers Jours de la classe ouvrière (Les)《工人阶级的最后时日》: 421

Derniers Jours de Pékin (Les)《在北京最后的日子》: 340

Dernier Sursaut (Le)《最后一跃》: 401、449

Derrière la colline《丘陵之后》: 438

Des anges mineurs《卑微的天使》: 434

Désaxés (Les)《失常者》: 413、432

Descente de l'Escaut (La)《埃斯科河的入海处》: 445

Des choses idiots et douces《又蠢又甜蜜的事》: 403、436

Des éclairs《电光》: 427

Désenchantement de la littérature (Le)《文学的祛魅》: 427

Désert《沙漠》: 335、389、429、493、500

Des gens très bien《正派的人》: 439

Des hommes illustres《名人们》: 428

Déshonneur des poètes (Le)《诗人的耻辱》: 357

De si jolis chevaux《所有漂亮的马》: 403

Désiré《德齐雷》：286

Désordre du langage（Le）《语言的无序》：444

Destinées（Les）《命运集》：25、254、266、528

Deull des primevères（Le）《报春花的葬礼》：342、485

Deuxième Sexe（Le）《第二性》：389

Deux Léopards（Les）《两头豹子》：439

Devant la parole《语言面前》：449

Dévorations《吞》：413、427

Diable amoureux（Le）《恋爱的魔鬼》：189、236

Diable au corps（Le）《身体中的魔鬼》：331、365

Diable et le Bon Dieu（Le）《魔鬼与天主》：371、519

Diaboliques（Les）《恶魔们》：254、304

Dictionnaire de l'Académie française《法兰西学术院词典》：120、122

Dictionnaire des idées recues《庸见词典》：295

Dictionnaire égoiste de la littérature francaise《法国文学利己词典》：422

Dictionnaire historique et critique《历史批判辞典》：173

Dictionnaire philosophique《哲学词典》：205、529

Didon se sacrifiant《献身的迪东》：124

Dieu de nos pères（Le）《先辈的上帝》：428

Dieux ont soif（Les）《诸神渴了》：340

D'île et de mémoire《岛与回忆》：428

Dindon（Le）《愚人》：293

Discours antillais（Le）《安的列斯陈述》：451

Discours de la méthode（Le）《方法论》：115、139、151

Discours sur les sciences et les arts《论科学和艺术》：189、219、515

Discours sur le style《论风格》：213

Discours sur l'origine et les fondements de l'inégalité parmi les hommes《论人类不平等的起源和基础》：204、220

Discours sur l'universalité de la langue française《论法兰西语言的普遍性》：235

Disent les imbéciles《傻瓜们说……》：377

Disgrâce《耻》：113、185、409、490

Disparition（La）《消失》：334、374

Disparus（Les）《失踪者》：413

Dit de la Rose《玫瑰的故事》：53

Dit d'hypocrisie《论虚伪故事诗》：52

Dit Nerval《姓内瓦尔》：431

Dom Carlos《唐·卡洛斯》：116、165

Domestique chez Montaigne《蒙田家仆》：423

Don Juan《唐璜》：154、442

Dora Bruder《多哈·布慧德》：439

Dormeuse de Naples（*La*）《那不勒斯的嗜睡女人》：427

Douane de mer（*La*）《海关》：435

Double Ballade《双谣曲》：54

Double Inconstance（*La*）《朝秦暮楚》：200—201、497

Douleur du chardonneret（*La*）《金雀的痛苦》：407

Douze Chansons《十二首歌》：343

Du bruit dans les arbres《树丛中的声响》：437

Du dandysme et de George Brummel《论纨绔主义和乔治·布鲁梅尔》：304

Du lyrism《论抒情》：425

Du plus loin de L'oubli《走出黑暗》：439

E

Ébène《黑色》：409

Échelles du Levant（*Les*）《地中海东岸诸港》：453

École des absents（*L'*）《无人学校》：421

École des femmes（*L'*）《太太学堂》：116、153、501

École des maris（*L'*）《丈夫学堂》：501

École des mères（*L'*）《母亲学堂》：226

Écrire《写作》：295、409、430

Écrit au couteau《用刀书写》：403、447

Écrits nouveaux《新作品》：357

Écriture du désastre（*L'*）《灾难的写作》：390

Écriture ou la Vie（*L'*）《写作或人生》：437、438

Écrivain de la famille（*L'*）《家族作家》：421

Écume des jours（*L'*）《岁月的泡沫》：333、374

Écumoire（*L'*）《漏勺》：216

Éducation sentimentale（*L'*）《情感教育》：254、295、479

Effarant intérieur des ombres (*L'*)《黑暗的惊人内心》: 443

Effroyables Jardins《恐怖花园》: 439

Égarements du cœur et de L'esprit (*Les*)《内心与思想的迷乱》: 189、216

Égarés (*Les*)《迷惘者》: 435

Électre《厄勒克特拉》: 482

Élégance du hérisson (*L'*)《刺猬的优雅》: 422

Élégie (*Une*)《挽歌》: 447

Élégies《哀歌》: 190、225、401、445、498、514

Éloge de la folie《愚人颂》: 67、73

Éloge de L'infini《歌咏无限》: 409

Éloge du rien (*L'*)《颂微不足道》: 401、441

Émaux et Camées《珐琅与雕玉》: 254、287

Embaumeur (*L'*)《遗体防腐师》: 442

Embrasure (*L'*)《窗洞》: 386

Émigré (*L'*)《流亡贵族》: 190、217、235、339

Émile ou De L'éducation《爱弥儿或论教育》: 221

Emploi du temps (*L'*)《日程表》: 334、377—378

Empreinte à Crusoé (*L'*)《鲁滨逊之迹》: 417、452

En Amérique《在美国》: 409

En attendant Godot《等待戈多》: 333、381—382、463

En attendant le vote des bêtes sauvages《等待野兽投票》: 407

Encyclopédie《百科全书》: 178、183—183、189、191—193、195、209—212、223、475、515、529、533

Énéas《埃涅阿斯的故事》: 32

Énéide travestie《埃涅阿斯的滑稽模仿》: 138、480

En famille《在家中》: 436

Enfance《童年》: 428、464、472、485、499、517—518

Enfance d'un chef (*L'*)《一个工厂主的早年生活》: 371

Enfant (*L'*)《孩子》: 302

Enfant de sable (*L'*)《沙的孩子》: 452

Enfant éternel (*L'*)《永恒的孩子》: 430

Enfant méduse (*L'*)《墨杜萨女孩》: 403、426

Enfants d'Alexandrie (*Les*)《亚历山大城的王族后裔》: 437

Enfants de Saturne (*Les*)《生在土星》: 426

Enfer（*L'*）《地狱》：74、427、498、513

Enfer du roman（*L'*）《小说地狱》：427

Énigme du retour（*L'*）《回乡之谜》：431

Énigme du Vatican（*L'*）《梵蒂冈之谜》：423

Enlèvement de la Redoute（*L'*）《攻占棱堡》：303

Enluminures《彩画集》：343

Entreprise des Indes《哥伦布行动》：433

Entretien sur Épictète et Montaigne《谈埃比克泰德与蒙田》：148

Entretiens sur la pluralité des mondes《关于宇宙多样性的对话》：173

Entrevisions《视野间》：343

Éphémère（*L'*）《蜉蝣》：446

Épithalame（*L'*）《祝婚诗》：365

Épître au dieu d'Amour《致爱情之神信笺》：53

Érec et Énide《艾莱克和艾尼德》：34

Ère du soupçon（*L'*）《怀疑时代》：334、376

Erreurs amoureuses《爱情错误》：96

Espace furieux（*L'*）《狂怒空间》：449

España《西班牙》：287

Espèce humaine（*L'*）《人类物种》：437

Espoir（*L'*）《希望》：332、363、496

Esprit Nouveau（*L'*）《新思想》：457、533

Esquisse d'un tableau historique des progrès de l'esprit humain、《人类思想进步的历史概况》：233

Esquisse pour une autoanalyse《自我分析初稿》：429

Essai de quelques poèmes chrétiens《基督教诗歌随笔》：97、523

Essais《随笔集》：59、67、71、73、95、100—103、113、282、424、502

Essais critiques et de S/Z、《批评论文集与S/Z》：424

Essais d'autobiographie《自传随笔》：282

Essais sur le roman《论小说》：376

Essai sur la forme des élections《评选举形式》：232

Essai sur la peinture《论绘画》：208

Essai sur les coniques《圆锥曲线论》：148、507

Essai sur les mœurs《论风俗》：202、529

Essai sur l'histoire du tiers état《第三等级史论》：284

Essai sur l'origine des langues《语言起源随笔》：222

Esther《爱丝苔尔》：155、512

Étape（*L'*）《阶段》：339

État critique de la littérature（*L'*）《文学的批评状况》：424

État culturel : une religion moderne（*L'*）《文化国家：一种现代宗教》：403、423

Été de la vie（*L'*）《夏日》：417

Êtes-vous fou?《您疯了吗?》：357

Et que le vaste monde poursuive sa course folle《让伟大的世界旋转》：415

Étranger（*L'*）《局外人》：332、372—373、429、468

Étrangeté《古怪》：411

Être et Avoir《是与有》：370

Et si c'était vrai《假如这是真的……》：423

Études de la Nature《自然研究》：231

Étudiant noir（*L'*）《黑人大学生》：451

Europe《欧洲》：447

Europe, mon amour《欧洲，我的爱》：437

Eurydice《欧律狄刻》：183、368

Exaltation du labyrinthe（*L'*）《迷宫的颂扬》：426

Examens《审视》：141

Exercices de style《风格练习》：333、374

Exil et le Royaume（*L'*）《流亡与王国》：373、468

Existentialisme est un humanisme《存在主义是一种人道主义》：371、519

Exobiographie《传记》：403

Exposition coloniale（*L'*）《殖民展览》：335、401、433

Extinction《消除》：403

F

Fables《寓言诗》：116、161—162、234、478、480、490

Fâcheux（*Les*）《讨厌鬼》：153、501

Faculté des songes（*La*）《梦幻学院》：436

Fait divers（*Un*）《一则社会新闻》：83、281、303、398、435、440—441

Fanfan《芳芳》：435

Fanny《法妮》：367

Faramond《法拉蒙》：133

作品索引

Farce de maître Pathelin《巴特兰律师闹剧》：41

Farce des femmes qui font rembourrer leur bas《让人塞满下部的女人们闹剧》：41

Farce du Cuvier《洗衣桶闹剧》：41

Fausse Suivante（*La*）《虚假女仆》：200、226、497

Faust《浮士德》：245、247、267、506、526

Faux-Monnayeurs（*Les*）《伪币制造者》：331、353、481

Fée aux Miettes（*La*）《变成碎屑的仙女》：264

Femmes《女人》：442、522

Fermina Marquez《菲尔米娜·马尔克斯》：347

Festivus festivus《智人》：413、442

Feu follet（*Le*）《鬼火》：363

Feu la mère de Madame《夫人母亲亡故》：345

Fiancée prussienne（*La*）《普鲁士新娘》：413

Fiction et Diction《虚构与行文》：429

Fièvre（*La*）《发烧》：389、493

Figure humaine《人物》：445

Fils（*Le*）《儿子》：430

Fils naturel（*Le*）《私生子》：226、475

Fin de partie《一局终了》：334、383、463

Fin des hommes（*La*）《人类末日》：365

Fin du monde（*La*）《世界末日》：446

Fleurs bleues（*Les*）《蓝花》：374

Fleurs du Mal（*Les*）《恶之花》：242、254、287、289—290、461

Folie Tristan《特里斯当的疯狂》：33

Force du sang（*La*）《血的力量》：124

Forces tumultueuses（*Les*）《纷乱的力量》：343

Formation《成长》：429

Forme d'une ville（*La*）《一个城市的形式》：430

Forrest Gump《阿甘正传》：405

Foudroyés（*Les*）《闪电》：417

Fourmis（*Les*）《蚂蚁》：433

Fragment de la vie des gens《人们的生活片段》：437、440

Fragments d'un discours amoureux《恋人絮语》：390、424

Fragments d'une histoire comique《滑稽故事片段》：115、135

France byzantine（*La*）《拜占庭式的法国》：369

France fugitive（*La*）《离去的法国》：434

Franciade（*La*）《法兰西亚德》：94、514

Franz et François《弗朗斯与弗朗索瓦》：431

Fugitives《逃离》：415

Fuir《逃跑》：413

Futur immédiat（*Le*）《即刻的未来》：411

G

Gaietés de l'escadron（*Les*）《当兵的快乐》：345

Galerie du Palais（*La*）《法院长廊》：140、473

Gammes（*Les*）《音阶》：307

Gargantua《卡冈都亚》：67、73、77—78、80、511

Gaspard de la Nuit《夜之加斯帕尔》：253、267

Gauche uppercut《左上勾拳》：403、451

Génie du christianisme《基督教真谛》：253、255、261、470

Génousie《热努西》：381

Genres littéraires（*Les*）《文学类别》：425

Géométrie des sentiments（*La*）《情感的几何学》：425

Georgia《格鲁吉亚》：357

Géorgiques（*Les*）《农事诗》：437、440、485、522

Germinal《萌芽》：297、299、301

Germinie Lacerteux《热米妮·拉瑟顿》：254、296

Gil Blas de Santillane《散提亚那的吉尔·布拉斯》：215

Gilles《吉勒》：332、362

Girard de Vienne《吉拉尔·德·维也纳》：30

Girard du Roussillon《吉拉尔·德·鲁西永》：30

Globalia《格罗巴利亚》：434

Gloire（*La*）《光荣》：407

Gloire des formes《形式的光辉》：427

Gloire des Pythre（*La*）《皮特尔家族的荣耀》：438

Glorieux（*Le*）《自负之人》：199

Gommes（*Les*）《橡皮》：377—378

Gone du Chaâba（*Le*）《贫民窟的孩子》：452

Goût des femmes laides（*Le*）《丑女的品位》：413、427

Goutte d'Or（*La*）《金坠儿》：376

Gouvernante（*La*）《女管家》：226

Grammaire est une chanson douce（*La*）《语法是一首甜美的歌》：433

Grand Cœur（*Le*）《造梦人》：417、434

Grande Drive des esprits（*La*）《精神的漂流》：452、563

Grande Peur dans la montagne（*La*）《山区中的极度恐惧》：366

Grande Peur des bien-pensants（*La*）《正统者的大恐慌》：362

Grandes Blondes（*Les*）《高大的金发女郎们》：405

Grand Incendie de Londres（*Le*）《伦敦大火》：401、431

Grand Meauines（*Le*）《大莫恩》：331、340

Grand Quoi（*Le*）《什么是什么》：415

Grands Cimetières sous la lune（*Les*）《月光下的大坟场》：362

Grand Sylvain（*Le*）《蛱蝶》：428

Gravir《攀登》：386

Guerre de Troie n'aura pas lieu（*La*）《特洛伊战争不会爆发》：332、369、482

Guide des aides aux écrivains《作家援助指南》：420

Guignon d'hiver（*Le*）《冬天的噩运》：51

H

Hamlet《哈姆雷特》：111、272—273、450

Hammerstein《哈默斯坦的沉默》：417

Han d'Islande《冰岛凶汉》：268、483

Harmonies de la Nature《自然和谐》：231

Harmonies poétiques《诗歌和谐集》：264、491

Harry Potter《哈利·波特》：423

Héloïse《爱洛依丝》：426

Henri III et sa Cour、《亨利三世与他的宫廷》：272

Heptaméron《七日谈》：67、82—83、505

Héraclius《埃拉克琉斯》：142、473

Herbe rouge（*L'*）《红草》：374

Héritages《遗产》：361

Hernani《欧那尼》: 247、253、256、264、272、483、506

Hérodias《希罗底》: 295

Heure présente (L')《当前时刻》: 417、445、465

Heures souterraines (Les)《地下时光》: 440

Hippolyte《伊波利特》: 67、96、99、286

Hiroshima mon amour《广岛之恋》: 334、379

Histoire amoureuse des Gaules (L')《高卢人的爱情故事》: 169

Histoire de Charles XII《查理十二史》: 202、529

Histoire de France《法兰克人史》: 253、285

Histoire de l'amour (L')《爱的历史》: 413

Histoire de la Révolution《大革命史》: 284

Histoire de ma vie《我的人生历史》: 236、518

Histoire des Cacouacs《卡库亚克史》: 212

Histoire des oracles《神谕的历史》: 173

Histoire des Sévarambes《斯瓦朗博人的历史》: 116、172、230

Histoire du Consulat et de l'Empire《执政府和帝国的历史》: 284

Histoire du juif errant《永世流浪的犹太人史》: 435

Histoire d'une ascension《上升》: 441

Histoire naturelle《博物史》: 189、213

Histoires tragiques de notre temps《我们时代的悲惨故事》: 115、125

Historia Francorum《法兰克人史》: 37

Historia Regum Britanniae《不列颠王朝史》: 38

Historien public《公共历史学家》: 426

Historiettes《趣闻轶事》: 170

Hiver de la culture (L')《文化之冬》: 417、421

Homme au semelles de vent (L')《脚底生风的人》: 434

Hommes de bonne volonté (Les)《善意的人们》: 332、361

Hommes nouveaux (Les)《新人类》: 347

Homme-Sœur (L')《恋姐情结》: 411

Honneur et l'Argent (L')《荣誉与金钱》: 293

Honneurs perdus (Les)《失去的荣誉》: 405

Honte (La)《耻辱》: 430

Horace《贺拉斯》: 115、140、142—143、473

Horizon du monde (L')《世界的地平线》: 446

Horla（*Le*）《奥尔拉》：304、499

Hors limites《超越界线》：440

Horticulteur itinérant《巡回园艺家》：434

Hôtel du Nord《北方旅馆》：361

Hourra les morts !《乌拉，死人们!》：413

Huis clos《密室》：333、371、519

Humbles（*Les*）《平凡人》：289

Humulus le muet《哑巴于缪乐斯》：368

Huon de Bordeaux《于翁·德·波尔多》：30

Hussard bleu（*Le*）《蓝色轻骑兵》：373、433

Hussard sur le toit（*Le*）《屋顶上的轻骑兵》：373

Hypothèse des sentiments（*L'*）《情感假设》：435

I

Iambes《讽刺诗》：190、225、471

Ici en deux《这儿两两成对》：446

Idées sur le despotisme《论专制主义》：232

Ignorance（*L'*）《无知》：411、436

Île de la raison（*L'*）《理性岛》：230、497

Île des esclaves（*L'*）《奴隶岛》：200、226、230

Île des pingouins（*L'*）《企鹅岛》：340

Illuminations《彩图集》：254、309、513

Illusion comique（*L'*）《可笑的幻觉》：140—141、201、473

Il ne faut jurer de rien《慎勿轻誓》：273

Ils disent que je suis une beurette《他们说我是马格里布后裔》：452

Immémoriaux（*Les*）《远古人》：331、347

Immoraliste（*L'*）《背德者》：331、352—353、481

Immortalité（*L'*）《不朽》：335、401、436

Imprécateur（*L'*）《控诉者》：388

Impromptu de Versailles（*L'*）《凡尔赛即兴剧》：201、501

Incas（*Les*）《印加族》：190、231

Inceste（*L'*）《乱伦》：432

Inconnu du temps qui passe（*L'*）《尘封岁月的陌生人》：433

Inconnue d'Arras (L')《阿拉斯的无名女》：368

Indépendance《独立日》：405

India Song《印度之歌》：379

Ingénu (L')《天真汉》：203、529

Ingratitude (L')《再见，妈妈》：453

Ingrid Caven《英格丽·卡文》：409

Innocentines《孩童般的天真》：444

Inquiétude (L')《不安》：403、449

Inquisitoire (L')《审问》：377、379

Insurgé (L')《起义者》：302

Intérieur du monde (L')《世界内部》：445

Intermezzo《间奏曲》：369、482

Intimités (Les)《亲密》：289

Intransigeance (L')《哈默斯坦的沉默》：417

Introduction à l'architexte《原型文本引论》：425

Invention de l'auteur (L')《作者的创造》：430

Invitée (L')《女宾》：372

Iphigénie《依菲革妮亚》：157、512

Irène《伊雷娜》：225、411、529

Ironie christique (L')《基督的讽刺》：445

Itinéraire de Paris à Jérusalem《巴黎到耶路撒冷纪行》：262、470

Itinéraire d'un salaud ordinaire《寻常恶棍的历程》：439

Ivanhoé《艾凡赫》：245、275

J

Jacques le Fataliste《定命论者雅克》：189、192、206、208、436、475

Jalousie (La)《嫉妒》：334、377—378

Jalousie du Barbouilé (La)《巴布依埃的嫉妒》：152

Jardin dans l'Île et autres nouvelles (Le)、《岛中花园与其他小说》：436

Jardin des plantes (Le)《植物园》：213、407、431、522

Jardin des supplices (Le)《痛苦的花园》：311

Jardins《花园》：224

Jardins de Morgante (Les)《莫刚特的花园》：426、

Java《Java》：444

Jean-Christophe《约翰-克里斯朵夫》：331、340

Je est un autre《我是他者》：429

Je m'en vais《我走了》：407

Je me souviens《我回忆》：387

Je suis écrivain《我是作家》：401、421

Je suis le gardien du phare《我是灯塔看守人》：436

J'étais l'origine du monde《我是世界的起源》：427

Jeu d'Adam《亚当的故事》：15、23、43

Jeu de la feuillée《叶棚剧》：23、40

Jeu de l'amour et du hasard（*Le*）《爱情与偶然的游戏》：189、201、497

Jeu de la Passion《受难剧》：43

Jeu de Robin et Marion《罗班和玛丽蓉的故事》：23、40

Jeu de Saint Nicolas《圣徒尼古拉斯短剧》：23、44

Jeune Homme vert（*Le*）《弃儿》：433

Jeunes Filles（*Les*）《少女们》：363

Jeu tigré des apparences（*Le*）《虎皮纹饰游戏》：447

Jeux rustiques（*Les*）《村戏集》：91、464

Je vous écris d'Italie《我在意大利给您写信》：433

Jocelyn《若瑟兰》：264、491

Joseph Delorme《约瑟夫·德洛尔姆》：286

Jouir《享受》：432

Jour à peine écrit（*Le*）《难以书写的白昼》：445

Journal amoureux《爱情日记》：432

Journal du dehors《外在日记》：428

Journal d'un curé de campagne《一个乡村本堂神甫的日记》：332、362

Journal d'une femme de chambre《贴身女仆日记》：311

Journal d'un enfant sage《乖孩子日记》：417、448

Journal d'un voleur《盗贼日记》：386

Journal d'un voyage en France《法兰西行记》：434

Journal extime《非私人日记》：428

Journaux intimes《私密日记》：442

Jours de notre mort（*Les*）《我们死亡的日子》：437

Jours inquiets dans l'île Saint-Louis《圣路易岛上的不安岁月》：427

Juives（Les）《犹太人》：67、99

Jument verte（La）《绿色的母马》：365

Jusqu'à Faulkner《止于福克纳》：426

Juste la fin du monde、《只是世界尽头》：450、451

K

Kampuchéa、《柬埔寨》：417、434

Karoo Boy、《卡若的男孩》：413

Katiba《卡迪巴》：434

King Kong Théorie《金刚理论》：432

Knock《克诺克》：366

L

Labyrinthe du monde（Le）《世界的迷宫》：387

L'Abyssin《阿比西尼亚人》：430

Lac《湖》：263、424

Lambeaux（Les）《碎片》：428

Leçon de ténèbres《黑暗课程》：450

Légataire universel（Le）《全部遗赠财产的承受人》：199

Légende de nos pères（La）《我们父辈的传奇》：439

Légende des siècles（La）《历代传说》：270—271、483

Leila de nulle part《荡然无存的蕾拉》：452

Léocadia《莱奥卡迪亚》：368

Lépreux de la cité d'Aoste（Le）《奥斯塔城的麻风病人》：260

Les Absences du capitaine Cook《库克上尉缺席》：430

Lettre à d'Alembert sur les spectacles《致达朗贝尔论戏剧的信》：189、204、220、515

Lettre à Lord＊＊＊《致某某阁下的信函》：272

Lettres à M. de Malesherbes《致马勒泽布先生的信件》：222

Lettres amoureuses d'une dame à un cavalier《一位女士写给一位骑兵的情信》：217

Lettres anglaises《英国通信》：196

Lettres à Sophie Volland《致索菲·沃兰的信件》：224

Lettres d'amour de Somalie《索马里情书》：425

Lattres de la duchesse de...au duc de...《某某公爵夫人致某某公爵的信件》：217

作品索引

Lettres de la marquise de M. au comte de R.《M 侯爵夫人致 R 伯爵的信件》：217

Lettres de Mistress Fanni Butlerd《范妮·巴特勒夫人的信件》：217—218

Lettres de Mylady Juliette Catesby《朱丽叶·凯茨比夫人的信件》：217

Lettres de respect, d'obligation et d'amour《尊敬、义务和爱情信件》：217

Lettres du marquis de Roselle《罗塞勒侯爵的信件》：217

Lettres d'une Péruvienne《一位秘鲁女人的信件》：217—218

Lettres galantes du chevalier d'Her...《埃尔某骑士的献媚信件》：217

Lettres persanes《波斯人信札》：181、189、191、196—197、217、503

Lettres philosophiques《哲学通信》：189、202、529

Lettres portugaises《葡萄牙人信札》：109、116、163、165、217 Lettre sur la musique française《论法国音乐的书信》：209

Lettre sur les aveugles à l'usage de ceux qui voient《给明眼人看的论盲人的信》：206、475

Lettre sur L'humanisme《关于人道主义的书信》：423

Léviathan《怪兽》：111、362、403

Liaisons dangereuses (Les)《危险关系》：178、190、217、219、488

Lieux de mémoire (Les)《记忆所系之处》：426

Lièvre de Patagonie (Le)《巴塔哥尼亚野兔》：429

Lignes de faille《断线》：413、426

Limite《界线》：440

Limonov《利莫诺夫》：417、441

Lis de mer (Le)《海洋百合》：375

Littérature (La)《文学》：409

Littérature à l'estomac (La)《肚中的文学》：375

Littérature sans estomac (La)《无胃文学》：421

Littoral《海滨》：451

Livre brisé (Le)《破碎之书》：401

Livre de ma mère (Le)《我母亲的书》：388

Livre des fuites (Le)《逃遁录》：389、427、493

Livre des nuits (Le)《夜之书》：426、438

Livre des saintes paroles et bons faits de notre saint roi Louis《吾王圣路易圣言德行之书》：38

Livres ont un visage (Les)《众书一面》：426

Livret de famile《户口簿》：439

Loin de Rueil《远离吕厄伊》：374

Loin d'eux《远离他们》：440

Loin d'Odile《远离奥迪勒》：441

Lokis《罗基斯》：304

Lorenzaccio《罗朗萨乔》：273—274、504

Loués soient nos seigneurs《且像上帝那样备受崇奉》：405

Louis Lambert《路易·朗贝尔》：276、280

Lucien Leuwen《吕西安·娄凡》：281、524

Lui ?《他?》：304

Lumière naturelle（La）《自然光》：437

Luna Park《月球公园》：413

Lundis《星期一》：286

Lutrin《经台吟》：151

Lys dans la vallée（Le）《幽谷百合》：276、280

M

Ma Belle Époque《我的美好年代》：440

Ma Chambre froide《我的冷房》：450

Machine infernale（La）《饵雷》：367

Madame Bâ《巴太太》：433

Madame Bovary《包法利夫人》：254、295、479

Madame Gervaisais《热尔维塞夫人》：296

Madame Ka《卡太太》：451

Madame Putiphar《波提乏夫人》：267

Mademoiselle de Maupin《莫潘小姐》：287

Mahagony《玛阿格尼》：452

Mahomet《穆罕默德》：212、225、529

Maison de poupée（La）《玩偶之家》：249、345

Maison forte（La）《大院》：426

Maisons（Les）《房子》：428

Maître de Santiago（Le）《圣地亚哥骑士团的首领》：368

Maître（Le）《大师》：413

Malade imaginaire（Le）《没病装病》：152、153、501

Malatesta《马拉泰斯塔》：333、368

Mal de mer（Le）《晕海》：436

作品索引

Malentendu（*Le*）《误会》：372

Malheurs de l'amour（*Les*）《爱情的不幸》：163、217

Malicroix《马利库瓦》：374

Mamelles de Tirésias（*Les*）《蒂雷西亚的乳房》：346、457

Mandarins（*Les*）《名士风流》：372

Manifeste dada《达达主义宣言》：331

Manifeste des Cinq《五人宣言》：297

Manifeste du surréalisme《超现实主义宣言》：331、355、466

Manon Lescaut《玛农·莱斯科》：189、216、509

Marc-Antoine《马克-安东尼》：99、113、123

Marchand de Venise（*Le*）《威尼斯商人》：272

Marchands（*Les*）《商人们》：413

Marché des amants（*Le*）《情人市场》：430、432

Marche dans la neige《雪中行走》：445

Marcia Hesse《马尔西·埃斯》：451

Mare au Diable（*La*）《魔沼》：253、275

Maréchale d'Ancre（*La*）《昂克尔元帅夫人》：273

Mariage de Figaro（*Le*）《费加罗的婚礼》：190、227—229、462

Mariés de la tour Eiffel（*Les*）《埃菲尔铁塔新婚夫妇》：367

Marion Delorme《玛丽蓉·德洛尔姆》：272、483

Marius《马里于斯》：367

Marque du père（*La*）《父亲的记认》：439

Marteau pique-cœur（*Le*）《扎心之锤》：411、452

Martin cet été《今夏的马丁》：430

Martyrs（*Les*）《殉教者》：261、470

Mas Théotime（*Le*）《德奥蒂姆农场》：374

Matamore ébouriffé《惊慌的逞能者》：423

Mateo Falcone《马特奥·法尔哥内》：303

Ma Vie parmi les ombres《夹在阴影中的人生》：411

Maximes《箴言录》：116、144—145、147、158、235、492

Maximes, Pensées, Caractères et Anecdotes《箴言、思想、品格和轶事集》：235

Médecin personnel du roi（*Le*）《访问皇家医师》：409

Médée《美狄亚》：141、368、426、450、473

Méditations poétiques《诗歌沉思集》：253、263、491

Meilleure Part des hommes（*La*）《人最好的部分》：430

Mélite《梅丽特》：140、473

Melnitz《梅尔尼茨》：415

Mémoires《回忆录》：39、145、173、189、236、261—262、417

Mémoires contre Goëzman《反抗戈埃茨曼回忆录》：228、462

Mémoires de Zeus（*Les*）《宙斯回忆录》：437

Mémoires d'Hadrien《哈德良回忆录》：333、375

Mémoires d'outre-tombe《墓外回忆录》：262、470

Mémoires du comte de Comminge《科曼热伯爵回忆录》：217

Mémoires d'une jeune fille rangée《一个规矩少女的回忆录》：334、372

Mémoires et Aventures d'un homme de qualité《忒勒玛科斯历险记》：216

Mémoires sur l'instruction publique《公共教育回忆录》：233

Menteur（*Le*）《说谎者》：140—141、473

Mépris de la vie et Consolation contre la mort（*Le*）《轻视生命与慰藉死亡》：126

Mère et Fille《母女》：432

Méridien de Paris（*Le*）《巴黎子午线》：407、434

Méroé《梅洛埃》：407

Mes Cendriers《我的烟灰缸》：417、431

Messieurs les ronds-de-cuir《官僚主义》：345

Métamorphose du monde（*La*）《世界的变化》：384

Meunier d'Angibault（*Le*）《安吉堡的磨工》：275、518

Micromégas《小大人》：203、529

Midis, scènes au bord de l'oubli《南方——遗忘岸边的景色》：442

Mille et Une Nuits（*Les*）《一千零一夜》：196—197

Millénium《千禧年》：436

Mineure《未成年少女》：440

Miracle de Théophile（*Le*）《戴奥菲尔的奇迹剧》：51

Miroir qui revient（*Le*）《重现的镜子》：377、429

Misanthrope（*Le*）《恨世者》：116、152—153、310、501

Misérables（*Les*）《悲惨世界》：254、257、270、483

Misère du monde（*La*）《世界的苦难》：440

Mister Bones《骨头先生》：413

Mobiles 2《流动2》：444

Moderato cantabile《如歌的中板》：334、379

作品索引

Modification（*La*）《变》：334、377—378

Moi je《我，我》：397、429

Moine（*Le*）《僧侣》：236、511

Moloch《摩洛》：435

Mon Cœur à l'étroit《我的心在狭窄之处》：436

Mon Corps et Moi《我的身体和我》：357

Mondain（*Le*）《上流人士》：202、529

Monde comme il va（*Le*）《如此世界》：203、529

Monde rèel（*Le*）《真实世界》：364

Mon nom est Rouge《我的名字叫红》：411

Mon Père《我的父亲》：432

Mon père avait raison《我的父亲说得对》：366

Monsieur de Pourceaugnac《普索涅克先生》：153、501

Monsieur Nicolas《尼古拉先生》：237

Monsieur Teste《泰斯特先生》：354

Montagne volante（*La*）《飞翔的山》：415

Montée du soir（*La*）《夜幕降临》：433

Mon Traître《我的背叛者》：439

Morceaux de ciel, presque rien《散碎的天空，几近于无》：445

More de Venise（*Le*）《威尼斯的摩尔人》：272、528

Morne Pichevin《莫纳-比什万》：452

Mort à vif（*La*）《直面死亡》：447

Mort dans L'âme（*La*）《痛心疾首》：371、519

Mort de César（*La*）《凯撒之死》：225

Mort de Pompée（*La*）《庞培之死》：143、473

Mort du grand écrivain（*La*）《伟大作家之死》：420

Mort du roi Tsongor（*La*）《宗戈国王之死》：411

Morte amoureuse（*La*）《亡故的爱人》：303

Mort n'oublie personne（*La*）《死亡不遗忘任何人》：401

Morts sans sépulture《死无葬身之地》：371、519

Motocyclette（*La*）《摩托车》：375

Mots（*Les*）《文字生涯》：327、337、371、387、519

Mots et les Choses（*Les*）《词与物》：334

Mouches（*Les*）《苍蝇》：333、371、519

Mourir m'enrhume《死亡使我感冒》：426

Moustache（La）《胡须》：436

Mur（Le）《墙》：371、401、424、519

Musée de l'Innocence（Le）《纯真博物馆》：417

Mutins de Panurge（Les）《巴汝奇的反叛者们》：442

Mystère de la Passion《受难神秘剧》：45—46

Mystère du vieil testament《旧约神秘剧》：45

Mystères de Paris（Les）《巴黎的秘密》：253、274

Mystères d'Udolphe（Le）《奥多芙的神秘》：187、236

Mythe de Sisyphe（Le）《西西弗斯的神话》：372、468

Mythologies《神话学》：390

Mythopoétiques des genres《类型的神话诗学》：425

N

Nagasaki《长崎》：436

Nageurs（Les）《泳者》：447

Naissance des fantômes《幽灵诞生》：436

Nausée（La）《恶心》：332、364、371、386、429、519

Nazi dans le métro《地铁上的纳粹分子》：435

Née en France《生于法国》：452

Nègre et l'Amiral（Le）《黑人与海军上将》：452

Négresse blonde（La）《金发老妪》：342

Neveu de Rameau（Le）《拉莫的侄儿》：189、192、208—209、475

Noces《婚礼集》：229、372—373、462、468

Nocturne indien《印度小夜曲》：401

No et moi《诺与我》：413、485

Nom et la Peau（Le）《名字与皮囊》：439

Nostalgie de la maison de Dieu（La）《上帝家中的思念》：435

Nos Vies hâtives《我们的匆忙生活》：427

Notre-Dame de Paris《巴黎圣母院》：15、45、253、270、483

Notre-Dame du Nil《尼罗河圣母院》：451

Nourritures terrestres（Les）《人间食粮》：254、352、481

Nous trois《我们仨》：424

Nouvelle Héloïse（*La*）《新爱洛依丝》：178、183、189、193、217—219、221、223、231

Nouvelle Histoire de Mouchette《穆舍特新传》：362

Nouvelles asiatiques《亚洲故事集》：305

Nouvelles Récréations et Joyeux Devis《新鲜消遣与开心闲谈》：83

Nuée ardente《发光云》：452

Nuit de mai《五月之夜》：266

Nuit et le Moment（*La*）《夜晚与时刻》：216

Nuit et le Silence（*La*）《夜晚与寂静》：425

Nuits《四夜组诗》：253、266、504

Nuit sacrée（*La*）《神圣的夜晚》：452

Nuits de Paris（*Les*）《巴黎之夜》：237

Nuits fauves（*Les*）《狂野之夜》：429

O

Oberman《奥伯曼》：253、260

Occupation des sols（*L'*）《土地占领》：442

Occupe-toi d'Amélie《你管好阿梅莉》：345

Ode à Louis XIII allant châtier les Rochelois《献给讨伐拉罗歇尔人叛乱的路易十三的颂歌》：127

Odes《颂歌集》：115、225、245、253、512

Odes anacréontiques《阿那克里翁颂歌》：67

Odes et Ballades《颂歌与民谣集》：268、483

Odes funambulesques《荒唐颂歌》：288

Œdipe《俄狄浦斯》：141、201、450、473、529

Œuvre poétique（*L'*）《诗歌作品》：446

Oh les beaux jours《啊，美好的日子》：382、451、463

Olive（*L'*）《橄榄集》：67、90、94、464

Olympiques（*Les*）《奥林匹克竞技者》：363

Ombre du vent（*L*）《风之影》：411

Ombres errantes（*Les*）《游荡的影子》：411、426

Oncle（*Mon*）《我的叔父》：428

Ondine《昂蒂娜》：332、369、482

Onitsha《奥尼沙》：335、427、493

On purge Bébé《给婴儿腹泻药》：345

On vient chercher M. Jearn《来接让先生》：403

Onze（*Les*）《十一人》：415、457、495

Ordre des choses（*L'*）《事物的顺序》：440

Ordres de Paris（*Les*）《巴黎的圣职》：52

Oreille rouge《红耳朵》：427

Orientales（*Les*）《东方集》：269、483

Ornifle《欧尼福》：368

Orphée《俄耳甫斯》：183、333、367

Orphelin（*L'*）《孤儿》：155、289、426

Ostinato、《固定音》：431

Otage（*L'*）《人质》：346、472

Othello《奥赛罗》：272

Othon《奥托》：141、143、473

Oublier Palerme《忘却巴勒莫》：388

Ourania《乌拉尼亚》：427、493

Outrance Utterance《极端话语》：446

Outside《外面的世界》：428

Où vont vos nuits perdues《逝去的夜晚去往何处》：443

P

Pacte autobiographique（*Le*）《自传的契约》：429

Pacte des assassins（*Le*）《凶手协约》：426

Page disgracié《失宠的侍从》：115、135

Palmes de M. Schutz（*Les*）《舒尔茨先生的荣誉》：449

Pantagruel《庞大固埃》：67、73、77、511

Paolo Paoli《帕奥罗·帕奥利》：381

Pâques à New York《纽约的复活节》：331、347

Paradoxe sur le comédien《喜剧演员奇谈》：206、475

Paravents（*Les*）《屏风》：381

Parfois, dans les familes《偶然还家》：415

Parise la Duchesse《帕里兹女公爵》：30

Parisienne（*La*）《巴黎女性》：293

Parisl'après-midi《巴黎下午》：430

作品索引

Paris-New York et retour《往返于巴黎与纽约》：415、423

Parking《停车场》：405

Parnasse contemporain（Le）《当代巴那斯》：288、495

Paroles d'un croyant《一个信徒的言论》：284

Pars vite et reviens tard《快走！慢回》：411

Partage de midi（Le）《正午的分界》：346、472

Part de l'autre（La）《异地》：426

Particules élémentaires（Les）《基本粒子》：407、442

Parti pris des choses（Le）《采取事物的立场》：332、383

Part manquante（La）《缺失的部分》：442

Pas à pas, jusqu'au dernier、《一步一步，直至终点》：409、431

Passage de Milan《米兰巷》：377—378

Pas si lent de l'amour（Le）《爱情的姗姗脚步》：435

Passion de Notre Seigneur en vers burlesques《诙谐诗歌：陛下的激情》：134

Passions criminelles《罪恶激情》：440

Passion simple《简单的激情》：388、430、432

Pastorale américaine《美国牧歌》：407

Pastor Fido《忠实的牧羊人》：124

Paul et Virginie《保尔与维尔日妮》：190、193、232

Paulina 1880《波丽娜在 1880 年》：365

Pauliska ou la Perversité moderne《圣保罗会教士和现代邪恶行为》：237

Pauvre Bitos《可怜的毕多》：368

Pauvre Commun《可怜的民众》：44

Pauvres Fleurs《可怜的花朵》：265

Pauvrete Rutebeuf（La）《吕特伯夫的贫困》：51

Paysage du Tout《万物的风景》：445

Paysanne pervertie（La）《堕落的农妇》：237

Paysan parvenu（Le）《暴发的农民》：189、215、497

Paysan perverti（Le）《堕落的农民》：217、237

Pays de l'absence（Le）《分离之地》：431

Pays lointain（Le）《遥远地域》：450

Pays perdu《消失的地方》：436

Peau de chagrin（La）《驴皮记》：276、280

Peintre de la vie moderme（Le）《现代生活的画师》：290

Peintre des batailles（*Le*）《战争画师》：415

Peinture et Poésie《画作与诗歌》：427

Pelléas《佩利亚斯》：307、343、345

Peléas et Mélisande《佩利亚斯与梅丽桑德》：343、345

Pendule de Foucault（*Le*）《福柯摆》：329

Pense à parler de nous chez les vivants《在生者家中勿忘提及我们》：440

Pensées《思想录》：116、149、202、507

Pensée philosophiques《哲学思想录》：211、475

Pensées sur la comète《彗星思想录》：116、173

Pension alimentaire《抚养费》：433

Père de famille（*Le*）《一家之主》：226、475

Personne《人》：309、431

Personne ne meurt jamais《无人死亡》：436

Peste（*La*）《鼠疫》：181、333、372—373、468、502

Petite Fadette（*L*）《小法岱特》：275、518

Petite Marchande de prose（*La*）《卖散文的女孩》：401、421

Petite Sœur, mon amour《我的妹妹，我的爱》：417

Petit Prince（*Le*）《小王子》：333、363

Petit Traité de versification française《简论法语诗学》：289

Peur（*La*）《恐惧》：304、362、366

Phèdre《费德尔》：99、116、155、157、161、450、512

Philosophes（*Les*）《哲学家们》：150、227

Philosophe sans le savoir（*Le*）《无知识的哲学家》：226

Photos de famille《全家福》：432

Pianiste（*Le*）《钢琴师》：409

Ping Pong（*Le*）《弹子球机》：381

Place（*La*）《广场》335、388、430

Place del'étoile（*La*）《星形广场》：433

Place Royale（*La*）《王家广场》：140、473

Plaisir du texte（*Le*）（《文本的快乐》：390

Pléiades（*Les*）《七星派》：305

Pleine Lune《月满之时》：407

Plumes d'Éros（*Les*）《厄洛斯的羽毛》：448

Plutôt que rien《好过一无所有》：405、438

作品索引

Poemata（*Les*）《诗歌集》：91、464

Poèmes antiques《古代诗歌》：266、288、528

Poèmes antiques et modernes《古今诗集》：266、528

Poèmes barbares《蛮族诗歌》：288

Poésie entière est préposition（*La*）《诗歌是介词》：444.

Poésie est inadmissible（*La*）《诗歌是无法容忍的》：447

Poésie n'est pas seule, court traité de poétique（*La*）《诗歌并非唯一：简论诗歌》：384

Poésies d'A. O. Bamabooth《巴纳布特诗集》：347

Poésies érotiques《色情诗》：224

Poétique des jardins《花园诗意》：434

Poezibao《诗歌报》：443

Poil de Carotte《胡萝卜须》：254、344

Poisson dans l'eau（*Le*）《水中鱼》：405

Polexandre《博莱克桑》：132

Polyeucte《波利厄克特》：115、141—143、473

Pompéi（*La*）《庞贝》：433

Poneys sauvages（*Les*）《小野驹》：433

Porcie《波西》：99

Portes de Gubbio（*Les*）《古比奥的房门》：388

Portrait de l'écrivain en animal domestique《家宠式作家的肖像》：413、421

Portraits《肖像》：286、292

Port-Royal《波尔-罗亚尔》：286、512

Port Soudan《苏丹港》：434

Po&sie《诗之歌》：443、446

Possibilité d'une île（*La*）《一个岛的可能性》：413、434

Pourquoi lire ?《为什么读书?》：422

Pour un nouveau roman《支持新小说》：334、376

Pour un réalisme socialiste《争取社会主义现实主义》：364、458

Pour vos cadeaux《为了你们的礼物》：428

Précieuses ridicules（*Les*）《可笑的女才子》：115、152、501

Préjugé à la mode（*Le*）《流行的偏见》：226

Premier Gorgée de bière et autres plaisir minuscules（*La*）《第一口啤酒与其他细微乐趣》：407、441

Premier Homme（*Le*）《第一个人》：405

Premier Mot（*Le*）《第一字》：409

Présent, Nation, Mémoire《现在、国民、记忆》：417、426

P...respectueuse (La)《可敬的妓女》：371、519

Presque rien sur presque tout《近乎一切中的几近于无》：435

Presqu'île (La)《半岛》：375

Priapée《普里阿普斯颂歌》：96

Prière pour le roi Henri allant en Limousin《为奔赴利穆赞地区的亨利王祈祷》：127

Prince des berlingots《水果香糖王子》：430

Princesse de Clèves (La)《克莱夫王妃》：109、116、163—165、489

Prince travesti (Le)《乔装的亲王》：200、497

Pris dans les choses《置身事内》：448

Prise d'Antioche (La)《攻占昂蒂奥什》：30

Problème avec Jane (Le)《雅内的问题》：407

Produits de la civilisation perfectionnée《改良文明的作品》：235

Proêmes《散文诗歌》：384

Promise (La)《未婚妻》：450

Propos rustiques《乡野闲谈》：83

Proscrits (Les)《逐客还乡》：276、280

Prose du fils《儿子的散文》：428

Prose du Transsibérien《西伯利亚大铁路的散文》：347

Protocole compassionnel (Le)《临终诊疗记录》：403、429

Provinciales (Les)《外省通信》：115、120、145、149、482、507

Psaumes《圣诗集》：70、75、100、498、523

Purge《清洗》：417

Pyrame et Thisbé《皮拉姆与蒂斯蓓》：124

Q

Qu'ai-je donc fait ?《我曾做过什么?》：435

Quand l'Europe parlait français《欧洲讲法语之时》：409、423

Quand reviennent les âmes errantes《游魂归来时》：453

Quartiers d'hiver《冬季街区》：452

Quart Livre《第四部书》：79、511

Que le siècle commence《让世纪开启吧》：427

Quelque Chose noir《黑色物体》：444

Quelqu'un va venir《有人将至》：409

Quentin Durward《昆丁·达沃德》：275

Qu'est-ce que la littérature ?《什么是文学?》：333、370

Qu'est-ce qu'un genre littéraire ?《何为文学类别?》：425

Quitte pour la peur《为恐惧而逃避》：273

R

Racine et Shakespeare《拉辛与莎士比亚》：271、524

Raoul de Cambrai《拉乌尔·德·康布雷》：30

Rapport sur la langue française《论法兰西语言的报告》：232

Ravel《拉威尔》：319、424、427

Ravissement de Britney Spears (Le)《布兰妮·斯皮尔斯的狂喜》：417

Ravissement de Lol V. Stein (Le)《洛尔·瓦·斯泰恩的陶醉》：379

Recherche de L'Absolu (La)《绝对之探求》：276、280

Récits des temps mérovingiens《墨洛温时代的故事》：284

Regain《再生草》：111、247、366、403、405、407

Règle du jeu (La)《游戏规则》：387

Regrets (Les)《憾然集》：67、90—91、464

Reine du silence (La)《沉默女王》：411、428

Reine morte (La)《已故的王后》：368

Religieuse (La)《修女》：205、207—208、217、475

Remarques sur la langue française《关于法语的见解》：115

Renaut de Montauban《列诺·德·蒙托邦》：30

René《勒内》：262、470

Répertoires《文集》：378

Répétition (La)《排演》：368

Répétition ou l'Amour puni (La)《排演或被惩罚的爱情》：201

Reprise (La)《反复》：185、407、429

Requiem pour Srebrenica《斯雷布雷尼卡安魂曲》：407、451

Requiem pour une avant-garde《先锋派追思曲》：424

Retour à Cold Mountain《冷山》：407

Retour à Killybegs《回到基利贝格斯》：439

Retour au désert《返回沙漠》：450

Retour au livre（*Le*）《回归本书》：385

Rêve de d'Alembert（*Le*）《达朗贝尔的梦》：189、207、475

Rêveries du promeneur solitaire（*Les*）《孤独漫步者的遐想》：190、223、515

Révolte des accents（*La*）《音符大逃亡》：433

Révolution de l'amour（*La*）《爱情革命》：424

Revue européenne（*La*）《欧洲杂志》：357

Rhapsodies《狂想曲》：267

Rhinocéros《犀牛》：449、484

Riche et Légère《富与轻》：432

Ridiculim Vitœ《可笑的人生》：447

Rien ne dure《绝无永恒之物》：430

Rien ne s'oppose à la nuit《无以阻挡黑夜》：431

Rimbaud en Abyssinie《兰波在阿比西尼亚帝国》：426

Rimbaud le fils《人子兰波》：426

Rimes《韵文集》：67、86

Rituel du mépris《蔑视之仪式》：434

Rivage des Syrtes（*Le*）《流沙海岸》：333、375

Robert Zucco《罗贝托·祖科》：401、450

Robinson Crusoé《鲁滨逊漂流记》：181、196

Rocher de Tanios（*Le*）《塔尼奥斯巨岩》：453

Roi de Kahel（*Le*）《卡赫尔之王》：453

Roi des Aulnes（*Le*）《桤木王》：334、376

Roi-Pêcheur（*Le*）《渔夫国王》：34

Roi se meurt（*Le*）《国王正在死去》：484

Rois maudits（*Les*）《受诅咒的国王们》：365

Roland Barthes par lul-même《罗兰·巴特论罗兰·巴特》：424

Roman bourgeois（*Le*）《市民小说》：116、138、480

Romances sans paroles《无言的情歌》：306、527

Roman comique（*Le*）《滑稽小说》：115、134、520

Roman de Brut《布鲁特的传奇故事》：38

Roman de la momie（*Le*）《木乃伊传奇》：287

Roman de la Rose（*Le*）《玫瑰传奇》：9、17、23、50—51、53

Roman de Renart（*Le*）《列那狐故事诗》：8、15、23、35—37

Roman de Rou《鲁的故事》：23、38

作品索引

Roman de Thèbes《忒拜的故事》：23、32

Romanesques《传奇三部曲》：429

Roman expérimental（Le）《实验小说》：297

Roman Prométhée（Le）《普罗米修斯小说》：426

Romansonge《谎言小说》：388

Roméo et Juliette《罗密欧与朱丽叶》：33、272

Rouge Brésil《巴西红》：409、434

Rouge décanté《沉没的红》：405

Rouge et le Noir（Le）《红与黑》：253、281—282、373、524

Rougon-Macquart（Les）《卢贡-马卡尔家族》：297

Rousseau juge de Jean-Jacques《卢梭评判让-雅克》：223

Route（La）《路》：415

Route des Flandres（La）《弗兰德公路》：334、377、379、437、439、522

Royaume de leurs rêves（Le）《绮梦王国》：413

Rue（La）《街道》：361

Rue Cases-Nègres（La）《黑人小茅屋街》：452

Rue des boutiques obscures《暗店街》：433、439

Rue du capitaine Olchanski（La）《奥尔尚斯基上尉街》：423

Ruines（Les）《废墟》：233

Ruy Blas《吕依·布拉斯》：270、272、483

Rwanda《卢旺达》：401、405、450

S

Sagesse《明智集》：254、307、527

Saint Amour《神圣爱情》：426

Sainte Résurrection《耶稣的复活》：43

Saisons《季节》：224

Salammbô《萨朗波》：295、479

Salle de bain（La）《浴室》：441

Salons《画展》、《沙龙画评》、《沙龙》：208、256、510

Salut au Grand Sud《你好，最南端》：433

Samarcande《撒马尔罕》：453

Sanglot de L'homme noir（Le）《黑人的呜咽》：451

Sang noir（*Le*）《黑色血液》：361

Sans lasso et sans flash《没有套索没有闪光》：446

Satires《讽刺集》：113、115—116、144、151、480

Sauvage（*La*）《野姑娘》：368

Secret（*Le*）《秘密》：417、444

Semaine de vacances（*Une*）《一周假期》：432

Sentiment du lièvre（*Le*）《野兔的情感》：446

Séparation（*La*）《分离》：11、251、403

Séquence de sainte Eulalie《圣女欧拉丽赞歌》：11、23、25

Séquestrés d'Altona（*Les*）《阿尔托纳的死囚》：371、519

Séraphita《塞拉菲塔》：280

Serments de Strasbourg《斯特拉斯堡誓言》：11、23、25

Sermon sur Jonas《约拿斯布道》：23、25

Sermon sur la chute de Rome（*Le*）《罗马衰落的教训》：426

Serres chaudes《暖房》：343

Sertorius《塞多留》：141、143、473

Service de presse《出版服务》：424

Se taire est impossible《无法缄默不语》：438

Sexe et l'Effroi（*Le*）《性与恐怖》：423

Sexe faible（*Le*）《女性》：366

Sganarelle ou le Cocu magnifique《斯戛纳雷尔或想象的戴绿帽丈夫》：153

Sido《西多》：366

Siècle de Louis le Grand（*Le*）《路易大帝的世纪》：162

Siècle de Louis XIV（*Le*）《路易十四时代》：166、202

Siège de Calais（*Le*）《加莱围城战》：217

Si le grain ne meurt《如果种子不死》：353、481

Silence de la mer（*Le*）《海之沉静》：332，370

Situations《境遇集》：335、371、519

Smarra《斯马拉》：253、264

Sodome et Grammaire《所多玛与语法》：447

Soirées de Médan（*Les*）《梅塘之夜》：296

Soirées de Saint-Petersbourg（*Les*）《圣彼得堡的夜晚》：258

Soldat et le Gramophone（*Le*）《士兵修好了留声机》：415

Solitudes《孤独集》：127、289

作品索引

Songe（*Le*）《梦》：363

Songe de Vaux（*Le*）《沃镇之梦》：490

Songe d'une nuit d'été（*Le*）、《仲夏夜之梦》：201

Sonietchka《索尼奇卡》：405

Sonnets sur la mort《论死亡十四行诗》：67、97

Sopha（*Le*）《沙发》：216

Soulier de satin（*Le*）《缎子鞋》：331、346、472

Souper（*Le*）《晚餐》：449

Sous le soleil de Satan《在撒旦的阳光下》：332、362

Sous L'œil des barbares《在野蛮人的目光下》：310

Souvenirs d'égoïsme《自恋者回忆录》：282、524

Souveraineté du vide《虚无的统治权》：442

Spectacles de l'horreur（*Les*）、《恐怖场景》：125

Spirite《巫师》：303

Spleen de Paris《巴黎的忧郁》：291

Stances《短诗集》：308

Stations des profondeurs《潮汐站》：403

Stello《斯泰洛》：266、528

Stratégie des antilopes（*La*）《羚羊策》：413

Stupeur et Tremblements《诚惶诚恐》：407、432

Suite française《乱世有情天》：411

Suivante（*La*）《女仆》：141、200、226、473、497

Sukkwan Island《驯鹿岛》：417

Supplement au voyage de Bougainville《布干维尔之行补篇》：207、475

Suréna《苏雷那》：144、473

Sur la dune《沙丘之上》：413、441

Sur la route《在路上》：325、417

Sur la route du papier《一张纸铺开的人类文明史》：433

Sur la scène comme au ciel《那一幕如同在天上》：428

Sur le ventre des veuves《在寡妇鸟的肚皮上》：444

Sursis（*Le*）《延期执行》：371、519

Sylvie《西尔维》：124、267、340、393、403、419、426、438

Symphonie pastorale（*La*）《田园交响曲》：353、481

Système de politique positive《实证政治体系》：283

T

Tablettes de la vie et de la mort《生死记事簿》：126

Tache（La）《人性的污秽》：411

Tartuffe（Le）《伪君子》：116、146、153、501

Temps des dieux（Le）《诸神时代》：428

Temps difficiles（Les）《困难年代》：366

Temps immobile（Le）《固定不变的时代》：387

Temps modernes《现代》：338、446、519

Temps où nous chantions（Le）《我们歌唱的时代》：413

Temps vieillit vite（Le）《时光匆匆老去》：415

Tentation de saint Antoine（La）《圣安东的诱惑》：295、479

Terraqué《地下》：384

Terrasse à Rome《罗马阳台》：409

Terre australe connue（La）《著名的南半球》：172

Testament《旧约神秘剧1》：23、54

Testament francais（Le）《法国遗嘱》：405

Texaco《德士古街区》：403、451

Théâtre de Clara Gazul《克拉拉·加祖尔的戏剧》：303

Théâtre de Sabbath（Le）《安息日的剧院》：407

Théâtre et son Double（Le）《戏剧及其二重性》：332、367、467

Thé au harem d'Archi Ahmed（Le）《问题少年》：452

Théorèmes spirituels《心灵定律》：126

Thérèse Raquin《苔蕾丝·拉甘》：296

Thibault（Les）《蒂博一家》：331、361

Tiers Livre《第三部书》：67、78—79、511

Tigre en papier《纸老虎》：411

Tite et Bérénice《蒂特和贝蕾妮丝》：141、473

Toison d'or（La）《金羊毛》：141

Tolstoï《托尔斯泰》：417、427

Tombeau（Le）《墓》：430、495

Tombeau chinois《中国坟》：450

Tom est mort《汤姆死了》：430、436

作品索引

Topaze《托帕兹》：367

Tous les hommes en sont fous《万人迷》：435

Tous les matins du monde《世间的每一个清晨》：403、427

Toussaint（La）《万圣节》：428

Toute la Nuit《整夜》：430

Toutes les îles sont secrètes《诸岛皆神秘》：335、384

Tout est passé si vite《往事如烟》：411、430

Toute une histoire《辽阔的田野》：407

Toute une vie bien ratée《碌碌无为的一生》：442

Tout，tout de suite《一切，马上》：417、441

Tragiques《惨景集》：63、67、96、126、459

Trahison des clercs（La）《知识分子的背叛》：369

Traité de dynamique《动力学》：210

Traité sur la Tolérance《论容忍》：204、529

Tramway（Le）《有轨电车》：409、431、522

Très-Bas（Le）《极低》：403、442

Tribulat Bonhomet《特里布拉·蓬霍梅》：305

Tribunal des chevaux（Le）《马匹审判》：445

Trilby《特里尔比》：264

Triomphe de l'amour（Le）《爱情的胜利》：201、497

Triplepatte《三足》：345

Tristan et Iseut《特里斯当和伊瑟》：8、25、33

Tristano meurt《特里斯塔诺故去》：411

Troade（La）《特洛阿德》：99

Trois Femmes puissantes《坚强三女性》：415

Trois Jours chez ma mère《在母亲家的三天》：413、431

Trois Mousquetaires（Les）《三个火枪手》：253、274

Trois Rimbaud（Les）《三面兰波》：426

Trophées《锦幡集》：289

Tropismes《向性》：332、377

Truismes《母猪女郎》：405、436

Turcaret《蒂尔卡莱》：199

TXT《TXT》：444、447

U

Ubu cocu《戴绿帽的于布》: 346

Ubu enchaîné《被缚的于布》: 346

Ubu roi《于布王》: 346

Ulysse《尤利西斯》: 170、319、347、437

Un aller simple《单程》: 405、424

Un balcon en forêt《林中阳台》: 375、439

Un bien fou《极好》: 433

Un chapeau de paille d'Italie《意大利草帽》: 293

Un cœur simple《一颗纯朴的心》: 295

Un cri sans voix《无声的叫喊》: 438

Under My Skin《在我的皮肤之下》: 405

Une adolescence en Gueldre《在海尔德兰的青春岁月》: 413

Une comédie légère《轻喜剧》: 407

Une enfance créole《在克里奥尔的童年时光》: 413、428、452

Une femme《一个女人》: 335、388

Une femme fuyant l'annonce《躲避消息的女人》: 417

Une femme libre《一个自由的女人》: 368

Une hache pour la mer gelée《冰封大海的斧头》: 443

Une histoire de bleu《蓝色故事》: 403、448

Une langue venue d'ailleurs《他言》: 453

Une micro-histoire économique du monde dansée《世界经济波动的微观历史》: 450

Une petite robe de fête《一条节日礼裙》: 403、442

Une poignée de gens《一小撮人》: 428

Une saga moscovite《莫斯科的传奇》: 405

Une saison en enfer《地狱一季》: 254、309

Un été vénéneux《有毒的夏天》: 407

Une vie《一生》: 254、302、499

Une vie française《法式人生》: 411、428

Un fil à la patte《爱情的羁绊》: 293

Un heureux événement《一件幸事》: 432

Un homme《凡人》: 413

作品索引

Un homme comme les autres《无异于他人的人》：368

Un long dimanche de fiançailles《漫长的婚约》：403、438

Un pedigree《家谱》：413、430

Un peu perdus《有些迷失》：450

Un printemps froid《冷春》：335、388

Un secret sans importance《无关紧要的秘密》：441

Un songe d'aquarelle《水彩画的思考》：432

Un spectacle dans un fauteuil《椅中观剧集》：273、504

Un sujet en or《金》：403

Un taxi mauve《一辆淡紫色出租车》：335、433

Un test de solitude《孤独考验》：445

Usage de la photo（L'）《照片的用途》：431

Utopie《乌托邦》：61、73、78

V

Vaines Tendresses《徒劳的温存》：289

Vase étrusque（Le）《伊特鲁里亚的瓷瓶》：303

Vathek《瓦泰克》：190、236

Veilleur amoureux（Le）《恋爱的守夜者》：445

Vent du soir《夜风》：435

Vent Paraclet（Le）《圣灵之风》：376

Ventre de Paris（Le）《巴黎之腹》：297、299、301

Vénus d'Ille（La）《伊尔的美神》：304

Véra《薇拉》：305、432

Véritable Histoire du gang Kelly（La）《凯利帮真史》：411

Vérité sur Marie（La）《玛丽真相》：415

Verlaine d'ardoise et de pluie《石板和雨滴的魏尔兰》：426

Versets santaniques（Les）《撒旦的诗篇》：401

Vers les temps meilleurs《向着更为美好的时光》：340

Victor ou les Enfants au pouvoir《维克多或掌权的孩子们》：368

Vie de Henry Brulard《亨利·布吕拉的生平》：282、524

Vie de Marianne（La）《玛丽安娜的一生》：189、215、217、497

Vie de Rancé（La）《朗塞传》：262、470

Vie de saint Alexis《圣徒阿列克西斯行传》：23、25

Vie en sourdine（*La*）《失聪宣判》：415

Vie est brève et le désir sans fin（*La*）《人生苦短，欲望无垠》：417

Vie est passée（*La*）《度日》：448

Vie et Aventures de Salavin《萨拉万的生平与遭遇》：361

Vie mode d'emploi（*La*）《人生拼图版》：335、374

«*Viens*», *dit quelqu'un*《有人说道："来"》：448

Vient de paraître《刚出现》：366

Vie secrète d'E. Robert Pendleton（*La*）《秘密生活的E.罗伯特·彭德尔顿》：413

Vies minuscules《小人物传》：428、441

Vie très privée de Mr Sim（*La*）《孤独无处诉》：417

Villa triste《凄凉别墅》：433

Villes tentaculaires（*Les*）《扩延的城市》：343

Visionnaire（*Le*）《有幻觉的人》：362

Visiteur（*Le*）《访客》：449

Voie royale（*La*）《王家大道》：363、496

Voir Dit（*Le*）《真理故事诗》：52

Vol de nuit《夜航》：332、363

Vol du vampire（*Le*）《飞行的吸血鬼》：376

Volupté《情欲》：286

Voyage au bout de la nuit《长夜行》：332、364、469

Voyage aux pays du coton《棉花国之旅》：433

Voyage autour de ma chambre《环房间之旅》：260

Voyage dans la Lune《月球之旅》：230

Voyage dans les États et Empires du Soleil《太阳上的国家和帝国之旅》：230

Voyage de M. Perrichon（*Le*）《佩里雄先生行记》：293

Voyage en France（*Le*）《法兰西行记》：409、436

Voyage en Orient（*Le*）《东方游记》：267、491、506

Voyages de Gulliver《格列佛游记》：181、203

Voyages de l'autre côté《另一端的旅行》：389、493

Voyageur sans baggage（*Le*）《没有行李的旅行者》：368

Voyageurs de la voix《声音的旅者》：447

Voyeuse interdite（*La*）《偷窥的女孩》：452

Vraie histoire comique de Francion（*La*）《弗朗西翁真实趣史》：115、134

Vrai Sang（Le）《真正的血》：449

W

Wanted Female《目标女性》：444

Wanted Petula《寻找佩杜拉》：451

White《白》：436

W ou le Souvenir d'enfance《W 或童年回忆》：387、430

Woyzeck《沃伊采克》：449

Y

Yonec《尧奈克》：32

Ysengrinus《伊桑格兰》：35

Z

Zadig《查第格》：189、192、203、529

Zèbre（Le）《斑马》：435

Zone《区域》：440、457